丰繁之美

《人民文学》杂志社 编

人民文学奖
（2009-2018）
获奖作品精选集

中篇小说上卷

中国文联出版社

图书在版编目（CIP）数据

丰繁之美：人民文学奖（2009-2018）获奖作品精选集. 中篇小说卷：上、下 /《人民文学》杂志社编. -- 北京：中国文联出版社，2020.12
ISBN 978-7-5190-4513-5

Ⅰ. ①丰… Ⅱ. ①人… Ⅲ. ①中篇小说－小说集－中国－当代 Ⅳ. ①I217.1

中国版本图书馆 CIP 数据核字(2021)第 013275 号

编　　者	《人民文学》杂志社
责任编辑	刘　旭
责任校对	胡世勋
装帧设计	袁　硕

出版发行	中国文联出版社有限公司
社　　址	北京市朝阳区农展馆南里 10 号　　邮编　100125
电　　话	010-85923025（发行部）　010-85923091（总编室）
经　　销	全国新华书店等
印　　刷	三河市龙大印装有限公司

开　　本	710 毫米 x 1000 毫米　　1/16
印　　张	45.75
字　　数	550 千字
版　　次	2020 年 12 月第 1 版第 1 次印刷　2021 年 7 月第 2 次印刷
定　　价	108.00 元

版权所有·侵权必究
如有印装质量问题，请与本社发行部联系调换

总目录

1　罗坎村 / 袁劲梅

49　春茶 / 东　紫

91　赶马的老三 / 韩少功

127　望断南飞雁 / 陈　谦

203　你们 / 姚鄂梅

256　寻根团 / 王十月

310　繁枝 / 陈　谦

381　猹 / 陈　河

415　蛊镇 / 肖江虹

477　新记 / 畀　愚

537　较量 / 荆永鸣

590　阅读与欣赏 / 刘建东

632　最后的电波 / 季　宇

684　海里岸上 / 林　森

本卷目录

1　罗坎村 / 袁劲梅

49　春茶 / 东　紫

91　赶马的老三 / 韩少功

127　望断南飞雁 / 陈　谦

203　你们 / 姚鄂梅

256　寻根团 / 王十月

310　繁枝 / 陈　谦

罗坎村

袁劲梅

正义是社会制度的最高美德，就好像真理是思想体系的最高美德。正义是灵魂的需要和要求。

——约翰·罗尔斯,《正义论》

1. 陪审团与我们罗坎

认识老邵的前一年，我亲眼看见我的同事、哲学家布朗教授在办公室里被两个警察带走了。原因是他收到了镇法院传唤他去当陪审员的通知，看了一眼，就忘了。公民当陪审员是法律责任，无理拒绝法院传唤视为犯法，或罚款，或坐牢。布朗教授正在写一本《存在的形而上结构》，写得瘦骨嶙峋，不食人间烟火，把罚款的机会又给错过了。突然间，两个"形而下的存在"彪悍地立在他的办公室门口。他认了半天，认出这两个"存在"原来穿在警察的黑制服里，只好气哼哼地伸出手，戴着铐子，跟着他们坐牢去了。

一年后，当我收到镇法院传唤我去当陪审员的通知时，我们全哲学系的人都诚惶诚恐，动不动就有人提醒我不要忘了到法庭报到的日期。布朗教授不喜欢说废话，他闷头闷脑走进我的办公室，要过我的传唤通知拿在手上看了半天，然后，像对付一个仇敌一样，把我的通知狠狠地拍到桌子上，两片薄嘴咬牙切齿："不是活成野兽就是活成上帝。要想活出第三种情形，既是野兽又是上帝，就得活成哲学家。陪审团既不管野兽，又管不了上帝，管管人间是非，找人去就行，为什么总是麻烦哲学家！"布朗教授这样说的时候，自然是带了情绪，于是就有其他同事过来插话："还是先活成一个公民吧，戴博士还年轻，美国的监牢毕竟还是形而下的地方。"

我不知道我能不能活成哲学家，我倒情愿活成个诗人。如果我有一半得是野兽，我就让脖子以下变成美女蛇或者狐狸精，但头脑一定留给上帝，让他随便塞进来一些智慧。做女人也许应该连头也变成美女蛇，我的问题就是保留了头。这样的坏处是：让男人受不了；好处是：在对待法律的问题上，我头脑清醒。

这天，我一改开会迟到的坏毛病，提前三十分钟到镇法院报到。报到不是开庭，报到是让被告选自己信得过的陪审员。那个被告就是老邵，癌症研究室的白老鼠饲养员。

老邵叫邵志州，英文名字叫戴维邵，黑而矮，一副倒霉相。额头上有一些老实巴交的皱纹，圆脸圆鼻子，眼睛看不出是什么形状，藏在变色的眼镜片后面，嘴巴有肉，紫黑色的，和他脸上的肤色很般配。这样的男人，让人一看就爱不起来，不过，也恨不起来。老邵对我谨慎地一笑，嘴鼻之间皱起两道括弧。我也对他一笑。信任建立。老邵在二十个陪审团候选人中选中了我。我成了老邵案十二个陪审员之一。

老邵案是一起虐待子女案。告老邵的人是老邵十六岁的儿子和他的代理人——镇政府指派的免费律师。老邵没请律师，自己给自己辩护。英语马马虎虎，能把话说清楚。

他的故事很简单：儿子不读书，玩电子游戏玩昏了头。他不过是管教儿子。他是单身父亲，谁还能比他这个当爹的更疼儿子，更为儿子好？他老邵是砸了儿子的光盘，打了儿子一个耳光。可没想到人高马大的儿子跳起来就把他打到床上，左一拳右一脚把他给狠揍了一顿。老邵不是儿子的对手，瞅着空儿打电话给警察报警。警察一来，二话没说倒把老邵给抓起来了，说老邵犯了虐待儿童罪。他儿子打他，那叫"自卫还击"。老邵说的时候委屈得不行，还提到他小时候老爹打他，把他从裤腰带处吊起，挂在房梁上，抡拳头挥棍子，想怎么打就怎么打；那才叫打，越打越孝顺，越打越成材。他至今还感谢他老爹的那几顿打，因为他逃学、偷邻居家的鸡蛋吃，没那几顿打，他邵志州也出息不到今天的戴维邵。说到这里，老邵要求法庭考虑到他家的文化传统给予公正判决。

老邵儿子有律师，不用亲情、关系、回忆、类比说事儿。人家用证据。证据一：老邵白纸黑字写给儿子的三条选择：一、每天写一百个汉字，每个写二十遍；二、到大太阳底下晒三个小时，晒到中暑为止；三、自己选一条皮带，让老爸打一百鞭子。按这条子上的日期看，老邵儿子那时才八岁。让一个八岁小孩在这三条道路上选一条走，选哪条都构成儿童虐待罪！证据二：老邵在家请客过春节，给儿子倒了杯酒，儿子不喝，反倒叫客人到屋子外面抽香烟，老邵骂儿子没规矩，举起大汤勺打到儿子头上。那时儿子十三岁，老邵逼儿子喝酒，犯法；用汤勺打人，虐待。而那年老邵自己兴头高，春节请客都录了像，录像带就在律师手里拿着！证据三：老邵和儿子最近的冲突也不尽如老邵所述。老邵从儿子身下翻身出来，不仅打电话报了警，而且直奔厨房，出来的时候，手持一把菜刀，被儿子用手机拍录下来。那照片上，老邵龇牙咧嘴，头发竖立，眼镜挂在一只耳朵上，一手高举菜刀，如同杀人犯一般。

老邵还有什么可说？要法律干什么？不就是同情弱小保护弱小吗？现在，"弱小"手里全是被欺负的证据，法律还能不维护这个公正？

我们十二人陪审团中，有三人是中小学老师，四人是农民，一个理发师，两个家庭妇女，一个超市经理，外加我。算我学历最高，同情老邵的就我一个。十二个人个个认真负责，有裁决权在手，才真叫"民主"。大家把案情翻过来掉过去地研究，又扮演现场打斗情形：超市经理演老邵，理发师演儿子，其余演警察，由我掐表看时间。结果，算出：老邵有足够时间先打电话报警，后又进厨房持刀，然后花了四分钟以上时间，举刀威胁儿子生命。在警察敲门时，又花三十秒把刀放回厨房案头，接着，以受害者的姿态去开门让警察进来。老邵的"儿童虐待罪"着实成立。据此，陪审团认为：老邵应该入监下牢三个月；儿子搬出单住或寄宿，老邵每月付儿子九百美元抚养费，至十八岁止。

就在陪审团表决前，我突然提到了我的老家罗坎村的七个牌坊。我说我在罗坎村住到七岁，会认字了，那七个牌坊前都有说明，我小时候一遍一遍读过很多次。那是七个惊心动魄的故事：明清之交某女子为小妾，十九岁守寡、守节。养育丈夫与前面诸位妻妾生的十三个子女，让数个子女中举做官成材。该小妾任务完成，三十六岁归天。罗坎人立此牌坊以表彰其贞节有志。又，明清之际，有一九岁男孩，其父好赌，离家不归，该男孩养母养弟，又数次出寻，将父找回。最后一次，其父跑到甘肃，该男孩又不远万里将其父找回。其时，父亲已病，男孩自己放牛种田，养活一家，将父亲养老送终。罗坎人又立一牌坊表彰男孩遵守孝悌之道。又有某书生，家贫寒，好学，以沙为纸，以水为墨。得功名，中进士任高官，治世有功，罗坎人立一牌坊表彰其政绩……

我说，当年，小小的我站在那七个牌坊下，弄懂了一个词儿："宏伟巨大"。后来学了中国历史，也想到那七个牌坊，觉得它们着实如社会栋梁。在一个不靠民法宪法活的大家庭里，我们立几个牌坊，像立地界一样，祖宗们就地画个圈，谁要跑出去，"伦理纲常"就兀突支起来了，叫你老实坐下！中国社会几千年原来就是这么过下来的：修身，齐家，治国，平天下。规矩根据亲情、等级立，家有家法，族有族规，天下才能有秩序。谁都知道大圣人孔子吧，这是他老人家给世界上五分之一的人设立的价值标准：等级、孝悌、忠义，从家到天下。

戴维邵从中国一个叫邵坷庄的地方出来，那还不就是另一个罗坎村呀？他老家说不定也能有一溜牌坊。他提出要我们考虑他的文化传统，我们也许应该考虑他不过是在按另一套道德体系行事。虽是违反了美国法律，但说他要故意虐待儿子，是否可能冤枉。人家是单身父亲，对儿子还不知有多少期望呢。

我这么一说，陪审团的人都愣了一下。没想到，原来有些地方，不靠法律，光靠家庭关系人也能活，还活了上千年。这故事有学问。陪审团责任重大，不能只用自己鱼缸里的水去度量人家鱼缸里养出的鱼。陪审团得跳出自己的文化框架。于是，大家又对戴维邵的虐待动机进行了重新分析。最后，陪审团提交给法官的裁决是：老邵入监一周，儿子搬出去住，老邵付抚养费到十八岁。

陪审职责尽完，回到哲学系，就有同事笑盈盈地过来问我行使司法权的感受。我就说了案情、判案经过和罗坎村的七个牌坊。布朗教授也在这几个充满好奇心的哲学家之中。他在光脑袋上抹了一把，就嘿嘿笑了，说："在美国当人，自由与不自由中间的边界是'法律'。美国的法庭要的不是伦理意义上的公平，是逻辑意义上的公平。正义和亲情在边界上一撞，定撞出个二律背反，它俩的化学性质不相容。"

从这个话题开始，我的哲学家同事们挤在我的办公室里，转而讨论起"正义"问题来。有人随手从我的书架上抽了一本罗尔斯的《正义论》，说罗尔斯认为，法律和社会制度不管多么有效和有序，如果不正义，就必须改良和废除。有人立刻追问：正义不是菜刀，社会不是萝卜，你怎么切，怎么改，才能确定社会走在正义的大路上？引用罗尔斯的人就进一步引用，说：有办法。当社会的设计不仅为增进人们的利益，而且受公众正义观的有效规范时，这样的社会就和谐有序。然后，大家又开始批评美国政府，这个政府真让美国人感到羞耻，怎么能把石油放到"正义"之上呢？于是，大家又计划起带领学生到乔治亚去参加反战大游行的事。公众的利益，公众得自己说出来……总之，老邵案突然又和人类历史、当今世界联系起来了。

后来，与我同在陪审团的一个中学历史教师又打电话给我，说他对我说到的罗坎村的社会结构感兴趣。那样一个尊重亲情伦理的社会，似乎很有情感，可是是非对错如何决定？会不会父亲权力太大，儿子没有权力？社会的公平问题怎么处理？

我本来以为老邵案一完，就可以把这个没啥情节的案子丢了，写我自己的诗，吃我自己的哲学饭。但周围的人又发评论，又提问题，使我的思想继续纠缠在"公正""正义""伦理纲常"这些问题上。觉得人活成什么样子大概是一种训练，西方人从柏拉图开始就把是非看得比亲情重。古希腊的尤什伏赫能痛苦不堪地跑到法庭告发其父杀了人；苏格拉底拒绝学生帮他逃跑，选择冤死在监狱而不违法越狱。我们的孔夫子却教导学生：父亲偷了人家的羊，要"子为父隐"，当孝子。换成现在的话，就是"靠关系"。不同情况不同对待，邻居父亲偷了我家的羊，叫"贼"；我家父亲做贼，我就要保护，宁死不说。我们就是有大义灭亲的典故，灭的也总是儿子。看来，"公正"不是一把糖果，撒下去大家都甜。什么都是有得有失，要么坏了人际关系，要么坏了原则。这么想着，我就又把罗坎的旧事翻出来，唠唠叨叨地讲给人家听。那是我们经过的训练。对我，是回忆童年。

要说在罗坎判案子，我小时候也见过几次，不过没有法庭，判案都在罗坎猪场。

罗坎村其实就是一个家，罗家。最早的老祖宗叫"罗业华"。他是罗坎子孙的曾曾曾……曾爷爷。与我无关，我姓戴，外来户。猪场在罗家的"业华祠堂"后面。"业华祠堂"门匾上有"孝悌出忠义"五个金字，不管何年何月都有人明着暗着一次次重新描过。以前罗家先人的牌位几路列开，王侯将相森严林立。我在罗坎的年代，祠堂封了，牌位也就封在里面，落满尘土，如同埋在土地下的根。

祠堂是罗坎的中心，石板街道像从心脏伸出去的筋络，把罗家后代的房屋一个个联系起来。白墙依照里面人的地位定高低，灰黑色的细瓦像密密的牙齿，在高高矮矮的屋顶上排开，家家户户咬在一起。人人都是亲戚，唇齿相依，一荣俱荣。白墙越往村外越矮，再外面就是一块块绿油油的水稻田。这些水田是磁力场，罗坎村的农民像一群小铁片，每天清晨就被吸了过去，织布一样在水田里来回忙碌。到天晚，磁力线一松，小铁片缩回各自的白墙，让炊烟从黑黑的烟囱里飘出来，在一片黑瓦屋顶上又结成一家。罗坎周围三面是大罗山、二罗山和小罗山，农民军排座次，高低分明。第四面是清浏河，活水长流。一代代罗家人都系在这块土地上。清浏河是唯一一条通到外界的水道。

我们戴氏猪场属村子的外圈，红砖墙，一看就是外来户。至于我们这个戴氏猪场怎么会跑到罗坎村来的，我小时候想也没想过。小孩子把世界的安置看作天经地义。罗坎村就是我的老家，白墙外面就该是红墙。直到后来，猪场撤了，猪都卖了，我也上小学了，这才知道，过去的日子叫"十年浩劫"，猪场是"下放"到罗坎村来的。猪场里养猪的几位老兄，都是教授。我爸不叫"老戴"叫"戴老"，"老耿""小耿"不叫"老耿""小耿"叫"大米草王"和"二米草王"，张礼训也不叫"张礼训"叫"康熙字典"。我之所以长在猪场，是赶上了"十年浩劫"的尾巴。

罗坎是有结构的。一家挨一家的村落统称"家",清浏河沿岸的集市叫"江湖",在祠堂前面有一间小小的房子,叫"村部",猪场叫"祠堂后"。"祠堂后"为罗坎人判过很多案子,只是我太小,能记得的案子都是我的小男朋友罗清浏的老爸犯下的。能记住,也是因为记住了罗清浏。罗清浏后脑勺拖一根小辫子,脖子上挂一个银锁片,把他爹妈给他指下的娃娃亲撂在一边,整天带着我爬高上低。他和他爸都不是安分守己的人。

我看见过罗清浏老爸和另一个男人斗气。两个男人都挥着拳头做出动武的架势,于是,立刻有一大群邻居从这家或那家的土门楼里跑出来,嘴里叫着:"回家,回家。"拉着这个,拖着那个,把他们往各自家里推。那个男人狠一点,被推到自家门口,还继续挥着拳头。罗清浏老爸弱一点,扭着头,在众人的肩头上说:"明天走着瞧。"然后两个人都凶神恶煞地叉着腰站在自家门里,嘴巴张着喘粗气。就在这时候,那家的女人又和自家的婆婆斗起气来。因为,婆婆把她往门外推,要她出门,去骂罗清浏老爸在拉屎时捏了她的大腿。女人不知是出于什么心思,就是不去。她丈夫正在气头上,被他妈在耳边嘀咕了两句,回手就给了女人一个耳光。女人给逼急了,抱起儿子,一路哭着跑到村部,把孩子往村长跟前一放,然后做出喝农药的样子,等着村长跳起来去抢下,孩子就叽叽哇哇在村部哭个把小时。到了天晚,丈夫来寻,然后三口子一起家去。

走到半道,撞见罗清浏老爸拉着罗清浏往猪场去,罗清浏手里捧着一小碟梅花糕。于是,那三口子也统统折回"祠堂后",一副要把官司打到底的样子。村长就敲钟,召集大家到猪场大院开会。这就是判案。兄弟姊妹闹事,都是要找外人评理的,猪场的能人没一个姓罗,和谁也不沾亲带故,诸如这样的小案子,他们常常几句话就能平了。判案就成了猪场的副业。

原来,罗坎有三个公共茅房坐落在高坡子上,对着路口,可以一边拉屎一边看风景,且男女共用。家家都是亲戚,兄弟姐妹都是从光屁股一块儿长大的,男女之事并不像城里人那么诡秘。但是,要有人就此把事儿造大,多半可以借题发挥。至于罗清浏老爸有没有捏人家媳妇的大腿,这样的事其实是天知地知。不想把事儿造大,就没事。可那媳妇被丈夫逼着点了头,而村长又决定凡有伤风败俗的事都要严管，罗清浏老爸就活该被重判，定为监督审查三个月。监督审查期间，停止罗清浏老爸参加村委会的权利，还要贴一张告示，叫大家和他划清界限。罗清浏老爸倔头倔脑说不服。茅房就是那么造的，女人来了他想不看都不行。女人就坐在旁边，不当心碰一下，怎么就叫"捏大腿"？

这个"不服"把人们一下子难住了。整了罗清浏老爸，这以后怎么办？总不能不让女人上茅房吧？

于是，猪场的几位老兄头对头，商量了一分钟，就把案子里最困难的问题给解决了。他们决定：从此以后把张礼训订阅过的旧报纸，在几个茅坑墙根上放一堆，上茅坑的人拿一张报纸在手，没人的时候赶蚊子，有女人走来遮着脸。从此是非不就没了？

这个决策后来让罗坎人非常敬佩，凡去那几个公共茅房拉屎，连手纸也不用带。至于分放报纸的工作，当场就交给了小孩子罗清浏。这个决定在村民大会上一宣布，挤在猪场院子里的大人小孩都很兴奋。

罗清浏老爸被村民们监督了三个月，一上茅房就有人看他拿不拿报纸遮脸。弄得他走到哪儿都提着张报纸，一有人对他指指点点，他就把脸放在报纸后面，闷头闷脑在水田里苦干了三个月。到了第三个月末，大家觉得罗清浏老爸可以刑满释放，回到罗坎大家庭来了。他已经用拼命劳动挣回了大家的信任和同情。

就在罗清浏老爸被解放那一天，"江湖"上来做生意的外地人突然说：在城里给罗清浏家找到了一门远房亲戚。罗清浏老爸的腰就立马硬起来，走到哪儿都赶上其他人高了。就连那家跟他吵架的凶狠男人也来主动招呼他一块儿下水稻田，还把牛借给他使。罗清浏老爸也聪明，在关键时候把烟斗递过去了。于是，两家人就又像兄弟一样，蹲在树阴下呼噜呼噜地喝粥，还把自家腌的韭菜花往对方碗里夹，互相吹捧说：你媳妇腌的比我媳妇腌的香。好得恨不能把自己媳妇的大腿送过去给对方捏一把。

以后，不仅罗清浏，而且他的老爸也成了我们猪场的常客。罗坎的结构也慢慢有了一点点小变化，当年，祭拜"业华祠堂"里的祖宗被定作是封建迷信。于是，再多跑几步，到猪场去，就成了罗坎人日子里的新生事物。动不动就会有农民和江湖上的人跑到猪场来，找先生们评公道。这样，慢慢地"村部"就和"祠堂后"分了工：婆媳之间鸡毛蒜皮的小事到"村部"，有重大纠纷就上猪场。猪场的那几位老兄除了养猪，又有一点儿像陪审团里的角色。他们说话不多。张礼训说：言多必失，祸从口出，君子一言，驷马难追。但是，他们若说了，罗坎人定信以为真。就是村长和村干部也没有对先生们出言不逊的。罗坎那个地方，规矩很大，我爸常说：知识分子有好新癖，喜欢自己整自己，结果，什么都给你砸了。文化倒是农民在守着。

"祠堂后"在罗坎村不仅有政治地位，而且有灵气，连猪都能教成士兵。不信？张礼训的典故里说：孙子能把吴王的三千美人训练成士兵，我们怎么不能？古人能做到，我们要做到，古人做不到，我们也要做到。倘若猪场五百头猪成了五百个士兵，那《孙子兵法》都得重写。

在我的记忆里，"祠堂后"猪场红墙上写的标语是："农业学大寨，科学养猪好"。现在看，那前一句是"中学为体"，后一句是"西学为用"。为了这个目的，老戴、老耿、小耿和张礼训都睡在猪场，我和我弟弟也睡在猪场。我爸是场长，猪场就是我的家。不臭。我们的猪讲卫生，懂礼貌，一窝一圈，喂食在屋里，拉屎到墙根的小洞口。清浏河接过一条水管，猪场的家伙们先洗澡后洗猪。虽说养猪是体力劳动，文人的脑子闲不住，那么多聪敏脑袋窝在这么一个小山村里，还不想着点子干点儿流芳千古的事儿？大胆假设之后，就是小心求证。老戴、老耿、小耿管猪儿们的"条件反射"，张礼训管它们的"思想教育"。也不知从什么时候起，进我们猪场就跟进军营一样。猪儿亮灯吃饭，摇铃拉屎，排队散步，让人都不忍心吃它们。猪的聪明我是从小就知道的。我养的小猪崽子是学龄前儿童，"军营"里的那一套还不会，但人家就已经会抱着奶瓶喝米汤了，粉红的小鼻子顶住我的肚皮，就跟我生的一样。

"祠堂后"猪场的奇迹，又让罗坎的农民惊讶不已。罗坎的猪几千年都是在屎坷子里吃，屎坷子里拉，啥时候成人啦？于是，猪场就成了一个充满智慧的希望之星。罗坎人要是抱怨穷日子不好过，会说："活得不如猪"或者"还不如投胎到'祠堂后'"。我长大以后，读到伊壁鸠鲁讨论猪的幸福，脑袋里理解的猪全是我们猪场的。它们是胖乎乎的富农，优哉游哉地吃，优哉游哉地睡，天塌下来不管，肉体上无痛苦，心灵上无烦恼，活上那样一辈子，不是很幸福？突然有一天被人一刀宰死，那不是它们的错，是它们的命。至于杀它们正义不正义，到死都不是它们想的问题。这样的世界多容易，我们猪场那群成了人精的富农猪，是七十年代撒在罗坎的希望种子。

我记得在那样一个贫穷却到处长着"美梦"的时代，罗坎村还有一个大案子，发生在罗清浏家的酒席上，也是到我们猪场判下来的。

罗坎人都沾亲带故，一家婚丧嫁娶，一庄子人都能蜂拥来凑份子吃酒席。人家出了你的份子，下次该你出的时候，你也不能不出。从村长到孤寡老人，大家日子过得都差不多，份子可大可小，送一捆柴也可以算是份子。酒席也可大可小，有钱就吃肉，没钱就吃花生，吃什么都叫吃酒席，永远也吃不完。小孩子在野地里玩得好好的，说被拉回去叫人，就被拉回去，舅爷、叔爷、姑奶、姑父一圈叫下来，头顶被人拍得生痛：这娃儿懂礼。

那天，罗清浏跟我在七个牌坊那里打赌：牛跑得快还是猪跑得快。罗清浏十一岁，上小学。他刚从山上砍了一捆柴，说要砍一千斤，卖了交学费，读书识字。我们俩坐在柴堆上，屁股底下像有一堆汉字，后背还倚靠着那个贞节寡妇的牌坊。心里很踏实，以为日子永远都会这样，再过下去就自然到了人人平等，家家富裕。后来，罗清浏被他老爸召回家去见人。

农民的酒席，猪场人一般不去，我爸说："去一家，就要家家去。反不如谁家都不去公平。猪场本来也走不开。"结果，家家请客，过后都会使唤女人或小孩子送点食物来。那些梅花糕、麦芽糖、韭菜炒小藕、莲子糯米粥是对猪场参政的报酬，对我，却都是长久热爱罗坎的理由。所以，那天罗清浏被拉走后，我就一路采一些野花儿，跟在后边往"祠堂后"走，等着他家酒席散了，罗清浏能给我送点什么吃的来，并没想到罗家去凑热闹。我心里是小孩子常有的那种无缘无故却又清澈如水的快乐，从第一个牌坊走到第七个牌坊，似乎觉得有一种水稻一样整齐的秩序，在罗坎的空气里，一排一排，密密地张开，绿色的。后来，我远远看见他们父子二人走进他家的白墙，突然又被人从院子里推挤出来，接着，吃酒席的人蜂拥往外逃，嘴里叫着："猪吃人！"

原来，罗清浏家五百斤的大种猪，突然从猪圈里跳出来，发了疯一样向吃酒席的人扑来，撞翻了桌子，撞倒了村长的侄女侄孙，踩断了侄女的一只胳膊，撞掉了侄孙两颗门牙。于是，不一会儿当事人和受害人都跟着村长到红墙猪场来找几个先生评理了。这种时候，作为猪场的小孩，我是很自豪的，觉得世界上的战争都能在猪场停止。

受害的那家人说罗清浏的老爸想当村长，故意养出个猪八戒欺辱女人，吃人孩子。罗清浏老爸说："没有的事。村上多少人家的猪都是这只种猪的后代，若这只猪会吃人，咱村子就是高老庄、白骨洞了。"

农民们或在猪场院子里蹲着，或在墙根下蹲着，还有妇女倚着猪圈的半截红墙一边纳鞋底一边看热闹。猪场的几个先生都坐在长木凳上。村长站着："不要胡扯。清浏爹你说清楚猪是咋疯的，都喂了些什么，弄得要吃人。"罗清浏老爸说："我家猪不吃人。它就是见不得扫帚。您那侄孙举着扫帚在院里走，猪就急了。"村民们就笑："鬼话，还有猪见不得扫帚的事？那猪识家什啦？"村长说："你家的猪伤了人，你不给个说法，大家伙儿放不过你。把你送进县上局子里，可就不是这么说事的了。"罗清浏老爸急了："我说的都是实话。我学着猪场先生训练它来着。没训练出真本事，就训出了这个扫帚疯。"

就在村民们笑得前仰后合的时候，老戴、老耿、小耿、张礼训已经把案情搞清楚了。他们说："条件反射。你训练猪的时候用扫帚打它了吧？"

"不打怎么训？"

罗清浏老爸如实招了。人家原来有了雄心，也想把自家的猪训练成士兵。猪不去粪坑拉屎，用扫帚打，猪不等亮灯就吃食，用扫帚打。四年打下来，就把猪训练成了"扫帚疯"。

"科学是打出来的吗？"村长语重心长地说，"若打能成事，不要猪场啦，办成刑房得了。科学也是你这样种田人碰的？"罗清浏老爸嘟嘟囔囔地说："孝子不都是打出来的？越打越孝顺。"

结案。村民们给罗清浏老爸两个选择：一是，杀了种猪设席，给全村人赔不是，猪头给村长侄女；罗清浏给村长侄女家捡三个月牛粪，跌打损伤一百天，至人家膀子好了为止。二是，把种猪贱卖给猪场，钱分三份，一份给村里公积金，一份给断了胳膊的女人，一份清浏老爸自己留着；罗清浏给村长侄女家割三个月的猪草，至人家膀子好了为止；至于侄孙的两颗牙，就算了。奶牙，迟早要掉，村民也就不追究了。

罗清浏老爸在两个惩罚中选了后者。罗清浏听说他要给人家割三个月的猪草，脑袋后面小辫子一甩，跳起来就说不公平。他爸的邪猪撞了人，他凭什么要去割猪草。割猪草这活儿可不像到茅坑发放报纸那么神气，还累人。

村上的人说："你和你爸还分家？"

罗清浏小脾气还挺大，站起来就要走。张礼训一把拉住他，要做"思想工作"。才说了一句："子为父隐，木兰从军，割股啖母，说的都是小孩子要替家长分忧。"被罗清浏胳膊一甩，推了一个趔趄。

这下风声急转，大家都从罗清浏家的猪转过来说罗清浏的不是。公平是一村人定的，不是你一个小孩子说了算的。结果，倒还真的成了棒打出孝子，罗清浏的老爸当众抄起扫帚就打罗清浏，嘴里骂着："打死你这个小杂种，当奴才的命还敢翻天！"有人嘴里说别打，也有人说要打，大部分人等着看热闹。一扫帚打下去，罗清浏头上肿起一个鸽子蛋。

我心里非常同情罗清浏。罗坎人打孩子都喜欢当众打，从来不顾小孩子的感受。罗清浏老爸明显是要打给人看，下手还不算重，有真打的，能把小孩子的耳朵给割下一块。我知道罗坎人有欺负弱小的毛病。以后，我仔细想过这个问题，觉得其实就连那些牌坊上说的事儿，也都是欺负弱小，没有公正可言。凭啥人家十九岁守寡就得养一群儿子？凭啥九岁的儿子要养四十岁的老爸？明明是社会或成人的责任，却都推到家庭或小孩子身上，难怪中国过去几千年也不用养老院、托儿所。如果，社会福利问题各人自家解决，那社会公正自然也是各家自己的事。要那些民法宪法干什么？罗坎人自有自己的规矩，人和人之间的位置就是这些规矩排出来的。不然，谁养人，谁被养呢？

罗清浏挨打那天，很是难堪。脖子拧着，小辫子也散了，黑乎乎的手背不住地在细长的眼睛上揉一下，眼皮一眨，就有一滴眼泪滚出来。他本来就一只眼睛大一只眼睛小，像一大一小两颗黑豆。那天，大黑豆里全是委屈，小黑豆里全是仇恨。最后是我爸和两耿跑过去拉住了罗清浏老爸的胳膊，告诉他："猪场不是打人的地方。要科学育人。"先生们发了话，大家都得了台阶下。罗清浏老爸的凶器停在空中，农民们也点头称是，说："要能把人育得像猪场的猪那么听话就好了。"

结果，小小的罗清浏还是被村长和村民们逼着写了一份检讨书，贴在某一个关于当孝子的牌坊上，让各处到"江湖"上赶集的人读。在那几个牌坊上，动不动就会贴上一些检讨书或者喜报。这是罗坎人的修身养性，罗坎人喜欢张扬自己教子有方和丰收喜讯。第二天，张礼训自家的女婿因为不肯在把旧报纸送进茅房之前，按照岳父的指示，把每一份报纸上的"张"字叉掉，引起争执，也把张礼训推了一个趔趄。同样都是"趔趄"，公平的问题就被提出来了。猪场的女婿干了不敬之事，坏了罗坎的规矩，不处理，以后猪场就没有威信，如何再开口裁判是非？于是，猪场几位老兄和村长一商量，招呼村民来开会，一时呼声上下，为张礼训老先生撑腰。张老先生都不用开口，村民们就又逼着张家女婿写了一份检讨书，一视同仁，贴在牌坊上。和罗清浏的并排，风吹日晒，三个月才掉光。我们实在不能不承认罗坎是个有德行的村庄。

罗清浏老爸的种猪后来真到了我们猪场。那猪看上去憨厚仁慈，全身是膘，和别的种猪没区别。我爸说：它的种叫约克夏。若和苏联长白猪交配，能生很好的瘦肉猪。我爸还说："你可以跟它玩，但千万不能给它看扫帚。它给训练坏了。"我七岁，农村野地里长大，我爸刚走，我就对弟弟说："怎么样，我们拿把扫帚试试看？"我弟弟三岁，我说什么，他都说行。于是，我们两个人扛着一把大扫帚，向约克夏的猪圈走去。离着还有五米远，那猪突然上蹿下跳，蹦出猪圈矮门，向我们冲过来。吓得我们掉头就跑，认定它要把我们吃了。我弟弟跑了三步，大嘴一张，坐在地上大哭等死。因为扫帚在我手里，那头约克夏认定我是定时炸弹，跟着我紧追不放。直到老耿小耿对我大叫："扔了扫帚！"我才明白过来，扔下手里的祸害，保下小命。

第二天，我对罗清浏说："你家的那头猪真有扫帚疯，吃人哩。"

罗清浏说："猪都没打成奴才，人倒打成奴才了。罗坎的规矩就是大吃小。等我长大，再也不回这个罗坎村。我当科学家去。让他们在这里东家吃西家喝吧。我恨罗坎。"

罗坎的美和规矩，甚至罗坎的怪事儿都是曲径通幽。不过，就算小孩子什么都没有，他还可以有希望长大。我们再看。

2. 罗坎式结构的解体和各色世界人的出现

半年以后，陪审团和罗坎的故事都没人再提了。所有的事情都会成为过去。过去没有时间、没有远近，三十年的差距，半个地球的间隔，凡掉进过去的黑洞，都成了插在同一个黑花瓶里的干菊花。有心的时候看一眼，没心的时候忽略不计。所以，那天我在一棵大橡树底下碰见邵志州戴维邵的时候，我们俩都没提被告和陪审团的事。

邵志州穿着实验室的长白褂子，捧着一盒大虾饭，坐在大树下的长椅子上正准备吃，树阴慷慨大方，小风呼呼，锯齿形的橡树叶子打打闹闹挤挤扎扎，在老邵的白褂子上凌乱游动。老邵头顶上的叶子、脚底下的树阴都是活的。老邵的脸也活了，比在法庭时展开很多，还有一种跃跃欲试的神情。他看见我路过，就赶快合上饭盒，笑容满面地站起来，解嘲似的说："又当单身汉啦，做点好的自己吃，不省了。"

于是，我也就停在树阴下，跟他聊了几句。也都是家常话。我问他老家邵坷庄在哪里，父母身体可好；他问我老家在哪里，有没有小孩，叫什么名字，上什么学之类。然后他说他要发起成立一个同乡会或者联谊会什么的。"一个人不成家，孤单。"老邵说，"找些老乡来喝一杯，做几个家乡菜，写几笔书法，叙叙乡情，唱一段黄梅戏。到时候，请你。"

我对"同乡会"之类不感兴趣。就和罗坎的那种来回吃酒席差不多。不过就是一大群走向世界却依然闲着无事干的老婆们，外加几个听老婆话的学者聚在一起互相抬举，凑热闹，都是因为在自家的金鱼缸里过习惯了。美国钱要挣，中国关系要结，样样割舍不下，于是就想着切一小块中国带到美国来过。要这样，不该叫"留学"，叫"建立殖民地"得了。为啥我们中国人走到一起就要扎圈子？一有圈子就难免有帮派亲疏、背后说坏话，烦不烦？而且，在美国，圈子里的人一闹，还没有一个"祠堂后"做仲裁，最后都是不欢而散。我对老邵说："戴维，别以为我是你在法庭上看到的那个正经人儿，你要把我弄进你的同乡会，你就是自己把一粒老鼠屎扔进了自己的粥里。"老邵说："哪能呢？不过是聊以自慰、自得其乐的事情，人总得活得有点情趣。"

他邵志州戴维邵还真有本事，一个月后，不仅建立了同乡会，召集着要过中秋节，还打电话告诉我，他找到了一个人，男的，这个人中秋之夜非要见我不可。老邵卖关子，就不告诉我这人是谁，叫我自己想。

我费劲想了一圈儿，实在想不出哪个旧情人能跟老邵沾上边。

中秋快到了，老邵热情洋溢，一个电话接一个电话打来，要我说定到他家去聚会。还说他这是要谢我。

那样的聚会叫"罗坎模式的高级阶段"：厨房里，一群老婆围着小桌子包韭菜饺子，说着张家夫妻买了新房子，李家儿子赢了钢琴赛，王家岳母摔断了腿，赵家先生才找到新工作；客厅里，几个先生坐在沙发上谈癌症（老邵在癌症实验室嘛），谈升迁，谈中国变化真大，谈油价上涨，一个个都很爱国。若碰巧有一个不知天高地厚的来了，还会真不真假不假地说谁谁谁你该得诺贝尔化学奖。要是有人指出我来，说这里还有个不搞癌症的，会写诗，那下面一句就是：好呀，还有诺贝尔文学奖等着呢。这种鬼话，只有一个功能，就是把人羞愧至死。也就是我们中国人得个奖都目的明确：好做人上人。像我这种介于老婆和先生之间的文人，过日子凭兴趣，且没有宏伟目标，头上还插根草标：离异。在这样的聚会上只能手足无措，上下游走，东转转，西转转，在人家书架上抽本名人传记翻翻，又拿起人家儿子的电动玩具开动一回，等着主人叫：吃。

我干吗要去？不去。所有结圈子的事情我都不喜欢。大家都是来自五湖四海，要结圈子，回老家去得了。我们罗坎式的圈子才叫抱得紧密，用得着到美国来？我对圈子里的人事帮不上忙，对圈子里的人也无所求。中秋之夜那个要见我的男人，可以给我买花呀，可以请我吃饭呀，跑人家家去干什么？还给人当一个筹码逼着我也去应酬罗坎茶馆里的赵钱孙李。见他的鬼去。这种鬼鬼祟祟的男人绝不可能是我的旧情人。除了两三个旧情人，我谁都不稀罕见。

于是，中秋之夜，我吃了三个鸡蛋，还拿了其中一个大的双黄蛋在儿子眼前晃了一晃，对儿子说："你妈吃恐龙蛋。"儿子八岁，不太好骗了，斜了我一眼，平静地说："那是弟弟妹妹蛋。"人家见过双黄蛋，认定一黄为弟弟，一黄为妹妹。家庭和睦，中秋团圆。只是门口汽车喇叭一响，儿子从椅子上跳下来，拿起他的恐龙机器人就跑，到小朋友家过周末去了，不跟我过什么中秋节。我把腿跷在矮桌子上，给女朋友打了两个电话，骂了几句经济贪污犯。过了一个随心所欲的中秋之夜。

到了晚上十点半，邵志州戴维邵突然来了。跟他一车来的还有那个对我情有独钟的鬼祟男人。那男人一冒头，天呀，那是我的前夫！

老邵真是送货上门。我好不容易退掉的，他给我贴上"中国制造：使用一次，百日有恩"的新品牌，送回来了。我叫道："老邵，你到底要干什么？没人管你就不能活？我看你还真成了一族之长呢。"

老邵嘻笑着脸："一日夫妻百日恩嘛。人家从中国到美国来访问一趟，总共十天，还抽出一个晚上来看你，够情义啦。别怪我多事，我这也是情面；咱们是党校校友，就跟战友差不多。下面你们自己看着办吧。两小时后，我来接人。"临走还没分没寸地加了一句，"大家往前看。"

我和我前夫离婚，离得是斯文扫地。他本来就是一张苦大仇深脸，老婆要跑要离婚，还不打翻在地再踏上一只脚？他一边打一边说："现在不打，以后就打不到了。临了也要叫你知道家规。"家规是什么，我在罗坎就见过：谁弱小就吃谁。挨他一顿打，我还能和他做朋友？跟他一起手拉手向前看？

现在，我前夫上前两步，没事人似的往我面前一站，嘴里说着："乡亲乡亲，离家越远越亲。"我恨不得当时就变成母夜叉孙二娘，给他一叉子铲出去。

洋人离了婚能当朋友，因为双方平等，脸对脸说话，一方再厉害，也不能把另一方的自由拿了去霸占着不还。婚姻本来是契约关系，若闹到动手，就成了"家庭暴力"，法律在头上看着，陪审团给你做主。中国人就难做到了。我那结婚证就像卖身契，你要离，你就是没良心，害人虫，背信弃义，不懂妇道，坏了人家的名誉，断了人家的仕途。上上下下，一大圈亲戚朋友来劝你：三思而后行。弄得你吵架都不敢当人面，怕让双方父母、祖父母伤心，折了他们的寿。所以，凡我和前夫大吵大闹，都是在外地的大街上，没人认识。只有一次是在回罗坎时吵的。那次，我做了一个错误的判断，以为离开十八年后，罗坎不会有人再认识我了。结果还是被儿时那个发誓不回罗坎的小朋友罗清浏当街认了出来，让我大跌面子。

那次我们两人回罗坎村，是因为我前夫要寻找一个带职锻炼的点儿，下去一年，回来好升官一级。两家老人都劝我跟着去玩几天，来它个"旅行弥合"，只当出去玩一圈，便能统一观点，统一标准，统一价值观。没想到才走到清浏河边的"江湖"，还没见到那七个牌坊，我们就基础倒塌，指鼻子上脸地干了一场。起因是：我那个五短身材的前夫一挥手，从兜里掏出一张证件，在罗坎村鱼铺子上一晃，说："看清楚了，我是上边来的！"卖鱼的汉子正在和旁边卖鸡蛋的女人打情骂俏，顿时转过脸来，从鱼篓里拎出一条大青鱼，递到我的鼻子底下，弯着腰，人矮了一截，龇着黄牙，笑成一盘向日葵："活鱼，活鱼，刚抓上来的！"我转身就走，当时就给我前夫起了个外号：石壕吏。

我前夫那张唬人的招牌不过是张工作证。在到罗坎村的路上，他已经先后甩出来两次。不过是要带职下放，搞得像个钦差大臣。那天，我在前，他在后，在"江湖"上疾走。先是他要我说清楚，为啥骂他"石壕吏"，然后我们就停在街心，从"石壕吏"吵到"非离不可"。最后他手一伸说："东西拿来！"他指的是那条戴在我脖子上的"狗链子"。我说："我还你狗链子，你还我自由。"他说：

"不识好歹的东西，老子在深圳花了三千块钱买的，24K 金！"

罗清浏就是在这个时候，从路边看热闹的人群中走过来，把我拉到身后，说我是他妹妹，打老婆不能打到娘家来。"石壕吏"矛头一转，对罗清浏吼："你是什么人？你是什么人？"

"石壕吏"的老家是朱家集，说起来是个比罗坎还小的村子。他心眼小，雄心大。心眼小表现在：自从跟他结婚以后，不但我的男朋友被他吓得不敢再来找我玩了，连我的女朋友也不敢来找我玩了。雄心大表现在：他不会平视说话，要么仰着头说奉承话，要么眼睛朝下教训人。这样他就总是处在向上爬的过程中。那天罗清浏戴着眼镜，两个眼睛一样大了，且穿着军装，不像罗坎村当地的农民，"石壕吏"一时不能决定该如何对待他，吼过之后就停住了。而我因为被小朋友在一种丑陋的状态下认出，很有点难为情。我们两个人的战争告停。

在罗坎的三天里，"石壕吏"对罗清浏一直戒备着。还说我到罗坎，原来就是要见这个男人。罗清浏当时刚结婚。后来，我们到罗家，罗清浏的母亲误把我当作罗清浏的新媳妇，"石壕吏"当堂就认定我七岁的时候和罗清浏有过一划子。

罗清浏的母亲在灶膛里煮了冰糖鸡蛋拿出来，叫我们吃吃吃。罗清浏告诉他妈：他媳妇有采访不能回来，而我是以前猪场先生家的丫头。他妈大为放松，一件又一件把身上穿的毛衣脱下来。脱了四件之后，手腕上露出一个大手表。罗坎村的人富裕要摆在脸上，这样没人敢欺负。在九十年代初，罗坎人富裕的象征是毛衣和手表，比七十年代空得一门城里亲戚实在多了。罗清浏他妈说，媳妇是个军官的女儿，不敢轻慢了人家，把家里的毛衣全都穿上了。就是穿这么多毛衣烧火，实在太热。

罗清浏他妈这句话里提到"军官"，使"石壕吏"改变了对罗清浏的看法。我说："七岁的时候，我和罗清浏一起看过猪交配。"他居然还有了一点笑脸。我知道他是装笑，就跟罗坎村的妇女用毛衣来装门面一样。笑也可以有好几层，根据对方与他自己的相对位置决定给多给少。那回他像洒花粉一样洒了一点笑，并同意和我们一起去"祠堂后"猪场看看。

罗清浏他妈说："你家猪场改成幼儿园了。娃娃们讨个灵气好考大学。"

把"祠堂后"变成幼儿园,是罗坎结构在新时代的重大变动。其意义比当年猪场参政还伟大。以前,大人下水田插秧,小孩子就在田埂上抓田鸡、玩泥巴,到天晚,小泥手牵着父母空了的水稻担子,迎着金盏花一样的落日走回家吃饭。清浏河一湾阳光,金币一样闪,今天流走了明天又流来,转来转去离不开家乡巴掌大的地方。现在,农民孩子也进幼儿园,罗坎人想着把孩子往土地之外送了。金盏花要长得像金元宝,金币要能看又能用。他们能如此抬举我们那个猪场,这在我意料之外。这是农民发财梦里的天真浪漫。不管怎么说,把孩子都送进猪场,这是"老家"对我幼年的一个肯定。我们猪场的传奇应该是能够流传下去了。

往猪场去的路上,过去的石板路还是光溜溜地泛着水色,两根青青的狗尾巴草在墙根上谦恭地弯着须子,有小狗从我们脚边哧溜穿过去,鸡屎味儿和糯米糕的清香同时从竹篱笆里冒出来,有两个人高马大的男人嗷嗷叫着在街口互相挥着拳头。罗坎的颜色、气味和声音都还在,只是不见有一大群邻居从各自的土门楼里冲出来拉架。碰巧这两个男人打到我身边来,我便一把揪住一个大汉的后衣领把他往后拖,嘴里叫道:"回家,回家。"罗清浏便把那第二个男人也往他自家推。"石壕吏"把手插进兜里,以拔手枪的姿势,去拉他那张王牌。

罗坎的两个男人并不恋战,似乎就等着有人出来推他们回家。没等"石壕吏"的武器出手,战事就以罗坎的传统方式结束了。两个男人各自站在自家的土门楼里喘着粗气说:"明天走着瞧。"一个坐在自家门洞里蒸梅花糕的老太太叹气道:"人都走光了,不归家了,拉架的人都没有了。"

等我真看到"祠堂后"改成的幼儿园,我又担心起罗坎判案子、断是非的事情,不知哪个机构司掌公平问题了。我把这个问题向罗清浏提出来。罗清浏在军校读书多年,因为要出国留学才回家道别,脑袋里想的全是世界上的大事,对罗坎的公平问题不怎么上心。倒是铁了心要在中国干的"石壕吏"说了话,他说:"现在市场经济了,又不要那么多平均分配,公平问题都可以用经济杠杆来解决。"

那时候,"经济杠杆"对我来说还是一个比较抽象的概念,我脑袋里想着的是一根金箍棒，金光闪闪，被尖嘴猴腮的"市场"拿在手里滴溜转，把罗坎农民甩出了土地的磁场，成了一片一片零星的小铁片，自由鸟一般在乡村和城市之间巡视，哪个枝头有金果子就落到哪里去。按照"石壕吏"的理论推下去：既是四海为家了，"村部""祠堂后"本来也就可以废了。谁家的猪要是再踩断人家的胳膊，撞掉人家的牙，放到"经济杠杆"上一称，赔他几个金果子就是了。用钱来计算是非，不像用礼数那么麻烦，单位为"元"，清清楚楚。这也挺好，若用礼数，是非对错都在前人的框子里定，反倒说不清今人的公平不公平，不老不死的只有"钱"。

旧时司掌罗坎"公正"问题的机构废了，但奇怪的是"业华祠堂"的香火却前所未有地旺盛，门匾上"孝悌出忠义"五个金字刚重新描过，发出威仪庄重的亮光。进进出出的老人儿童，个个敬香敬果，求祖宗保佑他们在外打工的亲人发财致富。罗清浏在路过罗家祠堂的时候有了一些感慨，他说："等有了儿子要带回来拜拜，祖宗保佑起子孙来，想必比菩萨还卖力。"

我说："你小时候说离开罗坎再也不回来了。"罗清浏就憨厚地笑："这就要出国了，真不能回来了，想法倒变了。有些事儿身不由己。家总归是家。"在对罗坎村的态度上，我从来没有罗清浏那种"一去不复还"的偏见。他是土生土长，却没有我这个外来人家乡情结重，我永远喜欢绿油油的水稻田和白糯香甜的梅花糕。看到祠堂后幼儿园里，儿童蹦蹦跳跳，过的还是我小时候的好日子，我真有点儿后悔：要是嫁给罗清浏，也许能混到"罗业华"他老人家的恩荫之下，也生几个罗子罗孙。可惜我年幼无知，心大了一点，要找一个有文化且上进的，却不知道文人上进就是入仕求官，结果错嫁了"石壕吏"，明明学的是"流体力学"，整天想着的却是"平衡权力学"，我看着都累。

就在这时，"石壕吏"拍着罗清浏的肩，说："你们罗坎和我江西老家朱家集是一种风格，像。我祖上是朱熹的后人。你们罗家能沾上罗吒吧，托塔李天王的后代。"

当然，我们都是北京猿人的后代。嫁给谁都是英雄的子孙。

从那次去罗坎到现在，又有十来年了，收集往事的黑花瓶里，又多了几枝干菊花。如今，前夫"石壕吏"新衣新裤跑到美国来看我，那是"朱买臣"来看"会稽愚妇"的架势。他已经爬上了做家长的位置，把多少年前老婆闹离婚丢失的面子挣回来了。他肚子鼓得像个小地球，红领带在紧绷绷的前胸挂下来，狗舌头一样拖在肚脐眼下。头发只剩三条，风一吹，就飘到一边，又被他抓回来，小心翼翼地放回头顶，恰好完成"欲盖弥彰"的任务。他向周围打量了一圈，递过来一张名片，说："你这房子不错，在美国当个教授也算是够上中产阶级了吧。"我看了一眼他的名片，就知道他其实是说：你不就一个房子么，我这几年官职有了，学术地位也有了，比你在美国社会地位高。

可惜跟"石壕吏"开不出玩笑来，他平时板着一张"衙门脸"，这辈子恐怕只玩过一次幽默。在儿子过四岁生日的那天，他从中国给儿子寄来一张生日卡，上面说："你爸爸评上正研了！这是给你的生日礼物！""石壕吏"从政多年，却从来没有和技术断钩，拿个正研究员再一心从政，脚跟硬，这是他多年的计划。他的幽默是想告诉我：计划实现了。可咱那四岁的儿子，正日夜热衷于恐龙，就像我当年热衷于肥猪一样疯迷，见了一个新物种，立刻就要归类。他摇摇摆摆走过来，举着生日卡，要我给他爸回信，问问"正研"是"翼龙"还是"毛鬼龙"。

两小时很长，我既想装成文明人，大度有礼，又觉得你把一个人看得那么透，还装什么装？那些"当街大吵"早就让我知道他和我骨子里都不是文明人，是毛贼。

现在，我们各得其所，本应无爱无恨，各走各的路，可我却又在心里狠狠地看不起他，而他却踌躇满志，要向我证明他的成功。当我们对面坐着的时候，我发现我那个收集往事的黑花瓶里，与他有关的好事儿就没插进来过一枝。就算谈恋爱时有过几枝好的，也都给我拔出来扔掉了。我们除了小孩子，没什么话可说。

"石壕吏"问："儿子在干什么？人呢？""到小朋友家研究恐龙去了。"

"别尽让他研究古代的东西，没用。他得走向未来。"

"用不着你操心，未来早有了。人家的儿子叫'南光'。"

"南——光？"

南光是某本《儿童食物指南》的作者，那本书封面上有个胖脸娃娃，"南光"二字就写在胖脸娃娃头顶上。儿子早就指定那是他的儿子。我当时就肯定了。南光是我孙子。

"石壕吏"说："我要和儿子谈谈话，叫他好好学习。"

我就拨了电话到儿子的小朋友家。儿子很文明，对他爸说："您好。祝贺您又结婚了。"

"石壕吏"说："你还学中文吗？"

"我妈说我太难教，她以后教南光算了。"

"别跟我提南光，谈别的。""石壕吏"不耐烦咱们这个子虚乌有的孙子。

儿子就换了一个话题："我妈说你的新太太像个汽油桶。"

这下，我暗暗叫苦，童言无忌。这话是我说的，我出于怨恨、蔑视和看笑话的丑恶心态说过这话。尖刻是我的毛病。"石壕吏"皱着眉头："嗯，她没有你妈漂亮，不过比你妈年轻。"

儿子又说："那您要当心，不要生个儿子太丑。"

"还行，他才生下来，还看不出美丑。"

"他叫什么名字？"

"还没取名字。"

"那就叫'南2光2'吧。"

"什么？这是啥名字？""石壕吏"对儿子叫道。

我笑，还有点幸灾乐祸。儿子是聪明儿子，他脑袋里想什么，我当然知道。儿子喜欢《星球大战》里的机器人。那个机器人脑袋半圆，银色和蓝色相间，叫"R2D2"。"南2光2"，翻译得好，既创新，又科幻。可惜"石壕吏"是朱家集出来的，不懂在我离家出走后，过去的家庭结构就解体了。儿子既不是罗坎人，也不是朱家集人，人家是"新世界人"，前关心恐龙，后关心宇宙，科学得很。他爸那套"学而优则仕"，换成"新世界人"的语言，不过是"找工作"。他爸折腾了半天要当"人上人"，在"新世界人"的时代是"职业歧视"。

"石壕吏"和儿子没话谈，挂了电话，抱怨了两句：儿子没大没小，一点规矩都不懂，真是跟谁像谁。意思是我把儿子带上了邪路，将来恐怕混不到他的水平。此后，我们这两个在闹离婚的过程中，把对方所有老底都骂遍了的旧人，就脸对脸，无话可说了。干等着那两小时过完，他走人。

后来，"石壕吏"想到了一个我们两人都感兴趣的题目：罗坎。他说罗坎村没了，三年前被市里收去当民俗公园了。他邀功说："罗坎民俗村的建设是我抓的。很有特点，你下次再回老家，就要买门票了。"

"那村里人呢？猪场改的'祠堂后'幼儿园呢？"我问。没想到一个人的老家还能就这么没了。把一种生活方式存起来，展览给人看，是为了让它更值钱还是更不值钱？

"石壕吏"说："从我们上次去过罗坎之后，没多久，罗坎村就样样都走了下坡路。村子越来越空，留不住人。到现在，只有那个沾了你家猪场风水的幼儿园还发达。青壮年一个个都进城打工去了。孩子留在罗坎，老年人在家给年轻人看孩子。"

看来"经济杠杆"还真是条金箍棒，一点都不含情脉脉，一直打到农民的老家去。"石壕吏"描述的是一种新的家庭结构，和我小时候见过的四堵白墙一家人，三顿饭一大家子围在一张桌子吃的罗坎家庭不一样了。罗坎的人不再像小铁屑一样被绿油油的水稻田吸引住了，工厂和城市是力量更大的磁场，把农民从土地中拉出去，嫁给社会工业化。七个牌坊撑了上千年的罗坎和我的小家庭一样，说解体就解体了。最后，连"老家"头上也贴上了商标，拿出来卖钱。真不知罗坎人东家的份子，西家的酒席，数不清的礼数和修身养性的情趣在离开土地之后，都变成了什么样子。

"石壕吏"开始对我提罗坎出去闯生活的人，谁最出息，谁最坏。报了几个名字我都不记得了。最出息的那位当了什么"罗总"，最没出息的当了"杀人犯"。"石壕吏"见我记不得这些人，就扳着指头算，算了半天，算出来"罗总"是罗清浏的表妹夫的堂兄，"杀人犯"是罗清浏堂姐夫的表侄。这关系一算清楚，他问我："这下你该记得了吧？"我说："我记得罗清浏后脑勺上有块大疤，他叫我用黑蜡笔给他涂成黑色。我花了半小时才涂上去。"

"石壕吏"说："你从小就喜欢男人头。"他话里带酸带刺，我立刻回击说："可惜，挑多了，一头也没挑到。"我知道我很讨人嫌，不会让步。但"石壕吏"明显过了吵架的年龄，有了一些领导对待群众的风度，他只是说："十几年前我们到罗坎，我干了什么坏事，你要叫我'石壕吏'？要不是我坚持搞民俗村，你老家罗坎恐怕已经给房地产公司拍卖了。"

我也不知道为什么要叫他"石壕吏"，他干的那点儿事，最多也就是个拉大旗作虎皮，既谈不上腐败，又谈不上贪污，但我的容忍度从来比较狭隘。

罗坎村长们在我记忆里都是老农民的形象，一时间怎么变成地主了？也许私欲就像性欲，在人本性里，一刺激就活。金箍棒不仅能打人，还能变成蝇子，钻人肚皮里去，把欲望都给发酵起来。"七个牌坊"和"农业学大寨"的时代，没这个发酵剂。农民是蜂巢里的一只工蜂，和家族不分家，蜂巢在，工蜂才能活。那时的人理解的"个人"，是家庭结构里的个人。每个个人所在的位置都是家庭结构里的位置。他们长得都很像，举止也相似。你放一个屁，我就知道你肚子里要拉什么屎。风调雨顺之时，这些大哥大姐、干爸干妈就喜欢在屋檐底下闹事骂街，屁大的一点事儿也能闹出帮派情仇来。其实，那是因为大家心里踏实。"家"是有的，怕什么？你爸的猪伤了人，你就得去给人割猪草。你做，给你一碗"精神饭"吃，叫你孝顺儿子；你不做，给你一扫帚"皮肉苦"，管着你灭了人欲。碰上为所欲为不听管的，还可以枪毙。大家异口同声，你只好为别人活。

突然，资本成了钻进茅草房的大象，挤倒了桌子，撞翻了凳子，进得来，出不去。罗坎的农民像被人捅了蜂巢的工蜂，漫天飞，自由了。过去对付"人欲"的家法不灵了，手一松，楼房跟着钱流出来，商品跟着钱流出来，农民跟着钱流走了。不会在财富的洪流里游泳的，成了最受欺负的一群，会在财富里游泳的，拿到财富也不知道要财富的目的，一碰就成为最容易腐败的一群。

话讲到这里的时候，老邵来接人了。"石壕吏"站起身，手放在肚皮上，说："我们谈得很好。以后再谈。趁你俩都在，托你们一件小事：我有个领导，是个老总，最近把儿子送到美国来读书了。就在小戴的大学。能关照就关照一下，小孩子叫罗洋，会点武术。我叫他过两天来拜见你们？"

老邵说:"没问题,校友的嘱托嘛。"

我说:"我不管,老邵愿意老邵管。"

"石壕吏"说:"这个罗老总就是刚才跟你说到的罗坎出的能人。和你的朋友罗清浏沾亲。这罗洋就是罗总的儿子。你不看在我的面子上,看在罗清浏的面子上,他的小表侄子你总该关照一下吧?"我说:"幸亏我没嫁给罗清浏,嫁一个就等于嫁了一县城。我好不容易才和你们朱家集离清了,这又冒出一县城。"

"石壕吏"并不放弃:"这样说吧,那小罗洋还是你的校友,人家也上过几天猪场幼儿园。"

到这时,我完全明白了"石壕吏"今晚专门来看我的目的。离了婚,还指望我继续给他当绿叶子。又扯出我的罗坎旧情,又给我找了个校友,又当着老邵的面说,就是让我不好拒绝。说起来不就是关照一个孩子吗?其实,是他大蜘蛛吐网,离了婚也让你逃不脱。他对你好必是有目的。我说:"你还是'石壕吏'的风格呀,'领导'就是你的爹娘。"

几天后,罗洋来访。这个罗洋人高马大,穿了一身全棉的衣裤,耳朵上戴着耳塞,手里拿着 MP3 唱机。属于罗坎式结构解体过程中长大的新一代,在我们猪场幼儿园上到大班,被父母接进城。现在又到了美国,从衣着看,也像个新世界人。说起话来有一点罗坎口音,可以叫作有罗坎特色的世界人吧。他一来,也自称和我是"校友"。我问他还记得多少"祠堂后",他说记得墙上写的口号是:"计划生育,科学育人"。这个口号让我感到亲切,和咱那"科学养猪好"是亲戚。

罗洋给我带了一条围巾做见面礼,还送了我儿子一支笔。我也没拿那围巾当回事,天冷了就随便扯来一戴。结果在校园里碰见一个越南籍的女秘书,她拿着我的围巾角赞不绝口,说,你有这么好的围巾呀!又说了一个什么名牌。我还没有介意。直到她说,这条围巾要五百美元,我才惊得一跳。我全身上下的衣裤皮鞋加起来也不值五十美元。我受了学生的贿!这样贵重的礼物是什么?明显是具有目的性的财富以社交的方式跑到我脖子上来,把我圈住。罗坎式的显富,在十多年后变成了不显山不显水了。钱来得不声不响,花得也不声不响。当年罗清浏他妈穿在身上的四件毛衣，大概件件都是儿子、老伴给她挣来的；而这条不声不响绕到我脖子上来的围巾，却魔鬼一般狡猾，来处可疑，去处险恶。罗坎农民的小家子气在资本面前像冰山一样化了。

我回到家，到儿子房间找到罗洋给的那支笔。第二天，又拿去给越南籍的女秘书看，人家一看，就说这是什么名牌金笔。怎么能给八岁小孩子玩？给医生律师用还差不多。我说，别说什么牌子，我也不懂，就说值多少钱吧。女秘书说，两百美元。

我到了办公室，立刻打电话叫罗洋来。罗洋来了。我把围巾和笔退还给他，说："在这里，教授收学生的礼物，止于几块巧克力。这围巾你留着将来送你的女朋友，笔自己用。"罗洋说，这是他父母的意思。别的也没说什么就把围巾和笔收回去了。

过了几天，我看见那条围巾戴在一个中国女学生脖子上了。只当罗洋这么快就找到女朋友了，一问，才知道那女孩并不是罗洋的女朋友，不过是罗洋在请几个中国留学生吃饭时，随手挂在她脖子上的。人家罗洋拿五百美元不当回事。送条五百美元的围巾还真不算行贿。

罗洋很会抓朋友，动不动就请客。只要和罗洋吃饭，都是他付账。有几个中国留学生时常跟罗洋一起上馆子，吃起来热热闹闹，学校附近的餐馆里时常能看见他们高高兴兴地进进出出。到付账的时候，谁也争不过罗洋。据说后来大家也不跟他争了，把"去餐馆"换了说法，叫"陪罗洋"。不是这个陪，就是那个陪，罗洋肯花钱，身边总有几个哥们姐们陪着。虽然去国离家，人家顿顿都吃家庭餐。罗洋有时候也请我，被我拒绝后，他就教育我说，为啥"吃"在中国那么重要？一吃就成了一家人。

有一天，我看见罗洋在校园路中央吻一个女孩子，长吻不止。美国学生不好意思看，绕开他们走，忍着笑。美国学生也拥抱接吻，但在公开场合，没人把事儿做得如此夸张。我路过的时候，在他们旁边立了两分钟，罗洋也没有发现。这让我想起我们罗坎那几个对着公路的公共茅房，男女坐在里面拉屎，来往行人路过，男人女人如太行王屋两座大山，泰然自若，巍巍不动。从罗家一代代喜爱异性的传统方式看，罗清浏老爸捏人家媳妇大腿的事儿，也应该是有的。

罗洋吻的那个女孩也不是他的女朋友，只在路上吻了一次，后来就算了。他身边又换了几个中国男人跟着，也不像是学生，走在路上一排，高声说笑，迎面若有美国人过来，不管长幼都不让道。有一次被我在路上看见，问起来他们为什么这样做。罗洋说："中国人现在有钱了，给洋人让道的日子一去不复返了。"我说："让道不过是一种文明，用不着联系到国际关系。谁腰粗，谁就要吃小的，这是罗坎的坏家规。"他却说："大的吃小的是全世界的家规。"我说："你找出一千个邪恶的例子，也不能证明邪恶是对的。难道你喜欢生活在那样一个吃来吃去的残酷社会？"他就笑，说："我不过是在给中国人争口气。"

快到期末的时候，布朗教授拿了一篇罗洋写的文章来了，神情紧张地说："你看看要不要报警？"

那篇文章的题目叫"灵魂的食物"，这是布朗教授给的题目。按他的期望，学生应该讨论精神生活的形而上追求，因为人有理性，不是动物，幸福感不光是身体感受，更是精神感受，光有物质食物还不能给人真正的幸福感。

罗洋英文很不好，书大概也没读，因为题目里有"食物"二字，文章开头就列了几个中国菜，每一道菜名都惊世骇俗，一道叫"陈先生的皮烧鸡儿子"，一道叫"操他娘的生姜爆烤龙虾"，还有一道叫"丈夫和妻子的肺切成片"。我脑袋使劲一转，能把那第一道和第三道还原了："陈皮烧子鸡"和"夫妻肺片"。那个"操他娘的生姜"是什么，猜不出来。

文章再往下看，大概懂了罗洋的意思：他在谈如何识别人。他请几个中国学生吃了这么一些好菜，学生们吃的时候互称"大哥""小妹"，关系亲密，但他还不能相信他们。如果他需要做铤而走险的事，得靠忠心耿耿的铁哥们。他花钱结识了两个福州偷渡来的黑工，这些人抱团讲情义。他帮助这两个哥们各还了蛇头一千美元的偷渡费，这两个哥们就跟他铁成一家人，为他杀人都肯。有钱就可以买来灵魂的食物——义气。

这文章狗屁不通，看起来却是满篇杀气腾腾。文章结尾处，布朗教授用红笔给了个大大的"F"。我对布朗教授说："报警就不必了，主要问题是英语不好，没懂你题目的意思。"第二天，布朗教授就把他办公室的三个窗户都用黑窗帘给挡上了。他说："我给了那个危险分子'F'，谁知道哪天就会有一颗子弹飞进来，把我和我老婆的肺炸成碎片。"

我再次碰见罗洋的时候，见他依然大大咧咧，并不为一个"F"烦恼。据他说，他数学尚好，得到了"C"。我问他"操他娘的生姜"是什么东西，他说："干姜嘛。"这样的英语也能来留学，实在让我怀疑他是找人代考的托福。

快到年终的时候，老邵急急忙忙跑来找我商量事。邵志州戴维邵着急地说："我遇到麻烦了。罗洋是你前夫介绍来的，我只好找你商量。这事儿知道的人越少越好。"

原来，老邵手上有四万块钱，是他的癌症实验室让他去买白老鼠的。因为实验室里存着的老鼠还很多，新老鼠来了没处放，还要人喂养，所以老邵就没有立刻去买。那天跟罗洋谈起买宠物养，罗洋说他要买两条银鳗养。老邵就说，你要在动物实验室里待着，就什么宠物也不想养了。就提到了手上有四万美元，能拖一天是一天，不想早把老鼠买进来，多事。罗洋就说："钱停在手上是死的，还不如投出去，转一圈，生出一点新钱来，然后再买老鼠。"老邵揉揉罗洋的头，说："你这小子心眼活。不过这事儿在美国做不得。犯法的。"罗洋说："我找我爸手下的人，让你的钱快去快回，回来的时候还牵一群子孙。这多好。两个月工夫就能做一笔。"

罗洋说的那些人，做棺材生意。老邵算算实验室里的老鼠再用四五个月都没问题，心就有点动了。他也不是贪污。实验室的钱他一个也不会拿。等到需要老鼠的时候，有四万块钱买就行了。于是就同意了。他把手中掌管的四万块钱都投到中国去做棺材了。

结果，钱一出去，左等也不回，右等也不回，等得老邵提心吊胆。看着实验室的老鼠一天天少下去，老板已经问过两次，新买的老鼠什么时候进来。那批棺材死了一样，还没踪影。老邵着急了，找了罗洋好几次，要他催他爸手下的那些棺材商，又担心那些人把他的钱贪污了。罗洋依然是一副没心没肺的样子，说："不就四万美元吗？到时候，钱不回来，从我银行账号里先拨一笔还你，让你去买老鼠。"

老邵不知道罗洋有多少钱，四万！他买房子头一笔定金也就才两万。他一年吃喝付税养儿子也就只能存个五千块。他说："你罗洋二十刚到的小家伙，哪来这么多钱？"罗洋说："关系就是钱。愿意为我舍命的人都有，别说四万块钱了。"老邵这才把心放下来一点。罗洋父母有钱有关系。

眼看五个月了，钱还没回来。做棺材的人说木材出了一点问题，国内禁止伐木，管得厉害，看样子生意不好做。老邵已经不再想发财了，只想老鼠能接上。罗洋答应立刻给他四万块钱，先替他国内的朋友把本钱退给他。老邵连滚带爬把老鼠订了，就等着罗洋的钱，却不想罗洋出了事。

事，说来本来也不是大事，罗洋借给一个中国留学生几百块钱，学生从中国带进了一旅行袋"小尿人"，头上热水一浇，小人屁股一撅就撒尿。这个学生拿了这些小尿人到小学门口去卖，五块钱一个。结果因为没有营业执照，受到了学校的起诉，被法庭传唤出庭。这个同学来找罗洋想办法，罗洋说："就这点儿小事？到时候我陪你去。我倒要看看美国法庭胆敢欺负中国人。"

去法庭的日子到了，罗洋和这个同学按时去了。这样的小民事法庭，也就一个法官一个书记，没有人旁听。他俩在过道里排队，等着。先看美国老百姓进去，出来，并没有什么胆怯的样子。头一伸，看见里面坐的法官也没穿黑袍子，也没高高坐在审判台上，红红的脸膛，就跟老农民一样。等了半小时，两人半点惧怕也没有了。等轮到叫他们的案子了，两人就大大方方地走进去，隔着一张办公桌，在法官对面坐下。罗洋一句话不讲，拿出一个信封，沉着镇静地往法官面前一放。法官问："这是什么？"那个中国学生也不知道。罗洋两只胳膊自信地抱在胸前，微笑着不说话。法官打开信封一看，里面是三千块钱，顿时像抓到火一样跳起来，当场把两个人逮捕。他们犯了"行贿罪"。罗洋还算义气，自己做的事情自己担了，没把那个留学生扯进去。一个人下了狱。

罗洋一去不复还，老邵急得上蹿下跳。他才买了房子，手上的现钱不足一万。要是老鼠不能按时接上，他要丢了工作，房子贷款就付不起了。他骂罗洋笨蛋，三千美元就想行贿法官，昏了头了。

这样的事，老邵跟我说，我有什么办法？我说："老邵，你活得没有原则，还要再次以身试法呀？为了那么一点小利，就让一个半大的纨绔子弟指挥着转。这事是你自己的责任。"老邵唉声叹气，骂我那个前夫害人，介绍了这么一个"青红帮"到这里来，小小的年纪，学了这么一套世故，不把美国变成中国式的"江湖"不甘心。他提到"江湖"，我就又扯到罗坎，我说我们罗坎的"江湖"就是一个扩大的罗坎，来来往往的生意人都找着当地人拉关系、结干亲，结一个没有血缘关系也要建成血缘关系的大家族。罗洋这小子定是从小跟着他父母在江湖上闯荡，名利场上那一套游戏规则见多了，一来美国就要拉你做他的干爹。

好在罗洋还有江湖义气，那天去法院之前，给老邵把支票寄出来了。老邵第三天收到了支票，大大松了一口气，在最后一分钟把老鼠给运回来了。又过了一个月，老邵的棺材投资赚的利钱也回来了。这下，他想起罗洋，人家小伙子没骗他，家里还真有人。

罗洋以"行贿罪"被捕后，他的房东按他填的紧急联系人来找我。一是房租问题，二是电话费，三是他的宠物得有人喂。我到罗洋的住处去了，屋里堆的都是他在网上买来的各种新玩意。电脑还开着，屏幕上开着几个网上购物的窗口。有一本课本压在还没开封的照相机盒子底下。一张电话账单上就打了一千多美元的长途电话。客厅里一个奇大无比的鱼缸，里面养了两条银鳗，买银鳗的收据随便和那篇布朗教授给了"F"的论文窝在一起，两条银鳗三千块，正好是收买法官的钱。我真不知道这样的孩子出来留学干什么。

我把两条银鳗给他带回家养，其他的交给老邵处理。儿子看到银鳗，说："放了。"这个新世界人是动物保护主义者。

老邵虽然按时把老鼠买回来了，但是，到年底，老板找他谈话：他支出老鼠钱近半年，老鼠才进实验室。半年，两批老鼠都养大了。他明显是挪用了公款。老邵被解雇，还得交出所有用公款赚的黑钱。老邵还是被罗洋坑了。

老邵决定卖房子那天，他儿子打电话来，说："我为您的错误遗憾，但我还是很同情您的不幸。"几个字，说得老邵热泪盈眶。

3. 走到哪儿也走不出罗坎

我以为罗洋的父母会花大钱找律师，替罗洋想办法，或把他弄回国。但学校通知他父母的信一去无回音。我打电话给"石壕吏"，才知道"罗老总"被政府"双规"了，再有钱也不得挪用。不过人家留了话儿："罗洋无论如何不能回来。"不知"石壕吏"是如何在这些人事变更中走平衡的，他反倒升了。可怜的是罗洋，无人管无人问了。罪证确凿，赖都赖不掉。若是等他从监狱出来，怕是学生身份就没了，就得回国。

我去探了他一次，给他带了一些吃的用的。罗家沦落到"抄检大观园"的田地，"石壕吏"却能升官，我还不知道我那个前夫是不是又该换个新外号，叫"贾雨村"了。说不定，他袖子里就藏了一张护官符。他那么巴巴地跑来，要我照看他领导的儿子，如今他那亲如爹娘的领导犯了案子，他却没事人一个。交到我手上的这个宝贝罗洋就像他一口气吹出去的肥皂泡，在哪里爆炸都与他无关了。这倒让我有点内疚起来，觉得罗洋来了以后，我也从没把他当个正经学生待，若早点告诉他，在美国的自由不包括违法行为，也许他也不会去行贿法官。现在，他在异国他乡，几乎成了孤儿，钱恐怕也不会再源源不断地来了。他能不自杀，就算是个英雄了。

在探监房里，罗洋第一句话就是问那几个跟他一起吃过饭的同学，要我千万阻止他们来看他。他丢不起这个面子。我问他为什么要那么做，他说不过是想试试美国的官员贪不贪。

那天探视，我对罗洋说，贪心的人到哪儿都会有。就像排队时总有人要加塞儿。如果一个人加塞儿，第二个、第三个人也可以加塞儿，要是人人都加塞儿，队就没了。没队，这样的社会就只能是谁劲大谁有饭吃。一个没有公正的社会，谁住在里面也不舒服。所以，就算有人会不排队，社会的大多数也要保持个队形。有个队形，并不是平等，人人舒服，想不排队的人就不舒服，但没了队形是人人不舒服。布朗教授跟你们讨论"灵魂的食物"，那些"食物"就是灵魂保持队形的定力。

罗洋瞪着眼睛不说话。"灵魂"本身对他可能就是一个陌生的题目，他那篇宝贝文章里，谈到的最高境界不过是哥们义气。可"情义"和"正义"是两回事儿。中国儒家的伦理纲常是过去社会的队形，它让社会有一种秩序。只不过，那个秩序说：谁是家长，谁可以不排队。这种秩序本身就给腐败留下了许多可能性。

探监回来，我到布朗教授家去开晚会，布朗教授的《存在的形而上结构》出版了。他一时高兴，请了系里好几个同事到他家去喝酒。在喝酒的时候，我告诉他，他办公室三面窗户上的黑窗帘可以拿掉了，那个"切人心肺""强奸生姜"的混球已经因为行贿罪下狱了。

没想到，第二天布朗教授自己跑去探了监。他说，他给罗洋"F"，不能就这么白给了，罗洋得知道为啥得"F"。他在监狱里跟罗洋谈了"存在的形而上结构"。罗洋很有礼貌，听了半小时，没有睡觉。然后说了自己的看法："我在中国听老师说过'仓廪实而知礼义'。我觉得吃饱喝足之后才能管灵魂的温饱。"布朗教授说："不行，灵魂的温饱随时都要管，等到吃饱喝足之后再管，灵魂就已经被邪恶腐蚀了。"罗洋说："我现在最想吃的是红烧猪大肠。"布朗教授说："能让灵魂安心的最高善是'正义'，猪大肠算是个什么东西？"

我不知道罗洋他爸妈给他转出来多少黑钱，只知道，他最后听了他父母的话，不择手段留下来。这个罗洋，那么一个捍卫中国的人，说变，变了个底朝天。看样子猪大肠是喂不到灵魂里去的。

老邵丢了工作，卖了房子，在伊列城附近的一个小镇畜牧场找了一个临时工作。因为他要走，他创办的那个同乡会就召集着要给他开送别会。毕竟老邵为人热情，喜欢管人闲事，人缘挺好，卷到棺材生意里，怎么着和我前夫还有点关系，想起老邵的不运气，我也觉得不安，所以，我去了老邵的送别会。老邵的房子几天后就正式签字过户，老邵垂头丧气地坐在客厅的长沙发上，周围是包装好了的家什。大大小小的纸盒子，堆得比人高，只等着搬家公司来搬。墙上还有几幅字画没拿下来，那都是老邵自己的作品，有日出，有日落，有老鼠在转轮上跑，还有小夫人侧面向着空明的池塘。老邵说："谁要谁就拿去做个纪念。都是业余创作，情趣所至，情趣没了，都是废纸，看了心烦。"

老邵情绪一直不高，去送行的人就故意说些好笑的事让他乐，或说些比他更倒霉的人，让他心理平衡，还有人故意抱怨自己的美国老板不讲人情，早就想辞掉工作不干了，让老邵可以惺惺惜惜。这时候，一大家人在一起的好处就看出来了。慢慢地，老邵就感觉好一些了，这是美国，哪儿都不是家乡，飘到哪儿都一样，此处不留爷，自有留爷处。于是，老邵脸上也有了笑，招呼大家吃这吃那。他儿子又在中途突然拎着一只老邵最爱吃的"明炉烤鸭"来了，这一下，送别会成了团圆会。老邵没有什么放不开的，喝酒吃饭管闲事，还和过去一样活。老邵逢人就说："塞翁失马，焉知非福。我儿子今年就考上了爱荷华大学啦，有奖学金。"

老邵管闲事的习惯一恢复，立刻就给我找事来了。他说，"石壕吏"为了罗洋和棺材一事给他打了几次电话道歉。他还说，"石壕吏"每次都很关心我，说他同意我找到合适的再嫁。我说："老邵，你要再婚就再婚，谁也管不到我的事。"老邵就笑："我们共同努力，共同努力。我记住欠你一个大人情。"

老邵没明说他欠我什么人情，我知道他是指陪审团判案的事。他这样说，倒让我觉得不安，好像我在陪审团不是为了什么"公正"，而是为了"回报"。我说："老邵，你还是断了你那邵坷庄情结的好。你不欠我什么大人情。"

老邵就是老邵，他的固执和坚持不可抗拒。人家到了乡下牧场，在百无聊赖的长日子中，根据"石壕吏"提示的人名，居然从网上，把罗清浏给我挖出来了。"石壕吏"说，罗清浏是我的旧情人。

我知道"石壕吏"的心思，他是怕我再嫁一个洋人，把他儿子异化了，只会爱猫爱狗不会做人上人，丢了他中国男人的脸面。老邵的热心我就不能理解了。好像他非得把个男人像还礼一样送到我跟前，心里才能摆平。这种做法就像他不停地提醒我去检查有没有得乳腺癌一样奇怪。我说："老邵，我们君子之交淡如水，不要管人家的私事好不好？"老邵就说："我拿你当妹妹。"

所有的中国女人都可以当中国男人的妹妹。妹妹的意思就是"酸葡萄"——暂时吃不到的"准情人"。不过你也别想跑，先把你的家庭所属表明了。我们没有亲戚不能活,朋友同事还不够,一定要上升到骨肉关系才安心;要不就直接是情人,也要到肉体为止。我们生命的意义非常实在,就在这吃吃喝喝几十年。罗清浏不也说过我是他妹妹?最亲密牢靠的人际关系都要落实到家庭关系上,这才好办事。

等老邵的魔术生效,罗清浏突然从天上掉下来,目的明确地站在我面前的时候,我发现罗清浏的头发还很旺盛,肚子也不像地球。模样谈不上好看,跟他爸当年打他的那个年纪差不多。穿了一件"破落衫",胸前有一个骑马小人在打马球。我知道那是名牌,科技人士的休闲服。眼镜没了,换成隐形的,两只眼睛又一只大一只小了。四十多岁的人,站在那里还算精神。他说还有一个月就要回国"海归"了。

从二十过到四十多,罗清浏过了一圈,也离了婚。也离得个斯文扫地。像他那样的出身,本来就不该找个军官家的女儿。人看上他,还不是就拿他当个"勤务员"?罗清浏决定"海归",说出口的理由是:想干点实事。他先说大话:"想起来在罗坎砍柴交学费的日子,就像昨天。没有祠堂后的猪场,我恐怕都不可能知道什么叫'科学'。现在真成科学家了,总要找个用武之地回报一下父老乡亲。"说着说着,就又把他另一个说不出口的回国原因也说出来了:他那离了婚的媳妇不是好惹的。

罗清浏出国前,在一个军用水港研究所工作,那时年轻,又娶了首长的女儿,前途很是看好,早早地就参与了一个大水工工程的主要设计,飞快成了最年轻的副总工程师。正干得好好的,他老婆偏偏又要他搞出国。他老婆说:"你指望你还真能呢,没我爸妈的关系,你能这么快当到副总工程师?"硬让他从部队退出来,留学。罗清浏不想退出已经上马的工程,觉得能接这么一个大工程,是在建造纪念碑。多少人一辈子也未必能得到这么一次机会。他老婆说:"你犯傻,你自己没有背景,等我爸一离休,我们怎么办?出国,好就不回来,不好还可以回来。是个活棋。"

最后罗清浏还是听了老婆的。出国折腾了十多年,依然搞水工工程,可在美国几乎没有什么大水工工程可做,因为环境问题,三四十年代建的水坝什么的有不少还要拆了。罗清浏一直在大学实验室里搞理论，钱不多。钱不多就要吵架。美国并不像他老婆想象的那样适合每个人。最让他老婆不能适应的是：大家都要排队，是官是民都一样。他老婆喜欢不排队，总指望打个电话，什么都干成了。他老婆还不喜欢银行，喜欢现金，所有的钱都装在一个从国内带来的军用帆布书包里。走到哪儿背到哪儿，最多的时候能背到三万美元。罗清浏叫她放进银行，说背在身上太危险。他老婆说，那银行倒闭了不更危险？他老婆还有"藏金癖"，把好好的金项链、金戒指、玉手镯都藏在抽水马桶底下，时间一长，都沾上一些臭气，还要拿出来晒。罗清浏不明白，那些玩意儿是戴的，都放在马桶底下晦气不晦气？后来，罗清浏发现，他老婆的"背钱癖""藏金癖"，其实是一种乡人进城的不安全感。到了美国，没有那种看得见、摸得着的关系网可依靠了，人就像吐不出丝的蜘蛛，不知挂在哪儿活了。加上语言不通，丈夫不硬，只有碰到那一帆布包现金，看到马桶底下的黄金，才能有一种"不怕了"的感觉。

有时候，罗清浏听他老婆和别人谈话，一开口就是："我给你介绍一个人，他的爸爸是某某某，他的妈妈是某某某的小姨，都是我爸的老战友。"罗清浏就觉得可笑，说："像你这样有背景的人，当初为啥比我还想出国？"他老婆就骂他没本事，官当不了，钱也挣不多。罗清浏就说："到了美国，我们是白丁一个，只能脚踏实地干。没有钱从天上掉下来。不过，你包里背的每个小钱都是我自己挣的，用起来不会担惊受怕。"

罗清浏这样说的时候，似乎很堂堂正正，比年轻时当那个"副总工程师"还要心安理得。他老婆气得跳，说："还有我挣的，我国内记者的身份丢了，到这儿来陪你，给你养小孩当老妈子，你不给工钱？"吵着还能动手，抓到什么都扔过去。开始，罗清浏也认了，忍气吞声地当他老婆的最后一块殖民地。再后来，国内他老婆以前的一帮部队姐妹都富起来了，这倒使他老婆以前计算的那盘活棋不活了。父亲离休，权力没了，自己混得还不如国内的姐们儿，连回国都不好意思。于是越发心理不能平衡，无端就能吵一架。

最后，他老婆认定：罗清浏是扶不上墙的狗屎，她得永远省钱、省钱、再省钱。于是，她一个星期只发五块钱零花钱给罗清浏用，跟发给他们儿子的钱一样多。罗清浏气起来，骂他老婆："你拒绝跟我回罗坎，不准我提你我父母是农民，你我祖辈都是农民，可你算什么军官子女，地道一个罗坎村的酋酋农妇。我们罗坎最邪的媳妇都赶不上你。"为这句话，罗清浏挨了他老婆一个耳光。这一巴掌打出了罗清浏的倔劲。罗坎的女人闹得再狠，也就是跑到"村部"喝农药，没多少敢打男人的。在中国时，他老婆家地位比他高，可在这里，谁认识谁？于是，罗清浏正式提出离婚。

在罗清浏闹离婚的过程中，他老婆跑到罗清浏的实验室里，用狗屁不通的英语向每个教授、实验员控诉；那天碰巧没来上班的人，她也都打了电话到人家去；电话不通的，她也写了条子去。说罗清浏利用了她家庭背景，达到了自己的目的，等她父母一离休，没了以前的权势，罗清浏就虐待她和孩子，等等。

罗清浏的同事们倒还好，并不因此另眼看待罗清浏，都说他媳妇有精神抑郁症，叫罗清浏赶快带她看医生。丈夫虐待你，到法院去起诉呀，跑到"水流水速实验室"来告，算啥事儿？跟这个抱怨，跟那个抱怨，说丈夫要害她，这不是典型的精神抑郁症是什么？至少也得算个严重更年期变态。只是罗清浏觉得自己已经给弄得名声扫地，单位不能再待了。跟他要好的同事劝他别走，说，我们雇的是你，谁会介意你那精神抑郁症的前妻说你的话。但是罗清浏还是中国人，面子拿不下，又担心将来会影响晋升，等等。所以决定"海归"。

现在，我是单身，罗清浏也是单身，从小一块儿看猪交配的朋友，见了面什么都说，也没什么需要了解的。罗清浏说："你要同意，我就考虑不回国。"但是，我却不能肯定我与他是什么一种感情。这么多年，他过他的日子，我过我的日子，他一来，我们就像小时候还坐在柴堆上聊天一样，这中间的时间，没让那种儿童时代的关系发展。突然叫我"同意"，还牵连到人家干事业的雄心，这个我不能决定。更重要的是，我同意也没用，还得我家那个"小油瓶"同意才行。再说，我一个"同意"就把爱情定了，那谈恋爱还有什么意思？不就跟做"选择对错题"一样？所以，我说："不行。你还是按计划回国。我再去看你。"

我虽然说了"不行"，但罗清浏就像我说了"行"一样，第二天就在我的屋子前种花剪草。买的花全是一串红，矮枝上拖着一个一个小红嘴。罗清浏说：

"一个红嘴一个吻。不吻情人就吻妹妹。"这话儿说出口,脆邦邦的,像罗坎"江湖"上卖的洋花萝卜。

接着,罗清浏又以一个父辈的身份开始管我儿子,说人家裤脚拖到地,裤腿太肥,走路不像士兵。我儿子说:"我为什么要像士兵?我不是你,不是你儿子,我不要像士兵。我是我自己,我想像迈克尔·乔丹,像大鲨鱼和科比。"罗清浏说:"你个子这么矮,打不了篮球。做选择要实际。要不然长大找不到工作。"

罗清浏教育孩子的方式和"石壕吏"没大区别。这不就是"石壕吏"要帮我找男朋友的原因吗?我赶快把儿子打发出去玩,免得罗清浏再说下去,伤了孩子的自信心和想象力。我只要儿子健康、快乐、博爱。十岁不到就要他想"找工作",我要他当童工呀?

罗清浏在我家住了三天走了,我家的"小油瓶"对他的态度很暧昧。所以到他走,我和他的关系依然保持在坐在柴堆上聊天的水平。可是等他走了一阵子之后,老邵打电话来,用长兄一样的口气问我:"我对你的苦心开花结果没有?"这时,我才觉得也挺想罗清浏的。毕竟知根知底,年纪相当,是同一代人呀。

之后,老邵每天都给我打电话,支支吾吾地谈些结婚恋爱的事,明着是问我和罗清浏的进展,实则是想告诉我他自己的什么故事。后来,终于说白了:他想追他们牧场里的一个洋女孩儿,问我怎么看。我说:"好呀,你长得是典型的中国人模样,洋人要喜欢中国人,一定喜欢你这种模样的。"老邵很受鼓舞,就放开手来追了,还同时鼓励我:"爱情不是想,是行动。给罗清浏打电话写情书呀!"

老邵看中的是一个从伊列湖边来的美女季妮。从他寄给我的照片看,季妮的漂亮是那种简单的漂亮。眼睛蓝,蓝得像眼睛;鼻子直,直得像鼻子;嘴巴红,红得像嘴巴;头发长,长得像头发。漂亮还需要什么?有季妮的简单就什么都有了。季妮对老邵一笑,老邵就中了邪,从此,鞍前马后跟着季妮。老邵情趣一恢复,立刻就不是等闲之辈了。他老邵戴维邵除了会养老鼠,还会画画,会拉胡琴,艺术修养是有的。老邵对我说:"刚到牧场,看见那些奶牛,都是尖嘴猴腮、贼眉鼠眼的模样。有了季妮后,就是想起从前实验室里的老鼠,也个个都是芙蓉如面柳如眉。"在这样丰富的想象力的刺激下,老邵的艺术才能像白馒头一样发起来了。而且,一发不可收拾,他有时拿一把胡琴坐在草原上,一遍又一遍地拉"梁祝化蝶";有时又支起画架子,涂上一片黄灿灿的小向日葵,远方还用银色涂一条亮闪闪的小河,流到跟前,有三五根长穗子芦苇突然竖起,穗子弯弯,细长的茸毛烟雾一样飘在画面中央。老邵在画上题了诗:"原来生活在这里。"

老邵给季妮画像,画了正面画侧面。直着腰、弯着腰、抬胳膊举腿,张张都是只有灵气没有细节。画虽不专业,还有两张嘴巴画得太尖,有老鼠精的神态,但老邵用的是国画人物的勾勒手法,把季妮浑身上下的灵气都画在抱朴未璞之中了。老邵要的就是她那种乡间少女的清纯,季妮是农民的女儿。老邵先用画儿抓住了季妮的精气神,接着就开始抓季妮的心。老邵本来就是热心人,会说甜话。甜话没说几句,季妮就化了,也不扭扭捏捏,一口就答应当老邵的"小甜心"。

老邵非常得意,告诉我:"和洋人恋爱就是简单,我现在是开头顺利,信心十足。"又催我,"你也赶快行动。好男人不多。"

于是,就在老邵决定和季妮一同回乡下见季妮的父母的时候,我也决定,一放暑假,把儿子送到夏令营,回中国去追罗清浏。

到了淮南老家,开了车来接我的是罗清浏和"石壕吏"两个男人。一上车,我就看出来两个人的关系不平等,罗清浏说:"朱局长,您别动,小戴的行李我一个人拿。"然后,"石壕吏"请客,给我接风。把我们开到一条河边,进了一家白墙黑瓦的淮南酒店,请了一大桌人,一圈问下来,没一个我认识,也没一个是罗坎人,但也都是从什么"集"、什么"洼"、什么"村"、什么"县"来到城里的精英分子,个个都是领导。大家在排座位上万分客气地谦让了十分钟,最后,"石壕吏"坐了上座。那些人说:朱局长是在座干得最好的,再升就要往省里调了。"石壕吏"嘿嘿笑,踌躇满志地说:"我告诉你们,最好过的日子是有领导告诉你路怎么走,上面有人指方向,你永远也不会担心犯错误。别以为掌权好,真轮着要你独当一面的时候,下面人就等着你拿主张了,那日子不好过,有压力。"

我转过脸对罗清浏说:"听见了吗?这是他袖子里的护官符。"

罗清浏装着没听见我的话,选了一个下座,在"石壕吏"对面坐下。我却被推到"石壕吏"旁边"主客"的位置上坐下。这样的抬举,让我咬牙切齿才压下了要变成母夜叉孙二娘的念头。我扭着脸打量这个包间,墙上的条幅是:走回明清时代。

大家刚坐定,有个胖乎乎的年轻妇人抱着一个小孩子来了。一桌人又都站起来,叫她"嫂子"。"石壕吏"指着我对那"嫂子"说:"去见见你大姐,人家是美国大学教授哩,说啥也是咱的结发,还生了个聪敏儿子。"那妇人向我走过来,嘴里叫着"大姐",脸上堆着笑。手里抱着的孩子圆头圆脑,也在笑,笑声瓮声瓮气。

我说:"这就是'南2光2'?"

"石壕吏"说:"大名朱传人,属龙,龙的传人。"说完他赶快筷子一挥,招呼千军万马,"吃!都是家乡菜。"他这回甩出来的牌可不是从前到罗坎时的狐假虎威了,是一张树大根深、一唱百和的"全家福"。几十年在"官架子"上爬行,瓜大叶肥,关系网结成了。席间大家给他敬酒,说他胸怀广阔。意思是,他不忘前妻,对我宽大处理,仁义有加。那个年轻的"嫂子"就坐在我旁边,侧过身子给我夹菜,一边还很夸张地说:"老朱不忘大姐,是我的福气。这样,野草野花我们老朱就正眼都不看一下了。"于是,又有人起哄,说,朱局长是真丈夫,真情种。他们说的"朱局长""大姐"这些人,我一开始听起来好像都不在场,与我无关。过了半天,才认识到"石壕吏"原来姓"朱",我姓"大","石壕吏"的名字叫"局长",是他的社会地位;我的名字叫"姐",是我在他家的地位。不过事实上,我是他家的乱臣贼子,他们应该叫我"母大虫"才对。只是因为"石壕吏"对我不计前嫌,所以,我才有今天。

席间,有人问到罗洋,听说罗洋不回来,就有人非常愤怒地说:"卖国贼!"还有人提到罗洋的父母,说:"罗总硬是压了朱局长七年。现在是谁笑到最后,谁笑得最好。""石壕吏"一句话不说,含笑喝酒。这倒让我心里一惊。我只当"石壕吏"巴结罗洋父母,是因为要靠"爹娘",没想到人家"石壕吏"明修栈道,暗度陈仓,是要篡了"爹娘"的位。

我吃了"石壕吏"这一顿接风饭,其间,想到了一百次小时候在罗坎村看农民们"吃酒席"。时隔三十多年，酒席吃的内容变了，但吃酒席的功能还是一模一样。大家吃一顿，是加肥，大家喝一杯，是浇水，不是乡亲也要灌溉成乡亲，不是一家人也要结成一家人。恩怨情仇就是这些酒席上的大碗酒、大块肉。再盖多少高楼大厦，过日子的模式还是叫"罗坎式"。这样好办事。

吃完饭，好歹算是社交结束，罗清浏把我送到酒店，关上门，他一屁股坐在沙发上就开始向我诉苦。"海归"也不是一条好走的路。他回国后，在一个大学里得了十万人民币的启动经费，下面就没钱了，得自己到外面搞项目。他说："什么都要关系，人家花了十几年结关系，我们花了十几年弄学问，从资源学的意义上讲，我们资源贫乏。"

我说："你当年也干到了副总工程师，当年那些老关系呢？"

罗清浏说："你这就天真了，当年在我之下的研究员，现在都是研究所所长、副所长了，人家不要我回去。回去了把我放在哪儿？放在哪儿他们都不顺心。过去欣赏我的老人呢，又都退了。我要想干事业，得项目，全得重新开始。"

罗清浏说，他回来半年后，一切都想通了。用人和娶媳妇一样，太漂亮的不能要，太丑的没人要。他罗清浏"嫁"不出去，因为他成了大龄青年，小姑子、大嫂子容不得他了。所以，他得重新下厨房，洗手做羹汤。多少"海归"们还放不下这个架子，处处拿国外的规范说事儿，那是他们忘了，各家规矩不一样，在咱这儿，关系也是一种具有目的性的社会财富。

"关系要结，本事也要显出来。"罗清浏总结道，"还要有上面人赏识。"

这以后，我就看着罗清浏一到吃晚饭就跑出去"吃酒席"，然后酒气冲天地回来，肚子看着就成了"小地球"的妹妹。他说，他有可能得到某运河工程中的一个大项目，得和评委吃饭，还得和农民工的包工头谈条件，忙。他还说："你那前夫，也并不像你说的那么坏，人家不过是会做官，会看风向。你不能要求人家都像你一样地活。这次，我得到机会见这些评委，就是他的推荐。人家对你、对我们很关心，算是个好人啦。"

我说："罗坎的人能坏到哪去？你小时候怎么那么恨罗坎？"

"我是恨他们落后，不讲理。"罗清浏回答。

于是，我们俩都感叹起来：过去，生活在罗坎那样的地方，五十里内都是亲戚，不按亲缘关系活，几乎不可能。现在，工业社会了，人们从土地的限制和束缚中挣出来了，聚到城市，谁也不认识谁，也不是亲戚了。可不知怎么的，到了城市也没有用，人们折腾来折腾去，互相叫"大哥""大姐"，非得把家族关系在一个没有血缘联系的生地方重新建立起来方才罢休。拉帮结派，互相送礼，人情世故，直到把以工业为标志的城市，弄成从前过惯了的"江湖"为止。唉，三千年家族社会的根深呀！

罗清浏身不由己。一条鱼在鱼缸里游，水怎么流由不得它。留了洋也没用，回到罗坎还是要入乡随俗。他动不动就有应酬，有些应酬要叫我看简直是滑稽可笑、浪费时间，和他的工程毫不相干。譬如说，替领导去开会。领导事多，叫他代替领导去开会，是对他的信任和抬举。还有，替朋友去吃酒席。朋友帮他找好建筑材料，他得回报人家，帮人家做点儿事。还有大学同学、中学同学聚会等等，现在没用，说不定将来什么时候会有用。罗清浏像个风车轮，风风火火，恶补关系资源。

吃完酒席回来，罗清浏才有时间做科研。他的投标项目是个聪明计划：计划建的运河，要穿过一片膨胀土地段，那种土会见风使舵，水少的时候能土地干裂，一来水又膨胀得不可收拾，南水从这里走到北，河床就很不稳定，会变形。有人计划换土，可那样工程浩大，影响民生。罗清浏的计划是：不换土，把膨胀土装进口袋，高压压实，当土砖铺垫河堤用。你不是要膨胀吗？袋子把你管住了，再膨胀也跑不出袋子的结构。理论很好，还要实验证明。罗清浏每晚十点钟跑到实验室，一待就能待到半夜两点，真比在美国还忙。

我只好决定自己出去玩。总不能罗坎都不回去看一次。于是，我搭上长途车，自己去罗坎。在罗坎村门口买了门票，卖票的是个小姑娘，说一口罗坎土话，大概也是我的猪场校友。村子口新开了一弯月牙池，一池子荷叶，片片都成了精，舒卷有致，小家碧玉，风一吹，碧嫩的脸上滴水流盼，浅笑滚动，活灵活现，几株出头露脸、大开大放的粉色荷花，个个都该叫"潘金莲"。有几个慕名而来的游客不由得深吸几口清香，指着月牙池说："看，荷塘月色呀！"

我沿着青石板路走回老家。白墙大多新刷过，牙齿一样密的黑瓦依然一家一家紧咬着，只是，过去的"家"大都改成了一些农家客栈或农家菜馆。牌坊倒是重修过了，从此不准人往上贴东西，或拴牛羊，那叫"文物"。我转了几家，决定在过去的"村部"投宿。因为看见"村部"的墙没有重新刷，还有旧时退了色的标语，让我能感到"老家"的意味。管"村部"客栈的老人端着一杯茶，把我引进过去妇女闹喝农药的堂屋，说："吃农家菜就到这里。"

"村部"是真没了，标着价，成了商品。"祠堂后"还在，依然是幼儿园。我看见有个小女孩在以前猪场的院子里疯跑，我觉得那就是我自己：手里举着装满米汤的奶瓶，后面跟着鼻子粉红的小猪崽。于是，我就想给那个小女孩照相。突然，一个小男孩儿跳到小女孩儿前面，手里舞着一根树枝："不准照相。要钱的！"

这让我吃一惊。永远有罗坎的哥哥跳出来救妹妹，只是救的原因很不同。这里的儿童也许和我当年一样，认为世界就该这样设置的：司机带着小姐，在他们祖父母的家里过一两夜就走。给他们照张相，要付钱。司机和小姐把他们的小模样和白墙黑瓦、石板路收到相片里带走，当作一段艳遇的见证。而他们的爸爸妈妈却要过个把月才能回来看他们一次，留下一点新鲜玩意又走。这些孩子中，会不会有一个也像当年的罗清浏那样说，"我恨罗坎"呢？

我从罗坎回来，真想把回老家的感受告诉罗清浏，他却先告诉我要请"石壕吏"吃酒席。罗清浏提出的那个解决膨胀土的方案全票通过。他得到了这个大项目，手中有钱了。

"石壕吏"开着车来接我们去酒店，一见到我就说："怎么样，我是好人吧？"一副我的大恩人的架势，让我看不过。我说："你做了什么？不过就是没有压制人才，这也算是功？"罗清浏赶快插在中间说："小戴你不好，你怎么总是不给朱局长面子。这次我中标，全靠朱局长的引荐。"

接了项目之后，罗清浏立刻就去了工地。他一走，我又觉得，在中国当个想干事的男人真不容易，几个脑袋换着使。累呀。

在我的恋爱进入平淡期的时候，老邵给我写来长长的伊妹儿。他老邵邵志州戴维邵，在罗清浏拼了老命干现代化的时候，躲在美国乡村，为了爱情，干着与罗清浏倒行逆施的事情。

老邵跟季妮回了她家，只要季妮父母一点头，他们马上就结婚。季妮的家在伊列湖边的一个农村小镇，叫"水码头"。因为靠近伊列湖，那一带走几步就有一个小池塘。每个池塘里都停了许多灰色的大雁。老邵是热恋中的人，所以他眼睛一眨，那些池塘就在他眼里变成了天鹅湖，灰色大雁也一律漂白成了白天鹅。"天鹅湖"边到处都是老树，凉风一吹，秋天的颜料盒子就被风的快脚踢翻了，空气里到处都是色彩的味道。红色的叶子像舞女的开领红舞裙，疯狂热烈，让老邵忍不住要单膝跪下，去捡红裙子上掉下来的红纽扣。黄色的叶子是月亮从黑夜的光头上擦出来的火星儿，萤火虫一般跳跃旋转，让老邵不由自主想用尖嘴巴去亲吻。

老邵一到季妮家，季妮的爸爸妈妈和季妮的七个弟妹都在家门口等着他们呢。季妮妈妈一见他们就下厨房烧饭。老邵以准女婿的身份，卷起袖子帮忙。帮着帮着，老邵就取代了季妮妈妈。因为季妮妈妈只会做沙拉和通心面。那玩意哪吃得下去？老邵大勺一挥，又加了炒鸡丁和土豆烧牛肉。季妮一大家子，十来个人吃得红光满面，肚皮滚圆。老邵在季妮家的地位就这么轻而易举地确立了。

老邵在季妮家住到第二天，就发现了一个问题：季妮全家老小都不跟季妮爸爸讲话。季妮爸爸长得高大彪悍，季妮的所有漂亮似乎都是从她爸爸那里继承下来的。季妮爸爸只是闷头干活。晚上喂马，早上扫雪，上午修车，下午收拾播种机。只是不说话，也没人理他，像是季妮家的下等人。老邵不但会说甜话，还会做甜事。老邵对季妮爸爸笑，诚心诚意地笑，热情洋溢地笑，像中国女婿讨老丈人欢心那样地笑。季妮爸爸低下头，眼圈就红了。老邵不知所措，赶快给季妮爸爸把螺丝刀递过去。吃晚饭的时候硬要坐在季妮爸爸旁边。季妮爸爸依然不说话，脸上有一副对老邵感恩戴德的表情。

吃完晚饭，季妮妈妈对老邵说，我们都信耶和华，我们是"耶和华见证人"教派的，晚上我们得到《圣经》学习组去学习，明天我们还要去教会。我们都很喜欢你，但是耶和华见证人只能和耶和华见证人结婚。你先去参加我们的学习和教会活动，等你也成了耶和华见证人，季妮就可以和你结婚了。

老邵只对爱情感兴趣，对宗教不感兴趣。但是为了爱情，老邵什么都愿意做。不就是学《圣经》吗？老邵愿意就是了。老邵跟着季妮一家去了学习小组。学习小组在另一户农民家办，老邵一进去，大家都对他很热情，叫他"新兄弟"。小组里的人都是附近的农民，红脸膛，大嗓门，互相也称兄弟。

开始学习了，小孩子带头发言，谈耶和华怎样帮助他们战胜撒旦。撒旦就是邪恶，邪恶就是撒谎、贪吃、想玩电子游戏。学习组里的长老也发言，对未来充满信心，告诉大家耶和华在三年内就要来了。耶和华一来就世界大同，不但核武器、战争没有了，贫富也没有了，连车祸也没有了。不过，只有成了耶和华见证人的信徒才能得救，过天下太平的日子。

听着这样天真的议论，老邵在心里直笑。他从邵坷庄出来，转了一大圈，连飞机都没用坐，又回到邵坷庄来了。这样的学习老邵很熟悉。就像他当初在邵坷庄的时候，到了冬闲，村里农民挤在一起，喝着烧酒，谈大同世界、太平天国一样。不同的只是这里的农民手里拿着《圣经》，中国的农民手里拿着旱烟袋。一时间，老邵有了回到青少年时代的感觉，这种感觉曾被他的科学脑袋嘲笑过，否定过，但他不得不承认，只有在找到这种感觉的时候，他老邵才有自信心和安全感。于是他也举手发言，问那长老，怎么就能连车祸也没了？长老说："到那时候，就没汽车了。出门有个大风管道，你想到哪里，只要一想，风就把你吹到哪里。"老邵一听，心里一跳，浪漫呀！原来列御寇乘风而行的老庄梦，这里的农民也做着。

学习小组里的人个个都发了言，只有季妮的爸爸一言不发坐在角落，依然没人理他。到了学习小组散会，老邵实在忍不住了。他故意和季妮爸爸走在一起，悄悄地问："这里的人怎么啦？怎么对您这样？"季妮爸爸小心紧张地左右看看，然后小声对老邵说："你不要跟我讲话。我的资格被暂停一年。再过两个月，等我恢复了资格，就能跟你讲话了。"这对老邵是个新鲜事，美国的农民也搞"留党察看一年"？于是，老邵又问："您怎么啦？为什么要取消您的资格？"季妮爸爸快快地说："我原是教会里的长老，可我犯错误了。我到佛罗里达帮助我们的兄弟盖房子的时候，和我们的一个姐妹睡了。"老邵一听，心里说，明白了，这里的农民也整"生活作风问题"，是个有德行的村庄。老邵在季妮家待了两个月。啥事没干，小组学习却去了二十次，礼拜更是一个星期也不缺。心里只想赶快能把季妮娶了就走。季妮爸爸依然天天过着不被当人待的日子。老邵心里不平，不都是农民兄弟、父母姐妹吗？搞什么"划清界限"呢？别扭。季妮爸爸却任劳任怨。哪个兄弟家房子漏雨、马桶不通、车子抛锚，都是季妮爸爸赶着过去帮助。老邵在心里把季妮爸爸的行为翻译成中文里的"劳动改造"。

终于有一天，季妮约了老邵到伊列湖边散步。季妮问老邵这两个月过得好吗，老邵说："好，好，每天和耶和华的天国越来越近。"季妮就靠在老邵的肩头笑。老邵头一侧亲了她一口。季妮突然收住笑，从小坤包里往外掏东西，先掏出些口红胭脂之类塞在老邵手上，然后，从包里掏出了耶和华见证人用的《圣经》和几本传福音的杂志，狠狠地扔进伊列湖里，说："我恨透了这些玩意。都是假的！"

老邵太高兴了，他跳起来抱着季妮说："啊，宝贝，我就等着你这句话呀！我们赶快离开这里，结婚去。你们那个学习组里都干的什么事呀？！"

季妮却哭了："戴维呀，这是学习组要我给你的最后一次考验。你失败了呀。你要是跳进伊列湖，抢救起那些《圣经》福音，我们下周就可以结婚了。我爸爸刚解放就已经在准备给我们盖房子了。现在完了。"说完就哭着跑了。

老邵一个人傻乎乎地站在伊列湖边，把一块鹅卵石"砰"一声踢进湖里，骂道："他娘的，老子给'农民的狡猾'耍了。"

在老邵被农民的狡猾耍了的同时，罗清浏也被农民工包工头耍了。那个家伙拿了一个二级公章盖的介绍信，说自己领的是"石壕吏"老家朱家集出来的农民工工程队，直属"石壕吏"管，是"石壕吏"介绍他来这里承包工程的。罗清浏已经掉进了关系网，他寻思这是一个回报"石壕吏"的机会，官当得再大，也是念家乡人的。挖土又不是建运河河堤，给谁都行，于是大笔一挥，就把一期挖土工程给了"朱家集工程队"。谁知那包工头拿了四万块钱头笔工钱，第二天就没影子了。罗清浏跑回来问"石壕吏"，"石壕吏"说："根本就不知道这个人、这个队，你被人骗啦。"

罗清浏气得上蹿下跳。"石壕吏"还批评他书生气，一半埋怨一半义气地说："我会图你那点儿回报？你把我儿子带好了，我将来还要报答你呢。"我在一旁听得差点气死。他"石壕吏"啥时会白给？交易做到儿子头上来了。这上了贼船的罗清浏若跟他成了兄弟，我还真不能要呢。

结尾：罗坎情结的启示

我回美国的那天，又是"石壕吏"和罗清浏两个人送我。罗清浏本来准备自己把那四万人民币赔了，但"石壕吏"说，你刚从美国回来，不了解中国市场行情，上了人当，不能让你个人承担损失，算作运输损失报了吧。这下罗清浏就又欠了一笔大人情。

在去飞机场的路上，罗清浏把"石壕吏"的这份恩德对我提了三次。在他说到第三次的时候，我突然觉得，罗清浏只不过是一个和我一起坐在柴堆上聊天的男人，我和他的感情到此为止。

也许，我想爱的那个男人其实是不存在的。这不是别人的错，是我自己的错。我要这个男人吃中国饭，说中国话，懂中国诗文，为中国的事儿飞马扬刀，最好还要懂林妹妹耍小性子，却不活在中国那种说不清道不白的人际关系里。是是非非一出来，他就举着正义大旗，在人头顶上哗啦啦舞。这就是贾宝玉站在这里，也不合格呀。

但我情愿没有，也不能放弃理想，否则，连有的希望也没有了。

我的前夫和我的前情人对我挥手告别。我看着这两个男人站在一起，都穿着西装，一个深蓝，一个藏青；都戴着领带，一个紫红，一个酱红；都挺着肚子，一个挺着地球哥哥，一个挺着个地球妹妹。他们俩，一个不是坏人，一个是好人。他们是两棵水稻，两株玉米，两栋宿舍楼，两个眼睛向上的官人。他们是兄弟，是亲戚，他们长得很像，在没有闹分家的时候，他们团结得像一个人。他们可以选择在哪儿挖运河，在哪儿盖高楼，他们甚至可以选择把自己的家乡拆了卖了，但轮到选择按什么方式活着的时候，他们其实根本没有选择，只有罗坎式。能把猪场改为幼儿园是非常伟大的事，可要改教孩子怎么活和为什么活，才是改到了骨髓，那才艰巨。改外貌总是容易的，改骨髓难。但是，不管怎么说，这两个男人还是干事的，从易到难总比什么都不做好吧。只是盖完高楼、修完运河之后干什么呢？如果财富的目的不是"正义"，那它就是一个可怕的东西。

回到美国，我在离老邵牧场不远的城市转机，老邵到飞机场来接我去他家住一天再走。虽然失恋了，老邵倒并不垂头丧气。他说，虽然是失恋一回，却深入了解了美国社会。并不是人人都喜欢民主，只不过你要不喜欢民主，你也可以有其他选择。你要划出一小块私人地盘，过你的封建社会，过你的清贫简单，你尽管可以过，别违法、别强迫别人伤害别人，且按时纳税就行。农民嘛，当他们和土地绑在一起的时候，他们可以很快乐地过着罗坎村或者邵坷庄的日子。其实，老邵在伊列乡下的那段日子，过得还是很如鱼得水的。

等老邵听说罗清浏被人骗走四万块钱，当作运输损失报了账，连喊自己冤枉呀。他老邵一分公家的钱也没丢，却丢了自己的工作。罗清浏要是在他老板手下，为了讨好朋友送人情，丢了四万块钱，那定是要被开除的。看来罗清浏回国回对了。这个美国不讲情面。不好。

经过一场恋爱，老邵明白了许多事情。野心和雄心都没了，一心就想过个农民或者小地主的日子。他在乡下买了一个"汽车屋"，放在河边住下，养了几只肥鸭子，种了一圈西红柿。动不动就跑到附近农民开的跳蚤市场，买一堆旧工具回来，把鸭子窝建得像个学校。

我早上起来，从窗户看出去，见老邵穿着游泳裤在教鸭子游水。河边一棵杨柳树，逆着早晨的阳光弓腰俯首立着，投下一团蓬乱的影子；河面悄然无声，细小的波纹尖上，跳跃着太阳自己写的象形文字，一片明亮的扇形；风一吹，白水愈发宽亮，十八岁的大姑娘一般妩媚宜人。老邵对鸭子说话的声音带着清晨的回音传过来："你们下来呀！"

鸭子们嘎嘎叫着打圈子，不肯下水。老邵就教育它们："都得跟着我游。我告诉你们：你们是鸭子。"看见我在窗户里笑，老邵大声解释道："这些鸭子都惯坏了，不会下河游泳了。"说着，自己往河里走，一边走，一边扭过头对我说："这样的日子才是我小时候过的日子。"

在这个时候，我也看懂了一些真理：我们这些男人走不出罗坎的原因，是他们断不掉土地和他们结成的无数缘分。这些缘分给他们温馨，给他们烦恼，给他们亲戚，给他们负担，给他们后门，给他们不平，给他们地位，给他们羞辱，给他们不排队的权利，也给他们当贪官的可能。好好坏坏，这个婚姻也有三千年，不是那么好离的，因为，这个长长的婚姻生下了太多的孩子，包括，猪大肠，黄梅戏，好新癖……还有"春江水暖鸭先知"。

2008年9月，写于水码头，完稿于奥马哈

春茶

东紫

接到乔道第二天送茶叶过来的电话后,梅云连走路的脚步都放轻了,生怕引起丈夫焦稳的注意。好不容易挨到睡觉的点,她早早地上床,侧了身装睡。一整夜,连翻身都不敢有。她感觉自己周身薄脆如纸,稍微动动,心里的那个秘密就会渗透出来。

茶叶是半年前就订下的。那时,她正在外地参加一个为期半个月的研讨会。在那个漫长的会上,她认识了那个喜欢喝春茶的男人。男人在主席台上用他的博学和幽默把会议室里搅得哗哗作响时,也在梅云水波不兴的内心插进了两把乱搅的桨。在众人的掌声里,男人的目光像闪电一样击向她,一次又一次。她周身麻麻地木木地坐在那里,警觉地听着自己的心脏,告诫自己,离是非远一点。她不知道自己在反复的告诫里早已启程,她在秋天就迫不及待地向乔道订下了春茶:乔道,拜托你务必在第一茬春茶下来时给我留两斤,一定是露天的真正的春茶啊。

第二天上午,梅云早早地等在和乔道约定的路边,不时地朝他来的方向张望着。在她站得腿酸的时候,一辆出租车停下来,她正打算细看的瞬间,一个男孩子从车里出来,奔向梅云身边的女孩。两张年轻的嘴唇在她眼前啪地吸在一起,发出磁铁碰撞的声音。梅云的脸突地红起来,她满是细微皱纹的眼角颤了颤,左侧鬓角处一块小指甲大的黄褐斑如同睡醒的水母跟着蠕动了。她捂住嘴唇,快速地转过身。心脏却揪紧了,缩成硬邦邦的一小坨。她突然有了一种跟男人说点啥的冲动,她掏出手机,翻找出男人的手机号码凝视着。

告诉他自己的身边有两个像磁铁一样的嘴唇？

告诉他真正的春茶马上就寄过去？

还是问问他还记得磁铁一样的唇吗？

想想。再想想。梅云决定还是延续一贯的沉默，用僵僵的手指把号码一个个消除掉，长长地叹口气，淡淡的白雾在眼前飘升起来，漫过她刷了睫毛膏的眼睛。她平日里是不化妆的，最多也就是涂一点口红。今天例外。今天她要给他寄茶叶。真正的春茶。要在别人面前写下他的名字。今天，恰巧还是那个日子的半年纪念日。

那个日子。开始的时候有点像童年。接到邀约的梅云打定主意要和男人谈谈自己的生活，谈谈丈夫和儿子，谈谈自己虽不精彩却平静踏实得令同事羡慕的夫妻感情，她坚信这样的谈话能像水一样把某些东西冲洗掉。她没想到，男人没有语言，男人只是拉起她的手，领着她走。如同约好了带她去看蜂窝的小伙伴。走得有些气喘了，男人才在一棵正落叶的银杏树下停下来。男人突然转过身，用万条闪电罩住她。想远远瞅两眼的蜂窝被捅开了。嗡声密集。梅云在万千只蜂的叫声里听见了清晰的磁铁碰撞的声音。几秒钟后，在男人水蛭一样的吮吸里，她的眼前出现了送她上车的丈夫和天天背着书包提着篮球的儿子。她把自己的嘴唇从男人的唇上拽下来，说，不该这样的，这是怎么了，不该这样的。她的话像乍起的秋风一样跌跌撞撞。男人说，不能自控的就是身心缺少的，傻丫头。

傻丫头。三个大大的芥末球。她的鼻子眼睛和心脏突然被熏得酸胀、生疼。眼泪流出来，她捂着脸呜咽着蹲下去。男人后退一步靠在树干上看着地上的她。男人不知道她为什么会这样哭，她自己开始也不明白，等她哭明白的时候，她站起身，面对男人笑着流泪。男人就着月光歪头看着她。她抱住男人说，我爱你。男人愣愣，犹豫一下，用胳膊圈住她的脖子。她看到了男人的愣神，她说，这话是说给我自己听的。说完，她紧紧地吸住男人。她要把一生用来亲吻的力气一次用干净。

乔道终于出现在梅云的面前，手里提着四个精美的手提袋。乔道说，等急了吧？有雾，车开不快。按照你的吩咐，最好的，真正的春茶，一叶一芽。梅云赶紧接过来，这么沉呀？她说着拉开肩包找钱。他按住她的手说，算了，算了，我送你。梅云晃开他的手说，那不行，不是我喝，我是送人。他再按她的手说，知道你是送人，不送人怎会买这么高级的，就是送人，也算我的。乔道看梅云执拗地往外掏钱包，就虎了脸说，不给我面子是吧？等你事情办成了，你请我吃一顿行了吧？

我不是办事用，我，就是送人，这钱必须是我自己付，我不会让任何人垫的。梅云手指捏着钱包里的钱问，多少？乔道沉思一下说，那好吧，市价是三千六，你就给成本吧，一千八。

那怎么行，让你跑好几百里路送过来。梅云等待着乔道说出一个对得起他辛苦的数字。

就这些，本来不打算要钱的，我也不是专门送，正好过来签合同么。发票在盒子里，以为你是办事用，就准备了，这年头得让人看见发票才行，要不他不知道你出的血是多少。嘎嘎。他的笑声听起来像树上还未返青的枝条被骤然折断。

梅云把钱塞进他手里打趣说，经验很丰富呀。乔道说，谁像你活得那么滋润，都是人家给你们送。梅云说，嗨，都是半斤茶叶一箱啤酒的，要不就是一袋子大米一捆子葱，我们那里就那样，外传得好像很有油水，其实了了。乔道说，我要是在你那里，我也不用积累经验。梅云笑笑说，哪都一样，只是我不求上进，就谁也不用理。乔道点点头说，说得对，我还忙着，走了。梅云说，知道你忙就不客气了，等你有时间再请你吃饭。乔道跨进车门放下玻璃叮嘱说，春茶贵就贵在稀罕，一天一个价，要送赶紧送。

梅云说，知道了，你给我讲过的，忘了？

乔道嘿嘿一笑说，我哪能忘呢？他突然提高声音说，嗨，梅云你有情况，你和我上次见的时候不一样了，有变化，你现在又是一叶一芽了。

你才一叶一芽呢，你看谁都一叶一芽。乔道、梅云和年轻帅气的司机一起笑起来。

乔道先止住笑，端详着梅云说，挂相这词你知道吧？人心里其实是搁不住事的，事儿最终是要挂在脸上的。所以，谁捡着彩头了还是触霉头了，一眼就能看出来。

梅云说，我看你也别当老板了，干脆摆摊算卦得了。

乔道用手点着车窗框说，让我说准了吧，你有事！不过放心，当着焦稳的面我不会说的。

梅云哼哼鼻子说，别拿自己当神仙，你说我脸上挂着啥？

乔道笑笑说，不太好说，不像彩头也不像霉头，以后有机会坐下来聊的时候再说吧，不过，有变化就是好的。

梅云把茶叶盒子摆在邮局墨绿色的柜台上。穿着墨绿色制服脖子上系着咖啡色小丝巾的营业员看看茶叶盒子再看看梅云说，没有大箱子了，你要么自己找箱子来要么用小箱子。

小箱子咋装？

拆了包装呀。营业员边说边弯腰从地上拿了个跟一本打开的书差不多大的正方形纸盒子放到梅云面前。梅云看看土黄无华的纸盒，再看看精美的茶叶盒，犹豫着。

营业员催促她，要不要？

梅云把草绿色的手提袋拽下来，里面是长方形的书型盒子，厚厚的，沉甸甸的，盒面印着一个圆柱形的玻璃杯，里面是半杯水和二三十株茶叶。大部分的茶叶拥挤在杯底，叶芽相挨，像一个小小的树林。有一株高起漂浮的，左侧伸展着椭圆形的叶片，右侧则是一个看不出纹理的合卷在一起的芽，像女人湿过水的没有抻平的对襟，又如一个欲说还羞的唇。

欲说还羞。梅云想起乔道的比喻（乔道说，欲说还羞，害羞的羞），嘴角处不觉露出微笑。她知道那个欲说还羞的芽里面还包裹着一个更小的芽。那是她自己发现的。是在那个夜晚之后，在知道男人喜欢喝茶之后，她就在闲下来的时候，自己也泡上一杯，喝着，想着。喝到最后，她总是会让茶进到嘴里一枚，慢慢地嚼。然后，从杯底捞出一枚，把那个欲说还羞的唇轻轻剥开，里面藏着另一个更小的欲说还羞。两个欲说还羞包裹在一起，就有了说也说不尽的无奈。

她拧开茶筒，把里面的茶叶袋子轻轻拽出来。清一色的银。自己的脸和营业员的脸变了形地出现在上面。梅云有点失望地咂了下嘴唇。

怎么光光的呀？营业员善解人意地说，这样可就看不出茶叶好坏来了，你要不下午再来，找个大箱子寄？

梅云想想自己提着这么显眼的四个大盒子难免会惹来人们询问，又想到自己也不是为了让男人知道她花了多少钱。再说男人是懂茶的。只有不懂的人才看包装。正如男人那个夜晚对她说的——没有人会想到你有着这样的激情，你总是穿着职业装，表面看来比较古板。梅云脸红了一下，信心十足地对营业员说，就这样寄吧。

营业员帮她把茶叶盒打开，去拽里面鼓囊囊的茶叶袋。梅云提醒说，轻一点，轻一点，弄碎了，茶泡开后，品相就不好了。营业员笑笑，停了手，看着梅云自己摆弄。梅云比划来比划去，小纸盒里只能放下七包。她托着手里的一包说，放不下呢，没有稍微大点的？营业员说，要有早给你了。说着，拿过她手上的茶叶包，眨眼的工夫塞进了纸箱子。梅云想制止，话还没来得及出口，对方已把纸箱放到包装机上。瞬间，纸箱子发出被挤压的喳喳声。梅云万般无奈地吸着凉气。

营业员看了眼梅云填写的包裹单，说，保值处要填上数。梅云说，填多少呢？营业员说，值多少，就填多少，每一百元加收三元的保值费。梅云犹豫起来。营业员催促说，快点。梅云在上面写下一元。营业员的脸上立马有了愠色，一元？要是出现了丢失可就只赔一元。

办完邮寄手续，梅云朝四下看看，没有发现垃圾桶，只得把茶叶筒放进包装盒里，把包装盒放进手提袋里提着走出来。距离单位一百米的地方有一个破垃圾箱，因为周边有好几家小饭店，垃圾箱就如同一个内脏腐烂了的怪物日夜往外吐着腥臭。梅云远远打量着它，终究不忍心让手里的盒子和它里面腥臭的残羹剩饭为伍。走近了，站了站，还是决定提着继续前进。进了单位大门，四处静悄悄的，正是吃午饭的时候。梅云进了物资管理处。办公室里只有最年轻的刘倩倩在边吃饭边看韩剧。听见梅云的脚步声，问了声是梅老师吗？梅云应了声，人却迅速闪进库房里，进入平日里盛放废品的那间。虽是废物间，因为里面除了纸箱、塑料纸，也没有其他的，看起来倒也干净。门后是一张替换下来的老式办公桌，上面是一块用人字形的白色胶布粘连着的玻璃和草绿色垫子。梅云从包里找出面巾纸，擦干净桌面上的尘土，然后把四个盒子整齐地摆放在桌子上。她想着那八个悄悄地代替她去拜会男人的使者和曾经退掉所有包装的自己，禁不住甜蜜而苦涩地抿起嘴角。她已经有了处置它们的方案了。袋子，用来提东西。盒子用来盛零碎的小东西。

五年前，作为茶厂老板的乔道曾给梅云讲过茶。那是他初办茶厂邀请梅云前去参观的时候。他给梅云泡了杯一叶一芽的茶说，真正会喝茶的人都不喝单芽的，尤其是春茶，单芽的光照时间过短，生长期短，茶树里面积攒了一冬的营养没能充分吸收就采摘了，茶香过淡，不耐冲泡。叶子太多太大也不好，叶子里的叶绿素和养分固化了，不容易析出，品相也不好把握。一叶一芽的最好。就如同二十岁、四十岁和三十岁的女人，二十岁除了青春还是青春，太单，太淡；四十岁味道虽足，但品相上难有几个仍旧滋润的，三十岁才是女人一叶一芽的好时候。梅云笑着讥讽他说，对女人的经验这么丰富呀。乔道说，我这经验是通过观察你得出来的。梅云抓了他的茶做出要抛向他的动作。乔道赶紧求饶说，老同学手下留情，那可都是一叶一芽的上品。梅云放了手里的茶叶叹口气说，女人再怎么扬眉吐气也逃不了在你们男人嘴里被嚼来嚼去的命运。

乔道端了自己的玻璃杯碰了碰梅云的杯子，两只杯子里的茶叶顿时舞动起来。

梅云凝视着它们。

乔道问，哎，你看那芽像啥？像不像欲说还羞的嘴唇？羞，害羞的羞。

梅云抬眼惊讶地看着乔道，不知道他葫芦里要倒出啥来？急惶惶地邀她来，正经话没一句，净扯些不荤不素的。

乔道再碰碰她的水杯说，别看我，看茶，看看像不像欲说还羞的唇。

梅云依旧盯着他。她想起中学时他写给她的字条。她直直腰杆四下看看说，要是你老婆来听见你这些话不误会我才怪呢，说点正经的，是不是打算让我替你推销茶叶？

乔道笑笑说，你紧张啥？推销么，暂时不用劳你大驾，说白了，我今天请你来，泡了上好的茶款待你，目的只有一个，就是想从你嘴里掏点灵感出来。我正在设计广告，没有合适的词儿，我想来想去，把我认识的人扒拉一遍，从穿开裆裤认识的扒拉到现在身边的，发现你是唯一可能帮我的人，你就别抻着了，调动你的聪明才智帮我想想。呵呵，虽然没有报酬，但可以免费喝茶，一叶一芽的上品。

梅云凝视着乔道，看见他鬓角处白色的发根和头顶油亮的头皮，她知道自己的鬓角和耳后也有成群的白发。好在这是一个染色的年代，可以让她轻易地把衰老掩藏起来。不由长叹一口气，端起水杯，把大半杯茶水倾进体内。一片茶叶进到嘴里，她轻轻嚼起来，品着它的苦涩。

乔道端了她的水杯放到饮水机的水嘴下说，一看你就不懂茶，喝茶哪能这么个喝法。喝茶，其实是通俗的叫法，最贴切的叫法应该是品茶，要小口，慢饮，趁热，进嘴后要用舌头抵住下门牙，让茶水在口腔里四散回旋。你这种喝法只能用一个字来形容——饮水的饮。

梅云笑笑，顺着自己的思路说，你还以为我们是在读书的年头呀，转眼老得光剩下生活了。那正当好年华的一叶一芽支离破碎地粘附在她的唇齿间。

乔道按下红色的水嘴，她杯里的一叶一芽顿时上下翻舞。那些美丽的叶片却出现了残缺，掉下的碎片像剁碎的用来包饺子的菜渣一样漂着。

乔道眯眼瞅着她蠕动的唇齿，看着那曾让他心动不已，那曾经滚落过无数连珠妙语的唇齿，心里面感慨万千，他咂咂嘴，一语双关地说，梅云，你可不能让我失望。

梅云用拇指和食指捏着滚热的玻璃杯接过来说，谁也不敌生活的浸泡，你的免费茶我看来是喝不上了。乔道看着她的手，他知道她已经让他失望了。那手的姿势虽还算优雅，品相却已不再葱白滋润。

梅云所在的处室一共有五个人，梅云年龄最大。处长在年龄上排第二，比梅云小半年，平日里总是梅大姐或梅老师地称呼她，其余三人也跟着这样叫。五个人天天相守，倒也彼此融洽。梅云是单位里出了名的贤妻良母，性格温和，嘴巴也严，四个人不管谁有事——无论是相互之间的小别扭还是和长辈、配偶闹的矛盾，都愿意找她聊聊。很多时候，梅云也给不出有用的指导，但他们总能在谈话中，从她的平淡、平静和包容里找寻出点膏油，抹在自己被生活和事业挤压出的伤口上。

每年年终评先进的时候，是他们五个人之间的团结出现裂缝的时候。几次下来，除梅云之外的四个人都得出了经验，争着发言。争着发言的人都说，我觉得先进应该是梅大姐的，梅大姐任劳任怨，早到晚归，乐于助人。其余三个人立即随声附和。梅云总会坚决推让出去。这样，球被踢回到都有意来够的八只脚下，紧张和静默就弹跳出来。往往，都是处长打破沉默说，梅大姐就是你了，这样谁也没有意见。球被踢回来，梅云只得根据平日里获得的信息，说出最需要荣誉的那个人。因为是她让出的，而且，每个人早晚都会轮得到，所以谁也没意见。破坏团结的裂缝停止了延伸和张裂，成为一道短短的、细细的熟鸡蛋上的裂纹。

梅云参加部里组织的研讨会回来后的第二个月底，又是每年一次先进评选的时候。这次梅云说出的是赵有亮的名字。梅云说，转年有亮晋升中级职称，先进加分，就给有亮吧。有亮连说，谢谢，谢谢，我元旦请客，酒店大家选。

五个人除了单身的刘倩倩外，都带了家属。七八个人当着焦稳的面把梅云夸得跟圣人一样。焦稳毫不客气，笑眯眯地照单全收。他说，我这辈子就干对了一件事，找了个好老婆！

一桌人嘻嘻哈哈，像以往一样提议让梅云两口子带头喝交杯酒。

谁都知道大庭广众之下的交杯酒，还不如一曲卡拉OK上档次，卡拉好了，别人会给你真实的掌声，而交杯酒，交得再好，就是顶级好，那掌声也是嬉闹的，起哄。梅云知道交杯酒的表演能够给别人带来起哄的快乐，所以，每次她都努力认真地去完成那个端起酒杯、臂膊相绕、和那双日夜相对的眼睛相视而笑、一饮而尽的既定动作。

好久没看梅大姐和焦大哥交杯了，赶紧点儿啊！赵有亮督促着。

梅云刚要响应，一个声音罩住她——你还有资格和爱你相信你的人喝交杯酒么？你这不是欺骗他吗？这不是欺骗他吗？

梅云警觉地瞥一眼焦稳，推托说，交杯酒，那是年轻人的事，我们都快二十年的老夫老妻了，来这个让人笑话。

处长笑着说，交杯酒就是你们这种恩爱的老夫老妻喝才有味道呢。他提高声音，抬高手臂自问自答——

什么味道？

陈年老醋的味道！

什么力量？

榜样的力量！

随着处长的手掌在空中的舞动，大家一起敲盘子敲碗，督促他们的榜样。

焦稳站起来，端起梅云的酒杯塞到她手里说，我老婆越老越腼腆了。梅云只得跟着站起来。刘倩倩说，梅老师快点喝呀，让我学学交杯酒咋喝。赵有亮绕过桌子到梅云跟前说，未婚的要学习，你俩得交个深情的，来，来个绕着脖子的。

绕着脖子的！四个同事一起喊。家属和孩子也随后附和。

焦稳端着酒杯，拥住梅云说，来吧，别谦虚了。他的胳膊绕过她的脖子，把酒杯送到自己的嘴边，问赵有亮，够标准不？

够！

焦稳一饮而尽。

不能松开，得等梅大姐喝完才能松开。大家喊着。

焦大哥离得太远了，梅大姐酒杯够不到嘴边。

焦稳哈哈一笑，抱紧梅云说，大家的意思我明白。

人们笑作一团。刚刚还像烟雾一样萦绕她的声音一下子变成疯猫的爪子，那个夜晚，男人正是这样用胳膊圈着她说，不能自控的，就是生命里缺少的，傻丫头。梅云周身的肌肉紧绷起来。

焦稳在梅云耳边低声问，你怎么了？

梅云把酒一下倒进喉咙。这一瞬间，她渴望着手里的不是一杯酒，而是一个海，淹死需要回答丈夫的自己。淹死不能坦然和丈夫喝交杯酒的自己。淹死在别人眼里完美无缺的自己。淹死那个曾蹲在地上哭泣的自己。

剧烈的咳嗽省略了一切。遮掩了一切。梅云咳得佝偻着腰，满脸通红，泪流不止。焦稳端了茶杯说，来喝口茶压压，压压。梅云低着头，拍着胸口，把藏在心里的愧疚从咳嗽的缝隙里释放出来。对不起。对不起。

看韩剧的刘倩倩眼里含着泪，点了暂停键，抽着鼻子对梅云说，韩剧就是好看，里面的爱情太感动人了，女主人公都好得和你一样。

和我一样？我有什么好的，四十多岁的黄脸婆，黄褐斑都跑出来了。梅云在椅子上坐下来捂着面颊。没有吃饭，又在阴冷的风里站了两个多小时，手脚都是凉的、木的，只有脸颊是热的。吃饭的欲望却一点也没有。昨夜，一宿未眠，现在感觉脑壳里跟装满了水似的。

哎，我妈天天催我，可是我到哪里才能找到让我和我妈都满意的人？我妈要求家庭必须好，工作必须好，可是我见过的这两方面都好的人长得都太硪碜，看一眼就反胃。

你不能照着韩剧里的主人公找，要在现实中用心去感受。其实，爱情是最说不清条件的，它就像两三岁的孩子，说闹就闹，闹起来以后，你就会发现原来定好的条条框框全都不管用了。梅云说着，又看见自己和男人磁铁一样粘附在一起的唇，听见自己跌跌撞撞但意志坚定地奔向男人的话语——我爱你。

梅老师，我说句话你可别不爱听呀，在我们眼里这样解释爱情的人都是上一代人，我们的爱情条件很清楚，首先要有房，一百平米以上的，其次是有车，十万元以上的。

哎，小丫头，等你爱过以后你就会发现爱不是这样的，它跟房子和车子没关系，甚至和长相也没有关系。梅云的眼前浮现出男人平庸的身材和五官。

梅老师，谈谈你和焦大哥的恋爱经过吧，让我学习学习。

嗨，那有什么好说的。

不说不行，今天你不说我还不答应呢，说说吧，爱起来是啥感觉？

爱呀，应该是无法自控吧，无法自控的才可能是身心需要的。

你和焦大哥是什么时候感觉无法自控的呢？是一见钟情吗？

我们啊，别人介绍的，他天天下班骑着自行车到单位门口等我，我不好意思让人家失望，也就天天坐到后座上，没地方去，就大街小巷地转，有一天，把他的自行车后座坐断了，他低头看着车辘轳说，你都把我的车坐坏了，轮胎也磨损两条了，总该给句准话了，嫁给我吧？我想想也想不出拒绝的理由，就嫁了。

就这样嫁了？我不相信，我觉得你俩应该是爱得死去活来的那种，你肯定省略了重要内容，无法自控的那部分呢？

没有那部分，那，那，那是我后来从别人那里听来的。

就这么简单？不过，我还是很羡慕你，你们结婚都这么多年了，你家焦大哥还那么爱你，上次元旦聚会他让我特感动，一个大男人竟然当着众人的面说娶你是他一辈子干得最正确的事，我觉得比这里面的还浪漫呢！刘倩倩指指电脑屏幕上那被定格的韩国男人。

梅云把嘴角拉上去，试图拉出一个当之无愧的笑容呈现给刘倩倩。突然，那个夜晚最疯狂的影像出现了，并于瞬间蜷缩成一粒前进的子弹射过来。梅云整个人呆愣了。

刘倩倩问，梅老师你咋了？

梅云说，我，我肚子不舒服，一阵绞痛，我得去卫生间。

躲进卫生间，看里面老式的洗衣机里正泡着办公室的沙发套，梅云拧开洗涤开关，洗衣机立刻发出轰响。梅云在响声的掩饰下，突然有了哭一哭的欲望。她任由泪流下来。她知道这泪比那句——我爱你，甚至比那个夜晚还要私密。只能自己默默地流下来，默默地被自己擦干。

她知道自己在那个夜晚错误地高估了自己的承受力，低估了一段无法自控的情感的影响力，尽管它只在一个夜晚里活过。

那个夜晚，她曾以为仅仅是一个夜晚的夜晚。那个夜晚，她觉得不对男人说出那句——我爱你，自己的一辈子就是不完整的——那一刻，她突然无法容忍自己从未主动对别人说过——我爱你。

那个夜晚，她对自己说，就为自己无法自控的身心活一个晚上，就一个晚上。

那个晚上，她并没有忘记焦稳，只是一直有一个声音在对她喊，一生都给了他，就拿出一个晚上给自己有什么不可以？！

那个夜晚，她在傻丫头的称呼里哭泣的时候，她的心里面涌动出无尽的委屈——所有的亲人朋友都认为她是温暖可靠甚至是高大坚强的，没有人知道（连她自己都不知道）她是疲劳的，脆弱的，一句爱怜的称呼竟然就能击倒她。她哭着，哭着，又看见了自己面对青春流逝的恐慌和脆弱，她意识到眼前的男人是让她呼喊出"我爱你"的最后一个机会。

那个夜晚，她以为天亮之后就能删除。最多也就是几十年之后，在摇椅上翻检一生时，在皱褶的唇边突现的一个微笑而已。

那个夜晚，她没有想到它会成为一个幽灵时刻跟随着她。搅扰着她。诱惑着她。指责着她。刺痛着她。改变着她。

梅老师，你没事吧？刘倩倩敲着门。

不知咋搞的，闹肚子呢。梅云回到办公室。

那你赶紧去医院看看吧，反正下午也没啥事。刘倩倩把梅云的肩包拿起来挂到她胳膊上。

王副局长突然出现在物资处办公室，处长和赵有亮、刘倩倩、李娜赶紧起身迎接。王副局长说，没啥事，儿子要给女朋友寄东西，打电话让我给他找个纸箱子。处长说，嗨，您打个电话我们就给您送过去了。李娜已经倒好茶，处长接过来递到王副局长面前，转脸对赵有亮说，有亮，你给王局挑个纸箱子去。王副局长朝着水杯摆摆手，又朝着赵有亮摆摆手说，不用，不用，儿子要求很严格，我自己挑，多长多宽，我有数。处长站起身说，我带你挑去。

两个人挑好纸箱子，转身一起看见了桌子上整整齐齐的四盒茶叶。王副局长干笑一声说，这么早就有新茶了。处长张口说，我也不知啥时候送来的。说了又觉得万分不妥，赶紧补充说，想下班的时候给您送过去。王副局长拍拍处长的后背，语调飘飘地说，还是你这小老弟记着我。处长突然被副局长称作小老弟，顿觉一股暖流涌起，他立马抓起两盒说，和老大哥还有啥说的。王副局长说，太多，太多，一盒，一盒。两个人来回推让几番，最后是处长妥协下来。王副局长端起纸箱子说，你这差事比我这副局长都好。处长慌了，结巴着说，您说哪里话，我，我……王副局长哈哈大笑起来。处长灵机一动说，您放心，只要是我小老弟有的，就缺不了老哥您的。

送走王副局长，处长回到办公室，很不满地问，放废品那屋的茶叶是谁送来的？怎么也不说一声。

不知道。大家一起摇头。

梅大姐知道吗？

刘倩倩说，她不舒服，去医院了。

赵有亮说，昨天下午咱都去开会，就梅大姐一个人值班，肯定是那时候送来的。

和物资处有联系的单位都知道他们有五个人，逢年过节，抑或有新鲜时令的东西时，他们都会送五份过来。每人一份。不用等处长下命令，他们就照习惯在下班的时候，找报纸遮遮，或找纸箱子伪装一下，各人带走各人的。偶尔，会有人多送一两份，这样的时候，大家也是各取一份，剩下的就由处长送给那些经常和他一起喝酒的兄弟处室的处长。

李娜想想说，昨晚下班的时候我好像看见梅大姐提了个袋子。

处长说，那就应该是梅大姐收的，哎呀，她咋也不说一声，说一声，就不会有今天这尴尬了。

怎么了？大家一起问。

处长把刚才王副局长的话学了一遍，叹口气说，领导还以为咱们得了不知多少好处呢。几个人一起附和着，对，对，领导就这意思。

那么多屋子，放哪间不好，她怎么非放废品屋里，给我惹事。处长颓丧地倒在沙发上继续说，这事搞的，弄得我搭上东西为不出人来，正好还有三份，你们每人提一份吧，赶紧拿走，别放这里招惹是非了。

刘倩倩说，我的送你了，处长，我不喝茶。

处长摆摆手，喝不喝的，都拿走，看见我就闹心。

李娜拍了下巴掌说，哎呀，省我钱了，今晚张大良他爸过生日，正愁着买点啥呢。

刘倩倩问，你打算妥协了？我要是你，就一辈子不原谅他们。

李娜和张大良从结婚就一直小仗不断，慢慢地，张大良的爸妈也加入进来。上礼拜天，张大良的爸爸打了李娜一个大嘴巴，并扬言要去找李娜父母问问咋教育的闺女。据李娜描述，她当时气得浑身发抖，又不好还手，后来终于想出来一句话，一下就把老头儿气哆嗦了。李娜对张大良他爸说，告诉我你家祖坟在哪里，我去问问你爹娘咋教育的你！

李娜叹口气说，梅大姐说得对，关系搞僵了难受的是我自己，毕竟有女儿，我和张大良还要过下去，退一步就退一步吧，梅大姐说退一步海阔天空。

赵有亮趁李娜和刘倩倩说话的空当，从旁边的柜子里找了个黑色的大塑料袋子，进了库房把茶叶盒子装好，忐忑地拨通了局长的电话。让他想不到的是，局长的语气很热情，听到他报上自己的名字后，很爽朗地笑了两声说，小赵啊，哈哈，上次我小孙子可给你添麻烦了，小家伙高兴坏了。听见局长的笑声，赵有亮的心热乎乎地扑腾起来，嗓子眼顿时通畅了不少，他说，那点小事局长还记着？您现在有空吗？我想给您送盒春茶过去。局长说，不客气，心意领了。赵有亮说，我马上就到。

赵有亮两口子都是外地人，在这个城市里举目无亲。每逢遇到事情，看看周边的人都有三朋六友地帮着，就觉得自己活得憋屈而孤单。看着和自己一起工作的人一个个被提拔起来，职称上也都已是副高、正高的，就自己竟然连中级都没晋上。老婆李小燕总埋汰他无能、弱智。其实，他心里明白问题不在这里。那些同事发表的论文，他一看就知道大多都不是他们自己写出来的。就拿职称英语考试来说，每次他都差个三两分，有人竟然能考百分。他知道人家考试的时候总能找到关系往里送答案，甚至能从身份证到准考证全做一遍假，找人替考。可他在这个城市里找不到一个能帮他的人。但，天无绝人之路，上个月终于出现了一个机会，而且被他牢牢地抓住了。

上个月的一天，李小燕突然给他打电话说，你们局长的孙子住院了，你是不是买点啥来看看？李小燕是医院的儿科护士。赵有亮说，你搞准了？李小燕说，绝对没错，刚才你们局长老婆接了电话说家里有事，和保姆一起走了，让我帮着

春茶

看孩子。

赵有亮赶紧来到医院，为避免出错，他没有买礼品，而是装着找李小燕来到病房。病房里只有局长的孙子和李小燕。孩子正在床上边哭边翻滚，满脸的鼻涕眼泪。李小燕把病床两边的护栏架起来，手足无措地站在旁边。她看见赵有亮进来长舒一口气说，这小孩太闹了，非吃糖葫芦不可，从他奶奶走一直哭到现在，不住声。赵有亮点点头说，没错，是局长家的，可咱买点啥呢？人家那么大的领导，家里能缺啥？李小燕说，赶紧买糖葫芦去！赵有亮说，糖葫芦？领导能看眼里？李小燕说，先别让他哭才是啊，一会儿他奶奶回来还以为我虐待他了呢。

赵有亮赶紧打的找到最有名的糖葫芦店。服务员问他要什么口味的，为确保有适合孩子口味的，他说，每样来一根。赵有亮抱着一百五十元钱的糖葫芦，整整五十根回到病房的时候，局长老婆正满头大汗地抱着孙子拍打着——宝贝不哭，一会儿糖葫芦就跑来喽。

五十根糖葫芦，顿时让小孩子眉开眼笑。局长老婆也眉开眼笑。我还头一回见买这么多糖葫芦的，你这小伙子可真实诚。

梅云离开办公室，思忖着到哪里度过这额外得来的一个下午。她听见一个声音叹息说，哎，如果他在这里，自己就又是幸福的傻丫头了。她被自己吓住了，突然就有了回家的决心。家里有需要她照顾的婆婆，有等待她去择去洗去烹炒的菜，有儿子显着白色汗圈的运动服，有等待她擦洗的桌椅门窗，有每天都要用手搓洗的焦稳的白衬衣……她必须把自己浸到干不完的琐事里和说不完的话里。

回到家，婆婆正在床上午休，打着长长短短的呼噜。大姑姐歪在沙发上睡着了。梅云拿了婆婆平日里搭腿的小毯子盖在大姑姐身上，踮着脚进了卧室。

大姑姐一年前离婚了。最近这半年已不经常回来了。梅云知道这是因为自己。原来，每次大姑姐回娘家来哭诉的时候，她都能够苦口婆心地劝慰她，陪她一同流泪，声讨那个没心没肺的姐夫。有两次她还亲自出马单独找姐夫谈判，看着姐夫在她面前低垂着头，不停地用手指划拉桌子上洒落的茶水时，她感觉自己脊梁柱是笔直的，自己尽量温婉的话语里充满了正义和鄙夷。但从那个夜晚之后，她无法再对姐夫的错误做评判了，她只得躲避大姑姐的眼泪。慢慢地，没有了倾听的对象后，大姑姐就很少回娘家了。

床头柜上是她和丈夫儿子的合影。儿子完全就是父亲的一个缩小版。他用长长的瘦瘦的胳膊搂抱着爸爸妈妈。焦稳厚厚的手掌像童话故事里的小屋顶，罩在她的左手上，她的三个白白的指头像伸头出来晒太阳的小猪。她拿过照片，用手指抚摸着焦稳和儿子的脸。想到内心里的煎熬如果被别人知道了，那花白着头发孤独地歪在沙发上的可能就是焦稳，或她自己。她的眼泪惊恐地窜出来。

她在擦拭泪水的时候愧疚地想到已经半年没有和焦稳亲近了。

最初，回到家的梅云推托说会议安排活动太多，很疲劳。后来，她发现自己的身体有了一些变化，乳房又像当姑娘时来月经前那样胀痛起来，私密处也有些痒。她偷偷地买了早孕试纸条测了测，没有怀孕。不久后单位组织查体，妇科检查时大夫告诉她宫颈糜烂，三度，赶紧治疗。梅云问，要注意什么？等在一边的一个同事说，注意让老公轻着点。屏风后的一群女人肆无忌惮地笑起来。同事说，真的，报纸上说这病首先是因为机械性撞击形成的，说通俗点就是男人太厉害，撞破了呗。屏风后又一阵疯笑，有人伸着脖子从屏风的缝隙里看梅云。梅云觉得她们好像窥探了那个夜晚的秘密，她的脸骤然间紫起来，低着头慌张地穿裤子，站起身发现秋裤穿扭了，又坐回检查床纠正，脚却把踏板上的鞋子碰地上一只。同事解着腰带笑起来，慢着点，慌啥，又不是小姑娘，还值当得害羞。大夫督促说，下一个，下一个做好准备。梅云穿了一只鞋子蹦到一边让地方。大夫扭头对她说，治疗期间最好不要有性生活。

治疗期间不能过性生活。这成为一个正当的理由。夜深的时候，尤其是焦稳用很重的鼻音问她啥时候能好利索的时候，她悄悄地在黑暗里捂住自己的脸，那场用尽了力气的爱的撞击就会像一场立体电影呈现出来。一个半月后，宫颈的伤口痊愈了，恢复了它原本的光滑，那根主宰性爱的神经却依旧溃疡着。她发觉自己仍然无法面对焦稳。在她苦思冥想寻找听起来算是正当的理由的时候，她的身体进一步有了变化，她的血打破了生理周期流出来。相比每次的月经来说，这次的血称得上汹涌。她害怕了，焦稳也害怕了，陪着她跑医院。在做了各项检查之后，大夫告诉她没有任何器质性的问题，可能是因为精神紧张引起的。焦稳莫名其妙地看看大夫再看看梅云。梅云不敢抬头，她知道焦稳在用眼睛询问她——你神经紧张啥？她盯着大夫面前的处方问，怎么治疗？大夫说，首先要放松精神，再就是吃点宫血宁。

她的血日夜流着，成为另一个质问她、搅扰她、压榨她、撕裂她但又诱惑她思念、回忆、煎熬的幽灵。她没有吃药，她固执地认为这是身体的一种惩罚，她试图在失血中剔除对男人的渴望和爱，剔除对那个夜晚的记忆。焦稳看她的药总也不见少，担心地叨唠说，吃药啊，别贫血了。她苦笑着说，顺其自然吧，让身体自我调节吧。

梅云抚摸着照片上的儿子，想到那个夜晚还把自己给儿子准备的答案敲碎了。半年前，面对刘倩倩不知找怎样的人恋爱的时候，她总会想到自己的儿子，想到过不了几年儿子也会面对婚恋的问题，也会苦恼，也会来问她同样的问题。她的心里有一个响亮的骄傲的答案在等待着她的儿子长大——找一个妈妈这样的人！

现在，给儿子准备了许久的那个答案没了。

乔道的生意谈得很顺利，对方是一个几万人的大厂，福利茶全由他供应。当他折叠起那张淡红色的合同，打算放进公文包的时候，对方在半小时前把他的信封放进左侧西服口袋的动作浮现出来，他模仿着那个动作把合同放进左侧的衬衣口袋，硬硬的纸角如同女人美丽的指甲漫过他的肌肤，变成一朵偷偷采来的花在里面盛开着。一个扭动着他嘴唇和眼角的笑，带着鼠夹弹跳的欢快跑了出来。对方正把鼻子凑近茶杯享受着那袅袅而起的板栗茶香，听见他的笑声莫名其妙地上翻了眼珠看他。乔道急忙把笑改成爽朗的告辞。紧握着对方肥嘟嘟湿乎乎的手时，他想起了梅云和她的茶叶。她的茶叶送给了谁呢？也是这样一个贪婪肥胖的男人吗？那个人也会这样享受她的茶叶吗？他的心里突然有了失落和担忧。

乔道从车窗里看着雾蒙蒙的天和在突来的春寒里瑟缩着的行人，他决定推迟回家的时间。他在梅云家附近的咖啡店里坐下来，给司机放了一下午的假，让那个年轻的男孩开着他的奥迪去看看这个城市里咕嘟咕嘟往外冒泡的泉水。看着男孩骤然展开的快乐，他记起二十年前，自己也是这样的年纪，也是这样寒冷的天气，梅云陪着他一起瞅着那从地下奔涌而出的泉水时，自己年轻的胸膛憋胀得几乎裂开了缝。他来找她，是下定决心要把肚子里积攒了数年的爱恋像泉水一样咕嘟给她的，却被一块巨大的石头硬硬地砸下去，压住了泉眼。那块石头是焦稳的一张两寸黑白照片，是梅云用她厚厚的彩云一样的笑托举着给他的。他还给梅云的时候，看见自己的指甲印仿似一把弯刀挂在照片的右上角。

二十年过去了，他养成了牵挂这个城市的习惯，关心着它的天气、温度、风力级别，污染指数和大大小小的变化。他和她偶尔见面的时候，一起谈论的也总是这个城市，大多数的时间里是他在说，她在听。仿佛她是外来的，而他是祖祖辈辈扎根在这里的。

梅云声音的变化他一下就听了出来，那以头疼当作借口的苦恼已如浸湿的棉絮堵塞着她的鼻腔。他的声音轻飘起来，突然就有了翻弄她苦恼的执着，他说，我今天事办得顺利，心情好，特地留下来请你，来不来你就看着办吧，我们五年没见了吧，你要是忍心把我一个人晾在这里你就不来。

梅云来了。她穿了一身灰色的休闲西服，里面是浅灰的羊绒衫。像团凝结在一起的雾，无助地被风刮动着，在咖啡店外，停下，用纸巾按了按眼角。她哭了。他发现自己瞬间有了一种难以言说的快感。这是他二十年来从她身上得到的最令他舒展的感觉。他压在桌子上的胳膊回撤到身体的两侧，整个人软塌塌地倚靠在沙发上，任由体内那股气流缓缓地把自己充盈起来。

梅云在他面前坐下，背后褐色的沙发一下子让灰灰的她有了衰败的味道。乔道的心揪动了一下，坐直身子说，梅云你不该穿灰色的，你这个年龄应该穿亮色的衣服。

乔道你就少损我两句吧，我知道自己老了，老到该用花花绿绿来遮掩了。梅云下意识地把左手捂在鬓角的黄褐斑上。

乔道说，我点了咖啡，你要什么？他想起高中时，当那首《苦咖啡》从台湾飘来时，县电影院边上出现了咖啡屋，他鼓足勇气向梅云发出了邀请。梅云摇完头又反问他，喝咖啡？他看见她美丽的眼珠泛出灿烂的赤金色。他说，对，喝咖啡，就像歌里边一样的苦咖啡。那一刻，他看到她眼里的赤金色光束颤动起来，照着他，像奶奶开始煮晚饭时隐在山坳里的霞光。她做了一个电影里指挥冲锋的连长的手势，他的心脏立马就成了一匹狂奔的战马，发出急促、有力、悦耳的蹄音。当他俩一前一后坐到咖啡屋那昏暗低垂如同被削掉头的倭瓜灯下面，异口同声地对服务员说不加糖的时候，他们共同认为苦咖啡是这个世界上最浪漫最迷人的东西。

梅云说，来杯薰衣草吧，最近睡眠不好。

服务生说，先生点的是一杯卡布奇诺，女士点的是薰衣草茶，对吗？请问，咖啡加糖吗？

乔道看着梅云说，不加糖，苦咖啡。

梅云皱了眉头问，怎么，你有糖尿病吗？

乔道叹口气说，梅云你变得没有幽默感了。他大声对服务生说，加糖，多加几块。

梅云苦笑着说，老了么，老女人在你们男人眼里就只剩下缺点了。她的眼前出现了那棵飘散着金色扇形叶片的树，和树底下那个唤她傻丫头的男人。

老婆惯常的牢骚话从梅云嘴里说出来，让乔道禁不住一愣。他心里暗自叹道，女人啊。他往前探探身，打起精神盯着梅云。他二十年来牵挂不已的女人。他心目中完美的女人。他用来当作标尺衡量着老婆的女人。让他躺在老婆身边唉声叹气的女人。

梅云意识到乔道在盯着她，赶紧说，今天我大姑姐来了，可以帮我照顾老太太，晚上我和焦稳请你吃饭。

乔道说，你不怕我把你挂相的事说出来？下次再见焦稳吧，今天咱们老同学敞开心扉聊聊，我琢磨着，我要是不把你心里的事勾出来，你能把自己折磨疯了。

哦！梅云下意识地捂住嘴，眼睛恐慌地从乔道身上跳跃开，净乱说，我能有什么事？

乔道说，咱俩谁和谁呀，我要是连这一点都看不见，我还是我吗？焦稳没发现吗？你都这样了，他没发现吗？说说吧，是什么事情？

跟焦稳没关系。梅云低下头看着玻璃桌面下自己抖动的膝盖。

乔道没想到梅云会这么激动，他抓住她的手。她往外抽。他使劲地攥。僵持了几秒，梅云的肩膀一松，眼泪啪啪地砸到乔道的手背上。乔道的眉头和心头一起扭起来，别这么苦自己，告诉我到底是什么事情？说不定我能帮你。

梅云咬着嘴唇，沉默地抖落着泪珠子。

在单位受排挤了？

焦稳做对不住你的事了？

孩子惹你生气了？

你父母病了？

婆婆让你受气了？

大姑姐惹你了？

都不是，那，那是什么？！乔道的脑子里突地冒出一个他不愿意想到的问题，他干笑着问，不会是你做了对不住焦稳的事吧？

我，我该怎么办啊，乔道，我没想到自己会这样，我不想伤害谁，我以为它过去就过去了，乔道，我，我真的怕伤害焦稳，我怕孩子会瞧不起我，大家会瞧不起我，我。梅云的眼泪明晃晃的两片。乔道看着，慢慢松开自己的手。梅云得了解放的手掌慌乱地在脸上抹起来，边擦边说，你是不是也瞧不起我了？

乔道的右手啪的一下翻扣到桌面上。你怎么能这样？梅云！你怎么能这样？！乔道恨恨地看着她。他心里面完美的标尺断裂了。他的女神堕落了。成了一个普通的甚至比普通还要不能忍受的、背叛丈夫背叛家庭的贱女人。

贱女人。

贱女人。

乔道的心里涌动着三个小小的浪头。服务生端来了咖啡和薰衣草茶。乔道端起咖啡一饮而尽，然后把杯子啪地放下来，没走几步的服务生回头惊讶地看着他。他说，再来一杯。说完，他点了一支烟，走到门外抽起来。潮湿的淡白色雾气里，脏黑的柏油路上矗立着脏黑的树干和无精打采的人。一团油灰搭拉的令人厌倦的潮湿进到他的体内，乔道的眼角处一粒努力滑动的水珠被眼白上密集的血丝牵拽着。良久，他扔掉烟头，心里面有了另一种愤怒。

梅云，是不是那个畜生欺负你了？你说，是谁，我替你灭了他！

不，不关别人的事，是我自愿的，我自愿的。我原以为那是能够隐藏起来的，能够删除掉的，是和别人、和我的生活都没有关系的。可是，它删不掉，它时时刻刻都在我眼前晃着，我，乔道你告诉我，我该怎么办？

乔道看着梅云面前那个漏斗形状的杯子里漂浮的薰衣草籽，想到那美丽迷人的紫色花朵竟然结出这么丑陋的籽，一粒粒，像长了霉菌又被风干的老鼠屎，他把目光从她的杯子上移开，转到服务台的酒柜上。

焦稳知道了？

不知道。

那男人会说出来吗？

不会吧。

会有人知道吗？

不会吧。

那还好办，你自己捂盖好了，不让别人知道就是了，以后约会的时候要小心再小心。

没有以后。梅云低下头试图喝口茶，那纷纷涌向她唇边的黑灰色的种子让她放弃了喝茶的动作。乔道看着两粒风干的老鼠屎粘在她干涩的唇上，他指指自己的唇提醒她，问，为啥？

梅云擦擦嘴唇说，因为一个梦。那个夜晚还没有完全结束的时候我就做了一个梦，梦见我偷摘了别人家门口的一个大西红柿，我掰开那个西红柿，发现它并不像看起来那样好，里面没有饱满的汁，倒是皮里有一层黑色的菌，但心儿还是红的，我刚咬了一口，就有两个人出现在面前，指责我偷了他家的东西。我慌乱地藏了西红柿，想解释，不想那两个人追着我就打，我就跑啊，躲啊，怎么也甩不掉他们。梦醒了，我才明白这其实也是一种盗窃！自己从那人那里得到的不仅仅是他自己的，还是另一个女人的，或者还是另一个孩子的。我给他的，也不仅仅是我自己的，可能还是焦稳的，还有些东西是我儿子的。这样，我就害怕起来，我没打招呼就离开了。我知道我不会允许自己有以后了。梅云叹口气，哎，说出来感觉好一些了，这半年来，憋得我都快疯了，我真怕自己在梦里说了出来，然后，然后，生活就稀里哗啦了。

乔道说，梅云你发生这种事情是我想象不到的，那个男人一定非常那个吧，能让你，啊，能让你这样，我真的想不出他是个怎样的人。

梅云苦苦地笑笑。看乔道的眼神一直探究地缠绕着，她想想说，我不知道他在别人眼里是怎样的，对我来说，可能就是一团光亮的小火焰，我就是一只蛾子。我自己也说不明白，或许是因为他叫我傻丫头吧。

什么？因为他叫你傻丫头？

嗯。

呵呵，那你可真够傻的。

你可能不相信，从那次之后，我只给他发过两个短信，也都仅仅是三个字，问问他还好吗。开始我想忘，可是，越想忘掉就越忘不掉，时时刻刻在脑子里晃着。后来，我就想既然忘不掉就养在心里吧，像养草一样。可是，还不行。那茶叶就是买给他的，我对自己说了上千遍，不要买，不要再去招惹心里面的那棵草。梅云抬头直视着乔道说，可是我做不到，我对他唯一的一点了解就是知道他喜欢喝绿茶，他的话总在脑子里纠缠着，他说，每天早晨泡上一杯绿茶，热热地喝进去，会感觉身体像禾苗一样伸展开。这句话牵着我，给你一遍遍打电话。我，哎，或许我能做的就是每年给他寄一次茶叶吧。

乔道歪着嘴角笑起来。

梅云停住话头问，我是不是很可笑？

乔道摇摇头说，给他喝呀，我要是早知道，我给包上狗屎。

李娜用鄙夷的眼神看着张大良他爸像小孩子一样戴了生日蛋糕店赠送的黄色纸圈，双手合十，闭目许愿，然后用一口夹杂着唾沫星的酸腐口气吹灭了七支红色的有着螺旋花纹的小蜡烛。蜡烛的火苗一灭，她的女儿乐乐和张大良的外甥就伸手来抢，乐乐只抢到三支，比表哥少一支，哇哇哭起来。张大良的姐姐从儿子手里夺了一根塞给乐乐，她自己的儿子又哭起来。大人们七嘴八舌批评着两个孩子。李娜想想，趁着乱哄哄的劲儿，自己或许能把好听的话说得顺溜一点。她从脚边提起茶叶盒子，隔着蛋糕递向张大良他爸，说，啊，那个，我给爸买了一盒春茶，爸别的爱好我也不知道，我就知道你爱喝茶，哈哈。李娜说着说着，看公公婆婆的脸上堆满了笑，自己先他们发出了声。

婆婆替公公接过来，说，还不快接着。婆婆看看上面的字说，哎呀，老头子这茶叶好着呢，其实呀，一家子不用这么破费。大姑姐伸头看着茶叶袋子，说，好像真的不错。张大良他爸扭头对儿子说，大良，把茶壶的茶叶换了。张大良喜滋滋地瞅眼老婆说，好！他把嘴凑近李娜的耳朵说，你每天都能这么表现就好了。李娜瞪瞪眼脆生生地笑着说，那得多少钱？

张大良指着茶叶盒上面的图片大声说，哎呀，这茶好，看这图片——实物照片，现在这茶叶敢标明生产厂家电话地址的就应该算好茶了。张大良姐姐说，喝茶，爸是内行，你就是看包装的水平。张大良他爸的热情已被调动起来，看了一眼李娜，催促儿子，赶紧泡茶。张大良翻开茶盒，拿出里面圆柱形的茶筒，拔开盖子，伸了三个指头进去拿茶叶。他的手指没有触到料想中的茶叶袋子，不由自主地继续往下探，整只手伸进去，探到了筒底，一无所获的手指在里面转了个圈，连一片茶叶也没摸到。

咋是空的呢？张大良不敢相信自己的手指，抽出手来看看，再伸进去。

张大良的爸爸妈妈姐姐姐夫的脸上立马升腾起同样的警惕，一起看着李娜。乐乐脸上抹了蛋糕，因为听妈妈说自己像小猫，她就喵喵地叫着，伸了手指要把妈妈抹成猫妈妈，乐得李娜正哈哈大笑。张大良扔了手里的空盒子，打开另一个。还是空的。

李娜，茶叶盒是空的！张大良满脸通红地朝老婆喊起来。

李娜笑着说，你就放屁吧。说完意识到公公婆婆在，赶紧改口说，咋可能呢？

咋不可能？张大良把空空的茶叶盒子塞给她，你在哪里买的，赶紧找他去！

我，我，会不会是小孩子给拿出来了？李娜扯过女儿，厉声问道，是不是你动妈妈的茶叶了？女儿哇的一声哭起来。

张大良他爸脸上的警惕随着小孙女的哭声转化为汹涌的愤怒，他大喝一声，够了！还没来得及被切割分享的蛋糕随之飞出去，漫过张大良他妈的肩头，在缎面软包的墙壁上损毁了美丽的形状，然后一塌糊涂地死在地板上。乐乐和表哥立即跑过去，围着破碎的蛋糕哭起来，边哭边骂，爷爷坏，爷爷坏。寿星在孩子的哭声里拂袖而去——耍我！张大良他妈拿起老伴的外套跟着站起身，看看儿媳，伸手给了儿子一个大嘴巴——有这样耍你爸的吗？！

乔道决定见梅云还有另外一个原因——他给梅云的并不是珍贵的春茶，而是去年的秋茶。每年的秋天他都会采一批品相好的，炒好之后保存在冰箱里，应付第二年春天那些找他要茶的人，那些口口声声买茶实际上又不会付钱给他的人。秋天的茶，几元的成本，就能冒充春茶换得上千元的人情，可谓一本万利。偶尔遇到一个坚持付钱的，就平了一春的亏本。他没有想到梅云会付钱给他。他决定留下来和梅云好好叙叙旧，让他们之间的情意浓厚到不会因为春茶和秋茶的一字之差而受影响。尽管他做过实验，好的秋茶用冰箱保存到次年春，在品相色泽上几乎和春茶相差无几，仅仅是汤色稍稍偏黄，气味上不再是板栗的香，而是一种醇香。这些微的差别不懂茶的人是很难发现的。当他看见跟他签订了合同的那个人用一种陶醉的神情享受春茶的气息时，他心里突然有了一点忐忑——如果喝梅云茶的人也是这样品茶，如果那个人因为洞察了茶的差别而挑拨了梅云和自己之间三十多年的友谊咋办？梅云会怎样看他？

二十年来，乔道等待着梅云向他诉说对婚姻的不满、对焦稳的失望或者对生活的愤怒。等待一个让她明白对他的爱视而不见是种错误的时刻。二十年，她竟然一直都是平静的，安宁的，宽厚的，隐忍的，默默付出的，默默承受的。孩子幼时的病弱，焦稳的失业，婆婆的偏瘫。二十年，她在他的心目中日渐高大美丽。甚至五年前，他看着她把那品相极好的茶叶像嚼菜一样嚼碎，碎片粘附在涩燥的唇齿间时，看见她端杯子翘起的手指不再葱白滋润时，他都在失望之后把它们转化为一种她甘于奉献的令人景仰的符号。让他没有想到的是，她用一个月的工资买了珍贵的"春茶"来喂养她心里的那棵草。一个积聚了所有传统美德的女人竟然是一个允许心里长草的女人！

和梅云分别后，他斟酌再三，拨通焦稳的电话。乔道说，老兄，我今天来办事和我老同学见了一面，她看起来憔悴了不少，这可就是老兄你的不是了，女人跟花草没啥区别，你得施肥浇水，滋养她。不不不，梅云没说啥，她你还不知道么，在她嘴里能听到的都是你的好，我就是多管闲事，看她精神不太好，提醒你多关心她。焦稳哈哈笑着说，在惜香怜玉这方面，我还真得向你学习，好好好，今晚回家就关心。

晚上，梅云和焦稳给母亲洗了脚，洗了脸，擦了身子，刷了牙，等母亲睡下后，两个人回到卧室。焦稳关了两人的手机说，今天你猜乔道给我打电话咋说的？

他给你电话了？咋说的？梅云紧张起来，低头揪着焦稳毛衣上的绒球。

焦稳看着她的手指说，这天说变就变，前两天暖和得都穿单衣了，这又把毛衣穿上了，穿不了两天又该热了，你又得洗一遍。

乔道说啥了？

呵呵，他呀，他说，女人跟花草一样需要施肥浇水，需要滋养，看你憔悴了让我多关心你。哎，老婆，这可不怪我啊，我的肥料都浪费了，快半年了吧？焦稳抓起梅云的手按在自己精神抖擞的私处，咬了她的耳朵说，打支美容针吧。

为了阻止自己脑子里乱放电影，梅云边配合焦稳边在心里念叨，好好做，从今往后每次都好好做，好好做，每次都好好做，不能再错了，不能再错了。梅云发现男人的影像还是在这些话语的缝隙里探头探脑，她赶紧在心里高密度地呼喊焦稳的名字——焦稳。

焦稳密集成点状分布在梅云的大脑沟回里，分布在她每一条用来思考用来思念用来思想的神经枝条上。

……

焦稳和焦稳的密集排列中间突然出现了一个空白点，一粒悄悄潜入的浓缩炸药。轰的一下，那浓密得如同一箩筐小米的焦稳瞬间像扬落的米粒四散而去。梅云忽的一下坐起来，如同从一场梦里惊醒，喘着粗气，目光迷离不安。

焦稳被梅云毫无前兆的抽身而退弄得懊恼不已，他趴伏在床单上，平息自己的情绪。然后，他坐起身，捋顺梅云的乱发，叹息说，咱们再看看大夫吧，你哪天有时间告诉我，我陪你去。梅云歉疚地说，对不起，我不是故意的。焦稳笑笑说，说啥呢，我又没埋怨你。

李娜提着给她婚姻捅了大窟窿的茶叶盒子看着张大良和女儿的背影，一时不知该如何和丈夫说明白。张大良当着姐姐姐夫的面恨恨地说，我带孩子先回家，谁卖给你的你就找谁去，看准了，原样的，别让人家再糊弄了你，换不回来就别回家！李娜知道，张大良挨了他妈一个大嘴巴还坚持不肯说李娜是故意戏耍他爸的，说明这件事情在他和他家人心里已经很严重了，严重到张大良开始长脑子了，开始费心思维护他们的关系了。她站在酒店门口的冷风里，想到应该跟梅云说一声，让她帮着出个主意。连打两遍都是关机，李娜握着手机一时六神无主。站了一会儿，她拨通了处长的电话。

什么？你说什么？怎么会有这种事？！不开玩笑？

处长，你说我咋就这么倒霉，我可是听了梅大姐的话放下架子去和他们一家修补关系的，这可好，成了我耍弄人家了。你说，我那盒茶叶怎么会是空的？

你在哪里，我马上过去。处长意识到了事态的严重，可能不仅李娜的茶叶盒是空的，很可能所有的茶叶盒都是空的！他送给王副局长的也是空的！

处长边开车边给赵有亮打电话，把李娜的事情讲了一遍。赵有亮当时就结巴了——这这这怎么可能？处长说，你赶紧看看你的是不是空的。赵有亮用哭腔说，我的也送人了，这咋办？！处长说，李娜在朝阳湘菜馆门口，咱们见面再说吧。

三个人在酒店门口碰了头，坐到处长的车里，处长和赵有亮扭着脖子又听了一遍李娜的叙述。赵有亮说，梅大姐打电话，她接的，她应该知道咋回事。李娜说，我已经打了，她关机。处长想想说，这事好像不那么简单吧。他说，这样吧，李娜，你赶紧给刘倩倩打电话，让她看看她的盒子是不是空的。

刘倩倩也关机了。

处长问李娜，知道刘倩倩的宿舍吗？李娜说，知道。

李娜把刘倩倩从被窝里拽出来，说明缘由。刘倩倩听得目瞪口呆，她摆着手说，万幸，万幸，我没有送出去。

刘倩倩下班后给妈妈打电话聊天，说自己发了一盒春茶，那盒子特精美。妈妈当时没说什么，过了一会儿打了电话回来说，让她去火车站，徐阿姨路过这个城市，很想见见她。刘倩倩知道那个徐阿姨是妈妈羡慕不已的人——有一个当大官的老公，一个非常帅气的出国留学的儿子。妈妈最常说的就是——你要是能找到像你徐阿姨那样的婆家就好了。她明白妈妈的意思，大声和妈妈保证，一定完成任务！她妈妈说，你带着那盒茶叶就行，火车可能就在你们那里停五分钟，人家就想看看你。当刘倩倩翻箱倒柜地把自己武装起来时，妈妈又来电话说，咨询过火车站了，火车改成动车后只停留一分钟，根本没有时间相互寻找、相认。刘倩倩心情郁闷就早早睡下了。

刘倩倩和李娜钻到处长的车里，说，我的还在办公室呢。处长果断地扭动了方向盘下的钥匙，朝着办公室飞奔而去。四个人前仰后合地来到办公室。刘倩倩把茶叶袋子放在桌上，眼睛看着处长。处长说，打开呀。刘倩倩说，我不敢。

又不是炸弹。处长说着在沙发上坐下。他知道那就是炸弹。如果刘倩倩的盒子也是空的，那就证明他送给王副局长的就是炸弹！

赵有亮看看盒子，看看处长，他也颓然在沙发上坐下。两只手掌在膝盖上摩挲着，把里面冰凉的水蹭干净。

李娜看看同病相怜的处长，她拿过来打开。

空的！

空的！

四个人各自抱着胳膊，目瞪口呆地看着那首尾分离的两个茶叶盒在刘倩倩的办公桌上轻轻地惬意地晃动着。

晃。

晃。

晃。

我让你晃！赵有亮抓起茶叶盒扔地上，用脚狠狠地踩上去！茶叶盒调皮地从赵有亮脚底下窜出来，他打个趔趄，刘倩倩赶忙扶住他。李娜把滚到脚底的茶叶盒用她尖尖的枣红色的鞋尖踢向门后面的垃圾桶。处长看着滚动的茶叶盒子说，你们是怎么看这个事儿的？

四个人纷纷谈自己的看法，综合有二：

一、送礼的人送的就是空的，梅云和他们一样，也是无辜的被戏耍者。这样的话，梅云的也肯定是空的。

二、送礼的人送的不是空的，梅云自己的也不是空的，但是她把所有的盒子拿空了！

处长说，第一种可能很小。因为既然是送礼的就是有求于我们的，有求于我们的人怎敢戏耍我们？处长咬牙切齿地说，要是让我找出是哪个狗崽子敢这样戏耍我，我不捏死他！他要是能从我这里得到一张订单，我把姓倒过来写！这样说着，处长和赵有亮两个人心照不宣地看了一眼。都看到了局长和王副局长的愤怒。

李娜搓搓面颊说，我都起鸡皮疙瘩了，如果是第二种的话，梅大姐也太阴险了，这么多年她都表现得那么好，哎呀，我真的不敢想下去了。

嗯，我妈妈说这个季节的茶叶很贵的。刘倩倩说。

事情不会那么简单，或许是她摸清了咱们的心思。处长叹口气。

李娜哀求说，处长，别说了，我直怕冷呢，她昨天上午一个劲儿劝我不能错过张大良他爸过生日的机会，买点稀罕东西把关系缓和了，唉，这稀罕东西就出来了，你们说咋解释？她故意害我？

为啥？刘倩倩问，我不明白，她为啥害你？

赵有亮说，为啥？嫉妒！她肯定是嫉妒！你们想想一个人怎么可能会那么好？一个家庭怎么可能会那么和谐？我现在断定都是因为嫉妒使得她在装！你们想想，她其实是在很多方面不如我们的，她的学历最低，年龄最老，在咱们这里一喊减员的时候，她的竞争力是最小的，她，她的家庭最困难吧，她家焦稳单位破产，给人家打工，看她穿的，和李娜刘倩倩都没法比，她什么都不如我们，所以她就装好，装得比谁都好，家庭比谁都幸福，就用这一点来把我们比下去，李娜你还总是跟她哭诉家里的事，正中下怀！

赵有亮把他福尔摩斯的手指指向李娜，想到自己正是因为无法剔除的嫉妒才把茶叶送给了局长——他嫉妒他们当地人的人情优势。除了他赵有亮，他们活得多么呼风唤雨，多么温暖融融，多么如鱼得水！处长开车违规被警察查住，就可以用指头理直气壮地指着警察说，你放不放我，你不放是吧，你会给我打电话会给我把车送回去的！果然，处长的车就被那个警察送回来了，那个警察和处长一起坐在沙发上抽着烟，哥们儿哥们儿地相互叫着。而他，赵有亮，同样的情境下，只能乖乖地点着头，哈着腰，不转眼珠地看着警察的手指头，哀求人家少写一点，然后不敢耽误地跑到银行交钱。他理解嫉妒的力量。

深刻！处长拍拍赵有亮的膝盖。

刘倩倩说，这么说真是梅老师干的？越说越像啊，中午你们都不在，她就很反常，后来她说不舒服，我就催她去医院。哎，这么想想是跟以前不大一样。

处长说，不管是不是她故意给我们挖坑，我还是很佩服赵有亮对人性的透视。

李娜在赵有亮的分析里看见了自己的愚蠢，想到自己这么多年无遮无拦的哭诉可能都给梅云当了口香糖，当了衬比她美好形象的垫脚石，心里窝火得很，拍拍胸口说，哎呀，我真是傻到家了，找她去！

处长说，你不是说她关机了么。

李娜说，我知道她家，她都让我们坐蜡了，家都回不去了，她倒好，关机睡觉？

好，找她，看她咋说。刘倩倩附和着。

处长拿起车钥匙说，走，哎，你们比我都幸福，你们说要是王局打开茶叶盒子发现是空的，我这辈子估计也就到头了。一周前，处长刚从干部管理处长那里得知局里的中层干部很快要实行重新竞聘。干部管理处处长说，竞争非常激烈。

李娜说，不要紧，我们都给你作证，证明你不是故意的。

处长冷笑一声说，你们以为领导跟咱称呼一句哥们儿，就真跟哥们儿一样啥都能解释啊，他不会听你的，关键时候给你一双小鞋穿上就够你难受一辈子的。

刘倩倩问，处长你该咋办？

处长说，能咋办？一点办法没有，我现在就寄希望于王局自己并没有喝那茶，而是把茶叶送给了别人。处长的话戛然而止。

四个人走到车前，赵有亮说，我就不去了，刚才老婆发短信说孩子不舒服，让我早回家。说完就自顾自地走了。李娜说，赵有亮就这样，分析起来一套一套的，到该出面得罪人的时候他就蔫了。处长发动了车说，恐怕最坐蜡的不是我，也不是你李娜，是赵有亮。

为啥？李娜和刘倩倩一起问。

处长说，今天下午赵有亮急匆匆地从库房里提了一个黑袋子出去，他干啥去了？肯定是把茶叶送给某位领导了。

一直没看出来他和哪个领导好呀？李娜说。

嗨，水深着呢，你以为这局机关是个啥地？就是个深海。处长说。

赵有亮绞尽脑汁想着挽救的办法。他想到了局长的秘书李立。他们曾经有过一次同桌喝酒的情意，感觉他是个比较好说话的人。他围着办公楼转了一圈，等处长的车离开后，他回到办公室找出局里的电话号码本。那是一本囊括了全局各个单位和部里主管单位的电话本。赵有亮曾在闲暇无事的时候无聊地翻看着它，内心里感叹着一个机构的庞大和自己的渺小——那密密麻麻的号码里竟然没有一个是和他亲近的。他快速地找出了李立的电话，用恳求的语气问清了家庭住址。

赵有亮跑回家把情况和李小燕汇报一遍。李小燕一听脑核就炸了——你向来就毛手毛脚，你咋就不打开看看？你打开看看不就没这事了？赵有亮摊着两只手说，现在说这话有意思吗？咋办？咋办？耍弄局长，天啊，我真不敢想下去了。李小燕说，赶紧想想办法啊，你摩挲着两只爪子有什么用？赵有亮说，办法我已经想出来了，就是得你同意。李小燕说，什么时候了还这么娘儿们，想出来就赶紧去办。赵有亮说，我想去找局长秘书，让他帮帮忙，可这么晚了已经没地方去买礼物了，把结婚十年纪念日那天我送你的羊绒衫送给他家属吧。李小燕说，那可不行，那是我十年辛苦得来的，再说了，也太贵了点吧，两千多呢，春节发的购物卡不还有么，送张卡不就得了。赵有亮说，求你了，就还有一张五百元的，拿不出手。李小燕噘着嘴找出没舍得穿的羊绒衫盒子，打开，对赵有亮说，看准了，标牌都没舍得拽下来呢。

赵有亮提着老婆的羊绒衫敲开李立的家门，哈着腰说尽了抱歉的话进了门，对穿着花花绿绿家居服的李立两口子恳求再恳求。李立弹着烟灰一再说，这可难办，局长的脾气你是不知道啊，这事难办啊，弄不好啊。李立老婆心软，她说看人家小赵眼泪都出来了，帮帮他吧，拿回来是不可能的，你就先带他到办公室看看，万一里面不是空的呢，就是空的，你先给遮遮，容他有时间买了补上。

李立从局长办公室出来对等在办公楼下的赵有亮说，确实是空的，我能做的就是把它放进了橱子，不引起局长的注意，他要是说想喝新茶，我看情况先帮你应付着。正巧明天局长要去北京出差，可能需要个三四天，你抓紧搞到同样的，我给你换回来。

赵有亮舒了口气，千恩万谢地辞别李立，回到办公室捡起那个没有踩瘪的盒子把上面的电话号码和地址抄了下来。

梅云和焦稳躺在床上，彼此听着对方清醒的呼吸，黑黑的空气里突然就有了不该清醒的隔阂和恐惧。各自的胸中都堵着一股压抑而潮湿的气体，像窗外一天未散的雾。焦稳的嗓子眼粗，虽尽量按压着，那股气还是瞅了他疏忽的瞬间冲了出来。长长的，湿漉漉的叹息，如同一条从水中捞出的霉湿的皮带被看不见的手挥动着，颤颤悠悠就抽到了梅云的身上。她不由得紧缩了身子。焦稳感觉出她的动静，就干脆再叹口气。梅云哽咽了问，怪我是不？对不起。

焦稳侧了身子背对着梅云说，只要你心里没藏事，这点事和两口子之间一辈子的恩爱比起来算啥？

梅云惊恐地说，瞎想，我能藏啥事？

焦稳换话题说，你知道姐今天来干啥？找我商量和姐夫复婚的事，姐夫托人来试探她。

梅云问，姐自己啥意思？

焦稳答非所问，你要是我姐，你会咋着？

梅云一时不知如何回答。焦稳等不来答案就说，这个年纪的女人还能咋着？复婚吧，曾经被背叛的伤害在心里去不掉，不复吧，也找不到比那个人更好的了。姐说，就是能找到合心意的，带着一个男人几十年的记忆，两家儿女的是是非非，活在另一个人身边，心里也舒坦不到哪里去。

梅云说，那就是打算复婚了？

焦稳说，破了的镜子咋拼也不是那回事了，叫我说这俩人都弱智。

镜子都是两面的。梅云不知该怎样把话题继续下去，也不知该怎样把话题打住，冒出一句词不达意的话。焦稳笑笑说，两个面，几个面也不是摔碎的理由。

处长一行在梅云楼下，仰望着梅云的卧室窗户。黑着灯呢，太晚了点吧？处长说。

李娜说，对睡觉的人来说是晚了点，对我这无家可归的人来说就不晚。她说着按动了电子门上梅云家的号码。处长说，你俩别乱说，先听我说，毕竟是老同事，万一是送礼的人搞鬼，话说重了不好，一句话，水深之处，不可轻举妄动。李娜和刘倩倩频频点头，她们乐得当看客。

焦稳把三个人让进客厅，梅云也穿戴整齐地笑着迎出来。什么风把你们都吹来了？三个人哼哼哈哈地坐下来。梅云看李娜面颊红扑扑的，就问，喝酒了？去参加你公爹的生日宴了么？焦稳忙着倒茶，梅云不等李娜回答就开始削苹果。处长说，你们别忙了，我们来就问个事，本来打算打个电话，可梅大姐手机关了，就只能来了。梅云说，这么巧。焦稳笑笑说，我就今天勤快了一回，早早地给她关了，她头疼。梅云问，啥事呀？

处长说，其实就是问问你废品屋里的茶叶是谁送的，这事搞大头了。

梅云皱了眉反问，废品屋里的茶叶？谁送的？我不知道啊。

你不知道？李娜和刘倩倩异口同声。

不知道啊，啥时候送的？我下午没上班。

处长看看李娜和刘倩倩，干笑一下说，我们三个和赵有亮都不知道，以为你知道呢，你要是不知道，这事就怪了，你不知道还好，我们还怕你万一也拿了茶叶送人，送给人家才发现是空的。

茶叶？空的！你们是说那桌子上的空茶叶盒子？那是我买了送人的，不好寄，就拆了包装，咋？你们当茶叶送人了？

什么？

真的？

三个同事和焦稳不转眼珠地盯着她。梅云看见了他们的不信任。她的额头瞬间就冒出了汗珠。她丢了手里削了一半的苹果，去翻自己的钱包。我有发票的，我好像还没丢，真的，不骗你们，我今天早晨刚从一个专门搞茶叶的老同学那里买的。

处长看了看发票递给了李娜，李娜看了看递给了刘倩倩，刘倩倩看看打算递给梅云，焦稳先伸手接了过来。他看着上面的3600，嘴角哆嗦了两下，说，这么贵，你寄给谁了？

嗯，嗯，你不认识。梅云搪塞着。

焦稳的脸青起来。

处长看看焦稳，再看看低头削苹果的梅云，说，今天王局长去要纸箱子，看见了茶叶，就要，我哪敢说不，就拿了一盒送他了，李娜拿了一盒送张大良他爸，当场在酒席上就出笑话了，赵有亮也送人了，这事闹得。

梅云依旧低垂着头说，真是对不起，都怪我，我没想到这点，我就觉得那盒子或许哪天还能用来盛点东西……要不，我，我去跟王局和张大良家解释解释吧？

处长说，明天再说吧，你们赶紧休息吧。三个人起身告辞。李娜走到门口回头对梅云说，梅大姐你可把我害惨了，张大良一家认为我耍弄他爹，都不让我回家了。梅云说，对不起，你，你在我家住吧。刘倩倩说，还是去我那里挤挤吧。

三个人下了楼，赵有亮的电话就来了。听了处长的叙述，赵有亮说，她说啥你们就信啥了？处长说，明天上班再说吧。

焦稳关了门，重新仔细看了看发票上面的印章，是乔道公司的。梅云已经回到卧室，潦草地脱了衣服进了被窝。焦稳过来坐到床沿上，盯着她的后脑勺问，这么贵的东西你寄给谁了？

不是说了么，你不认识。

你有我不认识的朋友？谁？值得你送这么贵的茶叶？

没那么多，乔道虚开的。

能虚多少？我问你那人是谁？我就想知道是什么人值得你这么破费！焦稳整个上半身起伏着，床在他的屁股底下颤动不已。

梅云扭回头看着他紫青的脸，心脏再次紧缩起来，缩成硬硬的一坨。一个铁的疙瘩。她想了想，嗫嚅着，部里主管我们的一个领导。

焦稳的呼吸一下子缓和下来，半信半疑地重复说，部里的领导？

嗯，部里的领导。

你还认识这么高层的人，咋不早说呢，或许找找人家，我就下不了岗呢。

后来认识的。梅云看着焦稳的怒气平息下来，心开始放松的同时泛出一股黏稠的悲哀，她突然不忍再看焦稳，也不忍让焦稳再看自己了，她蒙了头说，赶紧睡吧。焦稳的声音钻过被子进入她的耳朵——有这关系就好好处，以后说不定还有用得着人家的时候，我听说要成立路桥处，人员从我们这些下岗的人里聘，到时候你找找这人，这么大的官放个屁都管用呢。

处长和赵有亮李娜刘倩倩一大早就不约而同地来到了办公室。处长说，一晚上跟吃了屎似的。三个人附和着说，就是，我们也这么觉得。李娜说，问题是接下来咋办？刘倩倩对李娜说，让梅老师再找她同学弄一盒给你，你就说卖茶叶的给换了。处长说，李娜的最好办，难办的是赵有亮和我。赵有亮说，是是是。三个人一起看着赵有亮，见赵有亮不接下文，又彼此看看。李娜说，有亮你不会也送给王局了吧？赵有亮红了脸说，哪能呢，不过我觉得刘倩倩说得对，让梅老师买一样的，处长你不是和王局的秘书关系不错么，让他趁领导不注意把茶叶给塞进去呀。三个人一起点头，连夸赵有亮聪明。

四个人好不容易等来梅云。把想法告诉她。梅云说，好好好，我现在就打。四个人一起看着梅云一遍遍拨乔道的手机。手机处于关机状态。赵有亮拿了茶叶盒说，拨这上面的。梅云拨了几遍依旧没人接。折腾了快一个小时，乔道的手机终于通了。李娜说，梅大姐用免提吧，我们都听听。梅云犹豫着。处长说，对，用免提，这样大家需要说啥他都能听见。梅云生怕乔道再扯到男人身上，她对着话筒说，乔道，我同事有事找你，我用免提和你说啊。乔道哈哈一笑说，不用害怕，我不会出卖你。这话从小喇叭里散出来，四个人相互对视着。梅云的脸顿时跟红烧了一样。梅云清下嗓子说，乔道你再帮着准备三盒春茶行吗，我同事急用。处长说，多准备几盒吧，还有秘书那里。梅云说，多准备几盒行吗？乔道说，还多几盒呢，我跟你说吧，一盒也没有，气候这么冷，最快也需要十天半个月的，到四月二十日，谷雨左右吧。

梅云说，就要我买的那样的。

乔道昨天和梅云聊过之后，他已断定关于茶的信息是不会再传回梅云耳朵里了，他和梅云的关系已经摆脱了茶叶的阴影，但他要是再拿相同的茶卖给她同事，就不保险了。他说，你那茶，我跟你说吧，全江北估计也就你那两斤。明前茶，啊，就是清明前的茶，那是指南方茶，咱们北方的第一茬春茶都是谷雨茶，今年前些日子气候反常，暖了十来天，我整个茶园就采了你那两斤。

四个人的心都悬了起来。处长插话说，其他的厂家呢，梅大姐让他问问其他的厂家，如果有，用他家的包装不也一样么。

梅云说，乔道，帮帮忙吧，真是急需，你能不能联系其他的茶园，用你家的包装，就是价钱再高点也好说。处长和赵有亮李娜一起点头说，就是，价钱无所谓。

乔道说，梅云，咱俩谁和谁，你张嘴的事没有我不办的，你可能不知道，这整个地区的茶园都被我兼并了，我这里没有，就代表着整个江北没有。天气要是转暖，过十天我和你联系。

李娜说，南方的也行啊，只要是春茶不就行吗？

乔道哈哈笑起来，一听就知道你不懂茶，南方的和北方的能是一回事么？

挂了电话，除了刘倩倩，三个人都嘟噜着一张脸，唉声叹气，让梅云坐卧不宁。处长悄悄把赵有亮和李娜叫到库房，三个人商量一下，由处长和赵有亮开车照着茶叶盒子上的地址去一趟，费用三人平摊。乔道那句——放心吧，我不会出卖你的，让他们重新怀疑梅云——她可能就是和同学联手导演一个恶作剧，让他们出丑，看他们笑话！处长叮嘱两个人说，从现在开始，关于茶叶的事我们不能再让梅云知道了。

晚上，处长和赵有亮一无所获地回到了办公室。问遍了整个产茶区，得到的答案和乔道电话里说的一样。等在办公室的李娜从食堂里要了菜，三个人一起无精打采地吃着。李娜说，梅云应该不是搞恶作剧，我找人查了，她确实在邮局邮寄过茶叶。

赵有亮问，咋查的？

李娜说，同学在邮局，现在都联网，一查就查出来了，邮寄人，邮寄地址，这还不简单。

赵有亮暗自感叹，自叹不如。

李娜说，你们猜猜，她寄给谁了？

那上哪去猜？

嗨，你们都认识，这样说吧，咱们都从电视上或者会议上见过这个人，照着官大的猜。

寄到哪里的吧？

当然是北京呀。

部里的领导？处长的嘴巴张得大大的。

不会吧，可能吗？从来没听她提起过啊。赵有亮嘴上不相信，心里面却也知道李娜没有说谎。

咋勾搭上的呢？李娜皱缩着眉头。处长哑哑嘴说，梅云没那本事，会不会是亲戚？李娜说，肯定不是亲戚，你忘了昨晚焦稳的话了？处长回想一下，然后朝李娜竖起大拇指，感叹说，人心似海啊！

赵有亮说，是人不可貌相，看人家不声不响，整天给咱们讲平平淡淡才是真，一副与世无争的样子，其实人家使的是障眼法，暗暗往上溜须呢，说不定就是为了下次竞聘做准备呢，要不花那钱有啥用？

处长看着赵有亮指来点去的手指，处长想着，想着，脊梁柱直起来，他看到了一直隐藏在身后的威胁。

李娜鄙夷而妒忌地说，她肯定是红杏出墙了，我今天才知道什么是闷骚啊。赵有亮督促说，别管人家墙里墙外了，快想想还有啥办法。李娜说，还能有啥办法，又不能让人家寄回来。

寄回来？赵有亮和处长的眼睛同时亮了亮。

可能吗？李娜看着处长和赵有亮。两个人谁也不回答她，谁也没有勇气跳出来当小人。

真那样的话，说不定是在帮助她，她那样的能抓住当官的多久啊？弄来弄去，两头空的可能很大，这么大年纪的女人，到时候不就惨死了。再说了，焦大哥对咱都不错，咱们知道他戴了绿帽子还不帮着往下摘，没良心对吧？李娜鼓励着两个男人。两个男人的嘴角上站住了同样的笑。

有道理，你认为呢？处长看看赵有亮。

赵有亮朝着处长频频点头。他已想好了让人家寄回茶叶的办法，只是没有勇气说出来。看见处长表态，他说，要挽救梅大姐，帮助焦大哥其实很简单，电话本上就有部里主管领导的电话，明天估计领导上班的时候，咱们以焦大哥的口气给领导家打个电话，就说因为听别人说老婆和领导的闲话，一直很生气，这两天听说老婆给领导寄了茶叶，但老婆不承认，自己就怀疑这事真有点不对头，为了两个家庭的安定团结，让对方把茶叶寄回来，好让自己有证据证实自己的怀疑，管住老婆以后不给领导家里添乱。我觉得这么一说，领导家属肯定会照办。赵有亮说，不过，这种事一旦传出去，咱们三个人就——赵有亮话里眼里都咬住了同伙。

李娜拍拍赵有亮的肩膀说，放心吧。李娜站起身眼睛看着梅云的办公桌前的转椅，她期待着它越转越低，期待着坐在上面的人也像曾经的自己一样哭诉着，把更大的痛苦，劈剥开，给她李娜当口香糖，映衬她李娜的幸福。

处长清清嗓子说，话就到这里，就烂在咱三个的耳朵里。

男人看着秘书放在他面前的小箱子，看着包裹单上梅云用娟秀的字体写成的他的名字，他皱了皱眉头。拆开来，是几包茶叶，并没有信之类的东西，男人的眉头展开了。

他喜欢梅云这样的人，喜欢在她们的爱里滋养自己被虚假掏空的日渐衰老的身心，面对这样的女人和这样的爱，唯一的麻烦就是她们会向他诉说爱情，在他认为爱的活动已经结束的时候，女人才刚刚开始。开始诉说。这就使得每一场时间限度为一个晚上的事情，后面留满了省略号。那个夜晚，在女人哭泣着抱住他说"我爱你"的时候，他一瞬间是打算放弃的，他有点怕女人爱得太深。纠缠不清就麻烦了。后来，完全出乎意料，女人很识趣，很省心，没有电话没有来信仅仅是发过两次问候——你好吗？他回了两次——还好。不冷落，也没有热情。

他把茶叶从箱子里抽出来，拆开。秘书赶紧拿过他的杯子。男人说，不要用滚开的水，八九十度就行。秘书点着头，却不知如何测定水的温度。男人说，暖瓶里的水应该就是这个度数。秘书赶紧去倒水。一不小心水溢了出来，秘书慌张着拿了抹布擦茶几。男人坐在办公桌前看着水杯里的茶叶，慢慢伸展着肢体，慢慢地，泅绿了周围的水。慢慢地，椭圆的叶片打开了，雀舌一样的芽伸展开来。

一叶一芽。

上好的一叶一芽。

男人边回想着自己对女人说过的关于茶叶的话，边重复给秘书听。我小的时候，村里只要有一户人家炒茶，满村都是扑鼻的板栗香，现在茶叶都搞成大棚里的了，用叶片素往茶叶上一喷，该十天长成的，四五天就成了，叶片薄，不但不禁泡，香味也不行了。男人感叹说，真正的茶香像毒品一样引诱人，近几年，十次品茶有八九次失望。秘书看着男人的水杯说，茶叶还有这么多学问呀，这是真的吗？男人自信地笑笑说，这个应该是真的，看叶片厚度、汤色，都像，端过来我闻闻。秘书赶紧端到他面前。男人伸了鼻子，用手扇动那袅袅娜娜的热气。秘书站在一边等待着领导的鉴定结果。

男人脸上的自信淡化下去，眉头开始紧缩。他的鼻子靠近一些。再靠近一些。边闻边看着女人写下的字——春茶。他想起那个夜晚的女人，女人那个夜晚的话——我能找到真正的春茶。

男人的老婆出现了。男人慌忙抬起头，鼻子上面是密集的小水珠，使男人的鼻子看起来像长满了水疱疹。她对秘书说，你出去一下。秘书赶紧走出去，并忠实地站在远处盯着领导的门，防备别人打扰。

过了一刻钟的工夫，男人的老婆走出来，把手里的纸箱子塞到他怀里说，照着上面的地址寄回去，再有这个地址这个人寄东西过来，一律先告诉我。秘书连忙点头答应。女人愤怒的背影僵僵的，自言自语的话传过来——真是林子大了，什么鸟都有！

看女人的背影消失了，秘书抱着箱子推开领导的门，试探地问，这茶叶？

男人低头翻看着报纸说，假的，寄回去吧。

李娜又找同学查询了一次梅云在包裹单上写的邮寄地址。一字无误的办公室地址。三个人商定，都尽可能地早来晚走，确保茶叶被寄回的时候有目击证人——避免梅云偷偷地销毁。

下午快下班的时候，让三个人望眼欲穿的快递专用车停在了窗外。处长给赵有亮使了个眼色，赵有亮立刻点了烟走出去。半分钟后，赵有亮叼着烟卷，捧着纸箱子带领着快递公司的人进来喊，梅大姐，梅大姐，你的包裹，北京的，茶叶。

北京的。茶叶。五把烧红的炭铲按向梅云。她看见了赵有亮手里熟悉的小纸箱。自己盛装寄出的小纸箱。她使劲低着头在快递人员的指点下，歪斜着写下自己的名字。她怀着一丝丝希望打开纸箱——或许是男人回赠她的礼品，或许是男人让她品尝的另一种茶。

八包茶叶。她亲手寄走的茶叶。

梅云看着三天前自己派出去的八个爱的使者梦一般地回到了面前，眼里顿时涌满了泪。她在内心里质问着那个半年来让她日夜不宁的男人。为什么？这是为什么？你怎么能这样对待我？你怎么能这样？你不喜欢你可以扔掉啊，你怎么可以寄回来羞辱我！她想起那个夜晚男人的愣神，想起自己试图用长久的默默的爱换取男人一句——我爱你。为那个夜晚的自己，为那句冲口而出的话——我爱你，寻找一个依托，一个交代。她无法自控地哭起来。像丢失了漂亮发卡的傻丫头。

待她意识到自己的失态，恐惧地止住悲声，四下观望的时候，办公室里就剩她一个人了。梅云咬着唇，流着泪揉捏那一袋袋珍贵的春茶，把男人的号码从手机里翻出来。

想想。再想想。她把那个时常对着它傻笑的号码从手机里删除掉！她把茶叶塞回纸箱，扔进楼外的垃圾箱里。往回走了几步，突然看见赵有亮的身影从拐角处闪过，她想起自己给他给李娜和处长惹下的麻烦，走回去，把纸箱子捡起来。

梅云在赵有亮的桌子上扔下两包。

在李娜的桌子上扔下两包。

在处长的桌子上扔下两包。

把最后的两包扔在自己的桌子上。

茶叶从开口的袋子里一泻而出，如同一个醉酒的人无法控制的呕吐。那些被煎炒被揉搓过的叶片在昏暗的灯光里，在栗色的办公桌上像无数蜷曲着僵死的虫子。梅云抓起一把，塞进嘴里。

嚼着。哭着。

哭着。嚼着。

想起那些自我折磨的日夜里，那一杯杯的茶，那一个个被捞起、剥开、说也说不尽的欲说还羞的唇。她抓起另一些叶片，放进杯子里，倒上水，看着它们伸展，再伸展。

一叶一芽。

女人和茶叶最好的时期。

她看着那个无法伸展成叶片的芽苞，那树林一样拥挤着拼命消散自身的色彩博取别人一声喝彩的短暂，想到那其实就是一个个生活里的女人，在人生的舞台上没有两只水袖的女人。或许水袖是有两只的，但舞动的只能是一只。另一只必须是紧握着的，是永远不能顺应生命和情感的需要抛撒舞动的。

一只水袖。

一只水袖的女人。

春茶

梅云哭着在手机里给乔道写下短信：最好的一叶一芽，如同舞动一只水袖的女人，舞动两只的就会破坏了规则和审美。握紧一只水袖的疼痛是高尚的，但断袖的疼痛却是令人耻笑的。

乔道看着梅云的短信，知道梅云出了问题，因为他的茶叶，不，应该是她的茶叶。他不敢向她求证，又担心她。犹豫再三之后，给焦稳发了一个劝解短信——梅云一次的错误和她这么多年的好比起来是应该被原谅的，你要原谅她！相信我，那仅仅是她一时的情感冲动。

梅云的错误！情感冲动！焦稳嚼着每一个字，回想着梅云半年来的异常。嚼着，嚼着，他全身的血液暴涨起来。他拦了出租车，直奔梅云办公室。

焦稳赶到物资管理处的大门前时，正是天幕遮蔽了最后一丝亮光的时候，焦稳看看四合的夜色，昏暗的楼道，一种在梦里的感觉。他在心里对自己说，真在梦里该多好啊。他试探着推开梅云的办公室。这一瞬，他所有的愤怒都变成了对婚姻破碎的恐惧，他突然没有了声讨她的勇气。他低着头，听着自己鼻子里的气流如狂风一样流动。

沉浸在哭祭里的梅云清醒了，她本能地去藏那个纸箱子，藏她面前的茶叶。她笨拙的掩藏告诉他——她真的错过，真的感情冲动过！他的恐惧一下沉落下去，蹿上去抓住她的手腕，把赃物抢到手里。

一个方方正正的小纸箱。上面有老婆和那个人的名字。他有些糊涂了——他老婆要是真的和人家情感冲动过，为什么寄给人家的东西又被寄了回来？你和他到底有什么事？他问。他盯着她的嘴，期待着她说——就是想巴结领导，人家不收。

她哆嗦着嘴唇，泪流满面。

他在心里对自己说，你一直标榜的这辈子干得最正确的事，错了。彻底错了。他吼起来，你说呀，你没脸说对吗？那我找人替你说！他愤怒地去撕纸箱子有男人地址和姓名的那一面。

你干什么？跟人家没关系。梅云扑上来抱住纸箱子。是我自己的错，是我自己的错！

护什么？护什么？焦稳冷笑着质问她。他的话音未落，自己就给出了答案——护你的绿帽子！一顶由老婆踮起脚尖给你制作的绿帽子！他把她摔到墙角。

必须毁了它！趁处长没看见，趁赵有亮没看见，趁李娜刘倩倩没看见，趁其他人没看见，毁了它！他转脸看见每个桌子上都有那顶帽子亮闪闪的绿色碎片，他把它们抓起来，塞进纸箱，掏出打火机……

赶马的老三

韩少功

找个四类分子来

老三出任村头，怎么看怎么不像，起码不那么知识化，比方既不会用电脑也不懂 OK 的意思。他黑头黑脑、毛头毛脑，一只裤脚长而另一只裤脚短，还经常在路边呆呆地犯晕，比如盯着一只蚂蚁、一根瓜藤、一个机修师傅拆散的拖拉机零件，一盯就是大半天，直到旁人一再大叫，他才"哦"一声，像从梦中醒过来。

"老三，你的手机响了。"

"天要下雨么？"

他又经常这样答非所问。

虽说也外出打过工，但他没学回太多文明，只学回了几句牛屎样的普通话。有一次在城里进小饭店，他开口就找女店主要"妇女"，见对方先是愕然，接着啐一声"下流"，便满脸的困惑不解："我吃饭的时候就是喜欢妇女啊。我又不是不给钱。你这个人真是！"

其实他要的不是妇女而是"腐乳"，即村里人说的毛乳或霉豆腐，只因口齿不清，才让女店主万分紧张，差一点跳起来抄刀抗暴。

当上村头以后，老三的一张大嘴还是常出乱子。特别是在乡上开会，任乡长说要建设"小康社会"，他没听头也没听尾就插上一嘴："小糠社会有什么好？我看还是不如大米社会，更不如猪肉社会。社会主义搞了这么多年，怎么还要吃糠呢？"任乡长提到"唯心主义"，他不知道什么意思，居然兴冲冲发表感言："对对对，任乡长说得就是好。做人就是要凭良心，一个窝心要在胸口里端端正正地放好，严严实实地守住，不能被狗吃了。我这个人几十年来没有别的本事，就是喜欢唯心主义。"

乡长觉得村干部的文化素质太成问题，只好再一次耐心宣讲，让大家知道"一忠二孝"这类口白都得改改了，更重要的是："小康"不是"小糠"，"唯心"其实是黑心和闹心。会后，他还把满头大汗的老三留下来，找了几本理论学习资料，比较通俗易懂的那种，让他带回家去好好读一读。又忍不住把改革形势和干部职责说了一通，把信息与流言的区别说了一通，恨不能把对方那个猪头割下来，狠狠灌上一些科学与文化，再装回他肩膀上去。"你读不读诗？"他不知道想起了什么，还随口问一句。

老三听后抹了一下嘴巴，啧啧感叹："看不出，你年纪比我轻了一轮，原来还是个四类分子。"

"你说什么？"

"我是说你好学问，装一肚子文章，了不得，了不得。"

"学问就学问，怎么扯上四类分子？"

"徐矮子就是四类分子啊，最会写对联，办书函，看风水，讲古书，没有什么字不认识的。"老三再一次兴冲冲。

乡长事后才知道，对方是指村里一个老地主，以前的阶级敌人，划入"四类分子"的那种，但那人中过秀才教过私塾，开口之乎者也，让你不得不服。

"你怎么不夸我是陈水扁呢？怎么不夸我是恐怖主义呢？"乡长没好气地大吼一声，摔门走了。

老三挠挠脑袋，明白自己再一次祸从口出。他不大明白的是，"四类分子"大多是以前的有钱人，读过书的人，难道读书有什么不好？这不是眼下最时兴的事吗？徐矮子早已死了，他那顶帽子莫非还是不怎么干净……要是在村里，他一看到报纸上难懂的语句，看到牌匾或碑刻上的繁体字，头昏眼花之际，总是习惯性地大喊一声："找个四类分子来！"

意思是找个有文化的老先生来。

看来新时代的很多东西，确实需要他认真学习了。光知道蛇如何偷蛋，鸟如何偷蜜，木匠如何凿榫，铁匠如何打链，是远远不够了。光是看看电视农业频道里的新技术，也远远不够了。生活真是山外有山和天外有天啊。

这以后，他在村里是条龙，到乡上是一条虫，严防自己的嘴，在没有把握的情况下尽量不说话，以一种万能的笑脸广结善缘，算是礼多人不怪。如果有可能，他能不见官就不见官，一听到乡上通知开会就装耳聋，或是冲着手机连声喂喂喂，似乎手机没电了，或者信号不好。一见乡干部上门来，他就从后门溜出去，紧急上山砍柴或下河放钓，躲避各种危险情况。实在躲不过，被人家堵在路上了，他就往太阳穴贴两块黑膏药，再在鼻梁上拔出一道红红的痧痕，到时候响亮地咳上两声，咳出吐清水的样子，然后拢起袖子坐在墙角，双目无神，唉声叹气，气若游丝，要多可怜就有多可怜。

任乡长觉得他的病态十分可疑："老三，你怎么开会就病？要不要我给你挂急诊、请医生？恐怕是思想病吧？"

"鼻炎……"老三笑一笑。

"争扶贫款的时候，你的鼻炎到哪里去了？找我要茶园的时候，你的鼻炎到哪里去了？那时候你惊天动地，张牙舞爪打得鬼死，大嘴巴吞得下一头牛。现在要你们做点贡献，你不是鼻炎就是牙痛，不是血压高就是牛皮癣，连电话都不接。"

"对不起，手机坏了……"老三又笑一笑。

"想搞独立吧？台湾的民进党挂绿旗？"

"我哪敢挂绿旗呢？嘿嘿，乡长你有的是导弹，今天丢三个，明天甩五个，不早把我炸一个粉身碎骨？"

"你晓得就好。"

财政所长在一旁接过话头："你说说吧，这一次，你们村能集资多少？"他是指乡政府开发旅游的集资任务摊派。

老三望望自己身后。

"你不要望后面，就是说你呢。"

老三又看看左右两边。

"你不要看旁边,就是说你们村,你们小湾村。"

老三指指自己的鼻子。

"对,说你们村。听明白了吧?要开发旅游就得修路,要修路就得集资。这个道理同你们说过一百遍了。这是为了大家好。其实我们并不想收这个钱,但应该收。"

"你们不想收?"

"你说什么?"对方不明白。

"你刚才说,你们不想收钱,是应该收钱?"

"对啊,应该收钱。"

"这就怪了,昨天说你们要收钱,今天又推给了什么应该。应该在哪里?怎么我没有看见他?"

台下发出一片哧哧的笑声。

财政所长差一点气歪了嘴:"你长着什么耳朵?你不明白'应该'的意思?'应该'不是一个人。'应该收钱'这句话的意思就是……"他也不知道该如何才能解说清楚。

老三仍然满脸的无辜和认真:"既然不是人,那他来收什么钱?收肚子、收肠子、收骨头啊?大家的几个血汗钱,凭什么要给这个家伙?"

台下的笑声更为浩大了。乡长敲敲桌子,"何大万同志,这是开干部会。你有意见就提,不要装疯卖傻。你未必连'应该'这个词的意思都不明白?"

老三继续谦虚:"乡长,你是大学生。但我是个农夫子啊,读的几句书都还给老师了。不过的但是……"他一激动就情不自禁地多用虚词和滥用虚词,大概是想加强自己的文化,"我还是一心多学习,争取提高觉悟。我刚才不正在请教所长吗?我问谁收钱,他说是'应该'。这话你们都听到了吧?所以的因此,我非常想同这位应同志会个面,谈一谈,交个朋友。这有什么错呢?既然的即使,如果的可能,乡领导都说不想收钱,那么凭什么这家伙比乡领导还大?常言说得好:有理走遍天下,无理寸步难行。他姓应的有什么话不能当面说?这位所长又说,'应该'不是一个人。那就更怪了,他不是个人,未必是只狗?是堵墙?是个变形金刚?是个激光化学原子弹……"

会场上已经笑得东倒西歪,笑出了仿鸡、仿鸭、仿蛤蟆的音响,笑出了电击、虫咬、冠心病发作之下的动作。但老三还是文绉绉地申诉下去,时而京腔时而土语,时而虚词时而科技,只是口齿呼噜呼噜的一锅粥,不大容易听清楚。

这已经是第二次集资动员无果而终。前两次是另外几个村官叫苦,这一次是黑老三搅局,而且搅得很恶劣,让财政所长大为冒火。"你还说老三没文化,我看他一肚子坏水,是个最大的刺头,非拔了不可!"他事后对任乡长抱怨。

乡长也觉得老三说傻就傻,说刁就刁,不是一只善鸟,也早有换马之意。他亲自下村了解情况,但访过来问过去,发现可以取而代之的人选并不很多。原因是年轻人大多进城打工,高学历者有的当砖厂老板,有的跑钢材生意,赚了个盆满钵满,有的连老婆孩子都接进了城,哪还愿意回到村里领这个一百八——穷困村的干部补贴就这么一耳勺。有个叫国华的复员军人倒是主动请缨,而且能写会算,见多识广,玩得了电脑上网,说得出 CPI 和 PPI,不过此人刚偷过乡政府一台小面包车的牌照,转眼就笑嘻嘻地伸手要官,真不知道世上还有羞耻二字!

这样,乡长只好把换马之事暂时压了下来。

几代鸡由几代人赔

想当官的国华,外号国少爷,个头很高大,眉眼还漂亮,自认为一直壮志未酬,对农事怎么也看不入眼。他遇到热天就说太阳烤死人,不能做事;遇到寒天就说冷风吹坏人,也不能做事。早晨露水太重,当然做不得事;傍晚蚊子太多,肯定更做不得事。反正算下来有八个不能做、九个不可做、十个做不得，家里的扁担和锄头几乎与他无缘，用他爹的话来说："这个小杂种懒得屙蛆。"

老爹怕他真的屙蛆，曾把他送去部队锻炼，没想到他有一次诈称奶奶死了，骗了连长三千块钱，去广州找朋友玩了几天，挨了部队一个处分。复员后在省城混了些时日，有一次又诈称自己遇上车祸，骗了妹妹两千块钱，其实是打了麻将和洗了桑拿。到最后，他打电话回家，说总算遇到贵人搭救：他朋友是银行的科长，招他押送运钞车，还配了一支枪——他为此得送科长太太一条金项链，不还这个礼是不行的。老爹不知这有关银行的大事该怎么办，请同村的黑老三接电话。

老三在电话里问："真给你配了枪？"

"那还有假？"

"长枪还是短枪？"

"短枪。"

"木枪还是竹枪？"

对方这就不说话了，后来也再不说金项链了。

国少爷回到村里，对老三这个堂叔很不满意，烟都不给对方敬一根："你就是把我看瘪了。这不，害得我保安队长也当不成。"

老三笑了笑："我倒是想把你看圆，但你得先把你娘的耳环还了，再把她的锅盖补上一个。"

"哼，等我以后当了百万富翁，你莫找我借钱。"

"到那一天，我就头戴尿桶去看戏。"

少爷哼了一声，扭头走了。这以后，他除了热心打野猪和抓鱼，还是不大务正业，三天两头就偷鸡，偷羊，偷瓜菜，偷汽车牌照——要不是老三去乡上求情作保，这一次案发差点让他蹲完派出所还要蹲县局。但国少爷属猪，命好，福气大，两个心软的妹妹在外面打工，总是给哥哥的卡上划一点钱，于是少爷不但有钱打麻将，还有钱玩电脑和养小狗——他牵着一条奇怪的白色长毛犬在村里游走时，经常夸耀："我这条狗只吃白糖拌鸡蛋，其他都不吃。"见旁人不怎么关切，又说：“它根本不吃饭，它连肉都不吃，嗅都懒得嗅一下。"直到说得大家都奇怪了，再大张旗鼓推介："维西都，正宗的英国维西都，没听说过吧？它爹妈那都是听音乐、喝咖啡长大的，到了冬天还要穿鞋子、穿毛衣、睡鸭绒被窝。"

村民们都听得大惊失色。

少爷对国外情况知道得多，这个东洋，那个西洋，天下大事像是他脑子里的一册书，无论什么时候翻出来，一清二楚头头是道，足以吸引一些后生。这一天，他正在家门口同两个后生闲吹，从韩国美女说到美国导弹，再说到全国股市的全面翻红，忽听维西都大吠，顺着狗眼看去，见大路上一个陌生人急停摩托。车轮下有一只小鸡仔，已经奄奄一息。

少爷精神大振，起身迎了上去："兄弟，你今天发财啊？"

"这是你家的鸡？对不起，对不起。"对方看了他一眼，"我认赔，你开个价。"

"我怎么好开价？你自己看着办吧。"

对方赶紧掏出一张钞票给他。

"你家的票子真是大。"少爷捏了捏钞票，吹一声口哨，"知道这是什么鸡吗？知道它从哪里来吗？"他是这样算的：良种母鸡，祖籍澳洲，眼下虽小，但吃得多，长得快，下蛋足。长大以后能下多少鸡蛋呢？少说也是两百。那么两百个蛋能变多少鸡呢？少说也有一百六七。那么的那么，每只鸡仔长大以后又能下……同你说实话吧，这只鸡就是国华同志脱贫致富奔小康的希望。看在初交的情分上，打个折扣，直接损失加间接损失就是五百吧。这个价说到哪里不是菩萨价？"

陌生人脸色变白，转而变黑，龇几颗板牙大叫："你抢钱啊？把我当冤大头啊？你为何不说你的鸡是下金蛋拉银屎的呢？"

看他挂一副眼镜，戴一顶遮阳帽，背两根新款钓鱼竿，大概是教师或小老板什么的，进山来钓鱼。但此刻他已被几个山里人牢牢地钓住了，喊天不应叫地不灵。三个后生团团围住他，扯得他衣襟斜领口歪的，就差一点拿工具来敲他的车轮和后视镜。叫声引来了更多的村民，老三也夹在其中探了探头，发现形势显然对外来人不利。有些村民不是不知道国少爷刁，但眼红那些来来去去的钓鱼者衣着光鲜，吃饱了没事干，还喝什么"营养快线"，又痛恨他们把烟盒子、饭盒子、饮料瓶子丢得水库岸边到处都是，便故意跟着起哄。

眼看着外来人差一点要哭了，老三这才咳一声，表示他有话要说，"依我说，一只鸡么，赔一万块也不算多。"他抹了把脸。

在场人都愣住了，似乎不相信自己的耳朵，连国少爷也眨巴着眼睛。

"不过的但是，赔一块钱也不算少。"

几乎所有人都愣上加愣。刚才明明是说一万，怎么突然就少了个万字？这一个筋斗也翻得太远了吧？国少爷尤其着急："三叔你这是什么话？"

老三对侄儿笑了笑："你想啊，他赔你一块钱，你拿去买彩票，中了一百万，不就等于他赔了你一百万？你未必还打算退他九十九万九千九百九十九？"

"你……你怎么保证我能中头彩？"少爷口舌不大利索了。

"那你怎么保证这只鸡不发瘟？"

"我……我家的鸡……从不发瘟。"

"不会被黄野狗吃？"

"告诉你，我天天扛杆铁铳守着，专打黄野狗，专打老鹰！"

"好，要是你国少爷吃得了这个亏，守住了黄野狗和老鹰，那这五百块钱就赔得合情合理，赔得没话说。这样吧，五百块。你来签个协议：他赔你五块；他儿子赔你儿子五十块；他孙子赔你孙子四百……是好多，你等我算一算。"

"慢点，慢点，我要现钱，一次性付款，与儿孙有什么关系？"

"怎么没关系呢？"老三瞪大眼，"你刚才算了鸡生蛋，又算了蛋生鸡，一算就好几代啊。好几代的鸡，由好几代的人来赔。这个道理没错吧？未必你不是这样算的？那你是要减一代，还是要减两代？"

外来人不懂本地土语，也没跟上老三的严密逻辑，还是一脸困惑。但旁观者们已经笑起来了，笑得前仰后翻，五官一次次重组。国少爷脸上红一块白一块，嘴皮跳了两下，像要说什么，终究没说出来，最后一脚踢飞了小死鸡，牵着维西都走了。"老子今天一脚踩了牛屎……"他的悲号和怒吼远远传来。

外来人见他背影远去，终于恍然大悟，一把捉住老三的手："大哥，谢谢你，太谢谢你啦！来，抽烟，你抽烟。"

老三其实不想接这支烟，甚至后悔自己今天又多管了一件闲事。像他自己说过的，斗老不斗小，斗小有仇报呢。自己已年近半百，眼看着将要离天远离地近，前面的日子不会太多。要是把村里的后生都得罪光，自己到了那一天靠哪些人抬上山？难道从棺材里钻出来自己爬上去？哎呀，想不得，想不得……他抽了自己一嘴巴，再一次不明白这张嘴为何说着说着就自行其是。

他重重叹了口气，走了。

一个人十分钟轮着咒

国少爷经常借钱的对象是戴庆生，外号庆呆子。在这个小湾村，田少山多，林产品又缺乏深加工，庆呆子开的一个锯木场就算是罕见的企业，一台大卡车也算是村里最耀眼的固定资产了。照理说，庆呆子占了这两个头彩，再加上两个身强力壮的儿子，一家人的日子过得超殷实，连鸡鸭的叫声都气足韵长。

但庆呆子也有烦恼。他婆娘茉莉成天一个野人样，坐无坐相，站无站形，已经是做外婆的人了，还经常不做饭，不烧茶，不带外孙，更不喂鸡养猪，一出去就是头上插两朵野花，大半天不见影子。儿子收工回来发现家里空锅冷灶，一次次到处找娘，发现她不是在张家看杀猪，就是在李家看裁衣，更多的时候是去了学校电教室，一边嗑瓜子一边看国少爷教娃娃们玩电子游戏。"娘哎，你当神仙不打紧，我们要吃饭啊。"儿子们总是这样说。

"饭有什么好吃？天天都吃的东西。"茉莉很不情愿地跟着儿子回家。

茉莉看多了电视和电子游戏，走路时也经常哼哼唱唱，与树影或山影展开互动,有时是打拳的动作,有时是打枪的动作,有时更像洗澡或招魂,吓得外人十分疑惑,还得了一个绰号——"莉哈性",就是莉疯子的意思。村里人都知道,她的疯其实是多功能。比如有人来借钱,明明只借六角,她掏出一块就一块,硬要疯疯地塞给人家。比如有人在晒谷或种菜,并没叫她帮忙,她也抄起家伙前去疯疯地干上一阵。她不怎么搓麻将,但经常喊这个,喊那个,喊得惊天动地,逼着女人们去牌桌边快活。有一次差不多都半夜了,她带着人串了好几家,最后到老三家捶门打户,硬把主家夫妇从床上揪起来,凑成一桌搓麻将,自己站在一旁观战,然后去灶房里烧茶水和炒豆子,只是一不留神钻到床上睡着了,发出呼呼的鼾声。

村里几乎没有哪家的床她没有睡过,而且一睡就是撒手叉脚,歪七倒八,睡出了对角线或横切线,霸占了辽阔的床位,害得主家无论老少和男女,到后来扛不住哈欠,只能小心翼翼地钻缝隙。更重要的,每次这样睡过以后,这位四海为家的婆娘身上常有陌生的袜子或毛背心,自己的镯子或手电筒却不知去了哪里。

庆呆子只得一次次去商店买手电筒,被店主取笑:"庆呆子,你们家把手电筒当饭吃啊?"

庆呆子苦着脸嘿嘿一下。

有时他还冲着杂货店评点时局:"新社会好是好,就是解放妇女过了头啊。"

他在婆娘面前从来不敢高声。比方说这一天,他只是多了句嘴,说菜里放多了盐,就引起莉疯子柳眉倒竖,不但夺了老公的饭碗,还不准老公的两个连襟吃下去,说既然嫌饭菜不好,你们就去上馆子,快走快走。可村里哪有什么馆子?再说这一天请来客人帮工,就是要建两间偏房。重要时刻误了工,还不是自家吃亏?

大儿子见父母吵闹不休,气得直指父亲的鼻尖:"爹哎,你如何找了这么个疯子婆?真是搞得我好没面子。你当年好歹也是初中毕业,还混了个生产队长,七不找,八不找,偏偏找来一个老虎凳。你没本事,就去倒插门。再不行,就去当和尚啊。"

二儿子去给外公打电话:"外公,外公,求你做点好事,赶快把你的疯子女搞回去。你要是少了米，我给你送点米去。你要是少了油，我给你送点油去。你莫让你的疯子女在这里横闹，吵得我们连饭都吃不成了。"

两个儿子对父母的婚姻都愤愤不已。

庆呆子送走了两个连襟，又接受了岳父在电话里的歉意，还是觉得郁闷，忍不住去找高人讨主意。一个漆匠，一个酒坊老板，一个小学教师，都是他小学同学，又都是同姓远亲，听这事都愤愤不平，决心为他讨回公道，于是结成一伙前来谈判。国少爷找庆呆子多次借钱，欠下了人情，也自告奋勇前来帮一把。哪知道他们一行人刚进地坪，就听到莉疯子开骂："哪来这么多是非人，想到我家来开斗争会？有屁快放！"

她一手叉腰，叉出一个茶壶姿态，雌威凛凛封住大门，吓得来人全体愕然竟不知该如何谈起。

好半天，国少爷才鼓起勇气："茉莉嫂，不是要开斗争会。你老公这么会赚钱，要放到城里，恐怕二奶、三奶、四奶都有了，你可不要身在福中不知福……"

"放屁，你们都想当种猪？"

"我庆叔每天都是起早贪黑，有哪点对不起你？"

"我前世被他欺了，今世要还报！"

"现在新官不理旧账，你还管什么前世呢？"

"我骂我自己的老公，碍了你哪根肠子哪块肺？他成天同狐朋狗友鬼混，不骂还能成人？我岂止骂，还要打。"

国少爷急红了脸："你这是什么话？我们怎么都成了狐朋狗友？你不是心理变态吧？不是更年期综合征吧？开口就是语言暴力，坏了江湖风气。来来来，我们今天还非得同你PK一场不可……"

国少爷真是帮倒忙，扯出什么PK，什么更年期，什么语言暴力，时髦倒是时髦，但根本不解决问题，还让莉疯子觉得特别戳耳。她杏眼圆睁，一拍大腿，抄起大扫把扫鸡粪，扫得说客们在粪雨之下招架不住抱头鼠窜。走在最后的国少爷慢了一步，屁股上挨一扫把，蛤蟆镜也掉了。莉疯子见对方捡眼镜的狼狈样，愣了一下，捂嘴哈哈大笑起来。

邻居们面对这种大笑，没一个不摇头叹气的。大家又说起庆呆子他爹，当年给过媳妇一耳光，立刻被媳妇还了一耳光——这种忤逆之人可以上房揭瓦下地刨根，你十个国少爷捆在一起恐怕也不是她的对手。还PK？你咳屁（KP）吧！

第二天上午，在国少爷家躲过一宿的庆呆子，惦记着家里的鸡和猪，更惦记未完工的两间偏房，硬着头皮去看一眼，没想到一进家门就难逃严惩。按莉疯子的说法，这家伙居然带人来家里开斗争会，是不是还想开宣判会？是不是还要开追悼会？吃里扒外的货，狼心狗肺的贼，连自己婆娘的更年期也广告四方，不剥一层皮他还真不知道痒了。于是两人又揪头发又掐脸，又抡拳头又抄扁担，闹得家里桌倒椅翻鸡飞狗跳。

待国少爷叫老三前来平乱，庆呆子已气喘吁吁夺路上山了，蹿得比狗还快。莉疯子则披头散发咬牙切齿在后面一路狂追。"我崽呀我崽呀——"这似乎是她最严厉的咒语。

"哪个敢拦我，我的砖头不认人！"她用手里半块砖指着老三，似乎看出了对方的来意。

老三吓得退了两步："我拦你做什么？我是来帮你的。"

"不要你帮，一边去！"

"你一个人打得下来？"

"你看吧，老娘要砸碎他的狗头！"

"你要砸，就好好地砸，莫砸个半死不活，害得大家来抬担架，送医院，端汤送水，跟着你们吃亏啊。"

莉疯子无心开玩笑，脚一跺，冲着山上大喊一声："你有种的站住——"

"我看你根本没下决心。"老三搂起一个大石块给她，"来，给你换个大的，一下就砸到位，砸他一个满园开花万紫千红！"

莉疯子正在豪气冲天的状态，不能不表现决心，不能不升级自己的恶毒，也就不得不丢了砖头，接过沉沉的大石块。但她毕竟是个妇人，搂着大石块，立刻弯了腰，追赶速度明显放慢，跌跌撞撞好一阵以后，眼看着离前面的小黑影越来越远。

老三在她身后大叫:"快追呀,你没吃饭吧?你裹了小脚啊?怎么放他跑了呢?快点快点,我抄小路到前面堵住他……"

其实是抄小路上山挖笋子去了。这一天,老三在山上挖了几棵笋,查看了几处杉林的生长情况,与雇来的挖土机师傅算了算土方,又在好几家喝了茶。当然一路上也接了不少电话。先是庆呆子要求报警,老三的回答是:"亏你胯裆里还有四两肉!哪有老公挨打要报警的?你不丢人,我都会丢人了!小湾村的男人以后出去还讲得起话?"接着是莉疯子强烈要求离婚,老三的回答是:"离什么婚?两根老黄瓜藤还想移栽?我看移也移不活,你打死他算了……没打死么?那好,我明天再来帮你打。"最后还有当事人各方亲戚前来威胁或声讨,诉苦或央求,乱成一团。娘家派与婆家派势同水火,都护着自己的人。不过这也好办,老三见人讲话,见鬼打卦,不是摸顺毛,就是没正经,反正胡言乱语一通,说了些什么自己也不大知道。

他对所有人几乎都许诺明天,说明天一定来严肃处理这件事。但明天还有明天,明天的明天还有明天。老三去城里买电线了,去岳父家帮工了,去王家河放鞭炮吊丧了……每件事都理由充分无可指摘,一连好几天没露面。直到锯木场的电锯声再次响起,庆呆子家的炊烟按时升起,莉疯子甚至重新有说有笑出现在村口了,他这一天才大大地"啊"了一声,拍拍自己的脑袋,像记起了什么。

他放下手中的尿桶,隆重地穿上皮鞋戴上手表,带着不常用的笔和本子,重重地咳两声,代表村委会去升堂办案。他来到锯木场这一家,进门后东张西望,先检查电视机、电冰箱以及电饭锅,指派莉疯子的两个儿子分头把守。

有人问:"你这是什么意思?"

老三说:"两公婆吵架,不摔东西有什么味?等一下好戏开场,你们只守住这几样,其他东西随他们摔,千万不要拦!"

对方问:"那被子、枕头就往他们手里送吧?"

老三点点头:"你这个娃,聪明!"

大家都笑了起来。

他又指派另一个后生："你去窑场里搬几个烂瓦罐来，去何漆匠家里找几个油漆桶来，那些家伙摔得又响又不值钱。"

笑声更多了，连莉疯子也翻了个白眼，一种忍笑的样子。

老三在正堂居中坐下，两边各设一张椅子，让纠纷双方相对而坐。应他的要求，一壶茶水和两只杯子也由邻居备好，拿来摆在屋中央。待一切停当，全场肃静，老三看看手表，表示时辰已到，郑重地开始发话："今天祖宗在上，领导在位，乡亲在场。鉴于戴庆生与刘茉莉俩同志经常相咒，今天就请你们好好地咒，过足这个瘾。一个人咒十分钟，轮着来，好不好？这不，茶水都给你们备好了。你们口舌干了就暂停，喝足茶水以后再接着来。现在——计时开始！"

这场阵仗前所未见，镇得纠纷双方有点不自在。时间一秒秒地过去，他们或是摸鼻子，或是扯衣角，都说不出话。

"开始啊。"老三瞪大眼，又朝观众挥挥手，"你们都支起耳朵好好听。哪个想学咒人，今天就是机会。"

说得双方更不自在，特别是庆呆子连汗都出来了。

"是不是要找面鼓来，找面锣来，配上锣鼓有味一些？"

莉疯子红了脸，指了指众人，又指了指茶壶："他三叔，你看你这是……你这不是耍猴戏么？"

"你以为你们平时不是耍猴戏？是放电影？是扭秧歌？"

大家又笑了，莉疯子不知是与哪位婶子的目光相遇，想做个鬼脸，忍不住鬼脸也成了偷笑。

"严肃点！"老三瞪她一眼。

她再翻一个白眼，继续捏衣角。

老三再一次看手表："你们都不讲，那就我来讲一句？"

"好，你讲，你讲。"呆子与疯子都鸡啄米一样点头。

"请你们咒，你们不咒，老鼠肉上不得正板啊？以后谁也不能咒。知道么？再咒，我就不烧茶水了，只会挑一担大粪来灌嘴巴！"

他把笔记本合上，站起来一举手："散会！"

村民们意犹未尽，似乎不大想离去。不知是谁带头鼓掌，屋内外终于响起一片掌声，吓得茉莉伸伸舌头，三脚两步往人后钻。

据说锯木场这一家以后还真是平静了些，莉疯子即使有高腔，但也稀薄了好多，至少不再抢砖头追上山，不再闹着要离婚。用老三的话来说：要她打吧，她打不出个结果；要她骂吧，她骂不出个样子——还好意思来找我？

阎王的加油站在哪里

几年前，老三在路边撒过一泡尿，撒完才发现前面有一土地公公，就是杂草掩盖的几块砖瓦和几根残香。他本应该说一句"大人不计小人过"之类，或许就没事了。但他那天头顶烈日热昏了头，加上在生姜老板那里亏了钱，便在菩萨面前耍狗脾气："嘿，你未必还真能咬我鸡巴？"说完扬长而去。

不料几天之后，他的阴处开始生疗，痛得他满头大汗，呼天喊地好几天，连撞墙的心都有。

自那次以后，老三世界观发生变化，有点相信八字、风水以及报应，对非同一般的巨石和老树都比较恭敬。他当然也相信科学，比如相信抽水机、钻孔机、推土机、挖土机以及电视台农业频道，甚至对相关高人特别崇拜，侍候得很殷勤，但村里改建土地庙的时候，他还偷偷捐了一份钱，不觉得这与机器时代有什么不合适。没料到这事后来遭乡上查办。任乡长追究个别村干部带头"反对科学"和"复活迷信"，摘走了这个村的一面流动红旗，气得老三虚火上升，嘴巴肿了好几天，去医院打了三次吊针，还是一个猪嘴巴。当时要不是玉和爹劝住他，说争荣誉不是打架，不能斗狠，不能赌气，这个猪嘴巴差一点要拱到乡上去，在乡长的小面包车上砸几团牛粪。

但老三不论世界观怎么变，还是看不起皮道士。这皮道士有什么呢？蛇也吃，猫也吃，还把自家的老鼠烧了吃，算什么人呢？明明连道士都没当出个样，还结巴，又口臭，就凭着同县里什么王主任搞好了关系，居然拿回一张介绍信，接管了莲花庵，插手佛门事，这不是鸡仔进了鸭棚么？再说庵不是寺，只能住尼姑的，阴气重的地方，一个汗毛森森汗臭烘烘的汉子戳在那里，好比男人出入女厕所，是何道理？成何体统？小湾村这些年又是虫灾又是旱情，祸根子就是这家伙乱了阴阳吧？老三还有十足的理由怀疑庵里的那尊菩萨。他记得很清楚，看得很真切，当初庆呆子那里一根老梓树，一锯裁成了两截，上一截由皮道士拿去做了菩萨，下一截由庆呆子解成木板，垫了自家的茅厕。那好，问题就在这里：同一根木头，难道只灵这一头而不灵那一头？要是皮道士的菩萨灵，那庆呆子的茅厕板子灵不灵呢？

莲花庵很小，也破败，没多少香火，闲着也是闲着，很长一段时间里没人管，现在有个人就近打理一下，当然不是什么坏事。退一万步，既然现在政府提倡男女同校，那寺庵不分也不是不可以通融。不过，皮道士占了这个码头以后，近来越活越神气，穿上一件皱巴巴黑油油的法袍，就以为自己不是挑粪的皮二结巴了，谈生说死，卜凶占吉，口水溅出几尺远，俨然一个博古通今之士。特别是自从任乡长的老娘来卜过一次儿子的前途，虽然乡长本人不一定知道，但皮道士从此就以半个国师自居，有一种官场红人的气焰，有一种干预党政大局的劲头，对谁都敢指指点点，动不动就夸口："我找任家老太说一声……"

村民们在庵前修路，他居然连茶水都不烧一壶来。村民们给庵里架电线，他连烟也不摆一包。不知从什么时候起，他收来一些旧啤酒瓶，装一点来路不明的水，就说那是圣水、仙露、太君玉液，卖到八十八块钱一瓶，优惠价也是五十八，赚得自己红光满面的，腰身肥了一圈。

人家不买，他就说："福祸由人，功罪自取，法眼在上，随意无妨。"

吓得信徒们还是只能买。

这一天，庵里出现治安事故。皮道士发现一只铜壶不见了，跑来找老三报案，说你们村干部得管管这事。老三怀疑是国少爷手脚痒，但一时没有证据，只是冷笑了一声:"你的那个菩萨不管事啊?不是连乡长、县长的官帽子都能管吗?怎么连个小偷也管不住了?既不管事,天天坐在那里吃什么冤枉?"

"无上神君法力无边。可能是我前几天诵经的时候没漱口,才有这个报应,不不不不是什么别的原因。"道士一急就更为结巴。

"我不要你漱口,只要你去把供品搬到这里来,我就帮你抓偷壶贼。"

"罪过,罪过,贫道做不得这个主。"

"你那仙水价格一涨再涨,未必是无上神君做的主?"

"信众自愿的,贵一点么,恭敬呀……"

"那是,如今送礼走后门,红包也是越大越好。"

"差不多,差不多的意思……"

"二结巴,你好大的胆!"老三突然一拍桌子,"我要是你的圣祖,今天一雷把你劈死在茅坑里。你把圣祖当贪官啊?钱多多办事,钱少少办事,没钱不办事,那不就是林业局的王眼镜吗?"他是指最近案发丢官的一位知名人物。

皮道士羞得面红耳赤,夺路而去,再也不提铜壶的事。

莲花庵的圣水也从此不见了。不过,没过多久,皮道士又找到一个新的营生,与纸有点关系。这样说吧,送亡灵要烧冥宅,驱疫鬼要烧阴兵,祈神求仙要烧灵台,如此等等,都是纸制品,出自镇上一个扎匠,即皮道士的一个妹夫。大概是与时俱进,这位扎匠的产品越来越摩登,比方说阴兵不仅是纸旗、纸马、纸刀、纸枪,还有纸糊的飞机和坦克,打的是现代化战争,不怕他疫鬼不降;冥宅也不仅是纸院、纸楼、纸桌、纸椅,还有五彩纷呈的电视机、空调机、摩托车、小轿车一类——这种地府流行的好生活真是让人眼红,让人觉得生不如死,慢死不如快死,等死不如找死。

"这里最好还扎几个三陪小姐,穿皮短裙的,穿高跟鞋的。"国少爷还曾如此建议,只是被哈哈大笑的莉疯子差点扇了一耳光。

皮道士没有国少爷那样轻薄,恪守纲常之礼也能赚得盆盈钵满,在村里村外名气日盛。他的出场费越来越高,而且一台小号的"万福仙境"或者"千寿琼园",相当于小户型低档楼盘,也起码开价三千,根本不还价。其他阴阳师来定日子或者选地方,与东家还是可以打商量的,定个不远的日子,选个较近的地方,就可以偷偷为东家减少成本。但皮道士说一不二,颇有客大欺店的味道。这一天,村里有个叫何子善的死了娘,皮道士明明知道这一家穷,但掐掐指头,竟把出殡的日子定在五天之后,当场吓得孝子差一点尿了裤子。这事也算了,村里人帮上一把,好歹把这几天的花销撑下来。但皮道士的服务项目也太多,设坛招魂,打醮驱鬼,加上冥宅一台五千八。如此算下去,子善他老娘还怎么上山和入土?就算上了山入了土,身后一家人往后的日子还过不过?

老三前去吊香,放了一挂鞭炮,接受了孝子的跪谢,还有告知亡灵的一声惊天锣响。他注意到孝家连张好椅子都没有,一只碗橱也只有三条腿,另一角由砖石垫着。热水瓶里倒出的是冷水。日历还是挂着前年的。柴灶上方该挂腊肉的地方只有几个空铁钩。他刚才带来的一桶白豆腐,看来很必要也很及时。

庆呆子在这里当提堂官,就是主持丧事的人,正指挥几个人打灶、杀猪以及搭棚子。他把老三拉到一边:"不得了,不得了,十个锯木头的还不如一个裁纸的。"

老三知道对方在说什么。庆呆子问:"这号事乡政府又不管了?"

"他们说,现在还没有具体的条文。"

"怪事,每个月是他们领工资,又不是条文领工资,如何一办事就找条文?"

正在这时,皮道士指挥几个后生把琳琅满目的巨大冥宅抬入大门,引起一些娃娃的兴趣,似乎把冥宅当作了巨型积木。一个娃娃伸出手指:"我坐这张椅子!"另一个娃娃伸出手指:"我坐这张椅子!"又一个娃娃说:"那张床是我的!"直到大人又来揪嘴又来打屁股,娃娃们才纷纷伸舌头,不再争先恐后地在冥宅里预订享受。

老三背着手,也挤在娃娃们中绕着地府幸福生活细细看了一圈:"皮师傅,以后等我伸了脚,你也要给我烧一台,让我好好过一回瘾。"

"那没问题,我给你烧三宫六院十八房,一套中式的,一套洋式的。"对方兴冲冲地说,"再给你烧个办公室,你下去了还是当干部。"

"你说当干部就当干部?"

"要是你多积点德，还可能提拔的。"

老三观察得很仔细："当干部至少得骑个摩托吧？你不烧一个加油站，我骑着摩托到哪里去加油？"

"加油……"

"你这里也没个变电站，这些电视机、电冰箱、空调机如何开动？"

"变……"

"你至少还得烧个银行，不然你这些信用卡往哪里刷？再说，阎王那里怕是没有百货商店，你这些冥府美元也好，冥府港币也好，都只能拿去糊壁头啊？"

"难怪，"庆呆子一拍大腿，也恍然大悟了，"皮道士，上次你在我家发了十万阴兵还是无功而返。当时我就想，有刀枪，没茶饭，阴兵怕是不肯卖命啊。"

国少爷更加见多识广："光有加油站也不行。加油站的油是从哪里来的？恐怕还得有运油车和炼油厂，还得有中石化和中海油吧……"

"你们真会开玩笑，真会……嘿嘿……"皮道士脸额上冒汗，看看手表，像有什么急事，拔腿就往屋后溜。

老三料定对方没什么急事，大步追赶过去，在屋后菜园里抓住皮道士，"你是要种菜还是要摘菜？走错园子了吧？"

"三哥，那也就是……就是……意思一下么。"对方苦着一张脸。

"你说清楚，到底是好大的意思？你没有加油站，没有变电站，让各位归天之灵如何意思？二结巴，我要是工商局，就要到阎王老子那里举报。这活人么，用点假货也就算了。死者为大，死者为尊，死鬼的事情还能咿呀咿吱呀？"

"哎呀呀，这些事是不能太……太认真的。"

"既然不认真，你为何要来？"

"东家请我来，我有什么办法？"对方一脸的无辜。

"这还算一句话。"

"你要吃饭，我不也要吃饭？"

"这也算得上一句话。"

老三点了点头。

这天晚上入殡，皮道士诵经时几次忘了词；颠着步子绕棺招魂时差一点摔倒；一揖三叩时多了一叩，被娃娃们数出来了；莲花步走得没有平时那样好看，更让观众们大失所望。有人在嘘声中朝他投了纸烟盒和塑料空水瓶，表达极大的不满。事后，虽然老三并不在场，道士也没敢开口说钱，接过提堂官手里的红包，是多少就认多少，夹着法袍匆匆而去。一柄法剑居然也遗落现场，被娃娃们抢着拿来玩耍。

老三其实在场，只是有点乏，坐在偏僻处听老人们唱夜歌。他觉得唱夜歌还是好，不像城里人只是鞠个躬，献枝花，丧事也太冷清了，让后人们没什么想头啊。

上门服务的合理收费

葬下老娘以后，何子善一园板栗挂了果，山上林木也进入间伐期，家境终于有所改善。放在前几年，他是村里有名的困难户，今天卖一根柱，明天卖一根梁，后天再卖一担瓦或一担砖，眼看把青砖祖屋拆卖一半，再这样下去，以后可能就得住山洞了。他平时出门，已提前有了山顶洞人的模样，一身破衣烂衫，手上扶一根棍子，头上缠一条毛巾，走在路上哎哟哟地呻吟，似乎生命已到尽头。

村里人见他可怜，每年年终都会给他评上一份补助。好心人还会把几根柴或几棵菜放在他时常经过的路口，让他拿回去。庆呆子锯木场里那一堆堆杉树皮，也三天两头地免费给他。但也有人说，他卖了杉树皮，拿着钱去打牌，打牌的时候从不呻吟。回家时如果发现周围没有人，把棍子一扔，把头巾一扯，撸两把汗，咚咚咚走得比哪个都快——不知这种传说是否属实。

有一段时间里，他想发大财，跟着邻县一个什么人到处找文物，贩银圆，买彩票，还参加了什么耶稣教。家里的责任田里草比苗深，总是成了野鸡窝和野猪窝。村里用扶贫款给他买的三头小牛，也被他赶到山上以后撒手不管，结果三头牛几成野牛，在山上找不到水，渴坏了内脏，死掉一头，另外两头也一直不长肉，最后被他吃掉了一头，卖掉了一头。人们要是数落他，他就委屈地说："我一个眯子，眼睛里少了油，哪看得住牛呢？"何子善高度近视，外号善眯子。

"你眼睛里没油，又看得清文物？"老三没好气地说。

善眯子在这种时候总是装耳聋。

老三知道善眯子的小肠子不少，但不忍心他真的成为山顶洞人，更觉得他一家老少几口是个事，有时候也就马虎一下，并不求个水落石出。有一次，派出所打电话来，说那个叫何子善的借口贩文物，其实是伙同不法分子做庄，发行违法私彩，必须立即严加法办。老三在电话里连忙说，抓不得，抓不得的，他老娘动不动就发猪头疯，以前还上过吊，投过河，喝过农药，你们要是为这些事逼出人命，如何收得了场？这一吓，算是给派出所出了个难题，逼他们手下留情，只是把善眯子叫去训了一通。

又有一次，两个警察带一辆警车怒气冲冲下村，说有人举报善眯子偷树，这一次属于屡教不改，必须严查重办了——他老娘不是已经过世吗？不是不能发猪头疯了吗？老三这一次拿不出劝阻理由，只好说："好好好，我换一双鞋就带你们去。"其实他借口换鞋，溜到屋后打了个电话，让村里一后生赶快开上推土机，把进山的路口给堵上。这样，等他们的警车开到那里，面对大铁疙瘩无可奈何，找不到推土机的司机，只好弃车步行。可怜两个警察平时爬山少，不一会儿就汗如雨下，东偏西倒，张开大嘴出气。手遮烈日朝前面望去，盗伐现场据说还在两个山头之上……我的天！事情到了这一步，不用老三开口，警察自己就找台阶下坡。"这样吧……"他们交代老三，"这一次人就算了，但你们村委会必须重罚，罚他一个倾家荡产！"

老三其实不是隐恶护短，也不是不知道依法办事的重要，只是觉得抓人不是办法，尤其善眯子万万抓不得。这臭眯子的确惹人嫌，但好歹是家里唯一的劳动力，抓了以后怎么办？你官府是执法严格了，但他一大堆娘娘崽崽以后找谁去要吃要穿？家里总得有人挑水吧？总得有人打米吧？到头来，善眯子在牢里舒舒服服白吃饭，倒是全村人来帮着他养老又养少，这样的法律糊涂不糊涂……更重要的，老三受不了那两个警察的没大没小。看上去比老三的女儿大不了几天的家伙，见面只有一声"喂"——哪个是"喂"？姓"喂"的在哪里？百家姓上有这样的姓吗？就凭着这一条，老三也必然恶向胆边生，不让他们尝尝推土机的厉害，不让他们在烈日下脱一层皮，恐怕是说不过去的。

这一年年底，老三叫挖土机师傅转一个方向，让一条新路改道经过善眯子的林地，以便这一家今后倒树出料时省些力气。清账决算时，老三在算盘上打到善眯子的三千元罚款，同村会计商量了一下，觉得还是减免五百为好，免得那一窝娃娃吃不上过年肉——他那个耶稣菩萨管天管地，怕是管不了菜锅里的油星啊。

两人来到善眯子家退钱，不料对方大大方方接过票子，凑在鼻子前数了数，一个"谢"字也没有。

"错了吧？哪止这一些？"善眯子说。

会计眼光发直："就减这五百，已经是很照顾你啦。"

"五百没错，但你们至少还差我……"善眯子用指头掐着数字。

"什么钱？"

"利息啊。"

"什么利息？"

"你们减免五百，就证明这五百本该是我的，对不对？我五百块钱借给你们大半年，为何没一点利息？"

"你……开钱庄放高利贷啊？"会计差一点晕了过去。

"就算没有利息，你们来一趟又一趟，同我结丝绊经，耽误我好多工。怎么说还得算我一点误工费吧？"

老三跳起来咬牙切齿："善眯子呀善眯子，你快到城里医院里去照片子，看你贩银圆是不是贩得脑心多出了一个窍。你为何不再收点茶水费？不再收点进门费？老子——"他两只牛眼珠差一点暴出眼眶，"恨不得一丁公，锄得你脑壳从屁眼里出来！"

从这一家回来，他再次虚火上升，肿了半边脸，在门前劈一竹筒发出毒誓："老子要是还理他，下一辈子就去睡青石板。"

这意思是下一辈子去做猪。

他为此还迁怒整个洋教，一篙子打翻一船人："你看他们神不神经？一有事就对着壁头叽里咕噜，就算是做功课了，连香火也没有，连个菩萨也没看见。那只是一个壁头啊，难道你信的是壁头教？"又说："什么这一诫那一诫，不就是三大纪律八项注意么？不就是摸着胸口办事么？一句话不好好讲，不照实讲，背上一个篾晒盘装乌龟啊？"不料这话得罪了自己的姑妈——他后来才知道，姑妈一家也是信了"壁头教"的。

这些话，皮道士倒是很爱听，有时候还在一旁趁机落井下石："他们信耶稣菩萨的不吃血只吃肉，还不是尽拣好的吃？"

但日子还得过下去，还得在这个地方过下去。眯子的房子就戳在这个村，不是一个船可以划走的；眯子的田和山也睡在这个村，不是几片波浪可以流走的。老三既为一村之首，怎么可以躲得了善眯子？躲得了初一又怎么躲十五？初春时节，一挂鞭炮炸响，善眯子的婆娘从娘家回来了，抱回了第三胎，一个喊声特别脆亮的男娃。按规定，这种违反计划生育政策的偷生和超生，至少罚款五千元。善眯子当然舍不得掏票子，缠了老三好几趟，一会儿拼命往对方衣袋里塞香烟和板栗，一会儿是站在门口高声威胁："我今天一起床就磨菜刀，看哪个敢同老子结子孙仇！"

老三不怕菜刀，但也学会装聋，"啊"几下，"哦"几下，没有什么下文，一抓住机会就闪身出门，欺他善眯子眼里少了油。善眯子说着说着，发现面前没有动静，仔细瞅一瞅才知自己一直在对墙壁说话。

可以想见，他闹到乡上的时候，累得黑汗滚滚，气不打一处来，一根竹棍扑得窗台叭叭响。"哪个要灭我的族，我就要绝哪个的后！我不怕你们头上有角，有角老子也要拔！我不怕你们皮上长刺，有刺老子也要锉！就算你们是九头鸟，我何子善今天也要剜下你的蛋子下酒喝……"他冲着乡长大骂一通，后来发现对方不是乡长，不过也是一个穿红色球衫的胖子，据说是来讨债的什么砖老板。

任乡长终于出现在他身后:"喊什么喊？道士门前鬼唱歌啊？你是不是超生？"

"超……是超……"

"计划生育是基本国策。你有几个脑袋来对抗国策？"

善眯子真见到乡长,气劲已耗去大半,口气稍稍放软一些:"五千块也太吓人了吧？你们何不剐我的肉,抽我的血？"

"霸王价,一口清！"

"农资公司卖水泥也打得折的。"

"那你去找农资公司。"

"你怎么说也得给我减免两三千。"

乡长懒得理他,向秘书要钥匙什么的。

"那……你们就让我赊一半。"

"你以为政府是饭店？是小卖部？"

善眯子没料到乡长一书生,居然句句话是下刀子。忍不住全身一软,坐在台阶上,闭着眼睛哇哇大哭起来。

事情的另一方面,是哭诉之词让人大为吃惊,更让几个乡干部忍俊不禁。他们听过各种抗罚理由,说前一个娃是聋子啊,说避孕环不管用啊,说老爹抱不上孙子就要上吊啊,说自己刚刚遭遇虫灾或者盗贼啊……说什么的都有,还就是没有归罪野老公的。这一理由看似好笑,却有点麻烦。照理说,冤有头债有主,事情如果真是他说的那样,你能找出一个他必须顶罪的理由？

"你说你婆娘那个,那个……有什么证据？"乡秘书也一时不知说什么好。

"你们也不去看看,那样白的皮,那样尖的鼻子,怎么会是我的种？"

秘书差一点笑出声:"那……这样吧,你把野老公说出来,我们就去找他。你要是说不出个人,那就对不起！绿帽子也好,黑帽子也好,戴多少顶是你的事。"

"我是要找出这个白皮鬼！"善眯子嗖的一下跳起来,用头巾撸了两把汗,恨恨地再补一句,"我今天还真不信这个邪！"

说着说着，他就把在场者一个个开始打量，特别是把肤色稍白者打量仔细，眯眯眼差一点压到对方鼻尖上。这种显微镜式的紧盯细瞄不怀好意，照得对方先是想笑，继而不无恐惧——有这样的找法么？他不会胡言乱语血口喷人吧？财政所长大概是想到自己的皮肤，想到老婆就在不远处洗衣，已经吓得往后退："何子善，你看清楚点，这种事不能乱开玩笑，我与你前世无仇来世无冤……"

还好，善眯子的目光离开他，盯向别处了。

另一个也急了："善眯子，我是才调来的，你看什么看？"

还好，捉奸者的目光也离开他了。

片刻之后，善眯子在乡政府大院转了一圈，所到之处无不人心惶惶如临大敌，直到他回到了乡长的办公桌前，顺手把门关上。

"算了，我今天不麻烦别个，只找你。"他摇摇杯子找水喝。

"出去，出去！"乡长正在接电话。

"你莫给我装蒜，慧梅这笔账你赖不掉的。"

"慧梅？什么慧梅？"

"去年在你们这里帮过厨的，你敢说不认得？"

"帮厨？梅嫂吧？她就是你……老婆？"

"当然是我老婆！我出了彩礼的，办了酒席的，雇了面包车装来的。任家的，人做事要凭良心。你鱼肉吃多了，想娱乐一下，其实不算什么大事。但你好汉做事好汉当么，要别人来出钱，就太不义道了……"

"你胡说什么？"

"你做都做了，人家还不能说？"

"你——你他娘的找抽啊？"乡长居然动了粗口，居然拍了桌子，顺手抓起一本书就砸向对方。

善眯子逃出房间时大喊救命，更无聊的口号随即响彻大樟树下："你们看啊，野老公打家老公啊……"

大院里已成为迫害与反迫害的战场，只是正邪定位一时还不大分明。乡长满腔怒火已经高压临爆，一张白脸憋成了粉红色，再憋成猪肝色。他冲到派出所去喊人，不料后来没什么结果，原因是对方觉得口角毕竟不是打架，实在不便出警。他掏出手机再找县里什么人，不过没叫通就自己挂了机——这种事闹到城里去，七嘴八舌，风言风语，也不大好看吧？直到这时，他才发现事情严重，痛悔自己今天没下村去，没关起门来上网下棋，碰上了这么个烂货，惹上一身腥臊。不错，那个帮厨的大嫂是帮他洗过两次衣，可他连对方姓名也不大清楚，怎么就要对她的肚子负责？善眯子，王八蛋啊！是不是觉得大学生好欺侮？是不是想敲一笔竹杠？是不是知道他一贯铁脸办案，这一次有组织、有计划、有目地挟私报复？

幸亏其他人把捉奸者暂时拉走了，"野老公"之类全方位高音广播暂时消停。但从人们交头接耳指指点点来看，王八蛋的威慑和捣乱已有效果，真是一石激起千层粪——乡长不能保证没有人信谣，没有人看险，没有人恶作剧，没有人但求自保。即算有些人愿意帮他擦粪，即算是擦干净了，他也会臭烘烘的余味难消吧？

他开上小面包车来到医院，发现自己并不是想来这里。一打方向盘改了道，在路上蹭过一堆乱糟糟的茅竹，刮出了车侧面板上刺耳的声音。走进老三家门时，他一把散发耷拉在额前，看上去已经老去十多岁。

老三提来一壶茶，做出很着急的样子："不得了，你还真是白脸皮、尖鼻子，同他家三娃仔比较配套的。"

"胡说！我坐得端行得正，怕什么怕？验个血，验个DNA，一切就会真相大白！"

"但要是她说你摸了她，掐了她，抱了她，如何验？再说，野老公也不一定都下种，没下种的不一定不是野老公吧？"

"她她她……总不能无中生有吧？"

"你们两个人的事，何为无，何为有，如何说得清？"

"何大万同志，你这样说太没良心！"

"我是想帮你啊。不过这事……还真是个死案。"

大学生此时肯定想起了烈士和冤狱，恨不能扒开自己的胸口，一腔冤屈和一生清白苍天可证。他是一头掉进陷阱的咆哮雄狮，走过来又走过去，每一步都踏着悲愤，最后指着门外大骂："小人——刁民——你看我怎么收拾你——"

老三很想大笑，实在忍不住，假装去了一趟厕所。他甚至假装接了个电话，说自己坚决不相信乡长犯错误，坚决又坚决地不相信乡长有野种，坚决更坚决地不相信乡长夫人会寻死寻活……其实这都是高声大气说给乡长听的，让他知道电话那头的流言沸腾已到了何种程度。刁民？哈哈——乡长大人现在也知道刁民了？恐怕还不知道刁泥鳅、刁老鼠、刁虱子吧？平时下指示的时候，你指挥棒敲得嘣嘣响，就没想到下面一堆乱麻，一个刺窝，一个大泥坑，具体办事有多难？一辆汽车冲过来冲过去威风凛凛，一副黑眼镜摘下来戴上去牛气冲天，你小胖子也有被一根烂绳子绊倒的时候？

他从厕所出来，发现乡长已经走了，震怒和绝望的发动机声远去。他再次幸灾乐祸地大笑，哼着小调去后山割牛草，只是割到第二捆时，忍不住还是打了个电话给国少爷。他为什么多出这一事，事后自己也不大明白。

他以两包烟为许诺，让国少爷去眯子家跑一趟。一两个时辰以后，善眯子果然就慌慌地来敲门了。

"……你看现在的人无聊不无聊！"他一进门就口水四射地告急，"街上那个郑瞎子、罗瘸子，还有那两个白粉鬼，都无皮无血地要来认亲子！"

老三知道国少爷已经把事做到位了，只是佯装不知，故意好奇："看不出，你家慧梅还有这么大的本事？"

"听他们放屁！我家慧梅，好规矩的人，怎么会同那些家伙扯皮绊？她到镇上卖几次菜，都是拉她嫂子一起去的。"

"管他呢。只要有人来认账，就有人帮你交罚款，你不就省钱了？你反正是个不要脸只要钱的货。"

善眯子一跺脚："他们还要抱娃走！"

"抱娃？那倒也是……"老三挠一挠脑袋，"这事有点难办了。你想啊，你下了黄瓜种，黄瓜就是你的。你下了萝卜种，萝卜就是你的。照我们山里的规矩，我山上的竹子要是跑根到了你山上，在你山上当了一回野老公，长出来的竹子还是我的。是不是？因此的所以，还有的而且，你家那个三娃……"

"慧梅是我的啊！她十月怀胎，东藏西躲，做贼一样，容易么？"

"慧梅当然也有贡献，那是事实。国少爷没告诉你么，那些街痞子说了，不抱娃走也可以，但有一个条件……"

"什么条件，你说？"

"唉，我还不好怎么说。"

"说，你只管说。"

"那我就说了？"

"爷哎，你要急死我了。"

"配种费。"

善眯子没怎么听明白。

"他们要收配种费。明白了吧？你想呵，良种站来上门服务，配一头猪是多少钱？配一头牛是多少钱？今年就不是去年那个价吧？这配人，价格就更不好谈了。像郑瞎子、罗瘸子那样的还好说，一般品种，要架子没架子，要肉膘没肉膘，要面相没面相。碰到任乡长那号大学生，高级干部，威武得像戏台上的，天乖乖，这个数恐怕还得翻一倍啊……"

老三晃了晃三个指头，吓得善眯子结结巴巴，半边脸抽搐："如何能这样打比方？我家慧梅又不是一只猪，一头牛……"

"你到处喊喊叫叫出她的丑，未必是把她当人。"

要不是主人赶快给客人灌下一杯茶，再掐掐人中，揪揪耳朵，善眯子两眼翻白，差一点就瘫倒在门槛上了。

善眯子这天回家还真是走不动了，真是一步三喘了。第二天，任乡长高兴地给老三打来电话，说善眯子已老老实实交了罚款，什么话也不说，不知被什么魔法给制服了。他想问问情况。老三不是不想说情况，但一听电话里得意的口气，重新出现的拉腔拉调，就一阵"喂喂喂"，似乎手机没电或信号不强。

他关上手机时冷笑一声："卢州的鱼只能卢州人钓的，你懂个屁啊？"

他现在最重要的事情，是让莉疯子带两个婆娘去看住慧梅。那女人失了面子，又没省下钱，可千万不要想不开。

好容易有了次出名的机会

后来的有一天，老三被查出是个假党员。

没错——假党员，就这么回事。事情的起因，是任乡长一高兴，把他推荐到县里开什么会，表彰他带头修桥、开路、化解纠纷一类优秀事迹。没料到喜事办成丧事，县里说党员名册上根本没他的名字，乡上随后的清查也让人目瞪口呆：当了五年书记的这家伙确实没有任何入党手续——这玩笑也开得太大了吧？用财政所长的话来说：他收了头房又讨二房，抱了儿子又抱孙子，到头来发现自己是个阉太监。

事情可能是从老三他爹那里错起，这是很多人后来的看法。那一年，他爹去砍树，大概是碰到了老树精，明明已经锯透了，但老家伙吱嘎吱嘎只是叫，硬挺着不倒。到最后倒是倒了，但左跳一下，右撞一下，踩出了梅花步，闹腾好一阵才哗啦啦惊天动地，垮塌出一片刺眼的天空。人们听到了一声"哎哟——"，扒开枝叶赶过来看，发现老三他爹一只脚已被树干砸成肉泥，当时就痛晕过去。

他醒过来后，再也无法下床和出门，但他是一个老党员，能背诵好多革命口号和领袖语录的，把光荣责任看得特别重，经常到东家说一通"三天不学习，就赶不上刘少奇……"到西家说一通"只有落后的干部，没有落后的群众……"再到南家说一通"内因是变化的根据，外因是变化的条件……"说得大家迷迷瞪瞪，似乎受到了很深刻的教育。现在，他觉得人残志不能残，人在阵地在，遇到党员开会，他不能去，就叫三儿去；到了交党费的日子，他不能交，就叫三儿去交。如果党员们组织突击队去打山火或者筑堤坝，他不能上阵，就叫三儿去上阵，反正不能让突击队里有一个空岗。幸好老三很孝顺，不想去也还是去，特别是一听到旁人叫好，挖土一定拣大钯头，挑土一定拣大箢箕，每次都累得张开大口出气，在手上或脚上留下伤痕。老爹对三儿很满意："老大被罗医师的针打坏了耳朵，不适合开会。老二呢，气虚，身上不着肉，不适合下力。只有老三什么都顶得上，给老子当党员算了。"

当党员就当党员，有什么了不起？老三在初三那年辍学回家，一干就是十几年，全面接管了老爹的柴刀、牛鞭、破算盘以及全部党务，还去乡上光荣了一回，在台上戴了大红花，领回了一顶新草帽——他后来以为那就是入党，至少是再次入党，其证据是草帽上明明写着"优秀党员"四个大红字，不可能是开玩笑吧？但那一次到底是什么，村里人也没怎么闹明白。有人说那次是"总结"，有人说那次是"比赛"，有人说那次是"吃肉饭"，有人说那次是"领草帽"，还有人说那次只是"领毛巾"——因为当时草帽不够分，后到的只领到一条小毛巾。但不管怎么样，大家都觉得那一回很热闹，热闹就是好事。

老三他爹是八年前去世的。不过在那以前，村党支部开会点名，也只习惯性地点到老三了。有时候发现老三没来，便理所当然地奇怪，然后派人去找，或打开广播器在喇叭里喊，把他从被窝里或电视前揪过来——倒是把他爹忘得差不多了。"你作为一个党员明天绝不能睡懒觉……"这一类派给老三的说法不胜枚举。这样，改选支部书记的时候，在大家一阵起哄之下，老三只觉得自己读书少，一张嘴说不出四言八句，再加上鼻炎发作时的呼噜呼噜有失体面，倒没在其他方面谦虚。

玉和爹当时有点生气："你爹瘫了十几年，靠集体补助养大了你兄弟几个，还欠了几千块钱医疗费。这事你看着办。"

老三想到这笔人情确实不小，只好不再嘴硬。

他回头咨询过姑妈。姑妈说："玉和爹开了口，你得给人家面子么。当年你爹出门吃个饭，喝个酒，都是靠人家玉和背进背出和背上背下，好不容易的。"姑爹也在一旁插嘴："没文化怎么的？皮二结巴读了多少书？他当得了道士，我看你就当得了书记。"表妹在一旁更是加油鼓劲："好多战斗英雄没有手、没有腿了还是一往无前,你鼻炎算什么?顶多是一个轻伤员。"

这些道理很有说服力,事情就这么定了下来——只是多年后任乡长听到这一过程,如听天方夜谭。

"事情果真就是这样?"

"你们没记错么?"

他向知情人一问再问,问得对方有些紧张,东拉西扯反而更说不清了。到底是不是有个女乡长特别赏识老三,是不是档案资料在那年洪水冲击之下全部丢失,是不是老三在外地打工时入过党,都变得闪闪烁烁莫衷一是。

乡长知道少数农村基层组织不甚规范,甚至听说有的人以为入党就有钱领,或者以为退党就有钱补,但还没听说过这种假党员的荒唐。显而易见,这足以构成全乡、全县乃至全省的重大丑闻。正是考虑这一点,他采取紧急减灾措施,一是派人去县里收回已报资料;二是派人清理、修补以及重建档案;三是向下面发布封口令,严防新闻媒体借题炒作——秘书今天早上告诉他,外面已有很多电话打进来了,那些平时八人大轿也抬不来的记者,眼下比老鼠还蹿得快,肯定是来者不善,要来大掏粪渣子!

乡长没料到的是,老三不觉得大难临头,倒是像一只乐颠颠的大公鸡,一只以为自己可以下蛋的大公鸡,梳了头,刮了脸,可能还抹了头油,穿上新崭崭的西装,差一点飞到树上去扑打翅膀朝天打鸣。掏出手机时,他还耍起了京腔,提前进入外事活动状态,"……你顺着公路跑,向南,再向东,再向南,一条笔直的弯路,翻一个小小的大山,就到了。"他正在给什么记者指示路线,只是对方不知道能不能理解他"笔直的弯路"和"小小的大山"。

他家厅堂已经打扫干净,摆上了茶水和糖果。老婆正在厨房里杀鸡。"乡长你来得正好。等一下一起吃个便饭,你帮我陪陪客。"他乐滋滋地说。

"你以为你十分光彩?"乡长有点气急败坏,"这件事捂都捂不过来,你还要到全国去打锣?"

老三眨眨眼:"你是说……这事不能说?"

"有什么好说?人家作假还只是米啊油啊,我们造出了假党员、假书记,名声很好听是吧？"

"不是这样说的吧，乡长？不就是我给你们党员帮了一下工么？在我们这里，你家要建房，我给你帮一手，我家要割禾，你给我帮一手。多帮一点，少帮一点，不算细账的。"

"怎么成了帮工？你知道入党是多么严肃的事！哦，一个菜园子，你想进就进，想出就出？"

"我哪一点不严肃？我偷了你们党员的钱？睡了你们党员的婆娘？"

"你是真不明白还是假不明白？"

"怪事，怪事，我给你们糊里糊涂多帮了十几年工，你还找我的癞子。"老三摇着头，又接电话去了。

如果现在下跪能解决问题，乡长愿意下跪。如果现在喊祖宗能解决问题，乡长愿意喊祖宗。面对这个油盐不进的猪脑袋，乡长差一点急得要抱着对方去跳崖，宁可来一次同归于尽。同来的秘书更觉使命重大，立即向乡长偷偷建议，敬酒不吃吃罚酒，干脆把老三抓起来关几天，罪名就是赌博——他未必没打过牌？未必在牌桌上没有输赢？这事一逮一个准，绝对不会有冤情的。乡长说，这个不靠谱，老三平时还真不怎么打牌。秘书又说，赌一次是赌，赌十次也是赌，你管他呢，过了这几天再给他宽大就是。乡长还是犹豫，说就算他赌得多，这样做也不大服人吧？也过于阴损吧？秘书挠挠头，只好回头再找老三，又是递烟，又是拍肩，又是毫无必要地给对方整衣领，还猛夸对方的新西装特时尚，然后摆出沉重和悲痛的全套表情，"哎呀呀你老三当然没有癞子，但事情是这样的啊，这样的啊，这样的啊，出现假党员毕竟是工作上的大差错，让乡领导的脸面往哪里放？还有县领导、地区领导、省领导的脸面往哪里放？你是最义道的人，总得考虑一下全局吧？至少的至少，不要毁掉任乡长的政治前途吧？他在这里干了整整六年，六年，不容易啊。每次开村组干部会，他说卖裤子也要办好招待，鸡不能少，酒不能少，对你们可是够意思的吧？年关送温暖，他哪个山角落都跑到了，鞋子都磨烂哩。那次打山火，他头发都烧焦一块，衣衫都挂破两件。这些你也都看见了。还有搞蔬菜大棚，搞野猪家养，没有功劳有苦劳。如果这件事一曝光，一炒作，一惹上面生气，你说任乡长这六年不就……"

乡长听得有些鼻酸，扬扬手："不说了，我们回去！"

老三见乡长沉重而悲壮地深呼吸，似乎明白了，似乎又没明白："你是说，要我帮他一下？"

秘书说："就算……就算是这么回事吧。你刚才不说帮工么？对，帮人就帮到底，救人就救到头。"

"那你们怎么不早说？真是！"

老三是个好商量的人，愿意给面子的人，尤其吃软不吃硬，遇到人家砸过来几顶高帽或灌下来几盆米汤，可能先晕了一半，最容易大拍胸脯豪情满怀两肋插刀。没说的，多大的事，封口就封口吧——尽管这实在是忍痛割肉。用老三事后的话来说，他看了十几年电视，从未上过一次电视，这次好不容易盼到机会，差一点要当上名人啦，偏偏被乡领导拆了台。他女儿翠萍在外地打工，只是个吊车司机，也上过两次电视，这叫当爹的如何有面子？据翠萍说，当名人好处多得很哩，进馆子吃饭可能被店家打折，上中巴、坐的士还可能免票，到学校去更是被学生娃娃围着要求签名和照相……老三眼看就要实现的这一梦想，居然被乡干部搅成了猪尿泡。他们——也真下得了这个毒手？

根据乡上的安排，他叫婆娘关了大门回娘家，自己上山躲了几天，就像被警察盯上了的贼，就像生育不遵计划的大肚子超生婆。他孤零零待在一个守野猪的草棚里，被蚊虫咬得心烦，被歪风斜雨打得冒火，翻来覆去睡不着的时候，忍不住翻肠子倒胃地号叫了几声，然后给乡长恨恨地打电话："喂，那个茶园的事……"

这是指当年乡上解散集体茶场时截留的一片，多年来小湾村一直要求退还。老三已经纠缠过乡领导多次。

乡长知道对方找准了要价的时机，"这样吧，你书记是当不成了，但乡企业办或者林管所那里，不是不可以安排……"

"不，我什么都不要，就要几片茶叶。"

"要不然就给你一次性补偿？"

"不行，你莫吊胃口，我就要几片茶叶。"

"你不再考虑考虑？"

"不行，我这里蚊子咬死人，烟也快抽完了……"

"好好好，"乡长怕他擅自下山，急急地说，"你得给我一点研究的时间吧？你就待在那里，我马上就派人给你送烟去。"

知道对方的让步已成定局，老三喜不自禁，搔耳挠头，想了想，又打去一个电话："喂喂，你就挂什么机？上次我同你说过修桥补贴的事……"

"你得寸进尺啊？"对方差一点叫起来，"胃口也太大了吧？你是不是还要割我的肉？放我的血？那你明天就拿刀来——"

对方关机了，气得老三鼓眼暴睛的想骂娘。

几天之后，记者们终于不再来了，假党员一事有惊无险，总算大体上掩盖成功。小湾村悄悄换了书记，如此而已。老三被一棒打回原形，从此只能专心务农，经常赶着一匹马，用他的话来说是成天闻马屁，为一些东家驮运水泥或电器进山，驮运树木或药材出山，一线马铃声零零散散地洒落山林中，播入一缕缕白色云雾。

他太熟悉这一片山地了，闭着眼睛也翻山越岭，收收鼻孔就能嗅得出脚下是何地方。前面是箕子沟，那里的井水最甜。再前面是霸王庙，那里的野杨梅最大。再前面是老云界，那里的石头又粉又韧，随便取一块都是上好的磨刀石。再前面是雁泊湾了，那里的野鸡最憨最笨，你在草丛后拉屎也可能顺手捞上一只。从雁泊湾往上就是蘑菇砚，那里最怪的是只长公竹，一根母竹也没有，一山的光棍竹子哗哗地开会。从蘑菇砚往下三里半就进了赵家坊，那里已经迁走大半人口，到处是空空的老屋，但一个叫五妹坨的大嫂还住在水磨边和垂杨下，经常在出门不远的小溪前举槌捣衣。她最会唱山歌，一开嗓门就是百鸟噤声，流水止步，人不知今夕何夕。老三的几段"黄色歌曲"都是在那里学来的——其实是指民间情歌。

丈夫打我你莫慌，

娇姐越痛越想郎，

剃了脑壳还有颈，

剁了肝肺还有肠……

这样孤独的"黄色歌曲"唱得真是山河黯然，让老三伤心不已，听完或者唱完以后一次次擤鼻涕。

不唱歌的时候，马道上有些马伙计曾找老三打趣。比如说："你怎么也来闻马屁？一个尿壶不冒充酒壶了？"

老三笑道："你以为那是什么好酒壶？喉咙里都结了蜘蛛网，几年里没唱歌了。我的娘，出门就要带两个肚子，一个肚子装饭，一个肚子装气。头上还要顶三把糯谷草，任人捶来任人踩。"

对方说："少说乖巧话。当初是哪个天天抹头油？还到处说矮子上楼梯，一级硬是一级？"

这时候的老三咧开河马大嘴嘿嘿一下，没词了。

又过了几天，乡政府让小湾村得到了他们的老茶园。据说新任支部书记放了一挂鞭炮，提议办几桌酒席，唱一台大戏，酬谢老三多年来的谈判之功。老三说，红包就算了，大戏就算了，如果大家真要奖励他和高抬他，真要了他一个心愿，那就资助他与几个老伙计去韶山看一下毛主席的祖屋。

要得，要得，很多人都想去看那个祖屋。他们虽然说过老人家的一些气话，但乡政府这次发还的茶园，还有其他田土山林，不都是老人家当年给穷人们争来的？这个恩德还不大上了天？

出发的那一天，庆呆子的大儿子开车，莉疯子在一旁陪驾兼指挥，老三和另外几个汉子在卡车厢里抽烟，喝啤酒，嚼饼子，打扑克，身旁是他们备好的大香大烛。

任乡长在路上遇到他们，上前看了看香烛，嗅了嗅车厢里残留的石灰味和猪尿味。"你们怎么不去看深圳？不去看广州？那里的高楼大厦比山还高，肯定看得你们花眼。"

老三兴冲冲地说："先看祖屋，先看祖屋。"

乡长皱皱眉，纠正对方的说法："你应该说，去了解伟大领袖毛主席的革命事迹。"

"事迹？他的事迹我们一清二楚，这次就是去看祖屋。"

乡长叹了口气，没话说了。他有一个要好的同学在韶山当官，本来可以打个电话去，让对方招待一下这群老少疯子，但看老三那模样，怕又闹出什么大洋相，只好打消了掏手机的念头。他挥挥手，走了，回头对开车的秘书只说一句："走吧。"

望断南飞雁

陈谦

一

沛宁睁开眼睛，感觉整个房间浸在白光里。他眨眨眼，脑袋清醒过来。是银光，他想。他翻过身，仰面躺开，盯着卧室高高的天顶，让眼睛聚焦。

那些被沛宁确认的银光从百叶窗的缝隙间泻入，让屋里的物什反射出一圈圈浅亮。他一个挺身，手直接朝右侧拍去：下雪啦——南雁喜欢悄然而至的雪夜。很多年前，曾经，她会在这样的雪夜里爬起来，披衣去向雪地，久久不归，直等到他亦寻去，将她拖回。他厌倦过那些时刻。此时，躺在空阔的超大型床上，沛宁还能感觉到那隐约的怨忿。

手雪花般绵软着地，悄无声息，床此时更显出它的巨大。沛宁坐在床中央，感觉这床如船般浮沉。水漫起来，茫无际涯，像院后红杉林外的雪原，在这突如其来的雪夜里冰寒地冻。他忽然生出没顶的感觉，几近窒息，使劲摇摇头，像是要将自己摇醒。

是下雪了！沛宁这时在心里肯定地又重复了一遍，生出些许的欢喜。这样，孩子们睡前留下的这平安夜里的两大期许——来自母亲的圣诞礼物与一场可供他们明早堆雪人的大雪，至少没有完全落空。

南雁今夜该是浸在旧金山的寒雨里。她如今已不在乎雪，她如今不在乎的又岂止是雪。连一双年幼的儿女，都全部甩下。那是南雁的离弃，沛宁借着这静谧的雪夜，首次认下——他还是不愿意说"抛弃"——这是南雁出走后的第一个平安夜，也是他获得终身教授资格后的第一个平安夜，真是悲喜交集。

在以漫长的雨季而闻名的俄勒冈州尤金城边缘,在红杉林深处的雪夜里,沛宁为想象不出南雁今天的样子有点难过。最要命的是,他更难以想象,以一个离家出走的人母的负担——他在此处放下了自己——南雁该如何度过这个对她而言,也是数个"第一"的平安夜?

沿着三角屋顶,镶嵌着一条刷成深栗色的木梁,在雪地折映进来的银光里异常醒目,让人几乎能看清天顶墙面上那些粗粝的颗粒。这地中海式平房是南雁挑的,每一个空间都方正开阔。我们真像是睡在礼堂里——在他们搬进来的第一夜,当灯全黑下来的时候,南雁这么说,非常精准。南雁那样一个老给人走神梦游印象的女子,只有在黑暗里,在看不清她眼神的时候,才能令人放松下来。在沛宁的记忆里,南雁在那个时刻环住了他的脖子,略带惊悚的声音像从空旷的野地反弹回来,在他的脖子上掐出星星点点的痒疼,令他在这夜醒来,一眼看到头上的黑梁,喉管上立刻生出轻轻的压迫感。

那个夜里他们几乎没有入睡,在空旷的房子里,耳边是不停息的银滩上潮汐的狂欢。南雁出生在广西北海——那童年真是乏善可陈啊,只记得是在银滩上跑啊跑啊,忽然站下来,一转身,就大了——她所有的形容,都是诸如此类,与南中国海相关。

我们真该多换房子——沛宁顺着最后一尾波涛滑到沙滩上,叹出一声。南雁如被海浪狠击到礁边的鱼儿一般,摇头摆尾地完成最后几番挣扎,停在他身边急喘。

那是沛宁的真心话。很久很久以来,他们已经成了银滩上晒干的两尾鱼,连相濡以沫的那个沫,都已被风干。他一路马不停蹄,几乎不曾有空喘息——花了五年时间从哥伦比亚大学念下分子生物学博士,再到位于纽约的康奈尔大学医学院做了三年博士后;维吉尼亚一所小学校短暂的两年教职;南南和宁宁相继出世;最终来到俄勒冈大学,争取终身教授资格的六年长旅刚刚开始。

沛宁支起身子去看南雁。她滑到了床边,头沿着床沿垂下去,长发披散开来,修长的双臂松软地耷拉在身体两侧,一动不动。女鬼一般。这个想法让沛宁一惊,战战兢兢地去抚摸她光滑的背,那身体是灼热的,这让他放下心来,忽然像是记起什么，再按下去，食指和中指交错着沿南雁的脊骨急速滑下，敲击琴键一般，在接近南雁的腰际处突然停下，寻摸到一块边界不整、微凸的拇指指甲般大小的胎记斑，怔住。他几乎忘了它。沛宁这时想起来了，他似乎曾经说过，将来我们走丢了，我凭这个找你。这让他忽然有些感伤。他曾是那样抒过情的小男生吗？他不能肯定，只将那胎记按牢。

南雁突然一个急转身，身子一挺，面朝着屋顶，半个身子顺着床沿边堆成一团的被子垂下去，急速地扯过落在床边的睡衣，盖到胸前。沛宁的眼睛在那个时刻适应了屋里的黑，接到南雁眼里稍纵即逝的刺目光斑——它们有温度吗？他伸手过去，摸到几点黏湿，心思立刻黯淡下来，抬起身子，坐到床边。我可不要再有孩子了——他听到了南雁的声音，很远很远，像从海面上刮来的轻风。

沛宁的心一沉。在他们的女儿南南两岁时，南雁发现自己又怀上了孩子。那是二〇〇二年的春天，她刚过了三十四岁的生日。南雁很早就说过，她只想要一个孩子，这便是意外了。一个南南，足够了，太够了，她反复说过无数遍。这几乎给说成了沛宁心上的一块茧，让他在每次突发的激情之后，久久后怕。

那天早晨，南雁在卫生间里，盯着地上那支呈现一线桃红的测试棒，久久不愿出来。之前，例假已错过三周多了，南雁就是不愿去超市买一支测试棒。看到那条桃红的生命线，沛宁心下是高兴的，但他不敢有表情。他应承过南雁的——南雁说，她有很多的梦，很多的计划，都未曾有机会实现，甚至是尝试实践，她不能再背那么多的负担。

在南雁确认意外怀孕的那个清晨，沛宁看到南雁变形的脸。她双手抓牢洗脸池，弯下腰来，大声地发出呕吐的声响，却没有呕出一点点东西来。沛宁过去轻拍着她的背，一直拍，生出很深的疼惜和愧疚。他觉得他该说一句话，对于这孩子命运的话，或许南雁就解脱了。但他说不出口，也不愿意说。南雁在那些天里一直都不怎么说话，他们回避着讨论"选择"这样的话题。沛宁想过无数次，如果南雁提出要终止怀孕，他怕也就只能同意了，可南雁并没有跟他讨论。

直到那日，躺在产科医生的诊所里，当超声波检测仪的屏幕上出现了那个小小的胚胎影像，南雁一把拉住沛宁的手。胎儿的心跳声通过麦克风传出来，怦，怦，怦，夹着风声一般，呼哧呼哧的，有几分雄壮。这是个非常强壮的胚胎。女医师说：早期流产的概率小过百分之二，祝贺你们！随后报了按胚胎尺寸测算出的预产期。沛宁看到南雁跟女医师握手时，青白的脸上泛出微笑，浅淡，却很动情。出来坐到车里，南雁小心地展开那张黑白的胚胎照片，手拂上去，轻声说：头真大啊，这个孩子，我要了。沛宁点头，别过脸去。启动车子那个瞬间，就着引擎突发的轰鸣，他吐出一口长气：那么，她果真想过不要。

沛宁在这个雪夜里，终于明白了南雁当年在产床上接过紫红色的宁宁，失声而哭的复杂情感——她在生下南南时，都不曾如此情绪失控。宁宁的脐带还未剪断，小小的一团，缩在南雁那件淡蓝碎花的产袍上，两条热狗般粗细的小腿，在那素净的花色上蹭出一条条血痕。阔大的单人产房里，原先一直为这激动人心的时刻忙碌着的人们围上来，为这个母亲的激情打动。沛宁为南雁揩着泪和汗，心随着她难以自制的抽泣声，缩成紧紧一团，以致从医生手里接过剪刀，向那条血色模糊的脐带剪去时，竟不能一刀了断，看着真不像是第二次做父亲的人。

在搬进这所房子的那个初夜，南雁在床边幽怨地说完，她不要再有孩子了，开始抽泣。那哭声压抑着，呜呜的，像风迎击着沙滩上相思树林的阻隔，在茂密的枝叶间奋力强行，撕扯出阵阵杂音。沛宁记得，他最后也滑下床去，将南雁托上来，为她盖上被子。南雁没有停息，他用手去捂她的嘴。孩子们在隔壁呢，他贴到南雁的耳边轻声说——南雁停下来，很久都不再动弹。沛宁后来就迷糊过去了，再醒过来，看到南雁蜷成一团的身子，缩在他的脚边，让他想起他那一双儿女呱呱坠地的瞬间，正是这般的弱小无助。

沛宁起身下床，走到窗前扒开几格窗叶。天色清亮，鹅毛大雪，远处红杉林黑成一片，停在车道上的汽车顶上已经开始积雪。

南雁此时在旧金山，那里面朝大海，终年无雪，很像她的故乡北海——这是沛宁第一次领她去旧金山时，南雁脱口而出的对那个城市的第一印象。他们从金门公园看完荷兰风车之后转出来，一眼望到太平洋，南雁立刻将那片阔大的海滩描述成可以看到南中国海夜空上繁星低垂的北海银滩：你夜里若坐在这沙滩上，肯定能发现所有的星星向你俯冲而来——她说得如此肯定，很像梦话。沛宁不响，任她呆看着那海滩，自说自话。后来每每提及，他们之间对那片海滩到底像不像银滩，一直意见不一。

那刻天色渐暗，长滩上燃起了一堆堆篝火，在北加州的太平洋沿岸，海水一年四季冰一般的寒冷，哪里能与南中国海相比拟？他们曾浸在银滩温湿轻软的海浪中，背离着远岸上连绵数里的银色高灯，躺到深夜，看海天果然在星幕下缝合。那才是北海啊。那是一个有点规模的渔村，这是沛宁对北海的总结。但他安静着，看太平洋海岸上的人们为取暖点燃的篝火在南雁瞳仁里蹿出摇曳的光斑，体恤了她的乡愁。那时他不曾想过，她最终竟会去向旧金山，果真奔回了疑似的"故乡"——如今南雁可以天天看到海了。她租住在日落区广东移民家中的一间小屋里，走出三个街口，就是浩瀚的太平洋。

沛宁就黑摸起搁在床头矮柜上的手机，你有事给我写电邮，不要打电话——这是南雁数次拒接他的电话后，在电子邮件里写下的话。英文。那些字母规矩地一串排开，句式简洁指义清晰，很像一个冷口冷面的美国女人的口吻。沛宁看着走神，想起当年她给在广州的他写去的语法混乱拼写错误百出的英文信，心下恍惚。沛宁熬到中秋节再次给她去电。他只想让她的儿女给她问一声好——她还是推开了他，他们，一言不发，然后将电话轻轻掐断。

她如今穿着牛仔裤T恤衫，蹬着色型时髦的Puma球鞋——南雁在尤金城里的好友亚兰在电话里对沛宁绘声绘色地说。是紫色的！她如今好像特别爱紫色——亚兰还特别强调了一句。这个强调让沛宁有些惊异，这是代表着新生活的新色彩吗？他忍不住想。沛宁想象不出紫色映到南雁身上的样子，心更空出一圈。亚兰和她先生于深秋的季节里在旧金山见过南雁。沛宁相信，亚兰他们一定会劝南雁回头的——还背个双肩包，在城里的公交车上上下下，靠在一家律师事务所当文员的微薄薪水，支付着在旧金山艺术学院学习设计的学费和日常生活的开销，简直就是个女学生的样子了——亚兰说说停停，在电话那端小心地揣测着沛宁的反应。沛宁安静地听着，让亚兰感觉不出他情绪的波动。

在南雁离家去向旧金山时，沛宁跟她提过，他有好些同学在旧金山南面的那些大大小小的生化公司和制药公司里工作，她可以到那儿找份事的——以生化实验室资深技术员的专业背景，这不可能是难事。那样的工作能保证南雁自给自足，过上一份体面的生活，并可以攒下学费。可南雁并没有去找他的任何一位同学或朋友。她只带走了三千美元，连车子也没有开走。这就是我可以承担的责任了，南雁对沛宁说。这让沛宁后来想到，南雁或许得到了她在深圳银行里任高层主管的姐姐南鹭的资助。

从南雁去向旧金山的那日起，他们就算正式分居了。虽然南雁离开时并未明确表示她对未来离合的选择，但她留下了这样的话：等我有稳定的经济收入了，我会分担孩子的抚养费。这话让沛宁悲从中来，虽能全盘认下，却有隐隐的疼惜。

我可是净身出户——南雁对亚兰他们如是说。说的时候先是笑着的，眼泪最后笑出来，亚兰在电话里又小心地说。我们都不敢跟她提孩子的事情，亚兰又加了一句，然后吞吞吐吐地说：毕竟她是母亲啊，你说她会不想孩子吗？沛宁想，这也正是他最刺心的设问啊，他没有答案，或者说，不想寻到答案。他只能静听着亚兰自说自话。电话里是一个停顿，他感觉他都能看到亚兰眼里的薄泪。

旧金山深秋的天色真亮，让一切都看着极假，亚兰最后忍不住去扶牢南雁，想要肯定这不是梦那样。她要做一个新人——亚兰的叙述到这里，停了一秒，然后一句：真的就像换了个人，有点发黄的头发在脑后高高扎成个马尾，哪里看得出是两个孩子的母亲。电话那头突然沉寂，那些话像锋利的刀片在白瓷上划过，让沛宁皱起眉。他很讨厌那把轻浮的马尾。在南南和宁宁到来之前，他曾经长久地面对着那样一个南雁，久得彼此都生出了厌倦。她是愿意做母亲的，沛宁想。如果不是，南南和宁宁就来不到这个世上。事到如今，沛宁有时甚至想过，怕还生得少了。西方老话说的：若让女人永远光着脚在床上，不停地怀孕、生产、哺乳，那么你的日子就安宁了。

她倒好像不再走神了——亚兰最后加一句。这倒出乎意料，让沛宁愣住。他想象不出南雁不走神的样子，就像他想象不出她包裹在紫色中的模样。

沛宁轻轻地推开卧室的门。短短的过道里也是亮的。八岁的南南轻掩着自己卧室那扇粉色的门,在这平安夜里安然沉睡。沛宁站在南南的门前,隐约闻到一股非常女孩子气的淡香。都是南雁的痕迹,他想,心有点软。南南已经有小姑娘的样子了,懂得要勤洗自己那头油亮的黑发,然后用那把装饰着白雪公主的梳子认真地梳理。遇到纠结的头发,就是疼得两道细淡的小眉皱起来,也不会放弃,直到将它们慢慢梳通,整齐地披散在肩上。想来该是南雁长期训练的结果。这让沛宁多次想劝南南将头发剪成好打理的短发,竟都说不出口。

南南的脸形酷似沛宁,偏长,轮廓线却极柔,小小的鹅蛋一般。虽生着南雁的两只大眼,却澄明透亮,沉着得令人爱怜。沛宁看着它们就会想,但愿它们永远不会浮出南雁双眼里的雾霾。

在南雁离家出走的第一个傍晚,南南就懂得坐在厨房里安慰弟弟宁宁。妈咪找到梦就会回来接我们的,她朝哭着不肯吃饭的宁宁说。那时,厨房里的小餐桌上一片狼藉,虎头虎脑的宁宁哭闹着甩出一摊红色面酱。南南踮着脚拿来餐巾纸,试图为宁宁揩拭:我们要支持她……被沛宁当即喝断。他想得出来,这些肯定都是南雁平时训练南南时说的话。南雁显然给过南南足够的准备,除了洗脑,还教会她熟练使用微波炉、小烤箱——热比萨,烤热狗,弄沙拉汉堡,还能煎荷包蛋,煎培根,做简单的三明治,烤吐司,然后按需要涂果酱花生酱或奶油,冲麦片更不在话下,并能帮宁宁煮他喜爱的番茄酱意大利面,还懂得在上面撒奶酪和胡椒粉。这一切大大出乎沛宁的意料。

在南雁离家的那个傍晚,沛宁手忙脚乱地帮宁宁洗完澡,湿着一双手出来,正要帮宁宁穿衣裳,一眼看到南南戴上那只印着葵花和蓝格的小号厨用手套,站到矮凳上,吃力地去厨台上方的小烤箱里翻动正在烤着的大蒜面包。他再也无法忍受,立刻拨通了远在南宁的母亲的电话。

一接到沛宁的电话,退休多年的母亲赶紧将一辈子衣来伸手饭来张口的老伴安顿给请来的保姆。当她赶往广州申办签证时,连来美国的行李都已带在身边。签证一到手,母亲就经由香港,再转停旧金山,马不停蹄地一路飞来尤金救急,帮沛宁顶过了南雁离家出走后最艰难的大半年。母亲帮着安定下两个孩子的情绪,并让这个没有了女主人的家庭在短暂的休克后又得以循环起来。最难得的是母亲从来没有当沛宁的面，数落过南雁的不是。

　　沛宁曾经想，也许因为南雁是母亲学生时代亲密女友的女儿。在这个冬天落下第一场雪的夜里，沛宁半夜里起身去厨房里喝杯热水，撞到穿着浅色绒布睡衣、靠在起居间沙发上静坐的母亲。母亲轻拍沙发，示意他坐下，好一会儿才有些感伤地说：我应该想得到的，你黄阿姨年轻时就是个非常硬颈的女子，所以她年纪轻轻会选南雁的爸爸。唉，只是在国内，我们这一代人，不说也罢了，心比天高，也不过了了，她一辈子不也没飞起来呀。你看，到了她女儿，到了美国，就大不一样了，飞起来了。老实讲，我的心情好复杂。现在弄成这个局面，我跟黄阿姨都不知该怎样说话了。不管怎么讲，我们不要怪她们。再讲，你看南雁给你生了两个多好的孩子啊。沛宁的眼睛有些湿了，他背过脸去，没接母亲的话。

　　母亲又说：唉，我那时只看到王镭的强势，哪里想到南雁这么老实个妹仔也会有今天⋯⋯沛宁试图打断母亲的话，母亲摆摆手，接着说：我真有点后悔那时管得太多了。其实我的经验在你们的时代怕真是派不上用场的。将来，你得自己把握了。

　　说着，母亲拍拍沛宁。沛宁的父母是读医学院时的同学。沛宁的父亲后来成为广西数一数二的胸外科大夫，多年来一进手术室，常常一站就是一天。沛宁的母亲在大学里成绩比父亲好，毕业后曾在自治区人民医院当五官外科大夫。生下孩子后，她就要求调到护士学校教基础课去了。

　　沛宁沉默着。母亲又说：这些日子，我总在想这事情的前前后后。你不要以为妈是老派人。我并不是说，在一个家里，女人就该要支持男人。我觉得要看才华，谁才华高谁上。我在大学的时候，是啊，考试成绩总是比你爸好，但要讲到做医生，外科医生，你爸那是天生的。那双手做活之灵活细致，任你是谁也没法培养的，那是老天给的。我是心甘情愿退下来的啊。他们总是讲，你一个医学院的高才生，最后在中专里教一辈子基础课，真可惜。我不觉得。谁叫我喜欢有才华的人呢？成个家，两个人就要有取舍了，要不日子怎么过？成个家干什么？所以我那时不是不喜欢王镭那妹仔，但我觉得你们成绩太接近，牺牲哪个都很可惜。唉⋯⋯现在讲什么都晚了。看在两个小孩子的分上，你还是争取跟南雁在一起过下去的好。你看要不要跑趟旧金山，跟她再好好当面谈谈？

沛宁还是不响，待母亲的情绪平息下去，才扶她回房继续休息。再返出来时，茶几上的那杯先前盛出的热水已经凉了。沛宁犹豫了一下，将那杯凉水一饮而尽，立马打了几个寒战，却好像某种悬念得到了解析，心反倒踏实下来。

此刻，六岁的宁宁和奶奶在自己小房间里无声无息。宁宁的房门上贴着一尾蓝色斑纹的热带海水鱼，几条水草，一串气泡。这是个酷爱水生物的男孩。将来去学海洋生物学吧，南雁常常搂着宁宁说。宁宁长得像她，连对海的爱，大概都一样，南雁说。

沛宁的母亲过了新年就要回国了。母亲在他很小的时候，就总是对他说，你将来不管多大年纪，走得多远，都要记住，妈永远在这里支持你。这是一个最典型的中国老派的传统女人，丈夫孩子，甚至是孙辈，永远放在自己生活中的第一位。

沛宁的手拧着宁宁房间的门把，看到门上在暗光里依稀可辨的海浪，又松开了。他轻轻地退出一步，心里想，他要在母亲登上归程前，给她老人家鞠一躬。

孩子们等了一个晚上，盼着新雪，却还是没有在睡前等到。他们盼望可以在圣诞节的早晨在前院堆一个大雪人。南南甚至翻出了那条南雁往年节日期间最爱戴的红绿黄格相间的长围巾，抓在手里跑进跑出。宁宁也让奶奶找出自己那顶深红的滑雪绒帽。他们还准备了做雪人鼻子用的胡萝卜，做眼睛的黑巧克力饼干——这些都是南雁的主意，那深棕黑的圆形巧克力夹心饼干上繁密精巧的凸纹，会让雪人的眼睛看去立体逼真。孩子们最后被奶奶拖去睡觉前的频频回头，简直就像在问，他们母亲的圣诞礼物，怎么没在这节日前到达？

厅里钢琴边的那棵圣诞树被南南调到了定光状态。疏淡的彩光让厅里偌大的空间显出暖色，让沛宁想起南雁跟他们在这里一起度过的那些温馨的圣诞时光。只是，正式餐厅里那张长形餐桌上，如今堆满了孩子们的书本文具——这是南雁不会允许的。为了那些桌上床头零散堆放的杂物书刊，地上不及归位的玩具衣裳鞋袜，这个房子里，曾常常突如其来地响起女主人尖尖的叫声，几句英文，几句中文，有时几乎是歇斯底里。

沛宁走过去，就着雪地映进的清光，在零乱的杂物上摸着。摊开的笔盒，卡片，书本，芭比娃娃，变形金刚，胶擦，小小的发夹，细碎的彩色粘贴片……它们此刻让沛宁觉得实在而温暖。这凌乱的餐桌对我们的生活毫无损害啊——沛宁想。他不要收拾它们，他就愿意，甚至还特别庆幸自己在这个时刻能贴切地感觉到它们活生生的呈现，一如孩子们生猛的呼吸。而这些，南雁在家时，他怎么都错过了？

这个平安夜里，十来家平日里常走动的中国家庭的餐聚，是在沛宁生物系里的中国同事王芳家里吃的。一如既往，来了老少三四十口人，大家海阔天空，吃喝聊唱。按惯例，迎新年的派对则该在沛宁家里举行。可这家的主妇出走了。半年多来，这一直是这个大学城里不小的新闻。人们想不明白，闹出这档子事的，怎么会是南雁那样一个寡言少语、行色匆匆的温良女子？何况还是两个幼儿的母亲。而且沛宁做得那么好，终身教授马上就该到手，这是哪儿对哪儿呢？当然，大家不过也就议论几句，又寻不到沛宁或南雁的花边逸事，除了叹出"清官难断家务事"这样老套的句子，就觉得南雁大概是心理上或精神上出了毛病。又各自联想一下自家的情境，心有戚戚焉，除自求多福之外，哪有能力和兴致深究下去。

沛宁靠着餐桌四下环顾，心里竟有些庆幸今年他们终于可以卸下众人的期望。他们不用再像往年那样，圣诞节早晨拆完礼物后，就忙得四脚朝天地清理餐桌、居室、厨房卫生间，好在新年前夜一尘不染地迎接客人——其实谁在乎呢？王芳家里的地毯和沙发间，随处就能抓出一只袜子、一只空酒瓶、盛过比萨的空纸盘、可乐罐，可哪一年的派对不是皆大欢喜？而且，这个世界上没了谁地球又会不转？马上到来的新年聚餐，已改到化学系的欢欢家了。沛宁相信，欢欢照样可以让大家过一个美好热闹的新年之夜。

圣诞树下是一些大小不一的礼物，等着南南和宁宁明早起来打开。它们来自两个孩子的老师同学，街区上的邻里，沛宁系里的同事朋友，家庭医生牙医等等。大大小小的礼物包裹在彩纸里，连孩子们都能感觉得到，他们收到的礼物比往年明显要多。越裔邻居阿娇，今年给每个孩子还送了双份礼物。每一天下学回来，两个孩子都要趴到树下清点。沛宁看他们总是饶有兴趣地翻看那些花花绿绿的包装纸上粘贴的名卡，令他很有些不安。但他很快就发现，他们其实寻看的是哪一份是自己的，看到了，就哇哇地欢叫，然后挪到一边，并不在乎礼物来自谁。这才让沛宁放下心来。毕竟还是孩子，他想，忽然又有些心酸，为他们，也为南雁。

沛宁在感恩节过后不久，就让实验室里的秘书南希给南雁的 Gmail 信箱投了一份两个孩子的 Wish list——这是家里多年来无意间形成的传统：爹地妈咪分别给孩子们送礼物，本意是让孩子们会有更多的惊喜，让拆礼物的圣诞早晨更好玩。那时，哪里想到会有今日，他们会成了分居的父母！沛宁如今想到这细节，"潜意识"三个字突然跳出来。或许那就是南雁的潜意识？看来她一直是拒绝认下那"合二为一"的。果然。

Wish list 上列出的是孩子们想要的圣诞礼物，这便是美国文化讲究实际的一面了。送礼人从单子上列出的受礼人想要的物品中，挑出合自己预算和心意的物品，买好包上送去。既避免了为挑选礼物费时费劲儿，又不致因买错礼物造成浪费并令人失望，真可谓皆大欢喜。单子上，南南列了 Puzzle（智力拼图）、白雪公主造型的芭比娃娃、裙子、头花等等；宁宁的则基本都是跟水有关的：鱼缸、水枪、潜水服、冲浪的小滑板等。南雁很快就给南希回了信。很简单："亲爱的南希：谢谢！收到了！祝你和家人圣诞快乐！南雁。"沛宁自收到南希转发来的南雁的回复后，每日回到家中，第一件事就是开信箱，看有无到邮局领取包裹的通知。一天天过去，都是无，无，无。直到上周末，他再也忍不住，拨通了南雁在深圳的姐姐南鹭家中的电话。

接电话的是南雁的姐夫宏声。宏声是南鹭的大学同学，如今是统计局里的高级会计师，除了上班，深居简出，有空就摆弄他的上百个大大小小的盆景。南鹭如今是发展银行的副行长了，如她母亲期待的那样，果真出落成货真价实的女强人。南鹭和宏声育有一子海鸣。海鸣很小就被送到英国上寄宿中学，如今在牛津读金融。

沛宁上次见到南鹭，是三年前回广州母校讲学的途中。他在夜里来到南鹭在南山近海的家中。那是一套阔大的高层顶楼的复式房，南鹭将它装修得非常欧化。他们坐在屋外的空中花园里，由宏声的盆景环绕着，在朦胧的灯影里喝茶吃点心。南鹭指着远处的海面，说那些有灯火的远处，就是香港。又说将来会有一条去向香港的跨海大桥，将建在那里。沛宁不停地听到"海"，想起之前南鹭还指着远处海边说：那边就是红树林，跟北海银滩外的那片很像。沛宁像小时候那样，在南鹭的面前总是无法放松下来。只是他觉得，南鹭的生活道路倒是顺理成章的，而本来一直温良的南雁到了中年，竟也突然要去活出女强人的样式了，跟南鹭倒有了殊途同归的意思。

宏声告诉沛宁，南鹭不在家，也不知何时归来。他先是让沛宁打去南鹭的办公室，说找不到南鹭的话，可让秘书给留个话。但一听沛宁讲是为了南雁的事，马上又说：那就打手机吧。宏声将南鹭的手机号码报出，跟沛宁早前记下的无异。宏声最后说：我先给她发个短信，让她知道是你。呵呵，说来你可能不信，她那手机，连我一个星期也打不通几次呢。

也许是宏声的短信起了作用，沛宁很快就打通了南鹭的手机。寒暄之后，沛宁告诉南鹭，南雁平时不跟孩子们联系，已经说不过去了。可圣诞节就要到了，何况这是她离开后的第一个圣诞节，还是该给孩子们寄个礼物吧！

南鹭在电话那头安静地听他说完，然后说：你说的不是我妹。我晓得，也相信她绝不会这样对待孩子。南鹭的声音是很女性的，清亮徐缓，但语气却很果断，一派不容人讨价还价的派头。未等沛宁作声，南鹭又在那头说：你应该担心的不是我妹她如何对孩子，是你该如何对她。她是个小女人，如今这样走出去，更需要你的关心和支持。这个关心不是给她吃，给她穿，给她钱。哎呀，好了，这些话，跟你们男人讲不通。她说到这儿就停住了，沛宁听到噼里啪啦一阵敲击键盘的声音，接着好像是两部电话同时在响。沛宁心下黯然，就将电话匆匆挂了。

沛宁等到今晚天黑前，南雁给孩子们的礼物仍未抵达。明天是圣诞节，邮局、UPS等都不工作了，沛宁就更不敢在孩子面前提起妈咪的礼物。那单子上南南和宁宁想要的，都是微不足道的小玩意儿，花不了几个钱。沛宁到昨天夜里，终于有空在书房开始包装几件下班路上从沃尔玛急忙为孩子们抓来的玩具文具。拉开文件柜，看到里面摆放得整整齐齐的剪刀、裁纸刀、彩纸、胶水胶带纸小礼品卡、花球花带，一下就愣住了。这原来都是南雁的天地啊，她在过去那么多年的圣诞节里，为她的孩子们，为沛宁，为他们的友人同事，总是不停地在这间小屋里忙碌，给大家准备一份份大小不一的惊喜。

可是今年，今天，沛宁肯定知道：南雁不会有礼物来了。更糟的是，今天傍晚，当他们从王芳家的派对上捧着朋友们给南南和宁宁送的最后一批大大小小的礼物回来，两个孩子一进门就狂奔到树下。将它们归好位后，南南忽然就从松树下伸出头来，说：还是没有妈咪的礼物呢！妈咪！宁宁也跟着叫了起来。爹地，我们给妈咪打电话啊！南南先叫起来，宁宁呼应着。他们的奶奶赶紧将他们从树下哄出来，一边温和地说：会有的，会有的，明天一早，你们就可以看见了！噢耶！Surprise（惊喜）！两个孩子同时尖叫起来。当他们再一次肯定等不到雪了，才随了奶奶回房睡去。

沛宁现在意识到，他该以南雁的名义给孩子们各包一件礼物，或许就将自己买给他们的东西分一分，各包成两份。可在这个雪夜里，他太累了。明天起早些再做吧。都是为了孩子们——正如母亲劝他争取和南雁修好时说的那样。

可沛宁知道，南雁最不要吃的就是这一套。每一次争议中，当他向她提出"看在孩子的分上"时，南雁的表情便很是不屑：你就是你，如果你都没有活出来，孩子又有什么份呢？她在这种时刻还会露出美国腔：使命。每个人来到这世上，都有自己的使命，你要去发现它，完成它。要不然，一代又一代都长成孔雀又怎么样？也就嘎嘎嘎地满地开屏自我陶醉，到底还是飞不起来。沛宁在这个夜里想到，母亲真是对的。南雁的名字是她母亲给起的，高飞远走，怕真是两代母女的梦想呢。

沛宁走进厨房倒了一杯热水。在夜光里，厨房通亮。水池上方窗台上的花草，因不及细细修剪，蔓长起来，散乱爬开，倒显出生机盎然。他坐到圆形的早餐台边，手碰上去，感到那台面些许的油腻。母亲不是那么讲究的人，而且年纪也大了，每日能将两个精力无穷的孩子喂饱洗净，已筋疲力尽，不能要求太高了。母亲走后，沛宁将请在电机系读博的老夏的陪读太太帮忙接孩子，做晚饭，顺便做些基本的清洁，但愿夏太太能够将这些活儿做起来。

沛宁喝了一口水，将杯子放下，起身转回卧室。真是非常遗憾啊，沛宁想。南雁是在曙光已经出现的时刻崩溃的——沛宁的终身教授资格在圣诞节前通过了。而且，他和他的学校都在等待着新年后很可能将要到来的更大的喜讯——他已入围终评的美国国家青年学者奖的宣布。这是他得到的美好的圣诞礼物——祝贺你！校长在节前的餐会上，握着他的手说，然后他们将杯中的红酒一饮而尽。每一个经历过这个数年艰难长旅的人，都知道这意味着什么。而沛宁是提前得到这个资格的。如果他没有更大的学术理想，就可以在这个大学里一直做到退休了。

当然，沛宁的理想是到一流的大学里去，像王镭那样——他跟王镭总是这样的模式，他总是走得慢一点，难一点，但他最终是不会输给她的。这让沛宁每每念及，深感激励。当然，那条路是更漫长的，将需要在研究上投入更多的时间和精力，在国际顶级学术刊物上发表更有影响力的论文，取得更有意义的研究成果。这是沛宁追求的目标。或许他也只剩这个目标了。

如果这是不可折中的道路，看来南雁终归是要走的，虽然这是始料未及的事情。在这个平安夜里，沛宁看清了这样一个因果。

二

沛宁在拿到哥伦比亚大学生物化学及分子物理学系所发入学通知书的那个寒假，第一次见到南雁。

沛宁当时已拿到分子生物学的硕士学位，将前往哥大攻读博士学位。他研究生毕业后留在母校中山大学教书，春季课程已经排满。沛宁给为他提供全额奖学金的导师沃纳·米勒博士写了一封信，说明自己下学期的工作已有安排，请求更换成夏季入学的 I-20 表格。米勒教授回信说，他跟系里和研究生院都打了招呼，完全没问题。新的 I-20 表会很快寄发，请他耐心等待。

沛宁在春节期间回南宁看望父母。那时，他刚刚和王镭分手。虽说分手是他提出来的，可当他看到王镭咬着嘴唇，直憋到脸发青也未发一言，心情一下跌到低谷，甚至开始怀疑自己的决定。王镭是沛宁在南宁三中的高中同学。

王镭的母亲大学毕业后就嫁给了自己的大学老师。夫妻俩在五十年代末双双从上海支边来到广西，在广西大学教书。他们结婚多年后才生下独生女儿王镭，对她寄予的期望是未来成为居里夫人那样的大科学家，连名字都是如此直奔主题。王镭是个好女儿，一路都不曾辜负父母的厚望，真是那种栽到哪儿就在哪儿开花的女孩子，成绩永远在她念读的班级里名列前茅。末了，竟成为沛宁他们高中毕业那年的广西高考理科状元。

那真是放了一颗大卫星啊——三中上下一片惊呼。在以往的模拟考试中，沛宁和王镭几乎都是稳居第一第二名，而且总分的差距总在十分以内。老师们都说，这十分之差，甚至都不具统计意义，两人绝对是势均力敌。不过沛宁总以压倒性的气势站在第一的位置，到王镭偶尔蹿上去，老师们竟又会对沛宁说，好马也有失蹄时嘛。学校上下都觉得，代表三中去跟它的劲敌南宁二中和柳州高中竞夺广西高考理科状元的，非沛宁莫属。可那年的高考，化学卷里最后一道二十分的实验题，竟涉及物理化学原理，大大超出了高考复习大纲的内容。面对试卷上那一溜新奇的实验设置，高三尖子沛宁的功夫再深，也一筹莫展，只能完成最初的计算步骤，却推导不出实验的结果。这一年，考生们的化学成绩都很低。王镭却完美地做出了这道题目——大家震惊之后才想起，她的父母都在广西大学化学系教书。再一了解，她母亲教的正是物理化学。大家回过神来，说：这真是不得不服了，人家王镭从小跟着母亲在实验室里泡大，到底就是不一样。这道题让王镭以十几分之差，将沛宁远远落下还不算，还将她自己一下送到了广西高考理科状元的位置上。

广西已多年没出过高考理科女状元了,一时间,电台、报纸、电视上,都可看到五官细巧、瘦瘦高高的王镭到处在接受采访。她虽然表情羞涩紧张,但语速极快,说到跟课业有关的话题,回答非常聪敏自信。这让沛宁有一种感觉,她原来是一只捷足先登的乌龟。沛宁所受到的刺激,还不仅是让王镭出其不意地落出了十几分,而是这十几分之差,将他一下从广西的高考图谱里挤到了远离王镭的位置上。

沛宁没想到的是,报志愿的前夕,王镭寻到他家中。沛宁和王镭在三中住校时,不时会在周末离校回家的傍晚,一起走去南湖边上的公交车站。彼此聊的都是各科目的话题,却从不曾想过要专门去对方的家里。王镭的出现,让沛宁非常意外。

王镭在酷暑的午后站在沛宁家客厅里急速转动的吊扇下,不停地拨开粘到脖子上的发梢擦着汗,接过沛宁递上的冰凉茶也不喝,喘着气说:中国科大来招生的人已经到她家家访过了。她和父母都同意第一志愿报科大分子生物学专业——生命科学这类专业非常有意思,也非常有前途,有太多的事情可以做呢。见沛宁不响,王镭又焦急地说:你也去吧!他们这个专业,在广西有四个名额呢。沛宁自去年听了当时正在填报考志愿的上一级学长们介绍过后,一直就想去那里,也觉得自己毫无疑问能去那里。可是,中国科大的招生人员,第一批都不曾约谈他,令他非常失望,甚至想到"世态炎凉"这样的词了。

沛宁没有答应王镭同去科大。王镭离开时,几乎哭出来。送她出去时,在楼梯转角处,王镭忽然停下步,说:我不能想象,前头没有你在跑的情景。沛宁苦笑了一下,没回应。王镭侧脸从楼梯间那扇积满了灰尘的小窗往外看去,很轻地说:那心里肯定会很空。那是近下班时分,街市里的喧嚣被放得更大,传进来,在闷热的楼道里,高中毕业的他们一前一后地下着楼。王镭的话让沛宁这些天因失意而黯淡的心情有了几分晴色。他腼腆地笑笑,说:哪会呢?王镭就拉了一下他的手,见他没反应,她很快就松开了。沛宁没再说话,只是一直看着王镭远去的背影。

很多年后,沛宁还依稀记得王镭骑着自行车拐出五眼果树蔽日遮天的新民路上的那回头一瞥。那是一个纯白色的细长身影。后来沛宁想，王镭其实是从那一刻开始，与他渐行渐远。沛宁回身再一次走进晦暗的过道间，流下了一个少年在人生遭遇到第一个重挫后的泪。他忽然觉得，对他也是一样的，没有了王镭在身后紧逼的压力，他将来的日子，怕也是无着落的。

那些天里，沛宁参加了好些名校在三中举行的跟应届毕业生的见面会。沛宁在科大招生老师找过他们谈话后——那是一个人数很少的小型见面会，他在会场见到王镭安静地在对面看着自己——决定一试。

沛宁没有成功。科大是宣传攻势最猛的学校之一，尖子们几乎都被感动了。沛宁的档案被科大抛出局的时间很晚，大概经过了长时间的犹豫，因为南宁三中的推荐亦很强势。他们的校长专门去强调，沛宁在过往所有的模拟考试中，成绩十有八九都在王镭之上。可他最终还是被科大抛了出来。这时，同档次的学校，如北大清华等，已经抓到了他们各自的人选，沛宁一下就落到了他所填的重点大学栏里的第五志愿中山大学。

王镭到科大的第一周，就给沛宁写来了信。她告诉沛宁，一来到科大，碰到的都是全国各地第一流的脑袋。在第一轮入学分班的摸底测试中，她掉到了中下游，自信心大受打击。山外青山楼外楼，多少高手在前头——王镭在信中叹着。想到王镭那样一个聪明绝顶的女孩，从来都不肯认输的，到了科大，第一封信就如此灰暗，沛宁很是难过。这里该是你来的——王镭在信末加了这么一句。沛宁知道是加的，因为全篇都是钢笔字，就这一句是圆珠笔。当然，也可能是她在强调。沛宁那时在中大却是意气风发，他是系里当届最高分的新生，在学校的理工科新生中，也名列前茅。系学生会立刻给他留出了学习部长的位置。

沛宁很快就给王镭回了信，安慰她说：你才是我前进的动力。你如果觉得那是我该去的地方，那么，我是你手下败将，你就该知道自己有多大的潜力啊。那么，你不可以放下我——王镭回信这么说。有你在前面，我活得才有动力，她再一次说出这个意思。很多年后，王镭告诉过沛宁，她在科大最初的日子里，真是靠沛宁的鼓励撑下来的。沛宁不怀疑王镭的话。她是那么好强又刻苦的女孩子，在青春蜕变时期遇到外部巨大的压力时，需要的只是有人撑她一把，更别说是她心下佩服的男孩子。沛宁后来则想，他当年其实是很享受写下"安徽合肥中国科技大学"这些字的。它们让他不敢懈怠。作为一个初长成的男人，他知道自己不能回避失败。

沛宁和王镭就这样写了多年的信，平均一周一封。无非都是各自的学习生活、所读的书、所修的课业之类。他们从不曾说到"爱""感情"。但在他们各自的宿舍里，大家都认定他们是恋人。王镭的信封上，落款常是"心墟公社罗赖大队"，沛宁同屋里的男生们就更要笑了，说这可不就是不打自招了吗？心墟，心灵热闹的地方，都藏的是谁啊？只有沛宁知道。那是当年广西大学子弟在南宁西郊的插队点。王镭在信中说过，她很小就听着这个地名，看着邻里的大哥哥大姐姐们一长大就去向那里，印象太深刻，一直就以为那是自己未来的出路。

很多年后，沛宁和王镭各自向人提到自己的初恋，都会提到对方。其实他们在寒暑假里回到南宁，见了面，话反倒是少了。偶尔约了一起去看电影，到南湖公园里划船，也都是跟三中的老同学们结伴而行。他们可以写那么多的信，可是见面时，却不敢直视对方的眼睛。他们约好大学毕业后一起到美国深造，心里都暗暗觉得，那就是一个承诺。那么，我们就一起去心墟了？沛宁俏皮地问。王镭笑笑说：还得一起到罗赖大队才行啊。那时候他们各自学校里高年级同学去美国的很多，好些大学时代的恋人，却因为那云高海阔的分离，一对对散伙。也许那也是他们不敢轻易挑明关系的原因。彼此心中都暗想，若一起去了美国，便才真可能一生一世。

沛宁大学毕业后直接就在中大念硕士。中国科大是五年制，王镭比他晚一年本科毕业。王镭临近大学毕业时，沛宁就开始感到了威胁。王镭来信说：她已主动要求分到中国科学院广州分院。沛宁心下明白，她是为他而来。但王镭人还未到，信就一封接一封地来了。她说自己已感到生物钟的压力，希望他放弃攻读在学的硕士学位，一起准备去美国。沛宁回信问，如果不呢？王镭说：你必须，不然就算了。"算了"是什么意思呢？很模糊，又很清晰。两个人的关系，一下就给推到了这个台阶。

在大家的眼里，王镭样样都是更强的，他该听她的，不是吗？他们三中在科大其他年级的校友也说过的，王镭到了三年级第二个学期后，又爬回了巅峰状态，在科大里抖得不行。那里女生本来就少，生得王镭这样细致好看的，就更难找了，追她的男生是排着队呢，她放在食堂碗柜里的碗，三天两头都有男生扔的邀她约会的纸条。大家讲完，又说：唉，王镭要下嫁广州了。沛宁一听，当然就更不能让了。

其实读不读完这硕士，在后来的人生里回头看，确实是无所谓的——如果他更懂事一点，他当时就该这么想。但沛宁那时回答王镭的话却是：这样看来，你是寸土不让了。在将来的前程里，也是你死我活的？人世间还有过居里夫妇呢，王镭回信说。可是，她哪里是旧欧洲的夫人？她样样都要争先，样样都要第一。就是一起下一盘棋，她输了就得拉着人死活磨到复盘。

王镭果然很快就拿到了普林斯顿大学生物系的录取通知，要去跟那个世界知名的大生物学家鲍恩念博士了。沛宁到了这时，忽然下决心顶风而上了，坚决不肯退让。后来他才想明白，他那决绝里该有很大的嫉妒成分。王镭在沛宁明确表示了自己的选择后，专程从合肥赶来广州看沛宁，试图当面说服他退学，随她去美国。是的，美国。单刀直入——她再也不提"心墟"这两个字了。

沛宁和王镭在爱群大厦顶层的旋转餐厅里喝了晚茶。这边是七彩的珠江，那边是繁星落坠峡谷般的街市。你有大把的前程，你真是那种要一路走，一直走到顶峰的女孩子，就是到了普林斯顿，你也不会逊色的，沛宁真诚地说。我考虑了好久，还是不去了，至少现在不能去，沛宁又说。王镭铁青着脸，说：我也没有退路了。沛宁说：那么，我在这里祝福你了。王镭说：也好，那么，我们江湖上见。沛宁正举起酒杯，听到这句，停在那里，想不清她怎么会说这样奇怪的话。王镭也举起酒杯：让我们Head to head，fight to dead（头顶头，斗到死）！她仰头而饮，一杯酒全下去了。沛宁呆看着，想，她忽然长成个大姑娘了！心下一酸。也许，在很长时间里，她就真的将他放在那个跟自己竞争的假想对手的位置上呢。

沛宁笑笑说：我早就认输了！等你到斯德哥尔摩领奖的时候，如果可能，请我去观礼吧。王镭侧过身子，和他拥抱在一起——他们是各自心中多年来认下的、家人同学们眼中的"对象",可这却是他们最亲密的一次拥抱。是"斯德哥尔摩"打动了她,沛宁走神想。王镭的下巴顶到他的肩上,很轻地说:谢谢你这些年的信。你可能都不相信,很久很久,我就靠它们支持着。沛宁听明白了,"很久很久",曾经。他们中学时代开始的漫长吃力的彼此角逐,终于完结。解脱了。他在那一刻想到,他们彼此脱钩,就是彼此成就。

如今王镭已是布朗大学的终身教授。她跟一个美国同学有过短暂婚姻,后又回归单身。王镭所领导的研究团队名声在外,研究成果在顶尖杂志《自然》《科学》《细胞》上全面开花,在基因修复研究领域里成果骄人。她还是美国青年科学家及青年工程师总统奖获奖者——得此殊荣,令她一跃而成学界新星。

沛宁偶尔会在这里那里的学术会议中碰到王镭。她还是一头极短的头发,如今会用摩丝刷得一丝不乱,露出光洁的额头。不用化妆,那一脸的自信总是牢牢抓住人们的注意力,令人几乎会忘了去端详她的五官长相——当然,她如今戴眼镜了,小小的,无框的,盖不全她那一双警醒的大眼,任她那犀利的目光,在镜片挤迫的空间下,溢出晃人的光。她总是一套深色的笔挺正装,果然很有大科学家的派头了。他们在道别时总是安静地一拥,然后相忘于江湖。

沛宁的父母当年还是很喜欢作为广西状元的王镭,虽然他们看到《南宁晚报》上王镭的照片,心中也为沛宁遗憾:那个状元的位置,原来都公认是留给沛宁的啊。他们看着自己儿子一路的辛勤,知道要登到那位置有多难,对王镭便生出许多的好感和羡慕。可他们面对出现在他们家中的那个王镭时,却又感觉喜欢不起来。王镭在他们面前是怯的,可他们都能觉到这怯里,有一种横下一条心的倔强。到了大四的时候,当沛宁的母亲知道他和王镭这些年一直都在密切通信时,便对沛宁说:这个妹仔不是不好,但可能不适合你。将来你要在事业上往前冲的话,恐怕会有问题的。沛宁立刻打断母亲。他哪里听得进母亲的这些话,对他而言,"将来"太大太远,而且世上还有过居里夫妇呢。到了这时,假期里王镭偶然再到家里来,沛宁母亲的表情就淡了,让王镭更显出怯。后来沛宁甚至想,他们那样不了了之,在王镭,肯定也会有解脱的快意。

母亲对沛宁跟王镭决定各奔前程的决定,肯定是欢喜的。在得知沛宁拿到美国学校的录取通知后，母亲很快就联系上了她当年医学院的同学黄阿姨，也就是南雁的母亲。后来母亲告诉他，黄阿姨很早就问过的，说跟老同学攀个亲家吧，要将自己的小女儿南雁介绍给沛宁。

沛宁对黄阿姨是有点印象的。小时候家里若有了咸鱼或干晒墨鱼鱿鱼的味儿，沛宁就知道，那多半是母亲在北海的好友、老同学黄阿姨给捎来的。早年黄阿姨到南宁出差，常会到家里来坐坐，跟沛宁母亲唏唏嗦嗦聊个没完，有时还留下来吃顿便饭。沛宁见过黄阿姨的大女儿，也就是南雁的姐姐南鹭。印象里，那是个洋娃娃似的漂亮妹子，由她母亲牵着出现，一路都会引得有人驻足，要逗那个画上走下来似的小妹仔说几句。沛宁对南鹭是隔阂的，那个女孩子比他大三四岁，本来是可以玩在一起的，可南鹭小小年纪就带股傲气，跟着母亲来家，却总是一言不发。印象里，她的两颗瞳仁特别大，转到左边，又右边，眼睛一闭一张中，射出居高临下的冷光。母亲那时说：黄阿姨家里的小妹南雁倒是很甜的。沛宁就说：噢，又是鹭又是雁的，全是能飞的呢。母亲就一叹，说：唉，那就是你黄阿姨的心气啊。

母亲觉得，南雁生得好看，又知根知底，可之前一直碍着沛宁有个那么要好的同学王镭，不好开口，这回一下就接上了。母亲对沛宁说：南雁那妹仔呢，虽说只念了个药学专业的大专，学历当然不好比王镭的，但不那么有野心。你是一个要干事业的男人，这样的女孩子就很理想。沛宁听得皱起眉头，想到那个冷美人南鹭的妹妹，怕是比王镭更硬，就不说话。母亲赶紧说：当然当然，终归还是要你自己喜欢，我们只是介绍个机会，见个面也无妨的，对吧？沛宁不喜欢母亲这样的口吻，只是那时，他周末偶尔得闲，拿起笔来，忽然意识到其实再不用写信了，心就像给戳出了一个洞，倒说不出有多痛，却像旧时家里那扇门帘，只要在起风的天里，就可以听到呼呼的风声被那些破洞放大，发出骇人的声响。这种时候，母亲的建议，竟让他觉到温暖。

很快，南雁随她母亲从北海坐了七个多小时的汽车来到南宁——北海不通火车，那时南宁到北海的高速公路更是没影儿，从北海进出一趟相当辛苦。本来母亲跟黄阿姨电话里说好的是，等过了年，沛宁就随母亲去趟北海，可黄阿姨母女俩说来就来了。

南雁的母亲那时仍很漂亮，穿着宝蓝色的薄呢短大衣，一头新烫染过的短发梳理得纹丝不乱。下身是黑色的毛料裤子，坐了一天的车，那双黑皮鞋看着仍是锃亮的。沛宁就确信了母亲说的，黄阿姨当年是校花。沛宁一直都是用功读书的尖子，多年来，过往密切的又是王镭那样的女孩子，他对女孩子的注意力，总是有点走虚的。王镭忽然空出了个位置，沛宁的目光，接着就落下来了，用母亲的话说，是"脚踏实地"了。

母亲说，黄阿姨年轻时不仅人生得出众，还能歌善舞，琴棋书画样样来得，心气高得很。可惜出身不好，家里是桂东的大地主，曾任国民党浙江省主席的黄绍竑便是族里的伯父。在黄氏宗族里，孩子们上学都由族里供学费。黄阿姨和姐姐们则由家里送到广州去念的中学。母亲又说：她后来碰到黄阿姨的同乡，都说那时只要一到夏天，黄阿姨和她的姐姐们就会从广州回到家里过暑假。那黄家几姐妹走在县城的街上，简直是要轰动的。她们都穿那种小碎花的洋绸装，果绿粉红鹅黄，宽宽的裤腿，飘逸得很，那是广州城里的时尚。黄家的小姐们总是并排走的，手里拎着黄的枇杷、红的荔枝、象牙白的蒲葵扇子，木屐敲在灰青的小巷石板上，说说笑笑，让人看得发呆。那黄家的三小姐就是后来成了沛宁岳母的黄阿姨。

新中国成立前夕，黄阿姨的大姐就嫁到了香港。广西土改时，黄家的田产被分就不说了，黄阿姨的父亲还被作为大地主给枪毙了。黄阿姨的母亲当时正在广州，一听到风声，就趁乱出逃到香港投奔了大女儿。留下的二小姐三小姐从广州遣回家乡。二小姐很快就嫁给了新中国成立前在岭南大学念书时的同学，去了桂林。而三小姐黄阿姨，则低调地进入医学院，信的是老祖宗的话：不为良相，便为良医。

黄阿姨在医学院是活跃又积极的，人又生得那么漂亮，但因家庭背景太黑，入团入党都不顺利，总是说她对家庭的批判不够彻底。追黄阿姨的男生很多，但她的门槛抬得太高，直到大学四年级时，才跟一个高班的梧州男生定了关系，还跟着那男生回过一趟梧州。到了毕业实习时，忽然经由实习医院的人介绍，认识了后来成了她丈夫的比她年长很多的一个南下干部，立即就跟那个梧州男生分手，一毕业就嫁到北海。

按母亲的说法，大家对黄阿姨这种选择是有很多议论的，可母亲能理解黄阿姨。土改父亲被枪毙时，黄阿姨不过十六七岁，母亲逃难，姐姐们自身难保，自己前途渺茫，念医学院期间的生活费，还是靠已经工作的表哥接济的。黄阿姨跟男友去了趟梧州后，发现其实那家里解放前也是工厂主。回来就跟沛宁的母亲哭过，想如此的黑对黑，这辈子哪里有个完呢。后来遇到了南雁的父亲，黄阿姨就做了跟定潮流的选择。沛宁听着，拧了眉说：听起来很势利嘛。母亲立刻拉下了脸，说：你没生活在那个时代，你懂什么！

黄阿姨婚后生养了南鹭南雁两个女孩儿。南雁的父亲虽是老干部，也是老思想，一直就想生个男孩，可黄阿姨死活不肯再生养，自己去做了节育手术。夫妻俩为了这事吵了很多年。母亲说到这儿，又加一句，你黄阿姨是硬颈，南鹭很像她。没等沛宁说话，母亲马上讲，当然南雁跟她妈她姐完全不同。也是，家里弄了两个女强人压在上头，可不就是物极必反啊，小妹反倒比别人家的妹仔温顺呢。

黄阿姨后来一直在北海市不同的医院当领导，最后到了市卫生局当副手，一直算是风顺雨顺。认识沛宁时，南雁的父亲正从市里主管文教卫生的位置上退下来，在市人大任领导。后来沛宁又听说，被黄阿姨抛弃的那个男友，在自治区卫生厅也当了个处长，过得并不差。所以大家又讲：弄了半天，倒是黄校花的一辈子，砸在一个没有共同语言的老头子手里。也没见她放卫星登月球去啊，可不就是瞎折腾吗？

南雁和母亲是在傍晚到来的。南雁穿一件样子很时髦的水蓝色拉链薄短羽绒服，下身是一条紧身的牛仔裤，一双白色的运动鞋，吊在背后的那个帽子毛绒绒的边，衬着她红红白白圆润的脸，看着非常清纯。这对母女在一起非常好看，连衣服的颜色都配得心思细密，又不动声色。沛宁的第一反应是王镭从来不穿这种媚色衣装的，就好奇地多看了南雁一眼。很多年过去，沛宁记住的是南雁那男孩一般的短发，黑得跟墨一般。那短发让他又想到了王镭，就有些呆住。

南雁站在她母亲身边，瞪着一双很大的眼睛，直直地看向他，一点也不怯场，却有些无辜，这点也比王镭好。沛宁忽然意识到，王镭的"场"原来是"咄咄逼人"呢。南雁虽然看着舒展，可又没有那种老江湖的油。她的眼神乍一看是直愣的，但好像没有聚焦。那眼睛真大，有一层雾似的。沛宁后来想明白了，那是因为她老在走神。南雁很爱走神，这在后来的日子里，几乎成了人们眼里压倒她容貌的最大特征。

南雁的个子没有王镭高，站起来，只及沛宁的肩，让他生出怜惜。王镭跟他在一起，从不穿高跟鞋。王镭不穿高跟鞋，也让沛宁下意识地总要挺直腰杆，可不就是个累啊——这也是在他见到南雁时才意识到的。南雁虽不很高，但那身材对一个二十二岁的女孩来说，却很丰满，连腰身都有些丰润，让沛宁觉得很新奇，也有些欢喜起来。

南雁后来笑了，在她母亲向她介绍沛宁的时候。她一笑，好像就回过神来了，眼里的雾立刻散掉，显出沛宁不曾见识过的一份柔，真诚本分。沛宁心里马上晓得，这女孩是他喜欢的。

后来沛宁就和南雁单独出门去了。春节过后的南宁阴雨绵绵，气温虽然不特别低，但那种湿冷直抵骨髓。臃肿的衣裳将两人的形体放大，挤在一把伞下，只能靠得很近。沛宁的心有些酸，他竟不曾跟王镭合打过一把伞。王镭回南宁过春节，总是骑一辆自行车前来。她从家里住的西郊，披着一件自行车用雨衣，一路过来，脸上都是细碎的水珠，裤脚和鞋也总是湿的。然后，他们总是一前一后，又骑了车出去，跟那些从全国各地回来度寒假的同学会合，去舞厅跳跳舞，到大排档吃顿火锅或煲仔饭。眼下王镭已经到了普林斯顿，这个季节的新泽西该是大雪纷飞了吧？他再收不到她的信了，想象不出她如今的生活情形。他竟然都不曾为王镭这样打过伞，意识到这点，沛宁轻轻地揽住了南雁的肩，心里生出疼惜。南雁靠过来，一头浓密的短发触到他的颌下，痒疼痒疼的，令他有点想哭。

南雁那时从广西药科学校毕业已有两年，在药检所的药理分析室当化学分析员。她姐姐南鹭大学毕业在建设银行上了几天班，就应聘去了深圳工作。南雁在北海跟父母住在一起。这真让人窒息，南雁说到这儿，忽然迸出一句，吓沛宁一跳。这种在沛宁听来多少有点文艺腔的话，从南雁这样外表温顺的女孩子口中迸出，听起来特别突兀，一下抓住了他的注意力，让他生出些许好奇。

沛宁问一些她工作上的事情，南雁有点不屑地说：无非就是化验室的那点破事儿，按药典做一些非常规范的操作，一点创造性都没有。沛宁哈地笑出声来，他当然知道那不过就是"实验室那点破事儿"，心想，这样的话，要是王镭说出来，百分之百对的。可南雁不过是个大专生，她们那三年的训练，不就是"那点事儿"吗？他想逗她的，但看南雁的脸因提到"那点破事儿"而拉了下来，两个大眼核一转，飘出了寒雾，看着竟有了几分她姐姐南鹭那种高傲的冷峻，沛宁只得板起脸，跟着点头。

他又问南雁在药专里学过的课程。药理学、无机化学、有机化学、化学分析之类，南雁答。沛宁就问：物理化学你们没学吗？南雁有点茫然，摇摇头，说：没有，都说物化很难的。沛宁就哼了一声，想也没想就说：那要看是谁说。

他们谈这个话题时，两人正坐在中山路小吃街的小店子里稀里哗啦地吃着热腾腾的酸辣老友粉，南雁看上去并不在意沛宁的轻慢，只安静地给他的碗里添着汤水和菜，那表情里竟带着恬然。沛宁心下有些吃惊，想她这自信是哪里来的。这也让他生出愧来，他不愿意说这女孩子是怪的，却真的觉得她是奇。

沛宁和南雁的关系是在新生园吃火锅的那个夜晚定下来的。那时新生园是南宁城里最热闹的冷饮店，夏天一楼卖清补凉、雷公根、王老吉之类，二楼则是卡座，卖冰激凌冷饮，永远是人声鼎沸。到了冬天就经营火锅。沛宁那日带南雁从南湖划船回来，进了新生园。火锅的汤水在气派的纯铜质炭火炉里沸腾，南雁不时起身，用大汤勺不停地在扑哧扑哧作响的汤水里搅动。沛宁看到南雁那双大眼上的长睫毛在下眼睑投下淡淡的暗影，生出想去触觉一下那睫毛末端的冲动。炭火突然噼啪弹出来，四下溅开，南雁就啊地轻叫，身子一缩。再看到沛宁呆看着自己，咬了唇一笑，脸色给那炉里的火映得通红。让沛宁想起前一日去中学班主任徐老师家里，看到的那张王镭寄来的贺年卡。卡上插着王镭的照片。她穿着白毛衣，表情安静地坐在导师家的壁炉前过圣诞。那壁炉的火是如此旺盛，壁炉边上垂着一排大小不一的红袜子。王镭胸前别了一朵圣诞红的花，看上去更沉静了。她抿着唇，似笑非笑，要再仔细看，竟有些忧郁。

这个对比，让沛宁非常感伤，他一把握住南雁拿着大汤勺的那只手的手腕，说：跟我去美国吧。南雁的大眼珠转过来，盯牢他，咬着嘴唇，很快地点着头，不止一下，也不止两三下，像个讨到了糖吃的孩子，让沛宁都要担心，她会在闹哄哄的新生园中高声欢叫。那便是他的求婚了，沛宁后来想。

我是去读博士的，至少要五六年。在美国念个博士要脱几层皮的，特别苦。沛宁放开南雁，一边说，一边扯开椅子，示意她坐下来。南雁放下汤勺，仍站在那里，吐着舌，搓着手说：那有什么关系？你一定要念下来，南雁不假思索地说。停了一下，又说：我可以等，我就喜欢有大志向的人。然后自顾自地笑起来，忽然有些腼腆。

我们可以结婚，然后你办陪读，我们一起到美国去。我们全班同学都去了一半了，沛宁说。所以你也要去？南雁问，眼睛里全是光，沛宁辨不出那是欢喜还是艳羡。

很多年后，南雁告诉沛宁，她对嫁给沛宁是不假思索的。母亲谈到沛宁时说的所谓知根知底，聪明上进，人又生得精神好看，对她而言都不是最重要的。最重要的是沛宁代表了她人生前程中一种极具吸引力的可能性——美国。她那已经去了美国的好友张妮告诉她：在美国，你想是什么，你就可以是什么——只要你肯努力。沛宁听得一愣。他知道王镭的梦是什么，虽然王镭从来不曾明确说过——虽然她科大寝室的照片上显示，她的蚊帐上挂的是爱因斯坦在普林斯顿骑自行车的那张黑白照片，但她的梦想，是成为那个跟她的名字有关的女人——居里夫人，那是她父母播种在王镭心里的种子。只是那时候，沛宁压根儿就不可能知道，南雁的心底也有一颗种子，一颗遇到了合适的土地气候就要疯长的种子。

那么你的梦是什么？沛宁在火锅里捞着牛肉片，目光散着，随口一问。他当时是不介意那个梦的，他喜欢上了这个黄阿姨的小女儿，在她面前，他感觉非常放松。我从小就喜欢涂涂画画，我的一张画，还得过华南三省区少儿绘画比赛的奖呢。南雁说出这话时，沛宁正在嚼牛肉，很多的筋塞住他的牙缝，他不经意地点点头，潦草地应着。在他的中学时代，各级的数学竞赛、物理竞赛、化学竞赛，才是他的奋斗目标，代表着一个个地理区域里的最高智商。"绘画比赛"？他哪里会注意过呢。可这时忽然想起，邻居那个数学老是考不及格的阿菱，她母亲老让她来找他补习的女孩，却画得一手活灵活现的猴子，那年还以一幅水墨"百猴图"，拿了一个在东京举办的国际少年绘画赛的金奖呢，又上报纸又上电视的女孩。想到阿菱那一串串攀藤上树、吃果拈花的可爱小猴们，沛宁不禁扑哧一笑。

南雁正在兴头上，见他这样笑出声来，赶忙认真地问：你笑什么？我是想说，看不出你会画画。南雁说：也不全对。我想，我其实是喜欢设计。时装设计吗？沛宁只知道这个，随口说出，然后将口里那些嚼不烂的牛筋小心吐到餐巾纸里，不动声色地包裹好，压到碟下。包括吧，我也讲不清。张妮给我寄过一些美国的杂志来，在那里，跟我们太不一样了，分得特别细，平面、立体、图像、装置，唉呀，眼花缭乱，我都很喜欢。好看的，美的东西，我都很喜欢，我也觉得自己摆弄这些东西有感觉。我从小还学过车缝的，在美国，这算基本功呢。反正不是摇试管，洗烧杯。

沛宁看着南雁的目光一时清澈，一时迷乱，情绪竟也跟着起起伏伏，觉得她这样漫无边际地东拉西扯的样子很可爱。可是，她连本科也没有考上啊，怕是青云心事高过了她的能力，沛宁想，又由衷地笑起来，像对着一个孩子。他很想去拍拍南雁那几乎可以说是带着稚气的脸，再朝它哈一口气，看那两团红晕会不会变色。

他们的关系进展得毫无悬念。待那火锅吃完，两人从窄小的木楼梯上下来时，南雁的手已经像一团面，牢牢地捏到了沛宁手中。沛宁在骑楼下撑伞时，南雁的手仍搭在他的臂弯，非常黏人。他有些恍惚，问，你这么可爱，追你的男生肯定很多吧？那话说得沛宁自己都觉到有些酸。南雁也没有忸怩，笑笑说：但我的将来不在那里。沛宁觉得他并没有完全听懂南雁这话，但似乎又懂的。他在伞下搂住南雁，轻声问，那你的将来在哪里呢？口气里显出了几分自得。南雁竟咯咯地笑出声来，然后从他的腋下钻出去，握住他的右手，将他的胳膊搭到自己肩上，另一只手则穿过他的后背，轻拥着他的腰，那脚步有些跳跃，像两个中学里要好的女生。这时沛宁听到南雁说：就在这里啊！声音很柔，豆沙汤圆一般的黏。沛宁听得心一热，低侧下脸去蹭南雁的头发。南雁那一头硬直的短发刷到他的面颊上，顺着脊椎，痒到小肚肠里，让他不禁弓了腰，身子打了个激灵。

沛宁那年二十六岁，王镭离去在他心里留出的空，哗的一下，让南雁填满。他喜欢南雁那种有点懵懂的样子。那种混沌就像温泉里乳白的硫化物，让他一跤跌进去，鼻里充满一种难以描述的复合矿物质的香气。他告诉自己要放松，立刻通体舒泰。

沛宁回广州后，就恢复了写信的习惯，每周一封。跟南雁通信很轻松，他不用跟她讨论任何学术问题，更不用为了显摆，特意去翻阅各类学科杂志，然后半生不熟地向她转述，以显示自己的水平。南雁的字倒是写得比王镭好，一看就是小时候花过功夫练字帖的。她在信封上的落款总是"内详"。让沛宁看着，有些神秘的感觉。他从"心墟"走向了"内详"，这个联想让沛宁感觉怪异。隐隐地，他还有些不安。但他不愿深想，也以为不可能想得出个所以然来。直到很多很多年后，沛宁再想起这些陈年往事，才意识到，其实他眼里看到的南雁，真是像极了那些一个个标明着"内详"的信封啊。

很快，南雁提议用英文通信。这当然是因为南雁对学英文生出了热情。沛宁还未答应，南雁的英文信就到了。一页纸的长度，那句式，那语气，一看就是从那种《如何写英文书信》之类的书本上学来的。她不叫沛宁"Honey"，也不叫他"Darling"，竟称他"Dear Mr. Peining"（亲爱的沛宁先生），看得沛宁哭笑不得。沛宁给她回的是中文信。在信中沛宁告诉她，最好是先多读，增加词汇量，留意人家的用法。语言嘛，就是工具，刚开始就要鹦鹉学舌，不要死抠书本句式。南雁未置可否，来信还是英文。沛宁再读，就苦笑了。她那点词汇，那点语法，只能将她本来简单的生活，描得更简单了，简单到让人见到了傻：上班，无聊，厌倦；天热起来，海风是臭的；蛮想你的。想到她竟然会对一个她称为"沛宁先生"的人写下"蛮想你的"这样的不顾语义协调的句子，沛宁回信的兴致低落下来。他就按南雁说的，用红笔将发现的语法或拼写错误圈了，寄回。

这样的往还，到了近夏天时，沛宁发现南雁的信写过一页半了，句式也相对复杂起来。她开始懂得称沛宁为"Sweetheart"了。沛宁笑笑，意识到自己在应付着一个执着的女孩。当然，他不介意女孩子的执着——经过了王镭，她们算不得什么的，沛宁想。

沛宁在夏天到来之前回到南宁，为去美国上学做准备。当然最重要的，是要跟南雁将婚事办了。父亲当时正在日本交流，无法赶回。沛宁便跟母亲一起去了北海。

这是沛宁第一次见到南雁的父亲。如果说黄阿姨看着还是中年人的话，南雁的父亲就真是个老人了。那父亲个子不高，总是穿一件半旧的套头汗衫，五官几乎说不出特色。沛宁见了他几次后，仍觉得他的面貌是模糊的，真的很难想象这老人是如何主持工作的。由此可见黄阿姨的基因就跟她在这个家庭里的地位一样，占压倒性上风：家里的两个孩子，明显都是她的影子。

姐姐南鹭专程从深圳回来了。她那时已是深圳一家大银行里实权在握的工业贷款部主任。隔了那么多年，沛宁再见到南鹭，仍是有些紧张。南鹭仍然是很好看，却比小时候开朗多了。她见到沛宁，笑着说：啊，你长成个靓仔了呀！真没想到，你这么个书虫会成了我妹夫！那口气让人听着竟有点像讥讽，似乎沛宁捡了个什么大便宜。沛宁尴尬地笑笑。南鹭就又说：我妹是我们全家的宝贝，太单纯，你将来可不能欺负她！说着，那精心修过的眉高高挑起。沛宁也不应她，他终于长大了，不再在意她看他的目光。黄阿姨见状，摇着头插话说：我们家一向总是阴盛阳衰。黄阿姨说这话时，南雁正倚在沛宁的肩上，柔得像条海带，让沛宁听不出那话的意思，只胡乱应着，可不是吗。

沛宁和南雁从民政分局拿到结婚证出来，两家人一起吃了一顿饭，婚事就算办了。离开北海的那个早晨，已经成为沛宁岳母的黄阿姨，站在北海海腥味浓重的晨曦里，拉着沛宁的手，又将南雁的手搭上来，说：沛宁啊，我是看着你长大的，从小就晓得你是有大出息的孩子。我将南雁交给你，很放心。你们将来在一起生活，要互相支持。南雁是个很有潜力的女孩子，你将来要帮她长好翅膀，你们要比翼齐飞。这些话在沛宁听来，都是套话，他搂着倚在怀里的南雁，全盘应下。

155

沛宁和南雁这对燕尔新婚的小夫妻，一路去往深圳。沛宁将从那里出关，取道香港去往美国。南雁告诉沛宁，她已经报名上市里文化宫的英语班，回来后，一周三个夜晚都要去上课，周末还到市里的英语角去练口语。沛宁听得心疼，搂着她说：你不用这么辛苦。我一安顿好，你就去办F2陪读签证，不用考TOEFL、GRE什么的。又不是去念书，不要熬那么苦，我要让你简单快乐地生活。他说着，将南雁搂得更紧。见南雁不说话，眼神还有些黯淡，沛宁赶紧安慰她说：最多等一个学期。一个学期过得很快的。

在广州期间，沛宁专门带南雁到坐落在东方宾馆内的美领馆去看了一次。望着从美领馆排出的那长长的绕过大门弯到街道人行路上的人龙，南雁的眼神显出少有的清亮。她踮起脚，去望那队伍的尽处，然后说：我真的太羡慕那些要去美国念书的女孩子了！这话让沛宁的心一酸。王镭就是那些女孩子的代表啊。广西高考状元变成普林斯顿大学在读博士，就是从这扇门里完成转身的。她还要走多长的路，要吃多少的苦啊。他再也帮不上她了。他娶了南雁，他要珍惜的是她，不要让她吃那些女孩子们必吃的苦才好。

南雁在罗湖口岸和沛宁拥别时爆发的哭声，让所有的人都大惊失色。很多年后，南鹭讲起来，脸还会扭作一团，真是死去活来——南鹭选了如此浅白但特别恰当的描述。连她都不曾想象过，自己这个总是走神做梦般的单纯小妹，竟会如此爆发。南雁被南鹭拖到怀中时，头耷拉在南鹭的肩上，身体在抽搐，双臂松懈地下垂，让沛宁不敢移步。南鹭就向他摆了摆手，示意他快走。沛宁只得转身，提了行李，走进汇往罗湖口岸闸口的人流中。他最后一次回头时，看到的是南鹭和司机架着南雁，正要坐进车里。南雁看着好像已经失去了意识，一条修长的手臂从南鹭的腰下掉出，绵软无力。他想，南雁可不要真的昏倒了啊，眼睛就湿了。

在那之前，沛宁从没见过一个年轻的女孩这样哭过，而且还是为了跟他的别离。这让沛宁到了今日，当他对南雁的出走生出深深的怨忿，只要想到酷日下的罗湖桥边，南雁那条低垂的苍白无力的手臂，就有点想要原谅她。

三

沛宁顺利进入哥大。因着专业基础和英文水准都很强,他在这个全新的学术环境里起步,并不感到很困难。又拿着全额奖学金,像他这样对生活要求很低的人,几乎觉得自己很富足。唯一让沛宁感觉不大习惯的,就是哥大周边的环境和治安都太乱。他住在学校的研究生公寓楼里,旁边就是波多黎各穷苦移民的街区,再连出去就是被人当作城市贫民区典型的哈莱姆黑人区。常听到同学被抢被偷,若非必要,沛宁很少离开校区和住所出门闲逛。

沛宁的导师沃纳·米勒,是哥大名教授。他手里拥有多项国家研究基金拨款,主持着自己的基因工程研究中心。手下研究员、硕士、博士研究生、博士后、研究助手、技术人员等组成的团队,有三十来人之众。米勒教授那时五十多岁,留着修理得非常漂亮的两撇胡子,镜片后的目光平时看着非常温和,但当什么事体触到了他思维的兴奋点,那双眼睛立刻射出犀利的锋芒。他的身材修长。熟悉之后,沛宁才知道,作为生物学家的米勒教授,盯自己食物之营养和热量的认真执着,绝不亚于他的实验数据,而且是能不坐车就坚决不坐车,哪怕是在大雪纷飞的寒冬。

米勒教授的实验室总是二十四小时灯火通明。沛宁在实验室里有自己的办公桌,并很快分到了实验台站。他总是在那里读书看资料,熟悉实验室的环境和研究课题。沛宁习惯也喜欢这样的氛围。只是偶尔,在夜里离开前,回头看到实验室里那些复杂而新奇的、待他去熟悉使用的昂贵先进仪器,还有那成片的试管架和仪器台,当年南雁谈到自己工作时所说的"就实验室那点破事儿"的话,会自然跳出来,令他莞尔。在沛宁眼里,那些仪器器皿将是他这一生的事业。

米勒教授第一次带他看这实验室时,就说:你将来要拥有比这个更先进的实验室,我们一代代人的努力才有意义。这一切,意味着多么浩瀚深广的海洋。沛宁摇摇头,为自己竟也想到了"海洋"而失笑。南雁真是个不知深浅的孩子,他又想,心就很软。他想,这大概就是他思念她的方式了。他其实都不敢多想"思念"这样的词。他跟南雁,甚至都不曾有过真正的家庭生活,他一结婚就上路了。他们对彼此的身体，都不曾有时间熟悉，他就开始了一程又一程的旅途。

沛宁按自己的承诺，很快给南雁寄去申请陪读签证的材料，还到学校房管部门去登记申请了为研究生提供的家庭公寓，引得系里的中国同学知道后笑说：到底是新婚燕尔啊。留学多年的老同学则贴心地说：你这是对的。来美国，就是另一世人生了，联系过去生活的那条线，再粗也经不住隔着浩瀚的太平洋两头拉扯啊。很多留学生的婚姻都在重新洗牌，分分合合的悲喜剧令人看得麻木。沛宁听了笑笑，"燕雀安知鸿鹄之志哉"，他想起这句中学课本里读到的话，正是。他如今满心想的，只是快点安顿下来，可以集中精力在专业上发展。

南雁在那年的圣诞节前夕来到纽约。沛宁在肯尼迪机场看到的南雁，竟有些瘦了，像个抽条了的大二女生。看着真有几分陌生，可一时又说不出是哪里不同，就说：好像长大了嘛。然后有点生分地笑起来，拍了拍南雁的头。南雁侧身上前拥住他，柔声说：是头发留长了！沛宁侧头去看，南雁果然一肩的头发，油黑发亮，头顶用个式样繁复的花发卡绾起一小绺，让她的额头显得光洁，有几分聪明相。沛宁欢喜起来，伸手去轻抚那头发，说：真的很好看。

是你喜欢的呀，南雁挽着他的手臂，小声说着，还轻捏了他一下。沛宁一怔，完全不记得自己说过这样的话。王镭也是留短发的，这是他在南宁初次见到南雁时的第一个反应。那反应确实给他带来过极短暂的不适，可他说出来过吗？这样一想，便有点恍惚起来，又对南雁记得并且这样在意自己的话，有几分开心。但他没敢说，他都有点不认识她了，便去看她的眼睛。或许因为初到异国的惊诧，那双大眼几乎无法聚焦。他在她的走神里确认了她。这个确认，令他握牢她的长臂，那条在南国焦湿的烈日下因与他分离而痛哭时，悬垂的惨白长臂。

南雁穿着雪白厚重的羽绒长袄，一条粗毛线织成的桃红长围巾，在脖子上缠出厚厚的三圈。沛宁感到满手浮满的羽绒里若有若无的一根细骨，很不真实，就更使力捏了一把。南雁的手搭过来，说：这是专门买的呢，北海哪里用得着穿这个！

他们相拥着去坐机场进城的大巴。沛宁才发现南雁那只紫红色的箱子非常沉。想到认识的那些中国同学和家属来美国时，箱子里塞满锅碗瓢盆、吃食干货和日用品，就说：不用带这么多的，美国又不是沙漠。中国有的东西，唐人街里都找得到的呀。扛得真辛苦啊。

我倒真没带那些，基本都是书，南雁有些羞涩地说，伸手来帮他抬。我英文不好，带了好些词典字典，还有考试的资料，一些翻译过来的专业书，南雁说。还有菜谱，她又加一句。沛宁听了笑笑，他想都没去想南雁说的"专业"是什么，顺口说：专业书要看英文原文的，原文还更好懂。语言要在生活中学。沛宁忽然意识到，南雁给他的英文信，如今已可写到两页多了，就拍了拍她的脑袋。

到家几日后，沛宁果然看到墙角边多出一堆书来。他弯腰去看，发现除了中英、英中词典和《如何煲靓汤》《粤菜100种》和《西餐入门》三本菜谱外，大部分都是美国艺术设计书籍的中译本。沛宁有些奇怪，蹲下去将它们翻看，依稀想起来，南雁说过她将来想到美国学设计的。那么，她讲的"专业"原来是这个了？他一时愣住。

接机那日，纽约正是漫天大雪。南雁仰起脸来，说：这就是雪啊！几乎是雀跃的，又加一句：北海从来不下雪！广西也不下的，对吧？沛宁去拉她的手，温和地纠正：桂林有时也下雪的。南雁就吐吐舌。你是在美国了，沛宁说。南雁拍拍自己的脸，又将那沾了雪水的冰冷的手贴到自己的脖子上，说：啊，我到美国了！

从肯尼迪机场进城去哥大，一路因大雪封路，车子堵堵塞塞，竟走了近三个小时。长途飞行后的南雁，后来就靠在沛宁的肩上睡过去了。窗外的雪色被淡青灰的车窗过滤后，在南雁脸上打出一片烟色。沛宁侧脸看到她两只眼睛合成长长两道弧线，便轻轻握住南雁的手。沛宁想，他的生活就这样翻过了重要的一页，从此，他就该是个一心奔事业的男人了。

沛宁在南雁到来的前一周，拿到了已婚研究生公寓的钥匙。这公寓楼跟他原来住的单身学生公寓只隔两条马路。他学习用的书本等，基本都放在实验室里，所以搬起家来很容易。那是一室一厅的小公寓，配着简单廉价的家具。跟美国其他大学一样，这种为研究生提供的住宅，算是学校的一种福利，租金比校外公寓便宜近半，还包水包电包空调暖气。若家里有孩子，则还有两房三房的户型。跟外州同学的同等类型住房比，哥大的公寓窄小而老旧，可这是寸土寸金的纽约，沛宁非常满意了。

房子在换住户前，由学校房管部门请人洗刷打扫过，炉头、冰箱、各处的水龙头都擦得锃亮。但跟满屋化学洗涤剂的味道相配的，是素净到苍寒的调子：深棕的沙发、乳白的窗帘、浅棕的复合塑胶板贴面家具。这是他们结婚后的第一个家，真正意义的家，浅素到这个程度，连一向不怎么在意家居细节的沛宁，都感到几分不合适。他去买来粉底碎花的整套床具，还到二手店里挑了两幅暖色花卉的画，挂在客厅里正对着窗边长沙发的那面墙上。小小的家，虽然还是朴素得很，却透出了令沛宁心安的暖意。去接南雁的前夜，沛宁又去街口的超市买来一打红玫瑰，配上个湖蓝色的绒毛熊，搁到沙发中央。那小熊的手腕上绑着一个印着两颗大红心的气球，上面写着红色的花体"Welcome home"，整个屋子一下有了活气。出门前，他在公寓各处喷了一圈甜甜的兰草香型的空气清洁剂。

南雁一脚跨进小客厅时，惊喜得叫出了声：到家了！沛宁放下行李，过去弹了弹小熊手里的气球，转头朝南雁俏皮地笑笑，说：Welcome home！南雁一个转身抱住了他。沛宁看不到她的脸，稍顷，就听到了她压抑的啜泣。沛宁赶忙说，我们有家了，在美国有自己的家了，该高兴呢，嗯！说着就扶她坐到沙发上。

公寓的暖气很足。沛宁帮南雁脱下羽绒服，拿过纸巾替她擦眼睛。南雁羞涩地笑笑，说：我是高兴呢。说着起身，牵上沛宁的手，在公寓里四下看着。卧室很小，一张双人床，一个挂接在墙上的排屉，靠浴室门口这边是小衣橱。沛宁新买的粉色碎花的枕套和床单被套，在白顶灯过滤出的柔光下，配着兰草味的清香，很有些暧昧。南雁的脸有些发红，掩饰着伸手去摸那被套，说，好香啊，你到处洒了香水啊？沛宁就从她身后环住了她的腰，南雁直身站起来，靠到他怀里。沛宁在她耳边轻声说：是空气清洁剂啦，美国人爱用这个。噢，你喜欢吗？南雁点点头，小声说，好累了，要洗个热水澡。沛宁松开她，去牵她的手，说，那么先吃点东西？我不饿，你要饿的话，我给你煮碗面？南雁说着，牵牢沛宁的手，握得很紧。沛宁赶紧说，我也不饿。

从卧室出来，南雁再坐回到沙发上时，沛宁问要喝点什么，南雁说茶就好。

沛宁拍着脑门，说：唉呀，没热水呢，明天去买个咖啡壶吧。南雁问，不是说美国的水龙头都二十四小时供热水的吗？沛宁笑笑：这水龙头的水，冷的倒是可以喝；热的不行呢，有水垢的。南雁摆摆手：哦，那就算了。

沛宁起身去厨房，用个小锅烧上水，转身回来，蹲到南雁膝边，拉过她的左手，从口袋里掏出一只细细的K金戒指，小心戴到南雁左手的无名指上，笑着轻声说：按美国的习惯，做了太太，无名指是不能空着的。南雁露出惊喜的神情，待沛宁手松开，她抬起手在灯下细看。那是一只细巧的镂刻着三颗心的戒指。尺寸是对的，戴在南雁有些圆润的无名指上，非常妥帖，这让沛宁有些得意。沛宁捧住她的脸，说：他们说这三颗心代表"Past, Present and Future"（过去，现在和将来），那就是永远。南雁将信将疑地说：中国人讲的是一心一意，一生一世啊。沛宁拥住她，很轻地说：我更喜欢美国人这种讲法，有动态感，很科学。南雁倚在他怀里，不语。沛宁轻声说：等将来条件好些了，我要给你买个钻戒。美国人订婚都要送未婚妻钻戒，一般是花三个月薪水，所以晚点买倒是好的，对吧？南雁将那戒指旋着，柔声说，有这"Past, Present and Future"，足够了。

那个夜里，他们带着他们的过去和现在，深深地沉入到他们期待着的将来里。

沛宁在元旦前夜，带南雁参加了中国学生学者们在系里大会议室举办的迎新晚会。系里的中国同学和家属约有三十来人，加上他们邀请的教授和部分其他族裔同学，那夜来了约五十多人，将个阔大的会议室挤得满满当当。大家按美国常规，各人各家带一两个自己烧的拿手菜，在暗暗的彩色灯影里吃喝谈笑。

南雁是最新的人，一进来就引起大家的好奇。中国太太们都围过来问好，说南雁如果再胖一点，简直就是年画里的标准漂亮小媳妇儿了。真好看啊，她们说。南雁听着这些话，只安静地笑着，并不怯场，像是见过大世面的女子。你太太看不出是南方人呢，她们又朝沛宁说。这又为什么？南雁这时倒说话了，表情很警醒，直盯着人家问。哎呀，噢，女人们竟有些语塞了，然后有人说：南方的女孩子，相对来说总是要活络一些。沛宁想，她们肯定感觉到了南雁神情里那种迷离走神，但又一时无法理清。沛宁想起来，南雁的父亲是山西人。再看南雁一眼，才发现南雁头顶两侧盘的髻其实很复杂。他想不出那两个复杂的髻是如何盘出来的，其间还夹缠着一根彩色头绳，配着她肩上那条厚重的毛织披巾，让他都有点不敢相认。隐约觉得，自己怕是真的不太认识她的。

沛宁的导师米勒教授和太太黛比，那夜也出现在晚会上。沛宁将南雁介绍给他们，两人都热情地直夸南雁生得漂亮，又说沛宁多么幸运。南雁英文的听力不很好，多数句子要靠沛宁翻译。沛宁译好后，她却坚持自己用英文回答。她讲得很慢，句式也是简单的，可她的发音却很不错，说出来的话，米勒他们也能听懂，频频微笑点头。黛比搂住了南雁的肩膀，说了好几遍：多么可爱的女孩！又去看她头顶的髻，说，这比法国辫子难弄呢，真好看。

黛比个子高挑健硕，沛宁每次见到，她都是修饰得山青水绿。黛比很喜欢穿那种色彩鲜艳，图案抽象的衣服，看上去完全不像个长期居家的主妇，倒像是曼哈顿某个时装公司或广告公司里的大牌设计师。她本科修的是历史和新闻双学位，很年轻的时候就知道自己的理想是当一个"有文化的家庭主妇"。大学毕业后，第一次去非洲采访，认识了当时在那里当志愿者的年轻的米勒。结婚前，两人说好这辈子得有七个孩子。婚后，黛比自己生了四个；从亚洲、非洲和南美，又各领养了一个孩子，果然完成了一家九口的家庭大计。南雁来时，他们最小的孩子也都念大学了。

黛比微笑着问南雁是否习惯这里的生活，是不是喜欢纽约。然后又问南雁有什么计划。南雁便说，她先要学习英文，至于将来嘛，她想去上学。黛比问，想学什么。南雁笑笑说，也许是艺术设计。噢，黛比夸张地睁大了眼睛：是什么方面的设计呢？南雁答不上来，就说：还要再想。黛比告诉南雁，她如今的兴趣是画油画。米勒教授加进来说：还别说，画得很像回事呢。在家里，她的画跟我们花大价钱收藏的大画家的油画并排挂着，人们都分不出来呢。沛宁和南雁同时笑出声来。米勒教授歪着头认真地说：我可不是开玩笑哦！黛比得意地搂过南雁的肩，说：欢迎来美国，喜爱艺术的人是有福的。

回家的路上，沛宁拉着南雁的手，握到的却是彼此的手套。他将自己的手套脱下来，再去拉南雁的手，就感到了南雁的手从毛织物孔中透出的热气。你真好看，沛宁说。南雁轻笑一声，也不应。沛宁说，大家都这样说呀，你听见的，男生都说我真有福气呢。他的声音更轻了。南雁轻拍他一下，说：我才羡慕她们呢。谁？沛宁问。那些在上学的中国女生啊，南雁说。哦，沛宁漫不经心地应着。他的中学和大学的女同学们，如今大都来美国念书了，他不曾意识到这有什么特别。

沛宁想到了王镭，又说：其实她们读书很苦的，No life。但很值得啊，能在美国上学，我特别羡慕她们，南雁说。你也可以念的呀，如果你愿意，沛宁说。南雁很轻地说：也不是那么容易呢。

沛宁这才想，那倒是的，以南雁一个大专生的基础，哪里好跟那些一路走来指哪儿打哪儿的女生比呢？心下涌出爱怜，摸了摸南雁的脑袋，说：乖，我不要你吃那些苦。你看米勒太太过得多好，也不耽误实现自己的梦想啊。南雁不响，将手从沛宁的手里抽出来，塞到自己大衣口袋里。

两个人闷闷地在雪地里走着，静听着被寒夜放大的足声。笃，笃，笃，那是南雁雪靴的声音；咔，咔，咔，那是沛宁的。两相交错，有些杂乱。临到了公寓楼的大门口，听到远处街上消防车尖厉的呼啸声，和着周边混乱的南美社区里蹿出的零星烟火响声，两人才又拉了手，呼着寒气相拥着互道新年快乐。

沛宁说，明年我带你去时代广场迎新年，看烟花！

很多年后，直到他们搬离了纽约，沛宁坐在西海岸家中的客厅里，看到电视机里时代广场上那年复一年的热闹再次上演，才记起，他没有兑现过那个承诺，虽曾数次想到。

沛宁在哥大必修的博士课程，除了四字号的几门课外，其他的前沿课目，都是在国内不曾接触过的，刚开始修课时，很有些吃力。沛宁原想把课在两年里紧凑修完，然后集中精力攻论文。但米勒教授建议他将必修课的学分均匀分在四五年里，每学期都结交一些授课教授。米勒教授说：有的研究生，修完课后整天泡在实验室里，做论文的好几年里基本只跟导师来往，和其他教授接触很少，这不利于将来的发展。甚至找工作时，都拿不到其他教授的强力推荐。

沛宁笑着说：有你的强力推荐就行了。米勒也笑了：一个虽好，越多越佳嘛。米勒又说：其实系里不断有新教授进来，还有来自世界各地的交换学者，他们带来很多科研的新思路，从中可以学到很多非常有价值的东西，往往能给你很妙的灵感。沛宁很感激米勒教授这样推心置腹，一点都不像自己听说过的某些恨不得研究生每天在实验室里干十五个小时的老板。能跟随这样的导师，沛宁觉得自己真是幸运。

按着米勒教授的意思，第二学期开始，沛宁在修课的同时，着手考虑博士论文的实验规划。他的论文选题，是米勒与美国国家卫生研究院（NIH）合作的细胞分子裂变及能量传递项目中的细胞生态动能部分的研究——是非常前沿的研究方向，将为抗癌生物类药物的研发提供基础实验数据库。沛宁和米勒教授一次次讨论下来，两人都觉得这个选题大有作为。但是，从最初的概念性论证开始，沛宁就意识到这将是一场漫长持久的大战役。当那蓝图渐渐清晰后，沛宁心中明白，今后几年，自己将会被论文吞没。

沛宁修课之余，花大量的时间在图书馆里阅读综述评论杂志。那里面收录的，都是顶尖学者对学科前沿动态和研究成果的及时总结。沛宁首先要了解别人走到了哪儿，有多少创新的发现，自己的选题又站在哪里。

令沛宁惊讶的是，有两篇被多个学术泰斗高度评介的论文，标题下竟有王镭的名字。两篇都是最热门的基因映射领域的论文。王镭和导师鲍恩教授的名字，在两篇论文的署名中交替排第一。沛宁知道，这说明王镭确实做出了重要贡献。首先是同样课题在权威学术杂志上接连发表了两篇论文，可见成果意义重大。按惯例，研究生因初出茅庐，发表论文时，导师挂个名字在后面，表示提携的意思。若是导师署名在前，则一般是表示后面的学生做了某些工作。但王镭这次就不一样了，她跟鲍恩教授如此交换署名次序，宣示了她在课题中举足轻重、或许还是跟鲍恩教授平分秋色的贡献。

沛宁盯着王镭的名字看了许久。它变成了 Lei Wang。在美国这个崇尚个人奋斗、鼓励自我实现的国度里，英文字母却如此轻慢地抹掉了王镭这名字所表达的野心——她父母的，她的。可是，她却向她野心勃勃的目标迈进了一大步。沛宁想，她将他越甩越远了，可他真是为她高兴的。

那是一九九四年的春天。读过王镭的论文后，沛宁一下就进入了每天在实验室里一泡十来个小时的状态。光是熟悉那些国内不曾见过的种种仪器设备，就花掉很多时间。有些昂贵的设备，是系里好几个实验室共用的，需要排队上机。沛宁这样还未正式跑实验的学生，只能排在夜里很晚的时段。还要学习编写一些小程序，以便有效地使用计算机处理实验数据。真可谓千头万绪，沛宁算是开始体验到在美国攻读学位的苦。何况是在哥大，跟的又是大名鼎鼎的米勒教授。有时深夜归家，走在空旷的街上，沛宁会想到王镭。想到她如今在普林斯顿所面临的，肯定不会比他轻松，便长叹一口气。沛宁想，母亲是对的。若他如今跟王镭在一起，两个人都会给拖死。沛宁又想，大概王镭如今也明白了，居里夫妇是这人世里空前绝后的神话。

南雁在最初的日子里，每夜都醒着给沛宁开门。那种时候她总是已经穿着睡衣，神情却不像是从梦中惊醒。开了门，说一声，回来了，就一溜烟钻到厨房里，捧出大大小小的盘盏，温汤热菜。其实沛宁已经在实验室里啃过早晨带去的三明治，或胡乱热了带去的便当吃下。他进门最想做的是倒头大睡，可看到南雁那样的心思，总是不忍，又要坐下来，将汤菜喝下吃下，然后陪南雁说几句话。有时在南雁转身去洗碗的瞬间，他就在客厅的沙发上睡了过去。再醒过来，灯已经灭了，只留着墙边一盏暗暗的夜灯，将厅里的物什映到房顶，一排多棱的暗影挤作一团，非常诡异。自己身上则给盖上一张薄毯。此时沛宁起身进屋，会在暗里看到南雁背对着门的侧卧身影，静得像凝神思考的人形雕塑。直觉告诉他，南雁是醒着的。在这常常是下半夜的光景里，沛宁有时会想起，他们已经好久没好好说过话。但也不过一转念而已，随即就淹在自己的鼾声中了。

后来，沛宁回家的时间越来越晚，进门时迎接他的，变成了小客厅顶上那些形状诡异的黑影。他蹑手蹑脚地进屋，再转身，还是习惯地去看沙发前的小餐桌。那上面总有几只碗碟，整齐地摆着。扣着的盖子擦得清亮，在幽暗的灯里闪出微光，让沛宁想到南雁走神的双眼，忍不住过去轻抚它们一下，却并不加热饭菜，只是坐下来，象征性扒几口，然后盖上。

南雁的菜烧得有模有样，倒真是出乎沛宁的意料。她告诉沛宁，沛宁走后，她业余除了学英文，还上了烹饪班。她不仅学会了像模像样地炒菜，还会自己熬米浆，摊制蒸煮各式肠粉，再浇上她用不远万里带来的山黄皮干熬制的酱料。这让沛宁联想到她执着地给他写英文信的劲头，暗自吃惊。

沛宁的日程，基本上就绕着实验进展的日程转了。有时中午回家吃顿午饭，也不定碰得上南雁。只有在实验的间歇正巧凑上周末时，他们才能在不用早起的早晨，彼此说说话，确认着什么似的，寻看对方的脸。很多年后，沛宁还能想起那种时光里的片断。天光从窗帘的缝隙中挤进来，将屋里的浮尘漂出暗蓝。他们有如从深海底部一路相缠着劈波逐浪终于抵达沙滩的鱼，躺在彼此的赤裸修长的臂弯里，让急促的喘息声慢慢平息，安静地躺很久。沛宁的心会很软，他愿意这是无穷的时光。他跟自己说，他是深爱着这个在自己臂弯里安静地眨着一双无辜大眼的妻子的。

晚春里又一个这样的早晨，南雁忽然在他的臂弯里哭出声来。任沛宁怎么探问安慰，都不肯停下。直到她自己哭累了，才揩着泪轻声说：没什么，只是心里很闷。沛宁拨弄着她的头发，轻声说：来陪读的太太们，都要过这个关的，渐渐就会习惯。这话像不小心触停了个什么开关，南雁瞳仁里本来摇曳着的两点微弱蓝光，啪的一下就灭了，泛出极小的两点墨黑。他深喘口气，望着天花板，说不出话。南雁安静地起身，慢慢穿着衣裳，轻声说：Too bad, that is not my American dream（遗憾，那不是我的美国梦）——她说的是英文，但不是像美国人那样强调 that 和 my（我的），却着重说了句末的"美国梦"。

沛宁有点想笑。他看到南雁高高伸出的长臂，卡在火红的毛衣袖里，挣扎着塞不过去，赶紧起身帮忙。他从身后揽住南雁，说：都是我不好，连个蜜月都没有，等到了暑假，我一定带你出去走走，嗯？

我不是这个意思，你知道的，南雁的声音冷下来。沛宁松开手，等她下面的话。我跟张妮联系上了，南雁说。沛宁哦了一声，那是南雁自幼的好友，如今住在康州。她告诉过南雁：在美国，你想是什么，你就可以是什么，这让她给沛宁也留下了很深的印象。她怎么样了？沛宁笑着问。南雁微蹙了眉，说：她刚生了孩子，双胞胎啊。换了别人要欢喜死了，可每次给她打电话，都要听她哭啊。沛宁说：听起来好像是得了产后忧郁症呢，弄不好很危险的，对母子都不安全。你一定要提醒她，跟她先生也得说，一定要去看医生。南雁点点头，说：他们知道的。但我不觉得是什么产后忧郁症。她跟我在电话里哭，说她想考医生资格，但现在全停下来了。她说面对两个嗷嗷待哺的男婴，自己就是他们的奶瓶，随时哭随时就得喂。两个轮流哭，你想想。沛宁摩挲着南雁的手，轻声说：你要鼓励她，多安慰安慰她。任何一种变化，开始总是最艰难的。她那么长的路都走过来了，肯定没问题，只是需要时间适应。南雁不响，轻叹一声，说：让我最难过的还不是这些，是她跟我说，南雁啊，我过去总跟你讲，在美国，你想是什么，你就可以成为什么，几天真！几可笑啊！南雁说到这儿，声音又变了。

　　沛宁看到南雁的嘴角塌下来，赶紧说：那话的意思是不错的。南雁苦笑说：她也晓得。但她讲那只是一种承诺，就像在悬崖上牵出钢丝，那头放一箱你最想要的宝藏，你得走过那条钢丝，才能拿到它。可那悬崖下有多少白骨啊！南雁的表情是惊恐的，似乎她正面对着一堆堆森森白骨。她的眼睛睁得那么大，沛宁都给吓着了，觉得她的瞳仁里果然映出一堆白骨，赶紧避开南雁的目光，努力镇定下来，说：张妮说得一点都没错。你知道吗？这个悬崖下面，就是茫茫大海啊。当年横渡大西洋而来的清教徒，不知在海上死了多少。那大海下面，就是他们的森森白骨。但这个承诺不曾改变，所以才吸引了一代又一代的移民不远万里，前赴后继，靠的就是这个信念啊。南雁的脸色有些缓过来，苦笑着说：就是那歌里唱的，这是自由的土地，勇士的家园。

　　沛宁心里想笑，嘴上又说：你该这样想，我们的美国梦，是不分你我的啊，你看，我现在天天都走在那条钢丝上。说着，他笑着轻抚南雁的脸。南雁将信将疑，坐在那儿，有点走神，忽然将左手食指抵到沛宁的唇上，说：你慢一点，不要把我绕晕了。沛宁笑着耸耸肩，南雁又接上来，说：不对的，你这种话，是中国人最爱讲的，美国人不是这么说的。沛宁侧过头去，笑出声来，说：美国人怎么说？

　　美国人说，我们每一个人都有自己的使命，你要去发现它，完成它。沛宁一惊，说：这话你从哪里听来的？他的意思是，这个指向多义的英语说法，南雁是怎么听懂的？噢，我没事，有时下午会跟楼里的太太们聚聚，喝个下午茶什么，听她们聊到的。啊？沛宁有些欢喜起来，说：那很好啊，你都听得懂吗？对你练英文有好处的。南雁皱了眉，说：当然大部分听不懂，但大陆、台湾和香港来的太太也不少，我不懂，她们会译给我听的。我很喜欢美国人这种讲法，跟我妈妈从小跟我们讲的，意思是一样的。沛宁有些吃惊，说：是吗？转念想，那个漂亮的黄阿姨，不，他如今的那个岳母，大概是早年在广州念中学时接触过欧美传教士吧。这时他又想起，他们刚认识时，南雁就跟他说过，她将来想到美国学艺术设计。她是认真的，竟是他没有上心，完全没有。

沛宁正走神，南雁又说：我真的没想到，英语有这么难。我来之前，走路都在听英语带子，听"美国之音"，感觉能听下个七分八分了呢，可一来，发现根本听不懂，急死人。沛宁放松下来，说：语言这东西，靠的是时间。很多留学生，就算托福考过了六百分，刚来时也不可能声声入耳，你急什么！话一出口，沛宁就有些后悔，知道自己言下之意是你的水准就差得更远了，怕南雁敏感，赶忙说：慢慢来，女生对语言的感觉比我们好，早晚的事儿。南雁说：那有没有什么特别的方法，可以提高学习效率呢？沛宁拍拍她的肩，说：这个真的还没有，就是水到渠成啊。你先去找那些太太们问一下，这里有很多教会、政府、社区的机构，都设有免费英文班，供新移民上课的。南雁说：可光能听说还是不够啊，要上学，是要考 TOEFL 的。

沛宁愣在那儿，虽然他不清楚她要上什么学，但以她目前的水准，还有得熬呢。其实，那悬崖下何止是白骨？还有多少半途而返者扔下的裹着未酬壮志的包袱呢。但他不想告诉南雁。这个世界上，谁没有梦？见过王镭那样生下来就被那"居里夫人第二"的弥天大梦赶得一路急喘的女孩儿，南雁再说什么，都上不了他的心。而且，一个女人的注意力那么容易被生活分散，现在说什么都太早了，沛宁没空操心这种没影儿的事。更重要的是他作为男人那脚下的路。只要他立住了，他的妻子也就立住了。沛宁知道这个结论很不正确，可他是科学家，他看的是事实。比如张妮，就是个活生生的例子。以自己今日的现状可以推想，天晓得，那个王镭要吃多少苦。当然，南雁不是王镭。他最终娶的是南雁，这让他欣慰。

那次谈话后不久，南雁就到哥大一个学生食堂里打工去了，负责为沙拉吧配制沙拉。沛宁想不出她怎样在外面跟人沟通。而系里的同学，不时跟沛宁说，他们在这里，又那里，见到了"你太太"，沛宁心下就更是惊奇。到了这时，沛宁跟南雁的日程完全岔开了。他的实验进入了实质性阶段，有时几周尝试下来，证明的却是自己理论推导中的判断错误。在假设下求证的长旅，一下就断在暗无天日的隧道里。就算是跌跌撞撞，也得赶快起身，重新寻找走出黑暗的方向。虽然就这类挫折面见米勒教授时，沛宁得到的都是耐心体贴的安慰，具体而又有启发性的建议，但几次另起炉灶的经历，让作为博士生的他，终于体会到了所谓科学道路的艰险。他变得很沉默。过去听到人们说在美国念个博士要脱一层皮，至少要五年六年的鏖战，沛宁竟还有些兴奋，因他不信那样的话，总觉得自己是不一样的。他如今终于有机会证明自己的"行"，却再一次看到自己能力的局限——就像那年高考后，他突然看清了王镭背影时的感觉，令他在挫折之外，还有些伤感。

深夜里归来，沛宁再看到南雁背对着门侧躺的身影，心下会生出温暖的冲动。那个身姿在夜里显得温暖松弛。他能感到南雁呼吸的韵律，她的眼睛肯定是安然闭上了，这给他安慰。他们甚至在沛宁没有实验的周末，都会常常错开。他有时睡到午后才醒，看到南雁空出的那边，床单总是扯得出奇地平，枕套一看就是小心拍打过的齐整。它们让沛宁在半醒之间生出几丝浅淡的怨，耳里却是纽约地铁轰隆隆、轰隆隆的巨响。沛宁皱着眉头，满鼻子都是地铁里污糟的臭气。他觉得他看见了背着个双肩包的南雁，又留起短发的南雁，在纽约地铁里四处流窜。她去大都会博物馆，去自然博物馆，去格林威治村，去看画展，去社区学院学英文，去外百老汇观摩无名艺术家们排演的话剧里的布景……那已是沛宁不熟悉的世界。

到了这时，南雁在餐桌上为沛宁备下的晚餐和第二天带去学校的午餐，变成了简单的西式快餐。沛宁想，那大概是她从打工的学生食堂学来的手艺，三明治、土豆沙拉、意大利面。有时配装的蛤蜊汤或面条鸡汤，甚至能看出是撬了罐头盒子直接倒进小汤杯里的，沛宁自己塞到微波炉里热一下就可填肚子。偶尔，才会有些煎锅贴或炒牛河。它们让沛宁开始怀念以前夜归时，那些令他联想到南雁目光的小餐桌上的盘盏。沛宁只有在起身后，看到窗前小小书桌上堆满的英文读本、TOEFL 考试指南等，还是一成不变的那几张封皮，心里才安定。它们让他确定，那个背着粉蓝色双肩书包的南雁其实并没有走远。他的直觉告诉他，她也很难走远，这是安慰。

果然，TOEFL 五百分这么个低标杆，南雁一直冲，一直冲，直到沛宁在哥大拿下博士学位，进入同在纽约城里的康奈尔大学医学院做博士后时，都不曾冲过。沛宁虽然对南雁在备考过程中会遇到的困难有过心理准备，但南雁竟要花这么大的力气和这么长的时间，还是大大超出了他的想象，令他吃了一惊。

在新世纪的元旦之夜，沛宁和南雁迎来了女儿南南。新世纪到来的那个时刻，南雁刚从产房里推出来。楼层里繁忙的医护人员大厅和病房里的所有电视，都锁定时代广场庆祝新世纪的狂欢画面。来来往往的人们在兴奋地互祝新世纪，互祝新年快乐。沛宁望着电视屏幕，意识到他们都已年过三十，在纽约住了七年，他却不曾兑现自己的诺言，带南雁到时代广场迎接新年。他握起南雁的手，南雁浅淡一笑，在他的手心里捏了一下，他转眼看到南雁眼里的薄泪，赶紧低下身子帮她揩去。

他们换到了博士后的两房公寓。南南出生不久，南雁就为她的父母申请来探亲。南雁的父亲明显见老了，每日沉默着，很少说话。六十五岁的南雁母亲，仍然精力充沛，头发有些灰白了，还是梳理得整整齐齐。色泽素雅的碎花衣装掐着腰线，目光清明，手脚麻利地在小小的公寓间为南南换尿片洗奶瓶烘洗衣裳，几乎包下所有的家务。她却也不让南雁闲着，总赶她去看书。她也知道，南雁最大的心愿是考过托福，能去读一个学位。可对南雁要学什么，沛宁从未听她母亲问过。沛宁就想，她们果真是母女呢。

沛宁所在的康奈尔医学院的大型生物药理实验室，在南南出生的那个春天空缺了两个实验员的位置。沛宁建议南雁去试试。南雁开始不大愿意，说还是想专心学习英文，争取考下 TOEFL，好去上学念书。沛宁就说：我就是想让你换一种更有效的方法学习英文。那种学生全是外国移民的英文班，同学间水平差得很远，老师要照顾英语最差的学生，年年徘徊在初级水平。你读个一年足够了。做这份工作，赚钱多少不重要，重要的是通过这份工作你就走进真实的英语语境了。听美国人扯没油没盐的闲话，讲笑话，谈正经事情，传谣言八卦，搞办公室政治，还有请客送礼人情往来，有意思着呢。对你英文程度的提高，一份工作所能起的作用，比光上语言班或埋头在家里死读书，有效多了。沛宁又笑：你到美国那天，我会想到在家里喷空气清洁剂，就是闲聊时听美国同学说的啊，要不我哪里懂？

南雁听了先是不响，隔了一天，她表示愿意试一试，申请那份实验室的工作。

药学专科学校毕业又苦读英文多年的南雁，专业上有沛宁帮忙恶补，又得到沛宁博士后导师菲利博士的推荐，通过面试，顺利进入实验室担任细胞培养方面的实验员。在生命科学领域，这类实验员的需求量很大，工资也不错，是一份体面的工作。沛宁想，南雁那样执着地要考托福，念学位，还不就是要在这个国度里找到自己的位置，能够有份自食其力的体面工作？他觉得她会欢喜的，他也为她的欢喜而欢喜起来。只是那日，当他走进南雁所在的实验室，看到她穿着雪白的大褂，在那儿熟练地摇着试管，一边应着他的话，一边从容地往试管架上的试管里和细胞培养皿里滴加化学试剂时，沛宁忽然记起，他们第一次在新生园吃火锅的那个夜晚，南雁说到她在药检所的工作时，讲的竟是"实验室里的那点破事儿"，不禁失笑。

你笑什么？南雁盯着他问。沛宁看到她的表情紧张起来，手里仍不忘摇晃着试管，就想，这是个训练有素的专业人士。他想提醒她，这里有机器晃试管的，但忍住了，想过会儿再说吧。他喜欢看她这种专业人士的姿态。生了孩子的南雁更丰腴起来，让沛宁想起她由母亲领着，到南宁见他的样子。只是她脸上的轮廓线硬了些。没什么，你穿这白大褂真神气，很专业的样子，他笑着说。肯定有什么！你说！南雁凑上前，伸出空着的手，要去掐他。他们已经很久没有这样亲昵的举动了，沛宁的心软下来，说：我想起你很早的时候说过的，你在药检所做的不过就是实验室那点破事儿。南雁晃着试管的手停了下来,很短暂的一个停顿,马上又恢复了晃动。沛宁看到她的目光越过了自己,有点走神。我说过吗?南雁似乎在自问,然后苦笑了一下。

沛宁转过身去,手指划过阔大的实验室,说:这是世界第一流的实验室啊,哪里会是破事儿?南雁的目光随着他的手,望向那些大大小小器皿仪器排出的浩大阵仗,还有各研究人员装置各异的实验台站,说:真没想到,在这里,很多实验器皿都是一次性的,好是好在不用洗刷,但实在太浪费了,看着让人心疼,对环境也是污染呀。沛宁说:你慢慢就会习惯的。我希望将来能有自己的实验室。"居里夫妇"四个字,已经跳到唇边,却硬是生吞了回去。那是王镭的话,不是南雁的。王镭在普林斯顿拿到博士学位后,已进入布朗大学任教。她总是跑在他的前面,沛宁已经放弃了追赶她的愿望。

两人怀着各自的感伤,一时沉默下来。

沛宁后来回想,南雁的工作,应该是给过她快乐的。作为康奈尔大学的职工,第一次领到康奈尔大学开出的工资时,南雁将淡绿的工资单副联,插进一个细长的枫木镜框,和那张在哥大学生食堂沙拉吧里打工挣下的"第一张美国支票"一起,拿过来让大家看。南雁的爸爸妈妈戴上老花镜,看得津津有味,对支票上的内容一一问过来,最后都说:噢,你看,我们南雁真正进入这个社会了。很好啊,真的很好!

第一次领工资那天的夜晚,南雁请全家去中城的"五粮液"川菜馆吃饭。晚春的傍晚时分,特意穿上浅桃红短裙的南雁抱着刚刚可以直起腰的南南,走在沛宁身边,身后跟着她那优雅老去的母亲,搀扶着她那日渐衰老的父亲,一家人说笑着一同走去地铁站。街道上有很多鸽子,他们走过,鸽子就飞起来,啪啦啪啦地,此起彼伏,越飞越高。沛宁的眼睛有些发热,他装着去追视那些鸽子,看到的是华灯初上的高楼,一幢接一幢,在天际线上,他们像是深陷在楼群隔出的深谷里。

南雁将脸贴到南南的小脸上,轻声说:有孩子真好啊,等他们长大了,我们就老了。想到这样的夜晚,人生还是很美好的。沛宁听到她在说孩子时,用的是

"他们"，有点吃惊。在他们双双年过三十后决定生育计划的时候，南雁很肯定地说过，她只想生一个孩子。没有时间，也没有精力了，这是她给出的理由。沛宁由着她，没有异议，他愿意她是开心的。而在这个时刻，沛宁并不能肯定南雁真实的意思，他轻揽过南雁，说：如果你觉得好，我带你来美国，我们熬过的这些日子，就都值了。

当然好，我要谢谢你的。南雁很轻地说。沛宁接过南南，南雁挽住他的手臂，顺着移动电梯，降到地铁站深处。

四

儿子宁宁在南南近三岁的时候，不期而至。

那时，沛宁刚离开工作了两年的一所维吉尼亚州小学校，来到西海岸的俄勒冈大学，开始争取终身教授资格的六年长跑。在求职换工作的过程中，沛宁一路得到米勒教授和哥大系里的其他教授、康乃尔医学院博士后导师等的强力推荐，算是相当顺利地安顿下来。而南雁的 TOEFL 成绩终于在他们去维吉尼亚之前过了五百五十分。到了维州后，在沛宁的建议下，她写信回国办妥了大专期间的成绩单，进入学校的生化系念读本科课程。南雁大专期间所学的专业课程折算过来，可抵掉拿本科学位所需的近半学分。两年间，南雁一边在系里的实验室工作，一边在沛宁的帮助下修课，终于拿到了生化专业的本科学位，升任资深生化分析技师。

南雁拿到本科学位证书后，将学位证书的彩色复印件寄给在北海的父母。南雁说：我妈妈会高兴的，我没考上大学，她一直都很遗憾的。沛宁心里对这学历是不在意的，但他看到它给南雁和她的母亲带来如此的快乐，也跟着高兴起来。

南雁在估算着母亲该收到毕业证书的那个周末，给北海家里挂去了电话。母女俩在电话里说个没完。南雁咯咯咯地在那儿笑，声音那么响，那么无所顾忌。沛宁听到她笑得如此活泼，心下暗暗吃惊。南雁最后将电话递给他，说妈要和你讲两句。沛宁接过电话，跟岳母黄阿姨寒暄过后，就听黄阿姨在那头说：我和你爸都要专门谢谢你，这么多年对南雁都那么支持和培养。我这个当妈的晓得的，南雁跟南鹭是不同的。但南雁肯用功，有志气的，又肯拼。她走到这步不容易，美国真是没有白去了。我们老了，看孩子们肯上进，有出息，真的再没有什么遗憾了。沛宁应着，想，原来黄阿姨这么看重南雁拿个本科学历啊，而南雁对母亲的这个看重，也是很在意的。他放下电话，一时竟有点回不过神来。

沛宁的博士论文和后续的研究，在顶尖的《自然》《细胞》等杂志发表后，反响相当不错。他的研究方向开始涉及九十年代以来非常热门的基因映射领域，顺利地同时从世界卫生组织、美国国家卫生研究院（NIH）和私人基金会拿到数目可观的三笔研究基金。俄大为他提供了配套的启动基金，让他筹建实验室。在最后一次到俄大面试时，学校请南雁和沛宁同行，让她也看看学校和学校所在的尤金市。他们顺便沿俄勒冈海岸跑了几天。南雁对这儿的森林和海岸线一见倾心。险峻优美的海岸线风光，倒没有让南雁拿来比照她的故乡北海，但她一再说，她很喜欢这太平洋上吹来的风，那海的味道，跟东部的大西洋海岸非常不同，是她更熟悉的那种海的味道。虽然尤金不在海边，但开车几十分钟就可以见到太平洋啊，南雁很兴奋。

沛宁一到俄大所在地尤金，行李还都堆在临时租住的公寓里，就开始组团队，招研究生。南雁挺着日益沉重的身子，安静地出出入入，帮忙着处理新建实验室的各种琐事。到了宁宁出生的时候，南雁的父亲已在北海中风，卧床不起，南雁的母亲不再可能前来帮助。而沛宁的父母也因沛宁祖辈的健康不佳而无法离开。维持这个四口之家生活正常运转的重担，落到了南雁的肩上。

沛宁感觉自己又回到了在哥大读博士的那些日子。他每天至少得在办公室和实验室待十四到十六小时。看资料，定研究方向，指导或校正学生的研究，上课，写论文，处理实验室的事务和人事安排。不同的是，深夜归时，他连细看南雁静卧背影的心情都不再有。宁宁的婴儿床直抵在他们的大床边上；而南南常常因为怕黑而哭醒，由南雁抱了过来，横在他们中间。宁宁还睡不过夜，一哭，两人的第一反应总是先踢一下对方。可在沛宁的意识完全恢复之前，南雁就已经爬起，下床去冲奶热奶。在沛宁的眼皮终于再也强撑不住奄拉合上之前，他总是看到南雁穿着那件绒面的浴袍，弯着腰在小床前的那团黑黑的身形。他心里会有点难过，却来不及消化那难过，就再一次陷入沉睡。第二天清晨起来，南雁总是已在厅里忙碌。他看到搭在婴儿床头的那件粉橘色浴袍，会有点恍惚，不知夜里看到的那团黝黑是真是假。

浴袍是沛宁在南南出生后的第一个情人节送给南雁的礼物。那时南雁心疼母亲，南南夜里便由自己带睡。沛宁怕她夜里起身弄孩子会着凉，就去"维多利亚的秘密"女性内衣店挑了一件厚实的浴袍。沛宁记得，在情人节的夜里，将那深桃红的缎带扯开，南雁兴奋地揭开层层粉红桃红的软纱纸，跷着好看的手指拎出那件袍子时，笑得却有些勉强。这可是你给我送的第一件"维多利亚的秘密"，她说着，脸色就暗了。沛宁赶紧说：你夜里老是起身，穿上它不会着凉了。南雁轻笑了点头，说：你情人节去买这个，人家没夸你啊！沛宁表情有些尴尬，说：她们说我是……"好儿子"三个字，一下给他含在口中，将自己给噎住了，在那儿傻笑。他那夜才想起来，在那店里出入的男士，买的都是花里胡哨的性感睡衣和内衣，有些看着甚至是《花花公子》封面女郎才会穿的那种黑色吊带连丁字裤的风格，难怪他捧出这么个浴袍去交钱，人家会认为他是去孝敬母亲呢。

虽然在南雁接着到来的生日前，沛宁又专门去"维多利亚的秘密"买了件豹纹的丝绸超短吊带睡裙，却从未见南雁穿过。等他问起，南雁笑笑，说：那是要穿了，早晨在床头等着吃甜心端来的早餐的呢。而这件橘色的绣花浴袍，却从给南南起夜喂奶，到给宁宁喂奶起夜，都一直用着，让沛宁叹气。

当日和学生小组开完午餐会，沛宁又专门跑了趟购物中心，到"维多利亚的秘密"，挑了一件水蓝绣花的新浴袍。当他将包着浴袍的礼盒双手递到南雁手里时，故作俏皮地说：如今我们儿女双全，美国人讲的就是粉红粉蓝，配了个正好。南雁将它展开，仔细看了一会儿，忽然说：我年轻的时候最喜欢的就是这路水蓝了。沛宁没有应声，但他记得的，那个剪着一头男孩子式的短发，张着一双迷离走神的大眼，第一次出现在他的面前时的南雁，就是淹在一片水蓝里。这是海的颜色，我喜欢的，南雁说着，小心地将新浴袍折起，倾过身来，轻轻地拥抱了他一下。

之后，沛宁就再也没见过那水蓝色的浴袍。很多个清晨，他看见南雁仍是规矩地穿着那件御寒的厚重粉橘色浴袍，在厅里折叠着一堆堆刚烘好的衣裳。他多次想要问起那新浴袍的，却总是被插进来的种种事体打断。后来隔得太久了，再有机会问，他也不想问了。他愿意连晨光也是模糊的，他就不用看清南雁那张因缺眠和劳累而被时光削长的脸，在黯淡中跟他直面相向。

沛宁能帮得上南雁的，就是在大早将南南送到幼儿园。襁褓中的宁宁，则由南雁在稍晚的上班途中，送去给在地质系读博的中国同学老孟的陪读太太照看。两个孩子都由南雁在傍晚下班的路上接回家。沛宁将这个家，两个孩子，加上自己实验室筹建过程里那些最细碎的事务，小到试剂试管培养皿的尺寸定夺，大到通风口的安装挪移，全都甩到了南雁身上。

也正是在这时候，沛宁听到了王镭离婚的消息。她嫁的那个英俊的美国同学，沛宁在哥大期间出席首都华盛顿的一个专业年会时见过。小伙子扎着长长的马尾，一脸的聪明相，反应非常敏捷，专业上的视界很宽阔，给沛宁留下很好的印象。他看到王镭和他并排而立，几乎等高，两人间有一种非常默契的气场，非常好看。沛宁心里为王镭高兴。那时，他们夫妻双双都要去往布朗大学了，沛宁还想，王镭果然走过那悬崖上的钢丝，获取到那尽头的她想要的宝藏，成为她想要成为的人了。可是，王镭还是看到了悬崖下的几粒白骨。

王镭在沛宁去电征询一些实验机构设置的技术性问题时，告诉了沛宁她离婚的消息。电话里是长时间的沉默，沛宁想她可能哭了，但他没有听到哭声。他轻声叫了两声王镭，才听到她在那头说：我也许太要强了。都是我的错，从一开始，就是我的错，从很小很小的时候起……沛宁说不出话来。在她"很小很小"的时候，他就认识她了。他太知道她了，知道她心里由父母种下的那颗种子所长出的树，高大得让她都不好意思说出它的名字，但他知道她的。他没有任何时候比此时更珍视她心中的那棵参天大树,在他一直走一直走,万水千山,走到中年的时候他说了:王镭,女士永远不会错。你更没有,我一直都以你为骄傲的——这最后一句,他说的是英文。王镭在电话那头的声音有些变了,说:太晚了。不过还是要谢谢你,你真是个好朋友。说完,就将电话挂了。

沛宁放下电话,为王镭难过了一阵。转眼看到电脑屏幕上南雁刚传来的实验室原料设备的采购清单列表,点开,一条条做得那么详尽,不同的生产厂家,品牌的优点缺点对比,选择建议都一一列出。沛宁舒了一口气,想,南雁终于也走过来了,这个想法让他深感欣慰。他已经很久很久都不再听到南雁谈她的美国梦了,那么,她该是安然了。一个人只有在生病的时候,才会谈论健康,不是吗?

沛宁的实验室开始运转的那个秋天,他们搬进了南雁一手选置的房子里。沛宁跟系里各方面的磨合也基本完成。手下的团队已有模有样。他的博士导师米勒教授到西雅图开会时,专程转到尤金,参加了实验室成立的大型派对,并送给沛宁一个惊喜:沛宁发表在《自然》杂志上的博士论文入选全美分子生物学学会的学术论文红皮书——那是十年一选的全美优秀论文选本,是极高的学术荣誉。虽然沛宁心下知道,自己的入选跟米勒教授是红皮书编委会负责人大有关系。

作为学界泰斗,米勒教授的到来,让沛宁在学校和系里的知名度大增。米勒教授站在沛宁的实验室里,谈笑风生。几年不见,他除了头发花白了,还是精力十足。他告诉大家,沛宁是他最聪明的学生之一,而要论刻苦,在他的学生里几乎无人能及。他相信,沛宁今后一定会在专业上大有成就。沛宁站在米勒教授身边,听到这些话,脑袋里跳出来的第一个画面,竟是在哥大研究生公寓里,那小餐桌上南雁摆出的那些盛着汤菜的盘盏。暗暗的灯影里,它们像南雁在望着夜归的他。他一个激灵,立刻陷进众人的笑声中,再四下环顾,实验室里并没有南雁的身影。

米勒教授当夜来到沛宁和南雁在城市近郊的家中。秋天的尤金已开始了漫长的雨季。车子停稳,米勒教授走出来,转身到车库的门口,张望着他们的前院,沛宁这才注意到,那青草竟剪得如此齐整,衬着雪白的矮栏栅前矮矮的花带,新鲜得不像真的。他每日早出晚归,竟都不曾有空留意过这些,心下就有些懊悔。南雁抱着宁宁，拖着南南，母子三人站在泥红色的大门前，笑意盈盈地迎接他们。南南穿着桃红绣花的小绒衫，一条短短的桃红夹咖啡色的灯芯绒小格子裙，桃色的连裤袜，一双短筒的深棕色翻毛小皮靴，直直的长发披下来，在那儿有些羞涩地笑着。宁宁则是穿一套短小的牛仔装。米勒教授趋身上前，和南雁及孩子们拥抱在一起，递给南雁一瓶红酒，又给孩子们分发了小礼物。南南拿到的是个漂亮的芭比娃娃，宁宁的是一个外星人的 Lego（乐高玩具）。进大门前，米勒教授还不甘心地转过身，走下台阶，再去看那门前的小喷泉，配着客厅窗前的日本枫，地中海式房子的墙石，由衷地连声叹道：多么美的家呀！风水真好。听米勒教授发出怪异的"风水"二字，沛宁和南雁都笑起来。沛宁在进门前，转过身来，再看了一眼前院，果然看出了自己平时从未注意到的美妙，心里很有几分自责。

晚餐是南雁烧的海鲜炒面，烤意大利大蘑菇，浇着她自己用橄榄油、意大利醋拌了蒜茸调制出来的汁，恰如其分地消解掉那大蘑菇肥厚口感的腻；烤三文鱼和奶油烧淡菜。甜点则是南雁自己烘焙的蓝莓奶酪糕。铺着雪白暗花台布的餐桌上燃着蜡烛，南雁一边照顾着孩子们，一边陪米勒教授和沛宁喝着红酒，笑意盈盈，话却很少。她穿着一件白色的绒衣，在烛光里显得圆融而温暖。她再也不是那个对着菜谱手忙脚乱地煲汤炒菜的南雁了，沛宁想。她如今的厨艺已可谓中西合璧，从来不像别家的中国主妇在这样的场合里总是独自忙碌在厨房，却在满屋的笑声中缺席。她非常善用烤箱和微波炉，甚至从不起油锅，端出来中式菜肴又样样看着非常地道。沛宁知道，这些都是她早年在纽约时，为了有更多的时间出门打工、学英文、看展览而摸索出来的厨艺。

南雁适时地夹在沛宁他们的谈话中调侃几句，从容里有着雅致。米勒博士显然也意识到了，一边夸着南雁的厨艺，一边对南雁说：你变了好多，进入了女人最黄金的时期。还记得你刚来时，总是躲在沛宁身后呢，头一下子在他的左边冒出来，一下又在右边，像只小松鼠，非常可爱。南雁红了脸道谢，又说：这么多年了，都老了呀！米勒教授说：怎么这么说！四十五岁才是女人的全盛期啊，老？你还差得远呢，慢慢来，你最好的日子在前头等着你呢。

米勒告诉南雁，沛宁一定会有大成就的：我早知道他一定会有自己的实验室，他在我实验室的最后两年，我让他带两个新来的女研究生，让他练练管理能力。米勒教授眨眨眼睛问南雁：沛宁没告诉你吧？一桌都笑了。米勒又和南雁聊起她的工作，说：真好，沛宁以前老说，你的美国梦是经济独立，能从事自己感到骄傲的事情。如今，都实现了。让我们为南雁干杯吧！沛宁坐在南雁对面，听到米勒教授的建议，赶紧拿起酒杯，一下看到了南雁眼里的泪，很薄，却被烛光映得特别亮。沛宁也有些激动起来。南雁含笑谢过米勒教授，将杯里的红酒一饮而尽，放下杯子时，她起身离去，一会儿，再坐回来时，沛宁看到她平静下来。

饭后他们坐到客厅里，陪米勒教授聊了好一阵，说工作，说老同学、老熟人、老教授们的近况。又谈到米勒太太黛比如今迷上了摄影，孩子们都离家了，她也满世界地跑，前段还到非洲去拍了两个月。南雁后来就别过，去哄孩子们睡觉，直到米勒教授在夜里十点多钟道别时，她才出来相送。她将米勒教授一直送到大门外，米勒教授拥抱着她时，再一次说：很高兴见到你这么好，孩子们这么漂亮健康，我回去要告诉黛比，她也会很高兴的。

沛宁将米勒教授送回他下榻的酒店，回到家里时，餐桌已经清空，看上去什么都不曾发生，让他有些虚幻的感觉。沛宁回到卧室，借着墙道下方夜行灯微弱的光，第一眼看到的是南雁侧卧的身影。南南并不在床上。他轻手轻脚地换了睡衣，躺下前，再看了南雁一眼，这是他已经忘记了很多年的姿态，每一个起伏都能让人感到张力，绷得很实。他知道南雁没有睡着，那时——早年在哥大的时光，他就是知道她在这个时刻没有闭上眼，也不曾有心力去安慰过。他心下内疚，侧过身子，将手搭过去，很轻地说：忙了一天啦，你很累了，睡吧。

南雁的上身开始抽动，开始很轻，他就凑近了，搂住她。南雁试图挣脱他，身子抽动得更快了，他终于听到了压抑的啜泣。怎么啦？他一边轻声问，一边起身去床头的矮柜上扯过面纸，塞到南雁手里。南雁不响，轻轻地揩着泪。沛宁伏到她肩上，小声说：又怎么啦？不是好好的，很高兴的吗？南雁的手停下来，翻身平躺下，轻声说：也不知道为什么，就是很难过。米勒真好，这么多年没见了，真的像见到父亲的感觉，让人想起好多事情。你看米勒是怎么照顾你的，你都不用自己要求，他一步一步都为你想好了。

沛宁也躺下来，说：可不是吗，他说得真好。他说什么说得好了？南雁问。沛宁听到了浓重的鼻音。你的美国梦啊，讲得真好，我也为你高兴呢。南雁侧过身来，轻拥住他，说：如果我告诉你，他没讲对，你信吗？沛宁不响，等她的话。南雁又说：那是你们以为的我的美国梦。沛宁待在黑里，不敢喘大气。是你们塞给我的，包括我妈。南雁，如果你这样讲就很没意思了，沛宁的声音冷下来，你总是说要上学，念书，拿学位，独立，这么多年，我都是支持的，你也做到了，反倒又说，是我们塞给你的。南雁安静地听着，很久很久，都不响，让沛宁以为她睡着了。忽然，她才又说：确实很没有意思，你从来就不懂，也不想懂。说着，侧过身去。沛宁就听着她的啜泣声，心里烦躁起来，也侧过身去，跟南雁背靠背地躺着，说：忙了一天了，睡吧，有什么话明天再说。待南雁在身后安静下来，他再转头去看，她的身形凝固了。他想她的双眼大概是睁着的，再一转念，自己就迷糊过去了。

实验室正式运转起来，时光车轮的转动便以加速度前行。沛宁每学期开两门课，一门本科四年级和研究生修读的四字号课程，一门研究生读的五字号课程。还带着硕士、博士共五位学生，再加实验室林林总总的十几号人马。因时间不能配合，连早晨送南南上学这事儿都只能推给了南雁。他还要不时地飞往各地参加学术会议。到了这时，实验室的初始构建已基本完成，仪器设备等硬件设置已决定下来，进入了常规的运转，南雁便申请转到系里一个比较成熟的实验室去了。那里做的实验比较常规，不需要在夜晚或周末也得去观察或换培养基。而且作为一个将来要有大发展的实验室，沛宁按规矩也是该回避让直系亲属直接在手下工作的，这对他们夫妻双方，都是一个有益的工作变动。这时的南雁，话越来越少。沛宁甚至也是故意地躲着跟她对话的时机，他不是不知道南雁需要倾诉的时光，只是他太忙太累了。沛宁总是想，等他拿下终身教授的资格，一切走上了正轨，他会有大把的时间来修复这些临时的失却。

第一个变故是在来到尤金后第二年的晚秋发生的。

沛宁那夜从芝加哥参加完学术会议，一程程往回飞到尤金，在湿淋淋的雨夜里从车库走进家门时,已近午夜。他放下简单的行李,走进厨房,开冰箱抓了几块奶酪和曲奇饼,正要到电热壶前倒杯热茶,忽然看见起居间深处那张摇椅上坐着睡着了的南雁。

沛宁赶紧放下手里的东西。这时节家里还没开暖气,雨夜里凉飕飕的。南雁穿着沛宁宽大的蓝绿相间的大格子厚毛绒衬衫,牛仔裤胡乱卷着的两个裤管高低不平,两只脚交叉着,连袜子都没穿,整个人在厨房青蓝的台灯光下,显出惊人的苍白瘦削,异常刺目。沛宁赶紧去找来一双袜子,想给她穿上。靠近她蹲下来时,闻到一股刺鼻的呕吐物的腥臭,沛宁下意识地往后一偏,失去平衡,咚的一下坐到地毯上。南雁就醒过来了。沛宁这时看清了她胸前和肩头都是呕吐物的痕迹,惊讶地说:这是怎么回事?你病了吗?电话里也没说呀?南雁有气无力地说:说了又怎样?也不可能让你赶回来。宁宁已经烧了一天一夜了,刚用冰敷了,体温暂时降着,后半夜不知会不会反弹呢。看了医生吗?医生怎么说?沛宁问。昨晚烧得太高了,去看了急诊,排了两个小时的队,说是中耳炎。医生开了抗生素,白天稍好一点,今晚又吐了,南雁的话声越来越低,到后面,都要断气了一般。

沛宁起身想去拿毛巾给她。南雁摆摆手,自己起来,脱下毛绒外套,走到水池边,从橱柜里扯出一条干净的白毛巾,湿了水,在脸上脖子上擦着,当她擦到胸前时,自己都让那呕吐物的酸腐味儿熏得皱紧了眉。沛宁抢过南雁手里的湿毛巾,去帮她擦:你太辛苦了。南雁凄凉一笑,说:你可不也是。沛宁不响,蹲下来,在她的牛仔裤上也擦着,说:太脏了,还是换一身吧。南雁别过身子,捂住脸,沛宁听到她的压抑的哭声:We have no life(我们过的是什么日子)!

在那个时刻,沛宁知道她是对的。他有一种很强烈的冲动,想抱住她的腿,将他的同意说出来。这句话说的是事实,但对他却没有意义。他就是那过河的卒子,别无选择。他的家庭,他的事业,甚至他手下的人,都在他的双肩上,他还得扛着他们一起走。如今他满脑子想的,就是各种选题能够做出结果,能写出高质量的论文。也许他再也超不过那本红皮书了,但他不能停。要积累足够的学术信誉,能够顺利地在六年内拿下终身教授——当然越早越好,若运气好,转到更知名的学校去时，可以直接获聘为终身教授。更重要的，是在他喜爱的专业领域里做出有意义的成果。That is my life（这是我的生活），沛宁在心里应着，侧过脸去，看到远处的一片深黑。

我最近常常想，常常想，这些孩子对我意味着什么？南雁抽泣着说。沛宁听得一惊，起身将她扶回摇椅上，坐到她脚边，拍着她的膝盖，说：南雁，你镇定些。你需要休息，休息过来再想也不迟。南雁抹着泪，摇摇头。沛宁只得接下去：你问我孩子意味着什么？他们意味着你生命的延续啊。南雁，你那么爱他们！南南小时候，你说过的，等孩子们长大了，我们老了，回想起来，生活是很美好的呀！就是这样的啊，你讲得多好。

沛宁，可我发现不是这样的。我都没有活好，自己都没活出来，延续什么？我们这样一代代人，像我妈，到我，再到我的小孩，就这样重复着责任。让他们吃饱穿暖，念书长大。到他们结婚成家，又将这一切重复下去，为自己的孩子又去牺牲。这样的生命有什么意义？南雁的声音开始高起来。

沛宁没想到南雁会说出这样的话，愣住，好一会儿才说：南雁，作为一个生物学家，我想我这样说，你大概是不会接受的，但它是事实：生命本身就是无意义的，人类生命最本能的意义就是传递自己的基因，中国老话讲得更形象，就是传宗接代。别的，都是人强加给自己的。说到底，那加进来的所有额外的东西，也是为了基因更好地传递而已。

南雁张大口，半天没回过神来。她整个人都塌下去，陷在摇椅里，最后有气无力地说：你就是这样看的吗？你真是这样看的吗？沛宁表情凄凉地笑笑，说：我怎么看并不重要，重要的是，我说的是事实。南雁的声音尖起来：是的呀，意义是要靠人加上去的呀。就像精子和卵子，它们各自能有什么意义？但它们结合，人就给了它们意义啊，它成为生命，走出母体，成为新的独立的个体生命。你不要告诉我，这生命没有意义！你不要告诉我，上学念书上进向善做人追求自我实现，种种，除了是为着那个 Fucking 传宗接代之外，毫无意义！No！Never！南雁的情绪越来越激动，最后叫了起来。

南雁！沛宁的声音也高起来，打断她，说：Watch your language（注意你的语言）！我说的不是你理解的那个意思，太搞笑了。唉，你对付不了那么复杂的问题，我竟然忘了。你若真想了解，推荐你去看 Robin Baker 那本经典的《精子战争》，那里面说得很透彻，你应该能读懂。

Watch your language！南雁又叫了一声。你太过分了，你真是太过分了！说到这儿，南雁又开始抽泣，她不再说话，努力地压抑着自己的哭声，在这秋天的雨夜里，令人心寒。沛宁冷静下来，说：对不起，是我说错了。我也知道，这些年，我对你在感情上看顾得很不够。确实像美国人讲的，我在婚姻上做的功课确实太少了。这我心里是明白的。我总是想，等日子安定下来，我一定补回来的。南雁这时停住了，过了一会儿，才冷着声说：就像那颗你承诺过的钻戒？沛宁正色道：是的，你以为我忘了吗？我都想好了，到我们结婚十五周年纪念日的时候，我们一起到 Tiffany（蒂芙尼）去，你亲自挑一个你自己喜欢的。我说过的，就要做到。包括到时代广场迎接新年，我们找一年，带南南宁宁一起去。

南雁打断他，说：这么多年的夫妻做下来，你还是没懂我。我在结婚前就跟你说过了，我不在乎这些。停了一下，南雁接下去，说：其实我心里是佩服你的，从一开始就是。我从来就喜欢那种很懂得自己想要什么，又不放弃追求的人。你在事业上那么执着用功，可以讲是我的榜样。感情上的事情，老实讲，失望也不是没有过的，但都过去了。作为生物学家的妻子，我也明白，人类本来就不是一夫一妻的动物，两人在一起，过不了三五年，任你怎样努力，大脑也不可能分泌让人兴奋的多巴胺激素了。沛宁听到这里，忍不住打断她：对不起，多巴胺不是激素，只是一种化学物质。南雁瞪了他一眼，接着说：那些事我早看穿了，我真的没有抱怨，在这点上。

沛宁心里也为南雁的夸赞有些高兴，但她话里藏着的更多的冷，让他在这黑夜里感到惊心。他叹了气说：我想你是太累了，这样熬下去，健康怕都要出问题。嗯，这样吧，你好好想一下，如果你愿意，不是，我是请你认真考虑一下，那就回到家里来吧。沛宁没想到自己会突然说出这样的话。可话一出口，他感到了解脱。南雁安静地坐在那里，没有回应沛宁的话。孩子们也大了，我知道带孩子是最磨人的。马上到了上学的年纪，就更需要看着，还要送课外活动，要学这学那，老实讲，我这几年怕是帮不上你的。这算是我的请求，就算是支持我。我们现在的条件好多了，我的工作很稳定，房子贷款的负担也不重，从经济上讲，你退下来，生活的品质也不会受太大的影响。有你在家照顾，生活的质量还会更高。We should have our family life（我们该有自己的家庭生活）。

沛宁记得南雁直到站起来，都没有再说话。她走到水池边洗脸，洗了很久，南雁弯下腰，不停地往脸上扑着水。那水龙头一直开着，在这静夜里，哗哗的水流声似乎无以穷尽。沛宁最后实在忍不住了，刚想上前去拧上开关，南雁就直起腰，"啪"的一下关上了那个水龙头的开关，夜就此静了。

沛宁的话说过，也就过了。天一亮，他又让那滚滚向前的车轮裹挟着，身不由己地回到日常的轨道上。直到第二个周末的傍晚，沛宁为了准备夜里的讲座，提前回家。他将车子一停进车库，就注意到车库深处堆了五六只叠起的纸箱。南南和宁宁在厅里打闹着，见他进来，南南立刻甩开手中的玩具，高声叫着"爹地"呼啸而来，抱住他的右腿，而胖墩墩的宁宁，落在后面，蹒跚而来。沛宁蹲下身来，将他们迎到怀里，在南南宁宁嗲声嗲气的争宠声里，沛宁想，自己错过了多少这样的美好时光啊，就将他们搂得更紧。转眼看到厨房、客厅、起居室打扫得干干净净，空气中是一种沛宁非常熟悉，却一时说不出来的食物的香气。他搂着南南宁宁起身，看到炉头上坐着的砂锅正在扑气，过去关小了火，掀开一看，扑鼻的香气。他想起来了，那是鱿鱼干的味道！这气味是如此北海。他站住了，看到锅里那些海带结、萝卜和排骨，竟有点想哭。南雁那些菜谱！这个念头闪过。他叫起来：南雁！南雁！声音是那么响，以致两个回到厅里玩耍的孩子都停了下来，齐齐看过来。南南说：妈咪在洗澡间！沛宁走到孩子们的卫生间门口，看到南雁戴着一对明黄色的橡胶手套，系着围裙，跪在那里刷浴缸。

见沛宁走近，南雁停下，转身站起，一边脱手套，一边说：我回家了。沛宁没有反应过来，他甚至都忘了他那夜里说过的话。南雁又说：我辞职了，跟系里递的信。沛宁一惊，他完全没有想到，南雁跟他都没有商量，甚至提都没提一句，就做出这样的抉择。他呆在那里，好一会儿才说：你肯定？这是大事，可不要冲动了。南雁的眉毛挑起来，看向他，笑笑说：你该说的是：Welcome home！

老爷！沛宁一下就放松下来，心下觉得简直是解脱，说：那当然，当然。南雁盯牢他，那目光就有点虚了，沛宁赶紧说：Welcome home, honey！趋前想要拥抱她一下。南雁抬起手，示意他手脏着。

沛宁的心有点凉，退出一步，说：你肯定吗？我希望你是高高兴兴的，是 by choice（自行选择）。南雁说：这你放心。沛宁仍忐忑着，说，也就这几年，等我拿到终身教职，孩子也大些了，你要愿意，还可出去做事的。美国人都这样呀，五六十岁的女人，还进学校念学位呢。南雁笑笑，这笑就有点勉强了。沛宁赶紧说：一进门就闻到了你煲汤的香气了，让人流口水呢！南雁挑起眉，说：可见煲汤是多么伟大的事呢！

沛宁心神不定地转出去，进到厨房，想到冰箱里取果汁，扶到把手上，一眼看到冰箱右门上方，果蔬图案的吸铁压贴着南雁的生物化学本科毕业证书。沛宁一愣，抓着把手，盯着那证书上的花体字发呆。南雁这时走过来，站到他身边，安静地陪着沛宁看。两人间没有就此交流。沛宁一直都没有想明白，南雁贴出毕业证书是什么意思。

那张毕业证书也就在这门上贴了三四天，忽然就消失了。日子就这样过起来。南雁每天早晨早起为孩子们做好早餐，一边盯着南南吃，一边喂宁宁，帮他们穿好衣服，送南南去坐校车，然后自己开车送宁宁去幼儿园，再回家收拾。南雁回家后，从来不曾停过，刷墙，换地板。在前后院不停地挖挖移移还不够，又请人重新装修了厨房和卫生间。她还热衷于将那些家具今天换个位置，明天变个罩面。窗帘则一会儿挂流苏，一会儿又变出蝴蝶结，整个房子里，到处加加减减，热热闹闹，虽让沛宁觉得非常闹心，却又不便提出。

南雁那时将家里弄得一尘不染。任何时候走到厨房、卫生间里，锅碗瓢盆，台桌椅凳，玻璃，处处都亮到发出寒光，到了最后，沛宁都要怀疑南雁是不是生出了洁癖。洁癖本身也许没什么，但这种变化却让生活变得很不方便。特别对沛宁这样一个大忙人，简直要生出痛苦。他回到家中，需要的是放松，随心所欲。他跟南雁说过，但她并不退让。

在南雁出走之后，沛宁偶尔看到书上说，有些强迫症患者，比如有洁癖之人，其发病的根源，是因为他们在现实的世界里对一些在他们看来十分重要的事情上失去了控制，深感挫折，只能将注意力凝聚在家庭或个人生活里他们可以把握的范围内，走向极端。后来，南雁的好友亚兰在旧金山见到出走的南雁，沛宁专门问了南雁的生活情形。亚兰说：南雁现在太忙了，住的地方就远没有她在家里那么讲究了。娇小细腻的苏州女子亚兰措辞相当谨慎，真可谓滴水不漏。沛宁也就不再追问。

南雁那时居家的生活，在某种程度上讲，又是简单重复的。每天下午两点半接回孩子们，带到社区的游乐场去玩耍。南南眼见大了，周一去上钢琴课，周三画画，二五下午带去游泳课，周四去唱歌，墙上那块五颜六色的日程板，总是填得满当当的，让沛宁望见，很是心安。

沛宁晚归的夜里，大多时候，南雁已给孩子们念完读物，讲完故事，哄好他们入睡了。她不是在往洗碗机里塞取盘碗，就是在折叠、熨烫衣裳——沛宁的衣裤如今总是给熨得妥帖平整，一周五日的行头，南雁都给他搭配好，按顺序挂在他的衣橱里，让他想也不用想，早晨洗好澡，拎出来穿了就出门，而不再像过去那样，总是临时在衣橱里翻找，同时考虑搭配。碰到重要场合，还要急忙自己熨衣裳。家里的各种外联，医生、牙医、税表，南雁全都揽了过去。信用卡月账、水费电费煤气费、电话费、上网费各种保险都不用再担心因迟付而被罚款。沛宁这时算是体会到了母亲的远见。也许是巧合，沛宁研究室里的各个项目，自南雁退回家后，进展都特别顺利。沛宁喜欢那段日子里夜归的时刻，常常是车子转到门前车道上，就可以看到厨房窗口流泻出的灯光。窗台上，南雁种的几盆仙人掌，远远看去，像在暗影中朝他举起的几双小手，让沛宁深觉安慰。只是当车灯闪进车道时，沛宁有时会注意到南雁转过身去，面对着冰箱的身影清冷而孤独。南雁自生下宁宁后，就变瘦了，身材反不如做姑娘的时候像少妇。他很想问问南雁的感受，真实的感受，却又是害怕的。每到这时，沛宁会想到美国人说的，一个物件若没出状况，最好不要触动它，更别要去改动它。可是南雁不是物件啊，不是吗？沛宁这样想，就更畏缩了。好好的，好好的，他在心里反复想，等到他拿下终身教授，他们会有大把的时间。他要带她和孩子们去环游欧洲，去各个国家公园露营，回中国度长长的暑假。再等一等，南雁。他在心里反复说，倒像是在给自己鼓劲儿。

五

沛宁总是相信，后来的一切，都是在二〇〇七年那个夏天，街区里那个越南邻居阿娇搬过来后引发的。

知道她叫阿娇，是在街区举行的独立节派对上。这种一年一度的聚会是小区里的传统，让邻里联络感情，以便守望相助。沛宁他们所在的是一个小小的街区，从大马路进来，转一个弧线，收住，死胡同一般，隐私性很好，美国人很喜欢的。派对在那个圆形街区的路中央举行。大家合作搭出长长的台子，铺上一次性纸质台布，各家搬来自己做的沙拉、热狗、汉堡、土豆片、水果、冰镇啤酒和各式饮料、孩子们喜欢的冰激凌等等，摆在长桌上，还有几个美国男人在弄烧烤。又租了个巨大的充气蹦跳屋，让小孩子们在里面尖叫蹦跶，消耗过剩的精力。

阿娇作为新来的邻居，很主动地跟大家一一打着招呼。阿娇看上去四十多点的样子，个子比较高，这跟常见的越南人不大一样。她的眉毛修得很细，样貌看不出特别，但一双眼睛看上去很忧郁，让人过目难忘。

阿娇那日穿一件雪白的无袖绸衫，一条豆青的宽腿棉绸长裤，一双豆青的拖鞋，走起路来，很是飘逸。她的头发烫成大波浪，梳理得纹丝不乱。南雁原是街区里唯一的亚裔女子，这天跟阿娇自是一见如故。后来南雁说，阿娇总让她想起她小时候在东兴街头见过的越南女子，戴着竹子编成的三角斗笠，挑着咸鱼干鱿鱼墨鱼干，跨过北仑河来东兴做买卖，换些钱买军用水壶、热水瓶钢精锅、生力啤酒，再挑着回越南。她们都是阿娇那种令人心疼的坚韧又无辜的表情。南雁在那个派对上，几乎就一直在跟阿娇聊。

阿娇在美国拿到物理治疗硕士的学位，完成了一年的实习后考过理疗师执照，在尤金的一家医院找到了工作。她从越南老家接来青梅竹马的男友，正供他在俄大读计算机本科。两人还没有孩子。阿娇告诉南雁，她正在筹建自己的理疗诊所，准备自己开业。当时她刚买了房子搬进这个街区还不到两周。南雁和阿娇分手时，交换了电话号码。

从那次聚会起，阿娇这个名字就常出现在沛宁和南雁本来就不多的谈话中。从南雁的口里，沛宁知道了阿娇出生在西贡南边靠海的美丽小城头顿，家里有十三个兄弟姐妹。父亲在阿娇十二岁那年的夏天，在去往越柬边界做生意时，遇到山洪暴发。当时阿娇的父亲跟同去的老乡正走在一条公路桥上，那桥不幸被洪水冲垮，阿娇的父亲再也没有回来。阿娇告诉南雁，她如今只要一看到高速公路上的高架桥，心里就很惊恐。

父亲死后，阿娇的家里就靠母亲守着个小金铺，在族里叔伯的帮助下，将孩子们拉扯大。越战后，家里花了几十两黄金买到逃难船的黑票，作为长女的阿娇和她大哥上了船。船驶到公海，人们就会被放到小舢板上，漂流在公海海面，以期被国际救援组织的船队救起。坐上舢板那一刻，你是不是命大，能不能活到国际救援船队的到来，就完全看天意了。阿娇大哥上的是另一条舢板，从此下落不明。阿娇命大，被救援船队救起后送到在香港的越南难民营。蹲了三年多，才等到排检。因她的父亲在越战期间曾给美军做过后勤，她获准来到美国。

南雁告诉沛宁，阿娇如今一说到在香港难民营的经历，总会哭，有时哭得身子都要抖，让人很难受。阿娇在那里的三年里，谁知遭过多大的罪呢。因此南雁心下对阿娇很是体恤，两个女人就走动起来。沛宁会不时在家里见到越南人吃的那种米皮里卷着豆芽细米粉条胡萝卜丝九层塔的虾卷，配着鱼露酸醋花生酱和红辣椒调出的汁，或摆着一大杯越南餐馆里卖的五颜六色的凉粉豆冰。

南雁有时又会自顾着感叹：阿娇在越南只读了初中呢。刚来时，越南难民都是按配额由政府统一分派到美国各州去的，除非你有亲友可投靠。阿娇在美国举目无亲，被分到人烟稀少的蒙大拿州，一个小镇上的牧场主家里。那家人对她很好。她在牧场里帮着干点活，他们教她学英文，养着她。如果她学好了英文，就可在当地的城镇里找份事做，再嫁个人，在新大陆的生活就算搞定了。但阿娇哪里肯，她说刀山火海闯过来，她可不是要吃饱穿暖，然后老死在天苍苍野茫茫的蒙大拿。她不仅有自己的美国梦，她还是他们全家的美国梦。她后来就买了"灰狗"长途车的车票，一路去向南加州越南人聚居的"小西贡"。学英文，打过无数的工，直到上学，本科，理疗硕士，一路念出来，又将家人一个个接来美国，到如今准备自己开业。

沛宁听南雁像是讲自己的故事那样投入，都不忍打断她。直听到她最后说：你猜阿娇怎么说，她说，其实在美国，你只要肯努力，你想是什么，就可以是什么。沛宁听到这儿，想了想，说：咦，这话怎么听着这么耳熟呢？南雁难为情地笑笑，说：张妮说过的——哦，张妮！沛宁才想起来，南雁已经很久很久不曾提过她那个手帕交张妮了。张妮现在怎么样了？沛宁忙问。和我一样啊，家庭主妇了。也就是那悬崖间钢丝下的一堆白骨。沛宁听得一惊，赶忙说：你别瞎讲！这都什么话！这其实是心态问题，你忘了黛比说过的吗，做一个有文化的家庭妇女，也可以是女人值得骄傲的追求呢！南雁的声音一下就硬起来：那是米勒太太的追求，你要搞清楚。沛宁愣在那里，南雁已经很久没有以这样的口吻说起自己的美国梦了，这让他有些不安。

阿娇的物理治疗所在那年的深秋开业了。沛宁陪南雁一起去参加了在诊所里举行的庆祝开张的小型酒会。诊所在尤金医疗中心外围的一处平房里。小小的门脸，玻璃门上印着花体的"太平洋复健中心"字样。进门是接待室，另有四间小诊室，里面摆放着各种治疗仪器。如果不是墙上挂着彩色的肌肉筋腱组织剖面图，在沛宁这样的外行人看来，会以为是误入了健身房。阿娇请了个菲律宾裔的女子做秘书，病员大多是需长期做复健的老人家。那日来了不少人，将小小的诊所挤得很是热闹。大家说笑着，在那里吃点心水果，喝着鸡尾酒、咖啡和茶。阿娇的男友安静地忙进忙出照顾着酒水食物。

阿娇穿一袭粉色的套装，跟人谈天说笑，再看不出眼中的忧郁。沛宁望着她走神,哪里能看出这是个经历过那么多苦难的女子呢?就由衷为她高兴起来。南雁从中国超市里给阿娇带了一盆扎着红绸结的越裔很喜爱的发财树,配了张署着"南雁沛宁全家"的贺卡。阿娇拥抱南雁,接受了他们的祝贺。松开手臂时,沛宁看到两个女人的眼睛都有些红,他就将手搭到南雁的背后,轻轻地拍了拍。

就在从阿娇诊所回来的那个夜里,沛宁被南雁的哭声从梦中惊醒。这时,孩子们已不跟他们同居一室,南雁的哭声就有些放纵了,虽然压抑着,仍是一声长过一声。怎么啦?你醒醒啊,醒醒!沛宁惊坐起来,去摇她的肩,他的第一反应是她在做噩梦。南雁翻过身来,平躺着,一只手搭到额上,不说话。下午不还好好的,挺高兴的吗?什么事啊?别哭,啊,有话说出来,沛宁伏上前去,说。

南雁没有回答。她接过沛宁递过的一张张纸巾,安静地擦着,最后停下来,许久,在黑暗里,沛宁听到了南雁鼻音浓重的话:我告诉你我哭什么。我哭我的童年。我想学画,我画得那么好,可连个像样的老师都找不着。我在窗下,自己一笔笔对着小人书画,对着小猫画,对着眼睛看得到的东西画。在我北海的家里,现在都收着那些画。沛宁不响。我哭我的梦。我一直想,一直想象,我可以做得多么好,我那时给班里、给学校画的黑板报、墙报、油印的刊物,人人都说多么的漂亮。我哭家里让我去学他们为我挑选的专业;我哭我来美国也不曾有机会重新来过。我听你们的话,做实验员,培养标本,处理细胞,照顾小白鼠。不是实验员不好,可那不是我要的生活。但谁在乎?谁?南雁说到这儿,声音尖起来。沛宁的心被刺着,安慰的话都说不出来。

南雁又说:今天看到阿娇,我明白了,你自己在乎就够了。沛宁这才明白,她是因为今天看到阿娇开业,受了刺激,忙说:冷静一点。你想想,你也有阿娇没有的啊,两个这样可爱的孩子——沛宁没有把话讲出来:这些很可能是阿娇最想要而得不到的呢。南雁很重地吸了一下鼻子,声音又变了,说:包括做母亲,做两个孩子的母亲,都不见得是我想要的。

沛宁抽一口气,想起那个他从芝加哥回来的寒夜,南雁的失态。说:没有什么事情是不可以解决的,你能不能说一说,你理想的生活又是什么样子的?南雁一下失去了控制,带着哭腔说:我们十几年的夫妻,你都不晓得我想要的生活是什么？

沛宁坐在黑暗里，脊背上凉出一片，反手擦去，是黏黏的细汗。他顺着南雁的哭诉去想，很久很久以前，在南宁，哦，南宁，这时想起已是隔世，隔世的隔世。他们在新生园吃火锅，南雁说过的，她的理想。想起来了，甚至在康奈尔医学院时，她好像也说过的，在他和她母亲劝说她去拿生化本科的学位时。沛宁轻吁一口，说：哦，我知道的，你想学艺术，想学设计。如果它这么多年都不曾改变过，那么，你现在有机会了，你可以去上学啊。社区学院，俄大，州大，不可能没有合适的课程的。你完全可以去试一试啊，我完全支持的。南雁安静下来，没有再说话。

那个秋天，沛宁看到地下室孩子的游戏间里添出一张宽大的木台，还竖起个画架，配一条长凳。南雁在木台上面画画写字做手工做设计。原本就堆满了玩具的地方，花花绿绿的更闹腾了。沛宁知道南雁开始在社区学院修设计课，便有些放心了。女人还是忙点的好，他想。

整个秋天里，南雁总是大包小包地扛着提着，接孩子送孩子，上课画画，好像总有做不完的课程设计和项目。沛宁偶尔到地下室去，看到那大台子总是五颜六色满满当当的。沛宁翻看南雁那些画，是水粉一路，笔法有些像国画里的工笔，但铺出来又很写意。再看那些设计，有一搭没一搭地铺散着，也看不出个所以然。无论是南雁的画作还是设计，在沛宁看来都还不错。但要说多么的惊人，一眼看去就能觉得自幼即是天才，却也不像。沛宁也看过学生会大楼里常有的学生画展，这样水平的太多了。美国大学通常会有独用的学生会大楼，中国同学会有时在楼里的剧场放映领馆送来的电影，各种学生的画展戏剧展等，在那儿时常能撞到。

沛宁便有些疑惑。再想，就明白过来。南雁小时候在"文革"后期的中国，大人们焦头烂额，她想学画画都找不着个像样的老师，全是凭自己的喜爱在画，比起同样没条件又不够执着的同龄人，她当然是出色的。可是艺术最要紧的是天分啊。不过回头一想，这跟有没有天分，又有多大关系呢？只要南雁能在这过程中寻到喜乐，该就是个好了。

这时的沛宁，实验室的设备已基本齐全，几个课题的进展都很顺利，发表的论文在专业圈里相当有影响。连王镭都专门来了电邮，表示她注意到了，并对他的建树表示祝贺。沛宁甚至跟系里和学校合作，弄了个非常成功的国际论坛，在校刊和当地的报纸和电视上频频露面，并在争取美国国家年轻学者奖。沛宁不由要想，王镭得到的总统奖，还有鼓励性质，有种族和性别的考虑，国家奖却是百分之百的学术奖励。但他随即又为自己的小心眼而生出些许的羞愧，他早已放弃了跟王镭的竞争了，不是吗？

沛宁在下一年度的终身教授评定中，提前拿到资格已成定局。他想，到了明年夏天，要带全家到欧洲坐一趟地中海游轮。让南雁亲眼见见那些意大利大画师们的传世名作，作为他对南雁多年支持的真诚感谢。

在二〇〇八年夏天即将到来的一个早晨，南雁在送南南和宁宁上学前，过来问正在洗漱的沛宁，能不能中午和她一起去吃个午餐？那口气听起来很随意，就这么一问，并不强求的样子。沛宁不语，努力在想今天是什么特别的日子，却怎么也想不起来。他意识到他们很久都不曾两人一起出去吃过饭了，心下有些愧疚。含在嘴里的牙膏沫还未及吐净，赶忙频频点头，含糊不清地说：好好，好的。南雁说：那就到城中心那家叫"二条城"的日本餐馆。没等沛宁答话，她留下一句：我等会儿传地址到你信箱。中午见！一溜烟就不见了，让沛宁在卫生间里回不过神来。

沛宁到了办公室，像往常一样，第一件事就是收发电子邮件。南雁的邮件已经到了，压在一长串新到邮件的顶端。后面那些邮件，来自学校的、系里的、同事、学生、校外，好些还标着不同颜色的加急号，红旗、蓝旗，等着他对付，他甚至都没有在第一时间去点击南雁的信。

"二条城"是一家规模很大的日本餐馆。沛宁中午时分进去时，外面几台铁板烧的大台已经坐满了人。明火不时在铁板上的食物上蹿起，铁板烧师傅在表演刀叉杂耍，引得人们阵阵欢叫。沛宁由穿着简易和服的女侍应生领着进到餐厅深处，那里垫出台阶，一个个榻榻米小单间的门前，垂着素净的麻棉布质的帘子。沛宁按例退下鞋子，看到女侍应微弯了腰，示意他进入的那个小间。小间门帘上有蓝黑的笔墨画出的一只小酒壶、一枝菊、两杆短短的竹枝。

沛宁掀开帘子,看到坐在里面的南雁时,一愣。南雁穿着铁灰的短袖开司米毛衣,戴着一个造型夸张的孔雀蓝石项链,平时总是松散披挂的长发在脑后松松地绾起来,长长的发夹在头顶露出一截。令沛宁更为吃惊的是,南雁显然是细心画了妆的,她那双总是雾气迷蒙的大眼睛配上带荧光的银灰色眼影,显得更迷离了,还勾着淡淡的眼线,唇膏是带荧光的浅荷色,配着铁灰的毛衣,低调里透出说不出的妖媚。

沛宁在南雁对面坐下来,看着她有点发呆。他都不记得上回是何时见过这样的她了,感觉很陌生。这么多年,他已经太习惯那个行色匆匆素面朝天、拖儿带女衣装随意的南雁了。就是偶有南雁需要出席的正式场合,她也总是胡乱地抹把脂粉,穿条长裙,而描眉点唇还总是在车上完成。也许不是?但南雁给沛宁留下的就是如此潦草的印象,总是一派意兴阑珊的样子,和家里一尘不染的家具摆设显得不太般配。沛宁想,这大概也是自己不喜欢南雁将家里弄得过分整齐的原因吧。

今天什么日子啊?他这时闻到了一种熟悉却又是久违的香水味儿,有点甜,又带点辛辣。他想起来了,南雁说过的,那是她喜欢的叫"鸦片"的法国香水。他深吸了两口,又说:打扮得这么漂亮!榻榻米下有个方坑,他们的脚可以轻松地伸直放入,他甚至看到了南雁铁灰裤子上笔挺的裤线。

南雁浅淡一笑,眉毛挑起来,说:谢谢!同时将菜单递过来:你看看要吃点什么?声音很轻,但又谈不上柔,只是很有耐心的样子。菜单递到他面前时,还细心地转正了,反递过来。沛宁喝了一口玄米茶,将菜单递回去,说:你就随便给我点一样吧,我什么都吃的,什么都可以。南雁接回菜单,表情有些黯淡下来,安静地读过菜单,唤来侍应生,给沛宁点了刺身拼盘,自己点了软壳蟹卷和鸡丝荞麦面沙拉,叫了梅酒。合上菜单时,很轻地叹了口气。

春末夏初的季节,号称雨城的尤金,下雨的天数正在锐减。从小单间浅淡枫木条隔出的小窗口望出去,餐馆内庭里的几棵桃花樱花已差不多凋尽,衬着人工小池边怪石上让数月的雨雪滋润出的浓郁青苔,矮矮的石塑的院灯,阴柔得让人感伤。梅酒上来的时候，南雁举起杯，说：祝贺你进入国家年轻学者奖的终评，不管能不能得到，都是极大的荣誉，终身教授的资格今年也肯定会拿到了，真为你高兴！沛宁很不习惯南雁的这种客气，生分得很，心一下悬起来，都忘了说谢谢，勉强笑笑，抿了口酒，说：原来是为这个吃饭吗？那还早了点呢。南雁举杯一饮而尽，笑说：不早不早。

放下酒杯时，两人边吃边聊起南南宁宁的近况，学校里老师对他们的评价。南雁告诉他，南南的阅读很出色，对画画特别有兴趣，色彩感很强，看来是继承了南雁；而宁宁的记忆力超强，对数字很敏感，年纪才这么小，空间想象能力就很了不得了，大概是继承了沛宁。这些对沛宁来说，竟都是新鲜的事情。两人说说停停，好像有什么隔着，这让沛宁愈发有些不安。

到他们终于吃完，侍者将盘盏收尽，喝着新添的热玄米茶，等着上甜点绿茶冰激凌时，南雁忽然说：沛宁，我有件很重要的事要跟你说，你保证不激动？沛宁的心咯噔一下，那口茶就含在口中，非常烫，一伸脖子，硬吞了下去，感觉从舌头一直烧到胃里。他强忍着那焦灼感，心里想，果然。忙不迭点头说：你说你说。

南雁的手从台上收下去，从她上身的姿势，沛宁能猜出她在台下紧张地搓着手。她的脸变得有些白，这时沛宁发现，那上面多了些褐色雀斑。他半睐了眼看她，依稀想起当年第一次带她到新生园吃火锅时，她那圆圆的脸让铜质大火锅肚膛里的炭火映得通红，皮肤是那么干净透明。如今南雁的脸变长了，线条也有些生硬起来。所谓成熟的味道，便是时光一刀刀生生削刮出来的吗？沛宁的心软下来，说：有什么事，你说吧。心里却想，自己怎么会激动？十八岁高考那年，他就经历过那样深重的挫败。在他目前为止的人生里，若按当量计算，大概没有再比那个打击更大的了吧。

南雁拿起杯子，将杯底抵着台面，慢慢转着，转着。沛宁感到头皮在发紧，伸手过去压住南雁握着杯子的手。他无法忍受那杯底在桌面上划出的不均匀的摩擦声。南雁挣扎着让他松开，然后将杯子搁下，很慢，却是很清楚地说：我打算去旧金山上学。沛宁一时没有反应过来，瞪眼看她，问：你什么意思？南雁的表情这下明显地放松下来,说:我拿到了旧金山艺术学院的录取通知,下个星期是孩子们暑假前的最后一周,我星期六就搭便车走。要去找房子,尽快安顿下来。沛宁瞪着眼望定她,说不出话来。这时侍应生上了台阶,跪近来,将装在两只袖珍小碗里的绿茶冰激凌摆上。大概是感受到了这小小空间里凝重的气氛,侍应生的那"请",轻得像是一声蚊子叫,将冰激凌一搁,急忙退下。沛宁一晃脑袋,那两个小小的绿冰球,就变成了两滴巨大的泪。

愚人节早过了!你这是开的什么玩笑?沛宁故作轻松地说。我不开玩笑。南雁的声音很稳。我是要去旧金山念书,学我从小就想学的东西——这句一出来,她的声音就有点变了。你要去多久?一个夏天?一学期?你得说明白啊,到底是个什么打算?什么个意思?孩子们怎么办?你怎么能说走就走?到底出了什么问题?他的声音越来越急。

你不要激动,沛宁!南雁打断他一句句逼上来的话。这是我最后的机会。我要去学平面设计,至少要两年时间。至于孩子,马上就放暑假了,给他们找个夏令营什么的,非常容易,你这么个大博士,哪能难得倒呢?你甚至可以让南希帮忙找。南希是沛宁实验室的秘书。沛宁这时已顾不得这些细节,打断她:这太突然了!你不可以就近上学吗?咦,你不一直在修课吗?南雁苦笑着说:我试过了,那么多的拖累,根本没法集中精力。沛宁问,你不是单身,你甚至可以不当你是妻子,但你是母亲,你是两个孩子的母亲!你就这么甩手吗?还要走这么久,孩子怎么办?两个孩子!简直丧失理智了,你!

南雁咬住嘴唇,直直地看着他,等他停下来,才说:我小时候,父母下放,搞运动,三天两头不在家,我五六岁脖子上就挂钥匙,跟在姐姐身后洗米生炉子做饭了!同学里父母自杀的,因父母生活动荡丢给祖辈的,多了去了。那时候我们吃的是什么,穿的是什么?不都过来了。他们是美国孩子,不愁吃不愁穿,怕什么?他们会知道怎么办的。他们比你想象的能干得多。

沛宁压着声说:你疯了!你这算什么母亲!你父母那时是没有办法,你这是在抛弃他们!南雁的脸色立刻就白了,声音有些高起来:这么多年,每天是我看着孩子呼啸着奔向我的怀抱,不用你来告诉我什么是母亲,该怎样做母亲。最好的母亲，是帮助孩子为早日离开自己做好准备的母亲。他们大了，就会明白。我还要让他们明白，人不是随机地给挂到基因链上的一环，活着更不只是传递基因！而是要听从自己内心的呼唤……

听到"基因链"这样的语句，沛宁皱了皱眉，忍着没有纠正南雁，沛宁也知道那是某些美国人的常用说法。你完全丧失理智了！沛宁再次打断她。南雁的声音也硬起来，说：请你不要将你的价值判断强加给我。我已经跟你商量过太多次了。我跟你在这件事上已无话可说。这个决定不可能改变了。沛宁看到冰激凌开始融化，在碗里溢成了两汪浓稠的绿水。他嗫嚅着，讲不出整话来。

南雁在那边就低了声，说：沛宁，我已经陪你在那条悬崖上的钢丝走了好久好久了，你就要拿到那尽头的宝物了，我为你感到很高兴。沛宁打断她，说：你总是这样，你的，我的。你从来没有看到，那是我们共同的宝物。如果你能接受这个，你就跟自己讲和了，再不会有那么多焦虑了。

南雁摇摇头，说：我现在终于可以追求自己最想要的东西了，孩子们也可以放手了，这是个好机会。连美国历史都要在今年改写了，不是出个女总统，就是个黑人总统。是时候了。我马上要满四十岁了，四十岁！沛宁！她说着，伸出四根手指，强调着推向沛宁，情绪又开始有些激动：生物钟的声音常让我在夜里无法入睡，不能再等了。沛宁说：人到中年，我能理解你的感受。但美国人说的女人最美好的年龄还没到呢！南雁冷笑了一声，你是让我坐在那里等它的降临？

见沛宁不响，她又说：我申请学校，寄出的画作，作品，他们都说一看就……沛宁笑道：一看就知道你很有才华，是吧？美国人都是这样说话的。我也会鼓励我的美国学生说，你其实很有才华，只要再加把劲，拿B绝没问题！沛宁！南雁狠声打断他，带着哭腔说：你太过分了！你在心里，从来就是这样评价我的，对吧？从一开始就是，对不对？她说这话时，突然瞪大了眼睛。沛宁惊讶地发现，那双大眼睛非常清澈。

你太激动了，不是谈这个问题的时候。我只想问你，你的计划是什么，你会常回来吗？沛宁尽量让自己的声音平稳下来，问。南雁有点犹豫，说：要让他们尽快习惯的话，我还是不要跟他们联系太多。说到这儿，南雁转过脸，看向窗外。沛宁想她在忍着眼泪。他又说：我们的好日子就在前头了啊！南雁回过头来，浅淡一笑，说：那都是你应得的。我很高兴这一天，我为你骄傲的。你还会更成功，我没有看错人。孩子跟着你，我很放心。

沛宁听得一阵心酸，好一会儿才轻声说：你的意思是，你，将来是要寻求、寻求离婚吗？南雁沉吟着，不应。沛宁说：我需要你告诉我真话。南雁才说：我们还有一年的时间可以讨论这个问题。沛宁当时并没有反应过来她这话的意思。过后他才知道，按加州家庭法，你需要至少先住满六个月，取得在加州申请离婚的居民资格；然后又要至少六个月的分居，才能办完无过错离婚的法律程序。这样一来，南雁若打算与他离婚，最起码也得等上一年。

南雁却并没有如她说的那样，在摊牌后第二周的周六离开。那个周六的前一天，星期五的中午，秘书南希就来通知沛宁，南雁刚才打电话来，说家里有事，让他中午回去一趟。

南雁那日跟他谈完话后，当天夜里就住到了书房去了。他们以往偶有冷战，南雁就住过书房。孩子小时，有时他第二天有重要的会或活动，他也在那里面睡。打开那只折叠床垫，铺在地毯上，一觉到天亮。这回除了躲到书房，南雁还总是躲避着跟他单独相处，却也没见有更多的行动，连收拾行李的迹象也没有，也没就离去的事做进一步的交代和安排。南南和宁宁的情绪和表情都看不出跟以往有何变异。沛宁就想，或许她只是一时情绪波动说了那些话，发泄完就算了，赌气说狠话闹别扭的事情，过去也不是没发生过。这时又是期末，杂事特别多。沛宁一周内有两个重要学术会议要参加，飞了一趟得州，一趟缅因。心里又有事，已经连续几个晚上没有睡过三四个小时。他想跟南雁再好好谈谈，可看到南雁按兵不动，一副日复一日天长地久的样子，就想还是不要去惹她，等她气消了再说。

好不容易熬到周五，出门前，还是看不到家里将面临女主人出走的任何痕迹。沛宁还有些高兴起来。可中午一听到南希转的话，沛宁立刻生出不祥的预感，一把抓起钥匙，连电梯也不等了，从五楼上直冲下来，跑步去向停车场。一路超速赶回家，甚至还闯了两个路口的红灯。

南雁竟不辞而别。沛宁抓起她留在餐桌上的那张纸，上面写着："我这就走了。晚上记得早点回家等孩子们。老孟太太会帮忙接了送回。保重！——南雁。"

沛宁将那纸翻过来，一片空白，又翻回来。他不能相信，南雁这样离家而去，给他，给她的孩子们留下的就这寥寥两行字。它们是南雁的字吗？是吗？他举起来再看，不愿相信。他转身走向通往卧室的走道，砰砰砰地狠推着一个个房间的门。南南的、宁宁的房间，一切如故。书房里，南雁躺了一周的折叠床垫已经收起，什么都不曾发生过的样子。沛宁转身快步走回主卧室。"了无痕迹"这四个字跳出来，让他站到房间中央，忍不住去看那地毯上面有没有南雁的足印。

他早晨起床换下的睡衣睡裤散乱地摊在床上——那是南雁过去抱怨过无数次，又为他收起挂过无数次的。她总是将床铺得像星级酒店那样规整，强迫症一般。可是今天，她将它们留在了身后，果然是管它洪水滔天了。他转进衣帽间，望向挂满南雁的衣裳裙子那半边，看不出她拿走了什么。忽然，他想起什么，低头去看排列在衣帽间尽头的箱子。果然，南雁当年刚来美国时，从北海带来的那只一直保存着的紫红色软皮箱不见了。

沛宁蹲下来，再看一遍那些箱子。这下，他明白南雁是真的走了。带走了极少的东西，一如她最初来美国的时候。

他起身退回卧室，再一次四下环顾。南雁，他轻叫一声，忽然就看到墙边的柜子上，均匀交错摆放的那些家庭照片间空出了一块位置。这个空缺，此时特别醒目。沛宁走上前，发现拿走的是一张镶在水晶浮花相框里的南雁和两个孩子在俄勒冈海边的合影。照片里，母子三人分别穿着红、黄、绿的T恤，白色短裤，赤着脚。两个孩子在碧水蓝天间一望无尽的沙滩上奔跑。白色的海浪冲过来，风将南雁的头发吹起。沛宁记得，在那个瞬间，南雁抬手去拨弄头发，一眼看见前方蹲下来试图抓拍的沛宁，嫣然一笑。那是她最喜爱的一张照片。也是他最爱的照片之一。他从裤子后袋里掏出钱夹，里面常年放着的正是这张。沛宁合上钱夹，手在那空出的一小块台面上快速抹过，手指间感到了薄薄的灰。现在，他们各自随身带着的自己最珍爱的照片，竟是相同的，这让沛宁感到些许的安慰。

沛宁转眼去看那些被留下的照片，他们全家四口大大小小的合影，他们跟各自家人的合影，一张不缺。那些照片里，每一个人都笑得那么由衷，那么甜蜜。这些被定格的光阴，证明着曾经的存在。他们作为家人曾经欢笑过的存在。沛宁凑上前去，想看清那些照片中南雁的眼神，可他看到的，是一团团的被时光滤过的、倒映在一张张灿烂得超越了真实的笑脸上的黑影。

沛宁从主卧室里退出，下意识地拉上了门，心下觉得非常怪异，又退回步，将那门又推开。他走进书房里，在大书桌前的皮转椅上坐下来，无意间抬头一望，原来墙上挂着的，那张镶在木框里的南雁在康奈尔的第一张工资单也取走了。沛宁将头用力地靠回椅背上，呼出一口长气。

他盯住那块因工资单的离去而空出的洁白墙面，隔着遥远的时光，好像看到了他在广州街头向王镭道别时，王镭回眸那幽深的一瞥。那个时刻，王镭留着短短的头发，一身的青涩。沛宁的目光模糊起来，他想，王镭才是一个真正有才华的女子，他真是辜负了她。如果他那时就知道，他最终要走到这个境地，必须要放下自己手里的活计，去支持一个女人完成自我的实现，那他的人生，完全可以有另一番景致。支持王镭那样一个已被证明在科学上确实天赋异禀的女子，讲得高阔一些，对人类果真还有着基因传递之外的意义。他现在再回想，他甚至会是心甘情愿的，因为他是比输了的那个。而可怜的南雁，可怜南雁的梦！

沛宁闭上了眼睛，不愿深想下去。他蹬了一下，皮椅转过去，恍惚间好像听到了孩子们叫妈咪的声音。沛宁张开眼，忽然，就看到了中国南方酷暑的赤白溽热的天象里，在罗湖桥边为他的离去而哭得几乎昏过去的南雁的身影。她那修长的手臂垂下来，垂下来，越垂越长，化成了雪地里一道深深的痕。

如今，七个月已经过去了。沛宁在这个南雁离开后的第一个平安夜，在这个让他怀念起与南雁从青年走到中年，自遥远的中国南方来到新大陆的长旅的雪夜，心里忍不住想，明天一早，他要打一个电话给南雁，让孩子们给她说"圣诞快乐"。

雪在清晨停了下来。沛宁掀开窗帘一角，看到后院满满的积雪，第一个反应就是孩子们可以堆雪人了。只是风还很大，在新雪的表面吹出一抹抹的白雾，扬到空中，飘远，悄然落下。这时，他似乎听到叮咚的门铃声，只一下，他不能肯定，忽然有一个直觉，会不会是南雁回来了？他跳下床来，抓起羽绒衣，走出两步，又急忙回身套上牛仔裤，直往大门冲去。

开得门来，只见门口的台阶上，放着两个方形的包裹，分别是一品红花的图案和红绿金格子的包装纸。他走过去弯腰一看，上面粘着的小卡片上是南雁的字迹：给我最爱的南南！另一个则是：给我最爱的宁宁。两张卡片上都是同样的落款：圣诞快乐！爱你的妈咪。

沛宁急步走下台阶，看到车道外街区的圆弧道上有车轮新碾过的轨迹。他回头再看通到自家门口台阶的小道上，积雪上有一排高低不一的足印。这时，沛宁看到街区最深处阿娇房子的大门也开了。阿娇披一件红色的大衣急步走出来，跟他打着招呼，说：南雁回来了？是南雁吗？沛宁说：我不知道呀，我听到门铃才出来的，就见门口有两个给孩子的包裹，写着她的名字！因为激动，他的声音有点抖。阿娇说：我正要出门扫雪，从窗子里看到一辆小红车开到你家门前，一个女人走下来，穿一件紫色的羽绒衣，是那种浅紫色，因为戴着帽子，我看不清她的脸，但看上去很像南雁，那走路的样子。我没有意识到她会离开，就在窗口那儿看着，可看到她放了东西，转身就出来上车走了。我再去拿大衣冲出来，已经来不及了。沛宁急声问：你肯定是南雁？反正很像！阿娇说：真的很想念她呢！孩子们更是了吧！唉呀，要是她回来就好了！说着一路顺着那车痕望去，表情惆怅。

从旧金山马不停蹄地翻山越岭开车到尤金，在晴好的天里是八九个小时的车程，可在这大雪的寒冬里，车胎再上了雪链，那就不好说了。她是一个人吗？沛宁问阿娇。阿娇皱着眉说：我的注意力全在她身上了，真没看清楚呢。沛宁匆匆给阿娇道了圣诞快乐。转身回去拿了两个包裹，走到大厅的圣诞树下放在最明显的地方。他直起腰时，吐了一口长气，终于！孩子们会多高兴啊！他简直等不及想要去敲南南和宁宁的门，叫醒他们。

沛宁等到天色大亮的时候，给亚兰拨去电话。互道了圣诞快乐，沛宁就说：你知道南雁回来了吧？亚兰那头很吃惊地说：啊？什么时候？她回来啦？沛宁说：她不在你那儿吗？亚兰说：没有啊。我昨天打了一个晚上的电话，想给她祝节日快乐，手机都是关着的。那么，她那时可能正在风雪中的大山里赶路呢，沛宁想。我一大早听到门铃响，赶紧出去，就看到台阶上她给孩子们的礼物。邻居说好像看到是她来过了。亚兰显然还没回过神来，说：不可能吧？会不会是托什么人送来的呢？我节前给她去过电话，她说她圣诞节期间要开车到南加州去，准备到帕萨迪纳的艺术中心设计学院（Art Center College of Design）去看看，她想转学去那里。艺术中心设计学院？沛宁下意识地重复着。是啊，ACCD，那可是美国，甚至世界第一流的艺术设计学院啊，它的平面设计专业在全美排前三名，从那里毕业的学生在业界牛着呢，亚兰接过沛宁的话说。南雁讲她已经申请了，很可能会被录取。只是那里的学费很贵，她想去找教授谈谈，看有无可能申请到资助。听起来她的心思完全在那上面，怎么会又掉头北上回来了呢？回来也该跟我打声招呼的呀，亚兰的语速越来越急。

　　沛宁听着亚兰在电话里自顾着叹息下去，插不上话。最后亚兰说：这是个非常特别的女人，我只能这么说。很难搞清楚她到底要干吗，干什么都有可能，You just never know（你根本搞不明白）。

　　南南和宁宁一起身，沛宁就向他们宣布了南雁给他们的礼物昨夜由圣诞老人从烟囱里送进来的消息。两个孩子脸也没洗，尖叫着奔向厅里的圣诞树。两人几乎是同时扑倒在各自那份来自母亲的礼物上，高声叫起来。他们稀里哗啦将包装纸撕扯开来。南南说：一定是妈咪的设计！妈咪说过的，她要给我做圣诞礼物的！宁宁也呼应着：Yeah！ Yeah！沛宁的母亲跟出来，走到沛宁身边，轻声问，南雁的礼物什么时候收到的？沛宁答非所问：她想给孩子们一个惊喜吧。

　　南南的礼物是一个图案非常精美的 Puzzle（智力拼图），连沛宁都看得出那肯定是南雁的设计。示图上，穿着桃红色芭比裙装的南南，顶着一顶璀璨的神话里公主的宝冠，手里拎着她最喜欢的那些亮闪闪的玩具珠宝，蹬着滑稽的大号高跟鞋，俏皮地大笑着，四周是一颗颗的心，红黄橙蓝，还有气球和"我爱你""圣诞快乐""生日快乐"的中文英文字样。那些小片裁得很小，拼接的难度不会低。宁宁的则是一个需要自己搭建的鱼缸，看着相对简单些。但按那张成品图示，成形后非常生动。鱼缸里还有个潜水员，就是宁宁的样子——他七个月前的样子，胖墩墩的。如今宁宁有些抽条了，脸瘦下来了。南雁已经不知道孩子们变成怎样了。想到这里，沛宁有些难过。他直起腰来，背离着身后孩子们的欢声，走到窗前。

沛宁拨通南雁的手机，直接就进了语音留言箱。一次，两次，三次，都是如此。沛宁没有留言。他摁断连接。南南和宁宁抱着他们的母亲给他们的圣诞礼物，在窗边看着外面厚厚的积雪欢叫着，嚷着要出去堆雪人了。沛宁转过身去，孩子们的笑声追过来，衬出他心底的感伤。他想起亚兰刚才的话，南雁果真要去向更南方的帕萨迪纳了吗？

那么，她真是离他们越来越远了。她到底想干什么？要干什么？亚兰或许是对的：南雁干什么都有可能，You just never know . Never know！

你们

姚鄂梅

第一眼看到他,就像被人打了一闷棍。实在太像了,外形、身高、五官,什么都像,但近处一瞅,又像石子掉进湖面,一轮圆月被砸成粼粼碎片,虚晃晃地不见了。也许只能远观,两米之外,恍惚之中,我仿佛看到了我弟弟,他换了身刚出校门的大学生打扮,背着电脑包来找我了。当然不可能,弟弟只活了二十五岁,如果他还健在,今年应该三十有七,他走的时候电脑还是个稀罕物,更别说像带钱包似的随身带着了。

他是看了我的小广告后跟我联系上的。五年前,这个名叫紫霞苑的小区,即便在开发区也属冷门,趁着便宜,我买了楼上楼下相邻的两套,打算以后将它们打通,改造成一个大套,但目前我没这个精力。听人说,如果不想各种管道慢慢烂掉的话,房屋最好不要空着,我想这跟汽车不要总放在车库里是一样的道理,就决定楼下自住,楼上出租。除了周末,平时我是不住这边的,我在市区另有住房。像我这种拥有两窟以上的兔子还有很多。平时挤在城里,到了周末就散布到周边各地,有些人买了别墅,我不喜欢别墅,除了安全上的考虑,还有一个原因,好歹我也在金融部门混成了副处级,不倒霉还好,一旦倒了霉,别墅不由分说就是腐败的明证,哪怕这别墅远在乡下,比公寓还便宜。我是后期搬进来的业主,进来之后才发现,紫霞苑几乎成了租房族的天下,每天早上,三三两两刚出校门的年轻人,背着笔记本背包和其他各式小包,兴冲冲去门外乘坐十分钟一趟的公共汽车。他们都很年轻,打扮入时,都喜欢在脖子上挂好几道线圈,MP3、耳麦、保健项链或情侣项链等等。

他也是那样的年轻人，似乎比他们更多一分潇洒自在，少一分学生气。他进门，摘掉帽子和围巾，赫然露出一头及肩长发。又是一记闷棍：连发型都跟弟弟当年是一样的！

我问他在哪里工作，他说了个公司的名字，我从没听说过，估计是个小公司，便问他付房租有没有压力。他一笑，问我介不介意他跟人合租。我说我考虑一下。其实我是想抽空问一下大柳，我们是资深同事，深得我已养成一个习惯，于公于私，事无巨细，先问一下大柳的意见再说。我们一家三口分居三地，老公在政府部门工作，常年不是在加班，就是在出差，这两年干脆到下面挂职去了；儿子上寄读中学，周末只回家一天，半天睡懒觉，半天上网或逛街，等于没回家。我们所有的交流都在电话上，真正面对面坐在一起时，反而很闷，没什么可说的。这两年电话也不像以前那么畅通，儿子还好一点，我知道他什么时候有空，会在合适时打过去，老公的电话常常让人无名火起，电话一通，不是一声不吭地按掉，就是"我待会儿打给你"，声音低得如同来自阴曹地府，不用说，不是在开会，就是在谈话，比总理还日理万机。好不容易电话通了，也不屑于在电话里谈起诸如是否允许别人合租的话题。生活千头万绪，真正面对日常生活的人，手头是需要一本百科全书的。大柳就是我的百科全书。事实上，很多人都说，老公是当不了老婆的百科全书的，当别的女人的百科全书还行。

他在打量我的家，看得出来，他很欣赏，很羡慕，我有点小得意，这套房子的装修，光设计费就占了总造价的五分之一。我索性带他参观客厅以外的房间，他赞叹不已。我说："将来你的房子会更漂亮。"他摇头，什么也没说。

陪他看房子的时候，大柳的电话打了过来。只要收到我的信号，即便他正在开会，也会躲进卫生间里跟我说两句，历来如此。被重视的愉悦感难以言传，对此我只能说，一个人与另一个人的关系是与生俱来的，根本不需要刻意去建设。我在电话里说了他想跟人合租的要求。

大柳果然是百科全书，有条有理，有根有据。他的意思是面积大，地势偏，整租可能是有问题，倒不如干脆合租，收起房租来更合算。但要讲好，我只认一个人，只跟一个人签合同，只找一个人收租金，他要招人合租，那是他的事。

一回头,他在背后静静地看着我,那目光让我心里一惊,好像冷不防发现背后站着个偷袭者,幸好,他马上冲我笑了起来。讲好了租金和注意事项,他就出去了,在电梯前戴帽子,缠围巾,拉拉链,我看看外面飘扬的雪花,再看看他不算温暖的外套,说:"干脆我送你一程吧,正好我要去接个人,顺路。"

他径直上了副驾座。"我打算五年内按揭买辆车。"他打量着面前的仪表盘说。

"不错嘛,我可是去年才买的车。"

"我不打算买房,但我想要有辆车。"

"有道理。"我把车倒出来,驶出去,说,"不过,最好是有房,同时也有车。"

"以我的能力,买车还可以做做梦,比如买个 QQ 车,买房干脆就别想了。"

话说到这里,就不好继续了,我们之间没有可比性,我参加工作二十多年了,他才刚出校门。

大柳又打电话来提醒我:"记得收押金,数额一般是半年或一个季度的房租。"

关了电话,他问我:"还是你那个叫大柳的同事?"

"你偷听我电话?"

"你并没有回避我。"

把他送到目的地后,我继续往前走,直到他看不见了,才找了个可以拐弯的地方,悄悄折了回来。他应该为他的外形感到庆幸,我的车还从没专程接送过这种不相干的无名鼠辈。

这天晚上我没法不想弟弟,我已经很久不去想他了。十多年前的一个夜晚,弟弟在江边草滩上切破了自己的血管,地上却没有一星血迹,这让我在弟弟的灵堂与公安局之间不停地来回奔走。他们告诉我,上游的水电站会在半夜开闸,再在黎明前关上,后半夜上涨的水位正好冲走了他的血迹。无论他们怎么解释,我就是不信,或者说,我不愿意相信。后来我们在某个不显眼的地方发现了弟弟的遗书,他好像不是要留别人看的,而是写给自己的,他写道:与其低贱地活,不如高贵地死。尽管有这样的遗言，我还是觉得，我是他的催命鬼之一。

他自杀的前一年，我第一次光顾了他的宿舍（他单位领导照顾他，允许他睡在一间闲置的办公室里），四四方方的小屋中间，立着一个圆柱体书塔，书脊全部向外，便于寻找和抽取，唯一的窗户被他用一块纸板挡了起来，纸板刷成了黑色，又在上面画了些看不出名堂的东西，还贴了很多纸片，细一看，每张纸片上都写着几行诗句。门没有关，一阵风吹来，满屋子簌簌响，这才发现，四面墙壁上，天花板上，到处都是各种尺寸的诗歌纸片。我问他："这都是你写的？"他说大多数是，也有别人的。床铺出人意料地整齐，一只大枕头鼓鼓的，靠墙那一面，有个自制的复合衣架，上面的东西很杂，费力端详很久，除了一条围巾性别模糊外，其他都是很男性的东西。又装着无意地掀了下枕头，下面有一把指甲剪，并无避孕工具之类的东西。行了，可以回去向妈妈交差了，她派我来的时候，最大的担心就是怕他懵懵懂懂搞大了人家姑娘的肚子，不能结婚却不得不结婚。我暗暗侦察的时候，弟弟坐在唯一一把椅子上吸烟。我说："你应该有个女朋友。"弟弟漫不经心地说："有啊。"他从一堆书里抓起一本，捏住书脊抖了抖，一张照片飞了出来。"一个十足的蠢货。"他从地上捡起照片递给我说。可我觉得那个女人看上去清秀而聪颖，毫无蠢相。在我的一再纠缠下，弟弟终于告诉了我她蠢在何处。"她告诉我她喜欢戴望舒，结果她背的全是徐志摩的诗。"我问他是否想找个志同道合的女诗人做老婆，他还没听完就摇起了头。我指出他自相矛盾，他并不否认，但马上又神往地说："有一种女人，天生就是一首诗，却不知诗为何物，我喜欢这样的女人。"我笑他酸不拉叽，令人作呕。可没过多久，当我偶尔碰到一个女孩时，马上想起他说过的话。这个女孩长得不算漂亮，但绝对引人注目，中分的长发瀑布般垂挂下来，直达腰际，严严实实遮去了两边脸颊，中间仅留两指宽的一道缝，以至于她吃饭的时候，不得不把筷子横出去，横成切腹武士的剑的角度，才能准确地把饭菜送进口中。老实说，我并不喜欢她，我是抱着试试看的心理把她送到弟弟面前的，既然他不喜欢传统美女，没准她就是他喜欢的那一型。

世间的事就是这么滑稽，好歹还知道戴望舒与徐志摩的女孩，弟弟说她蠢得要死，这个干脆谁也不知道的女孩，弟弟却为她神魂颠倒。据说她第一次去弟弟的房间，二话不说，拿起一把扫帚，把那些诗歌纸片哗啦哗啦扫了个精光。"贴在这里算怎么回事，有本事给我贴到人民大会堂去！"弟弟好像就吃这套，当着她的面，乖乖地揭下残留的纸头，把四面墙弄得干干净净。弟弟自己印了一本诗集，送她一本，她接过来，看也没看，抬手就扔了出去。"我不看黑书，我要看就去书店买正规出版的书。"弟弟羞得头都抬不起来。诸如此类的事情频频上演，弟弟却对她越来越服帖。他后来跟我说："她一定是上天给我派来的督官，拿着鞭子，恶狠狠地站在后面抽我。"不然，他想象不出她一个彻头彻尾的外行，何以脱口而出的净是一针见血的内行话？

督官最终失望了。"原来你是个只会写黑书却上不了台面的家伙。"弟弟很伤心，但这个伤心并不是他割破手腕的全部理由。

当我看到他时，他又轻又薄，像一片泅湿后又被晒干的纸。我把他带回家，擦净身体，就去找那个女人算账。可她哭着说："你想要我怎样？也去买块刀片？也许我们根本就不该认识。"

我在愤怒和悲伤的掩盖下匆匆逃开了，她一针见血地戳到了我的痛处：是我把她推向他的，我误导了他，而他作为当事人，又缺乏辨别能力，一句话，我好心好意地把弟弟断送了。

几乎每个周末，我不是在电梯里碰上他，就是在门洞里碰上他，他咧嘴冲我笑，每个毛孔都在笑，却不是出于讨好，而是礼貌，以及天生讨人喜欢的五官配置效果。他叫我姐。"姐，出去呀？""回来啦姐？"我心花怒放，表面上却很严肃："你应该叫我阿姨。"

"我通常是把退了休的女人叫阿姨，把老得连睫毛都掉光的女人叫奶奶。"

我怀疑，就算他不是这副酷似弟弟的长相，我也会注意并喜欢上他的。

我问他忙不忙，不忙的话能否帮我看看电脑。我的电脑出问题了，我知道现在的职业小青年，几乎个个都是电脑技师。他毫不犹豫地答应了。

星期天上午，他带着刚刚梳洗过的潮润走进我的书房，坐在我的座位上，呷着我端上来的咖啡，望着我半死不活的电脑。没多久，他就开始不停地摇着转椅，问："我姐夫呢？"我说他在外挂职，不常回来。他哦了一声："我姐夫，肯定是个人物吧？"我没理他，这点矜持还是要有的。

他不停地跟我说话，东扯西拉。我问他："你修电脑都不用看着电脑吗？"

他一笑："我让它自己修。"又说，"我要是你，就扔了它，去买个新的。"

他说得有道理，这电脑跟了我七八年了，想提速都找不到配件。

七弄八弄，捣鼓了近两个小时，还没弄出个头绪来。我饿了，又不好赶他走，就问："你要跟我一起吃午饭吗？"没想到他竟孩子般雀跃："太好啦！"

只好去厨房，想来想去，觉得还是煮点速冻饺子比较得体，他不过是我的租客，虽然在帮我修电脑，但有一下无一下折腾了半天，还没见到半点成效，就这，难道我还要屁颠屁颠地为他下厨？

水饺端过去，他似乎有点失望。"没想到你也吃得这么简单。"又说，"我们单身汉，吃得最多的就是面条跟水饺。"他拿起筷子，夹起一个，咬了一小口，说："'大娘'的外卖，对吧？"看来是个品水饺行家。

他只吃了一个，就再也不肯吃了。"我昨天中午吃的锅贴，晚上吃的水饺，今天早上吃了昨晚剩下的，现在又吃饺子，麻烦你将我包成饺子算了。"

我有点内疚，这里只是我过周末的地方，除了水饺和面条，很难有别的东西。

他说要去楼上拿点东西，我以为是修电脑需要的东西，过了一会儿，他端了个微波炉碗下来了，要我尝尝他的东坡肉。"他们做的，人家整整一上午就在搞这个东西。"我看了一眼，摇手拒绝了。

我这才知道，他另外招了三个室友，算上他，一共四个人分摊房租。"很会生活嘛。"

"没办法，我都快失业了。其实我喜欢独处。"

可他脸上一点都没有即将失业的焦虑。"我很快就会找到新工作的，这回我要进大公司，大公司反而更稳定。"

"进大公司之前，你要怎么生活呢？"我开始替他担忧起来。

他耸了耸肩，"没那么容易饿死的。"他再次环顾我的房子，说，"姐，你生活得好幸福哦。"

"我幸福不幸福你怎么知道?"

"在我看来,有房有车有工作,就是幸福,何况你的工作还不是一般的工作,我上网查过了,姐,你很了不起呢。"

"不许乱说!"想了想,又补充道,"不要告诉你的室友。"不管怎么说,我们站在利益的两端,这是最值得提防的关系。

"我有那么傻吗?不过,姐,我为自己能碰上你这样的房东而庆幸。"

他一口一块吃着吱吱冒油的东坡肉,见我直直地盯着看,他咧嘴一笑,沾满油渍的嘴唇光亮无比,牙齿也光亮无比,显得满足而愉悦。

白白消磨了两个多小时,电脑还是没修好。我反过来安慰他,甚至还想给他点工钱,毕竟占用了他的时间,但给多少呢?多了不合适,少了又拿不出手,想了想,我问他:"你喜欢游泳吗?我这里有希尔顿的游泳票。"票当然是不花钱的,我早忘了是哪个人送的,这类消费券我有很多,多得让我觉得自己仿佛是个游手好闲的人。还不能随便送人,弄不好,送出去的是友好,收获的可能是诽谤和中伤。当然,送给自己的亲人是可以的,可惜他们跟我不在一个城市。

他很高兴,但还是本能地客气了一下:"你自己用嘛。"

"我是旱鸭子。"

"不介意的话,我给你当教练。"

这倒是个好主意,我练了两年多瑜伽,正愁找不到展示的机会,于是我拿回一半的票,剩下的一半,他拿得心安理得。

第二天中午,我不惜牺牲午睡,去了趟商业中心,一共挑了三件游泳衣。付钱的时候,我在想,要不要给他也买一件呢?当然,只是一闪念,凭什么?不要把他吓坏了。

上班的时候,看到大柳正在线上,马上把刚才这个龌龊的念头告诉了他。这么多年,我和大柳不是在同一间办公室,就是在同一个部门,即使偶尔分开,办公室也相距不远。我们的战斗历程也大致相同:他副科的时候我百姓,他正科的时候我副科,他副处的时候我正科,然后,他原地踏步一个节拍,我上前一步赶上了他，可以说，我几乎是亦步亦趋踩着他的脚印成长起来的。缘分真是个坚韧的东西，虽说我们现在分属两个不同的部门，但我们的办公室仅一室之隔。大家都觉得他是个严厉的人，我却觉得他幽默得近乎滑稽，不说别的，单说他铁板一块的脸上，突然有一只眼睛不动声色对我眨那么一下，又若无其事地移开，就能让我偷偷乐上半天。

你不会无聊得想泡个小帅哥吧？他打字的速度不快，跟他正经八百的步态差不多。

你提醒我了。我飞快地送上一句。

你敢！我掐断你的脖子！他慢吞吞地打出一句。

我差点笑出声来，然后，我叉掉他的对话框，这种对话不能太长久，它会影响情绪，让人懈怠下来，从而影响斗志。大柳说过："办公室就是这样，看似平静，看似无聊，实际上是个硝烟弥漫的战场，稍不注意，就会被流弹打中。"这正是大柳为何总是把脸紧绷着的原因。私下里，他的脸不是这样的，当他放松下来时，他的脸不是正方形，而是椭圆形的。

我们有过很多私下相处的时刻。当我决定结婚的时候，第一个得知这个消息的人不是我妈妈（她最怕的就是得到这个消息，因为她对未来的女婿不满意），而是他。我把他从办公室拉出来，躲在走廊一角悄声说出未婚夫的名字。他诧异地问："真要嫁给他？你确定？"问得我差点改变了主意。未婚夫是做煤炭生意的，同时还开矿，我们的定情戒指曾经让有些女同事羡慕得痛哭失声，就像我是个已经揭榜的高考状元，而她们注定名落孙山。婚后不到半年，就传出老公跟别的女人开房的消息，我一气之下，当街扔掉了那个著名的戒指。不愧是生意人，离婚的时候，我仅仅得到了一套房子，本来就是单位分给我的福利房，但他替我出了买房的钱，很小的一笔钱，对外他宣称送了我一套房。我懒得辩解，就像大柳说的："如果跟他打交道你都能赢，你早就不会屈就在这个地方了。"我的第二任老公，也就是现任老公，是大柳介绍给我的，但他始终不承认，他说他只是顺便叫上我去蹭饭，没想到我不仅蹭了顿饭，还蹭了个人回来。跟前夫相比，他的优点是在政府部门工作，这让我感到踏实，至少有领导和纪律帮我约束着他，不像那些无法无天的生意人。事情定下来后，大柳板着脸问我："结婚有那么好吗？离了还不到一年，又结。"我嬉皮笑脸地问他："你认为应该隔多久结一次？"

结婚那天，大柳在红包之外，送了个哨子给我。

"有紧急情况就使劲吹它，我听到后会第一时间来救你。"

我穿着婚纱，又在众目睽睽之下，否则，我早就扬起拳头，砸到大柳的肚子上去了。他的肚皮很结实，因为他是个健身爱好者，他曾经吸着气，提着两只胳膊，让我摸过他的肚皮，一疙瘩一疙瘩的，像两列排放整齐的土豆。当然，那是在我结第一次婚之前，不知那些土豆现在还有没有，他大我八岁，男人的肌肉就像女人的水色一样，说不见就不见了。

哨子至今还跟我的首饰们摆在一起，好几次我想吹它，又觉得很可笑，先别管大柳听不听得到，先问自己一个问题，这事它归大柳管吗？他管得了吗？他不过是我一个关系很铁的同事，送我这个哨子，也不过是他一时的幽默，你还当真了不成？

大柳把电话打到我办公室："我话还没说完呢，干吗关掉？到我这里来一下。"

我以为他还想问那个小帅哥的事，还没开口，先就涎着脸。他说："别跟我说什么帅哥歪哥的，先告诉你一件离奇的怪事。"

昨天他掉了皮包，正在懊恼身份证工作证还有手机全完蛋了，今天就有人把皮包给他送了回来，除了现金，什么都在里边，还多了一封短信，是一个孩子写的。孩子称他"陌生的叔叔"，他很老实地告诉这个叔叔，是他偷了这个皮包，他需要钱，因为他没钱上学，但他并不需要里面的其他东西。钱包没有直接送到大柳手上，而是送到单位门房那里，让门房转交给他。

"我想帮帮这个孩子，我觉得他底子不错，如果没有人及时干预，十有八九真会走到那条路上去。"

大柳给我看那个男孩的笔迹，歪歪扭扭，错别字连篇。大柳说他已经跟公安部门联系过了，他们会帮他找到这个孩子。"我来做他命里的贵人吧，这种孩子，如果有人帮他一把，说不定就是个人才，否则很可能真就变成一个贼了。"

我总觉得这事也许并不那么简单，就提醒他："就怕是个套圈，先引你上钩，然后……"

"然后怎样？他只是个孩子，能有多大的心机？多深的城府？都是大人的坏心眼把孩子想坏了。"

"也许你是对的，那就试试吧，不过还是小心为妙，相信你不会输给一个孩子。"

"不要弄得草木皆兵战战兢兢的。"

楼上的高锐下来喊我去希尔顿。他让我叫他小高，但我更愿意叫他高锐，叫小高的话，听起来更像同事，而且更突显年龄差距。我不知道我想扯平些什么。

我假装已经忘了那回事，睁大眼睛问："去希尔顿干吗？"

"不会吧？你答应让我做你的游泳教练的。"

于是长长地哦了一声，马上装模作样去找泳衣，还煞有介事地边找边嘀咕："我记得三年前我在北戴河买过一件的。"

一切准备妥当，我对他点了下头，习惯性地走到他前面去。

"姐你不换身衣服？"

"我这衣服怎么啦？"

"好吧，没事。不过，姐，我们是去五星级饭店游泳，不是去开会，你能不能不要这么严肃。"

我尽量忍住笑："不要对我要求那么高，我不是你的女同学，严格地讲，我是你的阿姨。"

"我这个人吧，别的方面都可以含糊，唯独对女人很苛刻。"

"什么意思？"

"我从来不跟不般配的女人走在一起。"

我假装路边出现情况，扶着方向盘往外探看。这小子！也许他天生就是个很会讨好女人的主。

我们从两个不同的方向更衣出来，他体型纤细而匀称，腰腹一带，薄薄的像块砧板。不知为什么，我想起了当年一拳砸在大柳肚子上的感觉，那种排着两列小土豆的腹部，应该不是高锐这样的吧。

他撮起嘴唇吹了声口哨，惹得很多人回头朝我们看，我赶紧跳下水去，只留脑袋露在外面。自在多了。

"姐，你身材好棒，真的，比那些小丫头都棒。"

我拍了他一头的水："你认为本姑娘很老了吗？"

两个还不是太熟悉的人之间，拉近距离最好的办法，看来真的就是除掉彼此的外衣。并排游了两圈之后，我们决定上去喝咖啡。出水时，他很自然地向我伸出手，拉了我一把，上了岸，仍然没有松开手的意思。不过就是拉个手，也许这就是年轻人的交往方式，不要大惊小怪，无论阅历还是年龄，你都已经不再适合做害羞状了，难道你不喜欢跟一个年轻的帅哥牵手走路吗？我脑子里轰轰的，一脸无所谓地任他拖着走，只有我自己知道，我的脚步已经不对头了，我像个硬撑着的喝醉的人，努力不让别人看出我高一脚低一脚的步态。

"姐，你为什么要撒谎？你根本不是旱鸭子。"他笑笑地盯着我。

我把眼睛转向杯里的咖啡："旱鸭子也是鸭子，不是鸡，多少会扑腾两下。"

"姐。"他突然向前探身，满眼期待地望着我，"我把我女朋友叫来怎么样？"

我感到喉咙里哽了一下，但还是尽量装得若无其事："可以啊，叫她来吧。"我在想，在她赶到之前，我肯定离开这里了，我才不要让他看到一紧一松两副大腿的现场对比。

"我真叫了？"他拿出手机，拇指飞快地动了起来。他把手机移向耳边，凝神谛听。

突然又啪地关了手机。"姐！"他把我的手抓过去，"你的脸红起来了，为什么？"

"咖啡太烫了。"

"姐，你不要总是这副处变不惊的大人物模样好不好？为什么你一定要把自己的心理活动藏起来呢？你总是说着言不由衷的话吗？"

"你在说什么？谁是大人物？谁言不由衷？"

"姐，其实我根本就没有女朋友，至少现在没有。"

我端起咖啡，小口啜着。我后悔加了糖，此时，我应该喝不加糖的清咖啡，以保持清醒，因为，局势似乎正朝暧昧的方向发展。

"见到你以后，我觉得所有的女孩都跟我不般配。"他垂下眼帘，"除了你。"

……我做到了，我的心没有跳，手中的咖啡没有晃动，平静得像一张褐色的小饼。

"谢谢你的赞美。"我的声音听上去有点干涩。

"别耍外交词令。"他严厉起来的时候，表情更让人忍俊不禁。又说，"我说的是真话，你让我感到舒适、温暖，还有……对了，我说了你不要笑，在你面前，我总有想撒娇的欲望，每次见到你，我都必须努力克制自己，警告自己，不要把手伸出去，不要去搂住她的腰，不要去弄乱她的头发，不要扯开她套装上的扣子，不要去抚摸她穿着黑丝袜的腿，不要把她的亮闪闪的高跟鞋扔到窗外去。"

我费力地吞咽了一下。

"姐，你让我感到绝望，你既让我看到了方向，也让我感到，我的追求注定是徒劳。"

身体深处的沸腾犹豫了一下，幸亏没有失态，幸亏表面上还是无动于衷，笑一笑吧，笑一笑，放轻松，别被这个小东西耍了。

"你还不知道吧，你已经成了我的偶像啦，唉，我真傻，偶像是什么意思？偶像就是高不可攀不可接近呀。"

"你省省吧。"那沸腾彻底熄灭了，也许这就是他的幽默。

"姐，过段时间我去诺贝应聘，如果失败，我就哪儿也不去了，我就住在姐的楼上，守着我的偶像过一辈子。"

诺贝是当地一家赫赫有名的大公司。有了前面这么多铺垫，我只能看着他笑，什么也不说。如果他真的那样求我，我也许会答应他的，我并不在乎那笔租金，把房子租出去，只是想让那些管道处于运行的状态，不要闲置坏了。

游完泳，很自然地去了三楼的餐厅。"想吃什么尽管点，姐买单。"居然有了这种腔调，连我自己都很吃惊，但也很受用。

吃过饭，又去健身房，完了，又去一楼的发廊，出来时，天已经差不多要黑了。外面是流水般漫过大街的人群，他们当中，夫妻并肩携手，孩子在左右蹦跳，老人白发整齐，表情安详。这景象让我如梦初醒，这里才是我的世界，我应该在这里逗留，而不是躲进游泳池里，藏在陌生人中间，跟一个小弟弟般的男人浑浑噩噩。意识到这一点，我立即挪开一步，跟他保持适度的距离。"你自己回家吧，我还得去一个地方。"

他没说什么，像第一次见到我那样，不出声地望着我笑，然后，他挥了挥手，乖乖地走了。我看了一会儿他的背影，向停车场走去。

拉开车门前，我骂自己："你这傻瓜，蠢蛋，居然跟这个小东西消磨了一整天，你究竟想干什么？"

我把车开出去，漫无目的地转了一圈，这期间，我接到了在外地挂职的老公的电话，他再次向我申请探亲时间延后："身不由己啊。"

"没什么。要乖哦。"

这是我们的暗语，意指小心谨慎，不要出错——各个方面。

我们约好每两天到三天通一次话，既是报平安，也是沟通。我更看重它报平安的意义，夫妻是拴在一条绳子上的蚂蚱，他那里失去平安，我这里也消停不了。

偷大柳钱又给他写信的孩子找到了，叫吴小周，吴是他爸爸的姓，周是他妈妈的姓。他偷走了那笔钱，还是没能去上学，据说那钱被他一个叔叔拿去买火车票了，叔叔要去外地打工。也就是说，他仍然一面眼巴巴地望着学校大门，一边游荡在街上。

大柳果真要当吴小周的贵人了，他要我给我的同学打电话，我同学是实验小学新提拔的副校长，他要把那孩子安插到最好的学校去。"就算是做个试验吧，这孩子资质绝对不差，他应该去一个跟他的资质相匹配的地方。"各种手续都由他亲自办理，当然，费用也由他自掏腰包。

"你不是容易冲动的人哪。"我责备地望着他。

"都查清楚了，他老家在一个叫吴庄的村里，母亲在他五岁时就离家出走了，父亲带着他出来谋生，主要是满大街收废品。前不久，父亲突然要他退学，跟一个老乡去学修车。"

"你能帮他多久？帮到高中毕业？大学毕业？早点把修车学会，对他来说未尝不是一条好出路。"

"我总觉得我们之间有种奇怪的缘分，我不想随便中断这种缘分。"一向严肃古板的大柳突然多愁善感起来，"就算他可能有什么企图，如果我以诚心待他，他会不会受到触动改变初衷呢？完全有可能，他毕竟还是个孩子，如果连孩子都无法相信，那是非常可怕的。"大柳被自己的想法弄得激动起来，不等我发问，自己一层一层剥蒜似的分析下去，"我不相信那是职业小偷在练手，我宁愿相信他是出于不得已，否则，他为什么只把钱留下，而把其他的东西都退回来呢？你要知道，光是这个皮包，就值不少钱，何况还有手机。"

"为什么你不把他想成是一个高手，在放长线钓大鱼呢？"

"他只是个孩子，才九岁。你九岁的时候知道如何放长线钓大鱼吗？"

我不再干涉他当吴小周的贵人。

其实，搞定那所学校并不容易，那是本市声誉最好、教学质量最高的一所小学，门槛也相对较高，何况吴小周是流民，没有户口，没有一二年级的成绩单，没有任何学籍方面的证明。不过，既然它成了大柳的事，我怎么也得尽心尽力。我找到一个媒体的朋友，两人一合计，决定先炒一个好心人救助流浪儿童的新闻，再拿着报纸去找有关部门，连哄带骗总算给吴小周把名报上了。当然，该交的钱还是免不掉的。大柳说："当然要交，不交钱不算真的帮他。"

吴小周终于走进教室了，报到那天，我和大柳一起送他去的，小家伙长得一副机灵相，见到我们就鞠躬，叔叔阿姨叫得嘎嘣脆。

"我一定好好学习，不辜负叔叔对我的一片好心。"

小嘴真甜，真会说，而且，我觉得我好像从他眼底看出了浅浅的泪光，心想，大柳也许真做了一件好事。

三天后，我的副校长同学打电话给我。"吴小周跑了。"

我赶紧通知大柳，大柳脱口而出："一定是他的同学欺负他了，我早料到会这样,那所学校里都是些什么样的孩子?什么样的家长?可以说,像吴小周这样的再也找不出来第二个。说不定老师对他也有歧视的嫌疑。"

依然是动用公安部门的力量,一个星期后,吴小周给找到了,他可怜巴巴地诉苦,爸爸病了,他不得不接过爸爸那副捡废品的担子,不然,他们父子俩将不能糊口。大柳二话没说,打开钱包,将包里的现金悉数掏空,塞到小周口袋里:"以后碰到这种紧急情况,尽管告诉叔叔,千万不要自作主张,从学校里跑出去。"

吴小周痛哭失声:"对不起!对不起!"

我的眼睛也跟着湿润起来。再看看大柳,不得了,我熟悉他的表情,他那样子证明,他已经痛到骨头里去了。

这一次,吴小周老老实实在学校待了差不多两个星期,第三个星期的第一天,我同学又给我打了电话来。"那个吴小周,他以前到底是干什么的?书包里居然有刀,告诉你,他今天把同学砍伤了。"副校长同学满腔义愤,显然,是非曲直在她那里已经一清二楚了。

依然是赶紧通知大柳,大柳说:"没什么大不了的,笼子里的鸟在欺负新来的鸟,吴小周也不是任人欺负的主,一场混战,各有损伤,不用问,我也知道大概是怎么回事。"

但打了人毕竟是事实,可大柳不准备找小周询问这件事,他说:"给他点时间吧,他应该主动来找我说说这事,我等他来,我给他机会。"

但吴小周一直没来,直到大柳实在忍不住了,跑去找他。他去的时候,吴小周正在上课。我同学把他请进办公室里,很正式地说:"吴小周是个好孩子,聪明,机灵,总之,他长处很多,但并不适合在这里学习。"我同学压抑着不满开了头,可惜,她到底还是没有控制住自己的满腔怒火,直截了当说:"成绩差得一塌糊涂,就像从来就没上过学似的,但他偶尔又能写对几个字,做对一道题,真是难以理解。好吧,让我们这样想,成绩并不能代表一切,但你至少得遵守起码的纪律啊,他根本就是一匹没管教过的野马,大家都做早操,他在操场上踢人屁股,考试的时候在卷子上乱涂乱画,还在卷子上写'不许扣我的分,否则有你好看'。"

大柳略一斟酌，对我同学说："给你们添麻烦了，不管怎样，请再给他一次机会，再给他一点时间，因为他的经历稍稍有点特别，说不定我们再耐心一点，他就浪子回头了。"

我同学申辩："正因为他特别，我们对他已经很耐心很耐心了，我们对学生从没这样宽容过，我们已经大大地破例了。现在全校师生，包括门卫，对他都很头疼。对了，他还拨乱过门卫的闹钟，搞得全校大乱。"

大柳望着她说个不停的嘴，突然鞠了一躬："对不起。"

大柳一鞠躬，我同学就难为情起来，也向他鞠躬，两人互相鞠了几个躬后，我同学说："你犯不着这样，他又不是你的孩子，他不属于你，也不属于我们这个学校，他有他的归宿，有他的世界，他跟我们本来就不沾边，也许硬把他拉进来，倒委屈他了。"

大柳脸上僵了一下，赶紧恢复成笑脸，一路说着客气话退了出来。

一出来就跟我抱怨："你那个同学，居然说什么他们我们的，照她的意思，吴小周根本就不该进我们的学校，他应该待在属于他们的地方，这是什么话！如果不是为吴小周着想，我当时就跟他辩论起来了。身为老师，却这种腔调，怎么教书育人？我知道吴小周为什么要逃跑，为什么要捣乱了，老师都是这种态度，他的环境可想而知。你去跟你的同学讲，她们再这样对待吴小周，我就把她今天说的话公布出去，我让全社会来评评理，然后再把吴小周转到别的学校去。"

一边是同学，一边是同事，两边都有道理，两边都找不到批评的理由，想来想去，我决定在中间做一件事，帮他们取得平衡。我做了些准备，挑了个日子，找到刚刚放学、正把书包当铅球玩的吴小周，我一把揪住他的衣领，努力装出一副江湖气概来。我以我的方式判断，说不定他就服这个。

"如果你再跑，再干出让大柳大哥伤心的事来，我就找人下你一条腿，你自己说，想留左腿，还是想留右腿？"我这样说的时候，两个专门请来的小伙子在我背后抖着腿，狞笑着朝他吹口哨。

小家伙有点急了："我会好好上课的。"

果然安稳下来了。

大柳说："怎么样？我就说需要耐心嘛，这段时间不是好多了吗？"

不知出于什么目的，我没有告诉他我去威胁吴小周的事，我在想，如果那个小家伙只吃那一套的话，是否意味着他的背景和来历有问题呢？马上又觉得自己想太多了，毕竟，他还不到十岁，除非他爸爸是黑社会，而且黑社会是会遗传的。可他爸爸我们见过，挺老实的一个收废品的。也许他天生就是个欺软怕硬的货色。

老公回来休探亲假了。

一个毕恭毕敬的人跟在他后面，扛着个大纸箱，小心轻放之后，拭着汗水说："下面还有个箱子。"老公没吭声，我赶紧递上一杯水，那人笑着说："我搬上去之后再喝。"

第二次搬东西进来之后，那人并没喝水，放下纸箱，礼貌地招呼了一声就走了。

我责怪老公："你对人家太冷淡了，看把人家累得满头大汗的。"

他说："别操闲心了，没有谁是傻子，白干赔本的买卖。"

纸箱里装着核桃、铁山药、板栗、香菇、土鸡蛋等等，反正都是他挂职那地方的土产，甚至还有一只杀好清理好只等下锅的野兔。"这兔子是我亲自打的。"他说。

"你没有不乖吧？"我指了指兔子，又说起了我们的暗语，"上班时间打兔子可不好噢。"

"打兔子是为了融洽关系，从这个角度讲，不打兔子才叫不乖。"

他要去楼上看看。"我得知道是什么人住在我家里。"

因为是晚上，除了高锐，人差不多都在，清一色的年轻小伙子，有的在上网，有的在打牌，房子给他们弄得像一块杂乱不堪的菜园子，这边一块，那边一条，拥挤，杂乱，让人眼晕。卫生间似乎也清理得不干净，进门便闻到一股尿臊味。我忙告诉他们要如何清洗，要用什么样的清洗工具。灶台和抽油烟机肮脏不堪，我突然有点后悔把房子租给别人了，至少不应该容许人合租。但看到他们自得其乐的样子，又不忍心立即赶他们走。我给他们出主意，要么，他们合起来请一个钟点工负责打扫，要么，我把我的钟点工派上来，但他们的房租得涨那么一点点。他们似乎很犹豫，彼此看了看，说还是由他们自己来打扫，他们可以排个班什么的，每天安排一个值日生。

老公一下来就笑："你还一个劲地教人家打扫卫生间，我告诉你，那不是卫生间的原因，把骚牯子关在一起，就是那个味道。"

探访出租屋让老公感慨万分："想当年，我比他们现在还不如，我家是农村的，第一次拿工资，就给家里寄了一多半，吃饭都勉强，哪敢去租房？下了班就到处逛，逛累了就回到办公室睡沙发，在公用卫生间洗澡。我那时特别羡慕那些下了班就可以回家的人。往事不堪回首啊。"又说，"一定不能让我的孩子再吃这种苦，也不能让他像楼上这些人一样，住在骚烘烘的集体宿舍里，我要他的每一天都过得体面，有尊严。"

"体面和尊严不是你能给他的，得靠他自己去挣。"

"你这观念过时了，我所说的体面和尊严，并不一定是指物质方面的。你想想，我们两个手上握着多少珍贵的资源啊，这些资源他挣得来吗？可以说，除了继承，他几乎不可能得到。"

他本来是要休假一个星期的，休到第三天，接到一个电话，放下电话就开始收拾东西。我已经习惯了，职场也是江湖，身不由己，何况我并不能在家陪他，我们的休假无法凑在一起。

他单位里有车来接他，虽然三天都过得很清淡，但热烈的送行还是必要的，司机在一旁看着呢，那可是个不错的新闻发言人。我在他衣领上毫无必要地摸了两下，退后一步，笑吟吟地看着缓缓驶近的汽车。司机跳了下来，跟他一样浑圆的身材，边缘模糊的大方脸，他下车是为了接老公手中的公文包，以及跟我打招呼，做完这两项，他就利索地调头而去。

身后一声轻咳，回头一看，是高锐，他一成不变地背着电脑包，一成不变地望着我笑。

我故意板着脸："你怎么老是背着个电脑包呢？这么重，会得肩周病的。"

"没办法呀。"他经过我的时候，不动声色地绕了一下，生怕我摸他的电脑包似的。

"去大公司的事儿怎么样啦？"他已经走过去了，我抢着赶着问了一声。

他一听，赶紧站住："烦死了姐，我听说这次他们不招五年以下工龄的。"

"要不要我去找人帮你推荐一下？"

"不要，这对其他的应聘者来说不公平。"

我狠狠呸了他一口，不过，心里还是有些赞许的，想了想，我说："要不，在你正式进入诺贝之前，我不收你房租了？"

"真的？姐，你说的是真的吗？"

"算是对你找新工作的支持吧，至于那三个人的房租，你可以照收不误。"

他拔脚朝我冲过来，没头没脑地抱住我，抱得死死的，半边脸紧贴着我的脸颊。我拼命推他，谁知道窗户后面有多少眼睛，丈夫刚走，人还没挪窝，就被人抱成这样。

我的推拒丝毫没有影响他的情绪，他松开我，两条胳膊还处于激动状态，继续挥舞着："姐，我会报答你的，等我进了诺贝，第一件事就是报答你。"

我说："别高兴太早，我是有条件的，你必须给我进诺贝，进不了诺贝，免收的房租要补交给我。"

他喜气洋洋地大声答应下来，难道是我看错了？阳光下，他笑眯眯的眼睛晶莹闪亮，仿佛噙着泪水。

他走出好远，我感觉身上还留着他抱过的痕迹。这小东西，两只胳膊像钳子一样紧，不过脸很细滑，跟老公厚腻粗重的脸截然不同。

因为吴小周，大柳跟我的联系又紧密了一层，几乎每天一上班，我们都要在线上聊一下吴小周的情况。

"这小子变乖了，昨天晚上还给我打了个电话，说谢谢我。"

"肯定是他爸爸教他的，是不是又快到了交学费的时间啦？"

"嗨，人家根本没提学费的事，不过我总觉得他的语气好奇怪，好像旁边还有人似的。"

"我不说了嘛，肯定是他爸爸在一旁教他。"

"肯定不是他爸爸，他爸爸我见过，应该说不出那样的话来。他说，能不能跟你的校长同学说说，把他变成住读生？他说家离学校太远了，每天上学，要倒两趟车，还常常挤不上去，有时看看已经迟到了，干脆就不去学校了……"

我赶紧打出一串冷笑声："住读的名额有限，而且得另外交一笔钱，他有这个能力？"

"其实，我以前就跟学校提出过这个要求，但学校不愿意接收，说他不好管理。"

"那就没办法了，事实如此，你自己也看到了，逃学，打架，老师可能怕他把其他同学带坏了。"

"我还有个想法，说出来你不要笑我。我想在学校附近租间小房子，让他和他爸爸搬过来住。"

我飞快地打出五个"哈"字和一个惊叹号发送过去。"学区房多贵你知道吗？我现在怀疑你们不是因为被偷的钱包结识的，我怀疑他根本就是你的私生子，因为我实在想不出你这么做的理由。"

"就算他失学是不可避免的命运，但我还是不想他在我的手上失学，走上小偷的道路，我真希望当初他偷的不是我的包，或者，偷了也不要还回来，这样我们就不会认识。"

"难道你要对每个你认识的人负责？"

"我不是跟你说过那个小老乡的故事吗？被人碰到隐痛，反应总是会大一点的。"

"又来了！你要这样想，在认识你之前，他可能已经是名小偷了，你的钱包，很可能并不是他偷的第一个钱包。"

"我也知道，但就怕万一，万一在他身上，我又犯了跟前一次同样的错误……"

关于所谓前一次错误，大柳跟我讲过很多次，每当他眯起眼睛，眼神变得悠远时，我就知道，他又要讲那个不可原谅的错误了。那个错误发生在十二年前，那时的大柳还是下面一个公司里的普通职员，有一天，一个大约十四五岁的大孩子跑来找他，急赤白脸地向他借钱，说他在一家票务公司给人送票，刚刚收到的五百多块钱票款在公共汽车上给人偷了，他不敢回去，回去肯定是交不了差的，公司的人会说，谁知道是小偷偷的，还是你自己偷的？他猛地想起大柳在这里上班，就跑来向他求救。可大柳看来看去，觉得他并不认识这个男孩，男孩一再向他保证，自己绝对是从大柳老家那边来的，绝对是大柳的老乡，还告诉大柳他爸爸是谁，妈妈是谁，哪年大柳回去的时候，他还见过大柳，还跟大柳在一张桌子上吃过饭，可大柳无论如何也想不起来，觉得自己压根儿就没见过他。"我老家哪会出产那么英俊的小男孩？真的是面白唇红，玉树临风，而且口齿伶俐，他不可能产自我老家那块贫瘠的土地。"这是大柳每次讲到这个男孩时的原话。他的口音倒的确是大柳老家那边的，但也不能仅凭一副口音就给他五百多块钱呀，万一是个骗子，拿到了钱不仅不会感谢他，反过来还会笑他傻，笑他好骗。骗子两个字一跳出来，大柳更加坚定了自己的看法，绝对不能让骗子得逞，他肯定是个骗子，骗子多半都长得干净乖巧，能说会道，而且会说好几种方言。可他又不能当着人家的面说他是骗子，那会激怒他，后果更不堪设想，所以他说，他很早就离开了老家，那边认识他的人，远远多过他认识的人，所以他无法确定他究竟是不是他老乡，如果是，老乡有困难，他一定会帮一把，可是……他请他理解，他不能把钱交到一个陌生人手里，这是人之常情。大柳一边说，一边狠狠心按下了正要取出来的钱包。男孩遭到拒绝，没再说什么，两手插在口袋里，低头在大柳面前站了一会儿，慢慢走了。事后，大概过了两三年吧，大柳回了趟老家，舅舅家请他吃饭，席间，来了一个形容枯槁的中年男子，他是来找大柳舅舅家借鸡蛋的，说是家里来客人了，而鸡蛋恰好前些天都卖光了。他走之后，舅妈感叹：儿子不见了，一家人都跟失了魂一样，没个人样了。舅舅说，那么老实的孩子，真没想到会干出那样的事来。一问才知道，那孩子拐了他所在的票务公司的票款，逃走了，至今没有下落。大柳一听，头嗡的一声就大了。就在前两年，大柳又回了趟老家，办完该办的事，专门去了趟舅舅家，向舅舅打听那个孩子的下落。舅舅说，你要不提，我都忘了那回事了，那孩子以后再也没有回来过，也没见他家里人出去找他，怎么找？地方那么大，出了门两眼一抹黑，该往哪方走都不知道，只好当他死了。每回大柳讲到这里，总要蹙着眉头，静默好一会儿。"是我毁了他，在区区五百块钱面前，我的心一硬，一个人就毁了。"我不止一次安慰他，不要太自责，这是每个人都会犯的错，不单是你，换成任何一个人，可能都会那么做。可大柳还是无法释怀。

既然涉及到心病，我就知道，劝也没用，只能随他，何况他根本不是要听我的主意，他只是想向我倾诉一番。他很快就帮父子俩租了间学区房，很小，没有卫生间，也没有厨房，但比起火车站附近用土砖和牛毛毡搭的棚子，不知强了多少倍。

吴小周果然安稳了不少，学校的举报也少了很多，这让大柳很愉快，很有成就感。有时得空，他还会悄没声地转到他们的房前，透过窗户向里探看，当然，他一次也没看见这父子俩，他们一个在街上捡废品，一个在教室里上课，不可能蹲在屋里让他偷看。他向邻居打听他们的日常生活，人家说："很少见到他们，两个人都是很晚才回来，很早又走了。"大柳点头，这很好，说明他们都很忙碌，说明他们都在正确的轨道上全速行驶，这正好是他期望的状态。

我在想，这样也好，且不说吴小周怎么样，至少大柳安心了，再不用受良心折磨了。

高锐送给我一只熏兔子，说他不会烧，送给我。我很奇怪他竟然能搞到只有老公挂职那地方才有的土产。

"这不是土产，是小饭馆里的仿土产，我帮人家布了两条电线，人家送给我的。"

"嚄，打起临工来了。诺贝那边还没有消息吗？"

"好消息会有的，一切都会有的。"

我佩服他的宽心和从容，换成是我，早就焦虑得没个人样了。

烧好了兔子，当然要喊他下来吃饭，我打开冰箱，拿出一瓶从进口食品店买来的果汁，这样，我们就都可以吃得心安理得了。

我们边吃边聊，他讲的多是些奇闻逸事：一个六十多岁的退休老头娶了个二十多岁的小姐，结婚不到半年，就生了个大胖小子；一个人半年之内在马路上被撞了五次，总共得到赔偿十多万元，最后一次被撞时，不是汽车撞伤了他，而是他撞坏了人家的汽车；一个女人给人做代孕妈妈，孩子一生下来，那个男人就跟他妻子离了婚，娶了这个代孕女人；一个在公司打工的年轻人，有乞丐癖，一到夜晚，就换成一身乞丐装，到街上乞讨，有次他看见自己的父母手挽手走过来，照样把手中的瓷碗伸过去，他父亲给了他一元钱，他回到家里，对父亲说："以后不要把钱不当钱，随便打发那些要饭的。"他父亲很意外，问他怎么知道他给了要饭的人钱，他马上一脸惊讶："你还真给了呀？我不过是提醒你一下。"他讲这些事的时候，表情生动，还配合恰当的动作，实在叫人忍俊不禁。

尽管我很谨慎，多多少少还是向他透露了一些工作上的事情，比如，我最近正为一件事头疼。如果我要继续进步，就免不了跟大柳竞争同一个职位，也就是说，我要么放下野心，原地踏步，要么勇往直前，把自己最最贴心的朋友扳倒在地，踩着他的头昂然前行。

目标实在让人心动，得到这个果实，就意味着从副处变成了正处，我的职业生涯就可以画个圆满的句号了。早在前几年，我就拟定了终生计划，我要以正处的身份退休，那意味着我将有一个体面富足的晚年。但我没想到，我会跟大柳来竞争这个果实，这让我有点犹豫。不消说，大柳也在渴求着这个果实，他已经原地踏步一个回合了，再原地踏步一回，基本上就不可能往前走了。

高锐说："我要是你，就径直往前走，大柳也罢小柳也罢，统统去死。"

"感情也是很重要的。"

"你跟大柳到底算什么感情？你爱他吗？他爱你吗？"

"爱算什么？我们早就超越爱这个层次了。爱多么自私，多么脆弱，经不起一点风吹雨打。"

"你是说，你们的感情不自私？那好，你让他退出竞争，把机会全都给你。"

我的眼睛越过果汁杯，不出声地望着他，不得不承认，他说中了要害。首先我不敢、也不会这样去跟大柳说，其次，大柳是不会退出的，且不说是否他一退出机会就一定会落到我头上，光是一个退字，他就接受不了。他曾经说过："我们都站在一条看不见的传送带上,不是前进,就是摔倒,除此之外没有别的选择。"往前走,这是我和他不可选择的命运。

我不想跟高锐讨论如此严肃的话题,就逗他:"你希望我上去吗?"

"当然,我希望你节节高升,荣华富贵。"

"那对你有什么好处?"

"当然有好处,你是我姐嘛。"

我在喉咙里咳了一下:"这个房子,最迟后年,我可能会装修它,到那时,你就找不到我这个姐,我也找不到你这个弟了。"

他的脸变了一下:"真的吗?这么着急干吗?你现在不是住得很好吗?"

"后年我老公就回来了,家里就不会这么清静了。"

他似乎有点受打击,人有点发怔。我给他出主意:"如果你愿意,可以继续在这个小区租房子,这里空房很多,这样我们又可以常见面了。"

他却很突然地问:"你不觉得你跟大柳好得不正常吗?"

"什么意思?"

"没什么意思,我是怕他打你歪主意。"

我大笑,然后我告诉他:"大柳是个不可多得的好人,别的不说,单说对待吴小周这事,就不是一般人做得到的。"

他鼻子里哼了一下:"也许另有隐情。对了,他不会是喜欢漂亮男孩的那种人吧?"

"你放屁!我们天天在一起,我了解他。"

我一急,他反而笑了:"姐你也太自信了吧,难道你们晚上也在一起?"

"不需要晚上在一起,我就是知道他是个什么样的人。你会反过来帮助一个偷你钱包的孩子吗?你做得到吗?"

我差点把那个关于他老家男孩的故事讲了出来,转念一想,又觉得不便向外人兜售他的隐痛。

"这没什么,很正常。"高锐不以为然地说,"既然大柳有多余的钱,多余的社会资源,为什么不能匀一点出来给那些需要帮助的人呢?这对他有什么损失呢？相反，他还能从这件事上收获成就感，觉得自己是个高尚的人。"

我真的生气了："照你这么说，他反而从吴小周身上占到便宜了？"

他嘿嘿直笑："反正对他没什么伤害，那点学费什么的，天知道他有没有通过什么名目报销掉。"

"你为什么要这样猜度一个古道热肠的人，一个有社会责任感的人？你还这么年轻，大学刚毕业，刚踏入社会，就对人抱着这么深的成见，这对你没什么好处。"

他还是笑："一个古道热肠的人？一个有社会责任感的人？你在说大柳？"

"难道不是吗？你见过谁这样对待一个小偷？"

"姐，你搞错了，他现在帮助的人，已经不是小偷了，而是一个跟他有了交情的人，并且是令他欣赏的有交情的人。"

"他跟一个小偷能有什么交情？他们之前素不相识。"

"咦？吴小周把皮包给他送回去，又给他写了一封短信，他被打动了，这不就建立起交情来了吗？没有这个交情，他会千方百计帮吴小周入学吗？"

我的脑子突然发生短路了，气鼓鼓地坐在那里，一声不吭地看着他。他见我这样，赶紧呵呵笑着起身，帮我洗碗，洗完了碗，他就上楼去了。

我以为我吓跑了他，没想到第二天晚上他又来了，这回，他双手端着一只炖得咕嘟冒泡的小火锅。我问他从哪里弄来的，他说："他们做的。"

我要给他钱，让他给他们带回去，说："不用，算是我们贿赂房东的。"

我坚持要给，他说："下次你回请我们不就得了？"

我不喜欢占别人的便宜，尤其是他们这帮租房族的便宜，想想家里好像有端午节发的盐蛋皮蛋虾仁什么的，就去找出来，叫他待会儿带到楼上去，大家分享。

"你看，这也是资源，对你们来说，无须动脑动手，就像早上升起的太阳一样，不请自来。"

"你说错了，它是我应得报酬的一部分，不过是以另一种形式来到我手中而已。"

"你看,你都已经产生了这种错觉,觉得这些东西理所当然是属于你的,就像你的毛发和指甲一样,是你与生俱来的东西。而有些人,他们什么也没有,一分一毫,一针一线,都得动脑筋去争取,偏偏脑筋这东西,不是很好控制的,动着动着,就会想歪了。"

我看了他一会儿,严肃地说:"我最开始也是一无所有,我刻苦读书,努力工作,然后才有今天。我靠自己的实力,经历了从无到有的过程。"

"是啊,你了不起,但你知不知道,你走的是一条常规路线,你每一步都踩在节点上,你始终走在正确的轨道上,而有些人,他们因为各种意外,从一开始,就被甩在轨道之外,或者后来被挤下了轨道,怎么也回不到轨道上去了,他们一样得活着。"

"常规活法是一种活法,别的活法也很不错啊,各有各的人生,各有各的精彩。"

"你试过常规之外的活法吗?要是没有试过,你就没资格说这种话。"

"你也没有试过,你怎么有资格说这种话?"

"我离他们近,至少比你近。"

"就因为你是租房族?我刚工作的时候,连房子都租不起,只能睡办公室。"

"就算是那样,你们也拥有很多资源,只不过,你们没什么用途,把那些资源浪费了。与其浪费,不如共享,关键是如何才能做到资源共享。"

"你所说的资源,到底是指什么呀?"

"别开玩笑了,你会不懂这个?就拿大柳把吴小周安排到实验小学这事来说,这是我们这种人能办到的吗?就算我们有钱也办不到。再比如,你带我去希尔顿游泳,在那个大厦里泡了一整天,如果不是你,我不可能像那样度过一天,就算我有钱,我也不舍得拿出来扔到那种地方去。"

我无话可说。不谈这些了,这好像不是私人话题。我说起他去诺贝公司的计划,问他应聘书准备得如何,有几成胜算。

他抽出纸巾,沾了沾嘴角:"跟你说实话吧,我今天问过了,诺贝那里,我是没戏了。我不觉得是什么了不得的打击,被诺贝这种牛×的公司拒绝,在我意料之中。"

我很突然地提高了音量："既在意料之中，为什么还要在那里浪费时间？年纪轻轻的，不要好高骛远，要脚踏实地，有的放矢。"

"没办法，我就是喜欢诺贝，它拒绝我，我也不怨它，它能给我一个面试机会，我都感到很荣幸。"

"说你什么好！一根筋。"

这种一根筋的做法也让我想起弟弟，那段时间，他突然很想到文化馆那种地方去工作，他抱着自己的作品，毛遂自荐闯到文化局长家里。得知他的意图后，人家对他万分不耐烦，他却一副锲而不舍的劲头，三天两头往人家家里跑，人家一家人专心致志看电视，他就静静地坐在门边等着。终于有一天，局长投降了，一集放完，播放广告的间隙，局长对他说："你的事，我们没有办法，我们的编制满了，何况你是工人身份，根本进不了编。"弟弟说："我可以不要编制，我可以当临时工。"局长说："我们不招临时工，我们没有支付临时工工资这个开支项目。"弟弟又说："我可以不要工资。"音乐响起，电视剧又开始了，局长看了一小会儿，回过头来说："其实你一边上班，一边当业余作者最好。"又一集放完了，弟弟插空问道："你是说，我一点希望都没有了？"局长看着电视说："没有。"弟弟起身，悄悄告退，人家的门几乎是贴着他的脚跟关上的。这次回绝对他的打击很大，他一路走走停停，回到他跟那个留着中分长发的女子的家中。他们认识不到一个星期，就在她家里同居了。后来我才知道，那个房子，其实也不是女孩的，而是她前男友跟她同居时租下的，前男友突然抬脚走了，但房子的租期还未到，她后来去一问，才知道男友走时，替她续交了一年房租。我猜弟弟的感觉并不好，房子、人，都是别人的。我还听说，那女孩曾经对我弟弟说，如果他哪天突然回来了，你就得走。我实在不明白弟弟为什么还是会选择住进去。被局长拒绝的那天晚上，弟弟回到他们的家，一个陌生男人正坐在家里等他。女孩抢先一步，挡在那个男人面前，对弟弟说："就是他，他又回来了。"弟弟说："叫他走。"女孩说："不，你走，我们以前不是说好了吗？"弟弟没再说什么，转身就走，他是个不会打架的人，从小就是这样，他宁肯退让，也不会挺身向前跟人争夺什么。他死后，我听一个江边的打鱼人说，他在江边草地上呆呆地坐了一天，从早到晚，顶着烈日，一动不动。到了半夜，睡在船上的打鱼人听到江边一声凄厉的长嚎，第二天，他看见弟弟长长地躺在草地上，浑身白得发蓝，睁开的眼睛是灰蓝色的。丧事还没办完，我就一遍一遍地往那个女孩子家里跑，可我总是跑一次输一次，我的伤心和愤怒居然被她一一驳倒，到最后，反倒是她占了理，我弟弟成了错误的一方，他不该用这种没出息的方式了结自己，他毁了自己不说，还把她今后的幸福也断送了，谁还敢要一个逼死男人的女人？很久以后，我慢慢觉悟过来，也许那个局长给弟弟的打击更大，如果那天局长给了他一个令人振奋的答复，没准他挺一挺，就扛过了女孩给他的打击。我没理由去找局长吵架，但我可以恨他呀，虽然他并不认识我，但我从此恨上了他，也恨上了跟文化沾边的单位。前几年，一个什么文化发展公司来申请贷款，我连人都没见，就给拒绝了，后来对方又拖上文化局长来找，我拒绝得更干脆。也许我没道理，但我是这样想的，就算是我职业生涯里的一次错误，我也认了。

"除了诺贝，还有什么别的打算？要不要我来帮你物色？"与此同时，心头涌上一阵酸痛，如果弟弟在世时，我已有了如今这般能量，说不定能救他一命。

"等我确定了目标，再来请你出山吧。"

"要快点把工作问题解决好，这个问题不解决，怎么去交女朋友？怎么成家立业？"

"女朋友已经有了。"他突然收住笑，看着我，揉着下巴说，"但人家还没下定决心嫁给我。"

我问他是个什么样的女孩，在哪里上班，他说她不是上班的女孩，停顿了一会儿又说，她在街上开着一家十字绣坊。我很怀疑那种小店的市场，可他说："她喜欢那个东西，不管挣不挣钱，干喜欢干的事，本身就很快乐。"

"没有钱也能快乐吗？"

"挣钱的事怎么能指望她呢？那是我的事情。"

他有了女朋友的事实，让我在这样的相处时刻更加轻松，对天对地，对自己，我的良心都是平安的。想到这一点，我从柜子里拿出人家送我的咖啡，有人从巴西带回来的，在我们的超市买不到的真正的咖啡。

他也不客气，大大方方地收下了，然后我们面对面歪在沙发上看电视，闲聊，我们跷脚，盘腿，抠鼻子，掏耳朵，我突然对这种关系感到很舒服。

十一点钟的时候，我打了个呵欠。他站起来："我该上去了。"他没忘记带上我给他的咖啡，连再见都没说，就带上门走了。

上床后，他打电话来，要我明天早上出门前，把他的钥匙放在门垫下面，他忘在我的茶几上了。我说你下来拿嘛，明天早上我匆匆忙忙搞忘了怎么办？

"不想动，我已经脱得光光的躺在被窝里了。"

他在暗示什么吗？我笑了笑，捻熄了灯。

后来我回忆我们的交往，觉得这是一个重要的夜晚，我们在这天晚上不知怎么就正式敲定了朋友的关系，超越年龄，超越身份，超越地位，超越任何东西，就是两个彼此看着舒服的朋友，我们扒去了以前似有似无的外衣，随意坐卧。别小看这个随意坐卧，人不是在所有熟人面前都可以达到随意坐卧的程度的。

有天晚上，我正在煮饺子，实验小学的副校长同学打电话给我，还没开腔，就在那边咪咪地笑了起来。

"你那个同事的孩子花样真多。"她居然把吴小周说成是大柳的孩子，"你知道他今天找到我说了什么？真不知道他怎么会有那样的念头，他说他不想读了，问能不能换他的妹妹来读，说他妹妹可乖了，可听话了，可想读书了，她要是来上学，一定是个最好最好的学生。"

我吓得赶紧关了抽油烟机。"什么什么？竟有这种事？"

"我问他不想读书想干什么，他说他想去做生意，有人介绍他去蛋糕房当学徒。我问他够不够得着蛋糕房的案板，他居然一本正经地说，刚开始不会让他上案板，会让他做一些打扫之类的事。"

"他妹妹多大？"我突然想起来，当初，大柳告诉我的是，吴小周下面没有弟弟也没有妹妹，他五岁的时候他妈妈就抛下他走了，怎么突然间又冒出个妹妹来？

"七岁。"

"你怎么答复他的?同意换人?"

"怎么可能?又不是排队,他去上厕所,临时找个人来替他站号。他要走可以,我们非常乐意放行,但不要弄一个人来顶替他,我们这里并不缺人。"

"不可思议,我觉得肯定是大人给出的主意,我不相信一个九岁的孩子能想出这种办法。"

"我也这样想,可他非说是他自己的主意,说他在这里占着位子又读不下去,而妹妹那么乖那么聪明却失学在家,是很不公平的事。"

"听起来倒是知情在理。"

"在什么理呀,胡说八道。"

放下电话,我赶紧打给大柳。大柳听说后,竟感动不已:"这孩子,没想到他心地这么厚道,这么善良。"

"他到底给你灌什么迷魂汤了,你不觉得他前后矛盾吗?开始是不惜当小偷挣学费,好不容易上学了,又读不下去,要求换人。"

"也许不该把他弄到实验小学去,那个学校可能不适合他,他跟那个环境格格不入。"

"你要怎么办?就依他的,向学校申请换人?"

"实在不行,我们把他妹妹也弄到学校去吧。"

"什么!"我重新打开抽油烟机,煮起了饺子,"要弄你自己弄吧,不要算上我,反正你跟我同学也认识了,你自己去求她,看她给不给你面子。"

大柳太出乎我的意料了,没想到他会一头栽倒在吴小周身上爬不起来。我决计不再管这件事。

两个星期后,吴小周的妹妹居然如愿进了实验小学,吴小周也如愿退学了。我打电话给我那个同学,嘲笑她在我面前嘴硬得很,大柳一找她,她就让步了。她说:"我不是看在大柳的面子上,是看在贷款的面子上,学校要搞扩建,急需贷款,明人不说暗话,大柳痛快,我们也爽气,算是各取所需吧。"

原来如此。

上班时,大柳找了个借口把我叫过去,主动说起这事,他似乎有些伤感:

"希望我没有做错。吴小周再三向我保证，跟读书相比，他更喜欢去蛋糕房当学徒。他说他原来搞错了，看见别人背着书包上学放学，眼馋得不行，真去了学校，才发现自己根本当不了学生，笨得要死，也不讨人喜欢。就算他诚心诚意去讨好别人，也没人喜欢他，读书变成了费力不讨好也得不到好结果的苦差事。妹妹就不一样了，妹妹从小就不爱劳动，只爱看书，她一定是块读书的料。"

至于突然跑出个妹妹来的疑问，大柳是这样解释的："他妈妈带走的那个妹妹，妈妈又嫁了人，孩子就给前夫送回来了。"

我还是有点怀疑。"希望这个妹妹下面不要再蹦出一个妹妹来。"

"不会了，我去他家里看过，吴小周的爸爸千恩万谢，一家人不停地向我鞠躬，我还能说些什么？"

大柳替他们租的学区房也退掉了，不用每月再付房租了，也算是打了个胜仗。我总觉得那家人在算计大柳，看来他们的脸皮还不算太厚，我还以为他们会一直住在那个学区房里呢。

"好了，算是告一段落了，我不必再管吴小周的事了。"大柳松了口气。

"但愿你是真的放下来了。"

"当然放下来了，他去当他的学徒，我既不知道他的家在哪里，也不知道他的蛋糕房在哪里，如果他不来找我，我这辈子恐怕都不会再碰到他了。"

"如果他来找你呢？"

他好像愣了一下："还来找我干什么？他没有理由再找我了，也没有时间，小学徒我知道，那就是长工，没什么人身自由的。"

正说着，有人敲门。大柳说了句请进之后，门被怯生生地推开了一条缝，一个精灵古怪的男孩头露了出来。我看看大柳，他脸上早已笑意盈盈，"小周，你怎么来啦？快进来。"吴小周背着个大书包，但一望而知，那里面不是书，是别的东西。

我做了个鬼脸，退了出去。带上门后，我突然停下脚步，把耳朵贴到门上，我听见一个童音朗声说道："叔叔，这是爸爸让我带给你的，他叫你无论如何要收下，不然就是瞧不起我们。"我撇撇嘴走了，好不容易贴上一个大柳，他们是不会随便将他丢掉的。

过了一会儿，大柳打电话到我办公室，叫我过去吃卤花生，是吴小周的爸爸亲自卤好的，是新花生，味道很不错。我说："我可不想被他们的糖衣炮弹打中。"

那些人其实是很聪明的，用这点小小的殷勤占住这根热线，让它不至于冷却，大柳不至于看不透这套把戏，但真正面对一个孩子，面对一双孩子的小手捧上来的卤花生时，心里还是暖意陡生，乐不可支。我想，换成是我，恐怕也拉不下脸来。

大柳竟把卤花生装进一个大号牛皮纸文件袋里，给我送了过来："尝尝吧，跟市场上卖的不一样。"

我勉强尝了一颗，觉得没什么不一样。

大柳在我面前津津有味地吃着，我第一次发现他居然喜欢这种小吃，难道真是爱屋及乌？

"我调整到下面去了，不能跟你做邻居了。"大柳边吃边轻描淡写地说。

难怪他要在我面前大吃卤花生，原来是要发布重大新闻。

"是你申请的，还是上面的意思？"

"当然是上面的意思，你知道的，我一向讨厌下面的空气，吃吃喝喝，迎来送往，庸俗得要死。"

所谓到下面去，就是去二级单位任职，负责人，一把手，对大柳来说，没升没降，平调。

"现在不是干部轮岗的季节啊。"我感到意外，而且之前没接收到任何信息。

"这样的例子也不是没有。"

晚上回家，在老公报平安的电话中，我提到这事，他沉吟了一下说："大戏拉开了，你当心点，看来这回大柳是铆上劲了，非赢不可。"

他猜测，大柳去下面，一是避开跟我真刀真枪地竞争，二是利用下面的资源大搞公关。这倒也是，一旦就任，那些资源就都由他掌握，不比在这里，大大小小的开支，全由行政管着，领导一支笔，让人动弹不得。

挂了电话，一个人坐在黑暗中，心情突然沉重起来。大柳已经摆出了必胜的架势，也难怪，谁都不想在竞争中掉下去，掉下去就是失败，就是耻辱，这是职场人的本能，只是这么多年，我一直亦步亦趋地跟在大柳后面，突然有一天，我们要直面相向，心里难免有点复杂。又一想，他居然如临大敌地摆出这种姿势，说明我们多年的交情，在他那里已经清理为零。再一想，这几乎是他的最后一次机会，他怎么甘心坐视不管拱手出让呢？

有人敲门，我开了壁灯，把门拉开一条缝，是高锐。

"我今天身体不舒服，想早点睡。"我扶着门，没打算让他进来。

"一分钟，一分钟就好。"他抱着一包东西，急切地说。

仍然是卤花生。我正想问他今天是不是卤花生日，他说："我在小区门口买的，好多人都在买，我也凑了个热闹。"

不忍拒绝他的热情，只好开门，开灯，请他坐下。他心情很好的样子："吃点东西，聊聊天，就会好的。看你的样子，不是生病，只是兴致不高，我没说错吧？"

"兴致不高还不是病？"其实，他一开口，我就不知不觉活了过来。

"给你讲个笑话，两个人去吃饭，上来一罐子汤，一个人看了看，问：啥子汤？另一个人说：鸡吧？"讲完就绷不住笑起来。我大喝一声："放肆！"可话音未落，我也绷不住笑倒了。

讲完这个笑话，我们就坐在桌前开开心心地吃起卤花生来。

"今天真是奇怪，好像所有人都在吃卤花生。"我很自然地想起今天吴小周给大柳送卤花生的事，便讲了出来。

他似笑非笑地看着我："这小子！"

"没想到吧？反正我在他这个年龄是做不出来这种事的。"然后我就有点失控了，居然向他讲起了大柳要去下面任职的事。他很感兴趣似的，专注地盯着我："你身边要少一个朋友了？"

我望着剥出来的小山似的花生壳说："难怪有人说，不要跟同事成为朋友，是同事，总会有拔剑相向的那一天，普通同事倒也罢了，跟朋友拔剑相向，真叫人伤感哪。"

"那你就放弃呗。"

我轻轻摇了摇头。

"那就叫他放弃。这点义气都不讲，还叫什么好朋友？我要是他，我就放弃，等成全了你，下一轮再来。"

"不可能的，他之所以到下面去任职，很可能就是为了赢得这场竞争。"

"只要你愿意，完全可以搅黄他的计划。"

"这种事我是不会做的，顺其自然吧。"

"既然决定顺其自然，为什么还要闷闷不乐地坐在家里，灯也不开？"

这事不能继续说下去了，我让话题重新回到吴小周身上。我说那小子长得真不错，不读书可惜了，他爸爸也是没远见，要他去做什么蛋糕房的学徒，那算什么手艺？既然要学手艺，也该去学汽修电修什么的。

"那样的人家，哪有那么多选择？"

"不过，他那个妹妹也来得太蹊跷了，以前从没听说过，怎么突然就跑出个妹妹来？"

高锐飞快地往嘴里塞着卤花生，眼睛一眨不眨地望着我，一声不吭。

有天晚上，正在跟探亲回家的老公吃晚饭，高锐打来电话，我不便拿起电话从老公身边走开去，更不便让老公听到他嬉皮笑脸的腔调，就暗示他说："我们正在吃晚饭。"接着又客套地问，"你吃过了吗？"

他会过意来了，声音放小了点，语速也加快了："姐，我告诉你个事儿，我结婚了。"

"是吗？恭喜你啊！"

"姐，我有个小小的请求，我想把新房暂时安在你家里，你愿意吗？要不，你现在就问问我姐夫？我们买了按揭房了，但要明年年底才交钥匙，在这之前，我们想住在你家里。"

我飞快地想了想，找不出拒绝的理由，他租了我的房子，就阶段性地拥有使用权，至于他跟合租者住，还是跟新婚的老婆住，我应该无权干预。一回头，老公一脸询问地看着我，就说："我问问他，回头打给你。"

其实告不告诉老公无所谓，他不管这些小事，但趁这个机会把这件事说开了也好，一来让他觉得他才是这个家的主宰，二来也显得我在经营这个家时没有秘密。

没想到老公挺痛快："可以。这些年轻人也不容易，房价这么高，应付吃饭都勉强，别说买房子了。"

"你不介意他在你屋里成双成对？"

老公哈哈大笑："他告诉你是他还算诚实，他要是不告诉你，径直把人往屋里带，你也不知道，就算知道了，也拿他没办法。我听说，有些租房子的干脆就是暗娼，幸亏你没遇上那种房客。"

老公问起房租，我说了个市场价。他居然说："长期租的话，可以给他优惠点，我们又不靠房租生活。看到这些年轻人，我就想起当年的我，要想在这个社会上站稳脚跟，不容易啊。"

尽管他是这样的态度，免收高锐房租的事，我还是说不出口。

我立即复电给他，老公同意他把新房安置在我们家里，他在那边大喜若狂，连连谢我，跟着又强调："要到明年年底才能搬走哦。"我想这不是问题，我们反正也不急等着房子用。

放下电话，我听见老公在自言自语："房子租出去也好，房租可以留作将来在乡下买房，我一直希望能在乡下买间房子，退休了回到乡下，真正过一过自给自足的生活。"

我一面应和着，一面盘算通过什么途径，才能把房租这个收入渠道填平。也许应该趁这个机会终止免房租的政策，不管怎么说，你结婚了，这意味着你不再是一个人，而我以前对你的资助，只是对你一个人而言，当你变成两个人时，我就要重新考虑一下了，毕竟，我和她素不相识，万一她并不稀罕接受我的帮助呢？

我后来上楼去过几次，一次也没见到高锐，他的房门锁着，里面是否按新房的样子布置过，不得而知。我问他的一个合租者，他竟不知道高锐结了婚，要把新房安置在这里，他似乎觉得不可思议。

"在这里结婚？真是想结婚想疯了，他在这里结婚，我们怎么办？"

我差点笑起来，一个单身汉在一群单身汉中结婚，的确够刺激。

我也打过他电话，他总说在外面办事，想想也好理解，毕竟是新婚，总要带着老婆在外面兜一兜的。

直到有天他主动打电话给我，屈指一算，他结婚已经一个多月了。这回他显得有点不好开口："姐，我先斩后奏办了件蠢事，现在向你坦白，请你一定不要生气，一定要原谅我。"

"什么事？"我已经预感到不是什么好事。

"我把我那间房子，不，你那间房子，就是我住的那一间，我把它租出去了，我现在在外面另外租了个小单间，呃，等于就是交换了一下。姐，你就当我还是住在那里吧，租你房子的人还是我，这一点没有变。没办法，老婆死也不肯住到那里去，她说她总觉得那些合租的家伙在偷窥我们。"

大约有几秒钟，我的心脏停止了跳动。我尽量克制自己，尽量心平气和地问："你现在租的房子在哪里？"

"很偏，大桥头，靠近原来的船码头，全市就那里的房价最低，一室一厅，厨房跟人家合用。"

"你很会想办法嘛。"觉得不解恨，又加了句，"有你这个精明过人的老公，你们未来的小日子会很幸福的。"

"姐你生气啦？"

我马上否认，觉得自己不该生气似的，但我的感觉的确很复杂，他做了件对他来说只有好处没坏处的事，对我而言恰好相反，收不着房租不说，当初让我一时冲动慷慨地免掉房租的那个因由，似乎已不存在，却还不得不继续维持那个政策，并且不能表现出生气的样子。从某种程度上讲，他所做的，与我允诺的，并没有相差太远：房子还是那个房子，房客还是那个房客，只是里面住的不是他，而是他的替代者。如果我生气，或者表现得非常在意是否是他住在里面，他的老婆会不会想到别处去呢？女人总是敏感多疑的。

"姐你不会不同意吧？姐你说过你会帮我的，我已经向她吹嘘过了，我说我有个姐，她无条件地支持我，条件只有一个，就是希望我能上进，能有个好前程，姐你不会拆我台吧？"

我不吱声，让他继续说。我付出了这么多，至少得听他给我说些好听的。

"姐，我会回报你的，我不是没良心的人，对了，我忘了告诉你了，我进诺贝的事有转机了，我也不知道为什么会发生那样的转机，总之，他们通知我去面试了。只要我能进诺贝，姐，我的一切定会出现大的改观，姐，请你相信我。我会越来越好的，我会好好报答你的，它将远远超出你对我的付出。"

不知为什么，我使了个心眼，迫使他把新家的详细地址说了出来。虽然暂时不知道会有什么用途，但有个地址终归比什么都不知道要好。他似乎为说出那个地址而后悔："姐，你找不到那个地方的，那里是贫民区，我估计你走不到一半，就走不下去了。"我说我不是想去看他，而是想确认一下他的新家到底是已经租下来了，还是只在蓝图中。

"当然已经租下来了，不然两个人睡到马路上去？"

放下电话我就去了楼上，他的房间果然有人住下来了，跟那些合租者一样，一看就是规规矩矩的上班族。我问他几时住进来的，他说了个日期，跟高锐说的大致差不多，看来他并没撒谎。

我在楼梯上停留了一会儿，T恤衫，仔裤，球鞋，吊在肩上的电脑包，那样的身影再也不会出现在这里了吧？再也不会有人在电梯间叫我姐了吧？

洗澡的时候，脑子里闪过一个念头，我等于是无条件地把高锐变成了二房东，我为什么会这样做呢？就因为他长得像我弟弟？就因为他执着地叫我姐？他拿着我这套房子的房租，完全可以不用工作，也就是说，我在养着高锐这个二房东，他拿着这笔房租，跑到大桥头那边租房，结婚，向老婆吹嘘，他有个姐，地位如何，财力如何，没准还吹嘘了一下我的容貌，简直是个近乎完美的超人。这个超人随时可以向他提供他所需的一切，包括想办法让他进入大公司。

会不会演绎一个养虎为患的故事出来？我果断地从泡了近一个小时的浴缸里站起来，对自己说，不行，不能再这样下去了，不能让他形成错觉，好像我这里无所不有，无所不能，随时对他敞开供应。首先就是把房子收回来，然后再从他生活里彻底消失。

躺到床上时，决心又开始动摇。如果我真这么做，他会怎么想？他一结婚我就翻脸，他会不会觉得我对他有别的想法（很可能他一直都有这个想法）。这样一想，脑子里马上浮起一个画面，他添油加醋地告诉他老婆，某某某因为他结婚，打翻了醋坛子，两人说着，叽叽叽地笑着，滚作一堆。不行，不能被他这样想，得想个更稳妥的办法。

有一天，难得清闲，我心里一动，决定去大桥头看看那家伙的新房布置得怎样，新婚生活过得如何。途中，我停下车，去超市买了口炒锅，既然是去看新婚夫妇，总得带点贺礼。

我把车锁好，提着炒锅，照着他说的地址，一路东张西望地朝前走。

是一栋七十年代的老建筑，厨房和卫生间呈半裸露状态，整栋楼破破烂烂，摇摇欲坠，没想到他会把家安在这个地方，就算爱得死去活来，住到这种地方，还有什么兴致？又一想，也许是自己长期以来养成的优越感在作祟吧，于是赶紧屏住呼吸，去认他的门牌号。

是一个孕妇开的门，我以为搞错了地方，正要走开，又停了下来，难道他来了个未婚先孕，奉子成婚？孕妇有点姿色，即使大腹便便，脸上仍然红润如桃花。我说出高锐的名字，她马上绽开笑脸，做出请进的姿势。我立即倒抽了一口凉气，我还真猜对了。

难怪他要另外租房子，难怪他生怕我来找他，难怪……

我向孕妇询问一些孕产方面的状况，她告诉我，再有三个多月，孩子就要出生了，她已经知道怀的是个女孩。

"女孩长相随父亲，高锐那么帅，你也这么漂亮，你们的女儿肯定美若天仙。"

"高锐？"孕妇嘻嘻一笑。

见我疑惑，孕妇说："高锐不是她父亲。"

我感觉自己要崩溃了，慌忙之中，愚蠢至极地问道："你们不是刚结婚不久吗？"

"我们没有结婚。"

我已经被接二连三的消息刺激得麻木了，怔怔地望着她，什么也说不出来。

"你是高锐的姐姐吧？我知道不是亲姐姐，但他说比他亲姐姐对他还要好。"她突然低下头去，摸了下肚子，片刻，抬起头来说："高锐只是住在这儿，为的是照顾我。我们是非常好非常好的朋友，不是好朋友，也做不出来这种事，对吧？"她说着，眼里立即泛起泪光。

"你的丈夫呢？家人呢？为什么是高锐照顾你？"

"我没有丈夫，我家人还不知道我怀孕，我没敢告诉他们。高锐最初也不赞成我生下这个孩子，但我说，这辈子我都不想再跟男人打交道了，我伤透心了，但我一定要有个孩子，我要和我的孩子相依为命过一辈子。高锐就不再反对了，他见我越来越不方便，就替我租下了这间房子，自愿过来照顾我。"她说这些话时，一直笑微微的。

"高锐人呢？"

"他一早就出去了。"

"他去诺贝面试有结果了吗？"

孕妇眼里闪过一阵迷茫："这个，我不太清楚，他没跟我说起过。"

我把炒锅留下，另外给了孕妇一点钱，告诉她，等她生了，我会来看宝宝的。然后我走了出来。刚一出门，我就打起了高锐的电话。

"姐！"我还没开腔，他就亲亲热热地叫了起来。

我质问他为什么要在结婚的事情上对我撒谎，他似乎有点慌张。"你到大桥头去了？"然后，他把声音低下来，说，"如果我不说出结婚两个字，我怕你不会同意转租房子的事。姐，她真的蛮可怜的。"

"我有那么冷酷吗？既然知道她可怜，就该说服她不要再生下一个可怜的人来。"

"越是可怜的人，越是希望有下一代，然后寄希望于下一代不要再可怜，不然，她会觉得自己连希望都没有了。"

"你准备怎么办？在大桥头跟她一直同居下去？"

"不会，等她孩子生下来，能自己照顾自己的时候，我就离开。我有自己的人生，她也有她的人生。"

"你怎么会有这样的朋友？看样子像没读什么书一样，你这样的朋友多吗？"

"呃，她是个例外，除了她，我其他的朋友都是同学同事之类的。"

"像她这种人，还是不要结交太深，你应该多跟生活单纯一点的人交朋友，那样比较安全。"

"是，姐。"

"诺贝那边怎么样了？"

"还在等结果。"他居然不忘关心我，"姐你的事情怎么样了？跟大柳竞争的事。"

"我的事情不用你操心，你也操不上心。"

"那可说不定。"

既然如此，我只好交代他好好照顾人家，生活上有什么需要尽管找我，跟他们相比，我算是老门老户，随便找点什么存货，应该都是他们用得着的。他满口答应，说是最近要出去一趟，帮几个营业场所检查电路，最近对火灾隐情查得很严，他得抓住这个机会揽几笔生意。

回来的路上，我感到一种莫名的安慰，莫名的振奋，没想到高锐竟是这样一个人，就算那个孕妇跟他关系不一般，能在人家危难时候挺身而出，仍然算是挺了不起的男人之举。

没想到大柳下去没多久就出了事，而且是令人意想不到的事，他在一个洗浴中心接受异性裸体按摩，被突然闯进来的警察抓了现场。

这个消息迅速上了报，被人津津乐道。

我在得到消息的第一时间打电话给大柳，无人接听。以后一直无人接听。

显然，大柳已不适合再当那个单位的一把手了，也不见他回原岗位上班，从传出那个消息开始，大柳就失踪了似的，到处找不着。当然也不是给抓起来了，没听说要处理他，也没听说他涉及什么案件，只是传言对他极其不利而已。

竞聘工作不会因为那个桃色新闻减缓进度，大柳的竞聘书被撤了下来，取而代之的是一个实力上明显不如他的人，这使我的竞聘近乎完胜。虽然我很坦荡，但我还是觉得，也许有人在议论什么，好像我跟那个新闻有点关系似的。我唯一的办法就是不理它，我本来就很干净，所以无须洗刷。

一个多月后，大柳在另一个二级单位出现了，暂无任何职务，很明显，他为那个消息付出了代价。他还是那么深沉，只是脸小了一圈，身形也细了一圈。

"我们找个地方坐一坐吧。"

我有太多话要跟他说，我想安慰他，那并不是什么伤天害理的错，至少，它不应该影响我们的友谊。

他睬都不睬我的提议，直直地盯着我。"我被人下了套，我喝多了，被人扶了进去，那个女人一上来就脱我衣服，也脱她的衣服，刚一脱完就有人闯了进来，我什么都没干。可谁会相信，人家只会想，原来那个家伙一直在干这种事情。"他的眼睛能把人冻成冰块，"我现在什么念头都没有，支撑我活下去的唯一信念，就是找出那个对我下套的人，幕后指使的人。我会找到的。"他说完就气哼哼地走了。

我气得发晕，为什么要对我摆出这副面孔？为什么要跟我说这些话？好像我跟他要找的那个人有什么关系似的，我可是拿他当骨肉兄弟的朋友啊。

也许只有一个办法能在大柳面前洗刷我自己，那就是找出那件事的成因，到底是警察一直埋伏在那里，还是真有人在给他下套。可怎么找呢？我又不是福尔摩斯。

老公晚上打电话报平安的时候，我向他讲了大柳对我说的话。

"他肯定对谁都是这样说的，为了给自己下台嘛。"

想想大柳冰冷的目光，我说："不会，他一副充满了刻骨仇恨的样子，真想请个私家侦探去查一查。"

"真值得请的话，他自己不会去请？"

但无论如何，我急于在大柳面前洗刷自己，同时也是帮助大柳，老公被我缠不过，说："真要知道内幕，还用得着请私家侦探？可惜不是我的地盘，要是我的地盘，我找个人问问当天那些警察就知道得一清二楚了。"

他提醒了我，我求他一定帮我去查一查，就算不是他的地盘，终归也有些转折的关系，查一查应该不会毫无结果。他答应试试看。

高锐向我道贺，我按捺住得意，问他："你怎么知道我升职了？"在他面前，我总是比较直接，高兴就是高兴，不高兴就是不高兴。

"因为我知道大柳出事了，他出事了你不就稳操胜券了吗？"

我心里咯噔一下，难怪人家会议论，难怪大柳会一脸仇恨地看着我，连高锐这个不相干的人都是这样看的，越发觉得应该替自己洗刷一下了。

"大柳真够倒霉的，我认识的大柳不是那种人哪，那么谨慎，没想到也会栽在这种事情上。"

"没有无妄之灾，一切都是因果报应。"

"这是什么话！说别人我不了解，这样说大柳我就要气愤了，他不是刚刚帮过吴小周和他妹妹吗？"

"嘿嘿，也许是因为他做的这点好事还不足以抵消他以前做的坏事吧。姐，你管别人那么多干吗？自己高兴就行了。"

新的岗位上，有一部分工作是大柳以前的未结项目，我一一查看资金使用进度，其中一项正是实验小学的教学大楼。想起很久都没跟同学联系了，觉得应该给她打个电话，顺便告诉她项目经理换人了，从此以后，她不仅仅是我同学，也是我的客户。

同学照例祝贺了一番，然后就说起了大柳安排进来的那个学生："虽然是兄妹，差别也太大了，恕我直言，那个吴小周纯粹就是一个街头混混，他这个妹妹却是个典型的乖孩子，乖得让人怀疑他们根本不是一家人。"

"可能女孩子本来就温顺一些吧。"

"反正是两个极端，上个星期她还被选为国旗手呢，站在台上跟值日老师一起升国旗。"

"总算没给大柳脸上抹黑。"

跟同学聊完，我马上拨通大柳的电话，专程向他报告此事。

"关我屁事！"大柳的心情还是很糟糕，"我连她的面都没见过。"

"吴小周呢？他没再来找过你吗？"

"那要问你呀，他只知道我原来那个办公室，他找没找过我，你应该最先知道。"

的确，我现在的办公室正是大柳以前的办公室。讨了个没趣，还不死心，又提起想要替他查清那件事幕后真相的打算，他哧了一声："多此一举！"我真不知道该怎么办才好了。看来只有寄希望于时间了，时间是滚滚东逝水，自会把真相像沙砾般暴露在岸上。

老公的查访有些眉目了，好像是有人从中设计过，洗浴中心的人透露，检查一般只限于固定时段、固定人员，他们当然也不希望出事，那会影响他们的生意。但那天来的人，是约定以外的人，在约定以外的时间，那种突然袭击，只有千分之一的概率，所以完全始料不及。至于打电话的人，洗浴中心的老板事后彻底查过了，没有可疑的人，除非是他们自己发神经，自砸饭碗，要说怀疑，就只有一个人，就是那个检修电路的人，那人手脚并不利索，本来只有两天的工作量，但他在那里磨磨蹭蹭搞了三天。第三天，也就是大柳出事那天，他很快就结束了工作，拿钱走人了。可惜老板联系不上那个人，是别人推荐他过来的，推荐的人说是没有他的电话。

我觉得洗浴中心老板的话不太靠谱，把线索放在这样一个流动性极强的人身上，本身就值得怀疑。我倒觉得，大柳被设计，很可能是权力之争的结果，领导班子中突然多了个外来者，未必会受到大家的一致欢迎。

老公要我不要管别人的闲事。"事已至此，再做什么都无益，也怪他自己，没事去那种地方干吗？实在皮肉发痒，找个相好也比那个安全。"

"去你的，那种地方真的非去不可？不去还得找个相好的代替？"

"嘿嘿，也不是非去不可，是它戳在那里让人心痒痒。"见我好像要动怒的样子，他马上岔开话题，有人送来一袋新糯米，问我要不要，若要，今天刚好有车进城，可以顺便捎回来。

我对米面之类的东西一向不感兴趣，正要拒绝，猛地想起高锐的那个孕妇，就要了，我依稀记得，糯米对产妇来说似乎是挺不错的东西。

十斤装，包装精美，很适合送人。趁中午休息，我径直开车往大桥头那边驶去。

是阴雨天，整栋楼越发显得像一座灰蒙蒙脏兮兮的废弃古堡。尽管只有十斤，但对于长期不从事体力劳动的人来说，还是沉重得很。我尽量不用手去扶可疑的墙壁，天知道上面粘着些什么东西。

孕妇一个人在家，手里拿着本花里胡哨的杂志，面前摆着一碗也许是买来的馄饨，吃了一半，勺子躺在汤里，不打算再吃了的样子。看到我，很是意外，再看到糯米，更是惊喜得不知如何是好。

"高锐又不在，他刚走，下午学校有个家长会。"

"家长会关他什么事？"我笑了，"他闲事挺多的，哪个学校？"

"实验小学，他女儿的家长会。"

"女儿？"我瞪着她，手机差点掉到地上。

孕妇好像意识到什么，赶紧说："是他侄女。"然后就不安地望着我，很抱歉地笑着。

我直觉这里面有问题，但我尽量装得没事："吓我一跳。侄女还差不多，怎么看他也不像是做了父亲的人。"来不及帮她把糯米摆好，我告诉她，马上要出差去外地了，同事正在外面等我。

噔噔噔跑下楼，开着车，疯了似的往实验小学驶去。我感到自己正在接近一个秘密。

我停好车，打电话给同学，要她告诉我家长会在哪里开，躲在哪里可以偷看到家长会。同学说："到我办公室来吧，我这里有观察视频。"

我在视频上紧张地搜索那个熟悉的面庞，却是枉然，台下的家长密密麻麻，黑乎乎的一片，根本分不清谁是谁。

几个学生上去发言，表演着什么，视频的声效不好，听不清。同学说："等你们的贷款全都到了位，我就要更新这套设备了。"我才不关心她的设备，我只想尽量找到那个熟悉的面孔。

同学指着正在发言的小女生说:"她就是你同事大柳安排进来的那个。"

我凑近些看了看,她对着话筒很有节奏地说着什么,很清秀很甜美的一个小姑娘,眼睛又大又黑,一看就是那种乖乖女,难以想象那个捡废品的男人,竟能生下这么精致乖巧的女儿来。同学说:"能挑出来在家长会上表演的,通常都是很出色的学生。"又说,"一会儿这个学生的家长也会露面的。"

正在想那个捡废品的该以何种打扮登场,就见高锐从一侧走到台上,张开双臂跟那个小姑娘拥抱,还亲了她一下,又对着话筒说了几句什么,就搂着小女生走下台来。

"你能确定这个人就是这女孩的父亲吗?"

同学点头:"就是他,他还是优秀家长呢,好像单位不怎么好,说是破产了,正失业在家。外面有人说我们学校只招公务员和有钱人的孩子,我准备把他拿出来做典型宣传一下,但他不肯。"

我撇下同学,跑到家长会教室门口等着,我想看看他的第一反应,想知道他为什么撒谎。

散会了,他搂着小姑娘出来了,两人边走边说,无比开心的样子。我轻轻走过去,冷不防出现在他面前,我听见他轻轻地啊了一声,我不看他,笑吟吟地蹲下来,拉着眼前这个水灵灵的小姑娘的手:"小同学,你叫他什么?"她的眉眼之间,一眼可见高锐的影子。

"爸爸呀。"小姑娘天真无邪地冲我笑着。

"很好!"我拍拍她的头,站起来对他说,"我的车在门口,我在车上等你。"这一次,他没有笑,我很少见他不笑的样子。他不笑的时候,看起来很苍白,而且出人意料地消瘦。

他来了,一路上低着头,快到车跟前的时候,他一抬头,又换上了我司空见惯的笑脸。

"姐!"

"你还有多少秘密?"

"你看到的就是我生活的全部,其他的你没必要知道,因为它跟你不相干。"

247

我捶了一下坐垫。"我怎么知道你的秘密对我有没有威胁？我讨厌有人对我撒谎，尤其是一个跟我走得很近的人，一个叫我姐，而且还到我家里去过的人，一个我正在无偿地帮助他的人，我现在对你充满了恐惧你知道吗？马上从我家里搬走！立刻！房租我也不要了，你招来的房客统统给我赶走，今天天黑之前，我下班回家之前，把房门钥匙交到我手上。"

"姐！"

"不准叫我姐。"

"姐，我伤害过你吗？你仔细回想一下我们认识以来的种种，除了欠着你的房租以外，我可曾伤害过你？你放心，房租我一定会如数还给你的。话又说回来，不是我主动提出免房租的。"

我闭了下眼睛，尽量平静地说："告诉我你的家在哪里，你既然有女儿，不会没有家吧？先什么都别说，让我看一眼你真实的家，可以吗？你敢吗？"

"没什么不敢的。"他耷下眼皮，一副沮丧的样子。

"那好，你带路。"

"姐，你何必呢？"

"别想耍花招，是不是你的家，到了现场我自会鉴别。"

他无可奈何地说了个地方，一个很不怎么样的地方，比大桥头好不到哪里去。到了那个地方，又一阵七弯八拐，眼前突然出现一片简易房，有砖砌的，有土垒的，有的屋顶甚至只搭着几块石棉瓦，只有极少数是完整的预制板结构。我想起来了，报上曾经报道过，这一片是出了名的乱搭乱建区，这里的人生活在这个城市，却不享有这个城市的任何资源，他们靠自己的双手在城市的缝隙里讨生活，有的讨得光明正大，有的却未必。

说实话，我的怒气已经差不多全消了，我甚至佩服他有勇气让我看到这个区域，承认他跟这个区域有关。

他指着一间砖和预制板结构的房子说："就是那里。"

还好，比我想象的稍好一点，虽然砖的颜色和大小并不统一，一看就是从各个工地上捡来的，预制板有很多地方裸露在外，屋顶有瓦，瓦的颜色也不统一，中间居然夹杂着几块琉璃瓦，很显然，也是捡来的。门口贴着春联，褪色得厉害："立下愚公志，誓教山河新。"我想笑，又觉得不是时候，继续绷紧脸察看四周。屋旁搭着根竹的晾衣架，上面晾着新洗的衣服。

"这些衣服应该不是你洗的吧？"

"她在菜市场上，如果你有兴趣，我带你去见她。"

"不请我进去看看？"我想确认这里到底是不是他的家。

他顺从地掏出钥匙，一边嘀咕一边开了门："让你知道我的生活也好，反正你也不是别人，换成另外一个人，打死我也不会带她到这里来的。"

屋里跟外面一样简陋，但温馨得多，墙上刷了彩色的涂料，窗帘理得整整齐齐，拦腰系着廉价的丝带。家具全是旧的，不配套的，但擦得很干净，电视冰箱也都有，当然也是旧的，外观多处掉漆。冰箱上贴满了小磁贴，以及各种便条。"加油"两个字以及三个巨大的惊叹号贴在一个乌龟磁贴下面，位于所有贴件的最上方，也许是这个家的口号吧。其实就是一间屋，但中间用三夹板隔了一道，变成了两间，里面那间是卧室，好像只有一张床，再一看，床边摆着一张简易沙发，上面有个小小的被垛，应该是折叠床吧。

"这个家是慢慢建立起来的，花了差不多三年时间，因为这些建材和家具不可能在同一时间全部收集起来。"他比较矜持地用了收集这个词，而不是一个捡字。

没看见厨房，没看见厕所，他似乎知道我发现了这一点，揭开一个布帘子掩着的电饭锅："我们吃饭就靠它。"

"就一个电饭锅，能解决一家三口的用餐？"

"我必须随时提醒自己，我还有很多问题没有解决，还不到可以四平八稳坐下来吃饭的时候。"

我迫使自己冷静下来，这屋里有什么东西能证明他就是主人呢？没有照片，也没看到他的衣服，我又不可能翻箱倒柜地去找。突然，我看到墙边有一双球鞋，我说："那是你的鞋吗？"他嗯了一声。我说："你穿给我看。"

"姐！不要这样。"

我坚持要他穿。

他开始脱鞋，脱得很慢，然后去穿那双鞋。其实，他还没穿我就知道，那就是他的鞋，我见他穿过，不知为什么，我就想叫他当着我的面试穿一下，也许我想借机羞辱他一下。

穿好鞋，他抬起头来看着我，他的脸红得厉害。

脸红也不能阻止我继续盘问下去。

"既然有家，为什么还要在外面租房？为什么还要伪造身份？撒谎就能改变这一切吗？"

"你只看到了我的表面，你没看到我的内心。"他是低着头对我说出这话的，尽管没看到他的表情，我还是觉得，我正在闯进他的某个禁区。适可而止吧，此时此刻，他是不会继续讲下去的。

我退出来，走在他前面，一声不吭。他没有像以前那样紧紧地跟着我，他在后面掉了一大截，而且低着头。他很少这个样子。

也许是我太不冷静，我有什么权力突然跑出来揭穿他、捅穿他的自尊心呢？他对我有什么妨碍？就算他对我撒了谎，那些谎伤害我了吗？而且他生活得很上进，很健康，他在冰箱上贴加油两个字，他不设厨房，怕自己在热饭热菜面前丧失斗志，他是应该受到表扬的呀。

我转过身去，等他追上我，算是跟他和解。

上了车，他指了下方向："带你去看看她吧，今天干脆让你看个够。"

我们来到一个菜场，在菜场的边缘，他指着一个正在卖菜的女人说："就是她。"

一个地地道道的卖菜大婶，也许比一般的大婶年轻那么一点点，但跟高锐比起来，无论如何都显得太老了，而且粗糙不堪，典型的长年累月风吹日晒操劳不息的那种女人。

"别看她这样，结婚前还是很有魅力的。"

我相信，她的五官和身形都不丑，只是被生活磨糙了，磨坏了。

我们只看了一眼就走了，我觉得这对她不公平，她在那里辛辛苦苦卖菜，我们坐在小汽车里对她评头品足。

我把他带进一个简餐厅里,还不到吃饭时间,我们正好可以喝点东西。如果我想知道他更多的来龙去脉,今天是个绝佳的机会。

"当年,我跟她许诺,我要她给我二十年,二十年之后,我一定带着全家搬进城里,住进像模像样的公寓,过上地道城市居民的生活。已经只剩八年了,不管压力有多大,我都不想食言。"自打从他家里出来,他的脸色就一直很凝重。

"你的目标现在完成到何种程度?"

"你已经看到了一部分,我的女儿进了实验小学了,在我们那片区域生活着的人,实验小学这个学校,他们想都不敢想,他们不是把孩子送进附近的农村小学,就是让孩子在街上流浪。对我女儿来说,我的目标在她身上已经实现了,因为她有一个跟我们完全不同的开始,而且她天资不错,配得上这个开始。她常常让我产生错觉,以为那些压在我肩上的重担只是一个梦。"

"这些压力,主要是钱的问题吗?"

"钱是个问题,但并不是主要的,说到底,钱是公平的,不管你身份如何,地位如何,你付出多少,它就给你多少,但有些东西不一样,它不像钱这么公平,不管你多么努力,它都不属于你,比如实验小学,它是有门槛的。"

我突然有点明白了:"等一下,你女儿进实验小学,是顶的吴小周的名额,天哪,难道吴小周偷大柳的钱包,是你设计的?"

我看到他居然点了头,我开始感到身上发冷。

"吴小周是你什么人?他能心甘情愿听你调遣?"

"这样的流浪儿童我认识很多,在我住的那片地区就有好多,他心甘情愿听我的调遣,是因为他喜欢我,服我。你要知道,我从十五岁起,就在这个城市里流浪,后来,我碰上了我老婆的父亲,他靠一个油桶炉烤烧饼养活全家,他收留了我,但我不喜欢烤烧饼,他也不勉强我,我整天在街上闲晃,晃着晃着,他女儿就喜欢上了我。"

"大柳是他随机碰上的,还是你替他选择的?"

"当然是我选择的。"他一口气喝干了我给他点的咖啡,望着窗外,心潮起伏

251

的样子,"姐你知道吗,大柳是我在这个城市最早认识的人,那时我还是个少年。有一次,我碰上一件麻烦,我弄丢了一笔钱,为了填起那个窟窿,我去找他借钱,可他居然说他不认识我。你能想象这件事的严重后果吗?我本来可以守着那份小差事,兢兢业业,在这个城市立足,过正常的生活,但就因为那笔钱,因为大柳不肯借给我,我的前程嘎嘣一下断送了,我被赶到大街上,从此成了天不管地不收的人。"

"等等,当年你是不是在一家票务公司工作?你是不是大柳老家那边的人?"

"没错,我就是大柳向你讲过的那个人。"

我的头皮一阵阵发麻,这也太巧了,难道大柳暗中留意找了这么多年的人,老家以为他早已死掉的人,竟一直在我们周围生活着?

"他一直都在为这件事自责。"

"自责有什么用?当年他多么铁石心肠,眼睁睁把一个孤苦无依的少年推向绝境。我倒宁愿他冷酷到底,永远不要说什么自责不自责的话。话说回来,就算他自责,我也不会原谅他的。"

"毕竟他也替你做了一件事,如果不是他,你女儿可能上不了实验小学。"

"这是他的命,当年他拒绝帮我,到了我女儿这一辈,他还得补上,他无法逃脱他的命运。"

"为什么要派吴小周,要绕这么大个弯子呢?让你女儿直接上不是更简单吗?你就这么有把握,不怕中间掉链子?"

他睁大眼睛:"什么!难道叫我女儿去当小偷?别看我住在那种地方,我女儿可是很有教养的人,我们一直小心翼翼地保护着她。"

"好吧,就算是这样,那你为什么要住到我楼上来呢?"

"那是为了接近你,为了女儿这步棋走得万无一失。我知道你跟大柳走得近,万一吴小周那边不行,就靠你了。但是后来,情况发生了变化,你没有帮到我,反而是我帮了你。"

"你帮我?什么地方?"

"我帮你顺利升为正处,你不会忘了你是怎么赢得那场竞争的吧?"

我霍地站了起来，紧接着，又慢慢坐下了，事关机密，不宜在这种地方高声大嗓："洗浴中心，是你告的密？我想起来了，人家说，那个检修电路的人最可疑。"

"我不会承认的，因为你没有证据，谁都没有证据。姐，我自愿帮你，是因为我觉得你是个好人，你是你们这群人当中的好人，你没有歧视弱者，你敢跟弱者交朋友，你给了一个弱者做人的尊严，我为此感激你，永远感激你。"

"那个孕妇又是怎么回事？"

"她的事跟我无关，她也是个可怜的人，她也跟我一样，极力想要靠近你们这样的人。"

"说说她的事吧。"

"她想办法接近你们当中的某一位，试图靠上他，她几乎成功了，但最后还是被抛弃了，幸亏她留了一手，她怀了他的孩子，相当于埋了颗定时炸弹，那个幸运的家伙，看来他是抛不掉她了。"

"那家伙是谁？"

"你不认识他，也没必要知道。"

我再也坐不下去了，我不知道该对他生气，还是该同情他。我起身要走，但他要我带他一程，他要去一个地方。

我没有答应，也没有不答应，反正我不看他。

"姐，房租我会给你的，给我一点时间。"

"算了，不过你尽快让那些人搬走。"

"我昨天就已经通知他们了，他们现在应该正急着搬家。"

"为什么？在这之前我说过什么吗？"

"我有我的原则，女儿已经在实验小学站稳了脚跟，这事可以告一段落了。做人不能贪，要多少取多少，老天爷从来不帮助贪心的人。"

我把他丢在他要去的地方，他挎着电脑包，站在窗外向我挥手，阳光下，他依然笑得灿烂，就像我第一次见到他一样。突然，他上前一步，向我俯下身来，我想起以前他在小区抱住我的情景，心里一慌，绷着脸让了一下。

"姐，给你看看我的电脑。"

他掀开电脑包的包盖，我没看见电脑，里面只有几本流行杂志。

难怪好几次我们擦身而过，他都要轻轻地侧一下，生怕我碰坏他的包似的。他退后一步，嘿嘿一笑，我也憋不住笑了。

"你笑了姐，你笑起来比不笑更好看。"

这段隐情我谁都没讲。

我请来一个保洁工，把楼上合租者们留下的痕迹清理干净，再锁上门。我不会再把它租出去了，短期内我也不想装修它，收藏钥匙的时候，脑子里突然冒出个想法，如果有一天，高锐突然来找我，说他需要它，我还会给他吗？

应该没有这一天了，那天的再见，是永远的再见，他很可能又在另外一个地方，处心积虑地开展靠近某些人靠近某些资源的事业。不过，也说不定，他说过他要来还我房租的，如果他还有信用，我应该还可以再见到他。

大柳病了。肝硬化。自从出了洗浴中心那件事以后，大柳就一蹶不振，郁郁寡欢，不得肝病才怪呢。这让我想起高锐来，若他得知这个消息，他会感到高兴吗？

没事我就去医院陪陪大柳，人病了，反而看得开了，他居然取笑自己："你知道吗，在那件事上我并不算特别冤枉，老天爷在上，当那个女人哗的一把扯掉身上的大毛巾时，我的确是这样想的，就算是身败名裂，我也要把她按在身下。"我以为我会哈哈大笑的，结果，我只在嘴边轻轻哧了一下。

没想到吴小周会到医院里来，他说他是得知大柳叔叔住院，专程赶来看护他的。

"叔叔当年对我那么好，是我自己不争气，辜负了你。像你这样的好人为什么要生病呢？老天爷真是不公平。你需要什么尽管吩咐，除了开药打针，我什么都能干。"吴小周一上来就把我们逗笑了。他长高了，成了个浓眉大眼的小伙子，问他在干什么，他说在快递公司送快递。

"你没做蛋糕房学徒？"

吴小周摇头："只要是跟学字沾边的事情，我都做不好。"

我们都笑了。大柳问:"送快递不涉及到钱吧?"

"当然,只有一包一包封得死死的邮件。"

"那就好,不涉及到钱就好。"大柳不再说什么,一个人闭目养神。

有天中午,我正准备小睡一会儿,电话响了,是一个陌生的号码。

"姐,你能出来一下吗?我给你送房租来了。"

"你在哪儿呢?你过得好吗?"我急切地问。

他在那边呵呵地笑:"还行,还过得去。"

我说我不要房租了,因为是电话,我也不想矜持了,我告诉他,房子一直空在那里,如果他有需要,随时可以联系我。他在那边不停地谢我,再三地谢我。然后,我的声音低了下来,我告诉他,大柳病了,情况不妙。

"我听说了,所以我派吴小周去当看护,不管怎么说,这是一件令人悲哀的事,我记得他还不到五十。"

"啊?是你?"

电话停顿了一会儿,我不知说什么好,他也没吭声。

我说不想收他房租了,他也没怎么坚持,所以这次我们没有见上面。后来我想,也许他只是给我打个电话试一试,确认一下我对房租的态度而已,很可能他拿准了我不会再要他房租,他是个聪明过人的家伙。

这年冬天,因为体质下降,也因为大柳的事,还有一些其他的事,我过得很抑郁,而且不住地感冒,一个医生朋友建议我去洗洗三温暖,隔几天蒸一蒸,排排毒,说不定对改善体质大有好处。这个好办,我很快就成了一家三温暖的常客。

有一天,我正躺在小房子里熏蒸,门被推开了,进来了一男一女,透过浓重的雾气,我认出了那个男的,他是高锐,旁边那个女的,明显年纪比他大,也比他丑。我悄悄侧过身,不让他们看见我的脸。

我听见他在说:"姐,你为什么要撒谎?你根本不是旱鸭子。"

如遭雷击。当年在希尔顿,当我们从游泳池出来时,他也是这么对我说的。

寻根团

王十月

上

王六一坐在沙发上读《世说新语》，读到"张季鹰辟齐王东曹掾，在洛，见秋风起，因思吴中菰菜羹、鲈鱼脍，曰：人生贵得适意尔，何能羁宦数千里以要名爵？遂命驾便归……"渐觉眼饧，倒在沙发上打盹。刚合眼，听见门响，起身开门，见门前站一对黑影，六一认出是父母，惊道，你们怎么找来了，也不打个电话让孩儿去接。父母一言不发，挤进家门。父亲背着手，母亲拢着袖，在他的屋里前后左右，门弯角落打量一通。

母亲说：我儿住得远，让我们好找。

父亲冷笑道：住再远，我也是找得到的，你休想逃开。

六一骇得冷汗直流，说孩儿哪敢做那忤逆不孝之人，孩儿从未想过逃。

父亲又是一声冷笑：那你为何十年不回家？

王六一说：儿子工作忙。

父亲说：我看你是心野了，忘了自己的出身。

母亲说：我儿，不是为娘老子难为你，我们实有难处，房子被人戳了两个洞，一下雨就往里灌水，都说你在外面混得好，当作家，人模狗样，就不记得回家帮爹娘把房子修补修补。

父亲突然暴喝一声：和这不孝的东西有什么可说！遂伸了干瘦如铁的手抓了王六一就往外拖。六一骇得一声尖叫，从沙发上跳了起来，却是南柯一梦。

又做噩梦了？妻问。

王六一不说话，闭上眼，回想着刚才的梦，父亲手掌的冰凉尚在。晚上睡觉时，王六一忧心忡忡地对妻子说：今天这梦不寻常。

妻说：不过是梦，什么寻常不寻常，别胡思乱想。

王六一是楚州人，楚人尚巫鬼，信梦能预言，如梦见棺材，大吉；梦见鸡，犯小人；梦见捡钱主失财；梦见蛇主升迁……遂按楚人的理解，把梦中之事细细分析了一遍，又去看日历，再过半月就是清明，说：父母托梦，怕是在那边没钱花了。

妻笑道：去年清明不是烧了火纸么，一个亿就花光啦？

王六一说：在广东烧的纸钱，山长路远的，一路上寄过去，不知多少孤魂野鬼抽税扒皮的，到他们手上恐怕没得几文了。

妻说：你以为阴间和人间一样？

王六一又说二老并未说没钱花，只说房子有两个洞，下雨就往里灌水，不知是什么意思。妻冷笑道：亏你还是作家，这么迷信，不就是梦么，日有所思，夜有所梦，要是想家了，今年清明回家给二老扫墓就是。

王六一道：说说容易，来回一趟，一个中篇的稿费没了。不是说要存钱买房么。

夫妻二人便不再谈回家的事，却谈起了见天疯涨的房价，谈中央一个接一个的政策出台打压房价，房价却是越打越升，看来只能继续租房了。

六一刚出门打工那会儿，再苦、再累、再拮据，每年都会回家过年。那会儿，当真是每逢佳节倍思亲，进入腊月，心就不在城里了，总是梦见家乡的腊肉。过完年，从家回到打工的城市，他会对工友们说，明年再不回家了，一点意思都没有。但这信念只能坚持到农历十一月底，进入腊月，就一日日松动，最终又是回家。不是想家，是怕一个人在异乡过年。那几年，一年到头，就挣个回家过年的车费。就像是一叶风筝，飞得再高再远，风筝的线总是牵在父母手中。后来，父母相继过世，王六一便成了断线的风筝。王六一清楚地记得，在外打工的第六年，他留在城里过年，和同乡马有贵一起帮老板守厂。年三十晚上，俩人买了啤酒、鸡腿、火腿肠，爬到工厂楼顶，看从四处升上天空的焰火，吃肉，喝酒，两人都醉了。王六一哭，马有贵笑。王六一说马有贵你没心没肺是根木头；马有贵说王六一你多愁善感像个娘儿们。次年，王六一又没回家过年，这次他没醉也没哭。再往后就习惯了。后来，他结婚生子，夫妻俩在东莞打工，孩子在东莞上幼儿园、上小学、上初中，远在楚州的家，就再也没有回去过。不承想，过了三十六岁，倒变得爱怀旧，开始想家。听人说，老家的房子里长满了竹，有海碗粗，大门已被苦艾封堵，王六一就特别想回家去看看，特别想带儿子回老家去看看。儿子十三岁，只是听王六一讲过老家的样子。妻说三间破房子，有啥好看的？王六一说再破也是我的家，将来我老了，打拼不动了，是要落叶归根的。妻说：切，少酸，真让你回去住，不到三天你就烦了。王六一说：没有了家，感觉总不踏实，像无根的浮萍。话是这么说，但也只是说说而已。今年，王六一满四十岁，在外打工整整二十年。王六一甚至忘记了当初出门打工时的样子，也不记得，这二十年是怎么样就过来了，就过去了。总之是吃过许多的苦，受过许多的罪……但这些苦呀累呀，过去了的，也就过去了，现在回想起来，恍如隔世，体会不到当初的那种痛苦了，迷惘却与日俱增。现在的他，有了城市的户口，却总觉得，这里不是他的家，故乡那个家也不再是他的家，觉得他是一个飘荡在城乡之间的离魂。妻骂他：你这是闲出毛病了，过了几天好日子就忘了自己吃过的苦受过的罪，真要把你扔进工厂，和马有贵一样，你就不会酸文假醋地感叹这些没用的东西了。

　　说到马有贵，王六一的心情沉重起来。

　　他和马有贵是从穿开裆裤玩到大的邻居，当年出门打工也是一道。马有贵实诚，头脑简单四肢发达，壮得日得死母牛。王六一记得，当初他和马有贵一起出门，最先做的是建筑工，每天抬石子，拌混合浆，一天下来，王六一累得直不起腰，马有贵却没事一样。有次打赌，马有贵一气吃下了十五个馒头。建筑工地都是些浑身有劲没处使的愣头青，晚上三五一群到镇上看色情录像，后来有五个老乡晚上出去看录像被治安队抓了，送到镇上收容所，又送到很远的地方义务修了三个月的公路，放出来时样子比鬼还难看。工友被抓后，包工头交代晚上没事别出去晃荡，有力无处使的这些男人们，在一起除了说女人，想女人，就是夸耀自己的雄性能力，比谁尿得远，比谁大，后来发展到比谁能挂得起最重的东西。王六一羞涩，遇到这样的事就躲开，工友们就说他有毛病，一次硬是把他压在地下扒了裤子。王六一深感耻辱，思想自己出门打工，是想通过打工实现理想的，这样下去会把自己毁了，当月拿到工资就离开了建筑工地。那时的马有贵，是雄性比拼的常胜将军，用那玩意吊起过一块红砖。后来，工头不给工资，王六一就介绍马有贵进了工厂。那是一家工艺厂，王六一干调色，马有贵干磨砂。王六一在一家厂干不了多久就跳槽，那些年，他总是在跳来跳去。马有贵不跳，跳了怕不好找厂，再说磨砂除了粉尘大，并不太累，工资比别的工种还高，马有贵在那家厂里干了十多年磨砂。那十多年啊，王六一把珠三角跑遍了，做了不下二十种工，两人渐渐就失去了联系。再次联系上，是去年的事，那时王六一因写小说，在南方闯出了一些名堂，先是当了作家，又招进报社当记者。报纸上常有他的报道，电视里也常有关于他的新闻。在家乡人的传说中，他是见官大一级的记者，因此家乡人遇到了什么不公，会打电话向他求助，希望他能帮一把。王六一哪有这能耐，十有八九是帮不上的，就连他的堂兄，叫王中秋的，几次打电话请他帮忙曝光村里镇里的黑暗，都被他断然拒绝了。家乡人因此觉得王六一是一阔脸就变，最不讲老乡感情的，找他的人渐渐少了。那天王六一接到电话，电话里传来低哑的楚州普通话，吐字不清，像在拉风箱，呵喽呵喽，王六一好容易才听清对方说他是马有贵，就兴奋了起来，说马有贵呀，你王八蛋跑哪儿去了，这么多年也没有消息。马有贵说，我打听了好久，才要到你的手机号，我就在你们报社楼下。王六一说，那你上来吧。想了一想，说，算了，还是我下来。王六一到报社楼下，四处张望，并没看到马有贵，却见台阶上坐着一个半拉子老头，在不停地朝他这边看。王六一疑心这人就是马有贵，但他实在不能把眼前这个瘦成鸦片鬼一样的老头，和记忆中日得死母牛的马有贵联系在一起。那人见王六一朝他看，就站了起来，怯怯地望着王六一。王六一说，马有贵？那人就激动地走了过来。王六一说，你怎么成这样子了？这话说出口，鼻子发酸，过去捉住了马有贵的手。马有贵说，你当记者了，混得好了，这么多年不见，长得又白又胖了。王六一找了家小饭馆，点了几个菜，边吃边听马有贵说话。原来，马有贵一直在那家工艺厂上班，后来身体不好，病了，就被厂里炒掉了。出厂之后一直在治病，治了不少地方，都说是尘肺病，说他的肺都已经钙化了，硬了，像干丝瓜瓤。医生告诉他，这是职业病，可以找工厂赔钱。马有贵去找工厂老板，老板不理会他，去找劳动站，劳动站让他自己找证据。我一个病人，哪里经得起这样的折腾，于是想到了你。马有贵说，实在是没办法了，不然我不会来麻烦你的。王六一心情很沉重。马有贵的事，他觉得自己应该尽力。王六一于是求到了在劳动社会保障局当主任的一个朋友，朋友又给镇劳动站的监察大队打了招呼，王六一又陪了马有贵去找工艺厂的老板，老板一看又是官方出面，又是记者施压的，答应和马有贵谈。谈到后来，厂方给出了两个方案：一是厂方出钱给他治病，花多少钱都归他们出；一是厂方一次性赔马有贵二十万，往后是死是活，厂方再不负责。王六一劝马有贵先治病再说，边治病边问厂方要其他赔偿。马有贵几乎没怎么犹豫，就选择了拿二十万元现金。厂方说要把钱打到马有贵的卡上，马有贵坚持要现钱。马有贵说他这病能治就治，不能治拉倒，这辈子出门打工二十年，没给老婆孩子留下一点钱，对不起他们，有了这二十万，就是死，也对得起老婆孩子了。去工厂拿钱那天，王六一陪他一起去，马有贵拿着那二十万块钱，不停地说，原来二十万才这么厚一沓。王六一说，你以为二十万有多少？马有贵说，六一，没有你，我是一分钱都要不到的。说着居然要给王六一下跪，王六一心里一酸，泪就出来了。想起当年，他和马有贵一起出门，两个蛇皮袋，装着他们的行李，两个袋口打个结，一前一后，搭在马有贵的肩上。王六一让换着背，马有贵不干，说六一，咱们兄弟俩出门，体力活归我，用脑子的地方你上。到岳阳，排队买票这些力气活，都是马有贵干。火车上好容易挤出一个可以坐下的地方，也是让王六一坐。转眼间，当年的愣头青，现在都老成这个样子了，王六一想到在南方的工厂里，不知有多少马有贵们，打工二十年、三十年，最后一无所有地回到故乡，不觉心酸，也为自己终于逃离了这苦难而庆幸。马有贵有了二十万后，没有住院治疗，开了一些药吃，身体是不行了，再也打不了工，租房子住在这里，老婆打一份工，他就在家里做点力所能及的家务。

每当对现在的生活感到不满了，或是受不了同事间的勾心斗角心生去意时，王六一就会去看马有贵，每去看一次，他的心情就会平静了，会对现在的生活多出一份感恩与知足。到后来，他说不清是关心着马有贵，还是把马有贵当成了调节心态的一剂良药。近段时间报社改制，要企业化，有门路的编辑记者都为自己找到了退路，妻让王六一也去找找关系，王六一最怕的就是求人，说企业化就企业化，真的企业化了，有本事的人反倒有了用武之地。话是这么说，从事业单位一下子变成了企业，心里多少有些惶恐。

该去看看马有贵了。王六一想。正要睡觉，却接到了朋友冷如风的电话，说作家在干吗呢，打扰你写作了吧。

王六一说：刚要睡觉。

冷如风说：楚州的市长到广东来了，点名要见你的。市长开出的名单，第一位可就是你这个大作家。

冷如风来粤之前，是楚州文化馆的独唱演员，后来下海，在广东开了家文化公司，又挂了楚州驻粤招商办主任的头衔，两边穿针引线，迎来送往，生意做得颇有些声色。冷、王二人相识多年，是对脾气的朋友，知道王六一点子颇多，也有些人脉，就聘了王六一在公司里挂了策划之名。有活动时，一起出谋划策，吹牛喝酒，有喜好附庸风雅的客户要招待时，就叫上王六一作陪，因此两人往来最是密切。

次日晚宴，安排在南城最奢华的酒店，王六一下班后就去了，以为是到得早的，没想到，酒店里早就到了十几位。冷如风忙里忙外，也顾不上招呼。王六一就找了位置坐下，入耳皆是乡音。交换名片，个个都是这总那总的，公司也是五花八门。王六一心里就多多少少生出些自卑来，今晚受邀参加宴会的，怕只有他是个穷光蛋了。有老板接过他的名片，看他的名片上印着作协会员，某某日报记者，恭维他是文化人；也有那不知作协为何物的，少不了打听一下，王六一就在心底里对那人生出鄙视。最让王六一受不了的，是有个老板，居然知道那坊间传播甚广的把"作协"当"做鞋"的笑话，并当众讲了，博得了众人的笑声。王六一脸色难看，正不知如何下台，就见过来一位端茶杯白净微胖的中年人，众人都争着和他打招呼叫毕总好，伸了手来抢着握。那叫毕光明的却道，咱们楚州出的老板没有一万也有八千，可在全国叫得响的作家就王六一一个，你们可知市长开出的嘉宾名单第一个是谁？众人都看毕光明，毕光明喝了一口茶，看着王六一不说话。众人就都看王六一，弄得王六一倒不自在了。那叫毕光明的，把茶杯放在茶几上，从口袋里掏出名片，双手递给王六一，说，你的大作，我是经常拜读的。居然说出了一串作品的篇名来，王六一面露得意之色，大有相见恨晚之意。一番交谈，原来毕光明也是古琴镇的，而且和王六一的堂兄王中秋是高中同学。自然又聊到了王中秋，听说王中秋高中毕业后一直在乡下教书，毕光明叹道，可惜了，我们那个班的同学，数王中秋最是聪明，心性又高，他要是出来打工……两人又聊还没有现身的市长。王六一说他不知道楚州现在谁是市长谁是书记，毕光明说，有些人可能想着见一见市长，我真是最怕他们来了。

王六一心想，听这口气，毕光明的生意一定做得很大，就笑着说：谁叫你是大老板呢，你拔根毫毛都比我的腰粗啊。

毕光明说：你这话就让我汗颜了，我没有贾家的显赫，你也不是刘姥姥啊。

王六一没想到毕光明听出这玩笑话的出处，心下更不敢轻慢他了，正经道：你不理他们就是。

毕光明道：说得轻巧，毕竟是楚州出来的人，祖坟还埋在那里，父母百年也要落叶归根的，阎王好使，小鬼难缠，真要得罪了他们，敢把你祖坟给刨了。

王六一道：说得也是，现在家乡的民风，是越发的不好了。

毕光明道：我们这一代，和楚州是割不断的，下一代，就再不怕这些了。我是把孩子送到美国留学的，我劝你也把孩子送出国去。

王六一便不接话，心想你大老板，站着说话不腰痛，送孩子出国留学，我现在能让他在广东上学已经很不容易了。

说说笑笑间，忽见坐着的人都站了起来，就见一个人在众人簇拥下进了宴会厅，王六一猜到这个人一定是市长了。也不知谁先鼓起了掌，王六一看毕光明也鼓起了掌，就跟着鼓掌。大家主动站成一圈，市长和大家一一握手，说着感谢的话，倒也没有官架子。握完手就入席，一张大围桌，可以坐下三十余人，每个人的面前都摆好了名牌的。大家按座就位，市长坐上首，左边是楚州首富邹万林，右边是毕光明。王六一的名牌在毕光明的旁边。这饭局无非是大家轮着去给市长敬酒。市长说邹总、毕总，我们是老朋友了，就先不敬你们，我要先敬楚州的才子。弄得王六一有点受宠若惊，慌忙站了起来。市长说你是文化名人呀，我早听说你的大名。问王六一经常回楚州不？王六一说有几年没回了。市长说这就是你的不对了，你们在座的，都是楚州的精英，是楚州的骄傲，要经常回楚州看看，你这个大作家，也要把我们楚州美好的一面向外面宣传宣传呀。

王六一居然就有些感动了，说：一定的，一定的，楚州是我的家，我的根在那里呀。

市长说：对，根在楚州。

市长显然对根这个话题比较感兴趣，和王六一喝了一杯。又举起酒杯，站起来发出了邀请，说希望各位常回家看看，回了楚州给他电话，他只要在楚州，肯定要出面接待的。有人开玩笑，说市长金口玉言，我可是清明节就要回家扫墓的，到时可要找你这父母官打秋风了。市长说：你要是回家不给我电话，我知道了倒要和你急。又有人提议，说既然市长发了话，咱们清明节组团回去，有人就高声附和了。市长说，这个提议很好，我倒希望你们组个团，把楚州在广东的精英都请回家去看看，为家乡的建设出力。最先到广东来投资的，不就是当年背井离乡在海外打拼的那些华侨么，你们这些人，在广东打拼这么多年，成功了，回到家乡投资办企业，楚州的经济一定能够腾飞的。又对冷如风说，这件事你负责落实，争取今年清明就组团成行，参加我们市每年一度的逐鹿岭公祭。饭后冷如风就特意请王六一留下，说要马上把市长的指示落实下去，将这些老板们组织起来清明节回楚州。

王六一说：听风就是雨啊。

冷如风笑道：生意人嘛。

王六一说：说正经的，这事还是有些噱头的。不过咱们要么不弄，要弄就弄大一点，最少组织一百个老板，在清明节自驾回楚州。你想想看，一百个当年的打工仔，如今开着奔驰宝马威风凛凛衣锦还乡，绝对能成为社会热点话题，好好炒一炒，说不定能炒上央视。

冷如风的热情也高涨了起来，说：还要做一个网站，给每个老板做一个网页，链接他们的公司，还要拍一个纪录片，出一本画册。

王六一笑道：这钱谁出？

冷如风说：羊毛出在羊身上，这些老板不差钱。

王六一说：还有一点，咱们回家，总不能就是祭祖扫墓，人家市长希望你们回去是考察投资的，你真扫墓，人家才不理你。

两人越聊越起劲，当下把大概的想法聊了个七七八八。冷如风说，现在得给咱们这个自驾团取个响亮的名目，所谓名不正则言不顺也。

王六一笑道：这还不容易，一大群打工仔，奋斗二十年，如今衣锦还乡，就叫还乡团，楚州还乡团，绝对震撼人心。

冷如风说：还乡团？不行不行。

王六一说：那就叫老板团，你们这一群，不都是老板么，大老板，小老板，不大不小的老板。

冷如风说：六一你别这么刻薄好不好。

王六一说：有了，咱们就叫楚州外出务工人员寻根团。

寻根团？这名字不错。

冷如风当即拍板。一天后做出寻根团的活动方案给王六一过目时，已经变成"楚州籍旅粤商人回乡投资考察文化寻根团"。

王六一说：靠，这是他妈什么名目，狗屁不通。

冷如风说：老板们不愿被人叫着外出务工人员呢。

王六一说：可事实上都是。

冷如风说：人家可是大老板，指着他们出钱的，你弄个外来务工人员寻根团，鬼才和你掺和。

王六一笑道：弄成楚州商人寻根团，就没有外来务工人员有噱头了，这年头是沾上草根就好炒作。又问：钱的问题怎么解决。

冷如风说：这个我早想好了，咱们把回乡的车队编号排队，前面一二三号车竞投，出钱多的车排在第一位；到楚州出席活动排名也是第一位；参加宴会时，出钱最多的两位坐在领导身边；家乡电视台采访，由出钱最多的一位接受专访。

王六一说：有些想当然，人家千万富翁亿万富翁的，会在乎这个？

冷如风说：这个你就不懂了，这些千万富翁亿万富翁在乎的就是这个。所谓富贵不还乡，如锦衣夜行，这样组团还乡，可不比自己一家人回去，几十辆车的车队，排第一第二和排中间末尾可是大不一样的。

王六一不以为然。不想过了两天，冷如风对王六一说钱的事落实了，一号车由邹万林以十万竞得，二号车居然被一个叫赵有根的以八万竞得。王六一问这赵有根是谁，那天市长请客他来了么？冷如风说赵有根是个服装厂的老板，在这些老板中，论资产，排前十位都排不上的。王六一问第三号车是谁竞得的，冷如风说是毕光明出了五万。王六一长叹道，毕光明也未能免俗啊。冷如风说，毕总就是这种风格，他不会竞第一位的车，也绝不甘掉在尾巴后面的。其他老板们，看了方案中楚州市委五套班子都要出面接待，有答应出五千的，出两千一千的，居然就凑了三十多万。有人开玩笑，说怕这钱被冷如风拿去喝酒，要成立一个小组监督每一笔钱的花销，多出来的存起来下次活动时用。寻根团的事就这样定下来了，时间定在这年清明前两天在深圳同乐关口集合出发。冷如风又拟好了详尽的方案，和楚州市府沟通，又让王六一请了广东这边的相关媒体做宣传。

王六一突然想到，此次还乡，个个都是老板，豪车锦衣，自己穷光蛋一个，车都没有，凑哪门子热闹。心中生出许多的不平来，对寻根团的事也没了兴致。冷如风问他这方案还有什么不妥之处，他只酸酸地说好，好得很，衣锦还乡嘛，我一个穷文人，就不跟着掺和啦。

冷如风如何不明白王六一的心思，笑道：六一你什么都好，就是这毛病我不喜欢，人家有钱，你有名，你看他们风光，他们也怕被你瞧不起。再说了，咱们既然叫了文化寻根团，没有你这样的文化人撑门面，那还叫什么文化寻根团。咱们这个团，少十个八个老板没什么，少了你，那就大为失色了。再说了，我还指望你回来到报纸上给忽悠一下呢。

王六一说容我再想想，又说到了那天梦见父母的事。

冷如风道：这就是了，伯父伯母托梦给你，你不回去看看能安心？

王六一说：可你们都有车，我怎么回去？

冷如风道：车的事你就不用操心了，我负责安排，如果不嫌我的车差，那就坐我的。又说，你回家不用你花钱，我是要从活动经费里给你开出采访费用的。王六一听冷如风说得在理，心想不用花钱回趟家不说，还能挣点外快，何乐而不为？虽说想到要蹭别人的车回去，多少有些没面子，也顾不得这许多，便应承了下来。这些事都忙得七七八八，王六一想，该去看看马有贵了，也不知他现在病情如何。便买了些水果，直接去了马有贵的租屋。

马有贵的租屋在这城市的一处城中村，这里密密麻麻都是亲嘴楼。马有贵住的那一片，百分之八十的租户来自楚州，他们多在附近的工厂打工，因老乡们住在一起，就把这里的城中村变成了楚州的一个村，走在村里，入耳皆是乡音。这些老乡们，平时在工厂里老老实实打工，下班后的娱乐，除了打麻将，就是赌香港的外围六合彩，倒也过得怡然自乐。

马有贵身体不好，为进出方便，租住在一楼。两个月前，他老婆帮他拿了些塑料花在家里组装，这事不怎么费力，虽说一天下来做不了几块钱，总比一分不挣吃老本强。两个月前，王六一来看过马有贵，当时就觉得，马有贵的身体是越来越差了，端把椅子，多说几句话都喘不过气来，嗓子里像装了一架风箱，一说话就"呵喽呵喽"直拉风。劝马有贵去看医生，马有贵说舍不得钱。说物价涨得这么快，这二十万搁在银行不花，一年下来都瘦去几千块了，哪还舍得花钱去看病。

刚下过雨，巷子里积了一汪污水，水中隔尺许扔着一块红砖，王六一就在巷子外面喊马有贵，没有人应，踮脚跳上红砖，伸开双臂一路蜻蜓点水到了马有贵的门前。门半开着，王六一便喊马有贵，听见屋里传来"呵喽呵喽"的声音。推开门，一股中药味夹着潮湿的霉味扑面而来。屋里的灯亮了，马有贵赤背睡在床上，见是王六一，支撑了半个身子，费力坐了起来，说：六一来了，每次来都带水果，真的是过意不去。

王六一说：乡里乡亲的，一点水果算啥。

又问：病好些了没有？

这话是明知故问，看马有贵这样子，病只会一日日地沉重，哪里会好。马有贵苦着脸，说在吃中药，吃了几服，倒有些好转的迹象。两人说了一会儿闲话，王六一问现在还拿塑料花在家里做吗？马有贵说不做了，在研究码报呢，这玩意来钱快。说着，从床头摸出一沓《黄大仙救世报》《白小姐透码》，请王六一帮助参详。在香港每一期六合彩开出之前，这些码报上都会画出一些似是而非的图画，写一些半通不通的暗语。这些打工者们，得空了就琢磨其中的玄机，往往是蒙中了的时候没有下注，或是才下一注两注，下次横了心下大注时又蒙错了。等得开出奖来，再回头琢磨码报，直骂自己是猪脑子，这么简单的暗语都没有弄懂。却不知，这些所谓的暗语皆似是而非，猜什么都能说得通。

王六一说：这是赌博，十赌九输呀。

马有贵说：也不一定，只要懂码报，是能发财的。马牙子你记得不，就是我们村六组的，他不也在这里打工吗，前天赢了五万块。

王六一道：只见贼吃肉，不见贼挨打，人家输钱的时候你没见到。

王六一也不想多责怪马有贵了，就说清明节要随了寻根团回家，问马有贵有没有什么事要让他回去帮着办。

马有贵说：什么寻根团？

王六一就把事情的来龙去脉说了。马有贵神情黯然道：都是打工，人家怎么挣那么多钱？又说，也没有什么，帮忙去看一看我爹，问一声好就是。王六一答应了，见马有贵似有些累，说了会儿话，又叮嘱了注意身体，叮嘱了不要去赌码，那东西害人，又叮嘱了有什么困难就打电话，然后告辞。离开马有贵的家，王六一在老板们那里寻来的自卑与不满早飞到了九霄云外。

临要回楚州的前两天，马有贵打来电话，说自那天听说寻根团的事后，特别想回家看看，问王六一能不能跟那些老板说说，让他搭顺风车回家。又说他这身体今年不回去，怕是再也回不去看一眼家，看一眼他的老父亲了。说罢竟在电话那边哽咽起来。王六一说这事他会尽力，但做不了主，他自己都要蹭车回家的。放下电话，心想这事不好办，虽说都是乡里乡亲，可这些老板，有谁愿意捎带上这么个病壳子？给冷如风电话，把马有贵的想法对冷如风说了。冷如风说他问问看，实在不行就坐他的车，怎么说也是乡亲一场，人家有难了，举手之劳，不是什么大事，就是不知马有贵的病到底如何，要是在半路发病或是死在路上那就麻烦了。

王六一说：我看他这病，就是听着难受，不能下气力，死在路上还是不至于的。

冷如风说那就这样说定了，只是他的车是中华，空间比较小，得挤一挤了，要是有老板们的大车愿载他，那是最好不过的。冷如风让王六一等他的消息。半个小时后，冷如风打来电话，说事情搞掂了，张总的车上，就坐他儿子和他老婆，张总开车，可以让马有贵坐前面。这张总，王六一也是一块儿喝过两次酒的，是个实诚人，让马有贵坐他的车，王六一放心。把这消息告诉马有贵，马有贵激动得又呵喽了半天。

出发那天，马有贵坐张总的车，王六一本来是打算坐冷如风的车，不想冷如风又叫了摄影记者，记者要坐他的车好一路录像，联系好了让王六一坐毕光明的车。王六一心里多少有些不快，毕竟和毕光明只是一面之缘。最主要的，坐毕光明的车，心里多少有些自卑。说好王六一打的去同乐关和大家会合，然后再坐毕光明的车，不想那天清晨，王六一刚起床，就接到毕光明的电话，说他已到了王六一家的小区门口。

王六一说：不是说好去同乐关会合吗？

毕光明说：我起得早，反正去那么早也是等大家，就来接你。

王六一说那你等我一会儿，我还没有洗脸呢。毕光明说不急，还有时间，你慢慢收拾吧。王六一的行李，妻昨晚就帮他收拾好了的，也就是几件换洗的衣服，还有几本王六一这两年出的书。听说毕光明在楼下等，妻就催王六一动作快点，王六一却慢腾腾地洗漱后，又在沙发上坐着磨蹭不走。妻说你怎么啦，人家等你老半天了。王六一看看时间，说让他再等十分钟吧。妻白了他一眼，说你这人真虚伪。不想这词戳到了王六一的痛处，突然作色道：有钱就了不起？妻知王六一素来如此，也不理他，说你爱去不去，你磨蹭一个小时都行。说罢回房关门睡觉。王六一气得在屋里转了几个圈，看看时间，毕光明等了他足有半小时了，这才提包出门。远远看见毕光明站在车旁，见王六一出来，几步过来要帮王六一拎包。王六一说不好意思让你久等了。毕光明说，没事没事。抢了王六一的包，放在车的后备箱里。又给王六一开了车门，才绕过去坐到驾驶位，对身后的一位女子说，这位就是我对你说起的王作家。毕光明又介绍那女子，说这是他妻子刘梅。又介绍了另一个小伙子，是他的司机。毕光明说，回去一千多公里，得两个人换着开。王六一说，不好意思得很，坐你们的车，打扰你们了。毕光明说，说哪里话，我昨天对刘梅说明天有个作家要坐我们的车，刘梅还说我吹牛呢，你能坐我的车，是给我面子。听毕光明说得诚恳，王六一心中的不快，至此烟消云散，倒为自己刚才在家里故意磨蹭而脸红了。

到同乐关时，大多数人都到了。冷如风手里拿着个喇叭，张罗着给新来的车贴上印有"楚州籍旅粤商人投资考察文化寻根团"字样的不干胶，又给每辆车贴上了车号，毕光明的车上，贴了个3。又给每位成员发了一顶印有"楚州籍旅粤商人投资考察文化寻根团"字样的太阳帽。又张罗着，让所有的车按车号排成队。王六一关心着马有贵，找到了张总的车，见马有贵一脸喜色地坐在车里，头上也戴了顶寻根团的帽子。问马有贵身体吃得消不，吃不消就说一声。马有贵说没事，一听说要回家，病就好了一大半。

大家有坐在车里的，也有站在车外聊天的，都在等着一号车的到来。毕光明的坐驾，是雷克萨斯GS。排在他前面的二号车，是一辆银灰色的宝马5系。王六一对车不甚了解，只是这两年来，关于宝马车肇事的案子出得多，知道宝马是豪车，心里又开始感叹文化人在这世界中的弱势。胡思乱想着，邹万林的一号车过来了。王六一认得那车是奥迪，说，邹万林这么有钱，开的车倒是一般了，倒不如二号车的宝马了。毕光明听罢朝王六一看了一眼，嘴角泛起一丝笑意，没说什么。他的司机却接过了话，说人家那可是奥迪Q7，SUV。王六一知道自己说了外行话，红着脸说对车我是一窍不通的。说话间，冷如风用电喇叭在外面招呼大家下车，交代了一路上要注意的事宜和行车路线，说好了中午吃饭的服务站，又交代到出发之后大家就不用保持车队车序了，想快想慢随大家，但到了楚州服务站要停下来集合，然后再按车号排好队缓缓进入楚州，到时市领导要到高速出口接大家，电视台、报社的记者也要拍照云云。然后搞了一个简短的出发仪式，车队就出发了。

一路上倒是平平安安，毕光明开车，问王六一一些他感觉陌生的事，也问到王六一的堂兄王中秋。毕光明说：我记得你哥的字写得极好，参加全国硬笔书法比赛得过奖的，现在还练书法么？王六一说：我也好多年没见他了，想来不练了吧。

毕光明说：他该出来的，你哥有才华，要是不留在农村教书，出来打工，也许现在开一号车的就是他了。

王六一说：也许是开一号车的，也许和马有贵一样呢。

毕光明问哪个马有贵？王六一便把马有贵的事说了。毕光明叹了口气，说，也许吧。又说，有一本书，你肯定是晓得的，《北京人在纽约》。王六一说知道但没有读过。毕光明说，那本书讲些什么忘了，却记住了一句话：如果你爱他，就把他送到纽约，因为那里是天堂；如果你恨他，就把他送到纽约，因为那里是地狱。

王六一知道毕光明这话的意思，两人不再说话。大抵都想起了出门这么多年来的风风雨雨吧。

毕光明突然又说：我当年的梦想，是当诗人的。

过一会儿，又说如果有时间，我一定要去看看你哥，一晃我们有二十五年没有见了。

两个人就这样有一搭没一搭地说话。时间过得飞快，十二点不到，便到了约定吃午饭的服务站。才发觉这一路他们的车速最快，是第一个到的。下车活动一会儿，冷如风的车也到了，陆续有车到了服务区。王六一惦记着马有贵，却一直不见张总的车到服务区。问了冷如风，冷如风打电话去问，说是车在高速路上跑岔了道，又不想绕太远，就在高速路上倒车，被警察抓了，说是从今年开始，高速路倒车是要吊销驾照的。磨了好久，现在放行了，耽搁了一些时间。这边先吃了饭的又重新上路了。毕光明问王六一是休息一会儿还是上路，王六一便说，要不咱们等等马有贵吧。

毕光明说：你是个心地善良的人。

王六一说：都是老乡，又是邻居，当年一块儿出来打工的，现在身体搞成这样，我们再不关心，谁还会关心他。

等了有十多分钟，张总的车才赶过来。王六一过去扶马有贵下车，招呼他吃饭。马有贵的脸色很难看，说不想吃饭，上了一趟厕所后坐在一边不吱声。王六一看马有贵似有情绪，问马有贵怎么了，身体吃不消吗？马有贵不说话。王六一说你还是要吃点，天黑才能到楚州，你身体不好饿到那时哪里行。马有贵发白的脸，突然涨得通红，呵喽呵喽直喘气，喘了半天，说：我不该来的，我就不该坐人家有钱人的车回家的。要想回家我自己坐汽车啊，不就是二百块钱的车费么。

王六一说：怎么啦，张总给你脸色看了？

那边点了餐的张总见马有贵不过去吃饭，一脸惭愧地对马有贵说：孩子不懂事，你别和他一般见识。

王六一知道是张总的儿子给马有贵气受了。俗话说穷人气大，王六一太能理解马有贵的心情了，同样都是出门打工，看着人家的风光，想着自己的境遇，心理之脆弱敏感可想而知。好容易劝马有贵吃了点饭，然后去对毕光明讲，反正车上有空位，能不能让马有贵也坐过来。毕光明说当然没问题。王六一便过去对马有贵说了，说和他一起坐毕总的车。马有贵放下饭碗就要和王六一走。

王六一说：还是和张总说一声多谢吧，人家带了你几百里路呢。

马有贵黑着脸，说：不去，他们瞧不起人。

王六一不好再说什么，过去对张总说马有贵身体不舒服，跟他一起坐毕总的车，一路上好有个照顾。马有贵也不理张总，弄得张总很不好意思。

王六一对马有贵说：有贵，你这脾气要改一改。

马有贵说：都快要死的人，还改什么改。

换了司机开车，毕光明的老婆坐在前面，后面坐毕光明、王六一和马有贵。车上路后，王六一问马有贵到底出什么事了，马有贵说不说了。在王六一再三追问下，马有贵才说，先是他想让张总停车，他要小便，张总的儿子就教训他，说高速路上不可停车。后来他又呵喽了几声，张总的儿子就在车上发脾气，冲他吼让他别呵喽了，又说听到他呵喽就烦。最让马有贵受不了的，是张总的儿子说他乡巴佬，烦死人。张总就教训他儿子，父子俩在车上就顶了起来，他儿子闹着要下车，说是不去楚州了，说是乡下有什么好看的。张总就骂他儿子，说你爸爸我就是一个乡巴佬，没有楚州的那个乡下，哪有你这小王八蛋。他们父子这样一吵，车就跑岔了道，又被警察教训了一通，还罚了钱。张总的儿子是不再说什么了，马有贵却觉得，他们这样吵，都是因他而起，是吵给他看的，心里很是不爽快。

说了一会儿话，看马有贵倦了，大家便不再说话，一会儿，众人打起了呼噜。一路走京珠高速，行车速度极快，天擦黑时下了京珠高速，拐到往楚州的高速。王六一的电话响了，是冷如风打来的，问他们车到哪里了，说前面的车队已经快到高速出口了，让在出口集合。毕光明的车是排第三号的，现在，倒是他们的车落在最后了，司机就加快了速度。这两年国家为了拉动内需，在基础建设，特别是交通网络上，投入了大量的资金。原来从岳州到楚州得两小时车程，现在通了高速，一路上没有几辆车，听说要抓紧时间，司机一脚油门，雷克萨斯GS跑到了一百八十迈尚不觉快，也就是十分钟就赶到了集合的地点。出了高速，车队早已按号排好，第三号车的位置为毕光明留着。又过了一会儿，听见前面说市里的领导来迎接大家了，于是所有的车门都打开，大家下车，前面先过来两辆警用摩托，摩托上的警灯摇晃，天色灰暗，警察身上的荧光马甲在暮色中发着绿莹莹的光，摩托后面是一辆警用小车，也是警灯闪烁。再后面，开过来的一辆别克，在车队前面几米处停下来，车上下来一位中年男子。早就候在那里的记者们围了上来一通狂拍，镁光灯闪烁中，中年男子和邹万林握手，两双手捏在一起，摇一次，摇两次，摇三次；和第二辆车的赵总握手，摇了一次；又过来和毕光明握手，和王六一握手。王六一觉得那男子的手有点冷，两只手只是轻轻一握便松开了。和前面三辆车的老板握完手，司机早把别克掉了头，中年男子遥遥地朝后面车队挥了挥手就上了车。这次走在最前面的是冷如风的车，车顶篷开了，录像师站在上面录像，接下来是警用摩托、警用小车、别克，然后是按号排列的寻根团老板们的车。车队走得极慢，转入市区的路口时，车队又停下来了。原来前面路上横了一条广告——欢迎来到中国化工之都楚州。

王六一问毕光明：楚州是中国的化工之都？

毕光明说：咱们楚州的千万富翁大多数是做化工的，邹老板就是他们的总老板。

王六一说：难怪。

说话间，车队又开始缓缓前行了。

王六一说：刚才那个就是市委书记吗？

毕光明说：哪里，是副市长，姓万。

王六一说：他和邹万林关系好像特别好。

毕光明说：是吗？你看出来了。

王六一说：他们握手时间最长嘛。

毕光明说：你是知其一，不知其二的。当年楚州还没有升级为市，邹万林是县委办公室副主任，万也是副主任，两人竞争主任的位置，据说是万用了手段，把邹挤出局了，邹一气之下办了停薪留职闯广东，十几年间，身家过亿，成了楚州首富。

王六一说：原来如此，幸亏当年没有争上主任的位置，现在身家过亿，副市长倒要向他示好了。

毕光明说：再有钱的人，在权势面前还是底气不足的。

清明时节雨纷纷。

窗外不知何时下起了丝丝细雨，街灯昏黄，把楚州映衬得迷离多姿，记忆与现实交织在一起，王六一竟有了做梦的感觉。路口都有警察指挥，车队一路绿灯。在楚州人的见识里，这样庞大而豪华的车队，怕是前所未有的，人们用好奇的目光打量着车队。

多年没有回楚州了，窗外的一切，显得是那样的陌生。王六一努力寻找着记忆中楚州的影子。终于，在众多高楼的一处凹下去的地方，看到了楚州文化馆的招牌。招牌老而旧，依然是王六一记忆中的样子，过去的记忆一下子鲜活了起来。王六一想，这次回家，无论如何是要去看望子君先生的。二十多年前，王六一初中毕业，在楚州的建筑工地打工，他的梦想是当一名画家，一天工地停工待料，他怀揣不安走进了坐落在城市角落里的楚州文化馆，他听说文化馆里有个美术班，他想来看看。那时楚州还没有这么多的高楼，文化馆和周围的建筑一样，在王六一的眼里显得气派、庄严、神秘而充满诱惑。他站在文化馆的铁栅门前往里面窥视，两排高大的柏树下面，站着十余个被岁月风蚀的白色石翁仲，让他觉出了历史的沧桑和时光的沉静。王六一想进不敢进，正在徘徊，从里面过来一位五十来岁、戴鸭舌帽、留小胡子、嘴里叼着烟斗的男子，温和地问王六一找谁。王六一说，老师，这里是有个美术班吗？那人说，你想参加美术班？王六一说，嗯。那人说，你跟我来吧。那人把王六一带到了文化馆的二楼，带他去看了美术班，里面坐了十多个学生，有十多岁的中学生，也有成人，都坐在那里画白色的人像，后来，王六一才知道，那些白色的雕像是石膏像，是学习素描的入门课程，还知道了谁是大卫，谁是海盗，知道了阿格里巴和马塞。那人问王六一学过素描没有？王六一摇摇头，想说话，可嗓子干得说不出来。那人又把王六一领到了隔壁房里，那里也有十几个学生，坐在画架前，画着水果和罐子。那人问王六一学过色彩没有？王六一又摇摇头。那人把王六一带到办公室，自我介绍说他叫夏子君，是这里的美术老师。夏子君开始询问王六一的情况，知道他来自乡下，只读了初中，现在当建筑工，没有美术基础，却梦想着当画家时，点上烟斗，眯着眼想了一会儿，说，报美术班要交学费的，还要天天来上课。王六一说他白天没有时间，晚上有。夏子君说，我们晚上也开课。王六一又说，可是，我没有钱交学费。夏子君给王六一一张素描纸、一支铅笔，说，你会画什么，画给我看。王六一就画了一只鹭。

  王六一的家乡烟村是楚州最美的村庄。他读诗，读到"两个黄鹂鸣翠柳，一行白鹭上青天"，觉得就是写烟村的；读到"漠漠水田飞白鹭，阴阴夏木啭黄鹂"，也觉得是写烟村的。烟村多湖泊，多水鸟，他熟悉那些水鸟。子君先生看他画鸟，不停地点头，说，临过《芥子园》？王六一脸窘得通红，说不知道《芥子园》是什么。夏子君说你跟谁学的画。王六一说天天看见这样的鸟，看得多了就会画了。夏子君又让他写几个字，王六一也写了。夏子君说你坐一会儿，我出去就来。一会儿，夏子君带来了一个高大的男子，对王六一说，这是我们馆长。又对馆长说，就是这个小伙子，有一些基础。后来，馆长免了王六一的学费，让他每天晚上来学画，纸笔都是夏先生提供的。多年以后，王六一才慢慢意识到他是多么的幸运，夏子君先生是楚州最出色的画家，他成了夏先生的弟子，跟先生学国画，画他最熟悉的水鸟，画水乡的风景，画漠漠水田飞白鹭。夏先生还教他写格律诗，读《诗经》《楚辞》《古诗十九首》，在"平平仄仄平平仄"的节奏里，体会到了汉语的魅力。多年以后，他意识到，夏先生给他的是一种潜移默化的人格培养。王六一没想到，一别二十余年，他竟再没有见过先生。

车到楚州宾馆，众人鱼贯下车，但听得有人高叫一声敬礼，顿时响起了迎宾的鼓乐。两队小学生，穿了整洁的礼乐服，大号、小号、黑管随着鼓点奏起了迎宾曲。其时正是暮色四合，天地间细雨如丝。王六一扶了马有贵下车，混在人群里缓缓前行。见两边的小学生，头发上有雨水顺着脸蛋往下流，想是在雨中站了多时，突然觉得鼻子发酸，被故乡浓浓的情给融化了。一路郁闷的马有贵心情也好了起来，挺直了一直佝偻着的腰。市长站在宾馆门口迎接大家，和老板们一一握手，和马有贵握手，马有贵激动得发起抖来，握着市长的手千恩万谢。进了宴会厅还在对王六一说六一你应该给我照一张相的。

宴会厅早就安排好了，桌子上也放了名牌。王六一找到自己的名牌，居然是和市长、邹万林等大老板一桌。又去找马有贵的名牌，却没有找着，想是冷如风报来的名单上没有把马有贵算成寻根团的成员。好在远离主桌的一席有空位，只坐了几个老板们的司机，王六一便带马有贵去那一席就座了。接风宴无非是市长讲话，致欢迎辞，大家相互敬酒之类。市长说今天各位开这么远的车，想来比较劳累，书记的意思，让大家早点休息，明天晚上，书记和市五套班子要出面宴请大家。冷如风便每人发了张活动行程安排，又安排了住宿房间，马有贵和王六一一间房，大家早早地休息了。

回到房间，马有贵还在激动中，说这是他第一次吃这么高级的宴席，第一次住这么高级的宾馆。王六一问马有贵明天怎么安排，是跟寻根团一起活动还是回家？马有贵问跟团有什么活动？王六一就找出行程单看，明天是参观楚州的几家大型企业、产业园，和工商联、招商局座谈，晚上是市领导宴请大家。马有贵一时倒不知如何选择了，他的身体是不可能跟着寻根团活动的，也想早点回家，可是想到明晚能和书记市长一起吃饭，又觉得错过了这莫大的荣幸可惜。他还想让王六一拍几张和书记市长的合影好回家去张扬的。王六一说，那你白天在酒店休息，晚上一起参加宴会就是。马有贵说这样最好。洗漱完毕，正要休息，冷如风打来电话，问王六一累不累，王六一说还好。冷如风说那出去坐坐吧。王六一问去哪里。冷如风暧昧地笑道，带作家去体验一下家乡的夜生活。王六一还在犹豫，冷如风说赵总请客，说是一定要请上你的。

原来是赵总有个发小，在楚州开了家夜总会，听说寻根团回来，一定让赵总叫几个朋友去捧捧场。夜总会离楚州酒店不远，四五分钟车程就到了。没想到小小楚州，夜总会的装修之奢华，比起广东有过之而无不及。在服务员的带领下，几人进了灯光暧昧的包房，包房里暖烘烘的，让人想宽衣。坐下不久，夜总会的老板就来了，大家相互介绍，老板喊过咨客，让上酒水和果盘，又说了一串人的名字，要咨客把她们叫过来。老板说，听说你们要来，我把这里最漂亮的姑娘都留给你们了，大家到我这里，放开胆子玩就是。又说，别小看了楚州这小地方，我们夜总会的管理，可是和你们那边接了轨的。说话间就进来几个女孩，各自走到客人的身边坐下。王六一也是出入过夜店的，但这次，他总觉得怪怪的，这些女孩子，说不定就是他看着长大的邻家女儿，听她们说话，果然都是一口地道的楚音，更是从心底里升起了罪恶感。老板端起红酒，一口干了，大家也都干了，老板又和大家连干两杯，一抹嘴，说你们喝好玩好，晚上想带姑娘出去过夜也没问题，肥水不流外人田嘛。

冷如风说：过夜就不必了，大家都带着家属呢。

老板哈哈大笑，说了一声失陪就走了。

姑娘们就伸手进那薄如蝉翼的长裙里，解下了文胸放进随手带着的包里，胸前两点隐约，本来暖烘烘的包厢里顿时热烘烘了。

王六一用胳膊拐了拐冷如风,说:感觉怪怪的。

冷如风说:入乡随俗吧。

王六一说:你这话说得,入什么乡,随什么俗,这可是咱们自己的家乡。

冷如风说:你这样一说,我也觉得怪怪的。

正不知如何是好,手机响了,是毕光明打来的,问王六一在哪儿,说他约了几个文友小聚,问王六一肯不肯赏脸。王六一说在外面散步,马上回来。对冷如风说,对不起,我有事要先走了。也不管他们抗议,如遇大赦,一溜烟跑出了夜总会。

毕光明这边的酒局正经多了,都是当年毕光明在家乡时的文朋诗友。听毕光明说王六一也回来了,因此大家一定让毕光明约了来。吃饭的地方是一处湖边酒棚,吃烧烤喝啤酒,毕光明感叹又回到了过去。各自回忆着当年在楚州热爱文学的少年时光,听大家说起楚州文坛掌故,别有一种滋味。

王六一便问:各位都是文化人,想来认得夏子君先生的,不知先生身体健康否。

这一问,席间便沉默了起来。有人长叹一声,说子君先生两年前因脑溢血去世了。

王六一听说子君先生没了,一时悲从中来,泪水在眼里打转,痛悔这么多年在外打工,其间也回来过几次的,每次都忙这忙那的,从未想到去看看先生,也是混得不如人意,没脸去见先生,没想到,竟再无缘相见了。

一时间大家情绪有些低落。毕光明说咱们说点让人开心的吧。提起了一些当年的文友,有留在楚州的,有如毕光明这样出去发了财的,也有在北京、武汉的大学当教授的,也有从政的,说起来,果然是唯楚有才了。又说到了楚州这几年的经济发展,都说是变化极大的。说到楚州的企业,当年那些龙头企业大多不复存在,现在楚州的支柱企业倒是几家化工厂。说到化工厂,一干人等,言语都谨慎了许多,有些闪烁其辞。又从国际到国内,也说到了邹万林和现在的副市长的恩怨,说当真是塞翁失马,焉知非福,没有当年竞争失败,哪有今日衣锦还乡。不觉已是零点,雨也越下越大,一干人等依依散去。

次日马有贵没有参加寻根团的活动。其他成员，依然是按序排起车队，前面依然是警车开道，第一站是参观楚雄化工，楚州招商局局长全天陪同。楚雄化工的老板万海，一位壮硕孔武的中年男子，远远地在公司门口迎接大家。无非是参观公司，听万海介绍公司的经营现状和发展前景。王六一听有人小声嘀咕，知道这楚雄化工原是国营企业，20世纪90年代末国企改革时，万海以极低的价格买下了这家公司，万海只是台面上的老板，真正的后台老板另有其人云云。就听有人问万海公司的生产车间在哪里？万海说，厂房原先就是在城里的，因公司业务增长迅速，六年前搬到了离城十里的郊区，现在郊区也变成市区了，工厂前年又搬迁到了古琴镇的烟村。听到烟村二字，王六一心里咯噔一下。烟村，那是生他育他的家乡，是他爱之恨之的出生地，是他一生都逃不掉的牵挂，是他的根。正想着，有人拍他的肩，却是昨晚请客的赵总。王六一冲赵总笑笑。赵总说，王作家不够意思。王六一说，实在不好意思，毕总约了几个文友，说是一定要见一见的。赵总压低了嗓子对王六一说，作家要什么样的生活都体验一下才对呀，昨晚你走了，可是你的损失。说着冲王六一暧昧地一笑。王六一突然觉得有一根针扎在了他的心口。上午参观了几家本市效益较好的企业，中午回到楚州宾馆吃饭休息，下午参加招商局举行的会议，介绍楚州一些重要的招商引资项目。一天奔波，大家的兴致不再，王六一更是一人向隅。好在晚上楚州市委五套班子出面参加晚宴，方一扫众人两日来的疲乏。宴会的高潮，是书记带领着五套班子成员，一桌桌给寻根团的成员敬酒。敬到马有贵这一桌时，王六一就拿了相机给他们照相。马有贵端着硕大的红酒杯，站起来已是两手发抖，语无伦次，和书记的酒杯碰了一下，心情激动，一口气喘不过来，呵喽呵喽又腰弯成了一只虾米。

书记在马有贵的肩膀上拍拍，关切地问：身体不舒服吗？你在广东做什么生意？身体不好，生意上的事要少操点心啊，身体是革命的本钱嘛。

马有贵一口气好不容易转过来，面色如土，身体软得不行。听书记问他做什么生意，一时不知说什么是好。王六一说：他不是老板，只是个普通的打工仔，打工二十年，得了职业病，尘肺。王六一的本意是想说，希望书记多关心这些普通的外出务工人员，但话说到一半，见书记的脸色转阴，便说，尘肺是职业病，不会传染的。王六一不说这句话还好,一说这句话,好像是责怪书记嫌恶马有贵的病会传染了。好在书记大人大量,肚子里能行得船,没有在意王六一的话,倒说让马有贵安心养病。安慰一番后,带着班子成员去另一桌敬酒了。马有贵说他很累,想休息,王六一便扶了他回房休息。过了大约半小时,冷如风来房间,问马有贵要紧不要紧,不行还是送医院的好。马有贵躺在床上休息了一会儿,又喝了点热水,感觉好了一些,说老毛病,没事的,只是真的很不好意思,给大家添麻烦了。王六一说,你这是什么话。又对冷如风说,这里没事的,你还是回宴会厅忙你的吧。

冷如风说:宴会结束了。

马有贵惶恐地说:领导是不是生气了?

冷如风说:领导倒没不高兴,走的时候,书记还在关心你的身体,说要是不行就安排去住院。反而是有些寻根团的老板们,觉得你马有贵丢他们的脸了,责怪我不该让你跟车回来。

王六一冷笑道:当真是一阔脸就变,寻根团,我看这根,打着灯笼也寻不到了。

冷如风说:寻根?你还真把寻根当回事啊,不过是衣锦还乡人前风光一把罢了,警车开道,五套班子出面接待,多威风。

第二天马有贵早早起床说要回烟村,王六一帮马有贵拎着行李送到酒店门口,问马有贵怎么回去,坐公交还是打的。马有贵说,坐公交回去多丢人啊,当然要打的士。王六一帮忙叫了辆的士,的士师傅说老板在哪里发财?王六一说发什么财,混日子罢了。的士师傅说不发财能住楚州酒店?

王六一就说:去烟村多少钱?

的士师傅说:一百块。

王六一说:哪要这么贵?在广东都要不了一百块,五十去不去?

的士师傅说:五十?你们从广东回来有的是钱,不要这么小气嘛。

王六一说:打工赚的是血汗钱。

的士师傅说:一百,少了一分,你去问这满街的士,有人拉你砍我脑壳。

王六一帮马有贵付了一百块的士费，送马有贵上了车，说，钱我帮你付了，我今天参加活动，明天回烟村。看着的士消失在清晨的细雨中，王六一突然前所未有地想家，想快点回家去看看。觉得自己千里迢迢回到了楚州却在城里待着，还装模作样参观企业参加扯淡的座谈，简直是可笑至极，觉得这样的行为举止多么的不合乎孝道，那一刻，丝丝缕缕的酸楚在心间弥漫。站在雨中，久久望着马有贵去的方向，那是家的方向。多年打拼在外，从来没有一次像今天这样，离家是如此近，又如此远。近在咫尺，远在天涯。

吃过早饭，雨越下越大。有些人就犹豫了起来，要不要去参加今天的逐鹿岭公祭。寻根团的大多数老板根本不知道逐鹿岭是怎么回事，有些人昨晚就说了今天是要回家给亲人扫墓的。急得冷如风拿起了电喇叭向大家说明并强调，本次寻根团回乡寻根，最主要的一项活动就是参加逐鹿岭公祭。又说市里是很重视的，市长要亲自参加，市电视台全程直播的，是楚州头等的文化盛事。听说市长参加，大家又打起了精神。下雨路滑，去往逐鹿岭的又是泥土路，老板们爱惜自己的座驾，市府就安排了一辆旅游大巴，又有一位漂亮的女导游一路上用楚州话讲着各种荤段子，逗得老板们哈哈大笑，唯王六一成了冷眼的看客，觉得那些荤笑话大煞风景。好在窗外杨柳依依水田漠漠，轻抚着游子的心。几十公里的乡村公路倒在不经意间就过去了。

王六一是知道逐鹿岭的，他读初三那年，许多人都在传说逐鹿岭挖出了宝贝。那时，经常会听到某人在某处挖出宝贝的传闻。离王六一家不过百米的窑场，在取土时就经常挖出装在陶器里的明钱，那时，每家每户都能找出几十上百枚明钱。还有一次，窑场里挖出了一座古墓，王六一记得，古墓是用一尺见方的青砖砌就，青砖上刻着抽象的凤纹，许多年后，王六一知道那是楚人的图腾，那青砖古墓里，除了挖出一些坛坛罐罐或生锈的青铜外，并没有人们渴盼的真金白银，坛坛罐罐当时就被人砸碎了，青铜的器物也被扔在瓦砾堆里不知所终，那些青砖被王六一的爷爷拉回家砌成了一间猪屋。说来也怪，自用那青砖砌成猪屋后，家里就再没有养成过大肥猪，不是猪瘟就是伤寒。这样过了三年，有人断言是墓砖不吉利，爷爷于是把那猪圈拆了，那些刻有精美凤纹的画像砖被扔得远远的，天长日久，渐渐被风雨侵蚀了。许多年后，出门打工的王六一长了一些见识，知道刻有凤纹的画像砖承载着楚文化的历史，那些锈蚀的青铜器说不定就是价值连城的国宝，回家时想再寻，却连一两块墓砖也找不着了。当时村民们传言，说逐鹿岭挖出了宝贝，政府就派了公安把那里管制了起来，许多村民，骑自行车，开拖拉机，赶了几十里地去看热闹。然而去看了热闹的人回来直摇头，说是骗人的，根本没有挖出宝贝，只是挖出很小的古城基脚，还有一些坛坛罐罐。又过了半年，电视里播了，说逐鹿岭挖出的是五千多年前新石器时期的古城遗址，是迄今为止长江流域能够确认的时代最早、面积最大的原始社会晚期城址云云。

车到逐鹿岭已是十一点。在一片油菜花中间，有个三百米见方的土堆，土堆下面，立着一块大石碑，上面用朱漆描刻着"全国重点文物保护单位逐鹿岭遗址"，除此再无其他。公祭十二时整准点开始，每个团员胸前戴了花，又发了一支长盈三尺的高香，点燃高香，早早地按地位高低财富多寡排好了队。第一排站着的自然是市府的各级官员和寻根团的邹万林、毕光明等，市长站立在中间，其余人等在后面排了三排。十余名锣手、铗叶手、吹鼓手雁翅样分列两边，六门礼炮，一边三门，礼炮披红挂彩。一位道长，高冠道袍，手执拂尘站立中间。道长拂尘一挥，锣鼓喧天，似要把长眠在地下的祖先们都惊醒过来；道长再挥拂尘，锣鼓声立刻止住，道长开始用楚州腔唱来。王六一仔细听时，听道长唱道："去君之恒干，何为乎四方兮？舍君之乐处，而离彼不祥兮。魂兮归来，东方不可以讬兮……归来归来，不可以讬兮，魂兮归来，南方不可以止兮……"王六一的鼻子一酸，泪就下来了。心里默念着，归来归来，不可以讬兮，魂兮归来，南方不可以止兮。那边厢，道士边唱边围着那硕大的土堆缓步而行，市长紧随其后，一干人等手执高香，随了市长绕土堆缓步而行，如是三圈，众人按之前的次序站好。一直低声吟唱的道士突然拉高了腔调，高声唱道："……朱明承夜兮，时不可淹。皋兰被径兮，斯路渐。湛湛千里兮，上有枫。目极千里兮，伤心悲。魂兮归来，哀江南。魂兮归来，哀江南。"唱到第二遍"魂兮归来，哀江南"时，道士的声音先是响遏行云，又戛然而止。一挥拂尘，锣鼓铗叶齐鸣。"哐当哐当哐哐当"地响过一通之后，司仪宣称请市长致祭词。道士抹了一把额头的汗退到了一边。市长上前，掏出一张纸，照本宣科地读了起来，用的不再是楚州方言，而是普通话。祭词也不再是文言，而是白话文。大抵是讲了本市的历史之悠久，人文底蕴之丰厚，何年何月建县，何年何月建市，人口总量，经济现状，施政纲领等等。好在祭文不长，祭词念毕，"嗵嗵嗵嗵嗵嗵"六声炮响，震耳欲聋。市长在众人拥戴下，离开祭台上了小车，寻根团的一干人等也上了大巴。听说还有民俗表演，王六一本来想看完再走，但众人都走了，只好随行。在当地镇府用午餐间隙，电视台的又专访了邹、毕、赵三位老板和王六一，王六一就根的问题大谈了一通，从古人类的活动，一直侃侃谈到八十年代的寻根文学，再谈到他们这些在外的游子对根的感情和此次寻根的感受。晚上电视台播出时，几位老板谈家乡变化的颂词给了不少镜头，王六一谈文化和根的话，却只播出了最后几句。

参加完寻根团前两日的活动，后面两天的行程安排，主要是参观楚州十景之类，市府领导不再出面，文化旅游局派了工作人员陪同，老板们便个个归心似箭了。第三天，寻根团基本上就散了。王六一本来想早点回古琴镇的，冷如风说六一你无论如何不能走，你们都走，我这组织人太没面子了。王六一打趣道，人心散了，队伍不好带啊。还是给冷如风面子，参加了第三天的参观。第四天，本来还有活动安排，实在凑不出几个人，就取消了。整个寻根团的活动，不免有些虎头蛇尾。第四日清晨，王六一退房回古琴镇，大堂里遇见冷如风。冷如风说，我开车送你？王六一说，你也是归心似箭的。冷如风说，那你什么时候回广东？王六一说，再说吧。冷如风说，把票留下报销。

走出楚州酒店，王六一突然有了曲终人散的感觉，这几日的风光，一下子如过眼云烟，若南柯一梦，拉着行李箱走在细雨如织的楚州街头，突然觉得这一幕似曾经历过。打工这么多年，每次回到故乡，都有这样的感觉，一丝丝的温暖，一丝丝的失落，一丝丝的苦涩，一丝丝的愧疚，如同这雨脚一样交织在心头。就像此刻站在楚州街头，王六一突然觉得有些茫然，他不知道该往何处去。回古琴镇？回这些年来魂牵梦萦的烟村？烟村除了父母的坟茔还有什么？父母在的时候，烟村是他的家，每次回家，远远地能看到从屋顶升起的炊烟，心里都有莫名的感动。而这次回家呢？烟村还有他王六一的家么？一辆中巴从身边经过，售票员在喊：古琴镇，去古琴镇吗师傅，上车就走。王六一便上了车，车上空荡荡的只他一个客。王六一感觉有些冷，春天的楚州，尚有些料峭的春寒。他将身子抱在一起，靠窗坐着。这一刻，他是归人。

下

  这条路，王六一是熟悉的。当年他在楚州的建筑工地打工，经常骑自行车往返于这条公路。只不过当时这条路铺着青黑的沥青，下雨滑不溜秋，出太阳，自行车走在上面，发出吱吱的响声。那时他是多么喜欢骑着自行车，走在从烟村到楚州的路上，那时的楚州，在他的心目中，就是另一种文明，是他的向往。这条路，又让王六一感觉到陌生，在他的记忆中，这条路是那么的宽阔、整洁，怎么现在感觉变得又破又窄了？是记忆出了差错，还是感觉出了差错？中巴离开楚州就驶上了长江大堤，这里是长江最著名的九曲回肠，公路随着江流的婉转而曲折，江堤外的风景，也是王六一陌生的。在他的记忆中，江边的防护林全是高大的柳树，春天，江堤边最早发出春的消息，七九八九，河边看柳。其他树木还在沉睡时，干堤边已是柳色遥看近却无了。一场春雨过后，女人们会从柳林里采到鲜美的蘑菇。夏天涨水，柳树泡在水中，渔人沿江摆开了罾，孩子们经过就喊，扳大罾，扳小罾，扳个鲤鱼十八斤。遇上要起风下雨，江中会出现一群群的江豚，在水里一下子钻进去，一下子又钻出来。村里人说，这是江猪拜风，是要下雨了。柳树的生命力是顽强的，一个夏天，淹在水中两个月，水退下去，树身上到处长满了须根，水没到哪里，须根就长到哪里。秋天，站在江边，你能看到杜甫的诗句"无边落木萧萧下，不尽长江滚滚来"。冬天，一夜寒风，第二天清晨，父母就会早早起来，喊醒了睡梦中的孩子，说昨晚刮风了，去柳树林里捡树枝去。果然，树林里许多刮断的枯枝，成了这个冬天家家灶中的硬柴……现在，柳树没有了，江堤两岸全是速生的意大利杨。

拐下江堤就是古琴镇。江堤边上立了一尊雕塑，一人抚琴，一人倾听。上书四个红字：高山流水。据说，这里是当年伯牙子期高山流水一曲琴心知己的发生地，古琴镇也因此而得名。可惜的是，这雕塑实在太过粗糙随意，全然没有传达出高山流水的意境。车到这里，也就到了终点。王六一就在小镇信步，小镇全然没有了记忆中的样子，他甚至找不到从古琴镇通往烟村的路口。去问路，被问的人打量着他，说：打工回来的？王六一说：嗯哪。那人说：好多年没有回来了吧。王六一说：好多年了。那人给指了路，说现在从古琴到烟村不通中巴了，要打摩的。王六一便叫了一辆摩托。从古琴镇到烟村的路，倒比王六一记忆中的要好了许多，过去那条坑坑洼洼的石子路变成了水泥路，十里的路程，一会儿工夫就到了。烟村是有一条小街的，二十余户商铺面对面排了。王六一在小街下了摩托，闻到一股古怪的气味，张目四处寻找气味的来源，也没有寻到，便去了一家小商店买上坟的纸钱和鞭炮。

小店的老板赵伯，王六一是认识的，于是喊赵伯伯好。赵伯盯着王六一看了好半天，没有认出来。王六一说：伯伯不认得我了？我是六一，王德高的崽。赵伯这才认出来，惊道：六一呀，高了，胖了，我都不认得了。这些年在外面发大财了吧。王六一说：惭愧得紧，发什么财，打工混口饭吃罢了。赵伯说：好多年没有回来了吧。王六一说：好多年了。赵伯就扯开喉咙喊他屋里的。赵伯母在里屋打麻将，听见赵伯扯了嗓子喊，不高兴地回道：死老头子，尖了嗓子汪么事汪。赵伯说：你出来看呀，来稀客了呢。赵伯母在里面回：稀客，有多稀？赵伯说：德高的崽六一回来了。赵伯母说：德高的崽？当记者的那个？我打完这牌，听牌了，大和呢。王六一高声说：伯母您打牌，别管我。又对赵伯说：开春了，怎么不见田堤里有人干活，倒是家家都在打麻将呢？赵伯说：不打麻将干吗去呢，这地也种不出东西了，人都喝有毒的水，活一天就快活一天吧。王六一不明白赵伯这话是什么意思，正要问他，里面赵伯母在高声喊和了清一色带自摸。一阵麻将声后，随着赵伯母，鱼贯出来三个老头老太太。都是王六一认得的，一一打了招呼。都惊叹，说王六一长得白胖了，这城里的水就是养人，又说六一的爹娘没福气，儿子出息了，两个老家伙却见不到，也享不到福。又七嘴八舌地问王六一挣了多少钱，有一千万了吧？又问，听说你当作家，写一个字就要赚一块钱？那一天得写多少钱啊？赵伯伯就说，作家算什么，人家六一是记者，记者是见官大一级的。王六一说：我哪里有这么大的权力。其中一个伯伯说，我当年就说六一要出息的，你看他那耳朵，那么大。大耳朵，往前罩，不骑马，就坐轿……说话间，赵伯把王六一要的香烛、鞭炮、火纸都包好了，王六一和老人们一一告别。

原本以为这些年在外打工，一没当官二没发财，家乡都没人记得他了，没想到，在家乡人的传说中，他成为了见官大一级的人物，成了写一个字就能赚一块钱的千万富翁。虽说这些赞美与夸耀有些言过其实不着边际，王六一还是觉得很受用，想到父母要是还在，能看到他的今天该有多好。人生最大的悲剧，莫过于子欲养而亲不在。这样一想时，脚下的步子就加快了。他得先回家看看，然后去父母的坟头给父母磕头。

走到离家不远的路口就没路了，苦艾齐膝，野草疯长。六一一手提行李，一手拎了鞭炮纸钱，只好拿脚先把苦艾蹚开慢慢往前走，连日的阴雨，艾草上缀满了水珠，才走三五米远，裤管已湿透，鞋里也进了水。空气中弥漫着苦艾的芬芳，王六一干脆不管不顾，就这样蹚进了齐腰深的苦艾中。又有十几米，转过一间欲倒的房屋，那是邻居吴小伟的家，吴家门口荒草萋萋，大门敞开，屋里空空荡荡，蛛网结尘，一看就是多年无人居住了。几年前回家，听说他们一家三口去了温州打工，想来还在那里吧。转过吴家屋角，就见着自己的家了。家还是那个家，只是已经破败，屋顶中间塌了下去，几根巨大的竹突破了屋顶穿堂而出，荒草苦艾一直蔓延到了台阶上，铺过水泥的台阶被蹿出来的竹根顶得七拱八翘。王六一小心翼翼地走过去，放下行李和纸钱，堂屋门是用铁链锁上了的，当年离开家的时候，把钥匙交给了堂兄王中秋保管。锁已然生锈，想来有钥匙也无用了。王六一推了门，侧着身从门缝挤了进去，不想却罩了一头的蛛网，拿手扒拉了半天，总感觉脸上还有，一股潮湿的气味扑面而来。王六一站在堂屋，待了半晌，又去数了数屋里的竹,大大小小,共有十一根。又去看了自己住过的东厢房,床还在,上面积满厚厚的尘土,一口黑漆的脚箱,是他当年用过的书桌兼衣柜了。王六一小心揭开箱子,里面居然还有一些书,找出来看时,是他读过的初中课本,扔回箱子里,又退出来,去看父母住过的西厢房,屋里的摆设,一如当年安葬完父亲后离家时的模样,只是积满了尘土和雨水,木头散发着霉腐的味道。又去看了厨房,看了猪屋。从外面转到大门口时,突然看见屋台下的田埂上站了一个瘦黑的人影,王六一骇了一跳。那人就扯开了嗓子喊:是六一啵。王六一辨出是堂嫂李冬梅的声音,就答是的哩。李冬梅就快步地走了过来,边走边说,我刚才在街上听说你回来了,一想你肯定是回屋里来看了,就赶了过来。说话间,就到了门前。

王六一说:我哥还在学校么?

李冬梅说:学什么校,学校都没有了,你哥早就没教书啦。

王六一说:学校没有了?

李冬梅说:现在村里都没几个伢子读书了,乡里的中小学都撤了,学生都集中在镇里上学。有门路的老师就转到镇里教书,他又没门没路,见了当官的也不会服个软说句好听的话,拿了万把块钱的补贴就回家吃老米饭了。

王六一说:我哥会种地么?

李冬梅说:种什么地,整天闹事,弄得村里镇里当官的个个恨不得拿刀剁了他。

王六一说:我哥还是那样啊,从前他总是给我寄材料,打电话,让我给他曝光村里镇里的事,我劝他好多回了,后来再没找我,以为他改了的。

李冬梅说:改?狗改了吃屎他也改不了这脾气。他自己说他是什么,什么词来的,我想想……李冬梅说,对了,说他是意见领袖!

王六一没想到堂兄王中秋以意见领袖自诩,愣了一下,笑道:我哥胸怀大志。

李冬梅说:大什么志,告状能当饭吃?他是一年要闹一档子事的,去年带头查村里的账,硬是把当了十几年的老书记查下去了,今年又带头反对化工厂开工，去镇里告，去市里告，人家理都懒得理他。说实话，这化工厂开到村子里的确是个害人的事，只要一开工，周边几里都闻得到怪味，周围水田都不能种水稻了，沾了水痒得要死，现在都改旱田了。原来吃水是到沟里挑上来就能喝，现在家家都打了井，要吃地下水。可是你想人家化工厂的老板那么多钱投到厂子里了，你一个枯老百姓，说不让人家开工人家就不开工了？

王六一说：我哥这是堂吉诃德。

李冬梅说：堂什么德？是个什么来的？

王六一说：……英雄。

李冬梅说：他这哪里是英雄，分明是傻子。我是操心他这样下去迟早要吃亏。江北那边去年也是一家化工厂要建到村里，村里的人都反对，结果化工厂请了几十个打手，到村里见人就打，打伤了几十人，后来再没人敢反对了。

一席话，说得王六一脊背发凉。

李冬梅说：六一你一会儿去我家吃饭啊，我去找你哥去，这两天，他带了人堵在化工厂门口，把进出化工厂的路给挖了，我担心他要出事。你回来了正好，我去叫他，说你回来了，他准会回来吃饭的。中午你们兄弟俩好好喝几盅，你也帮我劝劝你哥，他再不改，这日子，我真是没办法和他过下去了。

王六一说：放心吧，我会劝劝我哥的，我给爹娘上完坟就去你那里。

李冬梅说：还认得他们的坟山啵？

王六一说，应该认得的吧。

李冬梅说：那我去找你哥了。

李冬梅说完风风火火地走了。

穿过竹林，来到后山，王六一傻了眼，他离家时，后山只是葬了十几座坟的，现在居然葬了密密麻麻的一片，一时间，真的认不出父母的坟在哪里了。于是又在心底里把自己的不孝骂了一遍，开始凭着记忆仔细辨认，父母的坟是合葬的，本想这容易认，合葬的坟比独葬的要大，殊不知多年未给坟培土，早塌下去了。站在那里发了一会儿呆，觉得从每一座坟山里都飘出了一个鬼魂，缥缥缈缈地在眼前晃动，边晃动边发出尖刻的讥笑，说你这个不孝的东西，连父母的坟山都找不到了，还有什么脸活在这世上。王六一定了定神，知道这不过是幻觉，依然骇出了一身冷汗，好在终于凭记忆找到了父母的坟头，开始着手清理坟山上的苦艾，弄得一身都是泥巴和艾汁。清理的时候，王六一就想到父母托的那个梦，格外留意有没有鼠洞之类，却没找到。只是在清理完了苦艾荒草后，发现在父母的坟头钉着两根木头橛子，木头橛子上用油漆画了一些符咒。王六一用力把两根木头橛子拔起，橛子头削得尖尖的，钉进泥土足有一尺多深。王六一顿时愤怒了起来，这是有人在他父母的坟山上钉"桃木桩"了。在楚州乡下，谁家要有人得了难治之症久医无效，会去请马角作法。马角通灵，能直接和鬼神对话，作法之后，便得鬼魂附体，说话的声音语调，全然是某个死者的声音，说出一些不为人知的故事来，指出是哪一个死鬼缠住了病人，这时就得削了"桃木桩"，画上符咒，钉在那死鬼的坟头，病人的病就会慢慢好转。而那被钉的人家，却会家宅不安。或者是有仇家，怨恨对手，又苦于报仇无门，就偷偷地在其祖坟上钉下"桃木桩"诅咒。王六一并不相信"桃木桩"的法力，只是觉得愤怒。在烟村，本是赵、陈、马三大姓的天下，王姓是小姓，总是被人欺的。父母在世时，是十足的老好人，在村里从来不高声说话，低声下气过了一辈子，没想到死后还被人钉了"桃木桩"。王六一突然觉得，这么多年过去了，故乡终究是落后而愚昧的，当年逃离故乡，不正是向往着外面世界的文明与先进么。然而在外面久了，又是那么厌恶外面世界的复杂与浮躁，在回忆中把故乡想象成了世外桃源。王六一奋力将两根"桃木桩"扔山下，点上香烛纸钱，祭了清明旗，放了鞭炮。鞭炮声中，王六一双膝跪在父母坟前，深深磕了三个头。

默念：父母在上，不孝孩儿六一给您磕头了。

想：我的古琴镇，我的烟村，我要再一次逃离你了。

想：去见过堂兄，下午就回楚州，立刻买票回广东。

想：落叶归根，将来我是无根可归的。

想：这一别，又不知何年何月再给父母烧香磕头……

那一刻，王六一觉得，此次回家寻根，根没寻到，倒把对根的情感给斩断了。

我是一个没有故乡的人，王六一想，我真的成为了一缕飘荡在城乡之间的离魂。这样想时，王六一觉得自己当真是一个可怜的人，但这可怜，却是不为人知、不为人懂的可怜。王六一便觉出了无边的孤独。

完成这一切，王六一心情既沉重，又轻松。背着行李去了堂兄王中秋的家。王中秋的家是在另一座小山丘的背面，转过一些弯弯曲曲的田埂，一路上惹得人家的狗叫鸡飞，路倒不远，也就是十来分钟就到了。堂兄家门紧锁，想来堂嫂李冬梅是去寻王中秋未归，就放下行李，在王中秋围前屋后转了一圈。王中秋的家，依然是过去的那三间红砖瓦房，在周围二层三层的楼房对比下，显得格外的破败寒酸。这些年，堂兄的家境是大不如前了。之前堂兄在中学当老师，日不晒雨不淋的，每个月还有工资拿，家境比大多数村民殷实，堂兄家盖起这红砖瓦房时，好多村民家还是土砖房，那时的堂兄，走在村里，是受人尊敬的王老师。二十多年教师生涯，王老师育人多矣，往年那尊师的传统还在，王老师的学生，有读了大学的，回到村里，还会来看望他这老师。想着这些往事，王六一很有些想念这堂兄了，想着早点见到他。从堂嫂嘴里冒出的意见领袖几个字，给了王六一极大的震动，也让他对堂兄多了几分陌生，几分好奇，也就盼着王中秋早点回来。等待的时间最为缓慢，眼看中午，人家的公鸡打起了午鸣，还不见堂兄堂嫂回来，王六一觉得有些犯困，就坐在门槛上打起了盹。

也不知睡了多久，王六一感觉有人走了过来，以为是堂兄堂嫂回来了，睁开眼一看时，却见天已黑严实，天空一轮清亮的月，冷冷发着光华，两条黑影，直直站在了他的面前。抬头一看，却是他的父母。父亲说：你还有心思打瞌睡，人家欺侮到你爹妈的头上来了，你倒是屁也不放一个。母亲说：不要怪儿子，他这不是帮我们把房子修好了么，还给了这么多的钱，八辈子都花不完。父亲说：花不完，物价涨得飞快，钱和纸一样的贱。母亲说：花完了咱再问儿子要。父亲说：光给钱有什么用，人家拿桃木桩钉我们了，这小子屁也不放一个。王六一便说：父亲大人，您告诉我是谁做这缺德事了，我一定给您出这口气。父亲就说：好，这才是我儿，跟我来吧，我带你去找仇人。王六一就跟了父母走。父母走得极快，王六一跟得寸步不离。走着走着，王六一突然灵醒了，父母是早故去了的，这分明是在梦中，便拿手去掐自己，一掐，有痛感，想，原来不是梦，这是真的了，难不成父母原来并没有死？于是问父母亲，说我明明记得二老是故去了的。父亲脚步不停，边走边说，混账东西，你是盼着我们两个老鬼早点死吧。王六一说，可我分明记得你们是死了的。母亲说：我儿，你定是做梦梦见我们死了。王六一便幸福得流下了眼泪，说，儿子一直恨自己，这些年只顾自己奋斗，没能顾得上父母，结果是子欲养而亲不在，没想到这只是梦，原来父母还健在的，这真是太好了，孩儿要接了二老去享福的。父亲却喝道：你少信口开河，先帮我们出了这口恶气再说。王六一跟了父母走走停停，也不知走了多久，就走到了一户人家门前。三人立在人家大门口，父亲伸手敲门，敲了半天，屋里亮起了灯，一阵脚步响，隔着门传来一个老头的声音，尖着嗓子问是哪个？父亲不说话，只是敲。门吱的一声，开了道缝。过了一会儿，听见屋里的老头说：德高，你这个死鬼，半夜三更的，跑这里来搞么事。父亲说：马老倌，你我往日无冤，近日无仇，你干吗要对我们下这样的狠手？马老倌说：你这说的是什么话？父亲说：什么话你不清楚？你别装了。想当初，你家里口粮不够，问我来借，我可曾让你空手回去过一次？马老倌说：不曾。你盖房子起这屋，请我来帮忙，我说过二话不曾？马老倌说：不曾。父亲说：这么多年，我们两家红过脸不曾？马老倌说：不曾。父亲说：那你还害我们，想把我们钉死，永世不得超生？马老倌说：这也怪不得我，马角说是你俩作祟，害得我儿得了不治之症。父亲说：既是为了你儿，那叫你儿出来跟我们走。马老倌说：你们两个死鬼，死了这么多年还不早投胎，想把我儿带走？门都没有。说着回屋里去了，过了一会儿，又回到了门口，手里拿着一根黑乎乎的东西，厉声道：死鬼，你看清这是什么！桃木剑，专斩厉鬼。六一父母双双往后退，说：好，好，很好，早晚这几天，把你儿带走。又说：我儿，你记清了，这就是我们的仇人。王六一说：记得了。父亲说：我们走。王六一怯怯地问：这是要带孩儿到哪里去。父母也不言语，只是转身就走，走过一段土路，就是一条水泥路，月光下，水泥路发着白生生的光。父母在前面走，王六一在后面跟，看看走了有十来分钟，眼前就现出了白森森的湖。父母停下了脚步。王六一说：父亲大人，母亲大人，二老带孩儿到此，不知是何用意？

母亲不说话。父亲说：我儿，你看着眼前这湖。王六一说：父亲大人，我在看。父亲说：你看到了什么？王六一说：看到了湖。父亲说：你再看，睁大了眼仔细看。王六一就睁大了眼仔细看，可看到的还是湖。父亲冷笑了一声，说：你看这湖里有甚？王六一就看湖水，看见许多如烟如雾的东西在游动，却不知是何物。父亲说：我儿，这些东西是鱼，是虾，是乌龟，是蛤蟆的魂。我儿，为父和你母亲要走了。说罢拉着母亲的手，纵身一跃，无声无息地跳入湖水中，渐渐地化成了一缕如烟如雾的东西。王六一叫：父亲大人，母亲大人，父亲，母亲，父，母……然而父母已然消逝。王六一心中大悲，一直以为父母死了，原来是一梦，好不容易有了回报父母的机会，父母却又跳进水中消逝了。一时心痛欲裂，不禁放声大哭。却听见有人叫他：六一，六一。

王六一蓦地惊醒，却见堂嫂哭着在叫他。梦中之事，便忘了十之七八。王六一道：嫂子你这是怎么啦？你哭什么，中秋哥呢，中秋哥怎么没回？

堂嫂越发哭得厉害了。

王六一说：嫂子你别哭呀，你倒是说话。

堂嫂说：六一，你可一定要救你哥，说了不让他闹事，偏不听我的，这下闹出事来了，六一，你一定要救你哥，你是作家，你是记者，你上过楚州的电视，市长都知道你的。

王六一说：嫂子你别急，有事慢慢说。

堂嫂这才抹了一把鼻涕眼泪，止住了哭，说：你哥被派出所抓走了。

原来王中秋这几天带了村民去化工厂闹事，把进出化工厂的路也挖了，弄得化工厂进不了货也出不了货。今天化工厂就派了工人填路，这厢要填，那厢要挖，拉拉扯扯地就打了起来。刚动手，派出所的就来了，闹事的村民一看派出所来了都跑，化工厂的人也跑，就王中秋不跑，说是化工厂的人先动的手，怎么抓他还要怎么放他，派出所的就一铐子把他铐走了。

王六一倒是冷静，说：嫂子不用怕，中秋哥这是为了村民的利益，派出所不敢把他怎么样。

堂嫂说：我是怕他们打你哥。

王六一冷笑道：谅他们不敢。

堂嫂说：有什么不敢，抓进派出所，不死也脱一层皮。

王六一说：我想想办法。

王六一一时也没有什么办法。他十多岁就出门打工了，这些年虽说在外面挣得了一些名声，可是在故乡却没什么人脉，想找熟人帮忙也找不上。拿出名片来，一张张翻看。市长倒是知道他的，也说过有困难就找他，但市长说的是客气话，哪能真为了这点事去找市长？其他一些老板，也许有人能帮得上忙，只是这几天的寻根团活动，他和老板们交流甚少，他甚至是有些倨傲的，有了事就去求别人，人家未必愿意帮。想来想去，只有冷如风毕光明或能帮上，于是先给冷如风打电话，问冷如风在楚州有没有公安这条线的朋友。冷如风问王六一什么事，王六一便把王中秋的事说了。冷如风说他没有这方面的朋友，但他可以托朋友再想想办法，又说派出所抓了人是肯定要放的，就怕把王中秋和其他犯人关在一起，少不了要吃哑巴亏，还是抓紧想办法才是。又说你干吗不找毕光明，毕光明是古琴镇出来的大老板，和市里镇里关系非同一般，他出面，一个电话就解决了。王六一连连称是。挂了电话，又给毕光明打电话，却无人接听。

王六一打电话时，堂嫂就眼巴巴地盯着，见王六一挂了电话，紧张地问找到熟人帮忙了没。王六一说朋友在想办法，劝堂嫂别急，他先去派出所看看，也许报上自己的姓名，亮明身份，可以管一些用，就算不能把堂兄捞出来，也可让王中秋少受皮肉之苦。当即让堂嫂去租了辆摩托车，他先去镇里，让堂嫂在家里等着，堂嫂说她在家里哪里待得了，还是一起去派出所的好。王六一把行李收进了家，又把沾了泥土雨水艾汁的衣服换了，又从行李里拿了一本他写的书，两人坐了摩托去古琴镇，直奔派出所而去。到派出所，王六一直接去敲响了所长的办公室。听见里面有人喊请进，推了门，见一黑胖的中年警察正在打电话，便站在门口候着，黑胖警察捂住电话，问王六一找谁。王六一脸上做出了笑，说，找您。黑胖警察和电话那边小声说了几句便挂了，王六一这才走到他的办公桌边。黑胖警察盯着王六一，冷冷地问：什么事？王六一便掏出名片递了过去，黑胖警察接过名片瞟了一眼，说，作协会员？记者？指了指办公桌对面的椅子，说，坐，找我有什么事？王六一原本以为警察看了他的名片，会说原来是王大作家，幸会幸会。如果那样就好办了，但从这警察的表情来看，人家压根儿就没听说过他王六一，倒是警惕地问王六一，说没有接到上级的通知是不接受任何采访的。王六一只好自我介绍了起来，说他不是来采访的，他是烟村人，这次随了寻根团回乡参加市里的活动。王六一的意思，你没听说过我王六一，总不至于连寻根团回乡这样的大新闻都没有听说过吧。果然，黑胖警察脸上的警惕有所缓和，说，原来是回乡的大老板，找我有什么事。

王六一说：我不是老板，只是一个记者。

黑胖警察说：总之是成功人士，这次回来很威风哦，市五套班子都出面了呢。

王六一听黑胖警察这样说，心里稍落定了一些，说：是啊，书记市长是很给面子的，上次市长去广东，还是我们接待的呢。

王六一故意强调了他和市长早就认识，还把市长宴请一干老板说成是他接待市长，处处在暗示着他是有来历的。果然黑胖警察站了起来，给王六一倒了一杯茶，又掏出了名片给王六一，原来这警察姓黄，王六一说，原来是黄所长。

黄所长说：王记者来派出所，是要办什么事吧。

王六一就说：我这次来，真的是有一事相求。

黄所长说：什么事？

王六一说：是为我哥来的。

黄所长说：你哥？

王六一说：我哥叫王中秋，你们今天……

话还没有说完，黄所长就伸出手来做出了让王六一打住的手势，说：别的事都好办，王中秋的事，难。

王六一说：我哥是为了村民的利益。

黄所长说：你不用说，我比你清楚。

说着站了起来，有端茶送客的意思了。

王六一说：真的不能通融？

黄所长说：咱们真人面前不说假话，你哥不是我想抓就抓的，也不是我说放就能放的，他涉及到我们古琴镇的投资环境。

王六一知道事情没有想象的那么简单了，便退了一步道：我理解黄所长的意思，也不会让您为难。不过，能否让我见一见我哥。

黄所长迟疑了一下，拿起电话叫来了另一个警察，问化工厂的案子现在审得怎么样了。警察看了一眼王六一，说，还在录口供，有点难啃。黄所长说那你去吧，文明一点。那警察又看了一眼王六一，转身出去了。黄所长说：不是我不帮你，现在正在录口供。王六一听黄所长对警察说文明一点时，感觉皮肉像被电流击中了一般，浑身的毛发都竖了起来。强忍了心中的愤怒，说：真是太麻烦您了黄所长，不过我哥没有犯法，相信你们会还他一个公道的。又说，我也相信你们会依法办事，化工厂和村民之间的利益冲突，如果解决不好，把事情闹大了，闹得全国都关注了，可能到时连市长都不好下台。说这话，是在暗示黄所长不要乱来，否则他要把这事捅出去的。黄所长脸上的肌肉跳了一跳，说，我的话已说得很明白了，王记者你放心，我不会为难你哥的。又说，你明天再来听消息吧。说着起身送客。王六一便从背包里摸出了他的书，恭恭敬敬地写上了"敬请黄所长指正　王六一"的字样。双手递给黄所长，说，我写的书，请所长多批评。黄所长接过书，翻了翻，笑道：没想到咱们古琴镇出了个作家，我这是第一次和作家打交道呢。说着送王六一出了办公室，握手作别时又说：你放心，王中秋在我们这里，我会尽力关照的。

站在派出所的大院里，王六一无端地觉得寒意彻骨。堂嫂急切地问：六一，所长怎么说？王六一说：你放心吧，所长说了，不会为难我哥的。又打毕光明的电话，毕光明的电话却关机了。翻出市长的名片，把号码一一输入了，想想觉得打了也没有用，终是没有打过去。一时倒也急得没有了主意，也觉出了自己的无能。只好对堂嫂说，我们回家去吧，所长说了让我们明天来听消息。堂嫂听罢，又哭了起来，王六一安慰堂嫂，说他们不敢把中秋哥怎么样的，真要是敢胡来，他是绝不会袖手旁观的。堂嫂听王六一说得坚决，遂止住了哭泣。王六一说，嫂子你还没有吃中饭吧，这天都快黑了，我们找个馆子吃点东西。堂嫂说她不想吃，吃不下。王六一说：越是这时候越要坚强的，哪能不吃饭呢？找了一家饭馆，吃完面天就黑了下来。王六一说：嫂子，我们先回家吧。堂嫂说：我们再去派出所看看吧，再去求求所长，能见你哥一面我才安心的。王六一只好依了堂嫂，再去派出所时，所长的办公室已锁，再去求别人，都是一问三不知。王六一便打了所长的电话，所长一听是王六一，说他现在在去市里开会的路上，有事明天再说，匆匆挂了电话。

放春风，下夜雨，这是楚州春天最常见的天气，白天阴了一天，天擦黑时，又下起了雨，雨越下越大，两人租了辆带篷的三轮回到烟村时，天就已黑严实了。家家的屋里亮起了灯火，王中秋的家，在夜雨中，显得格外的凄凉。一群鸡缩在门口的走廊里，见到女主人归来，扑扑翅膀围了过来。堂嫂开了门，舀了瘪谷喂了鸡，也不开灯，就坐在堂屋门口，看着门口的鸡吃谷，发呆。王六一也不知说什么是好，陪了嫂子呆坐。这样坐了足有半个小时，鸡们吃饱回鸡笼了，堂嫂这才拉亮了灯，去厨房烧水，打来让王六一洗脸洗脚，又新铺了一张床，让王六一早点休息。王六一洗了脚，见堂嫂又坐在门口发呆，便陪堂嫂坐，问堂嫂，王正在外面怎么样。王正是王中秋的独子，高中毕业后也出去打工了。堂嫂说：也是让人不省心的，在温州打工，一年到头，一分钱都没往家里寄，前年回家，到了市里，一分钱都没有了，还打个的士回来让你哥给他付的士钱，气得你哥把他臭骂了一顿。去年过年，说是余了两千块钱的，结果在回来的长途车上被人骗了，又是一分没挣着，走的时候还让我们搭路费。王六一说：正正还小，我当初出门打工时，不也是这样的么。堂嫂说：你哥又是这样一个臭脾气，一天到晚斗来斗去的，就说这化工厂吧，害人是害人，可我们住得远，脏水又不会流到我们的田里，你说他出头干吗？再说了，当时化工厂是想请你哥上班的，说了一个月一千二百块的工资，又不用让他去做生产，说他是个文化人，让他管收货发货就行，可是这贱东西不干，说不挣这昧良心的钱，你不挣大把人抢着挣。

王六一说：嫂子你是说化工厂修在这里，也不是所有的人都反对的。

堂嫂说：家里有人在厂里打工的当然不反对，所以你哥得罪的不止化工厂的老板，村里好多人都恨他，你哥带头闹事弄得他们停工，停工就没有工钱。

王六一说：那我哥带头去闹事，他想干吗呢？

堂嫂说：鬼晓得他怎么想的，村里人都笑他，说他是一块茅坑里的石头，又臭又硬。

王六一说：我是能理解中秋哥的。我年轻的时候，也曾经和他一样的脾气。记得有一年，村里修堤，为了抢进度，号召家家户户带上稻草填在堤里，我也去告状了的，结果村里修的那段堤被勒令返工，我也因此得罪了全村的人，后来村干部到我家来，吓得我父亲不停地给村干部赔罪，又让我给村干部赔罪，我死活不肯，父亲就骂我，说你这个不知天高地厚的东西，老子今天打死你了干净。抄起了一把椅子朝我劈过来，我也没有躲，椅子正好劈在我的肩膀上，我还是不服，说我没有错，你们打死我也不认错。村干部见我父亲下死手，也不好意思再找我们家的麻烦，倒是拉住了我父亲的手，说孩子不懂事，教育一下就得了。

堂嫂说：我听你哥说起过这事的。你们这一家人啊，都是这样的犟筋。

门外雨越下越大，王六一的心里，却升起了无限感慨。当年和父亲爆发这次冲突后，他对故乡是失望了，觉得这乡村是个让人窒息的铁屋子，他要挣出铁屋子。过完年，他就背上行李出门打工了，他也因此成了烟村最早出门的打工者。离开楚州前，他是发了誓的，不混出个人样来绝不回故乡。他到楚州和恩师夏子君先生作别，对先生说了他告状挨打的事。先生说，你要远行，我无物相赠，送一幅字给你做纪念吧。说罢在宣纸上铁划银钩地写道："锋芒熠熠刺云层，方正羞与世俗朋。一入江河经浪击，渐磨圆滑渐无棱。"落款写道："六一小友出门远行，抄友人咏卵石诗一首共勉。"当时的他，并未能理解先生的用心。在外打工的日子，每逢阴雨天，当他的肩膀隐隐作痛时，他会想到故乡，想到父亲用椅子砸他的一幕，想到先生送他的诗，渐渐品出了一丝苦涩与无奈。多年的打工生活，磨去了他性格中的棱角与锋芒，他早已成为一块圆滑的卵石。悲哀像屋外的雨水一样漫了过来，为自己，更为堂兄王中秋。这边正在感叹，却听见远远的传来了吵架的声音。王六一站到门口张望，说这么晚了，谁家在吵架？堂嫂就站到了门口侧耳倾听，说好像是马有贵的老倌子在骂娘呢。骂声断断续续，听得不太真切。王六一感叹了一回，突然想起白天做的那个梦，梦见父母说马有贵的爹是他们的仇人，想，得空去马有贵家一趟。盯着屋外漆黑的夜，叔嫂二人都没有话，只有夜凉如水，寒意袭人。如是又呆坐了足有一个小时，王六一不停拨打毕光明的电话，仍旧是关机。遂上床睡觉了，刚合眼，手机响了，惊得从床上弹起，以为是毕光明打回来的，接过一看，却是马有贵的电话。电话里的马有贵声音更加低沉了。

马有贵说：六一，你能不能来我家一趟。

王六一说：怎么啦有贵？我听见你家里在吵架。

马有贵停了一会儿，说：你能来一趟我家吗？

王六一迟疑了一下，说：现在，下这么大的雨，我都睡下了。

又说了王中秋的事，说明天还要去镇里捞王中秋呢，有什么事电话里说好了。

马有贵说：……

王六一说：我把中秋的事处理好了再来看你。

马有贵说：……

王六一说：有贵你怎么啦，怎么不说话？

马有贵说：我老婆孩子，我对不起他们。

王六一说：这又不能怪你。

马有贵说：……六一——

王六一说：你说。

马有贵说：你是个好人。

说着挂了电话。王六一刚刚袭上来的瞌睡，被这一折腾，全然没有了。黑暗中，听着屋外的雨声，脑子里却水洗一样的清醒，直到遥遥地听见鸡叫声，才迷迷糊糊地睡着。刚入睡，却又做了一个梦，梦见马有贵赤条条的一言不发站在他床前。王六一吓了一跳，说有贵你怎么来了？马有贵说：六一，我是来和你告别的。王六一说：告别？你这是要到哪里去？马有贵说：从哪里来就到哪里去。王六一说：你怎么没有穿衣服？马有贵说：六一，亏你还是写书之人，怎生如此愚钝，我们来时，可曾穿了一根纱来？王六一说：未曾。马有贵说：这就对了。又说，这么多年来，多蒙你关照，我见你也是个有慧根的人，此番临走，我特来提醒你，世间万事，莫过于天道。天之道，损有余而补不足……突然跳出两个青面小鬼，说时间到了，一铁索锁了马有贵的脖子，一阵风样走得没了影踪。王六一也从梦中惊醒过来，看看时间，正是凌晨五点。再没了睡意，想这梦做得古怪，打马有贵的手机，手机关了机，顿觉一丝寒意，从背后直沁心肺。就这样睁着眼望着屋顶到天亮，听见堂嫂起床开门的声音，王六一也穿衣起床。其时风雨已住，门前的水田里积满了雨水，一眼望去白茫茫一片。

堂嫂说：起这么早？

王六一说：睡不着。

堂嫂说：我也是一晚没有合眼。

草草吃过早餐，王六一依然带了两本他写的书，叔嫂二人早早租摩托车到古琴镇派出所，派出所的大门紧闭，还没到上班的时候。王六一又拨打毕光明的电话，这次居然一拨就通了。王六一激动地说毕总可联系上你了，昨天到今天打了好多次电话。毕光明说回来几天，天天应付不完的饭局，昨天回家陪父母，不想被打扰，就关了手机。问王六一有什么事。王六一便把王中秋被派出所抓了的事说了，说毕总你在古琴镇人脉广，请您一定要帮这个忙。毕光明连声说怎么会这样，我还说明天来烟村看老同学的呢。又说，我在镇府里还是有些熟人的，我打声招呼，想来他们也不会驳我的面子。只是中秋这样做，也的确有欠妥的地方，你想想，我们古琴镇要发展靠什么，靠这几亩薄田？当然要靠工业。办工业就要招商引资，村民如果这样闹事，影响的是投资环境，投资环境不好，谁还敢来投资？他这样的行为，往小里说是无知，往大里说，是古琴镇的罪人。

王六一不停地说：就是，就是，我哥这些年待在家里，对外面的世界不了解，他想问题就是一根筋，这是拐进死胡同里了，当了罪人，还以为自己是英雄呢。

毕光明说：你可要好好劝劝中秋。

又说我这就给镇长打电话，你等我的电话。

挂了电话，王六一兴奋地对堂嫂说，这下好了，毕总答应帮忙，中秋哥就没事了。堂嫂一听，哇地又哭了起来，说这死东西，就不该求人捞他，让他坐几天牢，他就晓得厉害了。等了有十多分钟，毕光明的电话打过来了。王六一说：毕总，镇长怎么说？毕光明说：我对镇长说了中秋的事，镇长开始说王中秋的事不好办，说他破坏古琴镇的投资环境，政府正要拿他做典型杀一儆百的。我又对他说了，说中秋是我的老同学，又说他弟弟是记者，和市长都有交情，镇长这才说让你九点钟去他的办公室找他。听他的口气，应该是没问题的吧，他就算不给我毕光明面子，也要给你面子呀。王六一说：谢谢毕总，自然是给毕总面子，我算老几，回到家乡，当真是两眼一抹黑。

　　有了毕光明这边的回音，王六一悬着的心才算放了下来。看看时间，不到八点。想到要去见镇长，总得有个见面礼。买点烟酒之类的，提着进政府的办公室也不太好。再说也不知这镇长的脾气，要真遇到一个清正廉洁的镇长，反倒显得尴尬，便又打电话给毕光明，问这镇长是什么性格，去见镇长要不要送点烟酒之类的。毕光明说：千万别这样，这个周镇长，最是百里挑一难得一见清正廉洁一心为民的好官，毕业于名牌大学，放着大城市的单位不去，一心到基层做实事的。王六一说，那我心里就有数了。又问了镇长的大名，说到时送一本书给镇长。毕光明说，送你的书是最好不过，把镇长的名字都报给了王六一，王六一便恭敬地写了敬请某某镇长指正之类的话。去到镇政府门口，看看等到八点五十五分，让堂嫂在镇府门口候着，他独自去找镇长。敲响镇长办公室的门时，正好是九点整。

　　镇长的办公室里，已经坐了好几个人。一看就是下面村里来的农民。王六一正要自报家门，周镇长已认出了他，说是王记者吧，你坐一会儿，我处理完手上的事再同你说话。王六一就在进门处的沙发上坐候。就听一个农民说，周镇长，您大人大量，我们知道错了，再不阻碍施工，你们快点把媳妇们都放了吧，屋里都乱成了一锅粥了，饭没人做，猪没人喂，娃儿哭起来，我们这些男人真的是一点办法也没有。周镇长板着脸说，放人？知道你们犯的什么法吗？几个农民都说，我们知错了。周镇长说，不阻碍我们施工了？农民齐说，不阻碍了。周镇长说，还要不要请神？农民们说，不请了。周镇长说，写个保证书，要是再犯，我拿了人就直接送拘留所。农民们就说，镇长说怎么办就怎么办。于是周镇长拿出了一份打好的文书，让农民们看了，签完字。拿起电话，说，黄所长吗，下湖村的那几个媳妇子，你们一会儿给放了。说完，对那几个农民挥了挥手，说，走吧。那些农民千恩万谢地走了。

周镇长这才过来和王六一握手，说，做基层工作，难啊。我们镇府一心为农民谋福利，可是这些农民呢，他们是有理无理都要闹点事的。做基层工作，不仅要跟农民斗智斗勇，还要跟神斗，跟鬼斗。就说刚才这几个人吧，下湖村的，我跑了好多关系，说动一个当老板的同学来下湖村投资办厂，你说是不是为下湖村老百姓造福的事？结果我们拉高压电线经过村子时，他们就不让施工了，说高压电从一个神庙上面过，会惹怒神。于是我找他们村里的人谈，他们说，这个神是下湖村最大的一个神，高压线从上面过，惹恼了神，下湖村再没有好日子过了。我问他们那要怎么办，他们说，要杀一头羊、一头猪供神。我说，好，你们去弄，钱由镇里出。可他们第二天又反悔了，说还不行，还要去庙里请斋公给神做一坛法事，同神商量，看神愿不愿走，神要是答应走，那咱们就把庙迁走，要是神不同意走，那就没有办法。我说那好，还按你们的意思办，请了神，杀猪宰羊做法事，然后就来占卜，也是奇了怪，连续卜了五次，神都不同意迁走。村民说，没办法，不是我不让你们拉高压电，是神不答应。我说那好，我这人从来是先礼后兵的，讲礼讲不通，那我就来硬的了。我把镇里所有的干部都召集起来，把派出所所有的干警都调到施工现场，又从武警中队借调了一个班，到施工现场，把现场围起来，开始施工。其实也很简单，就是挖一个大坑，扎上钢筋笼子，倒上水泥做一个高压电塔的基座，把铁架架起来就完事了。村民看见我们来了这么多人，也不敢闹事，只是把我们围成两个圈，里面一圈全是媳妇们，外面才是男人。一上午都没事，中午我们去吃饭，只留下武警在那里守着，村民看我们人少，慢慢地就往上围，往挖好的坑里扔草，扔树枝，扔土块，一会儿就把挖好的坑填了起来。武警没有接到命令，不敢动手，打电话向我求援，我命令所有吃饭的人火速赶到现场。看见我们的人来了，那些女人们都吓得往后退了，但这时外围的男人开始起哄叫喊，女人得到了男人们的鼓励，又起劲了，开始往上拥，把我们的一个武警战士推进了坑里。我对黄所长使了一个眼色，抓人。不抓男人，只抓那些妇女。到了晚上，他们就受不了了，家里没有人做饭，猪没人喂，娃们没人带，一下子就乱成了一锅粥。这不，今天一早就来求饶了，再不敢反对我们施工了。王记者你是文化人，可你不了解我们做基层工作的难处，做基层工作，不能太粗野，但也不能太文明，你要处处文明，就什么事也办不成，你说对不对？

王六一说：周镇长说得有理。

周镇长说：王记者你是古琴镇的人，当地民风怎么样你是晓得的。这里的人，是最爱聚众闹事，唯恐天下不乱的。都说为官一任，造福一方。什么是造福，当然是把经济搞上来，让老百姓的收入增加。怎么搞？当然是搞工厂，好不容易引进了工厂，让老百姓种田之余有个地方打工，可是老百姓却不理解我们的一片苦心，又是上访又是闹事，把我们古琴镇的名誉都弄坏了，我们去省里招商引资，人家老板一听说我们是古琴镇的，都说你们那里当官的说话不好使，听说好些个工厂建成了都开不了工，知道人家老板们怎么说咱们吗？

王六一说：怎么说？

周镇长说：穷山恶水出刁民。就说你们烟村吧，好不容易引进了化工厂，人家老板投资那么多钱，开工这才不到两年，刚刚开始赚钱了，老百姓就来闹事了。你那个哥哥王中秋，又是读过一些书的，还弄了化工厂排出去的污水请人化验，说里面有多少种致癌物，弄得人心惶惶的，然后提出一些苛刻的要求，要化工厂赔一百万。化工厂自然是不会赔的，也赔不出这么多钱。你哥来找过我几次，我对他什么道理都讲了，可就是讲不通。这不，变本加厉，居然堵在厂门口，弄得厂子开不了工，你知道一天不开工是多大的损失？损失化工厂一家还好说，关键是我们政府在这种事情上要有一个态度，政府的态度明确了，招商引资才有一个好的大环境。

王六一刚才听镇长处理下湖村村民的事，就觉得这镇长是个人物，现在听镇长这样一说，说的也是实情，也自有他的几分道理，加之他一心只想把堂兄早点捞出来，也用不着就这些大问题和镇长去争辩，便赔了笑说：镇长说得有理，我哥没有见识，不知道从来发展经济和保护环境是两难的问题。

周镇长说：你是一个文人，我们有对话的基础。我说什么你也明白，怕就怕王中秋这种半吊子文人，自以为什么都懂，动不动弄一堆材料，好像有理有据，还以为自己是英雄，其实不过是教了一辈子的书，到头落了个下岗，心里怀有仇恨，就专门和政府对着干，他的所作所为，说得严重一点，比那些欺行霸市的黑恶势力破坏性更大。

王六一听周镇长如此给王中秋的行为定性，想为堂兄一辩，话到嘴边又咽了回去，说：我哥这人也没有坏心眼，书呆子一个，一腔热忱，只是见识短浅，想问题不周全，不像镇长想得这么深远，还望镇长大人不记小人过。

周镇长听王中秋这样恭维他，脸上有了一些笑意，从桌上拿起一盒烟，抽出一支递给王六一，说：光顾了说话，抽烟不？

王六一摇手说不会抽。镇长就自己点上了，吸一口，说，王中秋是站着说话不腰痛，保护环境重要不重要，我也知道重要，老百姓穷得丁当响，山清水秀能当饭吃？凡事有个先后，先发展，后环保，你说是不是这么一个理？

王六一说：听毕总说，周镇长是名牌大学毕业的，又是最最清廉为民的好官。今天听了周镇长的一席话，当真是胜读十年书。说罢掏出了自己写的书，恭敬地递给了周镇长，说：我写的一本小书，本是不敢在周镇长面前献丑的，我来的时候，问毕总说要不要给周镇长买点烟酒礼品，毕总说千万别这样，你买了，事情就办砸了，说周镇长最是清正廉洁的好官，你送一本自己写的书请他指正就是，我这才敢拿出来献丑。

周镇长笑道：毕总是了解我的。

接过书，翻了翻，看了王六一的简介，说：出了这么多书，了不起。

王六一见周镇长心情似乎好了不少，便趁热打铁道：周镇长您看，我哥王中秋？

周镇长说：要不是毕总说情担保，我是打算杀一儆百，让他吃点苦头的。

王六一连连点头，说是的是的。周镇长就拿起了电话，给派出所的黄所长打了电话，问他王中秋现在老实了没有，说不老实就再关他一天，要是老实了，就让他写个保证书，然后把人放了。挂了电话，对王六一说：你都听到了……你去派出所接人吧，回头好好做做你哥的工作，他就是闲成这样的，教了一辈子的书，又不会种地，回到农村无事可做，就成了告状专业户了。

王六一说：一定一定，我会好好劝我哥的。

刚一出镇政府，堂嫂就蹿了过来，问怎么样。王六一说，没事了，镇长给派出所打电话让放人了，我们这就去接人。两人再租了摩托到派出所，依然是找到了黄所长。黄所长一见王六一就说，正在里面写保证书，写完保证书，办个手续就可以走人了。果然，坐了一会儿，闲聊了没几句，就有民警把王中秋的保证书拿了过来，黄所长看了，又看了民警拿来的一大叠卷宗，在处理意见上签名盖章，说，没事了。王六一见黄所长似乎很忙，便说黄所长您忙，我们就不打扰您了，我们在外面等着就是。黄所长就站了起来，和王六一握了手，说，往后家里有什么事，给我一个电话就是了。又说，你们去后院门口等着，办手续还要一会儿。王六一说谢谢黄所长，黄所长要是去广东，一定要给我电话。出了所长办公室，两人在后院门口又等了有半小时，院门开了，一个民警领着王中秋出来。许是一夜未睡，王中秋的眼泡浮肿，神情憔悴，胡子拉碴的。王六一迎上去叫了一声哥。王中秋说：六一？你回来了。王六一说：出来就好，他们没有打你吧？王中秋回头看了一眼带他出来的民警，说：没有打。李冬梅听王中秋说没有挨打，转身就走。王六一说：嫂子昨晚哭了一晚，都快急死了。要不是你的老同学毕光明给周镇长打电话，这次你就惨了。王中秋说：毕光明？哪个毕光明？

王六一说：你的高中同学毕光明，人家现在是大老板了。不然你弟我哪里有能耐把你弄出来，是毕光明给镇长打电话，镇里是打算拿你开刀杀鸡儆猴的，看毕光明的面子才放了你。又说：去和嫂子说几句软话吧。王中秋这才追了出去，追到派出所门口，李冬梅就站在派出所院门外，见王中秋追了出来，说：怎么就没有打你呢，把你打死我也就省心了。王中秋说：是我不好。李冬梅说：好不好都无所谓了，王中秋，我们离婚吧。王中秋听李冬梅说离婚，一把抓住她的胳膊，说老夫老妻的了，说什么离婚不离婚的，让六一听见笑话。李冬梅说：你还怕人笑话？我是认真的。说着一把甩开了王中秋。就听王中秋哎哟一声，一手托着胳膊直龇牙。李冬梅说：你少给我装。王中秋苦着脸，说昨晚打是没有打，铐着这只胳膊在单杠上吊了一晚。李冬梅听王中秋这样一说，再也顾不得和他闹别扭，捧过王中秋的胳膊，把衣袖捋起来，就见那胳膊肿得老粗，手腕处一道深深的紫色手铐印吃在肉里，眼泪吧嗒吧嗒就下来了，说要你别出头，别出头，你不听。又说，痛得厉害不，咱们去医院开点药。王中秋笑道：我就知道你心疼我，不会和我离。李冬梅嗔道：想得美，回家就离。又说，这次多亏了六一。就回头叫六一，说六一，咱们得好好谢谢人家毕老板呢。王六一就打了毕光明的电话，对毕光明说王中秋已放出来了。毕光明说，放出来了就好，他们没有为难中秋吧？王六一说，没有，就是铐了一宿。毕光明在电话那边笑了，说，王中秋在你旁边么？我和他说几句话。王六一就对王中秋说，你老同学毕光明，要和你说话。王中秋黑着脸，说算了，没脸和老同学说话。李冬梅说：什么人，人家把你捞出来，你就一个谢字都不说？王六一把电话递给王中秋，说，说几句吧。王中秋躲过一边不接。王六一便对毕光明说，你的老同学没脸和你说话，让我转告谢谢你呢。毕光明笑道：他还是老样子，爱面子得很啦，你对中秋说，改天我去看他。王六一又再三说了些感谢的话。看看时间已近中午，王六一便提议找一家饭馆去吃饭，也是为王中秋压惊。王中秋说：你不说还不觉得，一说，我饿得能吃下一头牛了。还是昨天早上吃了早饭的呢。王六一说，他们饭都不给你吃？王中秋说，倒是有馒头，可哪里吃得下。就在路边找了一家饭馆，点罢菜，叫了一瓶二锅头。王六一给王中秋斟上酒，说：中秋哥，经过这一次，你还当意见领袖不？

王中秋黑着脸，半晌，长叹一声，说：不当了，我没有他们说的三个勇气。

王六一说：三个勇气？三个什么勇气？

王中秋说：他们让我写保证书。我说我不写，我这是为民请命。他们就问我有没有三个勇气，要是有三个勇气，那他们奉陪，要是没有，赶紧写保证书走人。我问哪三个勇气，他们就说，有没有和政府打官司的勇气，有没有一辈子受穷的勇气，有没有众叛亲离的勇气。

王六一听罢默然无语。

王中秋说：前面两个勇气我是有的，要不是为了你嫂子，我要斗到底。

李冬梅说：鸭子死了嘴巴硬，你要再敢闹，我立马和你离。

王中秋长叹一声，说：不闹啦，不闹啦。

端起酒杯，一饮而尽。说：六一，你是不知道这在单杠上吊一晚上的滋味，一开始还不觉得什么，吊到后来，又酸又痛又麻，真的是把这胳膊锯掉的心都有。你知道我当时想什么吗？

王六一摇摇头。

王中秋说：我就特别佩服当时那些闹革命的共产党员，坐老虎凳灌辣椒水拿烙铁烙都不招供。当时我就想，要是把我搁在那革命年代，一烙铁烙下来，什么都招了。

王六一说：那时的革命者，是有信仰的人，是真正的理想主义者。

王中秋突然把头埋下来吭吭吭地哭了起来。

李冬梅说：你哭什么，这是饭馆，让人笑话。

王六一说：我哥心里难受，你就让他哭吧。

王中秋哭了一气，抹干了泪，抬起头说：我以为我是个有信仰的人，没想到，我的信仰是如此脆弱，不堪一击。

王六一心里特别难受，说：哥，其实，我真的是挺佩服你的。你还记得夏子君先生吗？当年教我画画的老师。那年我出门打工时，夏子君先生送过一首咏鹅卵石的诗给我。这么多年来，我早就变成一块鹅卵石了，你还是这样有棱有角。

王中秋拿过酒瓶，倒上一杯酒，一饮而尽，又要去倒。李冬梅抢过了酒瓶，说你少喝一点。菜上来了，先吃菜吃饭。

王中秋就埋头吃饭，狼吞虎咽地吃完了一碗饭，又让服务员盛了一碗，风卷残云地送下了肚子。一抹油光光的嘴，说：六一，我想好了，跟你出去打工。你为我找份工，做什么都成。

王六一说：打工？这年头用工荒，找工作倒是不难，只是，一年到头，怕也就是混个肚儿圆。再说了，到哪里都没有世外桃源，到哪里，都容不下棱角分明的人。

王中秋说：过去的王中秋死了，我是不想在家里待了，出去见见世面。

王六一说：你出门打工，那我嫂子怎么办？

王中秋说：你嫂子想出去就出去，不想出去就在家里待着。

李冬梅说：六一你能帮我找一份工作么，就在你们报社搞清洁都行，扫大街都行。反正你哥到哪里，我是要到哪里的。

王六一说：我帮你们找找看吧，只是，在外打工真的很苦。

王中秋说：也许几年之后我就是一个毕光明呢。

王六一说：几年之后还有可能是一个马有贵的。

说到毕光明，李冬梅眼睛一亮，说：毕老板不是开很大的工厂吗？你求求他，我们都去他的厂里打工。

王中秋说：给毕光明打工，那我脸往哪儿搁？

李冬梅说：你不是说过去的王中秋死了么，人都死了，还要脸干吗？脸能值几块钱一斤？

王中秋说：也是，不要脸啦，还要脸干吗，咱就去给毕光明打工。

王六一说：还是我帮你们找工作吧。

三人边吃边聊，一瓶二锅头也见了底。王六一的酒量尚可，王中秋酒量不行，站起来摇晃了几下，就趴桌子上了。李冬梅说：我就说让他少喝一点。王六一说：嫂子，我哥心里不痛快，你就让他醉一回吧。叫了一辆三轮车，把王中秋扶上车，回到烟村时，王中秋已睡得鼾声如雷。邻居见王六一和李冬梅扶着王中秋回家，知道王中秋是被派出所抓了的，以为被打成这样了，跑来问是怎么回事。李冬梅说：喝多了猫尿。邻居说：昨天不是被派出所抓去么？李冬梅说：六一去找了镇长，就给放了。邻居说：还是六一有本事啊。李冬梅说：那是当然。把王中秋安顿睡下，就听得远处在放鞭炮，又是哭声震天的。李冬梅就问邻居：这又是放鞭又是哭的，是哪个老了？

邻居说：哪里是老了人，是马有贵没了。

王六一一惊，说：马有贵没了？昨天还好好的？

邻居小声说：不是病死的，是喝药自杀的。

王六一说：好好的，怎么就自杀了？

邻居说：谁知道呢？听马老倌哭诉的那个话，好像是为了钱吧。马有贵不是有二十万吗？他这次回家，马老倌就让他把钱交给他保管，大概是怕马有贵死了，这钱被他老婆独吞了吧。马有贵呢，又不肯把这钱给他爸，说这钱是他留给儿子的。马老倌说你要真的死了，你媳妇再嫁人，这钱就姓别人的姓，不姓马了。总之就是这么个意思吧。可能是父子俩为这事吵了起来。

王六一说：昨晚是听到他们家那边传来吵架的声音。

邻居说：也不知道马有贵什么时候喝的药，今天上午才发现。

王六一说：都怪我，昨晚很晚了，马有贵还给我电话，让我去他那里一趟，我说太晚了，又下雨，没有去。我要是去了，他也许就不会自杀了。

又想到，要不是自己把他带回家，他也断不会因此而寻短见的。想到这所谓的寻根团，有的是衣锦还乡，有的却是把命丢在了黄泉，当真是冰火两重天。蓦地又想到了今天凌晨的那个梦，梦中的情景，真真切切，历历在目。难道人死后真的有鬼魂？不然何以如此之巧？又不知昨晚马有贵有什么话想对自己说。又悔又责，当即去了马家。马有贵的家，还是多年前的那三间老屋，只是越发低矮了。门前围了一些人，都是来帮忙的马家的族人和邻居。马有贵的遗体停放在西厢房的地下，直挺挺的，脸上盖了一张黄表纸，头顶旁点了一盏长明灯，马有贵的父亲马老倌，早已哭得没有了气力，呆坐在一边，不时有马有贵的亲戚们奔丧，离马家远远地就放了鞭炮，一路哭喊着奔来，有本家的人远远地就接了扶着进西厢房，扶着马有贵的遗体放声大哭。每来一个奔丧的，马老倌就陪着哭一场，边哭边说着昨天父子间发生的一切，骂儿子傻，后悔是自己逼死了儿子。有人就劝，让来客别哭了，你这一哭，老人家也陪着哭，老人家的身体受不了。来客这才止住哭，站立一边轻声抽噎。

王六一跪在马有贵的身边，给马有贵烧了一点火纸，想着眼前这个冰冷的躯体，当年是多么热情似火，想着许多年前，天还未亮，两人背着行李离家出门打工的情形，想着兄弟二人一路上对未来生活的憧憬，想着就在几天前，他还在为和书记市长的合影而兴奋，想着昨天晚上，自己是如何冷漠地拒绝了马有贵临死前的求助，想到凌晨的那个梦，一时悲从中来，止不住泪如雨下。马家的族人把他劝起来，说知道有贵的那二十万就是六一帮忙要到的，有贵有这样重情义的朋友，也是他的福气。王六一又给马有贵烧了纸，起身离开西厢房，走到堂屋，屋里乱哄哄的，就听有人在说，秋喜已经上车了，明天一早就能到。又听人在说，明天秋喜来了，怕是还有得闹的，二十万，总不能让秋喜一个人吞了，这个是马有贵的卖命钱。另一个人就反驳，说这钱就该归秋喜的。王六一的心里涌起无限的悲凉，为马有贵，为他的故乡，为这些苦难的人生。正自感慨，突然看见马家堂屋的家神旁，赫然挂着一把木剑，骇出一身冷汗，夺路而逃。

第二天一早，王六一离开了故乡。依然是清晨，和二十年前的清晨并无二样。人家的鸡子在打鸣，狗子在叫。不一样的是，王六一不再是少年，他身上再也不用背着蛇皮袋。不一样的是，伴他同行的，不再是马有贵，而是他的堂兄堂嫂。再也没有了父母牵挂的眼神，有的是秋喜奔丧回家的痛哭声。王六一的意识里，也不再是闯广东，而是回广东。但王六一又分明觉得，这还是二十年前的那个清晨，还是那样一条通向远方的公路。走到湖边，王六一回头一望，看见湖边的山坡上，父母在朝他挥手。王六一也朝父母挥了挥手。王中秋说，六一你干吗呢？王六一说，不干吗。王中秋说：你说我和你嫂子这次去，是住在你朋友开的厂里，还是自己租房子住？王六一说：先住厂里吧，不过厂里没有夫妻房，还是要租房住的。王中秋说：你那朋友的厂，离你上班的地方远不远？王六一说：好远。一个在东莞，一个在深圳呢，进厂后，就得你们自己照顾自己了。也不能因为是我介绍进厂的，就觉得自己和别的工人不一样。王中秋说：我晓得。王六一说：刚出门，肯定很不习惯的，慢慢就好了。王中秋说：我又不是小孩子。王六一就笑了。王中秋说：你笑什么？王六一说：我突然觉得，你就是二十年前出门时的我。

王中秋的工作，其实是冷如风介绍的。回到广东后，冷如风拉着王六一去毕光明的公司走动。毕光明听说王中秋出门打工了，责怪王六一，说：我很生你们的气，中秋出门打工，就进我的厂嘛，进我的厂，我肯定不会亏待他的。冷如风笑道：这次寻根团，毕总是大有收获的，我们要出一本寻根团活动的画册，毕总再赞助五万块钱怎么样？毕光明说：五万就五万，只要大家高兴。冷如风说，这五万，是画册的排版印刷的费用，我打算请王六一写序，六一是名家，写一篇序，润格最少也要一万块吧，还有书号费，这笔钱，我还得去向邹总化缘呢。毕光明说，六一写序的稿费我包了，再出一万。回去的路上，王六一问冷如风，说毕光明这次怎么这么大方，你说他是大有收获，不知指的什么。冷如风道：你不知道啊，毕光明这次回家，谈好了入股楚雄化工，他现在成了楚雄化工的大股东了。王六一一愣，说，哦？冷如风说：这次活动老板们很满意，我在筹划再成立一个楚州同乡会，到时竞选会长的肯定是邹和毕。我想推你当一个副会长，咱们利用好这个平台，可以做不少的事情，这篇序，你可要用心写哦。王六一说：会用心的。然而，一晃半个月，冷如风把画册都排好了，就等王六一的序呢，王六一说，再等等，还没有写完。又过了半个月，冷如风说：纪录片都剪好刻成碟了，画册也排好了，等你的序一来就开机，老板们都在催我快点呢。王六一说：还在写。又过了十天，王六一给冷如风电话，说：我把这次回乡寻根的经历如实记录在案，写了一篇题为《寻根团》的长序，发你邮箱了。冷如风千恩万谢。王六一说：先别谢我，看看行不行。说着嘴角泛起一丝狡黠的笑，在电脑上打开发给冷如风的那篇序读了起来：

  王六一坐在沙发上读《世说新语》，读到"张季鹰辟齐王东曹掾，在洛，见秋风起，因思吴中菰菜羹、鲈鱼脍，曰：人生贵得适意尔，何能羁宦数千里以要名爵？遂命驾便归……"

繁枝

陈谦

一切都是从珑珑的课业项目开始的。当忙碌了一天的立蕙被珑珑唤到起居室，观赏他手绘的"家庭树"时，她完全没有想到，那些珑珑用彩笔画出的枝叶里，竟藏着许多的人和事。

就是它吗？立蕙轻声说着，半蹲下身，去看珑珑搁在起居室中间的硬纸板。灯太亮了——她在心里说，然后下意识地转过头去，扫了一眼墙角的立灯。智健和她并没有目光的交会，却在她收回目光的瞬间站起身来，走过去拧了灯杆上的开关。阔大的起居间立刻染上一层轻柔的橘光，沙发边龟背竹的叶子呈出金色调的蜡亮。立蕙的目光迅速聚焦，柔和地落到纸板上。

这是一块从沃尔玛买来的学生专用课业项目展示板。长方形的主页旁有两个可折叠的副翼，合起来小巧轻便，易于孩子们拎着出入。

十一岁的珑珑趴在地毯上，手压在纸板副翼两端，扭过头来看着立蕙叫：准备好了？好了吗？他还没变声，脆嫩的嗓音带着些微的奶香气。立蕙摸摸他那滚圆的大脑袋，微笑着柔声说：我好了！智健也坐下来，抱着双膝，故作郑重地说：小伙子，来吧！珑珑不响，翻身坐起，敏捷地将折盖着的两片副翼同时掀开，往两旁一摊，展示板的内页袒露在柔和的灯光下。

立蕙第一眼看到的是顶行的深棕色花体字：My Family Tree（我的家庭树）。珑珑写下的这些字有点大小不齐，带着毛边，看上去稚气未脱，跟他那一口脆脆的嗓音很是相配。

这是小学六年级学生珑珑的"生命科学"课最新项目：让孩子们写一篇文章

介绍自己的家庭组成和来历,并作课堂演讲。立蕙明白,在美国这样一个以刻在国玺上的拉丁国训"E pluribus unum"(合众为一)为自我标识的移民国度里,"我从哪里来?"这类问号总是如影随形。他们相信,这"哪里"是生物和文化的双重基因,你只有扶牢这个浮标,才不致在各种文化合流而成的海面上沉没。但忽然看到珑珑这个年纪的孩子,竟已开始对自我身份进行如此郑重其事的寻找,立蕙还是有点意外。

板面上部的空间被淡青的果绿色覆满,大小的叶子腆着圆润的肚子,在叶尖陡然收回,带着盎然的喜气。那些嫩绿被利索地涂出,却有微妙的深浅变化。中间隐约呈"Y"形的粗壮树干露出强劲的根须。整个画面构图干净,带着天然的稚气。立蕙笑起来,说:好漂亮的一棵树啊!比我想象的好多了!智健朝珑珑抬抬下巴:我没说错吧,妈咪会喜欢的!珑珑憨厚地朝立蕙笑起来,露出一口孔雀蓝色调的牙箍,很有点超现实。

嗯,它现在还只是一棵树,但马上就要成为我们的家庭树了!珑珑说着,从展板底下抽出一个透明塑胶大文件袋,往地毯上一倒,滚出一小瓶透明胶水、几支彩色水笔、一沓纸片。闭上眼睛!他兴奋地叫,伸出手来捂立蕙的眼睛。

立蕙闭上眼睛,屏住气。只听得几声"啪,啪,啪"的轻响。再一看,那棵茁壮树上已经跳出几只浓艳的果实。她凑上前去,看到在茂盛的树叶丛中,一左一右对称的树干上,端正地贴上了两张 4 英寸 × 6 英寸的彩色照片,分别是智健和立蕙父母的合影。两对老人的性格,在这两张照片里表现得相当突出。智健那曾为矿冶专家的父母,当年双双留学莫斯科大学。在照片中,父亲穿着蓝白大格子的衬衫,戴着太阳镜的母亲穿着红白细格、领口带着白色小卷边的衬衫,一前一后相拥而立,带着中国同龄人少有的开朗和亲密。他们在镜头前几乎是在大笑,引得立蕙想起智健母亲拉着手风琴、智健父亲高歌苏联歌曲的情形,不禁微笑。如今二老常住广州天河,年近八十还经常四海神游。

立蕙父母的照片则是在大峡谷拍的。立蕙的父亲戴着一顶棒球帽,穿深色的衬衫,神情安详。立蕙母亲淡淡地笑着,两位头发花白的老人比肩而立,看上去不特别亲密却默契相依。立蕙年逾八十的父亲如今已基本失忆。多年来,立蕙一直在劝说母亲携父亲移民来美，希望自己可以分担母亲的重负。母亲从不松口，和住家保姆一块儿在广州家里照顾着立蕙父亲。立蕙明白这是母亲怕连累女儿。她近年来只要有假，就直奔广州探望。此时再看到自己父母十年前的照片，立蕙感到有些陌生。她凑近去看父亲的眼睛，里面有他们父女彼此能懂的深意。如今每次见面，他总是握着她的手反复说，他有个很优秀的宝贝女儿，长大后去了很远的地方，他很想念她。每到这时，立蕙就将手搁到父亲手里，安静地听他唠叨。立蕙偶尔不甘地说，我就是你女儿啊。父亲会天真地笑起来，说，我女儿叫立蕙，可要比你漂亮些。想到这些，立蕙将手在父亲脸上轻轻划过，竟觉到指尖有点热，赶紧缩回。

立蕙和智健的合影，被端正地贴在树干中央稍低的位置上。那是硅谷全盛时期，他们在智健公司的圣诞派对上的合影。立蕙一袭深紫色正式晚装，胸前装饰的珠片在灯下闪闪发亮，肩上一条浅紫色调的薄羊绒披巾，头发用发胶牢牢地固定了，一双同色调的长坠耳环。她的嘴角轻抿，配上眼影染出的雾气，让她的笑意里有隐约的幽怨。一脸阳光的智健着深色洋装，打一条花色活泼的领带，体贴地微斜着身子靠向她，笑着迎向快门。他们坐在一张铺着大红桌布的餐台前，那些盛着红酒的高脚酒杯晶莹清亮，雪白的盘盏刀叉在圣诞树和蜡烛的陪衬下，繁美华丽。立蕙喜欢这张照片，那是她做母亲前的最后一个圣诞节。

立蕙转眼看到树干底部被牵着一匹小马的珑珑遮掉大半。照片里的珑珑身穿牛仔服，颈上围着大红白碎花的三角布巾，戴着黑色牛仔帽，看上去神气活现。她一边寻着说辞要表扬珑珑，一边偏开身子，再上下打量起眼前这棵大树，明显感到叶枝间果实的稀少。她自语般地轻问：就这些了吗？

是啊，如果我是爹地那就不一样了！他有四个兄弟姐妹呢！珑珑乖巧地接上一句，没等立蕙张口，他又说：我们班上的同学，总有一两个兄弟姐妹可以充充数的，很多还地上坐一溜呢。智健打断他：你若嫌少，将你跟靓妹的照片贴上去？靓妹是珑珑心爱的猫咪的名字。爹地！这又不是汽车的后车窗，你爱画啥就画啥，这是家庭树！是严肃的事情！珑珑扭着脑袋，对着智健嗔怪起来。

逗你的啊，智健说着，搂了搂珑珑的肩。珑珑笑起来，抽出一支彩笔，趴上前去，在自己的照片下飞快地写下英文全名：Long long Fu，DOB（生日缩写）：09-27-00。他毫无停顿地又在立蕙和智健的照片下写出：Lihui & Zhi jian Fu。看着自己的名字被珑珑如此轻松地写下，立蕙有些回不过神来。她喜欢护照上自己的全名：Li hui Yan Fu。和智健在美国登记结婚时，立蕙选择了入乡随俗，改随夫姓。"傅严立蕙"这四个字，将她的来龙去脉表达得如此精准：严家的女儿，傅家的媳妇。可现在看到自己的本姓被珑珑轻巧地抽去，立蕙心下有些微的不适。虽然在日常里，几乎所有人的中间名字都会被省略，但这个夜里，看到自己被这样挂到家庭树上，一种来路不明的感觉，仿若一根小小的刺，从指甲尖轻轻刺入。

妈咪！珑珑推了推立蕙。他握着笔，有点犹豫地说：祖父母们？智健在一旁点头笑说：你写！你是中文学校五年级学生啊，拼音比赛还拿奖的，肯定行。奶奶徐丽文，爷爷傅奇章。珑珑扯过一张纸，很快地将拼音写出，递给智健，又问：在中国，人们结婚了，妻子是不改随夫姓的吧？立蕙说：嗯，如今的中国是这样的。你原来是姓燕，很好听！珑珑得意地点点头。是严，第二声——智健纠正他。珑珑搁下笔，说：可惜找不到我曾祖辈的照片了，要不我们的家庭树可以多一层果实呢。没等立蕙和智健反应，珑珑又问：你们见过你们的祖父母吗？立蕙和智健对视一眼。智健说：我见过我爷爷奶奶和外婆，外公去世早，没见过，可惜我没有他们的合影。立蕙轻声应道：我也没有。珑珑耸耸肩，说：移民家庭都这样，没关系的。从这棵树已经可以清楚地看出我们的血液是如何汇流的。立蕙心下一声"咯噔"，赶紧说：你做得真好，祝贺你！快折好了，早点睡觉去吧。她边说边起身离去。珑珑你听见了吗？明天要早起上学呢！智健的声音在身后轻淡地停在最后一个字时，立蕙已经坐到书房的转椅上。

她没开灯，眼前却立着那棵嫩绿的家庭树，枝繁叶茂却果实零星。如果不是珑珑最后那句话，她都不曾面对过这样一幅清晰的家庭图谱：树上的每一位长辈，都是流向珑珑血液管道上的阀门。这个意象让她不安。她知道，智健也明白，珑珑画出的那条血脉渠道，实际是流不通的。

从窗外和过道上折进的微光在宽大的空间里叠交着，勾出墙边书柜模糊的边界，让它们显出虚幻的高大。立蕙转过身去。她愿意告诉珑珑，她是见过祖母的。

她已记不清祖母的脸相，却还记得那脸上面密密麻麻的皱纹。祖母那稀疏雪白的头发在脑后结实地扎成一个小小的髻，总是一身盘扣简约的深色中式布衫，冬厚夏薄。瘦小单薄的身子因着一双小脚，总是颤颤巍巍。那是立蕙见过的唯一小脚女子。老人那时只是锦茗、锦芯兄妹的奶奶。立蕙听大人们说，别看这老太太如今低眉顺目的，旧时可是桂林城里大药堂主家里管事的少奶奶。立蕙有时去找同学，走过锦芯他们在院里西区的宿舍楼，看到老太太就赶紧远远绕开。她相信这穿着怪异的小脚老太当年就是《白毛女》里黄世仁母亲的样子，动不动拔出脑后的发钗给人戳上一下。

锦芯的奶奶活到九十五岁高龄，寿终正寝——是寒露天里在睡梦中离世的，走得很安详——这个消息是立蕙生物学意义上的父亲——中国人说的生父，在她十九岁那年不远千里寻来、在广州暨南大学的校园里告诉她的。立蕙那时已是暨南大学物理系二年级学生。她十二岁那年随父母离开南宁，来到广州后，就再也没见过这位她称为"何叔叔"的男人。他一度曾是她眼中心里巨大的问号。

她在去食堂吃午餐的路上被何叔叔拦下。何叔叔的到来，将那个几乎要被她遗忘的问号，突然又戳到眼前。那个问号在她十一岁那年从天而降：她发现自己确实和他长得太像了，比锦芯和锦茗都更像他的孩子。他真是她的爸爸吗？是吗？

立蕙在刚满十一岁的初夏被那个巨大的问号迎头击中——她在南宁西郊广西农科院小卖部的台阶下被几个男孩围住。两个稍大的男孩上前拉住她，嬉笑着问：小靓女，快点讲，你爸是谁？立蕙扭着身子试图挣脱，脑后的小辫却被他们牢牢扯住，疼得她尖细的声音带上了哭腔：我爸是严明全。她的应答引来一片哄笑，连台阶尽头黑洞洞的小卖部里的大人们也跟着笑起来。她惊异地睁着双眼，再说了一遍：我爸是辐射育种室的严明全。笑声忽然稀疏了。大男孩们松开她的辫子，捏着她的手臂低声说：说你爸是何骏，叫何骏！立蕙惊异地张大眼睛。其中一个男孩用力捏紧她的手臂。立蕙不依，他们来夺她手里的酱油瓶，一边表情诡异地说：你姐也在打酱油呢，你们家要喝多少酱油啊？店里又传来人们的哄笑。立蕙握牢手里的酱油瓶，低下腰，忍着不作声。这时，她感到本来钳制着她一双细臂的手松开了。她直起身，顺着男孩们的目光朝台阶上端看去，个子高出立蕙大半个头的锦芯，双手握一只装满酱油的瓶子，站在小卖部门口，安静地盯着立蕙身后的两个大男孩。

锦芯那时已是南宁二中初二年级学生。若不到周末，已很难在农科院里见到她。五岁就能穿解放鞋顶脚尖跳小白毛女，过去一直在学校文艺宣传队当台柱子，还到市业余体校练过体操的锦芯，去年在"文革"后市里举行的第一届中学生化学竞赛中拿了头奖。在市中心朝阳广场举行的颁奖大会上，锦芯作为获奖者代表，在几千人面前从容地念完了演讲稿，接着又到电台录了音。她那凭语文功底说出的普通话听起来中规中矩。农作物栽培专家何骏家那自幼漂亮出众的女儿，果然像小报上形容影星歌星说的那样华丽转身，成了农科院和西郊片，甚至市里中学生眼里品学兼优的明星学生、父母们教育孩子时频频举示的典范。

锦芯开口说的竟是：你们再耍贱，小心我砸烂你们的狗头！锦芯声音不高，但很冷，南地罕见的字正腔圆的普通话，带出不动声色的坚硬。男孩们应声四散。这是立蕙不曾预料的。后来她想，这些捣蛋鬼若不以此极端的方式引起锦芯的注意，锦芯怕是从不正眼看他们一下。

店里也没了声响。立蕙和锦芯分别立在台阶上下端，互相对看着。锦芯的肤色很白，抽条了的身形更加修长。上身是白底粉红细密小格子图案的套头短袖衫，领口和袖边都镶着白色的荷叶边，下身是一条短短的白色A字布裙，脚上穿一双平底白凉鞋，看上去活泼又雅致。长长的头发在脑后扎把高高的马尾，额头光洁阔长。那种南方不常见的鹅蛋脸形上，五官的线条非常清晰，浅瑰红的嘴唇线条却又非常南方的饱满。

店前大桉树的浓密枝叶倒映在锦芯的脸上，让她那双圆黑的大眼看上去深不可测。立蕙想象自己握着空空的酱油瓶、头上被扯乱的两条小辫、脚下一双人字拖鞋的狼狈样子，在锦芯眼里会有多么不堪。她并拢双腿，在台阶下迎着锦芯专注的俯视。锦芯过去在子弟学校里只跟宣传队里那些眼睛长在头顶的小靓女们玩。她们一早起来压腿练功，下午排练，夜里不时跟着院里大人们的宣传队四处巡演，生活在自己的小王国里。立蕙这样安静羞怯的小女孩，哪里进得了锦芯的视界。锦芯转型成了学习尖子后，不久就考到市里的重点中学去了。她从不曾有机会跟锦芯如此近距离接触。在她眼里，锦芯提着一瓶满满酱油的姿态，仍是那样高不可攀。她心里感激锦芯肯为自己喝走那些男孩，却说不出话来。

锦芯盯着立蕙看了一会儿，突然转身疾步走下台阶，头也不回就离开了。立蕙看着锦芯越走越急的身影，回不过神来。她走上台阶再次回头望去，看到已拐到池塘边的锦芯小跑起来。立蕙忽然意识到，那肯定跟他们说的"说你爸是何骏，叫何骏"大有关系。难道那何骏就是锦芯爸爸？

立蕙在午餐时分将这件事告诉了母亲。年近四十的母亲是院里微生物实验室的副主任，中等个子，眉眼不很突出，却带着让人心定的机灵劲，说话做事眼到手到。母亲穿的都是自己亲手缝制的衣裳，腰身总是收得很妥帖，让她丰腴的身形看上去玲珑有致。立蕙特别喜欢被母亲轻轻搂住时那种松软温热的感觉。母亲那时也赶时髦烫了短发，每天夜里都小心用发卷卷好，早晨再在额前脑后吹出几个大波浪。

刚从微生物实验室里回来的母亲本来在喝粥，听立蕙一说，碗搁在嘴边，好一会儿都没有动作。他们是什么意思？立蕙又追上一句。母亲将碗放下，说：那些调皮捣蛋的小鬼，你管他们说什么！母亲一边帮她整理凌乱的头发，一边说：你都十一岁了，好好一个眉清目秀的妹仔，不要头发乱糟糟就到处乱跑。立蕙咕哝着说：是他们扯乱的，随即低头由着母亲帮她整理。母亲停下手，声音尖起来，问：他们动手了？都是哪家的鬼崽？立蕙还在自己的圈子里绕不出来，没答母亲的话，又问：为什么他们说我爸是何骏，又说锦芯是我姐？母亲打断她：锦芯好大了吧？立蕙说：是啊，她更好看了。立蕙一个短暂的停顿，问，她爸是叫何骏吗？母亲的脸色立刻就暗了，轻声说：是啊，随即站起身，收拾起盘碗。立蕙看着母亲，说：我觉得锦芯都给气哭了。母亲盯了她一眼，眼神有些游离，没有说话。

立蕙家住在里外两间直套的宿舍楼里，厨房和卫生间在走廊对面。那是七十年代最流行的户型。邻里们出入烧饭做菜洗衣刷碗都会在走廊上碰着，非常热闹。立蕙住在外间，家里的小饭桌搁在靠走廊的窗子下。父母住在稍大的里间，外带一个小阳台。从阳台看出去，近处是农科院大片的果园，远处是水稻和甘蔗之类的实验田，还能看到鱼塘。院里的办公楼、实验楼夹在深浅不一的绿色中，更远处是南宁西郊连片的丘陵山脉。

立蕙出门上卫生间回来时，探头看到母亲在里间床上的背影。母亲脑后的大波浪完全塌落了，像浸在淡蓝色枕巾上的一团墨，肩膀有节奏地抽动着。立蕙赶紧缩回脑袋。母亲哭了。她躺回自己小床的竹席上，难过地想，有点后悔跟母亲提起那些孩子间的小事，却又有些不明白，这小小的事情怎么会让锦芯好像也哭了。

午睡起来，母亲将她唤进里屋，看着她的眼睛说：答应妈妈，你中午讲的那些事情，不要跟你爸讲。立蕙不响。母亲蹲下来，立蕙看清楚了母亲微微肿起的眼睛，身子有点僵住。母亲抓牢她的双臂，又说：你听见了吗？今天在小卖部发生的事情，不要跟你爸讲。立蕙嗫嚅着：我不讲，我不会讲。见母亲的手松脱了，她忍不住小声问：为什么不能讲？母亲站起来，想了想，说：你觉得你爸他听了会高兴吗？立蕙摇头。母亲伸过手来，轻轻抚过她的下巴，说：他会很难过的。立蕙看到母亲眼角新鲜的血丝，明白了事态的严重。可她不明白为什么这件事会让母亲和锦芯都那么难过。母亲还这么肯定它也会让爸爸很难过。你不愿意让你爸难过，对吧？母亲轻声问。立蕙点头。母亲搂住她的肩，柔声说：真是妈妈的乖乖女。

在院里大路上再见到锦芯的爸爸何叔叔，立蕙感到了心慌。她发现自己确实跟这何叔叔长得很像，太像了，比锦芯和她的哥哥锦茗都更像是何叔叔的孩子。她自己那小巧的鼻头，笑起来猫咪一样乖巧上翘的细长眼形，简直是何叔叔的翻版，让她只要想到他，笑容就会敛住。锦芯的眉毛是神气扬起的，而她的双眉跟何叔叔一样，是很少见的弯形。自己偏深的肤色，甚至走路时偏碎的步态，都跟何叔叔极像。这个发现让立蕙非常紧张，再远远看到何叔叔骑车过来，她就赶紧闪躲到树下藏起。若是和小伙伴们在一起，她就急忙钻到他们中间。她有时又忍不住远远地偷看何叔叔，看着看着，依稀想起很小的时候，好像曾由母亲领着，在果园深处的沟渠边和何叔叔领来的锦芯玩过，她甚至想起锦芯穿着的是一双橘黄的雨鞋，但那天却像是晴天。立蕙不敢肯定那是记忆还是幻想，心下就更害怕了。

不久，在广西话剧团恢复排演的话剧《雷雨》和同学中传借的小说《红与黑》里，立蕙知道了"私生子"这个词。在一知半解的朦胧间，立蕙对母亲那天中午的泪水生出猜疑，又不敢深想，一下就闷掉了，再走出家门去，见人就想躲闪，下学后总是快快回家，不再到处找同学疯玩。

到了这时，立蕙开始听母亲在家里频繁地跟父亲提调动工作的事。母亲给在广东各处的老同学发了很多信，寻求接收单位。那时已是一九七七年，到处在讲十年浩劫过去了，百废待兴，前途一片大好，生活有无穷的可能。具体到家里，是父母起念调往已非常开放的广州去。

立蕙的母亲当年戴着大红花，被敲锣打鼓送往广州的华南农学院读书，毕业后分回家乡广西。到农科院工作后，碰到了年长她十岁的立蕙父亲。父亲是母亲华南农科院的学长、马来西亚归侨。父亲后来告诉立蕙，新中国成立初期，东南亚的华侨听说故乡人人都将分得土地，很多家庭急忙将孩子送回国来，以期能在故乡上拥有片土地，将来叶落归根。立蕙父亲是吉隆坡华人小商家的长子，中学毕业后在家里的小杂货铺帮工，被父母挑出送回故乡广东开平接收传说中将到手的土地。没想到船一靠岸，就被政府送往华侨补习学校，第二年作为侨生参加考试，送入大学学习，毕业后分配到广西。

这对年纪相差不小的校友在农科院一见如故，很快就恋爱成婚，却在婚后多年后才生下立蕙。立蕙是那个年代罕见的独生子女。立蕙从小到大，每天早上都由父亲或母亲送到教室门口。每逢突降暴雨的天气，整个学校几乎只有立蕙是由爸爸打了伞亲自来接的。接到了，一定是披好雨衣，由父亲背到背上，涉水而去。若父亲出差，必有母亲来接。而别家的孩子若不愿冒雨离去的话，放了学也得在教室里耗到天放晴。

广州的老同学们很快传来消息，说市里的仲恺农校将升格为本科院校，正在大规模招兵买马。立蕙的父母借着出差开会，分别跑了几趟广州。到了立蕙将满十二岁那年的暑假，终于办通了调往广州所需的各项手续，立刻着手打包搬迁。这个调动消息让父母的同事都感到非常意外。人们说：你们夫妇都是各自专业里的科研骨干，又双双破格提了副高职称，在这里样样得心应手，出差开会想去哪儿都可以，那广州虽好，可毕竟去的是个中等专科农校，不挺屈才吗？立蕙母亲淡淡笑了说：小孩大了，广州那样的大城市，对她未来的发展比较好。大家转眼去看立蕙，忽然就不吱声了。

立蕙是不大愿意走的。她和同学们从小在院里的幼儿园就是同学，如今虽然跟他们玩得越来越少，可毕竟很熟悉，这一下要去那么遥远的地方，要适应完全陌生的环境，立蕙心里很害怕。可这连父亲都做不了主，更由不了她。何况母亲说了，那是为了她的未来。转念一想，她就要去一个没有何叔叔、没有锦芯的城市了，立蕙又有些高兴。

离开南宁那天，家里全部腾空了。立蕙母亲去总务处办最后的手续，留下父亲和立蕙在家做最后的打扫。将剩下的杂物清倒后，父女坐到阳台上休息。立蕙一杯水还没喝完，就望见母亲戴着草帽的身影远远地从芒果树枝掩映的马路上时隐时现，慢慢移近。穿着背心、正在擦汗的父亲几乎和她同时看到了母亲，他叹出一口长气。立蕙突然感到很难过，一下就哭了起来，说：爸爸，我好怕，我不想去广州！爸爸蹲下来。她看到他浓黑的眉毛下那双黝黑的眼里闪烁的泪光。爸爸握住她的手臂，轻轻摇了摇，说：爸爸也不想去。但爸爸很爱你啊。他说着，取下眼镜，低头揩了揩眼睛。她上前抱住他的腰哭出了声。她从没怀疑过爸爸对她的感情，却在很久很久之后，才明白那天他话里的意思。

在何叔叔寻到暨大校园里的那个早春，十九岁的立蕙已经明白，何叔叔不仅只是锦芯的爸爸。这让她对父母当年将她带到广州来的决定，生出前所未有的感激。她在这个庞杂浩大的城市里无声无息地安全生长。广州跟南宁一样，到处可见芒果树和冬青墙，不同的是，这里再没有人会让她想要躲到它们的阴影里。有很长一段时间，为了这样美好的解脱，她总忍不住想去扯几张芒果叶子。那断枝处流出的黏浆被她的指尖拉扯出细细的几条长丝，确认着解脱的欢喜。立蕙升学时考进华南师大附中。那是省重点中学。她成了住校生，在周末才坐公车回在珠江南岸的家，连邻居都不认识。用了一两年的工夫，她在学校里有了新的朋友。

何叔叔在一九八六年初夏的广州突然出现。立蕙像广州城里的年轻女孩那样，穿着高第街上买来的港澳风情的亮闪闪的化纤套裙，说一口地道的广州口音的粤语，完全甩脱了南宁白话那些粗粝的尾音。像身边的同龄人一样，她在蒙蒙的清晨早起背英文单词，心下确认自己的未来是在大洋彼岸。何叔叔等在她去往食堂的路上，他穿着一件半旧的白色的确良短袖衬衫，里面的背心清晰可见。一条灰色的确良长裤，手拎一只黑色人造革提包，脚下是双深棕色泡沫塑胶凉鞋。在这个男士流行穿各式花哨衬衫、时髦T恤的城市，何叔叔的这身打扮，就像出入城里火车站的那些来广州淘金的外地人。他看上去比过去略胖了些，头发明显花白了。他的胡子剃得很干净，微微露出的末梢却已染白，腰板也不像过去那样挺拔。立蕙觉得有些许心酸。她在正午的阳光下靠近了看他，心下一阵惊慌。开始变老的何叔叔，四下豁开的边，让真相的核心显现：她是越来越像他了。立蕙扯紧书包带子，双脚并拢。她觉得她随时都可能哭出来，赶紧咬紧嘴唇，整个心思都在对付胸腔里那缓慢上涌的酸楚。

何叔叔说的第一句话是：你都长这么大了？立蕙直直地看着他，微微挪了挪脚。你还认识我吧？他又问。她没响。何叔叔很轻地叹口气，说：我是锦芯的爸爸。我出差来暨大开会，听说你在这里上学，锦芯让我来看看你。十九岁的大二女生立蕙听懂了这里面的逻辑。那心酸已经到了喉管。她轻声回着：谢谢你们。何叔叔接着说：变化太大了，你看，锦芯的奶奶都去世了。立蕙"哦"了一声，她觉得该安慰他，却不知说什么好。何叔叔低下头，从包里掏出个牛皮纸袋，打开从里面拿出印着灰白格子的手帕。立蕙看到一只玉镯被递到眼前。她下意识地将双手背到身后。何叔叔将手镯递得更近了，温和地说：这是锦芯奶奶留下的。何叔叔这么远来看你，没有什么可以送给你，留着作个纪念吧。

立蕙刚伸出手，又立刻缩回来，喏嚅着：这太贵重了，留给锦芯吧。何叔叔一把握住她的手，这个动作非常突然，立蕙下意识地有点抵触。何叔叔点点头，示意她放松。立蕙的手掌摊平了。何叔叔将玉镯放到她手中，又将她的五指推回，让玉镯留在她手心里，轻声说：锦芯也有。立蕙一愣，想问那是不是一对，却没敢开口。她将手心打开，移近了看。那是一只蛋青色的玉镯。她不识玉，只是看到这手镯是那样通透晶莹，上面还有细微的雕刻，心下生出欢喜。

何叔叔将手帕折起，舒了口气，说：听说你读的是物理，好能干啊。女孩子学这个不容易。锦芯北大化学系一毕业，就到美国读研究生去了。锦茗比锦芯去得更早。你们赶上了好时代啊。立蕙感到那玉镯在手中的坚硬，点点头，说：好多年没见过锦芯了，她都去美国了？立蕙想起那个夏天，锦芯转身跑远的背景，心里为锦芯感到高兴。何叔叔微笑了说：你好好读书，将来也去美国深造，去看看外面的世界。立蕙点点头。何叔叔又说：那我走了。他却没动。立蕙将手镯小心地放进书包里，说：谢谢何叔叔。何叔叔这才转身走出两步，又转回头。立蕙看到他眼睛微微眯起，喉结在动，少顷，他说：你不用跟你爸妈讲在学校里碰到我。立蕙点头，眼泪上来了，赶紧低下头，装着在整理书包带。再一抬头，看到何叔叔已拐到通往校门的路上。立蕙望着何叔叔洁白的身影在墨绿色的冬青树前停下来，回头看向自己。他也许是见立蕙还没离开，抬起手来，手心向下朝她摆了几下，示意她离去。一下，两下，到了第三下，何叔叔的手心翻过来朝向她，高高举起摆了摆。那就是再见了。立蕙立在那里，远远地看着何叔叔掉过头去，步子大起来，那抹纯白很快便融进广州夏日正午赤白的天色里，无影无踪。待立蕙从食堂的碗架上取下碗时，才想起，自己该留何叔叔吃午饭的。立蕙快步走到食堂的大窗前，往学校南门方向望去，午饭时分的校园人来人往。何叔叔的出现像是个梦境，让立蕙恍惚。她反手去摸身后的书包，触到边袋里那个坚硬的圆形物。

现在那只玉镯就躺在书柜下部第三格的抽屉里。这么多年来，她从没向父母提起过何叔叔曾到暨大看她的事情，更没有给他们看过这只手镯。她只将它小心地带在身边，一路万水千山走来。她和何叔叔再也没有联系。立蕙是爱她的父亲的。她很害怕会有外力，将自己和父母一起组成的三人小家的温暖平衡打破。随着年龄的增长，她越发感激何叔叔以刻意的缺席给她带来的安全感。

立蕙起身，蹲到书柜前，拉开抽屉，忽然听到智健在身后说：怎么不开灯？

她转过头去，见智健走进书房，侧身向前拧亮了书桌上的灯。珑珑睡了，智健说。立蕙不动声色地将抽屉推上，智健扫那抽屉一眼，目光落到她的脸上，轻声说：珑珑那棵树让你不开心吗？

立蕙坐到地毯上，抬头看智健。智健双臂抱在胸前，黑色的圆领T恤让他显得更加高大。这个当年华南工学院的男排主攻手，和立蕙是圣地亚哥加大的同学。半导体物理专业博士生立蕙当时到电机系修集成电路原理，认识了在电机系读博的智健。同期广州高校的经历，让两人生出他乡遇故知的亲切感。两人当时都刚结束了大学里的初恋，处于真空期，很快就出双入对。在学校近旁的拉霍亚海滩上，立蕙身世的秘密在智健向她求爱的夜里被全盘端出。说到何叔叔在她成年之后唯一的一次出现，立蕙听到自己悠长的呜咽，在智健胸腔里轰鸣。智健将她搂得很紧。潮水漫上来，在月光下淹没礁石。她听到智健反复的轻声：好啦，现在你的生活里有我了。

在市政厅注册结婚时，立蕙入乡随俗地在自己的名字前冠上智健的姓，心里有奇妙的安然。两人随后双双读下博士。智健先在硅谷找到工作，立蕙去马里兰大学做了两年博士后，才来到硅谷和智健团聚，安下家来。他们在结婚六年后，才迎来了珑珑。在他们婚后的生活中，何叔叔再不曾被提起，任何可能通向那个核心的话题，都会被智健转开。以致立蕙有时会想，智健是不是已经将她生活里的那道折线忘记。

你想起他们了，是吗？智健又问一句，没等她回答，他又说：你知道我看着珑珑，常会想到什么？立蕙摇头，瞪大眼睛等他的话。我常会想，那何叔叔会怎么挂念你。那种感情，到成为父亲之后，我才有感同身受的体会。如果他不知道你的存在，如果他没到学校找过你……不要再讲下去了——立蕙打断他。这么多年，他不曾跟她提过她的那些秘密，这时却突然这样说出来，立蕙有些意外。智健蹲下来，将手搭到她肩上，说：我的意思是，如果你挂念他，你该去找找的。如今父母们年纪都大了。你看，你爸爸都再也不能来了。立蕙盯着智健，自语般地说：你真的觉得我该去找他们吗？智健凑近来，看着她的眼睛，说：如果你心里想的话，那就该找。到我们这个年纪，看顾自己内心其实是人生最重要的事情，对吧？立蕙轻轻地拥住智健，没有再说话。

立蕙那天夜里无法睡安稳。她的脑袋里并没有清楚的影像，却有不停飘闪的白色光芒。她双眼闭紧，光标仍一刻不停地穿梭着。智健的话粘着飞镖在她耳中乱窜。她悄悄起身，披衣下到一楼书房，抬眼看钟，已过凌晨三点。

距何叔叔到暨大交给她手镯的一九八六年初夏，二十五年过去。立蕙从十一岁起离开南宁，就再没回去过。跟小时同学的联系早已中断。唯有一次，在母亲来美探亲时，她听母亲提到过去农科院的好些子弟也来了美国。母亲说出那些孩子的名字，立蕙大多都觉得印象很模糊。母亲一圈说下来，就是没有提到锦茗和锦芯兄妹。立蕙想了想，做出很随意的样子，对母亲说：听说那个能干漂亮的锦芯早在八五年就到了美国呢。母亲几乎没有犹豫，马上说：那个妹仔很厉害的，可以讲是才貌双全啊。听说在伯克利加大读了化学博士，发表过好多论文，还有专利发明，好像就在旧金山湾区一家很大的制药公司当高管。立蕙没有接母亲的话，她不愿意知道，母亲是从哪儿"听说"的。她想起来，何叔叔那次到暨大，他也是由着"听说"寻来的。

立蕙想，锦芯既然发表过学术论文，还有专利，她的信息就一定能在网上查到。她上网将"锦芯何""伯克利加大"这两个关键词打入 Google，满屏的条目跳出来，果然发现有位"锦芯"在化学、制药学术刊物上发表了不少论文。立蕙快速往下拉着鼠标，很快寻到锦芯的最新信息：锦芯目前在位于南旧金山市的大型上市生物制药公司"海湾药业"任中心实验室主任。立蕙小心抄下了海湾药业公司的电话号码和电子邮箱。

第二天下午，立蕙从办公室往锦芯公司打电话。第一声振铃声响起，她感到手心有些发黏。立蕙迎着光抬起手，好像看到在广州的路旁扯下芒果树叶时，那些被流浆绕上指尖的丝丝缕缕。那铃声振响到第五声，留言机响了，立蕙立刻按下"0"，电话转到公司前台总机。男接线员问过下午好后，立蕙说她想找何锦芯博士。接线员马上说：哦，出于培训需要，我们下面的对话将会被录音。立蕙一愣，问：哦？什么培训？接线员耐心地说：顾客满意度方面的培训。在美国，未经当事人同意而录音，属违法行为。偷录下来的录音材料也不可为法庭采用，因此除警方外，录音前都会明确通知对方，要取得双方同意才能录音。虽说这类情形在跟商业公司打交道时会遇到，可听到锦芯公司的总机前台说要将他们的对话录音，立蕙还是有点不适。她有些勉强地说：那好吧。接线员说：谢谢你的合作，我能帮你什么？我想请你转告何博士，我是她失去联系多年的亲戚，请她方便时跟我联系。接线员热情地说：没问题。立蕙留下自己的姓名和手机号码，让接线员转告锦芯。

在立蕙给锦芯打去电话的第二天早晨，她的手机里跳出一个陌生号码。立蕙看到那650的区域号，想到很可能是锦芯的回电，心急跳起来。她摁下接听键，就听到：喂，喂，是立蕙吗？我是叶阿姨。立蕙犹豫着，想不起叶阿姨是谁。那声音轻下来：我是何伯母。一个停顿，立蕙听到呼呼的风声。没等她回过神来，又听到一句：我是何锦芯的妈妈——非常安静的女声，北方口音的国语。立蕙回过头，看到记忆的池塘里急速地蹿出一条高高的水柱。

噢，我是立蕙。何伯母，你好！立蕙应着，看到那条水柱应声倒塌，在水面上溅出大面积的水花。锦芯她好吗？何叔叔呢，何叔叔还好吗？她想将这最后一句说得随意轻松些，可听起来却咚咚作响，令她的心随着那响声越抽越紧。

等我们见面再细谈——叶阿姨的声音更低了。

二

立蕙抬起头，看到高高木架上盛开着各色指甲花的铁网吊篮，稀疏有致地随风微微摇摆。它们在加州初夏明艳的阳光下，横陈纵行地一路挂到露台深处，将灰蓝色的空间染出点点明艳，倒映在明净的玻璃台面，变出一片柔和迷幻的彩色，让她本来忐忑的心境安静下来。

立蕙提前了近二十分钟到达，这在她是少有的。她从公司里直接过来，因为不知道这个会面需要多长时间，特地告了下午两小时的假。

　　阔大的硬木露台有台阶直通海湾边浅浅的沙滩。沿着海湾微微曲折的岸线，拐过一丛高大的桉树林，远处的高尔夫球场上有零星人影。更远处是旧金山国际机场的跑道。不时有大小不一的飞机在前方海湾水面低空掠过。另一侧，长长的海湾大桥如一条细柔的白线，将海天的混沌隔出层次，使周围的风景生动起来。

　　这是叶阿姨挑选的见面地点：州立湾景公园深处安静却颇有情调的"水沿"西餐厅。叶阿姨在湾区住了很久，知道这个地方并不奇怪，但她在电话里说她要自己开车过来，着实让立蕙相当意外。在电话里听到公园的名字时，立蕙的视线有短暂模糊，一片灰蓝的水雾漫过来。她知道自己想到了圣地亚哥的拉霍亚海滩。正是在那个著名海滩上和智健一起走过无数次长路之后，她第一次将自己的身世之谜向这世上的另一人剖开，又由智健将它缝合成两人共有的秘密。

　　立蕙想象不出叶阿姨如今的样子。在她打来电话前，立蕙甚至都忘了锦芯的妈妈是叫"叶阿姨"。她模糊记得叶阿姨早年在南宁东郊长堽岭的师院教英文，每周才回西郊的家里一趟。立蕙对叶阿姨最深的印象，是她骑着一辆那年代里罕见的深黑色"蓝翎"牌女式自行车。在立蕙的记忆里，那辆坤车很大很长，车头和手把弯弯翘起。车子是软闸的，那些包在灰色塑胶皮里的闸线穿绕在钢杆钢丝间，在车前方交错处会出夸张的两股，然后结束在手把上。那辆车子有个大琵琶似的黑色大包链，横插在两个轮子之间。车轮转动时，轮毂里那些擦得锃亮的不锈钢丝变动着时疏时密的银弧，让人似能听到那叶黑琵琶的鸣响。

　　记忆里叶阿姨总是穿素净色的衣服，连小格子的都没有，好像有意要跟自己那辆造型特异的"蓝翎"车子浑然一体。叶阿姨还喜欢戴一顶尖锐三角形的阔大竹斗笠，将脸深深地藏入帽檐在阳光里截出的一片阔大阴凉里。这种越南特产斗笠很受南宁城里年轻女子喜欢。她们用艳色宽尼龙纱扎做帽带，系在脖子下，很有异国风情。相比农科院里的女科研人员戴的那些软塌塌的草帽，叶阿姨的越南帽就算毫无饰物，看起来也很特别。

　　立蕙记得，后来就经常能在农科院的马路上见到叶阿姨。立蕙从小女生们的口中得知叶阿姨调到西郊民族学院教务处工作去了。她们又说，听大人讲，叶阿姨小时是在桂林借读初中时遇到锦芯爸爸的，随家里回到北方后，两人后来一直通信。叶阿姨大学毕业时，主动要求分到广西，就是为了嫁给锦芯的爸爸。

有一次，立蕙到班里学习委员兰玲家里参加小组学习，大家又聊到锦芯妈妈到底是英文老师，派头就是不一样。在路上从不跟人打招呼，跟邻居也不讲话，不晓得算清高还是脾性古怪，所以锦芯那么傲，怕是有家传。原在里间的兰玲妈妈这时提了个布包走出来，一边用小木梳梳着短发，一边说：锦芯的妈妈当年在北师大是学俄语的。她跟何叔叔刚结婚那时，我还听过她用俄语给大家背《静静的顿河》，背着背着，她眼里都是泪。唉！兰玲妈妈跳跃的语句，小女孩们只听懂了五六分，但最后那声低闷的叹息，让她们静下来。立蕙屏住气，看到兰玲妈妈很深地看了她一眼，自顾着摇摇头，叹说：唉，这就是生活！说完搁下木梳。立蕙听到了木梳击到三合板柜面上的那声"啪"的轻响。她微低下头，看到兰玲妈妈脚上那双压有黑色喇叭花形的塑胶凉鞋从身边跨过。立蕙不能肯定兰玲妈妈看过来的那一眼，自己是"看到"还是"感到"的，一阵心惊。

现在她在等那个戴过越南斗笠、骑过深黑"蓝翎"自行车、眼含泪水为朋友们用俄语背诵过《静静的顿河》的叶阿姨。立蕙感到紧张，更令她不安的是，叶阿姨回避了她对何叔叔近况的追问。"我们见面再细谈"——叶阿姨重复了两次，却没松口，也没有说何叔叔会出现，令立蕙生出焦虑。何叔叔应该比生于一九四○年的母亲大些。七十多岁的老人，身体可以很好，也可能很差。自己父亲就是七十五岁那年开始失忆的。再不就是中风或更严重的病症的后遗症了？这个想法冒出来，立蕙在木桌上轻敲两下——这是西人的习惯，走嘴说了不吉利的话，敲敲木头冲掉它。会不会是最坏的可能——何叔叔已离开人世？在公司停车场准备启动车子时，这个深黑的问号曾跳出来。她从后视镜里看到自己的脸色让身上铁灰色真丝短袖衬衫显得更苍白了。她竟穿了这么深色的衣服，真像是要见记忆中总是一身冷素的叶阿姨。立蕙还特意戴上了何叔叔给她的玉镯。这些年来，这是第一次。那蛋青色的一环，在晨光里牢牢地圈在她细细的手腕上，细微的佛雕纹线若隐若现。

立蕙往冰茶里挤了些柠檬汁，一抬眼，看到侍应生领着个上了年纪的华裔女士走到露台入口处，朝自己这边比画着。立蕙起身迎上去。是叶阿姨吧？立蕙听到自己的声音让头顶的花篮弹回来，尾音轻轻扬起。叶阿姨远远地朝她伸出手来，微笑着走来。立蕙疾步上前握住叶阿姨的手。那手很瘦，薄薄的一把，却带着暖热的体温。

叶阿姨握着立蕙的手摇了摇，说：是立蕙吧！哎呀，你都这么大了！立蕙心下一酸——何叔叔那年到暨大看她，见面时说的第一句话也是：你都这么大了！那一年，她才十九岁，如今已年逾不惑。立蕙努力笑笑，说：叶阿姨，见到你真高兴！这边请这边请。她拉着叶阿姨的手，走到座位上。叶阿姨松开手，停下一步，上下打量着立蕙，说：你还是这样苗条，就是高多了，真是斯文好看。叶阿姨将这话说得这么自然，听起来亲密得好似叶阿姨当年就住在隔壁，看着自己长大的一样，让立蕙不知如何应答。哎，你这继承的是你妈妈的身形——叶阿姨又加了一句。立蕙正要笑，听叶阿姨提起母亲，一下有些不自在，赶紧说：锦芯的身材那才叫好看呢。我们老师当年总是说，看人家锦芯，站有站相——叶阿姨脸色一下凝住了，有点走神。

立蕙赶紧拉开椅子，一边扶叶阿姨坐下，一边说：叶阿姨，我真佩服你，能自己开车跑高速公路，太了不起了。叶阿姨笑着摆手：嗨，我考了八次路试才拿到驾照。立蕙张了张嘴，叶阿姨马上说：不过很值得，特别是到了我们这个年纪，能独立太重要了。立蕙想到父母不愿在美国定居的原因，跟他们感觉离开女儿无法独立，又怕拖累女儿有很大关系，轻叹说：叶阿姨你很不一样的，还懂英文。叶阿姨说：刚开始也难的，电台一开，根本听不懂，发现还不是美式英语和英式英语那么简单，是自己基本没有语感，急死人。哎，都过去了。谢谢你提醒了我经常忘记的一点：比起很多同龄的中国老人，我真是幸运的。立蕙感觉到叶阿姨思维的跳跃，却一时无法确定语气中的内在关联，就没接话，转头去给叶阿姨叫热茶。

叶阿姨比立蕙记忆中的样子矮了，腰板却很挺直。烫成大波纹的齐耳短发梳理得纹丝不乱，几近全白，在前额处却有几抹灰色，随着波形弯曲有致，带出几分时尚感。叶阿姨面颊和眼角的皱纹密集却不都很深，皮肤上有些浅淡的斑点，脸上的毛孔也是细密的，给人的感觉是老了，却并未松塌。叶阿姨还抹了无色唇膏，眉毛也精心修理过，整个人看上去十分清爽。上眼睑打成两条深褶，顺着眼睛的形状延到眼角，折出长长的尾线，眼睛却很亮。立蕙过去从不曾如此近地看过叶阿姨，这时才肯定了自己过去的猜想：锦芯确实更像母亲。跟立蕙一袭深灰的暗调成对比的是，叶阿姨上身是一件纯白的尖领棉布衬衫，外套一件浅紫色薄棉开襟针织外套。下身一条熨得很平整的沙色布裤，一双浅棕色白色胶底布鞋。跟那一头浅白的发色配起来，通体干净素洁——这点跟立蕙记忆中的叶阿姨一致。

　　侍应生走过来。立蕙将菜单递给叶阿姨，说：我第一次到这儿来，叶阿姨给推荐菜吧。叶阿姨接过菜单放下，说：我就要一盘他们的意大利鸡肉面。你可试试他们的串烤三文鱼，分量不大，烤得很嫩，口感特别好——太好了，就听你的，立蕙说着，也合上了菜单。

　　两人点了菜。叶阿姨微微前倾身子，说：哦，我先得说明一下，今天我请客。立蕙马上摇头：我——叶阿姨摆着手，说：打住！我是长辈，这第一餐该是我请。其实最好是请你到家里来，但现在暂时做不了——叶阿姨——立蕙打断她，说：我是晚辈，孝敬你是应该的。叶阿姨将手按到菜单上，压了声说：听话，立蕙！就当我是代何叔叔请你的，可以吗？

　　立蕙看到叶阿姨的眼神有些冷，立刻安静下来。叶阿姨很淡一笑，说：这就像个乖孩子了。一个停顿，她又说：你不是问何叔叔吗？立蕙点头，抬眼看到一只蜂鸟飞近头顶的那蓬白色指甲花，她清楚地听到自己心跳速度跟上了那鸟儿翅膀快速扑打的频率。

　　何叔叔已经在前年春天离世了——叶阿姨的声音飘过来，风一样，极轻。立蕙看到那只蜂鸟"啪"的一击，尖小的长嘴定在铁网间的草叶里，摇落下的指甲花瓣星散而下，让人想到雪花。她靠到椅背上，感觉后背抽紧了，不响。叶阿姨凑近了，看着她轻唤：立蕙？立蕙回过神来，很轻地说：啊，怎么会是这样？何叔叔年纪并没有很大——她侧过脸，看到自己走出暨大学生食堂的大门，去寻何叔叔白色的身影。她十九岁了，那时。十九岁的她，竟没有留何叔叔吃顿学生食堂的午餐，现在看回去，那竟是他们的第一面，也是最后一面。何叔叔身板挺直地藏在白色的确良短袖衬衣里，慢慢走远。

立蕙拿起纸巾，轻擦着眼角的薄泪。叶阿姨平静地看着她。这平静让立蕙感到压力，她努力忍着，不让已涌到鼻腔里的微咸清液流出来。人都有这一天的，好在何叔叔走得很快，没吃什么苦，叶阿姨缓慢地说着。立蕙捏着纸巾盯着叶阿姨，等她下面的话。

他那时在东部马里兰锦芯的哥哥那儿。天刚暖了，他们白天去海边玩。何叔叔下船时还高兴地从很高的舷梯上跳下来。问题可能就出在这里。人老了，血管就像老旧的水管管道，壁上很多锈斑。你不动它，它可能还行，遇激烈冲击，锈斑就可能脱落，堵塞血管。他刚落到地面时，脸色一阵发白。他没有及时告诉大家他不舒服，自己强忍，大概以为可以顶过。但到了半夜就再顶不住了，紧急送医院，是大面积心梗，什么话都没有留下来，就走了。

立蕙低下头，将餐巾纸打开，蒙住眼睛，轻轻移下，抹净面颊上的泪，抬起头来，喝了口冰茶，说：这几年越来越频繁地听到长辈们的这类消息，每次都让人很难过。叶阿姨点点头，说：你是个很善良的孩子，真可惜，我们没早点联系上。立蕙不知如何作答。叶阿姨安静地坐着，头侧过去，望向海湾远处。这时已是正午，阳光垂泻而下。微风吹过，叶阿姨前额的头发在脸上打出移动的阴影，让人看不清她的眼神。好一会儿，叶阿姨才转过头来，问：你父母都还好吗？算起来，我怕有三十多年没见过他们了。

菜上来了。立蕙帮叶阿姨往意大利面上撒着胡椒，点头说：他们都挺好的。可惜我爸前两年得了老年痴呆症。他们来美国住过一阵，都拿了绿卡了，最后还是说回国更习惯。我知道我妈是怕拖累我们。其实他们这样，我倒更不放心。这几年只要有假期，我都往广州跑。叶阿姨本来在搅拌着面条，这时停住了，脸上的表情暗下来，盯着立蕙，想了想，说：照顾一个老年痴呆的病人是很辛苦的，而且你妈妈也是个老人了。是啊——立蕙叹口长气。

叶阿姨安静地嚼了一口面，放下叉子，问：我记得，你比锦芯小两岁，是一九六六年出生的，对吧？立蕙点头。叶阿姨侧过脸，目光看往海湾的方向，微眯着眼睛，好像在抵抗阳光的刺激，过了一会儿，忽然说：你妈妈如今还写毛笔字吗？她那一手字，可真是写得好啊，非常好。

香松酥脆的烤三文鱼在立蕙的嘴里正融出油香，她喝口水，说：我没见过我妈写毛笔字啊。叶阿姨的嘴角掠过一丝苦笑，说：哦，是吗？那该是你出生前的事了。你妈妈和锦芯爸爸他们一起到融水苗族自治县的大山里搞"四清"，你妈妈在那里跟何叔叔一起练的毛笔字。跟何叔叔学练毛笔字？立蕙将叉子定在盘里，问。叶阿姨没答话，自顾着往下说：何叔叔的曾祖中过举，早年是桂北兴安城里的耕读世家。你将来有机会去兴安，到灵渠走走，那里还有何家的牌匾。何叔叔的毛笔字一向写得非常好。抗战胜利后，四六年初那会儿吧，我们全家从昆明出来，要回老家西安。一路走到桂林，我就是被何叔叔的字留下来的。说到这儿，叶阿姨轻笑了一下。我家里逃到桂林时，临时租在何叔叔家的大宅子边，就在中山路十字街拐角上，当年是桂林最热闹的街市，一排排的桂树，飞扬的尘土。我那时在读初中，差不多天天去锦芯爸爸家里看锦芯爷爷写字。立蕙屏住呼吸，见叶阿姨低下头，慢慢地用叉子搅着盘里的面。她想了想，说：我小时候听说你都回北方了，读了大学后又专门到广西来跟何叔叔成家的。叶阿姨点点头，说：是啊。唉，人的一生，有时就决定在"一念"。很多现实的困难，比如生活习惯、风土人情、性格差异，年轻时不会想的，直到碰到很多困难。说到这里，叶阿姨突然停下来，说：你看我扯远了。我是讲，你妈妈和我们家何叔叔，那时都在融水乡下的工作组里。你妈妈业余时间跟何叔叔一起练字。我六五年冬天到柳城去支教——哦，这些广西地理……叶阿姨看看立蕙。

立蕙点头，说：我有点概念。那是柳州地区的一个县吧？叶阿姨点头，说：是的。我在柳城的事情办完了，那里去融水很近，正好柳城教育局有车去，我跟过去看看春节后就没再回过南宁的何叔叔。我是在那里看到你妈妈的字的。说到这儿，叶阿姨停顿一下，很深地看了立蕙一眼，想了想，说：那些字堆在苗寨生产队破烂的办公室里。办公室在简陋的竹楼上，楼下养猪，很臭，但风景非常好。真是层峦叠嶂啊，深浅不一的黛蓝、墨绿的凤尾竹拥到竹窗前，再远处是苦栋，那是画都画不出来的美。所以听人讲"桂林山水甲天下"，我就说，那样的山水风光，广西到处都是，更美的都有。可惜绝大多数人根本无缘亲近它们。我看着竹窗外的景致想，在这里练字的感觉肯定非常奇妙，简直就是给山水画卷题墨。你妈妈很有灵气。我看了她很多字，将那些写在报纸上的字铺开看，真是进步神速。我就想，可惜她没有碰到锦芯的爷爷，若跟了他老人家学，凭她的资质，会出息成个大书法家的。你在那里碰到我妈妈了？立蕙很轻地问。叶阿姨苦笑了一下，嘴角不经意地一撇，表情就冷了，说：我只在那儿过了一夜，第二天一早就走了。没有见到你母亲，只见到了她很多的字。很多——叶阿姨又强调了一句。你说你没见过你母亲写毛笔字，嗯。后来回城了，很快"文革"开始，你又出生了，她可能再也没空，大概也没心情再写大字了。

立蕙看到一个巨大的问号，被叶阿姨看似漫不经心地抡成了一个完整的大圆。立蕙瞪着眼睛，清楚地看到自己家庭树上的所有枝丫，如何从那个圆形的树上生长出来。她如果像珑珑那样也来给自己画一棵的话，那树底下坐着的，会是她，锦芯和锦茗——她的两个同父异母的兄妹。她比珑珑幸运些——这个想法跳出来，立蕙摇摇头。她知道，若按美国式的严格要求，锦芯锦茗该延出一条长长的折线，连到另一棵家庭树上去。

叶阿姨切着鸡肉，说：如今我倒天天会写一阵毛笔字。这跟人家练太极练瑜伽是一样的，能让心静下来。特别是心情不好的时候，一直写一直写，那些烦恼好像真的能随黑黑的墨迹流走。叶阿姨停了一下，又说：你妈妈现在年纪大了，时间比较多，让她写写大字，会很有益的。立蕙想到母亲如今为了照顾父亲，连单位里组织的各种旅行团也不参加，每天陪丈夫散散步，买个菜，偶尔串串门，傍晚跟老同事们聚在水泥地上跳舞，看不出有什么烦恼。就是说到丈夫的病，她也总是说：你爸能吃能喝，体检指标比六十左右的人都好，我怕还活不过他呢。痴呆点怕什么？我不痴呆就行了，可以服侍他。只要他活着，就是个伴。你不要想象照顾他是苦，等你老了就懂了。这样说来，如果练字是寄托，大概母亲如今真不需要了。

叶阿姨搁下刀叉，说：我已经吃好了，你慢慢用。立蕙看到叶阿姨碟里还剩下三分之一的面、几片鸡块。叶阿姨接到了她的目光，敏感地回应说：剩下的我打包带回去。立蕙这时也将盘里的食物吃完了。侍应生过来收拾盘盏。立蕙和叶阿姨又点了咖啡。

咖啡很快送来了。叶阿姨一边往咖啡里加着奶和糖块，一边问：你看上去只有三十多岁的样子，生活一定过得很顺利。你上班吗？立蕙呷了口咖啡，笑笑说：谢谢叶阿姨，唉，我如今连镜子都越来越不敢照了。叶阿姨赶紧摆手，嗔怪道：瞎讲！你这么年轻，这想法要不得。中国老话说的"相由心生"，一点不错。心态最重要。立蕙说：真是太忙乱，总觉得累，憔悴得很。叶阿姨"哦"了一声，说：要多运动，又问：你如今在做什么工作呢？立蕙答，我在半导体公司做芯片成品率优化方面的研究——她不知叶阿姨是否听得明白，口气有些犹豫起来。叶阿姨抬眼看她，说：女孩子做研究工作很好的。好多年前，我听到他们谈起过，说你也来美国了，在念博士。立蕙一愣，想问"他们"里有何叔叔吗？转念却说：那时候年轻，没多想，就一路读下来了。她看向远处的圣马刁大桥，那沉沉一线通向彼岸——是何叔叔跟她说的，将来到美国去，长见识，她就来了。何叔叔不说她应该也会来的。那时的广州，年轻学子们的人生目标是要到国外深造。但何叔叔那年如果没有告诉她锦芯已在美国念博士了，她未必真会明确决定要念下博士。锦芯一直高高地在前头，特别是那个夏天，在高高的台阶上，她认出了锦芯的身份后，锦芯最终变成亲切的榜样。

叶阿姨点点头，说：你们这些孩子都很能干。在美国读博士很辛苦，我看锦芯他们就知道了。你爸爸妈妈一定很高兴的。立蕙没说话。她想自己父亲这一生最开心的时刻，怕真是看到她穿着博士袍戴着博士帽、从圣地亚哥加大理学院院长手里接过博士证书的那个瞬间了——智健后来告诉她：听到麦克风里读到你的名字的时候，爸爸流泪了。立蕙走下台后，紧紧拥住父亲。严博士！我立蕙是博士了！爸爸揩着眼睛说。在十二岁离开南宁的那个早晨，她抱住父亲的腰哭出了声——为了他含泪说出的对她的爱。立蕙在圣地亚哥明艳的五月天里透出了一口长气，她终于对父亲做出了些许报答。

立蕙刚想问锦芯的近况，叶阿姨又说：你成家了吧？孩子呢？立蕙点头，掏出钱包，取出一家三口的照片递给叶阿姨。叶阿姨侧身从包里掏出老花镜戴上，双手接过立蕙的照片，大概是嫌光线被头顶的花篮挡着有点暗，她往后移了移身子，将照片拿近了再看，几乎是端详。好一会儿才将照片还给立蕙，说：真好看的一家人，孩子长得太可爱了，眼睛圆圆长长的，好像你。你先生也生得俊，是同学吗？立蕙说：是在美国读书时的同学，家里也是广州的。叶阿姨微笑着点头：多好啊！人老了，看到孩子们过得好，最欢喜了。我们如果早几年联系上就好了。立蕙轻声说：就是啊。叶阿姨叹口气，又问，孩子叫什么名字？多大了？他属龙，马上就要十二岁了，我们叫他珑珑，玲珑的那个珑。叶阿姨笑说：我喜欢这个名字，很配他的样子，很讨喜。他的中文怎么样？唉，这就是我最头痛的事情了，听、说都还不错，但读写就不怎么行，立蕙苦笑着摇摇头。叶阿姨摇头，说：再难也不要放弃，要坚持送去中文学校。小时候打下拼音的基础，笔画顺序也弄通了，将来大了再学就容易得多。我的孙辈们如今上了大学的，都在选修中文。他们都说，小时候打的基础帮助太大了。立蕙笑着说：我已经送珑珑上了五年中文学校了，从骆宾王的"鹅，鹅，鹅，曲项向天歌"学起，弄得我都重新翻了一阵唐诗呢，可也就这样了。

关键是坚持，叶阿姨说着，喝了口咖啡，说：我一直在看你手上的这个玉镯，特别好看。立蕙的心跳快起来，放下手里的杯子，将手伸到台子中间。从花篮四周直泻而下的正午阳光，将她腕上那圈烟白色的玉照得剔透通明。立蕙这才发现，里面有些小小的细绒般的云纹，横在微型弥勒佛像间若隐若现。何叔叔将这个手镯交到她手里，她一直将它套在墨绿色的平绒小袋子中，锁在广州家里自己的小柜抽屉里。出国时带出来，时刻随放身边，却很少取出来。她从不曾注意到这上面有小小的云纹，便好奇地要脱下来看。叶阿姨按下她，说：你戴着很好看，不用取下来。立蕙松了手，说：哦，我是第一次看到这些云纹。这是家里传下来的，她小心地说。叶阿姨点点头，说：我们家锦芯也有一只相似的，是她奶奶留下来的，那上面雕着观音，也是这样细致。你回去用放大镜看，会发现上面的每一颗佛珠都雕得很细致，旧时的东西就是好啊。那时的人，一辈子就专心做一件事。锦芯那只也是这样，侧沿也有一圈玉皮。听她奶奶说，那是从一块和田玉上直接剖制的,故意留着玉石皮。你看它有皮这边的表面不怎么平。内里挖出的那块,做了两个玉佩,由锦芯她哥拿着。有传家宝的人家是幸运的,一代代血流下去,有这些东西,是个念想。你将来要把它传给珑珑。

你说得真好,立蕙轻声应着,将腕上的玉镯转了一圈。叶阿姨淡淡一笑,说:今天看到你,晓得你过得这么好,作为长辈,我真是很开心。已很久没这么开心过了。我过两天就要到东部锦茗那里去,跟他们一块儿去参加我大孙女妮子在马里兰大学的毕业典礼。锦茗在弗吉尼亚大学教书。那小丫头秋天就要到UCLA(加州大学洛杉矶分校)去了,拿到全额奖学金去读医。啊,恭喜你了!真厉害啊!立蕙由衷地说。叶阿姨笑起来,说:这丫头从小特别省心,很自觉。锦茗的老二是个男孩,还在读高中。

锦芯也跟你一起去吗?立蕙问。叶阿姨一个停顿,表情黯淡了,静坐着,好一会儿都没有反应。看到叶阿姨的眼睛有些微红,立蕙小心地问:锦芯怎么啦?叶阿姨这才回过神来,说:说来话长。应该说,锦芯原来一直都很顺,从小就不用人操心的。北大一毕业,就嫁了同校无线电系的男生。那是个湖南人。两人一起来伯克利加大读博士,锦芯念化学,我女婿念计算机科学。锦芯从小很好强,这你也晓得。她一边读博,一边生孩子,二十七岁那年生老大,两年一个,连生了三个孩子,博士论文答辩都是挺个大肚子去的。

啊!立蕙轻叫一声。太厉害了!她又加了一句。叶阿姨摇摇头,神情悲切地说:我那时身体不好,回国养病了。很多中国同学都是生了孩子就丢回国给家里老人帮养,等自己安定了,再接孩子出来团聚。我们也劝她让我们带孩子回去,可她死活不肯,说孩子得在自己身边长大,让我们不要管。何叔叔心疼她,让锦茗给办了绿卡,坚守在伯克利帮她带孩子。大家那些年其实都很辛苦。等她博士毕业找到工作,才安定下来。我那女婿在硅谷做事。前些年网络业最好的时候,他供职的那家公司很快就上市了。当时那股票在纳斯达克热得不行,上市第一天就涨个百分之二三十,按俗话讲是发了。他做了几年把股票的钱都拿到手,就闹着海归,回国创业。回去在中关村跟朋友合开个高科技公司,说起来做得挺不错的,去年初就突然生病了,查来查去查不出病因。人就眼见着消瘦,不停拉肚子，到后来整个人脱了形。你不能想象生命有多脆弱，一个活生生的汉子，说没就没了！立蕙一惊，问：你是说锦芯的先生？走了？叶阿姨点头，说：是啊。

立蕙回不过神来，脱口说：他们有三个孩子呢！天啊。叶阿姨摇头，说：孩子倒也都大了。老大如今在康奈尔念大二，很懂事，又漂亮，何叔叔生前最疼她。老二非常聪明，高中跳了一级，现在哥伦比亚大学读大一，老三还在波士顿念寄宿高中。经济上没问题的。只可怜我那女婿，那么出色的一个孩子，在很恶劣的环境里长大，自己一路很努力走过来的，又那么孝顺——更不幸的是，锦芯原来那么顺的一个女孩子，学习、工作一向很出色，中年竟来了个这么大的打击，一时受不了，精神几乎崩溃，有一阵患上抑郁症。到去年夏天，竟引发肾衰竭，如今要透析。这样一来，一个人的生活品质，你可以想象。

立蕙感到全身僵住，眼睛无法聚焦，前方的人影一个个散开来，成为五颜六色的光斑。锦芯的身子被那些光斑缠绕着……高高地在前方的台阶上站着，突然转身，沿着小径跑远，锦芯哭了，肯定。立蕙打了个寒战。

她现在的情况怎么样？立蕙轻声问。

还算稳定，已经上班了。身体当然是虚的，但看上去比过去更拼了，让人担心啊。唉。本来是一周透析一次，最近说数据不太好，很可能要加到一周两次。说到这儿，叶阿姨的情绪平静下来。可以换肾的，对吧？我有个同事今年初就做了手术，很成功，现在恢复得挺好。我记得，里根政府那时就通过的政策，换肾是可以完全由政府负担的，立蕙的语气急促起来。

叶阿姨看立蕙一眼，点头说：透析很辛苦。连出门旅行都受限制，到外地住一周以上，都要先找好透析的地方。虽说换肾在美国排队迟早能排上，但什么时候能排到匹配的肾源，很难讲。我和她哥哥都去做了测试，可惜都和她配不上。

立蕙心里"咯噔"一下，还未说话，就见叶阿姨转过身去，朝远处的侍应生招手，表示要买单了。侍应生拿着账夹过来。立蕙和叶阿姨同时伸出手去抢，叶阿姨叫起来：No！立蕙，听话！立蕙看到叶阿姨表情非常严肃地盯过来，缩了手。叶阿姨按下账单，说：这餐饭就算是我代何叔叔，也代锦芯他们请你的，好吗？立蕙嗫嚅着，鼻子有些发酸，轻声说：那就真要谢谢了。等你从东部回来了，请你们到家里来聚聚。

正在签单的叶阿姨停下来，看看她，说：好的呀。我今天很高兴。我喜欢你这个孩子。你有我的手机号码了，我们随时联系。有机会，你请跟锦芯联系一下，她要到她侄女毕业典礼那周末才会过去。她知道你在找她，很高兴的。她也会找你。你们在这儿这么近，做个伴儿，多好。立蕙点头。

立蕙挽住叶阿姨，将她送到停车场里的车位上。立蕙注意到那是一辆七八成新的沙金色凌志车。叶阿姨看着车子，说：这是志达，也就是我女婿留下的车。她说着，那声音有些变了。立蕙安静地帮叶阿姨拉开车门，等叶阿姨坐进车里，忽然心思一动，微低下身子，低声问：我想问一下，何叔叔安葬在哪儿？叶阿姨似乎有点意外，抬起脸看向立蕙，想了想才说：葬在华盛顿近郊一个很开阔漂亮的墓地里。那里有片专门开辟给中国人的区域，墓碑是竖立的。我给自己在边上买了一个位……叶阿姨，你会长命百岁的，立蕙打断叶阿姨的话。叶阿姨一笑，表情竟带上了些天真，伸出手来，轻轻却是很快地摸了摸立蕙的脸颊，说：谢谢你。我们家里除了我，都是学科学的，你也是啊。最关键是活着的时候要活得开心，长短并不那么重要。但还是要谢谢你的吉言。

立蕙退出几步，看叶阿姨将车倒出来，摇下车窗，向自己招手，再一眨眼，那抹沙金色就转上了通往公园大门的车道上。整个过程十分流畅。立蕙一愣，想，怕没几个人记得叶阿姨当年座下闪着银光的两只钢轮间横插着的那把深黑琵琶了。真是比弹指还快。她站在停车场里，抬起头，一架阿拉斯加航空公司的飞机掠过海湾上空，越降越低。机尾那个爱斯基摩人的脸越来越清晰，看上去真是历经沧桑。他在笑，灿烂却是饱经风霜的笑容。可他死了——立蕙捂住双眼，再松开。锦芯那张生机勃勃的脸浮上来。立蕙迎上她看向自己的幽深眼神，慢慢退下腕上的玉镯，小心地放回手袋里，朝停车场深处自己的车子走去。

三

锦芯在叶阿姨飞去东部的当天夜里，给立蕙打来了电话。

立蕙正在往洗碗机里放着盘盏，珑珑举着她搁在起居间茶几上的手机跑来递上。立蕙抬抬下巴，示意珑珑将手机搁在台上，等她稍会儿再看，却一眼瞟到珑珑举到眼前的手机屏面上跳出的是新存下的锦芯家号码，赶紧扯下塑胶手套，按下对话键，随手摸了摸珑珑毛茸茸的脑袋，谢过他。

请问是立蕙吗？沉着的陌生声线，非常干脆。在立蕙的记忆里，锦芯的声音总是高昂犀利的。小时候坐在农科院子弟小学的礼堂里听锦芯发言，总让她想到冬天的午间靠在宿舍楼边桉树下啃甘蔗的时光。咔嚓咔嚓，那些青皮的糖蔗、黑皮的果蔗是那么清脆而多汁，令人口舌生津。立蕙没想到，锦芯的声音也会生长，像那些节节升高的甘蔗，在根底变出坚韧。

我是立蕙。立蕙一个激灵，声音轻下去，很快地将洗洁剂倒上，按下摁钮，转身拐出厨房。洗碗机的进水声在身后"哗，哗哗，哗"地追击而来。我是何锦芯，锦芯在那边追上一句。立蕙应着：噢！锦芯，你好你好！多少年没见了啊，你还好吗？她一路上楼，转进主卧室，随手关上门，坐到地毯上，没顾得开灯。从窗纱里看出去，墨蓝的天色被远处邻人的屋顶和行道树的枝丫剪出黝黑边角，嶙峋间有些白亮的光。立蕙有些欢喜起来。

谢谢，我还可以。听我妈妈说你们见过面了。她回来好兴奋，跟我说了好多的你。叶阿姨安详的面容跳出来，立蕙想象不出她兴奋时的样子，有点走神。可惜我前些天有点忙，没能跟她一起去。我妈说你的状态特别好，好年轻，家庭也很完美，真让人高兴。立蕙听出那声线在变柔。

噢，哪里哪里，都过了四十岁了——立蕙说到这儿，心下一酸。记忆里锦芯最深的形象，是穿着一件粉红细格带荷叶边的的确良短袖衫，挺拔地站在台阶上，通体舒展得没有一丝皱褶。锦芯呵斥那些个小毛孩四散而去后，眼里的冷光掠过来。那时她们都是十几岁的少女，在中国南方桉树浓重的阴影里同时被一支冷箭穿透，却不曾相互安慰。

叶阿姨看上去才是好，还能自己开车，真了不起，立蕙掩饰着说。锦芯在那头迟疑了一下，说：是啊。日子过得多快，我们大概有三十年没见面了吧？立蕙未及接话，锦芯又说：我想请你方便的时候到家里来坐坐，好好聊一聊。

我也很想见你。我跟叶阿姨说了，等她从东部回来，要请你们到家里来，立蕙应着。锦芯赶紧说：噢，等我们从东部回来，孩子们也回来后，再请你们全家一起过来聚聚。立蕙心下明白锦芯是想尽快单独见她，就说：我周末有空，看你的方便。锦芯的口气轻快起来：那好。我三个孩子都在东部，我现在一周有两天在家上班，三天去公司。可我下周末要飞马里兰参加侄女的大学毕业典礼。如果你方便的话，这周六能不能来小坐一下？立蕙还未开口，锦芯在那边赶紧说：这样临时约你，但愿对你来说不会太仓促。

立蕙当即应下。两人互道了珍重。立蕙刚收了线，就接到锦芯传到手机上的短信息。一看，是锦芯家的地址，是在希斯堡市。那座小城在跟叶阿姨碰面的湾景公园对面的山间，紧靠着生物生化公司云集的南旧金山，是湾区有名的老派富人聚居地。当年林青霞刚出嫁时，在那儿安过家，湾区华文媒体很热闹地报道了一阵。锦芯竟住在那里，让立蕙有些好奇。

周六早晨，智健和珑珑父子一早去了运动俱乐部。这是他们的"父子时段"。待智健健身完毕，珑珑的游泳训练也结束了，两人泡好三温暖，去吃顿平时立蕙严格限制他们进食的汉堡，再去书店五金店等处逛逛，回到家该是午后了。智健如今除了偶尔到排球俱乐部打打球之外，更热衷的是到旧金山当义务城市导游。他业余花不少时间自费修课、参加培训，了解旧金山的历史和街道、建筑及文化，成了旧金山城维多利亚建筑方面的专家。他周末不时到城里，以志愿者的身份领着来自世界各地的游客参观市区漂亮的维多利亚建筑群。

立蕙将家里的琐事打理完毕，上午近十一点时出了门。她挑了件深梅红的Ralph Lauren新款短袖POLO衫，左胸前马球手和骏马的白色大标识，细细的腰身掐得恰到好处，下身是一条白色纯棉七分裤和白色纹麻编底凉鞋，配着精心修剪打理过的短发，长长的脖子，一对梅红间白纹案的细长耳环，亮色的唇膏，看上去生机勃勃。

立蕙转到超市买了一把含苞待放的百合。这些年来，立蕙偶尔想到锦芯的时候，总觉得她是最合适用百合来表达的那种女子——硕大花朵开放的姿态如此恣意，浅白的巨大花瓣包裹着色泽纹理浓重而繁复的芯蕊，馥郁的香气冷艳决绝。立蕙为自己终于有机会亲自对锦芯作如此嘉许，心下有些雀跃。她又寻到附近一家日裔经营的糕点店里，买了一盒绿茶和红豆作馅的茶点，才转上高速。一路从硅谷南端腹地沿二八〇高速公路北上，按GPS的引领，不过半小时的车程，便开始在希斯堡浓荫蔽日的柏油山道上盘旋。

立蕙摁下开启车窗的按钮，伴着车窗清晰的滑落声，车里立刻灌满红杉混着桉木的清香。微风挟来海湾的淡腥，气温也比山下至少低了三五摄氏度。窄小山道边间隔稀疏的豪宅依坡而建，大多是样式古典的老房子，前庭后院花木扶疏。立蕙的车速慢下来，心里的紧张疏淡了。

锦芯家在一条隐秘的弯道尽处。立蕙按GPS的指引，拐进一块几乎被参天红木蔽掉天空的圆形空地，看到正前方一扇大开的深灰色栏杆铁门。她看一眼门侧铜雕信箱座下的号码，知道锦芯的家到了。

按锦芯在电话里的指点，立蕙将车子直接开进铁门里，一眼看到前方至少有二百七十度的宽阔风景线。她将车子在喷泉边停稳，捧着百合，拎了茶点和手袋走下车，站在前院打量这个藏在山谷里的深宅大院。

这是一个在小坡顶上开出的宽大平台，边缘近房子一侧有棵巨大的橡树。近午的阳光穿过，在地上打出斑驳光影。喷泉池子的中央坐着一条线条柔美细致的铜雕美人鱼。水柱从她双手托着的水瓶里喷流而出。池边有些铜莲叶，青蛙和龟，一圈小小的水柱，轻缓地喷吐着水花，水声清亮舒缓。平台边缘高矮不一的花坛花带里开满了绣球、天堂鸟、玫瑰和热带兰花，夹着阔叶蕨根类热带植物。

锦芯的家是地中海式两层楼房。外墙刷成细腻的姜黄色，有几个错落的尖顶，看上去很有气势。深栗色原木的门窗，同色调的细巧铁件外饰，配着质感厚重的红瓦，给房子外观平添出低调的雅致。左侧那蓬茂盛的三角梅，在阳光下开出一片烂漫艳红的花朵。

从这里远望，旧金山国际机场伸向海湾的跑道清晰可辨。山下密密麻麻的房屋像是浸在灰蓝的水里，高速公路上南来北往的车辆若隐若现，静中有动。立蕙想象着这儿的夜景，有些走神，忽然听到身后传来带着犹豫的女声：是立蕙吧？立蕙赶紧掉过头去，看到锦芯正跨出大门，十指交叉着握在胸前，站在台阶上微笑。

立蕙取下太阳镜，微眯起眼睛。台阶不高，却感觉锦芯站得很高，很远。那灰栗色的台阶上一片清亮。有三十年了吗？立蕙摇头，望见锦芯的身影开始移动。她跑开了，沿着小路，一直拐过池塘。

立蕙轻叫：锦芯！你好啊！锦芯轻轻提起淡橄榄色麻质长裙的裙脚，走下台阶。立蕙迎上前去，两人在台阶上相拥，松开时，把臂轻摇，互相打量。

立蕙很想说：你一点都没变，却张不开口。锦芯上身穿一件亚麻色麻棉混纺长袖衫，衣身宽短，只及腰上，下身麻质直筒长裙曳然而落，让她看上去修长挺拔，动起来又带着飘逸。那长袖在这夏日里很惹眼。立蕙心下一酸。她记得同事吉姆做透析时，一年四季从不曾穿过短袖衣衫。他告诉立蕙，孩子们若看到那连接了埋在臂上血管间的透析专用器件和它周围的伤口，会被吓哭的。

锦芯看上去虽然消瘦，腰板却挺得很直，让她这中年的出场，仍带着少女时代凌厉的气场。她的眉眼十分清明，那双厚实性感的嘴唇上的艳色暗淡了，却还让人觉到它倔强里带着的挑衅。她的脸看上去比小时候长了，鼻子看上去好像高了些。跟同龄人相比，她的脸上非常洁净，看不出有斑点。只是过去血气旺盛的脸上如今泛出淡青。锦芯还留着长发，用一只虎斑纹的大发夹将已失去光泽的头发翻扎到脑后，看上去随意而慵懒。脚下是一双深棕色的人字花面皮拖鞋，全身上下没一件首饰。离近时，能闻到她身上香水隐约的茉莉型冷香。

见到你太高兴了。如果在别处撞到，怕真是认不出来了，你那时还是个孩子——锦芯退出一步，上下打量着立蕙，长辈似的说。你那时很瘦，看上去特别弱，两把小辫总是扎得高高的——锦芯一句接一句。他们家每一个再见到她的人，都说到她的"长大"，她在他们心目中，大概就是一个小女孩。

我妈回来一直夸你，说你如今都是女博士了，还很年轻好看。果然，看上去还像个女研究生呢。立蕙不好意思地笑笑。锦芯又说：真是谢谢你想到我们。我们如果早点联系上就好了。这都是我的错。我还是先来美国的,该早点想到找你的。说到这里,锦芯的声音低下来,又说:其实也不是没想过的。立蕙忙说:现在联系上就好了,我们全家也很高兴。在美国亲戚很少,像我们这样从小一个大院里长大的,真是姐妹般的了——话一出口,立蕙就意识到自己说走了嘴,赶紧打住。锦芯轻轻挽上她,说:你这身颜色让四周都亮了!她的目光移到立蕙胸前的标识,说:你好像是属马的?哦,我这还好找吗?很好找的,立蕙应着,将手里的百合和茶点递给锦芯。锦芯笑着嗔道:太客气了!一边将百合凑到鼻前闻了闻,说:这是我爸最喜欢的花儿了,开起来那个香啊。立蕙一愣,未及反应,锦芯轻轻地揽着她的肩,领她朝大门里走去。

这里真美!立蕙在高阔的大门前站下,回头望向山下远景,由衷地说。锦芯也转头望去,表情有些黯淡:有点超现实,是吧?这里离我在南旧金山市里上班的地方,不过十五分钟车程,所以挑了它。其实每天绕着山路上上下下挺累的,锦芯很轻地叹了口气。立蕙本想开句玩笑,说富人总爱住到山里,想到锦芯眼下的状况,忍住了。

进得大门,立蕙一眼看到圆形挑顶的门厅里垂悬着一盏巨大的水晶吊灯。吊灯的华丽跟房子低调的精良风格很不一致,立蕙有点意外。锦芯仰头望着那水晶灯,很轻地说:这是志达挑的。我们不知为它吵过多少次。如今倒是它留下来了。立蕙听出她话里的幽怨。锦芯很快地又说:志达是我已过世的先生,我妈妈说了吧?锦芯的轻声在门厅里跌出幽深的回响。立蕙打了个寒战,没有说话。锦芯笑起来,快请进吧,说着,拎了百合和茶点快步走向厨房,麻利地将百合的枝叶修剪了,摆到起居室大茶几上的水晶花瓶里,加上水。

立蕙看到整个一楼的层面非常宽阔,一眼望去,连通的厅室宽阔得让人感到有些迷乱。不多的深酒红色、线条简约构架大气的北欧家具,有效地装饰着这阔大的空间。最抢眼的是室内的各种生机勃勃的盆栽植物,让人生出闯入植物馆的错觉。起居间深处那几盆阔大的蒲葵、龟背竹和小叶榕,枝叶参差地覆盖到四周的家具上,让人想起中国南方酷暑里疯长的植被。墙上错落有致地挂着配着精美画框的风景油画,间有几幅国画,却没见一款书法,立蕙有些意外。

立蕙转身，一眼看到客厅左侧那间宽大的书房里摆着好些家庭照片。她的目光停在书柜旁挂着的那张大幅全家福上。锦芯安静地走过来，领她走进书房。立蕙凑近去看那镶在深紫红色的上好木质相框里的照片。照片里的何叔叔穿着挺括的深色西装，几乎全白的头发梳得纹丝不乱，淡蓝的衬衣配了扎得中规中矩的红蓝相间领带，面容安详。跟当年站在暨南大学的小道上等她时，穿一身过时尼龙短袖衫、的确良裤子的何叔叔判若两人。倚在他身边的小姑娘约莫十来岁，一袭深红丝绒裙装，头发随意地披在肩上，双手规矩地搭在外公的肩上，笑容甜美。与何叔叔并排而坐的叶阿姨穿一件黑色间深瑰红小格的外套，搂着个穿白衬衣外套黑呢小马甲、扎着深红领结、圆头圆脑的小男孩。立蕙从没见叶阿姨脸上有过那样由衷的笑容。她身边靠着的那位身材高挑、五官精巧、一袭深紫黑裙装、扎着高高马尾的少女，该是锦芯的大女儿了。穿着枣红色毛质连身裙的锦芯和身着藏青西服、打着金黄花色领带的志达站在后排。志达剪着板寸发式，高高的额头，架着无框眼镜的圆脸上一副聪明相，看上去很有活力，跟身高大约一米七的锦芯似乎等高。这个正值盛年的男人竟也是去了另一个世界的人了，立蕙心下一个哆嗦。她移开目光再去看何叔叔，一下看到何叔叔交叉着放在大腿上的双手上几颗明显的老人斑。她愣在那里。就是这双手，曾在广州初夏白热的阳光下一把握住她的手，将那只来自奶奶的玉镯放到她手心。她带着那玉镯走过了万水千山，他却已经去了另一个世界。

立蕙侧过脸，和锦芯的目光相遇。她本想说：多好看的一家人啊，脱口而出的却是：何叔叔穿西装真好看。锦芯凑近来，用青白修长的手指抚摸了一下照片中何叔叔的手，说：这是他来美国前在广州买的，他特别喜欢。也就在我和志达的毕业典礼上穿过，他说那就是他人生最重要的时刻了。最后，我们让他穿着它走的。立蕙感到鼻子发酸，随即感到锦芯在她背后轻轻地拍了拍。锦芯又指着相框里的大女儿说：这是青青。又顺着看向二女儿的目光，抬抬下巴，说：那是蓝蓝。立蕙会心一笑，说：儿子叫冰冰吧？锦芯笑起来，说：他叫渊渊，不是"积水成渊，蛟龙生焉"吗？哎，这中文名字也就家里人叫叫好玩。立蕙笑说：噢，我儿子倒是龙年生的，叫珑珑。锦芯笑：我也属龙，真巧啊。立蕙说：是"玲珑"的珑。锦芯一愣，说：噢，那就是玉了。立蕙点点头，随锦芯走出书房。

锦芯转去厨房端一套日式漆花茶具，对立蕙说：我们到院子里坐吧，空气比较好。立蕙帮着拉开起居室通向后院的门，又取来自己带来的茶点，在香樟树下的铁质挑花圆桌上摆好。锦芯又拿来一小盆沙拉，盛着熏三文鱼三明治的盘子，又转身从屋里端出两碗热腾腾的莲藕排骨汤。立蕙接过锦芯手里的汤碗，闻到汤里有淡淡的墨鱼干的香气飘来，忍不住吞了吞口水。锦芯笑起来，说：饿了吧？这汤炖了大半天，还放了点广西产的罗汉果，配三明治和沙拉是有点怪，不管了，来！哦，你要不要来点红酒？家里有好多藏酒，如今都没人喝了。立蕙摆手，喝着汤，四下打量起这个宽阔的后院。

树下红砖台外是一片窄长的草坪，台阶下有个不大的泳池，上面盖着墨绿的帆布，想来已经有一阵没人游过了。泳池边有个小木亭。满目的清凉由嫩绿墨青到黛蓝，渐次远去。偶有几声鸟鸣，衬出山间的寂静。泳池的侧边，台阶下有栋小木屋式的低矮平房，锦芯指着那屋子说：我爸生前住在那边。立蕙顺着锦芯的手势望去，想，何叔叔的遗物大概都锁在那里面了。

这里真迷人，立蕙由衷地说。锦芯摇摇头，苦笑说：我打算将它卖了。立蕙一愣。锦芯望向泳池，说：我们二〇〇一年搬进来的。青青那时还没上初中呢。爸妈帮带着孩子们。爸在下边开有一大片菜地，每天从早到晚在那里忙不完。四季新鲜瓜菜没断过，同事和朋友帮着都吃不完。唉，现在全荒了。这前后院的很多花果植物也是老爸种下的。花木下插着他写了拉丁、英文和中文名称的植物名牌，给孩子们学认植物用。现在这些花木只得靠请花工来维护了。那时每天傍晚下班回来，很远就能听到院子里孩子们的笑声，到处暖烘烘的，那真是我人生最美好的一段时光。当年买下这个地方，就是想，我们在美国是第一代，将来这儿就是孩子们的老家了。孙辈们也回来，四世同堂，多好啊。锦芯说着，目光和立蕙的相遇，凄凉地一笑。

没等立蕙开口，锦芯又说：我现在每次车子一进大门，都会害怕下车。立蕙放下手里的三明治，难过地看着锦芯。这山里太静了，临着海湾，背靠太平洋，雾说来就来，特别是傍晚时分。那种静，很像那种黑白片里荒弃的老园子，我的眼里有时真就是满眼黑白的两色。锦芯转过头,抬眼望着身后的房子,眼神染上了忧伤:这空阔会放大曲终人散的凄凉。我妈妈总是等我的车一进院子,就迎出来,问长问短。其实她是个寡言的人,小时在家里,她和我爸经常可以一天不讲一句话。如果按美国人说的,你都可以怀疑那是一种冷暴力。到了晚年,她才好多了,这你也看到了。可见她那样天天等我,有违她天性,让我真难过。立蕙轻握一下锦芯的手腕,小心地说:如果孩子们在身边,或许会好些?锦芯摇头,说:孩子们还是早点离家好。他们都成熟懂事,特别独立。我就是明天离开这个世界,对他们都是放心的。哎,连生命都是曾经拥有,不用执着了。

立蕙嚼着三明治,想着锦芯的话,有点走神。你喝茶。锦芯给立蕙倒了茶,递过来,靠回椅背上,竟有些轻喘。立蕙忙说:我自己来,你别太累了。锦芯说:没事,我这是高兴的。立蕙喝口茶,说:你看上去比我想象的好,让人放心多了。锦芯盯她一眼,说:我妈都跟你说了,是吧?立蕙小心地点头。锦芯摇摇头,说:我昨天刚拿到最新的指标,不是特别好。现在一周透析一次,上班还顶得住。但半年内很可能要一周两次了,那会很辛苦。活到这份上——锦芯耸耸肩。

立蕙刚要说话,锦芯马上摆手,示意她打住,说:我知道你要说什么。立蕙没理会她,说:我亲眼看到我同事从透析到肾移植,做得很成功。现在看上去跟大家没两样,工作、旅行、运动——锦芯微笑着打断她:你说的这我都明白。哎,别老说我,说说你自己?听我妈说:你先生和孩子都特别好。有照片吗?给我看看?立蕙说:你等等。说着起身进客厅,从钱包里抽出全家合影,出来递给锦芯。

锦芯接过照片,专心地看着,过程长得让立蕙意外。锦芯将照片递回时,说:真是好看。你先生看上去很面善,肯定特别体贴。立蕙笑笑,没接她的话。锦芯又说:珑珑这孩子长得那么精神,一看就特别聪明乖巧,听我妈说他还学唐诗呢。你真该多生几个。听立蕙摇着头笑出声来,锦芯神情认真地说:我是说真的,我都后悔没再多生两个。立蕙一愣,笑说:我可没你那么能干。我念书特别辛苦,到了考虑生孩子的时候,年纪已蛮大了。她没有告诉锦芯,最要紧的是,她曾经那么不能肯定，生养孩子是不是自己真实的心愿。

我不是能干，是有决心。如果老大是儿子，也许我就只生一个，最多两个了。我就是想要生个儿子，锦芯说着，手按到茶杯上，转了转。见立蕙惊异地张开口，锦芯有点得意地抬抬眉，说：这跟重男轻女无关。我母亲从小就盯牢我说：你要特别努力，要自立，自强，要有自己立身的本领，凡事要靠自己。可从没听她跟我哥说这样的话，我问她为什么，她说：因为你是女孩，你要记得，如果你将来要过得好，就不能有靠男人的念头。这种话那时候听了特别难懂。我们父母那辈离婚是绝少的，男女都工作，到处宣传的不都是"半边天"吗？什么叫靠男人？我根本听不懂我妈讲的什么，听多了还有反感。后来结婚生孩子，我就想，我一定要有个儿子，我要看看一个男人的前半生是怎样的，跟我的会有什么不同。为了一念，我一口气生了三个。怀老大时，我还在伯克利读博，挺着大肚子去答辩。唉，你没看过我哭的时候。多亏有爸妈一路帮着。今天回想自己那些年的执着，其实是没意义的。可你不经过，就不能走出来。

她又提到"执着"，立蕙走神想。看到锦芯双手抱臂，缩着肩膀，立蕙触了一下茶壶，水还是热的，说：水还很热，你也喝点茶？说着将茶点盒打开，说：这日本店的茶点味道很淡，送茶很好。锦芯说：我现在只喝清水，让内脏的负担轻一些。说着，给立蕙的杯里加了热水递过来。立蕙呷一口，说：这是上好的普洱呢。锦芯笑笑，说：志达留下来的。他还特别爱喝功夫茶。可惜我没那耐心，也不会弄，只能给你泡茶喝。他有套很特别的台湾桧木茶台，过去夏天里常招朋友来这里一边烧烤一边喝功夫茶。我后来把那茶台送人了。

我听叶阿姨说了志达的事，太意外了。英年早逝，真让人难过——立蕙小心地说。锦芯耸耸肩，幅度很小，却带着轻慢。立蕙不愿意想到"轻慢"，却不知道该如何形容锦芯这肢体语言。锦芯随即说：你原来一直以为你乘的是一艘航空母舰，哪里晓得它会将你载到暴风眼中抛离。我妈妈这一辈子，比她的同龄人经历过更多的风浪，但跟我面对过的风浪比，她那不过是小浪花。这些是让我在夜深人静时想起来，真的很为我的两个女儿担忧。

立蕙一愣，轻声问：你，好像在说志达？锦芯点头。他那么出色——立蕙小心地加一句。锦芯将盘子叠起来，往立蕙的杯里加水，说：人生是一个长跑啊。他就算真是一艘航空母舰，也不见得只有一个前行方向。见立蕙端着茶杯不动，锦芯抬眉说：你喝了，要不水凉了。这个故事太长了，要慢慢讲。

我认识志达，噢，他姓袁，那是八二年寒假，在北京开往南宁的五次特快上。我那时在北大刚读完第一学期，对北方的干燥寒冷、粗淡食物很不适应，特别想家。期考一完，当晚就爬上火车。我们二中一起到京的同学，只有在北航的两个早早买到了硬座票。他们带我们五个同学用站台票混上车。火车开动前，过道里已水泄不通。本想大家轮流换着坐坐，可一上车，要挪身都很难。我们给挤在车厢连接的地方。以前老听人讲"文革"大串联火车上的惨状，我们肯定跟那差不离。除了行李架上没躺人，座位下都有人铺开报纸在睡。一路站到郑州。大站嘛，下车的人多，我们才可以走动起来。嗯，这时就碰到志达了？立蕙试图让气氛活跃点，插了一句。锦芯摊摊手，说：嗯，没有悬念。立蕙笑笑说：我在广州读书，家也在那里，寒暑假高峰期不用挤火车，但外地同学很多，火车上挤出感情的真不少。

锦芯看了她一眼，接着说：志达是个做事特别有计划的人，他早就去排队买了票。他和几位老乡都有座位票。站到郑州时，我们在站台上透气，志达从另一边车门下去，到流动小车买吃的，这样碰到了。他裹着一件半旧军棉大衣，挤过来跟我打招呼，说在北大见过我。我进北大那阵，艺术体操在北京大专院校里是时髦玩意儿，我凭小时练过跳舞和体操，顺利进入校队。几次表演、比赛下来，让人有印象不奇怪。他自报家门说是无线电电子学系计算机专业的，又问我去哪里，我说终点站。他一愣，说：南宁啊？那比我还远很多，跟我上车吧，大家挤挤，好歹能坐坐，看你脸都青了。我那时确实太累了，叫来同学，都跟去了。这样一张本来坐三人的长椅，不时挤到六七个。那时大学校园里不许谈恋爱，到了这时，男女生歪头搭脑地挤在一起，感觉很奇怪，也顾不得了。说起来真可怜，我们这代人的男女身体接触，很多竟是在这种情形下开始的。有时挤得太累了，大家就轮着站一会儿。到下半夜实在熬不住，男生轮着睡到座椅下，我也去躺了一次。志达劝不住，就脱了他的军大衣给我垫上，我真的睡着了，睡得还特别香,这辈子都没几次。一觉睡醒出来,看志达不在,知道他站到车厢连接处去了,心里挺感动的,就挤过去陪他。

志达告诉我,他到衡阳下车后,还得坐五六个小时的长途汽车才能到家。他父母是地质队的。他从小随父母各地跑,就近上学,中小学基础教育是在乡村学校和父母的辅导下完成的。我念书早,十七岁不到上大学。志达和我同年。乡村学校是混班教学,早毕业晚毕业根本无所谓。他十五岁多点就上了大学,比我还高一届。北大没有少年班,十五岁的志达在班上就有点神童的意思了,但他的谈吐比同龄人成熟很多,让我觉得很有意思。他脑袋很好使,反应特别快。他小时随父母多半在荒野地带生活,比我们更没娱乐生活,却养成了酷爱读书的习惯。有什么就读什么,好奇心又特别重,总处在一种阅读上的饥饿状态,知识面很广,说到他没去过的广西的风景也头头是道,比我还门儿清。其实他都是书上读来的知识,但消化出来,用自己的语言一讲,好像他就是在那些地方长大的。随便扯什么,他都能说上几句。我爸就是个知识渊博的人,所以志达给我的最初印象不错,一路聊得很开心,都忘了自己站了那么久。

算是一见钟情啊——立蕙笑起来。锦芯摇着脑袋,站起身来,拿起茶壶进屋里去添热水出来,说:再泡一会儿。随即坐下,说:不是你想象的那样。我那时那么年轻,从小都在宣传队里唱歌跳舞,很喜欢那种吹拉弹唱样样来得点的文艺型男生。志达完全不搭界。他长得很精神,一看就很聪明,立蕙忍不住打断锦芯。锦芯斜过来一眼,苦笑说:我说的是气质。而且志达的个儿跟我差不多高。我自己个子高,所以从小就喜欢个子高的男生。他的智商当然没问题,能力更没问题,少年老成,给人感觉很靠得住。但年轻的时候,这些不是最重要的。到了他在衡阳下车时,我心里虽也有点舍不得,但根本没有想过以后还会有更深的交往。

故事总是这样接下去的,立蕙想着,听锦芯又说:没想到开学第一天回到学校,一进宿舍,就看到桌上堆着一堆吃的,她们说是个带湖南口音的壮实男生送来的,他不肯报名字。我一听就想到了志达。他送来的有糯米糍粑、湖南金橘等。我拎上两只南宁大肉粽,找到电子系男生宿舍,回送给他,顺便再次谢谢他在车上对我们的照顾。人就是这么奇怪,从那以后,我就经常在校园里撞到他了。有时在图书馆,有时在路上。他开始约我散步,一起自习,还不时到体育馆来看我们训练,帮大家拎鞋背包倒水,跟艺术体操队的女生很快也混熟了,周末组织大家一起到城里玩,或郊游爬山。我想不出拒绝的理由,因为和他聊天总有很多新的资讯,智力上很有刺激。我谈化学,他也能来几句。我们从那时起养成了一种很独特的交流方式,好像总是在辩论。那种感觉在年轻时代是很过瘾的。但我还是没有想过跟他是男女朋友的关系。那时我刚拿了北京大专院校艺术体操赛的个人全能亚军,来找我的人很多,社会活动频繁起来,就不大顾得上志达了。

直到早春一个星期五,都晚上九点多了,他来找我去散步。那天非常冷,天光很亮,感觉是要下雪了,我跟他绕着未名湖走了几圈,说实在太冷了,还是回去吧。他送我到宿舍楼下。分手时,他忽然说,他打算一毕业就去美国留学——那时举国上下的出国热,你知道的。他这么说,我一点不吃惊。我当时只是大一,也在想将来要去留学的。我就说:好啊。他忽然上前抱住我,说:我要你跟我一起去。他那天穿着那件春节坐火车时穿的半旧军大衣,我一下好像闻到了车厢里那憋人的瘴气,有点想吐。我说:放开我,人家看到不好。他说:我不管!没等我说话,他搂得更紧了,说:你要做我的老婆,跟我一起去浪迹天涯——这话的后半句听起来挺浪漫的,前半句却那么土。我不响,想挣开。你答应我才放开,他说。我说:我的理想跟当老婆无关。他说:但你应该当我的老婆。你是我找的那个人。我见他没有松手的意思,就说让我想想。他才放开我,说:好,我明天来等你的回话。

我一夜没睡安稳,想到"老婆"这种字眼,心里生出鄙夷。想好要跟他说清楚,别再来往了。可想到和他在一起那种淋漓尽致的交流,它带来的深度兴奋和快乐,又有点舍不得。这样翻来覆去的,到了下半夜,果然飘起大雪,我才睡过去。一睡睡到近午,突然被同宿舍的女生叫起来,说:快去看看,那个电子系的湖南伢子,在楼下老槐树下站了一早晨了!早晨飘雪的时候就来了,现在还没走,跟他打招呼,他说是在等你。我一听跳起来,披上羽绒服冲下楼去。志达果然站在正对着的楼梯入口的那棵老槐树下。那时雪已小下来,风还很大,呼呼的，四周一片洁白。他的羽绒服都湿了，脸冻得通红，流着鼻涕，一动不动地站在雪地里。我说你这是怎么回事啊？他说：我昨晚不是跟你说了吗？我一早就来等你的回话。他嗡嗡地说，也顾不上揩鼻涕。我一下就急了，说：你怎么这么傻？你这是干什么？他说：精诚所至。我说：如果我不答应呢？他抹了把脸上的雪水，说：那我就站在这里，到金石为开。立蕙听到这里，一个哆嗦。我再也说不出话来，锦芯完全沉浸在自己的回忆里——就这样，我们成了男女朋友。那时都想好将来要去美国了，对不许谈恋爱的校规不再在意。而且北大校风就那样，双双对对的也多了去了。大家再说起来，都觉得我找了个神童，挺神的。同宿舍的女生很快跟他熟了，他知识面的广阔，跟她们熟悉的理科男生很不一样，他一来，宿舍里就热闹得不行，欢喜得很。毕业前的那个夏天，他已拿到伯克利加大的录取通知，签好了学生签证。我跟他回了一趟湖南家里见他父母，在去衡山游玩的路上，有了第一次。

立蕙一愣，心想：都不到二十吧？就看到锦芯摇头，表情里带着厌恶地说：那时我们都不到二十。那种感觉特别不好。是在一个很破很脏的乡村客店里，非常懵懂仓促。野狗在门外狂吠，我还看到黑糊糊的蚊帐顶爬着一只大得不可思议的黑蜘蛛。我哭得很伤心，心里有很不祥的预感，很恐惧。在那个时代，这就意味着没有回头的路了。那种经历，今天跟我们的孩子们怎么讲得清？这样，他大学一毕业就来伯克利加大，我一毕业也跟来了，结婚的时候，刚满二十一岁。这种初恋导致的婚姻，因为抽芽早，养分其实很不足，更容易滑入平淡。如果无风无浪，以志达的智商和能力，我们交流上又没有问题，像美国婚姻专家讲的那样，一起有意识地将婚姻当成一个工程项目来"Work（做）"，也还是可以过下去的，不会比大多数家庭的婚姻质量差。

家里是你说了算，对吧？立蕙问。锦芯皱起眉，想了想，说：表面上看，是的。但你从我前面讲的，应该看到了，他是那种有坚韧内核的人，特执着。那时家里样样都是我安排，志达只管上学、上班。我们连生三个孩子，都不曾让他起过一次夜。当年住在伯克利的学生家庭公寓里，爸妈带着孩子和我挤一间，厅里也搭了床。他先毕业到硅谷工作，为了他能睡好，好有精神上班，让他自己住一间。志达的父母没来过？立蕙问。锦芯说：我们上学时来过一次，但探亲签证到期就走了。他们总说不习惯。等我们安定下来，志达再请，他们怎么也不肯来了。地质队退休后，他们住在衡阳。孩子们回去看过他们。

我毕业工作后，我们在离我公司比较近的红木城水边买了房子，日子安定下来，又生了老二老三。像美国中产阶级那样，早出晚归，背个三十年的房贷，每年全家出门度假看世界，等着将孩子供出大学，然后体面退休。其实全世界移民的美国梦，内容不就大致如此吗？跟志达再聊起，都觉得挺失落，却理不出个头绪。到了九八年，硅谷最繁荣的时刻突然来了，互联网的概念热得沸腾。我极力鼓动他离开原来所在的惠普研究中心，加入做网络路由器的"湾景网络"。噢，他在"湾景"工作过？立蕙忍不住叹出声。在互联网荣景时期，"湾景网络"是硅谷最红的公司之一，对当时硅谷"一天产生六十八个百万富翁"的神话做出过大贡献。

是啊，锦芯冷笑一声，又说："湾景"当时只剩不到半年就要上市了，上市前趁机扩招。当时就业市场太好了，上市后股票吸引力就会大幅下降，招人会难。华尔街不仅要看你业绩，更要看势头，基本是炒概念，所以人头数是个重要指标，标示还有发展的潜能。志达那么晚才加入，他们股票期权给得也很慷慨。以志达那样资历，四年六万股的期权股票。这你很明白的。六万股份四年兑现，员工的前途跟公司命运绑在一起。我当时跟志达说：人家都是去搏当百万富翁，你要搏的就是几十万，让我们把房贷付清了，你就去做你喜欢的事情。他那时在惠普研究中心有很深的瓶颈，做的项目除了写成论文发表，报个专利，被公司实际采用的很少，跟对自己的期待有很大落差，常常有浪费生命的感觉。"湾景"的故事你是知道的了，那是我们绝没想到的。它一上市，最高冲到过两百多美元一股，还两次分股。立蕙在心里很快一算，就算因互联网泡沫破灭，没有全部拿到最高点的价位，志达在"湾景"的税后股票收益至少也拿到了差不多四千万美元左右，立蕙心下惊叹，忍不住回头又看了看身后的房子。

锦芯喝了口水，说：这个地产是我们当时花了四百多万买下的，将原来一层老房子推倒了重建成这个样子。我后来才明白，如果你不具备把握金钱的能力和智慧，你真的就不该拥有它。按我妈常念的《圣经》里的话——你有的，还要给你更多；没有的，连你有的也要夺去。

锦芯看着立蕙，自我肯定地点点头，说：我是看着志达变的。他并不明白，我们获得这么大一笔财富，完全是靠运气，而不是我们真的做了什么——除了选择。在那种特殊的情形下，其实不管你选什么，胜算的可能性都很大。所以我说是运气。立蕙笑了说：这还是要眼光和勇气的。锦芯摇头，说：这跟一步一个脚印，凭自己的努力和实力挣来的，还是很不一样的。志达在湾景待了几年，拿完期权股票。最后那一年多，互联网其实已经泡沫化了，股价掉了很多，但他还是等到拿完了，去辞了职，想自己创业。他在家里弄了个机站，自己做研发，一边等机会。那时硅谷已是哀鸿遍野，创业环境特别差，你看，到今天元气都没恢复过来。志达就这样耗了一阵，突然时兴海归了，朋友们纷纷回国创业。志达也认定，拿了自己的创意和资金，随海归大潮回国就能闯出新天地。他确实是个很主动的人。开始是两边飞，主要是回国讲学，同时跟人合作先后在深圳、珠海弄了两个小公司，可都无疾而终。他总结原因，说是因为自己没坐镇指挥，导致公司运作无序。到了二〇〇七年秋天，他说时机成熟了，将一家老小甩手一丢，说走就走了。

你没想过跟着回去？立蕙问。锦芯的目光看向山间，停了一会儿才说：我那时在公司里领着一个研制团队，做一种前景非常看好的抗乳癌新药，做到了申报FDA（联邦食品药物管理局）第二期临床实验的阶段，非常紧张，恨不得二十四小时连轴转。我非常喜欢我的工作，甚至可以说是热爱，当时是不可能离开。我们的孩子就是那时候开始一个接一个送到东部昂贵的寄宿学校去了——有钱了嘛，锦芯凄凉地笑笑。

海归要创业成功其实很不容易，等于一切重新开始，志达很有勇气，立蕙由衷地说。锦芯苦笑，说：他最不缺的大概就是勇气。那种乡野里长大的孩子，思维方式跟我们完全不一样，因为 Nothing to lose（无可损失），我在那之前竟然没看出来。他过去是苦于没钱，又有养家的担子。这下手头一下有了那么多钱，真感觉 the world is my oyster（世界是我的一盘菜）了。他自己先掏了四十万美金，很快在中关村弄出个十多人的团队，亲自出任CEO，不像过去跟人合作时那样只做技术副总了。他们很快就搭起一个图像处理芯片设计公司的架子。他的算法比同行的简捷，生产成本能降下来，在国内相关产业口的关系也跑得挺顺，签到几个重要合约，顺利找到风险投资，公司的估值直线跃升，计划两年内就可以上市。

立蕙看锦芯的呼吸有些急促，忙说：你看上去有点累。要不要到沙发上靠靠？锦芯走着神，没有回应。立蕙又问了一句，要不要进屋休息一会儿？锦芯点头。

四

立蕙帮锦芯收拾好茶具盘碗，一同往屋里走去，看到锦芯的步子有些飘。她们回到起居室，落座到沙发上，发现原先合着的花苞微开了，馥郁的香气阵阵飘来。锦芯坐在单人沙发上，低头喝水，神情有些悲戚。说这些往事让你伤心的，立蕙不安地说。别，锦芯打断她，说：我没有机会跟人说这些的，我很愿意跟你说说，如果你不介意的话。

我当然不介意，立蕙忙说。只是，你今天回头看，是不是后悔让他回去了？锦芯放下杯子，微眯着眼睛，有些犹豫地说：让或不让，在这里是伪问题。

听叶阿姨说他后来生病了，创业是非常辛苦的——立蕙小心地说。锦芯靠到沙发上，直视前方墙上的画，哼了一声，说：他的辛苦还不在那种地方。一个停顿，她侧过脸来看着立蕙，又说：他——立蕙注意到锦芯的嘴唇有些发白，正想安慰，就听得锦芯说：我从来没有告诉过任何人，包括我妈。其实在志达死前，我们已经在闹离婚。

立蕙一下坐直了。锦芯盯着她，说：当然是他提出来的。这种事不新鲜，是吧？我恨的就是这种不新鲜。锦芯冷笑一声。立蕙点头，又摇摇头，说：海归圈里的这种故事确实不算少，可你说的是志达，这——锦芯打断她，说：永远不要相信自己会是那个例外。Why not him（为什么不是他）？ 世世代代，这恶俗的世界，恶俗的人生。立蕙心下一个"咯噔"，不敢看锦芯的眼睛。

　　过去他们总说海归如何全军覆没，回去一个倒一个。我完全听不进去。不是身边没有这样的人和事，而是太多了。那些家伙离开中国十几二十年，在美国这种上班夸夸女同事衣着漂亮，只要语境语气稍有偏差，就可能被告发是性骚扰的国度待傻了，回去面对一个没有底线的花花世界，你能期待什么？但我以为我认识的志达不是"他们"。那个雪地里精诚所至的书呆子，三个孩子的父亲——按美国人讲的，彼此真是 blood and flesh（自己的血和肉）了，他怎么可能会那样？而且他之前跑来跑去，几年下来平安无事，也证实了我的想法。但它还发生了。你猜他怎么跟我说的？他说：这并不矛盾，在我说"精诚所至"的时刻，我是真诚的，你不能亵渎我的真诚。但我现在改变了，并且向你承认，也是真诚的。靠经营维持的一切，就是反自然的。立蕙，你听清楚了吗？立蕙屏着气，紧张地点头，又听到锦芯说：老实说，作为一个科学家，理智告诉我他是有道理的。你也是科学家，我想你也会同意他的话，是吧？可婚姻是社会的，而不是自然的——立蕙很轻地说。锦芯点头：研究是说女人更社会化些的。

　　是公司里的年轻女孩吗？立蕙小心地问。

　　锦芯拍了拍沙发扶手，说：办公司的跟公司里的小女孩；回大学教书的搞自己的女学生——这种戏码太俗了吧。他喜欢的是一个在广州混世界的广西侗族小歌女。立蕙倒抽一口气，瞪着眼睛等她的话。小歌女是我叫的，按国内的讲法，是歌手，签了个小经纪公司的无名歌手。两人在北京飞广州的飞机上邻座，那是二〇〇八年底的事了。他说小歌女一上来就给他似曾相识的感觉，一问，原来是广西人。两人一路聊得很投机很开心，让他想起了年轻时代——立蕙心下一酸，想象着当年在郑州站台上搭话的年轻的志达和锦芯，忍不住去看锦芯。她们的目光短暂交集，又快速躲闪开来。

　　他们下飞机前交换了电话号码，第二天他开完会，去电话请她出来吃饭唱歌，夜里就领着小歌女回了酒店。这些都是他后来告诉我的。锦芯的声线非常平，情绪平静下来了。那时已近圣诞，他从广州开完会，按计划就要回来过节。可一泡上那小歌女，在广州就挪不动身了。飞到旧金山时，已经是平安夜里，老人孩子们都在等着他吃团圆饭。满屋红绿金黄的装饰和灯光，壁炉也燃上了，孩子们闹到都闹不动了，趴在沙发上叹气。志达进门的时候，我发现他的脸色是青灰的，脚步发飘。全家人非常震惊，都说这CEO干得太苦了。他勉强撑到吃完饭，坐在沙发上跟孩子们说着话就睡过去了。第二天一早，孩子们早早起来等着开礼物。我爸妈心疼志达太累了，硬压着孩子们不让叫醒他。他一觉睡到黄昏才醒过来，孩子们很乖，就真的那么等着。就这么着，圣诞一过，他就告诉我，公司的事很多，项目要赶在工信部新年假期后的一个会议前弄出来，他马上要赶回北京，不在家过新年了。孩子们非常失望，我没有阻拦，直接取消了全家坐游轮去墨西哥的旅行。直觉告诉我，某种重大的事件发生了。要判断是被工作累坏还是被床累坏，并不需要很高的智商。

　　送他上飞机回来，就是在这里——锦芯的目光很快地在起居室里扫过一圈，青青等着我。我爸妈带蓝蓝和渊渊出去看电影了，青青找了借口留下来。那时她刚上高三，比我和她爸都高了。嗯，青青很漂亮，很像你小时候，立蕙轻声说。

　　锦芯笑了，目光柔和起来，说：很懂事的孩子。她那天一见我进来就问，你和爹地离婚了？这话让我特别吃惊，我问，你怎么这么说话？青青说：你们这样两地分居跟离婚有不同吗？我说：爸妈都很爱你们，为了你们，我们决不会离婚的——青青叫起来：听明白了，我也很爱你和爹地，当然不希望看到你们离婚。但最重要的是你们要幸福，而不是为我们而活。我们都要长大离家的，最要紧的还是你们要开心地过你们的生活，而不仅仅为了我们。离婚家庭里长大成千上万的孩子，离婚可不是世界末日。我说：你怎么会这么想？青青说：我在跟你对话，妈咪！我不是孩子了。你看到爹地在家的这几天吗？我觉得他的心已经离开这里了。你也很不开心的。我也希望你们能像外公外婆那样平静完美地过到老年，一起跟我的孩子玩。但如果不能，我也很理解。蓝蓝和渊渊也会理解的，我们是美国孩子，你别忘了。不管你们之间发生什么，我们对你们的爱绝不会改变。青青说到最后，我们抱在一起，都哭了。她说：你和爹地都挺可怜的，只谈了一次恋爱就结婚了。我知道，我跟青青他们无法解释自己，包括她外公外婆的一生。她们情窦初开时，受到社会影响最明显的一点，就是认为爱、性、婚姻是可以分开的。她在十六岁时就已经结束了初恋。这样年轻的孩子，当然还不可能明白每一代人都有自己的负担和道路。她哪里知道外公外婆这一生是怎样过来的？立蕙安静地点点头，鼻子有些发酸，想了想，说：我相信，等有了足够的人生经验，比如到我们今天这样的年纪，他们就能理解的。锦芯很深地看了立蕙一眼，说：我们在中国长大，从来没机会，也不可能跟自己的父母讨论这种问题。所以青青能那样跟我谈话，我还是很感动，很安慰。

青青的话印证了我的不祥预感。我那天竟鬼使神差地翻看起家庭基金账户报表。家里的事虽然多是我打理，但投资和报税这类财务上的事情，却由志达打理的。我那天跟青青说完话，就上网翻查了几个账户。一下就看到家庭基金账号有五万美元在圣诞节前划了出去。我当即给账号经理打电话。那经理接到我的电话非常吃惊，说是接到志达电传过去的有我们夫妻签字的转账授权书后，按我们的要求将钱划去了中国银行。过去志达转钱去中国投到公司里，都是通知我签字的。这回他却冒充我的签名传去了授权书。我没有告诉账号经理志达假冒了我的签名。这在美国是犯罪行为。我只请他将授权书复印一份传给我，我说我最近处理财务上的事挺多的，可能忘了。

那钱？立蕙忍不住问。锦芯冷笑一声，说：是志达跟那小歌女混过第一夜之后开出去的。一夜五万美元？立蕙轻叫起来。锦芯说：Well，你要这么说也行。志达是这么说的，那女孩子有天赋的歌喉，又冰雪聪明，却身世可怜。年纪小小母亲就死了，爸爸到贵州矿上打工，又娶了当地人做老婆，常年不回老家。小歌女给丢在三江侗族自治县乡里跟奶奶相依为命。她们寨子离著名的三江风雨桥很近，小歌女就常随奶奶到桥边景点卖点甘蔗、烤红薯之类。她会唱歌，很能吸引游客，有时人家围上来，点啥她唱啥，生意挺好，在那一带大家都晓得她。快初中毕业时，给原来柳州地区歌舞团的一个老师看到了，说她嗓音特别好，鼓励她去考艺校，将来说不定能成宋祖英第二呢。那老师给她寄资料，帮她推荐、联系。她还真考上了。那老师又为她申请到少数民族学生的助学金，她就到南宁去读艺校。念艺校期间，在南宁国际民歌节上真被经纪人签了，带到广州寻求发展。没红起来的小艺人，都是吃了上顿没下顿的。在广州那样的花花世界，有点姿色的小女孩，不想辛苦工作又要吃好穿好，那要干点什么，可以想象。志达跟小歌女第一夜之后，就提出要她随他去北京——他当然不会说是包养她，他说要供她上音乐学院，去当真正的歌唱家。小歌女一听，就说她有契约在身，提前解约要赔款，报的是二十万人民币的解约费。那五万美金，就是志达开给那小歌女的赎身费。你看，这不是青楼吗？赎身费都出来了！

志达就是为这女孩提出离婚的？立蕙犹豫地问。锦芯苦笑，说：他开始的计划应该不是要离婚。他最理想的图景是，我带着孩子住在美国，他在中国跟小歌女一块儿过。但这种事瞒得住吗？新年过后，安排好公司里的项目，我飞了趟中国。整个熟人圈子里都已知道志达跟中央音乐学院小女生在交往的事——他已公开带那小歌女出入社交场合。听起来，他们对小歌女的印象还很不错呢，说漏嘴时竟会对着我讲，你们广西的女孩都很漂亮懂事。有的还劝我说，这里男人出来交际带的女人，基本不会是太太。这点跟美国不同。与其带不三不四的小姐，有个固定出场面的女伴，算是好的。我到的时候，志达已经帮小歌女花钱跑通了关系，上中央音乐学院进修声乐的事弄妥了，说过了春节就要上学去。大家觉得，这还是个蛮正经的孩子嘛。

让我有些意外的是，我一问，几乎是没有什么阻力，他就将事情全都说了，非常镇定，显然是有备而来的。老实说，看到他有问必答，对哪怕是很尖锐，甚至是让人难堪的非常个人的事情都没有回避的时候，我还有点感动，觉得大概真像他说的，我是他最可信任的人。

那次谈话是在我们北京棕榈泉家里的客厅。志达平时在西边中关村那边，不住在家里。一切都是我上一次回去的样子，连浴室里的毛巾都还扎成我上回离开时的式样。说明他还懂事，并没有把小歌女带入我的领地。当时已近黄昏，窗外暮色四合，远处是朝阳公园飘起白雾的湖面，让人想起很久以前在未名湖散步的那些黄昏。有一个瞬间，我的意识非常模糊，不知自己是在哪里。想当年那两个在乌烟瘴气臭气熏天的五次特快上相识的校友，怎么会面对面坐在这个装饰风格夸张豪华的大厅里,而且是两个留美博士。立蕙心下想着,苦笑。你是不是觉得我像是在谈别人的事情?锦芯问。立蕙有些犹豫地点点头,说:有一点。锦芯转过头去,自语般地说:我那时当然不是这样的。我用了很多过去从来没用过的语言,做了很多我从来无法想象的事情,我都不认识自己了。我那时每天都在想,能不能有一种休克疗法,让志达一觉醒来,就彻底忘掉那个小歌女?或者失去某种功能?立蕙听得难过,轻声说:你好像都想到要动刀子了。锦芯轻轻一笑,说:化学家哪里需要动刀子呢?哎呀,你看我扯到哪儿去了?立蕙摇头,说:你够坚强了。

锦芯苦笑,接着又说:志达一改过去的朴素,穿着鲜艳花哨的毛衣,笔挺的裤子,锃亮的皮鞋,虽然还是平头,但抹了很多发胶,看上去就像个不入流的小品演员。他是最恨逛商场试衣裳的,那一身上下无非是那小歌女的品位。好在那副眼镜还在,眼镜后面那双眼睛也还有点内容。我只能盯着他的脸,对话才能进行下去。

我最后问了 Why(为什么)?他说:他没有答案,就像他当年大雪天里到我们宿舍楼下等我的回答一样。我一下从沙发上跳起来,说:你怎么可以这样类比?他说:我在说实话。接着又说:他真觉得那女孩儿天赋异禀,身世堪怜,很愿意帮助她走出一条路来。这一听就是胡扯出来的借口。我打断他。他说:还有一点,就是跟她在一起特别轻松。你知道吗?我们过去总是小看那些将生活内容当成生活意义的人,其实他们可能才是对的。我说:你少废话,这不是谈哲学的时候,你就老实告诉我,是不是因为身体的吸引——我没有说"性"。他先点了点头,说:这是非常重要的一点。想了想,他又说:坦白地说,我从来不知道性可以这么美好,可以这么享受。人一生如果不曾有过这样美好的经历,真是非常可悲的——他说到这时,咬住了嘴唇,脸看上去都扭曲了,好像在忍着不让自己哭出来。我完全失去控制,叫起来:你在为我感到悲哀吗?他点点头,说:为我们——我"啪"的一个耳光就抽了上去,他一躲,歪倒在沙发上。我转身拿起茶几上一只从威尼斯扛回来的五彩玻璃大花瓶,朝毛毯外的木地板上摔去,一下满地五颜六色的碎片。我在它们中间看到了湖南乡间肮脏客店里黑糊糊蚊帐顶上的那只大黑蜘蛛,听到了夹杂在狂吠的犬声里自己压抑而悲切的哭声。我是悲哀的,从一开始就是。可是我以为,我们一起拥有着更重要的东西——青年时代的同舟共济,中年的儿女身家、事业前程,这些归到哪里了?我转身奔向墙边一座大木雕,志达从身后紧紧抱住我,把我拖到沙发上。

我不知自己哭了多久,哭到像要气竭了,停下来的时候,窗外完全黑了。志达给我拧了温热的毛巾递过来,说:我们之间总是说事实的,没想到事实伤害了你。我真的对不起——你看,他只为事实伤害了我而道歉。最后他说,我是他的亲人,家人,从一开始就是,也从来不会改变。他希望家不破。以我们的智慧和智力,一定可以走出一条路。他又说。

锦芯沉默片刻,又说:谢谢你肯听我说这些。我常会反复自问,到底是哪一步出了错,最后走到了这里?立蕙想了想,说:我总觉得,你跟他一起回去,跟在他身边——锦芯耸耸肩,说:太多的也许。我是不可能回去的,我在这里有自己非常喜爱的事业,有孩子们,有爸妈。现在想,最合适的选择,应该是我们和平分手。

也许我问的是个不该问的问题,你怎么看你们之前的关系?立蕙小心地问。锦芯苦笑着说:不会比百分之八十的夫妻差吧。我有时想,我们关系中最特别的,是我们不知不觉养成了一种竞争的关系。凡事求客观,讲道理,彼此争议,不依不饶。如今想来,那真很累人。可哪一种关系会没有问题?你温柔,可说你没主见;你上进,可说你没女人味;会做饭,可嫌你没上进心……没有答案的。除非像我们父母那一辈,借着外界强大的压抑气场,一路滑行到老,倒也好了。立蕙摇摇头,说:就算是那个时代,最后要走出来,也还需要智慧的。

锦芯一愣,面色哀戚地说:你是对的。嗯,整个二〇〇九年,我不停地找机会出差、调假,一有机会就飞北京。唯一的目的就是要让志达答应与小歌女不再来往。当然没有成功。我后来再不愿见在北京的同学了。锦芯说着,吐了口长气。立蕙想了想,问,你找过那个小歌手吗?锦芯摇头,声音高起来:当然没有。Never(永不)。我是有自尊的人。家里出了这样的麻烦,是我跟先生之间的事情,我们自己要解决,跟外人无关。但志达的顽固远远超出了我的想象。直到我跟他说，如果他不能尽快跟小歌女了断，我就要去告发他冒充我签名转账的事。这意味着他在美国留下了犯罪记录，将来会有不尽的麻烦。我这么一说，他就表示，那只能提出离婚了，大不了就是不再回美国。

他只持有绿卡，没有入籍，那就是放弃在美国的永久居留权而已。我说：连孩子们也不要了吗？他说：孩子们可以来中国看我，等他们长大了，他们都会明白和理解的，就像你如今更能理解自己的父母那样。到了这时，我问他有没有回旋的余地？他说到了这一步，就这样吧。我退一步，说我可以不再提冒充签名的事情。他又说，也不能再反对他继续资助小娜——就是那个小歌女。这"资助"的含义当然非常复杂。事情就僵起来。

接着，他就开始生病了。特别奇怪的病，查不出原因，就是拉肚子，反复感冒，整个人不断消瘦。开始他紧张得怀疑是得了艾滋。他一病，小歌女慢慢就人影都不见了。这对他是另一重打击。最后只得回美国寻求医治。可惜美国也没有能救他——已经太晚了，器官衰竭了。说到这里，锦芯转过脸去，从茶几上的纸巾盒里抽出纸巾，低头轻轻地擦着眼角。慢慢地，她的双肩开始抽动，发出压抑的啜泣声。立蕙的眼睛也湿了。她起身去倒了杯水，走过来递到锦芯手里，轻轻地拍着锦芯的肩，直到她安静下来。

那么，志达到底得的是什么病呢？立蕙看着锦芯，忍不住问。锦芯摇头，说：该做的检查都做了，医生说可能病毒性感冒，加上工作太累，免疫功能下降。立蕙没有再说话。

谢谢你听我说这些。总得有个人知道才好。也许我哪天不在了，你帮我记住它，有机会，当然，我希望你永远不必，我是说有机会，等我两个女儿大了，适当的时候可以告诉她们。当然这由你决定，锦芯又说。立蕙心下一惊，赶紧打断她，说：看你说到哪儿去了。你要活得好好的，会好的，最糟的已经过去了。听叶阿姨说：你在UCSF（旧金山加大医学院）移植中心排着队。我有个同事就是在那儿做的手术，非常成功，如今生龙活虎的。锦芯凄凉一笑，说：谢谢你的安慰。少顷，又加一句：多亏有你。

趁锦芯起身去洗手间的空当，立蕙去厨房里烧了一壶热水，待锦芯回来，两人安静地喝了一会儿茶水，立蕙注意到锦芯看上去有些累了，便说：你该休息了，我要告辞了——锦芯摆摆手，笑着站起身，说：跟我别这么客气。哦，你还没到楼上看看呢，我带你转转吧。

立蕙跟在锦芯身边走上楼梯，在二层穿行。一扇扇的门被推开，孩子们的房间都很宽大，各人墙上有不同的招贴画，桌上柜上的摆设，标示着各自的性格，相同的是每一张床上都罩上了厚重的布罩，感觉真是一个个空巢，令立蕙觉到凄凉。叶阿姨现在也住在这里吗？她轻声问。锦芯推开一扇门，说：我爸走后，她就搬进来和我住了，这就是她的房间。

门一打开，立蕙一眼看到宽大书桌上架着的那些各号毛笔、砚台和墨水，靠墙叠放着整齐的写满毛笔字的纸张。叶阿姨在练字？立蕙想起叶阿姨说她当年在桂林就跟锦芯爷爷学字的，忍不住趋前去看叶阿姨的字。

锦芯走到桌前，翻开一沓纸，说：不能说是练字吧，就是没事就抄《圣经》。说这比默读更容易专心。走过她的门口，最常见的就是她伏在台前写字的背影。你看，都是小楷。立蕙看到叶阿姨写在报纸上的字，笔画极是细腻流畅，一丝不苟，一看就不是一日之功。写得真好！立蕙叹着，蹲下身去翻看堆在地板上的那些叶阿姨的墨迹，读出《马太福音》《哥林多前书》等的字句。她想起那天叶阿姨说的：它能让心静下来，特别是心情不好的时候，一直写一直写，那些烦恼好像真的能随那些黑黑的墨迹流走。

锦芯也蹲下来，跟着立蕙随意翻看着。又说：你看，多节省，买了好纸都不舍得用，都写在这些报纸上。我妈不像我爸，我爸是植物栽培专家，喜欢种花养草，栽果树弄蔬菜，一天到晚在院里忙不停。我妈很静，过去主要弄孩子。按说她英文好，比一般中国老人的天地广，可她很少出门交际，只在周末上上教会而已。她一辈子都不大合群，老了就更难改了。

听说你爸爸的毛笔字也写得非常好。锦芯表情很吃惊地说：是吗？我从来没见我爸写过大字。但他确实写得一手非常好的钢笔字，草、行、楷都很漂亮，想来他若写毛笔字应该也会不错。我妈若是在他活着的时候开始练写字的话，他倒真可能也会跟着练的。

立蕙不响。她现在明白那是不可能的了。就像她自己母亲的那一手好字——叶阿姨口中的一手好字，是再也不会出现了。那个断裂的一刀，由她的出生划开。锦芯说：说起书法，我爷爷那才是写得好。有几幅留下来，我哥前段拿回国重新裱了，还放在他那里，下次来给你看看。说着，锦芯拉上了叶阿姨的房门，领她走向走廊另一头。

主卧室在房子二层的东头，比立蕙想象的空阔，以至让那张阔大的高架床都显出了小。也许是自幼生活条件导致的心理习惯，立蕙总是觉得紧凑的卧室空间给她更温暖安全的感觉。好在卧室淡姜色的墙面带着暖意。主卧室跟一层大厅一样，铺的是深色木地板。锦芯弯腰正了正床前的小花毯，说：志达对地毯过敏，卧室只好铺木板。其实我更喜欢地毯，特别是卧室，会感觉很温馨。锦芯提到志达的口气和语句时态都不像在讲一个故世的人，更不像在说离世前已跟自己闹离婚的亡夫，让立蕙心里有点难过。她想，若锦芯不提，外人单从这房里的摆设看，还真不容易看出那个曾经的男主人存在过的痕迹，真是阴阳两隔、交割两清了。

唉，我如今对粉尘和花粉也过敏得厉害，有时都担心会哮喘，锦芯轻叹出一句。立蕙注意到墙角立着的湿气喷雾器，小心地说：这跟抵抗力下降有关系，要尽量多锻炼。锦芯没有回话。

主卧室里的家具不多，清一色的东南亚风格，带出异国风情。竹木结构的大床对面，小壁炉上方挂着一幅大唐卡，唐卡上的棕红金黄，像是打进室内的高光。壁炉边的躺椅旁堆了很多中英文书本和报刊。

立蕙看到靠墙矮柜上放着些小镜框。她凑近看，都是锦芯和志达年轻时代的照片。照片里的两个年轻人，一般高的个儿，瘦削挺拔，样式简单、色彩乱搭的廉价衣装在身，亲昵地相依着，一脸的单纯，笑得无所拘束，相拥在邕江桥头、未名湖畔、颐和园、伯克利钟楼前的草坪上和金门大桥下。立蕙的眼眶有些发热。她跟智健在美国的校园里相识，他们的第一张合影是在圣地亚哥的海滩上拍下的。他们在那个夏天里的笑容已染上成熟的味道。

柜子的边上是抱着襁褓中的孩子的锦芯和志达的合影。照片里年轻得带着稚气的锦芯烫着短发，一个浓黑的大波浪遮住了她的前额。她面带微笑低头盯着怀里一袭粉色婴儿装的娃娃,侧着的眉眼里流出来的全是柔蜜,闪光灯在她的唇上打出一抹光亮。戴着眼镜、留着小胡子的志达在照片深处紧挨着她,目光的焦点也锁定在娃娃脸上,笑得有些憨。立蕙忍不住说:多好看啊!抱的是青青吧?锦芯站近了,拿起相框看着,轻叹一声:是青青。随即将相框放下,朝立蕙淡淡一笑,眼睛红了。

立蕙随锦芯很快看过宽大明亮的浴室和衣帽间。浴室外长形大镜子下的化妆台在透亮的天顶光线打照下显得很简洁,立蕙想,这样的清素简单,真不像住豪宅的女主人的风格呢,就笑了笑,一眼瞥见化妆台边上有个迷你小冰箱,上面放着好些大大小小的药瓶,那笑就敛住了。

向门外走去的时候,立蕙注意到大床边有一扇通向阳台的落地玻璃门,隔着内层的纱门,玻璃门敞开着,厚重的沙色暗花门帘半开,有干爽的风吹进来。阳台靠门处有棵高大的盆栽玉兰花。

你种了玉兰?立蕙轻叫一声,兴奋起来。是啊,这花儿在我们南宁多好长啊。你记得吗?农科院差不多每栋宿舍楼前都有一两棵,能长几层楼高,夏天花季里一开,那个香啊。可加州这气候,它在外面是活不过冬的。我爸在时,将它屋里屋外搬进搬出地娇养着,现在就放我这里了。等天凉了就搬进来。你看它长得多好,能开花呢。她们隔着纱门,安静地看着阳光下那棵硕壮的玉兰,绿油油的枝叶在微风下摇动,露出一些青白细长的花苞,一时无话。

立蕙离开的时候,心里生出很深的不舍。走近大门时,忽然听到锦芯说:哦,我妈妈说你有只很漂亮的玉镯,今天没戴啊。你等等,我给你看看我那只,说着转身进了书房。出来时,手里托着一只洁白厚重的玉镯,果然有一侧带着金黄的玉皮。立蕙将玉镯拿到手中端详,看到那玉镯上的微刻是观音。她知道,这跟何叔叔在她十九岁那年交到她手中的那只真是一对。

两人走出大门时,太阳有些偏了,天色仍很明亮。立蕙看向前院边侧茂密的花木,说:我能去看看你爸爸做的那些植物名牌吗?没等锦芯答话,她又说:我很爱园艺。锦芯会心一笑,说:农科院出来的孩子嘛,去看吧。

立蕙果然看到了那些花木下一块块写在白色小木条上的植物名称。它们该是用油漆写的。这是她第一次看到何叔叔的字。小楷。中英文，拉丁文。她不知道该怎么形容，只觉得就是"好看"两个字，比叶阿姨的字体明显地遒劲利落。在一丛黄红相杂、花朵硕大的茂盛热带兰花前，她看到何叔叔写下的"大花蕙兰"四个黑字。她的目光停在"蕙"字上，忍不住弯下腰，伸手去擦那些被浇花水溅弹上木条的泥印。锦芯安静地绕过她，走上前去，将小木牌从土里拔出来递到她手上，说：你喜欢的话，拿回去作个纪念吧。立蕙接过木牌，轻声道谢。

立蕙和锦芯在车边拥别时，鼻子一阵发酸。锦芯拉着她的手说：见到你真的很高兴。等我们都回来了，你再带孩子和先生来玩。趁房子换手前，我们好好聚聚，我给你做南宁老友粉吃。我做得特别地道的，连志达那种原来对酸笋完全不能接受的人，都会喜欢。立蕙点头，转身看了看身后的房子，问：那你打算搬到哪里去？锦芯想了想，说：也许会搬到加州中部，或内华达、亚利桑那的沙漠里去。哦？怎么会想到住到沙漠里去？立蕙感到有些意外。那些地方干燥，花粉少，不会让人过敏。天气也暖和，美国很多人退休了都选择到那些地方去，所以医疗条件也好。我妈妈可以跟我一起去。哦，这我都还没跟我妈和孩子们提过。

车子转出山道时，立蕙很长地吐出一口气。她将车窗摇下来，桉树的清香涌入，一如当年在农科院小卖部前闻到的气息。锦芯哭着，沿池塘边的小道疾跑，一转弯，掉到了漂满浮萍的塘水里。立蕙一惊，踩了一下刹车，发现自己握着方向盘的两只手都湿了。

从锦芯家里回来的当夜，珑珑到小朋友家参加过夜派对去了。立蕙和智健坐在后院里，玻璃台上散乱地摊着吃剩的水果和凉面、两只倾空的酒杯。它们之间的空隙被锦芯这天端出的苦汁填满。小院里亮着花带边一串低矮的节能小灯。五彩的光影穿过敞开的窗口投到南湾夏夜干爽清凉的空气中，无声无息。立蕙最后告诉智健，她想跟锦芯的医生联系。

这是个重要的决定，要尽量了解清楚医学方面的细节——智健话音里有犹豫。我就想了解些技术细节。美国自愿做器官捐献的人很多，锦芯是很有希望的。我真觉得她很可怜。小时候总觉得她是能一直轻松走上喜马拉雅峰的，哪想到在中年会栽这么个大跟头。

志达不在了，我们已听不到他的答辩。如果只信一面之词的结论，不很公平，智健缓慢地说。影响家庭稳定的参数太多了。当年中国留学生来美国，自费留学的签证那么难拿，人为的阻力可不让很多婚姻破裂？早年人们去台湾，或者农民出身的军人战后进城，又导致多少家庭解体？离开环境相对简单的美国，锦芯和志达的婚姻一下掉进那么动荡的场域，什么都可能发生。能否稳固，取决于结构本身的抗震系数，没人帮得上忙。从你的转述里，志达听上去是个挺老实的人。但凡闯出这么大祸的家伙，大部分都是老实人，啥都敢往肩上扛，都不知道其实是自己根本负不起的责任。你用力过度了——立蕙皱起眉头打断他。智健笑笑，说：你愿听真话的吧。这种事我们身边出得够多了，没心没肺的老手会这样吗？别说放弃几千万净身出户了，就为了不因离婚而平分家产，怎么撕裂自己都肯的。志达这种典型的工科生，又是你我这种在中国被叫作六〇后的人，发育在中国性压抑最严重的七十年代，大多数在男女关系上真是没情商的，糊糊涂涂谈一次恋爱就结婚生子过下来，突然撞到这个时代，你期待他们能有什么样的表现？见立蕙不响，智健拿起她的手，抚摩着，说：你不要误会我的意思，我也很同情锦芯的。

起居室的电视在广告的切换间有瞬间的黑屏。立蕙摇摇智健的手，说：我一直在想，怕真是有命运这东西的。你可以说，锦芯在面对同样的困境时，不如叶阿姨坚强。智健轻拥一下立蕙，说：你不要想得太多了。立蕙苦笑说：我在想锦芯说的关于叶阿姨从小教她的那些话。自立，自强，不靠男人才可以立于不败之地。事情显然没那么简单。锦芯经济独立吧？事业够强了吧？还是解决不了最根本的问题。智健刚要回话，立蕙摆摆手，说：不要告诉我，还要精神和心灵独立。都不够的。从叶阿姨那里，我看到一种出路，可能要有一种甚至是超越智慧的东西，比如宗教信仰？可能要到宗教的层面，人才能寻到最大的自由？

智健想了想，说：或许吧。立蕙点头：我从小生活在一种很不安定的情绪里，特别害怕个人生活出现巨大的变化。有了珑珑以后，有时也烦家庭生活的琐碎沉闷。你猜我今天听到一句挺让我震动的话是什么？智健盯着她的眼睛，立蕙笑了说：就是志达跟锦芯说的，生活的内容就是生活的意义。我想，人若能接受这点，大概就能享有平静的生活。智健忙不迭摇头：这太消极了！我不同意。我从小家庭温暖，爸妈关系特别好，我也很向往有平静的家庭生活。但我晓得安宁的家庭生活不是天上掉下来的。人本性喜新厌旧，何况面临自身的成长、对自我不断地重新认识、个人需求的变化，哪能一劳永逸。变化、厌倦都很正常。这点美国人说得好，婚姻要靠耐性经营。有心理学家建议将"追求幸福"改为"追求满足感"。追求幸福往往被理解成追求一种宏大的状态，一揽子解决所有的问题；追求满足感是具体地面对一个个小问题，欣赏生活提供的小快乐。立蕙笑着点头，说：难怪你这些年发展出那么多奇奇怪怪的兴趣爱好，原来是在追求常过常新的满足感啊。智健拍了拍她的脑袋。还有，人是很脆弱的，最好是不要被考验——智健说着笑了。立蕙捏他一下，说：所以你别给我闹什么海归。智健的表情严肃起来，说：这跟海归不海归没关系。如果要回去，我们一起回去，珑珑也不能落下。立蕙没答他的话。智健就说：还是说找锦芯医生的事吧。你如果愿意去谈谈，就去吧。立蕙点头：就是去了解一下。智健搂着她的肩膀，说：如果你需要，我可以陪你去。

第二天早晨，立蕙天没亮就醒了。她坐在床边，脑袋里都是影像。她肯定做了个长梦。白，蓝，山影，江河丛林，却记不住一个细节，看不清一张面容。窗帘的边缘渐渐明亮起来，她蹑手蹑脚地下床。长长的淋浴之后，整个人彻底醒了。她下楼来到书房里，轻掩上门，拨通了叶阿姨的手机。

是立蕙啊，你好！叶阿姨的声音很近，带着浅淡的欣喜。叶阿姨，你好吗？立蕙有些紧张。我挺好的啊，锦芯告诉我，你昨天去看她了。她好久都没有那么高兴了，谢谢你。立蕙忙说：我也好高兴。锦芯看上去都没有变，还是那么好看，如今更有一种成熟的气质——你真是个善良的孩子，叶阿姨在那头打断她，又聊起大家在等着参加锦茗女儿的毕业典礼，之后出发做加勒比海游。锦芯也去吗？立蕙小心地问。她就不去了。她要按时透析，在船上不方便，叶阿姨说。

叶阿姨，上回听你说，锦芯是在UCSF排队等做移植？立蕙问。是啊，叶阿姨答。我想问一下，锦芯的医生是谁？立蕙的声音轻下来。给她立了个专门团队的，她目前的主管医师是约翰·施密特，到时会由他来做移植手术。嗯——叶阿姨听起来有些迟疑,没等立蕙回应,又说:立蕙啊,有些事情,就是亲姐妹也不一定要做的。锦芯的年龄和身体状况对打分有利,在排序中是有优先权的。最重要的是,我每天都向神祷告,神一定会眷顾她的。我希望你们每个孩子都健康开心——叶阿姨的声音开始变了。我只是想去了解一下,看能不能为她做点什么。我也说过的,我有个同事的肾移植手术很成功,也可以请他提供第一手经验。立蕙说着,对自己的镇定都有些意外。

叶阿姨将施密特医生团队的电话告诉了她。

五

立蕙在周一例会的空当,拨通了 UCSF 施密特医生团队的电话。电话那端的女士听完立蕙的陈述,说:第一次的咨询是由团队的主管护士吕蓓卡负责的。如果你愿意,可以上网注册后,在约定的时间进行电话咨询。立蕙按对方的指点,完成了网络注册。她注意到吕蓓卡拥有硕士学位,是最高级别的护士。她约了周五早晨八点三十的咨询时段。

立蕙周五起了个大早,将智健和珑珑送走后,坐到书房里,刚点击进入自己在 UCSF 器官移植中心新建的账号,手机就响了。早上好!是傅博士吗?我是吕蓓卡,施密特团队的主管护士。好听的女中音。你好!我是立蕙,立蕙应着,吕蓓卡在那头说:我看过了你填写的资料,注意到在隐私保密级别这项里,你选了最高级别。我想确定一下,你是否理解,这意味着连你的配偶都将无法从我们这里了解任何跟你有关的信息。我明白,立蕙轻声答。吕蓓卡又问:你在考虑帮助何博士?立蕙有些犹豫,说:我想了解一下肾移植的——电话那端本来快捷清脆的击键声突然中断:你有捐献的意愿,对吗?立蕙回说:有考虑。那我能不能问一下，你和何博士的关系？吕蓓卡又问。Half sister（半血亲姐妹），立蕙吐出这两个英文单词，心下一阵轻松。她喜欢英文在这个问题上清晰又模糊的表达。这极简单的信息明确地表达出她和锦芯间是有血缘关系的姐妹，却不能确认是同父还是同母。吕蓓卡说：哦——活体捐献是个重大决定，这虽是很成熟的手术，也还有一定风险的，应该慎重考虑。如果捐献者在认真考虑后做了决定，首先要做一系列检查。先是常规体检，查的项目比较多。然后要做匹配试验。这是最难的，就算血亲间也未必能配得上。锦芯在这个问题上就不太幸运，她母亲和兄弟都没通过匹配测试，还在排队等待，吕蓓卡又说。

她能等到的机会挺大的，对吧？立蕙问。吕蓓卡的口气轻松了，说：她才四十多岁，机会不错的。当然，肾衰竭影响生活质量，能越早做越好。我就是想听听专家的意见，立蕙说。吕蓓卡在那头接上来：活体捐助者手术后只需要休养一段时间，绝大部分人恢复得很理想。嗯，你听上去还不大确定，我建议你好好考虑。不能有半点勉强，那样对各方都不好。等你确定后，我们可安排下一个咨询时段，具体谈一些技术方面的事情，你觉得怎样？

我确实需要再考虑一下。哦，我还想问个问题，导致锦芯肾衰竭的原因是什么？立蕙说到这儿，刚想再解释一下，就听吕蓓卡有些惊讶地说：是吞服药物自杀而导致的，你不知道？自杀？立蕙轻叫。吕蓓卡一个停顿，随即说：抢救过来，有些器官的损害不可逆转了。哦，对不起，我讲得太多了。你如果没有更多的问题，我们今天就到这里？立蕙忍不住又问：锦芯因抑郁症自杀吗？吕蓓卡犹豫了一下，说：说是丧亲综合焦虑症更确切。从病理上讲，它跟抑郁症有交叠区域。锦芯在丈夫去世后有过相当长时间的抑郁和焦虑。从病史上看，深度焦虑的成分更大，最后导致了这不幸的后果。立蕙竖着耳朵，大气也不敢出，怕听漏了一个字。吕蓓卡突然停住，说：你们两姐妹似乎平时联系不多？立蕙一愣，没答话。吕蓓卡在那头就说：谢谢你来咨询。不要急于决定，考虑好再跟我们联系。

立蕙道过谢，放下电话，泪水就出来了。一滴，两滴。她甚至听到了它们溅落在裤腿上的声响。立蕙没有觉到悲伤，却无法止住那泪水，有一种被吸入黑洞的感觉。她在书房里静坐了许久，揩干泪水，才收拾起东西出门上班。一直忙到夜里十点才到家。

车库的门一响，智健就迎了出来，接过立蕙的手袋、电脑包。珑珑已经睡了。立蕙走进起居室，一眼看到地上摊着的那张半合的纸板。她走过去将纸板打开，听到智健在身后说：他们的讲演和展览刚弄完，今天才发回来的。立蕙不响，双眼盯在那棵色彩丰满、童趣盎然的家庭树上。

一切都是从它开始的，立蕙想，摸了摸那粗壮的深棕树干。智健走过来坐到地毯上，说：珑珑今天回来说，听了别的同学的家庭故事，他觉得自己的太简单了。立蕙盯着那棵树，轻声说：我真愿意这棵家庭树就像珑珑画出来的这么简单啊。她在父母的照片上轻轻划过，感觉指头沾上了灰。

后悔去找他们了？智健的声音很轻。立蕙摇头：我很高兴见到锦芯她们的，虽然本来想找的是何叔叔。真的没有想到，这么简单的一个枝节，会连上那么繁杂的枝叶。立蕙说着，苦笑了一下，盯着智健说：我今天跟锦芯肾移植团队的主管护士联系了。哦？智健的表情有些意外。立蕙点点头：她告诉我，锦芯的肾衰竭是服毒自杀未遂造成的。智健的眼睛瞪圆了。你看，我去见叶阿姨，就听说何叔叔去世、锦芯肾衰竭。去见锦芯，又扯出志达跟锦芯婚姻出问题的这条线。今天咨询不过半小时，又发现锦芯曾服毒自杀。真不知道这树下有多深的水流，说到这里，立蕙的声音有些变了。智健双手搭到她的肩上，说：我们已经进去了。凭我的直觉，也许水下还有更深的漩涡。要有准备。立蕙紧紧地拥住智健。她知道智健是对的，但她没有说话。

接下来的周末过得出奇平静。智健轮到进城当义务导游。立蕙陪珑珑游完泳，吃过汉堡回到家里，让珑珑上网打电玩，她联机到公司里回复了一些电邮，转眼大半天就过去了。关机时，她的心情轻松起来，这才是她习惯的生活。她换了衣裤，到花园里修剪浇灌。小花园深处那丛蜡黄花瓣的大花蕙兰正开得繁盛。她转回书房，从柜里抽出从锦芯家里带回的那块何叔叔手书的"大花蕙兰"字牌。她已然将它洗刷干净，原想将它插到院里的蕙兰下，这时再看，忽然没了那股冲动，将它又放回抽屉里。立蕙想，锦茗女儿的大学毕业典礼这时该结束了吧。她为自己在素未谋面的侄女这个人生重要节日里缺席，生出些许伤感，又有些莫名不安。

立蕙周一是整天的大小会议，直忙到下班，才透一口长气，忽然很想去游泳放松一下，便拨通了家里的电话，打算让智健跟珑珑先吃晚饭，别等她了。

电话铃只振了一声就被拿起来，立蕙有些意外。那端是珑珑稚气的声线，他还没有变声。珑珑一听是她，兴奋地尖叫：妈咪，FBI（联邦调查局）在找你！立蕙一愣，说：你在说什么呀！珑珑又叫：FBI哎！立蕙意识到珑珑是认真的，忙说：你让爹地接电话吧。你回来再说吧，没什么大事，小心开车！智健的声音突然插入，幽灵似的。立蕙收了线，将车子开出来。她将电台转到古典频道，正播着巴赫《哥德堡变奏曲》第八到第十四段那节，轻灵的旋律让她心神安静下来。

在车库里一停稳，珑珑就光着脚冲出来了。立蕙上前轻拥上珑珑。紧随在珑珑身后的智健朝她点点头，揽过珑珑说：你上楼洗澡去，晚饭好了我叫你，啊？立蕙拍拍珑珑，说：今晚吃蒜香蛤蜊意面，妈咪马上做。你洗澡去，今天打球了，对吧？

珑珑不太情愿地朝楼上走去。智健领着立蕙进了书房，轻掩上门，摁下电话留言回放键，说：你自己听。

哈罗！傅立蕙博士，这是FBI探员戴维·贝瑞。我想在你方便的时候跟你聊聊，不用很长时间。听到电话后，请给我回个电话，我的号码是——立蕙没将电话听完，就撳下停止键，好一会儿回不过神来。

我接到珑珑回家，这孩子就爱管闲事，我去放东西，他就跑来听留言了。一听到FBI，就冲出来大叫，特别兴奋，智健苦笑着摇头。立蕙摁着太阳穴，说：这是怎么回事？怎么会这样？

别想那么多，明天给他们打个电话就明白了。我将电话记下了，智健说着，将一张粘条递上：我们又没做错什么，不用怕。立蕙说：我不是怕。从锦芯那儿出来，我就感觉很不安。跟护士谈过后，更是了。我就担心你说的那更深的漩涡，但怎么也没想到会来个FBI。智健摆摆手，说：瞎猜没意义。你明天一早就给他们电话。我们做饭去吧。

立蕙第二天早上出门上班前，智健已送珑珑去上学。她按智健记下的号码给戴维·贝瑞拨了电话。电话响了三下，一个清亮的男声响起来：这是戴维，请问哪位？很家常的语气。立蕙放松下来。我是立蕙——话音未落，戴维就应了：噢，傅博士，谢谢你回我的电话。我是FBI探员，想约你见面谈些事情。你什么时候方便？立蕙问：我想知道，你要谈些什么？戴维在那头笑了，说：那需要见面才能聊明白。你定时间，最好不要在周末。立蕙说：可我得上班。戴维说：你总得吃午饭的吧。我们在你公司附近一起吃个午饭？请问你公司的地址？他们竟不知她公司的地址，立蕙有些意外。她将地址报上，说：我今明两天都行，之后都有约了。戴维马上说：我们明天中午到你公司大厅里等你。立蕙想了想，说：我上班挺忙的，就不一起吃午饭了，到离我公司附近的星巴克见吧。戴维立刻应下，给人非常配合的印象。她要了戴维的电邮，答应将那家星巴克的地址传去。

立蕙第二天近午准时走进星巴克，一眼望到靠墙那幅杂色大画下坐着一对身着深蓝西装的年轻男女。他们一见立蕙进门，同时起身向她招手。你好，傅博士！我是戴维——戴维迎上前跟立蕙握手。他比立蕙想象的更年轻，浓密的络腮胡子修剪得非常整齐，身形结实。这位是我同事，探员艾米莉·科利，戴维将身边那位轮廓清晰、面容白皙的年轻女子介绍过来。艾米莉看上去非常知性，浅棕色的直发过肩，深湖蓝色真丝衬衣尖尖的领口翻出来，细细的银色项链，若在街上碰到，绝不会将她跟FBI联系到一起。

立蕙随他们在靠墙的圆桌边落座。艾米莉问立蕙要喝点什么，很柔的声线。立蕙说要冰摩卡。戴维这时掏出一个墨绿色证件递到立蕙眼前，请她过目。那是FBI探员身份证。戴维表情严肃的照片上盖着FBI的钢印。立蕙过去只在电影里看过FBI探员出示身份证的镜头，总是掏出一晃就收起，没想到真的证件看上去比普通护照大两倍以上。戴维微笑着，肯定她已看清了自己的信息，"啪"地将证件收起。艾米莉也将自己的证件递过来，待立蕙扫了一眼，她便起身给立蕙买咖啡去了。

戴维开始敲打电脑键盘。艾米莉给立蕙端来咖啡，坐下打开电脑。立蕙问：你们找我——戴维看着她说：你最近好像跟何锦芯博士走动比较频繁？立蕙心想，果然。嘴上却说：我只分别见过锦芯和她母亲一次，不能说频繁。戴维笑笑，没说话。立蕙问：你们为什么对这个感兴趣？戴维说：是我们的工作。立蕙微蹙了眉，忽然想起第一次打电话到锦芯公司里时，曾被前台告知电话要被录音。她看着戴维问：在跟踪我吗？戴维的表情严肃起来，说：我只是想了解一些跟锦芯有关的事情。跟踪是很严重的词，就像监听一样，要走很复杂的法律程序才能获得批准的，我们目前没有这个特权。立蕙看他一眼，不响，原来在电脑上打着字的艾米莉也停下来了。她们的目光相遇，艾米莉点点头，态度温和。这时戴维又说：我想问一下，你们是怎么认识的？

立蕙沉吟片刻，说：我们少年时代是邻居，后来走散了，最近才又联系上。戴维一愣，说：那么你们有多少年……有三十多年没见了，立蕙耸耸肩。戴维有些惊讶，说：哇，你们还彼此记得，又互相寻找，有点像小说了。呵呵，对不起，我这句是玩笑。你们小时感情肯定很好，真让人羡慕。立蕙苦笑着点头，说：你可以这么说。

锦芯有没有跟你聊到她家里的情况？戴维盯着立蕙，问。谈了，这么多年了，发生了太多的事情。她父亲去世，她先生去世，她自己生病，很不幸，令人难过，立蕙平静地说。戴维不响。艾米莉在一旁小声问：锦芯有没有谈到她丈夫是怎么去世的？见立蕙不响，艾米莉又说：任何细节都有帮助。立蕙心下一惊，说：她提到她先生回中国创业非常辛苦，后来就病了，拖了一阵，查不出病因，回美国也没有救过来，就去世了。她是这么说的？戴维微蹙了眉，啪啪啪地在键盘上敲击起来。她是这么说的，立蕙肯定地点头。

她跟你谈了很多她先生吗？艾米莉又问。说多了会难过，何况她身体不好。说到这里，立蕙抬眼看到门外明亮的阳光亮得发白。她的胸口有些发紧。她很清楚自己没有说出全部真话，但也没说假话。她还不能肯定他们找她的目的，但她很清楚，就算锦芯犯下天大的事情，法庭都不能强迫她出庭作证。作为锦芯的亲人，她有权利保持沉默。"亲人"这个词在此时跳出，让立蕙的心感到刺痛。她停了一下，接着说：我们谈得更多的是她父母，我更熟悉他们。你没见过她丈夫吗？戴维问。没有，从没见过，立蕙摇头。忽然仿佛看见志达披着半旧军大衣，在三十多年前郑州火车站破旧的站台上摇着手，一脸的稚气——锦芯竟没有提到稚气。他那时还是个孩子，不是吗？立蕙的眼圈有些发热。好的，今天就到这里。谢谢你来。你回去若想到什么，随时跟我们联系。戴维说着，将电脑合上。

立蕙盯着戴维的眼睛，问：我不可能想起什么都给你们打电话的。你们需要了解锦芯哪些方面的事情？能否给我一点线索？戴维跟艾米莉对视一眼，说：当然可以。主要是关于她丈夫的。比如他们之间的关系，发生过什么事情。为什么？立蕙警觉起来。嗯，这里面牵涉到一些化学品的去向问题。任何相关的线索都有帮助。立蕙一惊，问：毒品？戴维微眯起眼睛，说：不是通常意义的毒品，我的意思是，不是成瘾性的毒品，是致命的化学物。立蕙的身子一下就直了：比如？比如，铊那一类，重金属，戴维面无表情地说。铊？重金属？立蕙立刻跟了一句。戴维点头，说：我们之间的谈话，就保持在我们之间。现在一切都没有答案。锦芯丈夫的死因，是有医生定论的。但那个诊断结论，在锦芯先生生前和死后，都被医院里一位中国大陆背景的护士提出异议。她说以她在中国内地的临床经验，直觉告诉她，病人很可能是重金属中毒。主治医生当时没有接受她的意见。到锦芯先生死后，那个护士都没放弃质疑，最终警方介入。但后事都办完了。好在医院还封存着血液、尿液和头发等样本。现在移到我们这里。立蕙往后偏了偏身子，说：我听明白你的逻辑了。你们盯上锦芯，是因她的职业身份，对吧？戴维摇头，说：不能这样说，但她确实从公司里领取过一定数量的严格控制使用的重金属。立蕙看着戴维，说：那是她的工作啊。戴维笑着点头说：是的。她用它们作为实验催化剂的记录也无懈可击。所以？立蕙追上来。记录未必可靠，那种玩意，不用太多的，一点点——戴维将右手大拇指并到食指上，抬起来，眯上一只眼睛，说：只要一点点。立蕙咬住嘴唇，说：我不要听悬疑桥段，关键的是证据。戴维说：千真万确！我们在朝那里前行，所以我们需要你的帮助。你们锁定是她吗？立蕙问。戴维说：这不是个好问题。让我这么跟你说吧，她只是一个方向。有时很多的线索都有了，就缺一个关键的扣子将它们连上。有时候几只大扣子都在了，就是找不到线索将它们串起来，戴维指了指自己和艾米莉，说：所以才需要我们。好了，我们就不多占用你的时间了，非常感谢你的配合。我再一次郑重地请你不要将我们今天的谈话内容透露给任何人。戴维严肃起来，看上去像换了个人。立蕙点头，站起身来，跟戴维和艾米莉握过手，一起走出店外。

一到停车场里，戴维和艾米莉，连同立蕙，几乎同时戴上太阳镜，这个动作如此整齐，令他们不禁笑起来。戴维快速地朝她做了个敬礼的手势，说：随时联络，再一次谢谢！立蕙转身走向自己的车子。坐进车后，停车场里已无戴维和艾米莉的踪影。立蕙知道他们此时就坐在停车场的某辆车子里，却没见他们移动，令她心下有些紧张。她将车倒出来，一踩油门，转到山道上，从后视镜里看去，确定没有追兵，才放下心来。

整个下午，立蕙的脑子里都是"铊"这个字眼。她意识到戴维是故意将这个词透露给她的。立蕙强迫自己不去多想，直忍到下班前才上网搜索。中英文网站的说法一样。铊中毒的症状无非脱发，肠胃功能失调，也有可能引起睾丸萎缩，生殖功能丧失，严重的会导致肝肾等器官功能衰竭。立蕙的目光锁定在这些危机四伏的字丛里，脊上阵阵发凉。她"啪"的一声合上电脑，扯下搭在椅背上的那件测试室专用短褂披上，安静地坐着。

顺着戴维的指引，立蕙看清了她的手里不仅握着几只关键的环扣，而且所有线索都可以清晰地穿起来——至少逻辑上是通的。如果这一切都是真的，她该是目前知道真相最多的一个人——除了锦芯。立蕙起身将办公室的门关上，双手停在门背上，头伏上去，压抑地抽泣起来。隔着泪眼，她看到自己的脚慢慢动起来，在跑。她扬起头来，看到了锦芯，那么小小的一点粉红色，很快跃出她的视线。锦芯是决绝的，去了。确实像锦芯干的。"你们再要贱，小心我砸烂你们的狗头！"——很早以前，她就这么说过。让立蕙特别不安的是，锦芯确实动过念头，让志达一觉醒来就忘掉小歌女，甚至什么都忘掉；或者丧失某种功能。她甚至说了，化学家是不用动刀子的。

立蕙揩着泪，忽然想，好在她来了。如果再早两年就更好了，一切可能就会改写。这个想法让立蕙安定下来。她现在要从这里陪锦芯往前走，虽然她还看不到路。或许真的就是没有路，但她已经跟锦芯连在一起了。

下班回到家里，珑珑早就忘了FBI的事，高高兴兴地吃完晚饭，做作业去了。立蕙和智健坐在餐桌边。今天见了FBI的两位探员，比我想象的好对付，立蕙先开了口。那就好。我有朋友回国办公司，被怀疑输出敏感的高科技信息，也被约谈过的，也说所有的问题都很常规，还请吃饭呢，智健轻松地说着，表情却有些不自然。立蕙知道他在担心她，便轻轻拍了拍他的手，说：是关于锦芯的。她的话音未落，智健的表情一下就绷紧了。她二〇〇九年出入境太频繁了，志达在北京又弄的是图像处理技术方面的高科技公司，被留意也是正常的，立蕙说着，一边收拾起盘碗。你没告诉他们，你是最近才和她联系上的？你并不知道那时候的事情，智健说着，也站起来。立蕙一笑，说：当然是这么说的。他们也没有更多的话了，让保持联系。智健耸耸肩，说：报上说克林特·伊斯特伍德在拍他们FBI老头目胡佛的传记片呢，连肯尼迪刺杀案都一筹莫展，那传记片只能专注他们老局长的私生活了。我从来不信任那些家伙。立蕙苦笑着说：我哪里又愿意信任他们？智健一愣，说：我不是那个意思。立蕙从智健手里接过盘碗，说：我明白的。

在接下去的两天里，立蕙强迫自己不再去想任何关于锦芯的事情。她需要一个清空的时段，才能有效地思考。她打算等锦芯周末回来后，尽快去看她。按跟叶阿姨和锦芯见面的经验，面对面谈起来，很多思路就可以自然地走通。但锦芯没有等。她在星期五夜里，从马里兰给立蕙打来了电话。

立蕙正在烘最后一筐衣裳。手机响了好几下，她才听到。一看是锦芯的电话，她立刻摁停了烘干机的启动键，洗衣间里突然一片沉寂。是我，锦芯呀——很柔的声线，听上去有点累。立蕙想东部都该是凌晨一点过了，忙说：你还没休息？很晚了。有急事吗？

锦芯在那边很轻地说：睡不着，有时差呢。一大家子人今天去迈阿密了，忽然这么空——立蕙赶紧说：哦，这一周下来，也够你累的了，好好休息才好。你明天就要回来了，对吧？你回来了，我就去看你，噢，你需要接机吗？一阵沉寂。锦芯——立蕙轻声叫。嗯，我在，锦芯答得有些走神。你好像有心事？立蕙小心地问。锦芯说：我真的很高兴有你。要不这样的夜里，连个说话的人都没有。我真不愿意回到那个房子里去。立蕙刚想张口，锦芯又说：那么大一家子在一起，不知道多开心。我们还去给我爸扫了墓。没想到，这么多年过去，连扫墓都有了那种叫作"静好"的感觉，真的感觉他就在我们中间。我给他捎了一大把百合，就是你带来的那种，锦芯不知是有意还是无意地，说到这里，停了一下。立蕙的鼻子有些发酸，忍着没有接锦芯的话。

我们给他看他大孙女的大学毕业证书。孩子们轮流用中文讲自己的近况。我是最没有什么可谈的了——立蕙觉得自己看到了锦芯凄凉的笑，忙说：锦芯，你不要总是对自己这样苛刻。谢谢你，你真是很体贴，锦芯在那头打断她，又说：我告诉爸，我见到你了。这最后一句，利器一般割开了时空。两头都陷入无边的沉寂。立蕙捏住鼻子，使劲将鼻腔里的流液吞回去。好一会儿，锦芯又说：那真是团聚了。只缺志达了。立蕙有些回过神来，轻声问：志达安葬在哪里？等你回来了，我可以陪你去祭扫的，如果你愿意的话。

按他的意思，一半撒到太平洋里，一半送回湖南老家去了，锦芯叹出一口长气，说。立蕙愣着，还没接上话，锦芯又说：这些都不重要了。我一直在想，如果能够重新回到从前，事情会大不一样的。我自己已经这么固执，真不该找志达那么偏执的男生。有一件事我上次没告诉你，我在志达去世后，精神几乎崩溃，我的肾衰，就是自杀未遂落下的。立蕙没想到锦芯会将这事在电话里这样讲出来，愣在那儿，锦芯又说：一切都已经太晚了。不说它了。好在孩子们比我当年懂事多了，这是我如今最大的安慰了。

立蕙想了想，说，我有个问题，不知当问不当问。锦芯在那边轻笑了说：你看你，我什么都对你说了，你怎么还这么见外？立蕙听到了自己急速的心跳。她下意识地捂住话筒，低声说：你有没想过，志达可能是重金属中毒？比如，比如铊？话一出口，她闭上了双眼。她跟戴维做了同样的一件事——在看似无意间，放出了一支百分之百击中靶心的利箭。她希望锦芯截住它。你怎么会这么想？锦芯在那头立刻追上来，尾音在升高。我听到一些故事，上网去查了查，觉得志达那个症状——立蕙停在这里，她听到自己牙齿上下磕碰的声响。你听到了什么？锦芯又逼上一句。我只是问问，你对铊了解吗？立蕙轻声答。锦芯回得非常快：当然，它是一种催化剂，我们做实验会用到的。在美国，这是被严格控制的化学物品。我们的实验记录里，控制物品的流向都要清楚留档。我奇怪的是，你怎么会做那样的联想？你也在怀疑我吗？锦芯的声音高起来。

我最近听到一些流言，你知道，这里的华人社区很小。我就是一问，我没有——立蕙开始后悔自己随手放出了一匹自己无法驾驭的野马。很长的沉默，锦芯才在那头说：我可以想象。谢谢你的印证。电话里又是一阵长时间的沉寂。立蕙小心地叫着：锦芯？哦，我在。锦芯答。立蕙犹豫着说：对不起，我不该那样对你说话。锦芯立刻说：要谢谢你跟我说真话。一个短暂的停顿，她又说：经过了这么多事情，我知道了人能控制的事情真的非常有限。比如我自杀的时候，哪里想得到最后会是今天这个状态？对志达其实也一样。你可能只是想在悬崖边竖个警示牌，却一滑脚掉下万丈深渊，唉。不早了，你休息去吧。没等立蕙回应，锦芯在电话那头的语气轻松起来，说：好的，睡觉去吧。回去再见了，晚安！立蕙有些不肯定地说：晚安！锦芯在那边叫：等一等，我想再一次告诉你，在我最困难的时候，幸亏有你在。I love you（我爱你）。立蕙未及回话，那头就挂了，留下空泛的忙音。

立蕙回过神来，将烘干机重新启动，转身出来，轻轻地带上身后的洗衣房的门。她到厨房里给自己倒了杯凉水，坐下喝着，想，今晚的谈话是失败的。等锦芯回来，要尽快见一面。但见了面说什么呢？立蕙有些焦虑起来。如果锦芯真的做了，下面的路在哪里？立蕙摇着头，摁下了厨房顶灯的开关。"你可能只是想在悬崖边竖个警示牌，却一滑脚掉下万丈深渊"，锦芯说了这样的话。这是不是意味着她原来的本意只是让志达丧失某些身体功能，没想到却失足深渊？若真如此，应是过失而已——立蕙将"杀人"二字掐掉了，摇摇头。她站在黑暗的厨房里，有一点是明确的：下星期一要给施密特医生办公室打个电话，告诉他们她考虑过了，要去做匹配测试。

锦芯直到星期天下午，都没有再给立蕙打来电话。立蕙想她回到湾区已经两天了，也应该休息一阵了，就在星期天傍晚拨打了锦芯的手机。"你拨打的用户已关机"，立蕙一愣，想了想，又拨了锦芯家里的电话，漫长的振铃声。立蕙没等留言机的语音提示响起，就挂上了。直等到傍晚，她又给锦芯打了几次电话。锦芯的手机依然关机，家里电话无人接听。立蕙不安起来。到了晚上九点多，手机响了,一看,是叶阿姨的号码,她急忙接起。

立蕙,我是叶阿姨——叶阿姨的语气很急。是我,叶阿姨你都好吗?到哪里了呢?立蕙故作轻松地问。我们都很好。可找不到锦芯了!叶阿姨在那头说。哦?我今天下午起,一直在联系她,可电话都没打通,立蕙应着。我们从昨天起就在联系她,手机一直关机。查了航空公司的航班,她按时飞回湾区了。飞机应该是星期六上午十一点到的,从机场回家,最多只要半小时。但我们到现在都没有联系上,这很不像她。我们全都在加勒比海,真让人着急。她身体不好,就怕会出什么事呢!叶阿姨一句接一句。叶阿姨,你先别着急。我马上去她家里看看,立蕙说着,开始收拾东西。太谢谢你了!你有地址吗?叶阿姨问。我的GPS上有的,你放心吧。立蕙已经拎上了包。但愿没事,我们上船前,她还好好的啊,不过这孩子最近情绪起伏又大了,真让人担心。哦,立蕙,家里大院铁门的密码是锦芯先生的生日:051564。你们进去后,在正对着喷泉的台阶下,那只小青蛙右腿侧的小地灯的灯盒里,有张开大门的磁卡。在大门的锁上刷过后,要输入锦芯的生日062264。记下了吗?我的手机开着。拜托了,开车小心!愿神保佑我们!叶阿姨的声音愈发镇定。

立蕙大声将在楼上的智健叫下来,急速地讲了叶阿姨的电话。智健快步上楼领来珑珑,一边拨通了小区里一家朋友的电话,请他们帮忙看顾一下珑珑,又冲到厨房里拿了几只香蕉和苹果,抓了手电,说:不知会待到多晚,得有点准备,车厢里有水。然后走到车库里,说,开我的车去吧。立蕙领着珑珑坐进智健的车里,轻声说:小心开车,越是这种时候越要冷静。智健沉默着坐到驾驶位上,将车子流畅地倒出,先将珑珑送到朋友家,再一路转上高速公路,往北开去。

车子拐上二八〇高速的时候,天已经完全暗下来。山下的灯火在右侧车窗这面绵延而去。立蕙和智健很久都没有说话。车子转下高速,进了盘转的山道,立蕙知道他们接近锦芯的领地了。她像上次那样,摇下车窗,林木的香气混着浅淡的雾气涌进车里,前窗立刻有些模糊。她将车窗摇上,又按下前窗去雾键,呼呼的热风在窗前喷出,视线立刻清明起来。

锦芯不会出什么事吧?立蕙看着车灯在前方打出的光道,轻声说。智健不响。你说她不会出什么事吧？立蕙又加了一句。智健盯着前方，说：希望是这样。我们星期五晚上才通过电话的，她听起来还好好的，立蕙说。智健很快地看了她一眼，说：你们聊了什么？立蕙的心跳快起来，说：也就些家常。噢，说去给她爸扫了墓。智健浅淡一笑，说：记得上次我跟你说的话吗？就在你从她家里回来那天晚上，我说很可能有更深的漩涡，希望我是过虑了。立蕙屏住呼吸，没接他的话。你不要急，也许她只想安静一下。对她那样的身体，旅行是很累的，智健微侧过脸来，表情带着少有的紧张。

车子转过最后一个弯时，立蕙觉得心一沉。小道尽处锦芯的房子一片漆黑。智健误踩了一下油门，车子冲到铁门前，急促停稳。大门两侧的感应灯亮了。立蕙下车，快步冲向门边，噼里啪啦地敲打完密码键，忽然皱了眉想，怎么还在用志达的生日做密码呢，就听得沉闷悠长一声："吱"——铁门向两侧自动移开。智健将车子开进院里，房边的感应灯一下全亮了。立蕙朝喷泉小跑而去，按叶阿姨的指示，从小地灯的灯盒里取出磁卡，和智健一起，三步并作两步，直走向房子的大门，快速按下锦芯的生日。

大门被推开。立蕙和智健不约而同地大声叫着：锦芯！一片死寂。智健去摁门边的开关，门厅顶上那盏水晶灯骤然大亮了。立蕙抬头轻叫：这是志达的灯！话音刚落，她的身子一动，繁复的水晶灯片变幻出的五彩光芒追击而至。她听到智健说：我看楼下，你看楼上！她急忙沿着楼梯往上跑去。

灯光大亮，一扇扇的门被推开。叶阿姨和孩子们的房间，跟她上次来看到的一模一样，毫无变化。她穿过走廊，走向主卧室，有些紧张起来。锦芯——她听到了自己微颤的尾音。她摁下顶灯开关，室内一片光明。空无人迹，连床上的铺盖看上去都纹丝不乱。她快速转过浴室各处，一样的空寂。这时，她突然听到智健在楼下大叫，立蕙！立蕙！快来！怎么回事？她大声应着，朝楼下冲去。

一层所有的厅室、房间灯火通明。智健站在厨房中央宽大的墨绿黑纹大理石贴面厨台边，手里握着一张白色的纸。见她走来，他摇了摇，叫：锦芯留下的。

立蕙疾步上前，正要伸手去接智健手里的纸，一眼看到大理石台面上放着一个深紫红的天鹅绒小袋子和一条用深咖啡色织锦绳扎紧的字轴。她一把将袋子捏起来，直觉告诉她，那是锦芯的玉镯。智健将手上的那张白纸递过来。立蕙看到锦芯非常好看的行书：不要找我。我是一只夏末的孤蝉。合适的时候，将这玉镯交给青青她们。还有那些故事。那幅字是给你的。

立蕙捏着锦芯的留言，愣在灯下。智健转过来，直视着她：孤蝉。不要找她？黄雀在后——到底发生了什么事？她担心我们会引来警察？没等立蕙应声，他一边抓起卷轴解着，一边急切地说：这里会不会有线索。立蕙回过神来，凑上前去，抓住卷轴的一端，和智健一起将字卷打开。只见新裱过的暗黄纸面上两行遒劲洒脱的行书："无人信高洁，谁为表予心"，落款"甫斌何弘之"下面，两方朱红色"何弘之""甫斌"篆刻印记十分清晰，印色饱满。这就是锦芯说过的那些锦茗拿回国新装裱过的爷爷手书之一了，立蕙想。她盯着爷爷笔下"心"字最后那饱满的一滴墨，像看到了一滴浓黑的泪。她将字轴卷起，将天鹅绒小袋和锦芯的字条小心地放入手袋，轻声对智健说：这是骆宾王《咏蝉》诗里的最后两句，《唐诗三百首》里有的。这就是她的意思了。我们先走吧！

立蕙走出锦芯家的大门，站在台阶上等智健去将车开进来。远处望去，海湾边的万盏灯火已埋在雾中，近处山林间的林木也变得模糊，天际沉沉一片漆黑。立蕙抬起头来想，锦芯今夜在沙漠里，应该能看到更多的星光，或许，她会觉得离天更近了。

丰繁之美

《人民文学》杂志社 编

人民文学奖
（2009—2018）
获奖作品精选集

中篇小说下卷

中国文联出版社

本卷目录

381　猹 / 陈　河

415　蛊镇 / 肖江虹

477　新记 / 畀　愚

537　较量 / 荆永鸣

590　阅读与欣赏 / 刘建东

632　最后的电波 / 季　宇

684　海里岸上 / 林　森

猹

陈河

一

经过二月中旬那场五十厘米厚的暴风雪之后，多伦多强劲的冬天终于减了势头，气候慢慢温和了下来。三月初的一个早上，我站在书房的窗口望着后园，发现邻居家屋顶上厚厚的雪都融化得只剩薄薄一层了。那本来松软的积雪现在呈现出冰的晶体，底部开始有淙淙融雪水流淌着。那些树枝已经泛青，还在严冬的时候它们的芽苞就已经悄悄鼓起。再过上个把月，冰雪就会不见踪影，郁金香和黄水仙会最早开放，接下来什么苹果花接骨木花日本樱花都会悄然绽放，我们这一带街道两边会被争先恐后出现的花团锦簇所包围。

来加拿大定居已有十多个年头了。往年闻到春天到来的气息时，我总是会感到阵阵苏醒般的欢欣，即使在刚刚到来的那几年生活和生意上最为困难的时候也是如此。但是今年有点不一样，春天的气息让我感到一阵阵焦躁不安，因为有一件特别麻烦的事情在等着我，而我对处理这类事情毫无经验也毫无信心。我开始频频注意天花板上面的动静，半夜里还尖着耳朵捕捉阁楼顶里的声音。在冬天之前，有一家浣熊入侵到阁楼里面做窝，这些不速之客打破了我家多年的宁静。

整个冬天阁楼上悄无声息，但在我闻到春天气息的同时，我感觉阁楼顶上那一窝冬眠状态的浣熊开始有了活动的迹象。它们的唧唧声通常在凌晨发出，听起来很是可怕和令人厌恶。它们明显已从休眠状态中苏醒。有一天，我看到了在二楼客房雪白色的天花板上出现一团棕色的印渍，而且有强烈的臭味。我知道这是浣熊排出的便液。我虽然恨得咬牙切齿，同时也知道问题糟糕透顶。

话说回来，浣熊入侵我家阁楼的事件是和我以及我妻子一连串错误做法有关系的。当年我们移民到多伦多刚刚买下这幢房子时，那时候房子周围的浣熊和臭鼬很多，半夜里经常会被它们发出的剧烈臭气熏醒。浣熊和臭鼬是两种动物，我们刚来时把它们混为一谈，都叫它们是 Raccoon。其实 Raccoon 只是浣熊的名字，臭鼬叫 Skunk，那臭不可闻的气味是臭鼬发出的。那时普通垃圾和食物垃圾还没分类，垃圾桶也没有密封装置，所以垃圾桶里的食物残渣足够供这些小动物充饥。浣熊和臭鼬争夺食物时会发生争斗，臭鼬个头儿比浣熊小很多，打不过浣熊，但是臭鼬有一绝招，就是它的液体状臭屁喷到其他动物身上会让对手中邪似的抓狂，所以那时我们在半夜闻到的臭气其实是浣熊和臭鼬之间争斗的"硝烟"。不过自从七年前市政府开始了垃圾分类，用绿色的垃圾小桶收集食物垃圾——这种厚壁的密封桶有坚固的钢扣，小动物是无法打开的——小动物丧失了人类提供的食物来源，只得退回到树林。自那之后，我们明显感到浣熊少了许多，那夜里经常臭醒我们的臭鼬也不见了踪影。

然而，近年来，浣熊似乎有卷土重来的迹象。我不相信这是所谓的地球气候暖化现象造成的，倒是觉得和新近几年来搬入这个区域的大量新移民的生活习惯有关。比方说，原来在这一带居住的白人，周末大部分都是到乡下别墅或者是到森林湖畔去野营，而新搬入的新移民家庭周末都喜欢在后园搞烧烤聚会，结果这一带的空气里到处飘着肉食香味，这便是招引小动物的一个原因。拿我们家来说，按照我的看法，那群浣熊也是我们自己引来的，尽管我妻子一直不愿意承认这个事实。

事情是这样的。近年来，我妻子对生态健康问题特别感兴趣，天天在关心食品转基因的问题，不敢相信大农场种出来的东西。她现在最推崇的是电视上介绍的一个自己在住家后院种植蔬菜的黑人妇女。事实上，早在三年之前，她就在后院试种过西红柿、黄瓜、茄子等等，除了摘到几个水瓜之外，其他基本没什么收成。因为我家后院那一棵一九六四年种下的大枫树树冠挡住了几乎所有的阳光，院内只能种一些喜阴的植物，而蔬菜类作物都是需要全日照的。然而去年春天这棵大树被砍掉之后,硕大的后院几乎全天都处于阳光普照之下。除了一大片保养很好的绿草地之外,这里还有好几个裸露着泥土的花圃,地形略有起伏。我妻子面对着这一阳光普照的土地,脸上出现一丝特别奇怪的表情,好像陈永贵当年站在虎头山上决心要改变大寨的山河。她心里大概出现了一幅宏图,以后这里就是我家甚至还有一些亲朋好友们的有机健康蔬菜的基地。草地是她喜爱的东西,她不会破坏它们。她看中的是花圃。这些花圃以前是我管的园地,虽然我花了不少钱买了许多花草种植下去,但总是长得稀稀拉拉。我妻子早就对我的园艺嗤之以鼻,这个时候她就把花圃的种植管理权收去,她决定来年在这些地方种上各种各样的蔬菜。夏天的时候,她去爱德华市立公园的园艺中心上了一周的蔬菜种植课。那课程是政府免费提供的,上午上课,中餐还可以品尝本公园菜地里收获的蔬菜,下午有时还有乐队来表演。我妻子带回来一份自己想要种植的作物清单,并且开始着手一件重要的工作。她一直记得小时候学农时贫下中农说的那句话:庄稼一枝花,全靠肥当家。于是,在秋天花圃里的草花即将枯萎之前,我妻子开始了积肥。

本来嘛,利用生活中的有机垃圾去沤制肥料是一件政府提倡的事情。上面说到七年前政府采取的绿色食品垃圾箱计划就是把食品垃圾拿去沤成堆肥,然后让市民免费拿回去做园林用。政府也鼓励市民自己在花园里做有机堆肥。我曾上电脑去学过做堆肥的方法:首先要去家居用品超市买一个做堆肥的密封箱子,价格在八十美元以上。每次做堆肥的时候要撒入堆肥发酵粉,那种药粉大概和做馒头的发酵粉价格相似。而且食物垃圾在做堆肥之前还要严格挑选,得把一些气味浓重的东西去掉。我看了一阵子后泄了气,这哪里是做肥料,简直像是做结婚蛋糕一样昂贵和费事。我妻子倒是有一个好主意:她记忆里已故的父亲过去在剖鱼时总是把洗过的鱼水连鱼鳞内脏都倒在花圃里,结果那花圃里的豆子丝瓜长得特别好。她主张我们把食物垃圾直接埋进泥土下面,这样经过发酵和蚯蚓的吞食分解就会成为好肥料。我起初也觉得这个主意很不错,那一次我刚好从莱斯湖钓鱼回来,钓了好大一桶的太阳鱼。我和妻子一起花了两个小时才把鱼杀好,鱼头和内脏鱼鳞足足有十多斤重。我妻子早早看上了这堆未来的肥料,让我在花圃里挖个深坑，她亲自把这些鱼杂碎倒在坑里，然后我填回土，她在上面还踩了几脚。

搞好这些活儿，我本来以为这件事了结了，那些鱼杂碎会在泥土下渐渐消失成为环保有机肥。但是第二天我到园子里给草地浇水的时候，发现那个花圃里的土隆起来一大块。走近一看，原来那里的土被扒开一个大洞，里面埋进去的鱼杂碎全给挖了出来，一部分给吃掉了，还有一部分还是原来的样子。我知道这一定是浣熊干的（尽管有好多年没见到浣熊影子了），只有浣熊才有这么大的力气把这么深的土挖开。那些没吃掉的鱼杂碎已开始腐烂，引来了一群群大苍蝇。我赶紧把这些鱼杂碎重新埋了下去，再次把土填实，并告诉妻子以后再也不要做这样的事了。但是第二天，那个洞又给挖开了，上次还没吃光的鱼杂碎这回都给吃掉了。现在我知道浣熊已记住了这个地方，就算我把土重新填上，它还是会来挖开。于是我干脆就把土坑敞在那里，让浣熊知道里面什么也没有了，免得它扒来扒去。

有好长的时间，我发现那个挖开的洞口没有什么变化，看来浣熊来过几次，找不到什么吃的，已经死心了。可是我的妻子却还没有死心。那些日子她其实一直在观察，寻找对付浣熊的办法。她很快想出了一个主意，而且马上动手开始实施。她找来一个 Skid（运送货物的木头托盘），在埋好食品垃圾之后，把 Skid 压在上面，再压上几块大石头。她相信这样浣熊就无法穿越坚固的 Skid，她的城池固若金汤。但是那个夜里，浣熊敏锐的嗅觉闻到泥土底下食物气味之后，先是扒了一阵子 Skid，而后就采取打地洞的办法，从 Skid 的边缘挖隧道进去，把刚埋进的东西全吃了。

这一件事开始让我担心了。浣熊其实是我们熟悉的对手了，记得我们刚搬进这个屋子的时候，为了对付到垃圾桶里翻东西吃的浣熊，我买了很多驱兽的药粉洒在后园，但一点效果都没有。后来听人家建议在草地上浇肥皂水，在垃圾桶旁边涂辣椒酱也都毫无作用。那时我就对浣熊产生了一种恐惧，因为这种动物模样和中国内地引起"非典"的果子狸有点像，身上会带着狂犬病、犬瘟热等疾病病毒，还带有跳蚤、虱子、蛔虫等寄生虫。资料上还说，这种动物的记忆力很强，而且会有报复的行为。

而我的妻子却还在为此乐此不疲，入了迷一样继续往地里埋食物垃圾。现在她想出了另一种办法，把隔壁法国人泰勒家里剪下来的玫瑰花树枝铺在上面。那树枝长满了密密的尖刺，我妻子说这尖尖的刺一定会把贪吃的浣熊嘴巴扎出血来，说着她自己还偷偷开心地笑。后来的日子我都不愿意再去管这事情了，任我妻子独自在后院里挖来挖去。我有一次听她说每次埋好食物垃圾之后，要往泥土上面浇大量的水，这样食物的气味就会给水冲跑，浣熊就不会知道下面有东西。我不知道她是不是真的骗过了浣熊，也许只能骗骗自己吧。到后来，她发现雨天埋藏垃圾的效果最好，因为雨水把所有气味都冲走了。我好几次看到她在雨天里冲出去，在花圃里使劲挖着坑，掩埋着垃圾。有时天黑了，加上雨雾蒙蒙，人都看不见。我看过布鲁诺·舒尔茨的变形小说，有时会产生她和浣熊有某种联系的幻觉，甚至还害怕她会神秘消失。那时所有的食物垃圾全成了她的收藏，每到星期二垃圾收集日前夜她都会把那些臭不可闻长满蛆虫的垃圾埋起来，那个绿色垃圾桶里最后只剩下一些空空的臭塑料袋子。

　　说来奇怪，虽然我对浣熊已经是那么熟悉，可从来没有见过它的样子，因为它总是在深夜潜行。有一天夜里，我睡不着觉，起来看书，忽见窗外的夜空有一轮皎洁的明月，便走到窗边看看后院的夜景。就这时，我看见一只浣熊正在花圃中刨东西。这是我头一次目击这种动物，它面部酷似昔日在动物园里见过的小熊猫的脸庞，眼圈周围黝黑，好像是佐罗戴着黑眼罩。它的身材比猫大数倍，长毛色灰泛白，厚茸茸覆盖着肥胖的腰身，翘臀后的粗尾上有一节节深色环印。这时候我脑子里突然出现一段鲁迅先生的文字："深蓝的天空中挂着一轮金黄的圆月，下面是海边的沙地，都种着一望无际的碧绿的西瓜，其间有一个十一二岁的少年，项带银圈，手捏一柄钢叉，向一匹猹尽力的刺去，那猹却将身一扭，反从他的胯下逃走了。"我想起这段《故乡》里的描述是因为我觉得鲁迅先生这里所写的猹会不会就是浣熊呢？鲁迅先生自己说："猹字是我据乡下人所说的声音生造出来的，现在想起来，也许是獾罢。"从鲁迅先生的话来看，这小动物到底是不是獾他也没把握，所以我怀疑说不定这"猹"就是浣熊呢。这样的想法让我觉得很有意思。我想起我最初读到这段关于闰土的描写是在一九七三年读初中的时候，那时候的课本里有很多鲁迅的作品，但我一直不喜欢他的人物，一个个都被命运摧残了，性格压抑得要命，唯有这一小段关于闰土的文字闪现着生命灵光。我想不到在离开故土这么多年，在遥远的加拿大的住家后院，居然看到了可能是鲁迅先生写到的那"猹"及相关月夜场景。这真是应了那一句话：走得足够远，你就会遇见你自己。

我妻子埋垃圾的事情一直持续到深秋，终于有一天她发现她埋下的东西完全没有被浣熊发现了。这个时候所有的树叶都掉光了，候鸟也都飞往温暖的地方去了，夜里室外的温度已经到达零下好几度。某天我妻子有了新发现，觉得夜间屋顶上面似乎有些响声，后来看见一个屋角的天花板上出现了一些湿渍。于是她让我白天时爬到屋顶，看看是不是屋顶的沥青瓦片破损了导致雨水渗漏。我爬到屋顶仔细检查，屋顶瓦片俱全，没有破漏。但是我在后园屋檐下面的椽缘处发现有了一个小破洞，似乎是被动物的利爪扒开的。逐渐地天花板那水渍印痕在扩展，并散发出一股尿臊味，提示天花板上面窝藏着动物并排泄出污秽物。天花板上面是一个阁楼，平常我们是不会上去的，除非是为了维修房屋。有一天我妻子抑制不住好奇心，站在梯凳上推开通向阁楼的天花板活门把头钻进去张望。她突然看见黑暗中有一小兽就坐在离她不到三米的地方看着她，猛然间四目对眼相视，吓得她魂飞魄散，原来是只成年浣熊！由此确信浣熊已占据了我家宅顶，怪不得最近都没有在花圃看见它的身影。

二

去年深秋浣熊入侵我家阁楼时，正是多伦多选举省议员的日子。这个时候路边每个住家的草地上会插上选举的广告牌，蓝色的是自由党的，红色的是保守党的，牌上都印有候选人的画像。我虽然在加拿大十多年了，但始终还是搞不明白这两个政党有什么区别。记得那年我们刚刚搬入这条街的时候，有一天看到路两边突然插满了广告。由于前些时间一直在看出售的住房，知道只有要出售的房子门外才会插上这些广告。当我看到这些广告牌时，以为这些房子都要出售了，大惊失色，觉得这下房价一定会大跌，后来才知这些广告是竞选国会议员的宣传。在这里住了十多年，我多少也有了点进步。我知道这回保守党的候选人是现任议员，名字叫威丹娜，是个金发的女人，很漂亮。而挑战她议员位置的自由党候选人哈斯勒样子和名字都有点像希特勒，长着一撮小胡子。我有点不喜欢这人，虽然我对他的政纲一无所知。所以当那些扛着广告牌的人来问我是否可以在我家门口插时，我对自由党的那个说 NO，对威丹娜的选举牌说 YES。

在威丹娜的竞选宣传插到了我家门口之后，当天下午她的华人选举助理就来登门拜访表示感谢。这位华人助理我是认识的，她姓龚，以前在我家不远的地方有一座房子。她把那房子内部隔成一个个小亭子间，租给新来的华人移民。新移民在国内就能在网上找到她的房子，名称叫枫华移民接待站。当然那些亭子间在网站照片上看起来像大套房，洗脸盆拍得也有浴缸那么大。她以前的生意是很好的，但这些年来的新移民少了，而且来的都是有钱人，不会去住亭子间，所以她的生意应该不如以前。可能是这样的原因，她开始做选举助理了。龚助理说威丹娜议员对本地区华裔选民感情很好，非常愿意帮助华裔选民解决实际问题，问我有什么事情需要议员的帮助。她说威丹娜议员明天晚上在 A.Y.Jackson 中学有个选民联谊会，可以当面和选民交流。我想起了浣熊入侵的问题，说现在浣熊在阁楼里做窝了，问议员能不能让市政府帮选民解决这方面问题。选举助理在 iPad 上记下我的问题，当天晚上她就给我打来电话答复，说威丹娜议员十分重视这个事情，明天在联谊会上就会请来多伦多有害动物防治公司 Wild American 的人做现场解答，选民有什么问题可以详细咨询。

A.Y.Jackson 中学离我家大概步行二十分钟，我女儿就是在这里念的中学。我除了以前到学校开过家长会之外，还去那里参加过很多次选举投票。自从加入了这里的国籍，经常要去尽投票选举的义务，除了联邦层的选举，还有省选、市选。上面说过，我对那些选举人没有什么印象，但一次不落都去参加了。因为我认为既然已经加入加拿大国籍了，就要行使权利，给人家看看咱中国人也是有政治热情的，至于投票给谁那就随心所欲就是。我只有一次投票是事先有主张的。三年前我一家人开车去两百公里以外的大湖花瓶岛，中途见到了一个巨大的风力发电站，有好几百个大风车巍然屹立在田野上。我让女儿在爱疯手机上查询这风力电站资料，说这是自由党的项目，发电功率在十五万个千瓦。我记得国内的新安江水电站发电量是六十万个千瓦，这个风力发电站相当于四分之一新安江水电站的发电能力，应该是很不错了。我觉得自由党政府这个项目有点意思，就在那一次省选时投了他们票。可事后得知这个项目其实花了大量投资，风能发电的成本是传统方法的几十倍，完全是个面子工程，而成本全算到市民的电费账单上了，电费涨了三成。这下我又觉得后悔了，可见民主投票的选择也是个麻烦事。

现在再说说 A.Y.Jackson 学校。可以这么说吧，这里的大部分的华人近年来趋之如鹜搬到这里来是和 A.Y.Jackson 有关系的。A.Y.Jackson 是百把年之前本地一个七人组画派里的一名风景画家，这个中学就是以他的名字命名的。这个学校的学生毕业后上到名牌大学日后成就显著的数量众多，因而在多伦多的中学排名是名列前茅。十年前我女儿到这里上学时我看过校长办公室外面走廊的每年毕业生的照片。最初的是六十年代的毕业生照片，那时几乎全是白人脸孔，偶尔夹几张黑人脸孔。到八十年代初的时候有了几张亚洲人的脸孔，而后每一年的毕业照亚裔的脸孔不断增加。我女儿是二〇〇二年进去的，当时我就看到这些亚裔的学生其实都是华裔，一半是香港、台湾的，一半是大陆。而到了二〇〇八年，华裔的比例已经到了七八成。要知道，这个学校只招住家在学校方圆两公里内的学生，由此可知这一带的房地产情况。这里以前几乎是清一色白人居住的区域，因为有了这一名校，华人拼命往里面挤，把房价推得很高。只要这一带有房子出售，就会有很多人抢着报价。去年我家后面那条小路上有一个房子开出七十八万加元的价格，因为抢的人太多，最后被一个搞装修的广东人以一百零八万加元买走。

去参加威丹娜联谊会的那天是周六。上午的时候阳光明媚，已经入冬了，除松树之外所有树木的叶子已经落光，覆满了草地。我家草地上的树叶早已被我妻子收拾干净，但周围邻居家的树叶还是会飘过来，所以我有时也会去用耙子扒拉几下。这天我看到左边的邻居泰勒夫妇也在收集树叶。我们平时见面不多，大都是天气好整理花园草地时会打个招呼。泰勒夫妇喜欢待在屋里面，基本不外出散步，只是他们会出来抽烟。在加拿大屋内是不可以抽烟的，所以他们时常会跑到门外点上烟吸上几口，就像海水下的海豹海狮定时要浮上来透气似的。我看到过泰勒每天早晨天黑的时候就会出门，听说是去健身房健身，回来时会带着个纸袋，里面装着咖啡和早餐。我有一天发现泰勒是个业余的键盘手，每个周末的傍晚要去演出。他有一个音乐小组，都是些六十多岁的人。我问过他会唱歌吗，他说有时伴唱点和声。我妻子还知道他的音乐小组在他家地下室里排练，可我从来没听到过一点声音。我们家和他家的后院隔着一道木头的栅墙，他家有一丛特别高大的玫瑰从栅墙那侧伸展到我家那条通往后院的小径上面，每天会落下一层玫瑰花瓣，经人一踩之后地上会出现玫瑰红。这件事总是引起我妻子抱怨，而且还得用水龙头来冲洗，而我倒很喜欢踩着玫瑰花瓣走路。今年春天，我们家那棵一九六四年种的枫树砍掉之后，我发觉和泰勒家的关系有了一些微妙的变化。

我家后院那棵大树原来是这条路上最大的树木之一，一到夏天遮天蔽日，树上有无数的鸟窝和松鼠窝。秋天则变成鲜红的加拿大的色彩，成为这条小路上的一个标志。深秋里开始落叶，每次清理树叶要装很多个袋子。以前我用专用的纸制树叶袋子装，等树叶落完了一次性收集。后来我太太说树叶掉在草地上会让草见不到阳光烂掉根部，而且她也不喜欢用专用纸制树叶袋子，那个要花钱买还比较贵。她用塑料桶来装树叶，每天都及时清理。这样的结果是她每天都得干活，而刚刚把树叶收拾干净一阵风吹来又遍地都是，所以她对这树十分痛恨。后来的几年里，我开始发现树的顶部掉了一些枯枝，有一根很大的枯枝卡在树顶上下不来，刮风的时候我就不敢去后院。慢慢地，我发现树的西北侧的叶子不如以前多了，整棵树到了秋天也不那么漂亮鲜红了。这个问题从泰勒家的角度可能看得更清楚一点，有一天我妻子告诉我泰勒太太说这树生病了。后来的一天夜里刮风，我听到后院似乎有一声巨响，早上发现那树的主干上分开了一条缝，里面黑黑的，像是早已裂开，里面还有很多虫子。那树劈叉的一边靠着我家房子，如倒下来会压倒房子，这种情况下必须马上砍掉。我联系了几家专业砍树公司，索价很高，都要四五千加元，而且有一个先决条件，要先取得市政府砍树许可令。我觉得问题严重，先不说他们要的价格，就这个市政厅的砍树许可令我一时也拿不出来。因为当天正是长周末的第一天，政府部门要三天之后才会上班。即使是上班时间，要拿到一张砍树许可令至少也得五个工作日。那几天，天正刮着大风，只见那开裂的树缝越来越大，让我胆战心惊。情急之下，我到华人的广告网站查询，居然找到一个叫王林的人可以砍树。联系之后，他只要一千加元的人工费，而且告诉我紧急情况下砍树可以先砍后报，只要没有邻居找麻烦一般没事。当天晚上，王林很晚从西边的密西沙加收工回来就到我家查看情况，并爬上树的高处用结实的绳带对开裂的树杈做了临时固定。第二天王林开着带着高梯子的车子来到我家，在他干活之前我先告知了泰勒夫妇，说大树裂开了随时有倒下的危险，只得先砍掉再去市政府报告。泰勒夫妇看了那树的裂缝觉得也只能砍掉了，但是他们要求我们在市政府上班之后得去补办砍树许可令，拿到后还得让他们看一眼。泰勒夫妇在这里住了四十多年了，对我家的这棵枫树是有感情的。事实上这棵树砍掉之后对他们家的环境影响很大，因为以前大树是他们家在夏天里挡住西边太阳的屏障。这年的夏天他们家后院的草地全被太阳晒得枯黄了，而且墙面直接暴晒在日光下温度高了许多，空调机得一直转个不停。泰勒夫人曾向我妻子抱怨说夏天里每个月的电费账单高了好几十加元。

　　这天上午我和泰勒的话题是从插在草地上的选举人牌子说起的。他们家的牌子也是威丹娜的，所以他们看见我有了一种革命同志般的亲切感。泰勒说了很多保守党的丰功伟绩，我都连连称是。我自己是说不出名堂的，我总不能说是因为威丹娜的照片比较好看，而她的对手长了不该长的胡子吧？我也没向他透露浣熊进入我家阁楼的事情，因为我妻子提醒我这个事情应该保密，要是人家知道我们家阁楼里住过浣熊，以后卖房子的时候价格就会有影响。在谈过保守党之后，我和泰勒说起了他家后园的那一窝野猫。我最近从厨房的窗口看到他家后院有好几只刚出生的小猫和一只大猫，好像在院角的那丛灌木下面做了窝。泰勒问我知道那只黑野猫吗，它在这条路上出没好几年了。我说知道这只黑猫的，还印象很深，它经常像闪电一样闪过我家门前，冬天时雪地上布满它的脚爪印。我有一次还看见了它就蹲在路边的人行道上，有一个过路的女孩子停下来和它玩耍，它一点也不像一只野猫，不怕人也不撒娇。泰勒说这黑猫和一只野花猫在他家后院产下一窝小猫，他妻子看小猫崽这么可爱，就给它们猫食吃。结果猫就不走了，在他后院的灌木丛下安了家，整天在阳光下嬉戏玩耍。泰勒家本来就有一只猫，他不能再把野猫收到屋里面养了，于是就出现"一猫两制"。泰勒家给猫吃的并不是剩饭剩菜，都是在超市买的标准猫粮。这么多只猫口粮还是蛮大的，他夫妇两人退休工资不多，房子贷款还没还完，所以感到有经济压力。他们曾动员很多朋友收养小猫，还真有人家捉去几只，可是几天之后这些小猫又跑回来了。泰勒说天知道小猫是怎么回来的，那家人距这里有几十公里，而且小猫是关在封闭的屋内养的，不知怎么能跑得出来。泰勒说肯定是那只黑猫前往营救的，这只黑猫非常神奇，简直是精怪一样。我也很奇怪，冬天这里零下几十度，地面一片冰雪，没有食物，这些野猫怎么会生存下来。泰勒说野猫大概会抓鸟和老鼠吃的。这只黑猫在这一带活动至少有十几年了，也许已经换了几代，现在花园里的野猫还太小，泰勒有点发愁冬天它们会冻死。但如果给它们盖猫舍，那么这里会成为流浪猫繁殖中心，明年会变成几十只几百只。泰勒的话我很相信，在对待野生动物的问题上我也犯过错误。

那是在刚刚移民到多伦多的时候，我们租住在一个高楼公寓里。那个地方环境不错，附近有一条峡谷，有很多树木，还有很多的鸽子。那些鸽子都停留在我家的阳台上。有一天，我看到有几只鸽子钻到了阳台上的一卷旧地毯下面，我忍不住好奇心去查看，原来鸽子在里面做了个窝，还产下了很多个鸽子蛋。很快，这些鸽蛋孵化了出来，变成了小鸽子。那个时候我们都不敢使用阳台了，怕惊扰了小鸽子。那些小鸽子长得出奇地快，大概不到一个月就会飞了。由于我们对鸽群特别友好，结果阳台上的鸽子越来越多，我们自己都没法使用了。有一天我发现那一卷旧地毯下面的鸽子蛋越来越多，白花花一片。这个时候我突然失去耐性，开始驱赶鸽子，把鸽子蛋移到楼下的公园里。那些鸽子还不愿意走，我只得用水龙头来冲跑它们。那几天，我老是会做噩梦，梦里全是一群群黑色的鸟。所以说，对待野生的小动物你还不能随便发慈悲，否则你也许得用残忍的行为来纠正最初的错误。

但是我奇怪最近好多天没有看见泰勒家的野猫了，问它们去哪儿了。泰勒说他也不知道，肯定是野猫感觉有天敌到来，带着小猫转移了。我说野猫有什么天敌呢？泰勒说有的，比如浣熊，会攻击野猫。他这么一说，我不知怎么的脸红了。因为浣熊就在我家阁楼里，像是我藏的秘密。但是泰勒还说了一句让我印象很深的话，他说这一带最近还出现过郊狼(Coyote)。他说现在的人乱丢垃圾，自做肥料，引来了臭鼬和浣熊，而郊狼追踪浣熊臭鼬来到了附近的树林，前些天他在附近丹密河的峡谷里就看到过一头。

这个早上我和泰勒说了不少关于野生小动物的事。他也提到今晚威丹娜议员的联谊会上会讨论这件事情。

三

威丹娜联谊会在中学的健身馆内，有饮料和一些小点心供应。来的人还不少，白人黑人印度人都有，他们都穿得非常正式。华人中也有穿得很正式的，但数量较少，可能是些有年头的老移民，而大部分则穿得比较随意。我在这一带住了这么多年了，居然在会场上看不到几个熟人。我第一个看到的熟人是离我家不远的那个遛老狗的女人。我不知道她的名字，只能这样称呼她。我经常在散步的时候看到她牵着两头非常衰老的德国牧羊犬遛弯，那狗老得走不动了，她都很耐心地等着它们。后来的一次我看到她只带着一头老狗了，便问她那一头怎么样了。她说它已经死了，因为都快十八岁了，相当于一百岁的老人。她对狗那么好，所以我记住了她。过了一会儿，我又看见了熟人，但他们可能不认识我。那是住在我们家这条路尽头的一个白人，我常看到他坐在开着门的车库前面，那车库里面则挂满了各种各样不同年号的汽车轮毂，像是他的收藏爱好。我还看到一个老女人和他在一起，看长相和他一模一样，可能是他的姐姐。这个老女人我可记得，有一次在地铁站门口我看到她坐在一部轮椅上冲来冲去行乞。在这之前还有一次她按我家门铃，说自己儿子重病，她急需二十加元坐出租车去看他。我知道这是在行骗，但还是给了她钱。不过今天在会场上，我看到她穿着高跟鞋，显得气色不错，让人看了高兴。这会场上和我打招呼的尽是些华人的推销员和经纪人。那些房地产经纪人不是推销，而是动员我把房子高价卖掉，因为有很多买家等在那里。

我见到了威丹娜议员，提及浣熊入侵的问题，要求市政府应该负责处理这些问题，因为我们每年都付了五六千加元的地产税。这个问题得到很多人的响应。威丹娜议员说这是个好问题，她会向市政府转达这一选民意愿。她说今天已请来有害动物防治公司 Wild American 的专家，选民有具体问题可以向他咨询。Wild American 是个非常有名的公司，电视上经常看到他们的节目，从抓鳄鱼到端蜂窝都有。今天来的一男一女好像是电视上看到过的，男的是个老帅哥，女的模样很性感。他们打开了一个大箱子，拿出了浣熊的标本还有一些挂图，开始讲解怎么预防浣熊的侵入。他们建议在草地上或水塘中撒入肥皂碎 (soap flakes)；将骨粉 (bone meal) 混入花园的土壤中；在花园内种植的蔬菜和水果上撒上稀释过的辣酱（这个我以前做过）；在浣熊经常出没的地方常常亮着灯；尽量将垃圾存放在车库、地库中；使用有盖的堆肥箱；在堆肥箱和垃圾桶周围撒有强烈气味的物质，如芥末油或氨水等；及时清理烧烤过后的食物残渣，不要将宠物的食物摆放在室外。

他们还说以上的方法只是预防招引浣熊。一旦浣熊在屋宅内筑了窝，那就只能让专业公司的人员移置处理。因为普通人在处置浣熊时如采用强制方式，稍有不当会触犯虐待动物法律，招致严重后果。

他们讲解完之后，还开始现场接受预订服务业务，并给予百分之二十五的折扣。我听他们的讲解之后，深知这浣熊一旦进入了屋子就不好对付了，于是就当场预约了他们上门来检查。

第二天，公司的人员就来到我家。我以为这下好了，他们一定是手到病除，我们马上可以和浣熊说再见了，出点冤枉钱也只好认了。他们打开了我家天花板的活门检查过之后，告诉了我一个不好的消息，说里面那只母浣熊刚刚生下一窝小浣熊，共有三只。我一听大惊失色，本来说好移置一头浣熊是五百加元（折扣后价，还要加上百分之十三的税金），现在变成四头，得付多少钱啊！但他们说问题还不只是费用上，因为根据法律，刚生育过的浣熊是不能移置的，因为这样会导致小浣熊在陌生环境下丧生。他们说只能等到明年春天小浣熊长大之后才可以处置。说完他们就走了。

接着，严酷的冬天就来临了。随着大地进入冰冻期，浣熊也安静了下来，开始休眠。我们不再听到阁楼上有响动，天花板上也不再有尿渍出现。虽然是这样，和浣熊居住在一个屋子里总有一种伴着鬼魂的感觉。我经常会在夜里做噩梦，而我妻子夜里则不敢把头和手脚伸到被子外边。我还发现她现在不敢在晚饭后喝茶水，怕夜里要起来独自上洗手间。

四

这个冬天雪下得特别大。圣诞节还没到，就下了一场三十多厘米的大雪，地面和屋顶全厚厚地覆上了一层雪被。这个时候，几乎所有的鸟类都飞到温暖的地方去了，松鼠也钻到了树上的窝里，靠提早准备好的松子之类的粮食过冬，只有特别阳光的日子偶尔出来活动一下。我注意到泰勒家后院原来那一窝野猫栖身的灌木早就冻成一个冰坨，根本没有藏身之处，所以我猜想野猫一家一定是栖身在泰勒家门外的廊台下面。我偶尔在早晨的时候会看见那几只猫，那几只小猫在天气进入冰冻期之前都长大了。它们在雪地上留下了很多脚印,经常是8字形的双圆圈,好像是在追逐嬉戏。我曾担心这么小的猫会在零下30℃的温度里冻死,看来这种担心是多余的。泰勒一直在门口的木盆里提供充足的猫食,它们得到了足够的卡路里。有一天上午,我在厨房的窗口看见了其中的两只。那天雪下得很大,一只猫在风雪中趴在和我家隔开的木栅墙上方,眯着眼睛打盹。我奇怪地发现,这只猫的身上毛长得又浓又密,比普通猫的毛要长很多,它在风雪中似乎没感到冷,像是《动物世界》里一种雪山猫豹。我轻轻敲了敲玻璃,这猫转过头和我对视。然后我看到另外一只猫从木栅墙的另一头走来,挨着前面那只猫趴下,也在风雪中打着盹。它的毛也变得很长,和家猫的样子完全不同。我原来以为动物的进化过程要以万年来计算,想不到就一个冬天就能让这些野猫的皮毛长成这样丰厚,动物的适应能力原来那么厉害。我听泰勒说,现在来吃他家饭的只有那几只已经长大的小猫,那只母亲猫大概每个星期来两三次,而那只黑色的公猫则一冬天没有再来过。他这话让我印象深刻,我觉得这黑猫随时随刻都会出现的,也许它在更寒冷更艰苦的地方还有几个家族需要保护。我想泰勒家的野猫能够宁静地度过寒冬,和它们的敌人躲进我家阁楼有关系。等浣熊一出来活动,野猫就不会这么悠闲自在了。

和浣熊相处在一个屋顶下将近四个月,终于到了春暖花开时节。有一天,我发现那只黑猫又出现了,我突然想到,浣熊可能要出动了,黑猫要回来保卫家族,这里面一定是有因果关系的。根据这样的预测,我告诉我妻子,最近时间阁楼里的浣熊可能会出窝。果然不出所料,一天晚上大约十二点左右,我从客厅的窗户往外看,无意中看见有几只动物从我家后院出来径直朝对面马路排队前行,仔细一数,正好有四只。我赶紧招呼妻子过来看,断定这就是在我们头顶上住了四个月的这一窝浣熊。它们终于倾巢出动了。这个时候有一个念头闪电一样出现在我脑子里,能不能趁这个机会把屋顶浣熊进出的洞口堵上?

尽管已是深更半夜,我们还是立即到后院查看敌情。两层楼高的房檐在夜色中略觉高耸,依稀能看出黑黢黢的洞口。我觉得堵上这个洞口的办法是可行的,今晚无论如何也要阻止浣熊再次回到这个洞里,赶紧封堵上,让它们想回到老巢时知道已经"没门"了!我们立即采取了行动,由于事先没有准备,有些事情只能因地制宜了。我从车库里搬来可伸缩的楼梯，架在墙上，正好可以到达洞口的高度。堵洞口的材料必须是坚硬的，木头之类的不行，于是我急中生智，把铺在地上的水泥砖块掀起来几块，用它们来堵洞口应该是比较结实。我让妻子扶住梯子，自己登上了颤颤悠悠的梯子。妻子在下边一块一块将砖头往上送。天黑加上心急，地砖带着泥土就传递上去了，我妻子仰着头，土渣落了她一身，还险些眯住了眼睛。借着后巷那微弱的路灯，我用砖头把洞头严严实实封堵上了。最后，我妻子还让我在砖头缝之间插上一把尖刀，一是起到惊吓浣熊之用，二来解恨心头之恨。干完了这些，我们带着一身尘土，头颈上还有数个蚊子叮咬的大包收兵回到了屋内。

这是入冬以来我睡得最香的一个夜晚。到清晨五六点钟光景，只听屋顶角头又有瑟瑟的响动，我想这必是浣熊回窝无门，正在干着急。我在暖暖的被窝里窃喜，有种暗算得手的成就快感。可惜好景不长，浣熊非常执着地要回到自己温暖的窝，用不到一个钟头，又把刚堵上的洞口边的木梁咬开，钻了进来，然后从内向外把我们堵上的砖头全推了出去。这以后，浣熊完全进入了活跃期，它们的作息时间和人类正好相反，夜间天花板上面响声隆隆，搞得我寝食不安。还有一件事让我胆战心惊，上面说到我们堵洞口时曾在砖头间插了一把尖刀，我在第二天早晨出门时看到这把刀插到了我家门口的草地上。我把刀收了起来，没告诉我妻子，免得她害怕。

我在《大不列颠百科全书》上查到：浣熊是一种会记仇报复的动物，我完全相信了这一点。事到如今，我还得请 Wild American 公司的专业人员来捉拿浣熊吧，钱要得再多也没办法。我给上次来过的那个人打了电话，他没接，自动语音让我留言。后来他回了电话，说今年多伦多浣熊成灾，眼下他们特别繁忙，现在预约的话至少三个礼拜才能来。他甚至说他们现在缺少人手，问我有没有兴趣到他们那里打打短工，气得我差点把电话给摔了。

五

接下来的几天十分沮丧,我们一筹莫展,不知该做些什么。后院的种花种菜没意思了,种了也怕会给浣熊糟蹋掉。不过我和妻子还坚持每天傍晚的散步,我们通常是沿着顺时针方向先沿 God Stone 路一直走到那个小学的公园,在那里绕着圆圈走上四圈,然后会沿着 Huntingwood(狩猎树林)路往回走。Huntingwood 路是我们这个区域的一条主要道路,沿着这条道路,两边有不少半圆形的小路,路边建着多处屋宅。我很喜欢在这些半圆形的小道里散步,因为这里面有不少房子还住着久远的住户,他们屋外的草地特别丰腴,树木和花卉跟他们的房子非常协调,和我们这些新来者房前景观迥然不同。有的时候我们会走得更远,走到那个收集汽车轮毂的白人房子那边去,那一带的房子建筑风格是英国都铎式的,看起来有点沉闷。这一天我和妻子一前一后慢慢走过,忽然听到有人在喊话:哈罗,哈罗!起初我们以为不是在对我们说话,可那声音还在叫。我们转头找到了那声音,是道路那一侧的屋子车道上有一个看起来像华人的中年妇女蹲在地上对着我们喊。我和妻子横过马路走过去,发现她正扶着一个坐在地上的白人老年妇女。等我们走近了,她用英语问我们是不是华人,在知道我们是大陆人之后她用国语解释,说这个白人老太太跌倒在地了,得把她扶起来。白人老太太很胖很重,她扶不起来,只能坐在地上撑着她不让她倒下去,她喊我们就是想叫我们帮助把老太太扶起来。我向来有腰椎突出的毛病,这几天又特别疼,但是这种情况是不能拒绝的。于是我就托住老太太的胳膊,让我妻子和她一起用力,感觉是在拖一袋两百斤重的大米。我们总算把老太太搀扶了起来,老太太要到停在车道上的那辆陈旧的英非纳迪车副驾驶位置上去。我们搀着她慢慢移动步子,终于让她进了驾驶室。这个时候,华人妇女告诉我还有个人在车道上呢。我回头看,果然还有个老头坐在地上,靠着那个大垃圾桶。现在我们明白了情况,这两个肥胖的老年人腿脚已难以支撑身体,他们刚才从屋子里相互搀扶想走进汽车,结果在车道上一起绊倒了,趴在地上无法起来。这华人妇女是他们家的邻居,刚开车回到家看到了他们倒在地上,便过来解救。我过去把那个同样沉重的老男人拖了起来，让他扶着垃圾桶站着。我以为他应该是要回到屋子里去，可他说也要去车里。他摇摇晃晃差点再次摔倒，我让他扶着垃圾桶，我推着垃圾桶向着汽车那边走。到达车门前，我扶着他钻进驾驶室。接下来的事情很神奇，这两个老人一坐到车里，就像是笨拙的海龟回到海里，马上灵巧起来。我听得车子轰的一下发动了。接着，车子以相当快的速度冲出了车道，飞快地驶去，让我目瞪口呆。

我不知道这两个老人路都不能走了，还能开车到什么地方去。他们下车后怎么走路呢？那华人妇女说他们经常会跌倒在车道上，有时很长时间没人看到，有个下雪天差点被冻死。这个华人妇女很健谈，问我们住在哪里，我回答我们就住在这条路上的头上。她便说真是不应该，在一条街上一起住了这么多年互相都不认识。接着她说，我们其实应该认识她的，很早以前就会认识，只是想不起来罢了。她说自己是上海芭蕾舞剧团当年跳白毛女的一号演员，"文革"期间的白毛女就是她跳的。她这么一说，我们倒是真看出了她的身材和气质的确与众不同。她大概有六十来岁，体形还十分匀称。但是我马上想起一件事：我刚来加拿大时在一家华人开的进口批发货仓打过工，老板刘先生是个上海人，当时六十来岁。一个在这里干了很多年的师兄杰森也是上海人，他告诉我之前有个张先生在这里干活，刚刚离开，我就是来顶他的缺的。这个张先生原来是上海芭蕾舞剧团的首席小提琴手，他老婆则是上海芭蕾舞团跳白毛女的。现在张先生在家教人拉琴，他老婆则教人跳舞。我前些年还碰到过杰森，他跟我说过那个张先生的家就在我们这条路上。所以这位华人妇女一说自己是白毛女，我就问她先生是不是姓张，她说是的，问我怎么知道的。于是我便把在刘先生那里打工的事讲了一番。我还说起了刘先生好多年前就患癌症死掉了，杰森后来开过便利店，在工厂里打过工，总是诸事不利。这些事情"白毛女"都知道的，但她似乎更在乎我们是不是还记得当年"白毛女"的形象。

两天后我们再次经过了那个圆圈，看到了"白毛女"在草地上修剪花木。我们并不想再次听她说那些年她跳芭蕾舞的事，想快点走过去，可她已看见我们，并热情打招呼。她说邻居那两位老人对我们那天的帮助非常感激，请她向我们致谢，并邀请我们到他家里坐坐。说实话，对于这一个邀请我们不感兴趣，就推说下一次吧。就这个时候，有一辆悍马越野吉普车开过来，停在了路边。车上下来个牛仔打扮的白人男子，肤色被太阳晒得棕红，模样很酷。"白毛女"和他相识，和他说了几句话，原来这人是老人的儿子，今天从另一个城市来看望父母。他得知我们就是前日帮助过他父母的人，就热情地邀请我们到屋里坐坐。这种情况下我们不好推辞了，只得跟着他走进了屋子。

让我意想不到的是，这屋里面的布置和摆设完全是一个猎人的风格。一进门便见一头两米多高的棕熊标本直立着，似乎要扑过来。壁炉上方墙上是一头角叉巨大的麋鹿头部标本，窗户两边还有美洲狮、灰狼、红狐等等，都栩栩如生。而那一排玻璃橱子可不是书架，里面排着十几支各种各样的猎枪。墙上还到处挂着很多相框，全是一些和打猎有关的照片。两个老人坐在一张铺着熊皮的原木做成的椅座上，向我们欠身致意。儿子给我们倒了威士忌酒，不过这烈酒我可喝不了。交谈之间，我们知道了这老男人以前是个职业的猎人。他猎获的猎物主要是卖给做标本的公司，当然兽肉也有专门的人收购，在一些特别的餐馆可以品尝到。老人说以前的猎人收入还是很丰厚的，他的房子就是用打猎挣来的钱买下的。他的儿子接着说现在的猎人也有生存空间，他现在主要是给一档狩猎的电视频道做节目，这节目主要讲诱猎大型的飞禽，比如加拿大野鹅。他这么一说我倒是想起了一件事，去年有一次我在两百公里之外的欧密密湖边钓鲈鱼。在我到来之前，有一辆车已停在湖边，车后还有一个拖船艇的车架，有人在我之前已放下小艇进入那密密的水草遮蔽的大湖中。这天上午我在钓鱼时不时听到湖中水草甸里有砰砰的响声，但我并没在意。中午时分，我看到一条小艇从湖中苇草中开出来，上面坐着个穿着迷彩装的白人，手持猎枪，船的前面部分堆满了猎获的加拿大野鹅，至少有几十只。我当时就想：小艇上的这种野鹅我家附近就有，但是受到所有人的保护。谁要是踢它们一脚一定会受到谴责，而同样的野鹅飞到了大湖里面怎么就可以大批地枪杀呢？

这天和猎人父子的交谈中我得知，我们所住的这一地区在一百多年前还是大型野兽出没的地区，所以这一条主要的街道叫 Huntingwood。那个时候丹密河里到了秋天会有大量的洄游产卵的三文鱼，引来很多的棕熊到峡谷里面来捕食。后来多伦多人口不断扩大，那些大型的野兽都退到北边的森林去了。现在以打猎为生的人已经很少，但是打猎作为消遣活动已是一个很大的产业。他们说的这个情况我大致了解。在我家的电视节目频道上有两个频道就是专门介绍野外狩猎的，里面有很多推销猎枪、猎具设备，以及相关服务的广告。我看到那些猎人用带瞄准镜的猎枪躲在高度伪装的帐篷内射杀一只黑熊易如反掌。可能是他们自己都觉得这样太容易了，于是一部分人喜欢用弓箭或者机械弩，以增加打猎的难度。但是我觉得这对动物来说是更残忍，子弹通常会使动物一枪毙命，而弓箭则会大大延长动物死去前的痛苦，而且很多动物会带着弓箭逃到密林里，最后肯定也会慢慢死去。所以我问猎人父子，为什么猎人可以用任何手段来猎杀各种各样的动物，而在我们所居住的环境里，对于那些带来麻烦的小动物却要保持那么温和的态度呢？对于我这个问题，年轻的猎人给了我这么一个解释——他说打猎的人是深入到了动物的领地，他对于他的环境和猎物是无法控制的，如果他的技术和运气不够好，如果他的猎物反应灵敏快速，那么他可能什么也打不到。因此说，猎人虽然残杀了猎物，但是他和猎物之间还有某种公平对等的关系。然而对于我们居住地盘内的小动物，我们对它们有绝对的控制能力，它们和关在动物园里的野兽没什么太大区别。想一想，如果我们枪杀或者殴打动物园里的野兽，那是不是一种无法接受的可耻行为呢？

要说清这一个问题是困难的，那是白人的游戏规则，超出了我的想象能力。但是我眼下有急于需要解决的现实问题，我说了浣熊入侵阁楼的事情，向猎人讨教办法。老猎人和儿子讨论了一下，说可以用诱捕笼的方法。他说自己车库里还有一只诱捕笼，以前在阿岗昆森林里专门用来诱捕红狐狸的。虽然是六十多年前制造的，却是做工精致，完全还可以再用一百年。他儿子从车库里找出了这个诱捕笼，果然保养得很好，是装在一个帆布袋里面的。他们告诉我，逮住了浣熊，一定要送到三十公里之外的地方放生，太近了浣熊有可能会找到返回原住地的路。他们还告诉我在浣熊关押期间，还得给它们饮水，笼子里面就有个饮水罐。当然，他还教了我怎么使用诱捕笼的方法。

我和妻子带着诱捕笼回家了。我心里有点奇怪，为什么在我遇到浣熊入侵时，会遇到两个老人倒在地上起不来的事情呢？民间故事都有这样的情节，上帝会化装成需要帮助的落难人，如果你正好帮助了他，那你就交上好运了！

六

我们把诱捕笼子装上诱饵，放在位于浣熊洞口下的地面上。第二天一早我急忙去查看，笼内的诱饵还是好好的。连续两天，没有任何动静。我开始有点沉不住气，怀疑这一招是否管用，难道这狡猾的浣熊真的会自投罗网吗？可我妻子这回却显出十足的耐心，她把笼子的摆放位置调换在前院门口，这一布局，立即起到决定性作用。当晚十二点，我妻子亲自出外巡视，回来时兴奋地说了三个字：逮住了。我这个时候已经上床睡觉，一听这消息立即从床上蹦了起来，带上电筒和妻子一起去处置。当我们靠近笼子仔细观察，只听得笼子里发出喵的一声叫，原来是抓住了一只野猫，而且还是泰勒家供养的其中一只。这真是令人哭笑不得，我马上开笼放走野猫。

虽然第一次摆了乌龙，但大大提高了我们的信心，至少是让我们相信这个捕兽笼是好使的。还有一点也给了我们启发，这个位置既然野猫敢来，说明浣熊是不经过这里的。所以我把笼子换到另一条小径上，而且换上了浣熊最喜欢吃的诱饵——一条莱斯湖的太阳鱼，它们当初就是被我埋在花圃里的太阳鱼杂碎吸引过来的。这一回，运气终于到了我这一边，夜里一点钟左右，夜深人静，我们还支着耳朵听着外面的动静。突然听得外面咔嗒一响，像是诱捕笼的机关门声音。我们立刻跑去观看，这次可是货真价实的浣熊了，而且是那只大母浣熊。

第一次近距离观察浣熊，觉得浣熊的样子远不如它的名字可爱，甚至有些丑陋，彻头彻尾像个小偷。我近来深受这家伙的骚扰，憋了一肚子气，于是拿起一根小树棍想吓唬它一下。可这家伙还很凶悍，猛然跳起脚回击，整个笼子都弹了起来，让我倒退几步。就这一刻我的脑子里突然又闪出闰土的形象，那把钢叉正刺向一只猹的肚腹。我一时间心里充满仇恨，很想杀了这只浣熊。这就像吸血鬼电影里的一些镜头，一个人的嘴里突然吐出两颗妖魔獠牙，但几秒钟后马上控制住，又回到了人形。我想起老猎人说的要善待受自己控制的猎物的法则，渐渐没了脾气。我把关着浣熊的笼子锁入车库，没有忘记给饮水罐加上水，等天亮了再作处置。

清早起来，我们决定把浣熊流放到一百公里之外的莱斯湖那边。老猎人指点过我们至少要送到三十公里以外的地方，我自己又查了资料，上面说最好要五十公里浣熊才不至于返回故地。所以保险起见，我决定尽量送得远一点。我开上那辆大车厢的旅行车，装上笼子就上路了。一路上，浣熊散发出臭味儿，差点把我熏得吐了。到五十公里的地方，我妻子实在臭得受不了了，问我是不是可以找个地方放了。可我说再坚持一下，还是把它送到莱斯湖河边去吧。于是我们又开了五十公里，到了我经常来钓鱼的湖边。我们找了个僻静树林，打开笼门，浣熊立刻落荒而逃，一眨眼就不见了。

当晚下起大雨，我们没有摆放诱捕笼。晚上和清早还听见屋顶有响动，证明那几只小浣熊还在上面。过了两日，天气放晴，我们又把笼子摆放好。这个夜里的收获令人意想不到，诱捕笼同时逮住两只浣熊。这简直像是一个奇迹，我想大概是小浣熊前日看见过母亲关在里面，以为走进笼子就可以找到母亲，所以会两头同时进入笼子。这回是我独自开车去执行流放任务。我本来这次要把它们送到和莱斯湖不同方向的康桥镇那边的，顺便去那里见见一个老朋友。但当我快要上四〇一高速公路的时候，突然改变了主意，觉得还是把它们送到莱斯湖边吧，这样它们就可以找到妈妈了。于是我就上了去东边方向的路。我把它们带到上次释放大母浣熊的树林里，打开笼门放它们走，可是这两只小浣熊居然不敢离开笼子。等了好久，才见这兄弟俩胆怯地出了笼子，东张西望不知所措。说实话，这个时候我心里倒是有点觉得不忍。我相信它们很快会找到妈妈，而且这个地方靠着湖边，湖岸上会有很多鱼，再往前面有很多海鸥下的蛋，树林里有大量食物，生存环境比我家后院要好上很多。浣熊应该很快会喜欢这个新家园的。

余下来的日子，我的耳朵异常敏感，不论睡得多沉，只要房顶稍有动静，我马上能醒，大概那些神经衰弱的病人也不过如此吧。我们曾亲眼目睹这一家浣熊共有四只，现在三只已经抓到，还有一只得尽快捉拿归案。

　　三天后的夜里，我极为灵敏的耳朵听到屋外有激动人心的咔嚓一声，是诱捕笼的机关门的响声！我以为这最后一只浣熊终于落网了，可是当我们冲出屋子前往查看，看到笼子里居然是一只臭鼬。这下可真麻烦了，臭鼬是很难接近的，因为一旦它认为遭到威胁会放臭屁，这个臭屁的能量吓人，是液态的，味道非常刺鼻，如果喷到人眼，会造成暂时失明。我提着笼子往后园走，想把它给放了，刚走几步，臭鼬就发威，放了一个臭屁。臭味立即散发出来，连正在屋内睡觉的我女儿也被臭味熏得起了床，拿出空气清新剂，全屋喷洒。那臭味持续了有两三日，才渐渐散去。

　　最后一只浣熊终于在一个星期之后捕获到了，我还是把它送到了莱斯湖边放了生。

七

　　终于把占据阁楼多时的浣熊一家驱逐并流放到"西伯利亚"去了，我们获得了重生一般的愉悦。我们开始了"战后"的重建工作，首先得先清理阁楼，现在阁楼里布满了浣熊的粪便和它们叼进来的食物残渣，臭不可闻。那隔热的保温棉被它们撕破做窝，乱作一团。我们请了一个专业的清洁公司花了一千加元才消除了那些污渍和臭味。然后请了一家公司来更换整个屋顶。我们用了最好的材料把所有的漏洞堵上，还在外面加了一层金属铝板防护层。这个公司的收费价格比华人公司要多一倍，但是施工质量令人满意，而且在合同上写明了翻修过的屋顶是 Raccoon proof（可防止浣熊）的，如有浣熊入侵，他们负责处理。做好这些事之后，我们觉得屋顶已固若金汤。我们重新回到了荒芜多时的后院，开始在花园里栽下了瓜果和花卉。那真是一种幸福的感觉，如流浪的犹太人回到了迦南流蜜的土地。自从那棵大树砍掉之后，后院阳光堪比加利福尼亚的农场，那些黄瓜和水瓜迅速成长，我种的花更是如打翻调色盘一样五彩缤纷。我后来觉得我们这个屋宅的风水里还缺点水，于是自己动手开挖了一个小鱼池，买了一些太湖石一样的火山石，搞了个流水潺潺的小瀑布。鱼池里养了一些金鱼，其中有几尾日本锦鲤价格很贵，但是看起来很有喜气。

转眼间，夏天就来了。我们的后院果实累累。那一段时间，除了松鼠和各种各样鸟类之外，没有其他动物来骚扰。唯一稍觉麻烦的是泰勒家的野猫越来越多，今年又有小猫出生，族群已有十多只。它们大模大样在我们家车道上晒太阳、打盹，泰勒夫人一直抱怨自己没钱买猫粮，她一直鼓励我妻子收养几只，但我妻子立场坚定坚决不答应。

夏天里，离我家一条街之隔的丹密河峡谷是个好去处，我最喜欢在那里散步。多伦多的地形是一块平原，所以丹密河谷其实算不上峡谷，叫沟壑（Ravine）比较恰当。那条河也不大，是溪流加河沟罢了，但是我总觉得它是多伦多的一条风水命脉。多伦多的雨量丰沛，大量积雪在春天融化成雪水汹涌而下，雨雪水顺着丹密河从北到南注入五大湖之一的安大略湖。我每个星期会沿着丹密河边的小径远足一次。冬天的时候，这里没有服务，厕所都关闭了，但是雪景迷人，冰雪下流水淙淙。河边有救生设备，还有告示牌提醒雨天时河里水势大，不要靠近。由于一条水系和边上的树林存在，这条狭窄的湿地里还出没着野生动物，据说有蛇、麋鹿、鹳鸟、狐狸等等。有一天早晨，在多伦多市内的省议会大楼外的女皇公园，人们竟然看到一头大角麋鹿在啃着公园里的草。专家解释这麋鹿就是沿着贯通城市的丹密河谷岸边的树林走进城市的。我非常感激几百年来开发建设多伦多的人们始终为丹密河谷边保留了一大片树林，让我身居城市还能随时进入自然的原生状态。我经常会在一块提示牌前停下，那上面有一张棕熊在河里捕食三文鱼的黑白照片，是一八七八年拍摄的，地点就在我眼前的这一段有落差的河流上。今年夏天在河谷里散步，想到的事情会多一些。我前些日子一直痛恨浣熊侵入了我的家园，但看看这张棕熊以前在这里饱餐三文鱼的照片，让我知道人类才是真正的入侵者，只有野生动物才是土地本来的主人。这么想想，我的心理会平衡了许多。所幸我和浣熊之争已经结束，今后一定注意不要招引小动物，顺其自然，那就可以和环境平安相处了。

然而在赶走了浣熊之后，我总还是有一种心神不宁的感觉。也许是胜利来得过于容易了吧？

果然，人的第六感官是存在的。我的预感在送走浣熊到莱斯湖之后的三个月后开始发生了。那个时候已到了盛夏，我差不多已经彻底摆脱浣熊一事带来的不快。有一个夜晚，我梦见了浣熊一家都回来了，它们要回到原来所住的我家阁楼上去，但是那个屋顶已经变成一个石头的金字塔。浣熊的爪子在使劲扒着屋顶，那石头的屋顶被扒开裂缝。就在这个时候我一身冷汗惊醒了，还在不停地喘气。当我的意识清醒过来，知道刚才只是在做一个噩梦，心里庆幸不已，幸亏只是在做梦，不是真的。我转了个身，想再次入睡，忽然觉得屋顶似乎真有什么细微的声音。起初我以为可能是外面刮风下雨了，但我现在是清醒的，知道今天夜里是个大晴天，星光灿烂。那我转念想也许是泰勒家的猫群吧，就在这个时候，突然一个念头钻了出来：莫非真是浣熊回来了？这么一想，我明白了刚才做噩梦的原因，是因为屋顶上奇怪的声音才引导我进入了心理潜意识的黑暗区，那正是我恐惧的地方。这就像我们梦见自己到处找不到厕所，是因为膀胱内小便刺激你的神经才生出这样的梦。但是这一天夜里的屋顶响声很是细微，后来就消失了。由于我对这件事情是不是真的还没把握，所以没有告诉妻子，以免让她感到紧张。第二天早上起来，我第一件事就是到后院里查看，没有发现一点浣熊来过的痕迹。妻子马上发现了我的不正常，因为我平时早上从来不到花园里。我解释说是去看看我种的那一株香水海棠开了没有。我仔细打量了换过的屋顶，还有下面已全铺上金属铝板的屋檐，也没有被破坏的迹象，因此我觉得昨夜里的声响是我过于敏感导致的幻想症吧。

有一个现象引起我注意，车道上那些懒洋洋的泰勒家野猫不见了。这可不是个好兆头。

在接下来的几天的夜里，我睡得一点也不沉。我的神经和房子的屋顶似乎连接上了，能细微地感觉到屋顶表面的任何动静。其实我还是睡着了，处于一种浅睡状态。下半夜的时候，我能感觉到屋顶上有十分焦躁的声音。不是在一处，而是像一群蚂蚁一样到处在打转，想扒开一个口子钻进去。一连多天都是这样，而且持续的时间在增加。有一天半夜约两点钟，我起身解手。抬眼时，忽见洗手间气窗外面的玻璃上有一个浣熊的脸，那是一个强盗似的面孔，像佐罗一样戴着眼罩。浣熊平静地看着我，一动不动和我对视。尽管我不知道浣熊的面目是否和人一样每一头都不同，但我还是能认出这就是我几个月前第一次逮住的那只母浣熊。它现在回来了。还有一点也可以证明，浣熊会记住它住过的窝，就算是第二代也会记得住。从它几天来一直顽强地想进入我家阁楼的决心来看，也可证明就是原来那一家。

事到如今，我只得把我所掌握的浣熊敌情通报给妻子，反正她很快就会看到浣熊接下来的行动了，让她早做点思想准备。我们讨论了半天，不明白为什么浣熊都送出去这么远了，还能找回来。我们比那个动物处置指南上建议的送出五十公里的距离多了一倍，超过了一百公里，比老猎人说的三十公里则多了更多，按理应该是万无一失了。我难以理解，反复在网络上 Google 答案。最后在一个美国加州的小镇论坛上找到一条相关的评论。那上面说，不能把很多头浣熊的家庭成员送到同一个地方，那样的话浣熊家庭成员的记忆能力和回到原居地的决心与能力都会大大加强。这个时候我明白了自己的错误。如果我当初把大母浣熊送到东面的莱斯湖，把后来逮到的送到西边、北边去，那么它们就会因为孤单而在当地找个伴侣安下家来。我不应该犯下这样一个愚蠢而自以为有人道精神的决定，还想学习加拿大移民当局一样让移民合家团聚，结果当它们一家团聚之时，正是它们决定返回原居地的开始之日。我知道这几只浣熊这一路上走得一定十分艰辛，足足走了三个多月，堪称浣熊界的万里长征。这一路上它们一定得到了意志上的锻炼，也许复仇的火焰在它们的原始本能中已经点燃。

由于这回我用了最好的屋顶材料，加上那个公司的精心施工，整个屋顶成了铜墙铁壁，浣熊久攻不下，终于放弃这个企图了。我有好几天夜里没有再听到利爪的声音，不过事情不会这么简单就结束的。这期间发生了一件事情，是动物界自己的事，我们无法了解其中的细节过程，只能按照人类的思维去勉强解释，但是其结果还是可以看到的。我说的这一件事是：泰勒家的野猫群和浣熊之间进行了一次决战。这件事延缓了浣熊对我家的报复。

上面说到泰勒家的野猫一直以来都是退避浣熊的。只要浣熊一来，它们都躲避了起来，这条规律成了我预测浣熊的一个征兆。但是，最近的情况有点吊诡了，因为在一整个冬天里，浣熊都没活动，那些小野猫在高寒中长大，个头都不小了。虽然当浣熊走出我家阁楼时野猫躲避了，但是从我的诱捕笼最初抓到的是一只野猫的情况来看，野猫并没有走远，可能是跟浣熊领地分开，井水不犯河水。而在浣熊被我全部擒拿住发配到莱斯湖之后的三个多月里，野猫的家族数量和力量都更加强大了。这个时候浣熊突然回到了原来的地盘。起初，浣熊的全部注意力集中在想挖开我家屋顶，重新回到老巢。在它们一连几天的努力失败之后，它们的挫折变成了愤怒。这个时候它们开始到地面活动，而地面上近来一直是野猫群的地盘。

那一场决战是在一个雨天里进行的。动物就是奇怪，为何不选一个月朗星稀的晴天夜，偏偏要在细雨霏霏之中进行。那场决战肯定是很激烈的，如果要是平静的夜晚，那野猫和浣熊撕咬时发出的叫声一定会让人觉得毛骨惊悚。虽然那夜里的风雨声和树枝的摇晃声遮住了打斗的声响，但是我敏感的神经还是能感觉到那殊死搏斗的嘶喊。第二天我没有看见什么，地面上在雨水冲洗后什么也没留下。中午时雨停了，气温升高。我闻到车道附近有血腥的味道传出，有大群的苍蝇飞来飞去。我知道这迹象一定和昨夜的厮杀有关，我接着看到了让我极其震惊的场景：车道边的灌木丛下有黑猫的猫头和残存的皮毛，身体所有的东西几乎全被吃光了。成年浣熊的体重近十五公斤，猫是打不过它们的。

在野猫和浣熊大战之后，有一个多礼拜浣熊没有出现。我知道浣熊一定在战斗中也付出代价，正在疗伤，它们一定很快就会回来。

八

　　就在野猫和浣熊大战之后，我就知道，我和浣熊的一场决战已经在所难免。浣熊在屋顶久攻不下之后，必然会在地面上制造事端。在那几天浣熊没有光顾的日子里，我整天在想着将要面临的事。非常奇怪，那些日子我无论是白天和夜里经常会想起鲁迅笔下的闰土形象，那段文字反复地冒出来："深蓝的天空中挂着一轮金黄的圆月，下面是海边的沙地，都种着一望无际的碧绿的西瓜，其间有一个十一二岁的少年，项带银圈，手捏一柄钢叉，向一匹猹尽力的刺去，那猹却将身一扭，反从他的胯下逃走了。"我的心里开始出现那一把钢叉，我觉得应该用一把神奇的钢叉去战斗。我知道这里的法律不可以私自处死野生动物，尽管电视里每天放着猎杀大型动物的节目。我得找到一件合适的武器。我在车库里面反复寻找，有很多可以杀死浣熊的利器：铁铲、铁锹、尖齿耙子，还有一把锯树枝的长锯。但是我不可以使用这些武器，我最多只能痛打它们一顿，让它们知道这里是我的地盘，我不会任凭它们在这里胡作非为。我终于在车库里面找到了一根旗杆，看起来是前任房东小时候当童子军时用来耍旗帜走队列游行用的。它是用实木做的，非常结实，而且还带着一个木制的尖矛头，上面镀着金粉，看起来像是金属的一样。当我用这根旗杆做了几个刺杀的动作之后，觉得这东西有点像闰土那把著名的钢叉。

　　果然，一个礼拜之后的一天早上，当我打开我家的正门出来时，看到门上喷满了恶臭的动物粪便。毫无疑问，这是浣熊干的，这是它们宣战的信号。从这天开始，我们家后院开始遭到了毁灭性的破坏。浣熊先是把院内种植的瓜果全部都糟蹋了，大部分都是咬上几口，然后把藤搞断。那些蔬菜和花草则是连根都被刨了出来，一棵种了两年的樱桃树被拦腰咬断。几天之后，浣熊开始翻掘草地。我知道草地在夏天的时候会在地底下长一种白色的虫子，是浣熊爱吃的食物，但现在看起来浣熊不只是在找虫子吃，而是带着一种破坏性的目的。当它们把后院所有的植被都破坏之后，我发现我挖的那个鱼池还安然无恙。因为那鱼池挖得还比较深，里面的金鱼和锦鲤沉在水底，浣熊还奈何不得它们。这个水池没有失守让我略觉欣慰,我甚至还产生一种绥靖的想法,或许浣熊在大肆破坏实行报复之后,最终会失去兴趣,找其他地方安家。但是我这个想法很快被证明是错误的。两天以后的清早,我看到了鱼池边惨不忍睹的作案现场。鱼儿们的尸体散落在周围的草地上,有的被啃了一半,有的被啃得只剩鱼头鱼刺。再看水里,新买的水草被捞出来,扔到太阳下暴晒,而池中的水则是浑浊发黑,还伴着恶臭。仔细看来,原来是浣熊先把大量的泥土刨向鱼池,把池子填了一半,让鱼浮到水面,然后抓它们上来吃掉。

事情到了这种地步,回避和容忍肯定是不行,事实上在我自己出来和浣熊决战之前,我还是给那个野生动物处置公司打过电话,请他们来赶走浣熊。他们听说浣熊已经不在我屋顶做窝,就说这样他们就没有办法了,因为他们只能驱赶进入屋内的浣熊,户外的则不可以。我还在夜里再次布下诱捕笼,但是每一次笼子都被推翻,浣熊根本不会中计。

现在回想起来,那几天的日子真是非常折磨人的。浣熊一连串的恶行不仅破坏了我家的园子,更麻烦的是,半年多来和浣熊的战争让我的神经紧绷经常处于幻觉状态,最后的时候几近崩溃的边缘。我把所有的门窗都关闭了,怕浣熊钻进来,进出门的时候也赶紧把门关起来。可我总还怀疑浣熊已经进入我家的房子,不是阁楼,而是房子里面,甚至在屋子里面似乎闻到浣熊的气味。某天我打开衣橱时,吓得差点大叫,有一只浣熊在里面。仔细看原来是我妻子的那件狐皮大衣。浣熊虽然一时还进不了我的屋子,但是它们另有办法,化成梦来折磨我消耗我。有一天晚上我梦见那个诱捕笼,自己居然成了诱捕笼里面的诱饵,那浣熊变得和老虎一样大,鼻子在笼子外的铁格子里擦来擦去,把那臭不可闻的黏唾沫喷到我身上。事情到了这个时候,我已别无选择,只得和浣熊决一雌雄。

我在决定对浣熊开战之前,曾考虑过周围邻居的反应问题。我家西边的邻居原来是那个叫斯沃尼夫人一家,她在我们家搬来之后的第三年死于西尼罗症。去年她的家人卖掉了这房子搬到北边去住了,现在是一家台湾人住在这房子里。这户人家平时只有母子住在里面,母亲和儿子还似乎不合,经常会回到台湾去住。儿子是一个开大货车的年轻人,对我妻子很尊重,所以我觉得这一家应该不会有问题。那么，在我家后院背靠背的那个房子，最早的时候是一个黑人住的，后来变成一个伊朗人家。那个伊朗老太太喜欢采摘荨麻叶子做菜吃。但是上半年这房子再次易手，搬进来一家上海人。这家的年轻女主人似乎非常高傲，在后院见到我们如同眼中无人。我是听她大声对丈夫发号施令的时候，她说上海话才断定他们是上海人。不过这家人对于园艺毫无兴趣，后院的草长得齐膝高也不剪，所以我估计他们是不会管闲事的。后院的东北面还有一家亚美尼亚人的后院靠着我家。他是干建筑活的，刚买下房子时还是个平房，后来他几次扩建，把原来的面积几乎扩大了三倍。我相信他现在多层叠加的房子一定有违章建筑的部分，所以每次见到我都很客气，大概怕我会到政府那里告发他。我想这家人应该不会跟我过不去。再下来，就是东侧的邻居泰勒一家了。我相信，泰勒家因为野猫的问题也会恨浣熊的。

九

现在我已掌握浣熊到我家后院捣乱的时间规律，基本上是清晨五点钟左右到来，它们的窝可能安在离这里有点距离的地方。夏天五点钟时，天已经微微发亮。我的妻子还在熟睡之中，发出均匀的轻微打鼾声。我悄悄地起了身，没去刷牙洗脸，马上进入楼上的储藏室仔细穿好了事先准备的防护服装。我穿的是一双厚底的登山皮靴子，帆布的工作衣裤，手上戴着猪皮劳动手套。为了防止万一，我还戴上一个滑雪的头盔和保护镜。储藏室里有一面大镜子，我看到自己这副模样很像个外星球的战士。在我进入后院之前，我从窗口看到母浣熊正带着小浣熊从西边的台湾人家的木栅墙鱼贯而来。它们一来便直奔垃圾桶，那母浣熊抵达桶边便后腿站直，前爪抬起搭于桶盖上沿，兀立着显得体壮魁梧，一下子就将垃圾桶撂倒了。

时机已到。我手持那根实木旗杆从花园的边门突然杀出来，那母浣熊大概从来没有见过戴着滑雪头盔和防护眼镜的人，吓得往后跳了几步。我对着它一杆子打过去，但这家伙身手敏捷，一个跳跃便躲过了袭击。我连打了三棒都没打着，又用刺杀的方式叉它，也被它躲了过去。这家伙看我并不厉害，开始对我龇牙咧嘴发狠。就这时我看到那几只小的正在一边发呆，便一杆子打下去，打个正着。那小浣熊发出了尖叫声，而母浣熊慌了神，赶紧过来保护小浣熊，这样便吃了我几下重击。母浣熊这个时候想带着小浣熊躲开我的痛打，并不顾得痛。有一只小浣熊慌乱之中竟然对着我冲来，我以为这家伙是要袭击我，便一杆子横扫过去，把那家伙打得趴了下去。这时候母浣熊发出了一声惨叫，我相信这一声惨叫大概三条街外的人都能听得到。它越是乱叫，我就越想打它，要打得它叫不出声为止。正打得起劲，我突然听到隔壁家那边传来泰勒的声音：

"斯蒂芬！你在干什么？你想杀死它们吗？"泰勒问道。这斯蒂芬是我难听的英文名字。

"我不会杀死它们，我只是想要把它们赶走。"我回答。我停止了行动。那母浣熊还在呜呜地鬼叫着，看我不打它了，赶紧带着小浣熊跳上了木栅墙逃跑。只有两只小浣熊跟着它跑掉，还有一只却跳不上木栅墙。我看到这一只的前腿挂了下来，大概被我那一棒子打坏了。

就这个时候，我听到远处有警车的呜呜声传了过来。起先我根本没想到这警车是冲着我来的。很快，警车的呜呜声越来越响了，在我家的门口停下来。我还没缓过神来，只见两个警察穿着防弹衣双手端着手枪进入后院。他们的手枪直接瞄准着我，命令我放下武器，双手高举过头顶。我知道自己遇上麻烦了，于是服从命令放下旗杆把手举了起来。一个警察在另一个的掩护下，以非常熟练的动作把我的手扭到背后，上了手铐。

警察没有马上带我走，而是先要搜集证据。那一头断了一只前腿的小浣熊还在园子里，躲在角落里瑟瑟发抖。十分钟之后，有一辆动物医院的车子开了过来，好几个专业人员用网罩抓住了小浣熊，带回医院去医治。我这个时候看到邻居家的木栅栏后边都有眼睛在看着我。接着我被带出了花园，我告诉惊慌失措的妻子没有关系，我又不是真的犯了什么罪。门口有两辆警车，我坐在前面的一辆，后面的一辆带走我作案的武器——那根木头旗杆。

想不到的是，这件事让我大大出了名。第二天，多伦多几乎所有的英文和中文报纸都登载了一条消息，还配上我戴着手铐被警察押上警车的照片。这报道的标题和内容是这样的：

惨叫声惊动邻居报警，华裔男子涉用长矛袭浣熊遭警方拘捕

多市警方于昨晨五时许，接获至少三名市民电话报警，声称在 Huntingwood 附近一民居，有一名男子正在用一把长矛似的武器击打其后院中一群浣熊。浣熊受伤后发出凄厉叫声，浣熊妈妈则试图保护和救回小浣熊而反搏。

警员据报赶至现场调查，在事发现场的后院角落发现一只受伤小浣熊，浣熊妈妈则已将两只小浣熊带走。警员在现场了解情况后，将现场一名五十一岁华裔男子 Dong Ruan（译音，阮冬）拘捕，警员并用手铐将被捕男子双手反扣背后，带上警车带返警署，并被落案控以残暴对待动物及使用危险武器罪名，下月十三日到法庭应讯。

多伦多动物服务机构 (Toronto Animal Services) 的人员亦奉召到场，并用铁笼带走一只小浣熊。据该机构发言人称，被带走的受伤小浣熊除腿部骨折受伤外，其他情况良好，而且非常"生猛"，待伤势痊愈后，会将它带返现场附近让其重返大自然。

这篇报道我是第二天才看到的。这里面有一个明显的错误，就是把我的那根旗杆写成了长矛。还有两点让我很吃惊，一是居然有三个目击者会同时报警，这说明我之前对自家和邻居的关系评估完全是不准确的。另外就是动物服务机构的发言人声明这只被打断腿的浣熊会在治好伤之后重新放回到现场附近，也就是说它最终将可能会回到我的后院。

当天我在警察局里待了一天，和几个因贩毒、枪击、抢劫的疑犯关在一起。不过到了晚上我就取保释放了。警察将控告我犯下虐待动物 (Cruelty to animals) 和使用武器作危险用途 (Possession of a weapon for a dangerous purpose) 两项罪名，并安排我在下月十三日开庭审理。

在报纸和电视等媒体传播开我袭击浣熊的事件之后，我家对面的人行道上出现了一些动物保护组织的人举着牌子抗议我的行为。说实话，看见这些毫不相识的人举着写着我名字的牌子在我家门前挑衅，我的心里比当时面对浣熊时还感到愤怒。警察也担心会发生冲突，特地派了警员驻守，还拉了警戒线。后来，我还看到我家门前的马路几根灯柱上贴了海报，上面把我写成是一个虐待动物的狂人，要求我从这个住宅区搬走。我看到海报下面有几个人的姓名地址和签名。我只知道那个住 217 号门牌叫豪斯的人就是我上面提到过的那个收藏各种汽车轮毂的白人，他的姐姐是个十足的骗子。不管怎么说，看到有邻居联名要求你滚出这个地方，你的心里还是很难受的。

开庭审判并不很复杂，法官认定我有罪，但处理不算很严重，主要有以下几条：终身不准使用诱捕笼；五年内不得接近浣熊，至少要和它们保持十米的距离；罚款五百加元（罚款部分可以用做公共义务劳动三十个小时代替）。对于法官的判决我没有异议，完全接受判决结果。

最后我还要提一件事。其实我非常不愿意把这事说出来，但这件事不提，故事就会缺失很大一部分的真相。事情是在开庭的那一天，我提早到达了法庭。我这种案子很小，所以是在一个小房间里审理。我到达时房间里只有一个法院保安员在里面，他让我坐在被告的位子上，其实那也就是一张普通的桌子。一会儿，一个警察匆匆到来，我认出是办我案子的那个人。因为案子比较小，控方直接由警察出面，而不是像正式的案子由检察官提诉。这个警察向我打了招呼，把卷宗放在控方的桌子上，跟那个法庭保安员说自己到外边去买一杯咖啡，就离开了房间。就这个时候发生了一件鬼使神差的事情，那小房间的天花板上有一部吊式风扇，那个胖胖的黑人保安员比较怕热，把风扇开得很大，结果那风把刚才警察放在桌上的卷宗夹吹得翻开了，有一份记录纸被吹了出来，飘到了我的脚下。我起初不敢看它，觉得那保安员会马上过来捡起来放回去。但那个保安员正低头使劲按着手机，大概正在和什么人短信聊天，没有看见文件被风吹落的情况。我忍不住好奇心，用眼角打量了一下就在脚边的这份记录纸，原来这就是警察最初接到电话报案出动警车奔赴我家的原始记录。那上面写着有三个报警电话报告同样的事情，三个电话号码都写在上面并涂了黄色标志，后面注明了 Strictly confidential（严格保密）。我扫了这三个电话号码一眼，知道这三个号码都是报警的邻居家的，其中排在中间的一个很是熟悉。这个号码是我自己家里的，顿时我脸色苍白。这时候那风扇把更多的文件吹到了地上，保安员终于发现，走过来把文件收拾起来。不久，警察端着咖啡走进来。接着法官走了进来，开始了审判。

尽管在这里我把这件事说出来了，但在实际生活中我是把它彻底埋藏了，没有对任何人提及这件事，就像什么也没发生一样。因为我觉得这不会是真相，就算是真的那也一定是浣熊以精灵的形态继续在作祟。还有一条我觉得值得一提，那段时间我和我妻子在精神深处层面上可能都是病人。

说到最后，只有一件事让我觉得宽慰：那几只浣熊被我痛打一顿之后，知道了我的厉害，以后再也不敢到我家后院来惹麻烦了。

蛊镇

肖江虹

一

小心翼翼揭开瓦罐，王昌林眼睛就亮了。

十多条半尺长的蜈蚣通体碧绿，焦躁地在罐子里游走。把半碗惨绿色的汤汁倒进瓦罐，盖上盖子，王昌林双手合十，双目紧闭，低声念诵：

云上的蛊神

请赐给我无边的法力

林间的毒虫

沟边的魔草

都为我所用

七七四十九个昼夜

炼成一道圆满的蛊

那些不速之客

驱赶他们

驱赶他们

远离我的寨子

远离我的族人

万能的蛊神啊

请用你的惠赐

永葆我们平安

让这个叫作蛊镇的村子

世世代代

绵延不绝

一连默念了六遍。

为什么要念六遍，王昌林不清楚，师傅把制蛊的手艺传给他的时候，也没有说明白。"六"在蛊镇是个好得要命的数字。制蛊需要六种毒草：毒鹅肠、散白花、断肠草、曼陀罗、见血封喉和溶血藤；常入蛊的毒虫也是六种：断尾蛇、毒蜈蚣、恶蝎子、鼓蛤蟆、长脚虺和尖嘴蝮；还有，蛊镇老人平常不做寿，唯独六十六岁，不仅要做，还得大做，三亲四戚，七乡八寨都要请到。仔细想想，和六有关的事情还有很多，每年六月六日是敬蛊神的日子，寨西头戏台的柱子是六根，甚至过年都规定菜数只能六碗。总之，只要留心，在蛊镇，这个数字无处不在。

洗净手，王昌林把瓦罐重新放回屋角的土坑，覆上土，铺上篾席，伸直腰呵呵笑了。是值得高兴一回，等蜈蚣吸完这半碗草汁，这道蜈蚣蛊就算大功告成了。

重新窝进躺椅，王昌林才感觉累了，快八十的人了，身子骨是不行了，随便一动都能听见骨头炸裂的声响，不动就尽量不动吧！油尽灯枯，随时都可能没了。

也怪，刚翻七十那个坎坎时，王昌林还没觉得自己老了。整天跟着四个儿子往庄稼地里头钻，好手好脚，啥活都能提得起。自从儿女们扛着蛇皮袋子进城后，他觉得自己一夜之间就老了。儿子们都有孝道，每月按时寄钱，吃吃喝喝足够了。可他不满足，还是想在地里头蹦跳的日子，时不时还扛着锄头去地里头转悠，可入眼的荒凉让他实在无从下手，撂荒的庄稼地全是野草，比他还高，在风里头得意洋洋对着他摇头晃脑地示威。

倦意袭来，王昌林迷迷糊糊中看见老婆子在和他说话。老婆子站在蛊镇对山的垭口上，风吹着她长长的秀发，她那时还没过门呢！脸颊泛着少女特有的潮红。

"那个谁，听说你们镇子上有人会放蛊，真的假的呀？"

"是呀！我就会。"

女的吓了一跳，眼里扑闪着不安。

"放蛊是不是用来害人的呀？"

"屁，我就没害过人。"

老婆子性子犟，家里人不同意她嫁给一个蛊师，她收起几件换洗衣服就过来了，没有嫁妆，没有仪式，一口气为王昌林生了四个儿子。天不佑人，老四刚会喊妈，她就走了。急症，下地回来在水缸边沽沽灌下一瓢清水，扑地一躺就没了。

有人敲门，三长两短。王昌林遭打的蛇一般，两头一翘甩开了躺椅。他很细致地抹掉眼角的老泪，正正色，面上就起来了一层霜。

拉开门，王四维的嫩娃，叫细崽。此刻正是黄昏，晚霞在天边翻滚，王昌林一下没适应，差点被那片红光扑倒。抬手搭起一个凉棚，王昌林说幺公，你来晚了。

论辈分，六岁的细崽是王昌林的爷辈。在蛊镇，年纪再大也是白搭，就算穿开裆裤的嫩娃，只要辈分上去了，你也得按规矩毕恭毕敬喊。

细崽没接话，左手一伸："拿来！"

"幺公，你进来！"王昌林闪开一条道。

"老子不进来，给钱，我还要去常家小卖部买饼干。"

"幺公——"

"少×啰唆，拿钱。"

"不给。"

"王昌林，你要翻天不是？说好敲一次门五角的，老子敲了门，你就要给钱。"细崽直着脖子吼。

嘴角拉开一线笑，王昌林说幺公你进来，我多给你五角。

细崽眼睛一亮，指着王昌林义正词严说："说谎的是乌龟。"

进了屋，天边的晚霞被切断了，但细崽脸上的晚霞还在。不规则的一块红斑，差不多占据了整张脸，从额头上蜿蜒而下，漫过鼻梁，在右脸颊上夸张地铺开，一直流淌到脖颈。

伸手摩挲了那片赤红，"痛不痛？"王昌林问。

摇摇头，细崽有些不耐烦，说你都问了多少次了。手一伸，直截了当：给钱。

凑近仔仔细细琢磨了一番，王昌林点点头说："似乎比前个月又淡了些。"

听了这话，细崽有些得意，说："我爸说了，等它散了，就接我进城去。"

王昌林坐在门槛上，看着细崽蹦跳着远去的背影。霞光透过薄云，从天边斜刺刺照过来，仿佛无数的尖针，将一个镇子死死地钉住。王昌林举起头，针尖飞泻而下，他感觉到了一阵钻心的刺痛。

二

细崽脸上的红斑是两岁开始出现的。开始只是隐隐的淡红，他爸王四维还有些得意，逢人就说你看我娃这脸，红得跟苹果似的。渐渐就不妙了，先是微醺，继而大醉，最后像是给人甩了一脸狗血。四维是个舍得人，砸锅卖铁带着儿子到处跑，连省城最好的医院都去了。药吃了几箩筐，一点用处没有。最后带去看了邻寨一个巫医，巫医要了生辰八字，摸摸捏捏搞了一通，然后下了决断：这娃前世是个守寨的军士，在一场战斗中惨死，血气太浓，投胎了都没能化掉。王四维双膝一落，哽咽着央求解法。巫医摇着头说就是天王菩萨都解不了了。

一个清晨，伤心的王四维带着无解的王细崽离开了蛊镇，跟着外出的人流去了遥远的城市。半个月后的一个黄昏，更伤心的王四维带着更无解的王细崽出现在村头。他对遇到的每一个人说：都怪这张×脸。细崽妈扒开儿子的衣服，大大小小，深深浅浅的伤痕遍布全身。女人落了泪，抓住男人问这些伤是咋弄的。男人半天才说棚户区的其他娃娃都拿细崽当怪物打整，背着大人就没轻没重打他。抱着细崽哭了一回，女人说细崽我们哪儿也不去了，就是灵霄宝殿也不去了，我们就好好在家待着。

奇怪的是，自从回到蛊镇后，细崽脸上的赤红开始渐渐淡去，步子跟来时差不多。第一个发现的就是王昌林。一天，王昌林在村口遇见细崽端着小鸡鸡，对着远方咬牙切齿地撒尿，还咕哝：

"霉死你狗日的。"

目光顺着幺公皱皮的小鸡鸡歪歪扭扭绕过去，王昌林就看见了王木匠的屋子。

王木匠一身手艺，尤其擅长做寿木，前些年进山伐木，让一棵老黄杉砸断了腿。断腿后路就不平了，一迈步就跃跃欲试的模样。去年接到一个徒弟的信，让他去城里一个木材加工厂上班。兴冲冲进了城，徒弟带他去见工厂老板，老板看他一飞冲天跑来的架势，盯着那条断腿看了半天，一挥手就把他扇回了蛊镇。

王昌林不知道王木匠如何得罪了细崽。木匠是他看着长大的，不折不扣的老好人。早些年给人做个门窗，打个寿木，从不谈价，主人家看着给，多多少少他都受。最近几年就更不说了，气饱力胀的年轻汉子全都走光了，瘸腿的王木匠就成了寨子里头力气最大的人。谁家有个搬抬扛移的重活，站在村头的土堡上甩一嗓子，木匠就笑弥勒似的腾云驾雾赶来了。论人缘，十里八乡怕是没人敢和木匠比。前年老爹老去，附近好几个寨子的人全来了，虽说都是些老弱病残，但量大，把一个院子塞得满满的。

王昌林背着手，盯着细崽的一举一动。等细崽收拾好撒尿的家什，王昌林往前迈了两步，他说幺公，木匠到底咋个得罪你了？细崽红着眼说，他把我从常家买来的饼干扔丢了，说饼干长了霉，不能吃。王昌林说木匠做得对呀。细崽翻着眼说干尿，他是没得吃眼红才这样干的。王昌林笑笑，双手把细崽扳过来，刚想给幺公讲道理，忽然呆住了。细崽额头上那团火烧云，仿佛正随着黄昏的降临慢慢淡去。

伸手使劲抹了抹，力气大了些，细崽咧着嘴叫了一声。

"怪了，幺公，淡去了呢！"王昌林惊讶着说。

挥手隔开王昌林的手，细崽愤愤说："管老子的，多管闲事。"

又仔细看了一回，王昌林确定，真是淡去了。

回到蛊镇半个月，细崽有了一个能挣钱的活。

这个安逸的活路和村东头的柳七爷有关。

蛊镇最大的一棵古柏在寨中的晒谷场上，浓荫蔽日，像个浑圆的伞盖。教书先生柳七爷每次给寨人讲古，到《三国演义》刘备出场那一段，就说刘备还是个娃娃那阵子，就坐在村子里一棵古树下，让其他娃娃来参拜他，喊他陛下，有人看见了，就说那棵树不就是皇帝的黄罗伞盖吗？这娃娃长大了定有出息。

然后柳七爷手指往上一戳，对众人说，那树就这模样，按这说法，我们大家都是帝王命哟。大家就呵呵笑一回。

柳七爷脑壳不大，但学问不少，上古那些芝麻大小的事情他都晓得。只要老天给脸，晚饭以后听他讲古是蛊镇人雷打不动的科目。人多那时候，男男女女，老老少少在古柏下围得水泄不通。离得远的，怕听漏了，脖子伸得老长，眉毛跟着剧情上下抖动。现在人少了，只剩下几个老眼昏花的和鼻涕横流的。但科目还在。只是柳七爷讲古的劲头没以前那样足实了，有一搭没一搭，还老出错。说诸葛孔明死了后，魏延反了，大喊三声谁敢杀我，第三声话音未落，就被身边的马超一刀砍于马下。周围尽是失望之色，王昌林实在忍不住了，咳嗽一声，装得水波不兴样地纠正：老七，是马岱，马超早死了。柳七爷双眼浮起一层灰暗，四下扫扫说："冷火丘烟的，没兴致，以前堆得密密匝匝的时候，我哪个时候讲错过？"

一连六天，晚饭后都不见了柳七爷的影子。王昌林和同宗的几个老人在树下抽旱烟，吧嗒吧嗒，云山雾罩，烟锅子填了好几回，也不见柳七爷过来。月亮起来老高，悬在古柏树顶，把几个老者拢在一团淡黑中。磕掉剩烟，王昌林说都散了吧，老七今天怕又不会来了，也不晓得他在忙些啥子。另一个老头往地上啐了一口烟唾沫，有些忧虑地说：最近他老说胸闷，会不会倒床了。

王昌林说明早我们去看看吧。

几个老者摇晃着往柳七爷屋子那头赶。蛊镇的早晨很安静，王昌林走在最前面，火棘树的拐杖在石板上敲打出沉闷的声响。他忽然停下来，远远近近打量一番，叹口气：

"要是前些年，这个光景，田间地头都是人。"

指着路边一堆乱木，王昌林说："你们看看，蛊神祠呀！连个轮廓都没有了，去年还有两根柱子立着，今年啥都没了。"

屁股后面几个老枯朽也跟着叹气。

柳七爷的屋子在村东头，背靠一条河沟，屋子周围都是竹子，枝繁叶茂，青翠欲滴。老夫子很讲究，当初选地建房，其他人家都离河沟远远的，怕潮湿。柳七爷不怕，说有山有水才有灵气，又说居不可无竹，就在屋子周围种了许多的钓鱼竹。在蛊镇人眼里，七爷有种天生的距离感，他的一举一动都让你惊讶，像个堕入凡间的星宿。

房门虚掩，王昌林站在院子里喊了两声，没人应答。

推开门，一股怪味扑面而来。

老七没了。王昌林说。

柳七爷仰面躺在一张核桃木的雕花椅子上，微闭的双眼汪满了墨绿色的脓水，面部完全塌陷，仿佛皮骨下有了一次暴雨后的坍塌。他手里还捉着一杆笔，黏稠的液体顺着笔杆往下淌，在地上洇出一个肥厚的圆圈。面前的条桌上，还有一沓纸。

从床上拉块布把七爷罩住，王昌林抓起桌上的纸翻了翻。"哦"了一声，他说：

"老七在写蛊镇志。"

门边一个老者问："啥？"

想了想，王昌林感觉说不清，他就挥挥手说：

"快喊人来。"

老七落了土，寨里头十多个老者坐下来商量，说我们这堆人，都是黄泥巴盖到了下巴的人，哪天一口气上不来，烂在家里头都没人晓得，得想个法子才成啊！

一阵长久的沉默。

这时候，细崽铺着满脸的红霞在树根下刨曲蟮。王昌林眼睛一亮，有了主意：

"就让我幺公每天挨家挨户敲一次门，哪天不应门了，那就是死透了。"

大家都觉得这法子好，一个人蹙着眉说细崽这东西性子不太顺溜，他不一定愿意捡这个活。

"敲一次给他五角钱，一个月满打满算三十天，也就一斤猪肉钱，"王昌林又补充，"重赏之下，你还怕没得勇夫。"

三

窗外正落雨，滴答滴答敲打着屋檐下的青石。蛊镇的雨夜很难熬，王昌林在床上翻来滚去几十个回合都没有睡去。他索性爬起来，拉开灯，光亮一炸开，王昌林给吓了一跳，一只枯瘦的老鼠趴在屋子中央。凑近看了看，是个老东西。确是年岁大了，它走路拖着后腿，干瘪的肚子贴着地，没一点精气神。甚至王昌林伸脚去撵它，它也懒得躲闪。掀翻了，吃力地爬起来，一顿一顿又往前爬。王昌林忽然涌起来一些心酸。他钻进厨房，舀来半碗饭倒在老鼠的面前。地上的老家伙嗅了嗅，身子缓缓抬起来，张开嘴开始吃饭。毕竟有了岁数，吃了几口，地上的就停住了，抬起前爪艰难地抹抹嘴，往墙角那头爬了过去。

笑笑，王昌林说："我每顿小半碗，比你好不到哪儿去。"

地上的在屋子里糊里糊涂转了半天，才总算找到了角柜边的那个小洞。

"我太阳落坡就开晚饭,明天早点来,一起吃,多张嘴吃起来香。"

客人不见了,孤寂一下变得宏大,王昌林四下扫了扫,连墙上的老婆子也耷拉着眼皮。

拉开抽屉,王昌林取出从老七那儿拿来的那沓纸,把椅子挪到电灯下,开始慢慢翻检。

不愧是喝墨水长大的,老七的毛笔字写得真是好。纸是毛边纸,仿佛某种情绪,又轻又薄。第一页竖着"蛊镇志"三个大字,颜体,端庄肃穆。

囫囵翻了翻,内容都是熟识的。七百年前就有了这个镇子,出了几个将军,几个秀才,哪年哪月遭遇外族入侵,还有几次惨烈的护镇战斗等等,杂七杂八,零零碎碎。

雨声滴答,王昌林双眼慢慢合上了。

雨后的蛊镇生机勃勃,到处都泛着墨绿,风一过,抖落树叶上还残留着的水珠,滴滴答答的声响此起彼伏。

细崽来得早,双脚踩着石板路上的积水,欢快地跳进王昌林的院子。

拍了两下,没人应。又使劲拍了两下,还是没人应。腾地跳回院子里,细崽扯着嗓子喊:"孙儿,你狗日的是不是断气了?"天地一片寂静,几只鸟被惊得从院子边的梓木树上腾空而起,树上轰地下来一阵露水雨。

屏住呼吸轻轻推开门,细崽吓了一大跳。王昌林躺在竹椅上,脑袋后仰,身上、地上都撒着纸张。细崽吓憨了,不敢出声。他随手拿起王昌林的火棘拐杖,抖抖索索折过去,轻轻捅了捅椅子上的人。

"喂,你死没有?"声音和手都在颤抖。

椅子上的没半点声息。细崽一阵难受,他确信他的孙子王昌林死去了。但他不死心,举起拐杖朝着椅子上一对老膝盖狠狠敲了下去。

一声怪叫,王昌林猛地拉直身子,两个眼睛鼓得斗大。

细崽也跟着怪叫一声,一屁股坐倒在地。

王昌林抹抹嘴,笑着说怪哉怪哉,在椅子上比在床上还睡得香。细崽却哭了,一张脸像是被揉皱的红布。抬手抹了一把泪,就开了黄腔:

"王昌林，你想吓死我是不是？烂狗日的，大清早你装哪样死？"

费劲地从椅子上爬起来，王昌林说幺公，明明是你老人家拿拐棍砸我，你反而还怨我。

"老子不管，你狗日的吓着我了，你要捡损失。"

"好好好，你说咋个捡法？"

止住哭，细崽想了想，昂着头理直气壮地说："最少给三块钱，常家小卖部刚来了一种糖块，巴掌大，味道安逸得很。"

王昌林蹲下来，说给五块都行，不过有个条件。

"啥条件？"

"跟我学制蛊。"

哼一声，细崽对着王昌林吐出半截舌头，冷冷地说："老子才不学，等我脸上的病好了，我爸就接我进城。"

"那一分钱不给！"王昌林说。

细崽寒心了，顺势一滚，把自己当成面团在地上反复抡。刚开始还行，速度快，再佐以撕心的号哭，显得威慑力十足。渐渐就不行了，毕竟是体力活，滚到最后就成了条青冈树头的大肥虫，一个来回都费死呆力。王昌林呢，索性拉条凳子坐到屋檐下，裹管旱烟咂得烽烟滚滚。太阳升了起来，哭声消沉了下去。王昌林把烟锅子伸到凳子腿下磕了磕，细崽在身后说："王昌林，我日你妈。"王昌林也不回头，接过话说："我妈是你侄女，你要骂她我也无法。"细崽感觉理亏，侄女在对面银盘山上的岩缝里头，一百多岁，悬棺黑漆都剥落完了，显出无奈的死灰色。开错了黄腔，细崽收起了嚣张的神情，瘪着嘴，有一声没一声抽泣。

"给钱也可以，不过你得陪我进山找脆蛇。"王昌林说。

横着袖子拉一把鼻涕，细崽说要得要得。笑容在一张哭得稀烂的脸上绽开，像一朵怒放的红莲。倒不是为了那点钱，实在是脆蛇是个稀罕东西。

四

　　蛊镇四面环山，进进出出就靠一个豁口，豁口有个名字，叫作一线天。年轻的时候，王昌林搞不懂祖宗为啥选这样一处穷山恶水繁衍生息。后来从老七那里知道，主要是为了躲避战乱。祖先们打过一场败仗，为了躲避追杀，才选了这样一个易守难攻的地方。

　　山路不好走，两旁的刺蓬伸长手臂，热络地抱成一团。以前不是这样的，人多的时候，天天有人进进出出，还不闲着，遇上斜出来的枝丫，就会掏出柴刀把道路收拾出来。自从村人水样地淌出蛊镇后，道路慢慢就狭窄了。有些干脆就没了，不扒开杂乱，睁大眼睛，你甚至都不知道这里曾经有条路。

　　太阳当顶了，细崽和他的孙子王昌林还在半山腰摸索。细崽个儿小，弓着腰猫样往前蹿。他的孙儿不行，骨头让日子锈蚀了，硬直干脆，稍微弯一下就钻心地痛。不过还好，刚抽芽的老辈人耐心好，蹿出不远就坐下来，双手拢着膝盖等他。

　　"脆蛇真的会断成几截吗？"细崽问。

　　直起腰喘一阵，王昌林才说："对呀，一般断成两截，我见过最多的是断成四截。"

　　在蛊镇，脆蛇是所有细娃心头的一个问号。那些皱纹里堆满阅历的人才有资格谈论脆蛇。据说除了蛊镇，全天下没有第二块土地有这东西。脆蛇通体雪白，个子小，毒性大。遇到危险，它会断成几截，等危险过去，那些断掉的躯干又蹦跳着合在一起，一溜烟就梭跑了。

　　"咋样才能抓住脆蛇呢？"细崽又问。

　　王昌林喘匀了，两只手把着拐杖，低声说："捡走最中间一截，它就合不上了，就能抓住它了。"

　　细崽搓着手，舌头舔着嘴唇，一副跃跃欲试的样子。

　　关于这个稀罕物的诸多传说，好些蛊镇人都半信半疑。但是所有人都知道，脆蛇制成的蛇蛊，不仅能颠倒时序，还能返老还童，一句话，想啥有啥。

朝着一丛斑茅草飙了一泡尿，细崽扭头问："哪里才能找到它呢？"

伸手往天上一指，王昌林说山顶的岩缝中。

"我们今天好好抓几条。"细崽说。

王昌林呵呵笑，说幺公，你算盘拨得倒是响亮，我活了这么多年，拢共抓过两条。

细崽眼神一下黯淡了，他嘟着嘴说："那你还上山。"

"上山还有机会，不上山就永远没有机会了。"

山顶是片开阔地，远远近近的物事都尽收眼底。那些高大的乔木到了山腰就停住了，把山顶全交给了矮矬的灌木丛，灌木种类很杂，火棘和黄杨占了大半。它们伏低身子，躲避着咄咄逼来的山风。王昌林年轻时随师傅上山寻制蛊的蛊物，站在山顶他问师傅，为啥山顶只有这些矮矬矬的灌木丛呢。师傅跟他说，山风太大，那些个儿高的会活活给吹折了，所以它们都躲在山脚。

关于这点，柳七爷还有句文绉绉的话，叫作：物竞天择。

王昌林眼睛看着细崽，他希望细崽也问他这个问题。制蛊这种活，关键的功夫是寻找蛊物的本领。你要知道什么物事喜阴，什么物事好水，什么物事在什么季节出没。所以，对环境的点点滴滴你都要了若指掌。王昌林知道峡水镇一个年轻蛊师，真本事没学到，却练就了一身歪门邪道。就拿抓蜈蚣来说，不赶山，不趴沟。宰一只公鸡，开膛破肚，岩壁下一埋，第二天扒开松土，公鸡全身叮满了循着血腥味赶来的大大小小的蜈蚣。给王昌林讲这件事的时候，年轻人还一脸得意。王昌林当时就冷笑，蛊物最大的要求是干净，吸了一夜的鸡血，那还叫干净吗？

层层叠叠的岩壁耸立在山顶，仿佛码放着的一册册古书。细崽兴奋地跳天舞地，在岩缝间探头探脑。

招招手，王昌林说幺公，你过来。细崽跳过来。王昌林说幺公，我考考你。细崽眼一翻，说要得。王昌林指着不远处一块石板，问：底下有些啥子？我说的是活物。细崽没想到来这一出，愣了半天，摇摇头。

"曲蟮子、山蜗牛、四脚蛇、红线虫，最少有这四样中的两样。"王昌林说。

细崽满脸狐疑，跑过去搬开石块，一方阴湿下，伏着一条曲蟮、两只山蜗牛和一条拇指粗细的四脚蛇。

"哎哟，狗日的说得好准呢！"

王昌林呵呵大笑。

"那你说脆蛇在哪里？"细崽问。

往远处一指，王昌林说那边。顺着王昌林手指的方向，细崽发现那边太远了，越过了脚下一片浩荡的莽莽苍苍。"去抓不？幺公。"王昌林侧着脸问。咬咬牙，细崽说去，今天不抓条脆蛇老子就不回家。

阳光从薄云间斜射下来，像是天上抖落的一面薄纱。

一个寻常的起伏，两个人走了好几个时辰。

在一处山壁上停下来，更远的天地浮现在眼底。让人胆寒的峡谷，歪歪扭扭从远处过来，峡谷腰际，缠着一条土黄色的带子。

指着那条带子，王昌林说这是附近十多个村寨通往乡上的独路。他眼里浮起一层悠远，喃喃说："你是不晓得那些年，一到赶集天，山路上全是人，背的扛的，牵猪的拉牛的，麻线一样连绵不断。"顿了顿，王昌林又说："今天就是个赶集日啊！"

山谷中有鸟鸣声，空旷悠远，就是没一个人影。

"脆蛇呢？"细崽问。

摇摇头，王昌林说幺公，没有脆蛇，脆蛇不在这个季节出来，我哄你的。

从石头上蹦起来，细崽咬牙切齿指着王昌林，本想骂日你妈，又觉得对不起侄女，呼呼喘了几声狠狠一屁股坐回石头上。

两个人就这样呆呆坐着，天地寂然虚幻，最真实的是彼此的呼吸声。

忽然，细崽惊呼一声，说你快看，那头有人过来了。

揉揉眼，王昌林看清了，七八个人，有老有小，慢慢悠悠从远处走来。这是他三年来见到的第一拨生人。抽抽鼻子，喉咙都有些硬邦了。

他想跟人家打个招呼，要能天南海北吹吹壳子就更好了，实在不行，说几句天气好坏的废话也成。

"哎，路上的，赶场啊！"王昌林双手拢着嘴喊。

人堆堆停了下来，往这边瞅瞅。大约是没听清，停了一阵又开始往前耸动。

接连喊了好几声，对门都没应答。眼看着就要移到山腰的另一侧去了。王昌林急了，焦躁失望在脸上波涛汹涌。"要转过去了，要转过去了，"他指着远处喊，"你们倒是应句话呀，不要就走了呀！"

"对门的，我日你家十八代祖宗。"细恩站起来长声吆喊，力气很足，腰都扭弯了。

这句听清了。

乡下怪事多，有点距离，说正事吧，叽里呱啦一大堆对方未必听得见，可要开黄腔，声音压得再低都听得格外真切。

将将要消失的几个人站住了。

"我才日你家十八代祖宗！"对门应，应该有些年纪了，声音锈迹斑斑。

睇了一眼细恩，王昌林确信这个人是有资格做他爷辈的，这样奇妙的灵机一动，绝不是凡人可以想出来的。

"几个狗日的，你们是不是去乡上赶场？"王昌林一脸红光喊。

"你个老草包，我们就是去赶场。"

"猪狗不如的一帮东西，"王昌林干脆站起来，声音因为兴奋也高亢了不少，"你们是哪个镇子的？"

"老子溪水镇的，关你卵事。"

"今年庄稼长势如何？"

"说啥？"

"老子问你狗日的那头庄稼长得好不好？"

"有个屎的庄稼，除了房前屋后的菜园子，都丢了荒，"对门苍老的声音也透着莫名的兴奋，"老狗日的，你们这头呢？庄稼种得宽不？"

"宽个屎，也丢了荒。"

"好了，不和你老草包说了，得赶去集上买两口砂锅。"

"要得要得，狗日的些慢走哈！"

那群人缓缓离去，消失在一片云雾中。王昌林伸长脖子，定定地盯着道路的尽头。他的嘴还大大张着，脸色殷红，呼吸粗壮，仿佛新婚之夜。

五

一入秋，焦黄就占领了一切。这个时候，蛊镇上了岁数的人都不愿出门。有啥好看的，入眼都是揪心的残破。王昌林却格外喜欢这个季节。秋季是蛊物最活跃的时节，蛇虫蝎鼠，满林子乱窜。

阳光柔和贴心，把王昌林罩在一片橘黄里头。他坐在院子里，把晒得干脆的蜈蚣一个一个放进擂钵，操起木棍捣得咣当咣当响。捣碎了，把细细的蜈蚣粉倒进土碗，端到鼻子边嗅了嗅，嘴就合不拢了。实在好成色，颜色好，味道浓。这道蜈蚣蛊是专门对付老寒腿的。王昌林好几年没有制出这样地道的蜈蚣蛊了。寨里几个被风湿折腾得要死要活的这下是有福了。

折进屋，王昌林把蛊粉倒进砂罐，从桌上的匣子里取出一道符，默念六遍蛊词，用符将罐口密封。这是怕蛊气走脱，减弱下蛊的效用。只需六个时辰，揭开符章，这道蜈蚣蛊就算彻底制好了。

其实制蛊不累人，累人的是下蛊。根据先师传下来的规矩，下蛊不得让被下蛊的人知晓，那样就漏气了，不仅没有效果，别人的病患还会转移到自己身上来。喝茶、饮酒、吃饭等等都是机会，就看蛊师隐藏技法的手段了。蛊镇曾经有个厉害的蛊师，对人下了七七四十九道蛊，被下蛊的人竟然浑然不觉，病痛消失了都说不清子丑寅卯。王昌林把寨里几个患了老寒腿的排了排，还是遵循先易后难的顺序，第一个王文清，老东西粗枝大叶，不是那种细碎心眼，吃饭时候不要说给他下蛊，就是把饭碗偷走了，他都怕不晓得。

刚忙活完，院子里有人喊。转出来，是细崽的妈，女人叫赵锦绣，别村嫁过来的。四维进城后，她在家负责照看瘫痪的公爹和红脸的儿子。

"祖奶，有事啊？"王昌林喊了一声。

祖奶还很年轻，浑身上下都是急瘆瘆的气息。一动步，胸前就不安分地上下乱窜。见王昌林出来，也不说话，自顾拉条凳子往屋檐下一坐，两个眼睛大大鼓着，气息也格外粗壮，脑袋偏向一边，一张脸像是刚从酸菜坛子里捞出来的。

"祖奶，看你这样子，嘴青脸青的，哪个惹你了？"王昌林扶着门框问。

"哪个？还有哪个？王四维这个挨千刀的咯！"

"我祖爷不是在城里头找钱吗，远天远地的他咋个惹上你呢？"

回头看着王昌林，赵锦绣嗡一声就哭了，边哭边骂："他个无良心的杂碎，老娘在家头累死累活，他却在城里找野货。"

"无根无据，祖奶你莫乱说哦！"

赵锦绣激动了，猛地立起身，三两步奔到王昌林面前，左巴掌狠狠拍在右手背上，咬着牙说："无根无据？前两天炳富婆娘回来跟我说，都明目张胆睡到一张床上去了。"

"如果真是这样，那我祖爷就做得不对了。"

回到凳子上坐下来，赵锦绣放声大哭。

王昌林倒来一碗水，把水递过去，他说祖奶，这事我帮不上啥忙，你得亲自进趟城，找祖爷好好说说。

骨碌碌喝了水，赵锦绣狠狠骂："男人没一个好货，离家几天，就磨皮擦痒了。"把碗递回去，觉得话说得难听，又补充："我没说你。"

笑笑，王昌林说："祖奶说得对，我是有心无力！"

赵锦绣也僵硬地笑了笑。

"给我整道蛊。"

"啥蛊？"

"情蛊。"

王昌林听完就摇头，说祖奶，我们这行有规矩，情蛊不让随便制。赵锦绣倚老卖老，蛮声蛮气喊："你就说给不给吧？"无奈笑笑，王昌林说不是不给，是根本没有，我好多年没制这道东西了。

"那你给我制一道。"赵锦绣把一缕头发拨到脑后说。

王昌林还是摇头。他说的是实话，传授技艺的时候师傅就说过：情蛊和腹蛊，无论制作和使用，要慎之又慎。原因是这两道蛊属偏门，偏门就是邪门，不算正道，乱用是要折寿的。因为用得少，乡村野地关于这两道蛊的说法五花八门。有次王昌林到乡上赶集，听几个人说情蛊的玄妙。一个煞有介事说：蛊师先下咒语，在十字路口摆两根交叉的树枝，下蛊的找个隐蔽的地头躲起来，等心仪的人跨过树枝，跳出来跟在那人身后，走近了轻轻拍一下心仪的人的肩膀，只要回头，那人就会死心塌地跟下蛊的一辈子了。王昌林听完觉得好笑，牛头不对马嘴。也不晓得这样的附会是谁造出来的，边边都不挨。

看王昌林不答应，女人又开始哭，嘤嘤呜呜抽泣，嘴也不闲着：

"我死了算，我死了算。"

猛地，她三两步跑到王昌林面前，扑通就跪了下去。王昌林一看，吓得不轻，赶忙伸手去捞赵锦绣。还是老了，力气从疏松的骨头缝跑掉了。吃奶的劲头都用上了，还是没能把女人捞起来。

"祖奶，你这样子是折杀我咯！"

女人神情坚定，说你不答应我就不起来。王昌林无计可施，扯了谎，说我火上还烧着水呢，我去看看。说完转身就往里屋拱。躲进屋子，好半天才顺过气来。主意是打定了，就是天垮下来也不能答应。

好半天，外面没了声息，王昌林想赵锦绣怕是走了。正想出来，忽然听见赵锦绣在门外喊："昌林，你要应了，我让细崽跟你当蛊师。"

王昌林身子一震，打定的主意立时显得松松垮垮。

半边身子从大门里头露出来，王昌林看见赵锦绣还跪在原地。假模假式咳嗽一声，王昌林说祖奶，你刚才说啥子，我没听清。赵锦绣双手一撑地面站了起来，拍拍膝盖上的灰土，立马露出了运筹帷幄的得意。

"你那点小九九我还不晓得，"女人笑着说，"我说让细崽跟你学制蛊。"

"幺公倒是跟我提过，不过我没同意。"王昌林谎话一出口，脸就变得灰白。

"为啥不同意呢？"

"我们这行收徒吧，"王昌林站出门来说，"一是要看人品，二是要主事的人点头。"

"还人品，人都跑光了，哪个愿意跟你学这手艺，"女人勘破一切的神态，"你以为还是从前？"

冷哼一声，女人补充："不找个人传下去，你这手艺就断种了。"

王昌林无话，祖奶没说错。

赵锦绣就笑，半天才收住笑说："要不是有事求你，我才不会让细崽跟你学这手艺，你晓得的，他迟早一天也会进城去的。"

王昌林倚在门框上，默不作声。

"你倒是应不应？"赵锦绣不耐烦地吼。

看门边的沉默着不说话，赵锦绣就吼："我十天后来取。"

六

细崽这几日莫名地兴奋。挨家挨户敲门声格外响亮，还会趾高气扬地对那些门缝里探出的花白脑袋大声宣布：我爸要回家了。

那日赵锦绣去乡上给四维打电话，细崽也去了。电话拨通，赵锦绣就开始哭，光打雷不下雨。王四维在电话里说你别光哭，说事啊！声音细细的，没半点跋扈的影子。狗日的肯定是心虚了，赵锦绣想。认真哭了一阵，赵锦绣说爹好多天水米未进了，怕是熬不到立秋了。王四维听完就慌了，连忙问到底啥病啊？赵锦绣说我也不晓得，我劝死劝活，就是不去医院，也不说哪里不对头。

嗡嗡哭一阵，赵锦绣说："你快赶回来吧！"

电话那头长长的沉默，好半天才嗫嚅着说："不太好请假。"

赵锦绣急了，日妈操娘给了王四维一顿恶骂。王四维才咬牙切齿说："好，等我把假请下来就立马回来。"

赵锦绣放下电话，细崽说爷爷哪顿不吞下两海碗，你咋说他要死了呢？

阴着脸看着细崽，赵锦绣说你想你爸不？细崽连忙点头。赵锦绣说那你还话多。顿了顿她长叹一口气，蹲下来摸着细崽的脑袋说："你爸已经不是从前的那个爸了。"

当然了，细崽想，我爸是城里人了嘛。

刚才老娘号了半天也没得半滴水，此刻细崽却看见，两行清泪正从老娘的眼眶无声无息地滑落。

接下来的日子，细崽每天都会跑出一线天，坐在村头的那块大青石上，眼巴巴看着扭曲着绵延而来的山路。老爸没说清到底是哪天回来，只说最近几天。细崽希望能成为第一个接到老爸的人。他想见到老爸后，就先把脸凑过去给他好好看看，自己脸上的血红色已经开始淡去了。

老爸说过的，等颜色淡了去，就接他进城。

细崽喜欢城市，人多，楼高，颜色杂。尽管老爸住的地方离那些伸进云里的大楼还有一段路程，但细崽不觉得远。推开那扇松松垮垮的窗户就能看见。出了门，蹚过一段积水的坑坑洼洼，就有无数的小卖部。哪像在蛊镇，去常家买根棒棒糖就得吭哧吭哧走上六七里地。不过细崽最喜欢的还是挂了个大钟的广场，大钟滴答滴答的声音好远就能听到。广场边卖啥的都有。最让他羡慕的就是广场上放风筝的那些细娃了，手里扯根线，嬉笑着在宽阔的广场上奔跑，头顶上一挂风筝在高楼大厦间起起落落。细崽最喜欢的是一挂老鹰，老大老大了，颜色威严沉着，不像蝴蝶蜻蜓啥的花里胡哨，刚飞起的时候能听见噗噗的巨响。

每次想到那挂猎猎作响的风筝，细崽都能听见自己咽口水的声音。

苦等了五六天也不见父亲的影子，细崽开始失去了耐性。从大青石上跳下来，他对着山路骂：王四维，你花口花嘴，说好了几天回来，至今不见影影，你老龟儿有本事一辈子都不要回家。

老龟儿是挨骂当晚回的家，那时细崽正在做梦。梦里他看见老龟儿竟然是骑着一只老鹰回的家。

女人拉开门，看见男人一脸疲态站在门口。

咋这样晚呢？女人硬着喉咙问。

"爹呢？"

"睡下了。"

"有好转没？"

女人没应声，低着头沉默一阵，说爹没病。

男人先是傻在门口，继而大怒，将肩上的背包狠狠往地上一掼，破口大骂："日你先人板板，几千里大路，老子日赶夜赶，你以为是细娃娃玩过家家？"

赵锦绣叉着腰，死死盯着男人，稳操胜券的模样。

"老娘没凶你，你倒是先扳飙了，咋的，往天这个时候，是不是正骑在别人肚子上使力？"

打蛇打七寸，盅镇人人都懂的道理。赵锦绣没有弯弯绕，单刀直入，直取要害。被打中七寸的王四维果然一下就蔫了，声音也失去了刚才的钢火和锐利，吞吐着说："这是哪个狗日的乱嚼舌根？"

迎着冰凉的月光冷笑一声，赵锦绣说："姓孟吧，在你们工地上煮饭的，对不对？"

王四维无话，头耷拉着，像是想往地里头钻的样子。

野话成了事实，赵锦绣一下就崩塌了。她其实希望男人硬实些，最好打死也不承认，那样起码还可以自己骗骗自己。哪晓得男人尿包一个，三言两语就认了账。悲伤顿时如洪流一般泄闸而出，她双手抱头，蹲在地上开始哭。怕屋里老的嫩的听见，她把哭声压得很低，仿佛水壶里煮开的水，动静不大，但足可以把人活活烫死。王四维不敢劝，先是站着看女人哭，又觉得本来就理亏，这样高高在上看热闹更是理亏，索性坐下来，眼睛投向远处月光下的影影绰绰。其实那些模糊的高高矮矮和他没关系，他的心思在城市和乡村之间不断来回跑。

赵锦绣在屋檐下一直呆呆坐着,整个人空落落的,其实她啥都没想,因为她啥都想不起来了。她感觉自己像头顶那片惨淡的云彩,跟着风的方向一直跑啊跑啊,慢慢变小变淡,直到无影无踪。

内疚没能敌过疲倦,王四维躺在床上,打鼾声地动山摇。

捋捋头发,女人站起来,脸上掠过一丝轻笑。

蹑手蹑脚来到外屋,她没敢开灯,借着从窗户挤进来的月光,找到了男人搭在凳子上的夹克。她把衣服捧在怀里,像是抱着一个易碎的古物。小心翼翼移到窗户边,女人慢慢松开咬紧的嘴唇。翻检如同蜻蜓点水,指尖顺着衣服的线缝抖颤游走。

女人在月光下铺开一方灰白。她侧耳听了听,男人粗壮的鼾声在里屋上蹿下跳。

剪刀在夹克前襟亦步亦趋,看似无声无息,其实雷霆万钧。女人直起腰,看着夹克接缝处炸开的缝隙,长长吁了一口气。抬起衣袖抹了一把额头上渗出的细汗,左顾右盼一番,女人从怀里掏出一块纸片,捋开,一尺长形符咒,在月光下跳跃着幽怨的浅黄。符咒上无数黑色的蝌蚪,交织出暧昧的迷幻。女人心细,在符咒外裹了一层塑料纸,这样就不怕反复的搓洗了。

来回折叠,秘密越变越小,把瘦身的秘密塞进夹克的前襟,女人从衣服下摆抽出早就准备好的针线,把裂口缝合得如同心思一般缜密。

最后,两眼微闭,双手合十,对着完整如初的夹克轻轻默念:

情的蛊神

你睁大双眼　手持宽大芭蕉叶

为我看护外出的汉子

你蒙蔽他的心

你遮住他的眼

那些花里胡哨的女人

在他面前都是毒虫游鼠

等他归家那天
才拿开你宽大的叶子
那样
我定当为你
焚香祭拜
供奉刀头

念完，女人将衣物放回。躺下来，侧身看着身边的男人。里屋背着月亮，光线不好，男人只有一个模糊的大概。明天中午，赵锦绣会为远涉归家的男人炖一锅香喷喷的腊猪脚。那才是真正的惊心动魄呢。

清晨睁开眼，细崽就听见了那个熟悉的声音。以为是做梦，使劲掐了掐大腿，生生地疼。从床上一跃而起，细崽光着脚丫子跑到外屋，老爸正和爷爷在门边说话。看见细崽跳出来，王四维笑了笑，笑容绵扯扯的，像是隔了夜的糍粑。细崽一个箭步蹦到老爸面前，把脸凑了过去，眼里全是哗哗的得意。

王四维仔细看了看细崽的脸，又伸手摸了摸，然后惊异地说："淡了，真是淡了些呢！"

他还呵呵笑着对窝在藤椅里的父亲说："爹呢！散去了咯！"

"你说的，散去了就带我进城，反悔的是王八蛋。"细崽昂着头说。

王四维一个劲点头，说不反悔，不反悔，反悔我是你儿。藤椅里的睃了儿子一眼，费气巴力咕哝：乱说，没大没小了。

表皮都是久别重逢的其乐融融，细崽和爷爷都没能看到底下的暗潮涌动。

一锅浓稠的腊猪脚在火塘上咕咕冒着气儿，揭开锅盖，香味一下漫到了门外。吞了一泡口水，王四维说腊猪脚呢，我半年多没吃过了。三个碗一字排开，赵锦绣挨个儿往里舀肉汤。男人难得回家，自然得厚待一些，碗里头全是精华。

定定神，赵锦绣从兜里掏出三个纸包。眼前浮现出王昌林把纸包递给她的情景。她还记得王昌林的表情，无奈中透着凝重。"祖奶，三包蛊粉，每次下一包，能管住他三个月，记住，一定要分批下。"

把一包淡黄色的蛊粉倒进碗里，搅匀，女人舒了一口气。站在原地待了半天，心底忽然涌起一阵怅然。辛辛苦苦整了这样一出，就能管三个月，她实在不甘心。三个月以后呢？狗日的还不是照样抱着别的女人进进出出。

咬咬牙，女人将剩下两包药粉倒进碗里，赵锦绣想这下好了，能管到过年回家。

然后她笑了，那笑散发着幸福的光泽。

夜里，赵锦绣和王四维躺在床上，谁都没有动。愧疚和愤怒筑成的高墙让两个人都失去了翻越的激情。

第二天一早，男人就起身了。

晨曦中，赵锦绣和细崽把王四维送到一线天。王四维本来有好些话想给赵锦绣说，待了半天也没能张嘴，只能点点头。然后他摸着细崽的脑壳说：在家要听你妈的话，能帮衬的就帮衬下，晓得不？

细崽说好，不过你答应我的，等病好了就带我进城。

王四维还没开口，赵锦绣就气冲冲把细崽往面前一拉，说："进城去干啥？花花绿绿的，不学坏才怪呢！"

男人沉默一阵，把肩上的背包一甩，迎着一片血红走了。

七

秋末的阳光轻而薄，漫不经心的样子，全然没有了夏日灼人的那股子认真劲。

赵锦绣一大早就起来给公爹洗衣服。天气开始转凉，得把放置了一年的冬衣翻出来洗好晒干。老骨架子不比年轻人，翻过九月冬衣就得上身。老棉衣本来就粗壮，浸湿后就更难打整了。赵锦绣龇着牙鼓捣了半天，还是拿盆里的那团棉衣无可奈何。

正无计可施，门边有人喊：

"嫂子，忙着呢？"

转过眼，赵锦绣看见了王木匠，肩上扛个条锯，歪斜着身子往这边看。

"哎，正好，你来给我搭把手吧，这老棉衣我一个人拧不干呀！"赵锦绣招着手喊。

王木匠把条锯靠在墙沿边，高低不平过来。赵锦绣把棉衣一头递过去，说我把着这头不动，你劲大，使劲拧。

头靠着头，两个人弯下腰，王木匠一抬头就傻了。赵锦绣的衬衫领口低垂，白色的胸衣吃力地包裹着两团硕大的乳房。王木匠一下就慌了，连忙把脑袋扭开，身体被拉成了一个怪异的弧形。

"你倒是用力啊！"赵锦绣喊。

抬头看了看，赵锦绣对王木匠这个造型格外惊讶。然后她一低头，自己都被那道风景吓了一大跳。慌忙拉直身子，赵锦绣红着脸对王木匠说你有事忙去吧。王木匠怯怯应一声，颠簸着跑走了。赵锦绣看着王木匠跑远的身影，心头仿佛钻进了无数的小蚂蚁，在心尖尖上爬啊爬啊。半天收回目光，才看见墙沿边的条锯。几步跑到院门外，朝那个落荒而逃的背影喊：

"条锯，你的条锯。"

条锯的主人蹦跶着跑远了。

握着条锯，赵锦绣心里怏怏的。脸上的红云还在，像是被人勘破了某个细微的隐秘。这情绪很遥远，小姑娘家家才有的呢！今天好奇怪，又捡回来了。木匠的条锯有些年龄了，手把那地方磨得闪亮。赵锦绣轻轻摸了摸，还留有撩人的热气，仿佛那人的发肤。怔怔呆了片刻，屋子里一声苍老的咳嗽把女人打回了原形，她把条锯往地上一扔，心头暗骂：要脸不要你？

就这样，赵锦绣一个早上没有安生，她被一种古怪的思绪牵着走，像个探头探脑的小偷，心思总念着那个觊觎已久的物事。心思晃晃悠悠，做事也糊里糊涂。午饭上桌，细崽爷夹筷菜放进嘴里，脸上的褶皱立马挤成一团。

"盐巴重了！"细崽爷说。

赵锦绣自己尝了尝，呸一口吐丢了。端起菜碗逃进厨房，心还在咚咚跳。探头看了看桌上一双老小，两人都在笑。她长舒了一口气，确认盘旋在心头的念头没有被发现。

饭还没吃完，王昌林来了，站在院门边喊幺公。

抹抹嘴出门来，细崽说长声吆吆喊哪样尿。赵锦绣白了儿子一眼，靠着门框说昌林啊，进来刨碗饭吧。王昌林摇着手说："我吃过了，我想问问幺公想不想出门，我要去趟来鹤村。"

赵锦绣蹙着眉想了想说："我听说来鹤村已久没人了，你去那头干啥呢？"

"还有几户，我一个熟人老去了，是个同行，我赶过去看看。"王昌林说。

细崽叉着腰，鼓眉鼓眼说："去也行，好多钱？"

一巴掌扇在细崽背上，赵锦绣吼："你和钱一天生的吗？就晓得钱。"

王昌林孤掌摇摇。细崽喜形于色，一个箭步跳进院子。赵锦绣在门边喊："去就去，不许收钱的，晓得不？"细崽回头，很认真地说："他要一不留神倒死在沟沟坎坎，怕是变成骨头了也没人晓得，我陪着他，收五块钱还不行啊？"

王昌林哈哈笑，说应该的应该的。

出了一线天，天地凋破得更厉害了，远远近近全是枯黄，那些星星点点的绿色不仅没能增添些生气，反而让残破显得更加气势汹汹。

两个人站在崖边，两条水线有气无力往山谷跌落。甩掉最后一滴，细崽裤子一提就算完事。他的孙子王昌林不行，抖抖索索忙活半天都没能把裤门链子拉上。细崽急了，骂骂咧咧说你看你那×样子，一泡尿能把胡子撒白。"老了就这样子了。"王昌林苦笑着说。细崽干脆跳过去，给他拉好链子，系好裤带，往后一蹦，一本正经说："我要到了你这岁数，就把自己杀了，免得难过。"拉拉衣襟，王昌林也一本正经说："等到了我这岁数，你就晓得了，好死不如赖活。"

翻过垭口，王昌林指着远处一方平坦说："幺公，你看看那块地盘，如何？"

"适合跑马。"细崽说。

摇摇头，王昌林面带得意说："你不懂，你看那个山形，像不像一张太师椅？"没等细崽答话，他接着说："最妙的是椅子对面那座山，活脱脱一副笔架啊！这叫啥，这叫文曲坐案，好地啊！"

这是王昌林给自己选好的终老之地。年轻时赶山抓蛊物，惦记的都是蛇啊虫啊的，翻过六十六，想法就不一样了，死后找个好的安身之所成了比抓蛊物更重要的事情。每到一地，都要照着阴阳学的道道，前后左右仔细打量一番。五年前，他赶山赶到这里，正好站在那把椅子的椅面上，环顾四周，当即决定，就是这里了。

赶到来鹤村，已是午后。

在王昌林的记忆里，来鹤村算个大寨子。大集体那阵子，附近几个村子经常搞比学赶帮超，每次出工，都是来鹤村最惹眼，壮劳力多，轮换勤，三两下就把其他寨子给拖垮了。

王昌林站在寨门口，秋风挟裹着陈旧的房檐草，在地上打着旋，忽东忽西，捉摸不定。踮起脚朝寨子深处看，没有丁点死人的痕迹。要知道，乡村有人老去，最紧要的是在寨门口悬上灵幡，那是给亡人指路用的呀！

沿着细窄的石板路往里走，脚下茅草漫过了脚脖子，在裤管上拉出沙沙的声音。小路周围那些密密匝匝的房屋全都静默着，最猖狂的是青苔，爬满了院子、水缸，甚至门窗。越过长长的垣墙，两旁的房屋更显陈旧，斜边掉垮，拇指粗细的蒿草将它们裹得严严实实。细崽嘴里哼着小曲，手里拿根棍子，去撩那些悬在院门上的蛛网。忽然他定了下来，回头朝孙子神秘地招手。王昌林蹑手蹑脚过去，顺着幺公的手指，他看见房子的屋檐下蹲着一只灰色的野兔，正悠闲地啃着草。

王昌林呵呵笑。细崽说你笑哪样？王昌林说没啥，就是想笑。

来鹤村的蛊师住在村子的后背上，来来回回绕了好几回，才找到。

推开院门，一个人没有。灵堂里，一个须发全白的老头在念经，眼神不好，两个眼珠子都快掉到经书里去了。

"就你一个人？"王昌林问。

念经的把指头伸进嘴里舔了舔，翻过一页书，才慢悠悠抬头问：

"啥？"

"你们道士班子一般不都是五个人吗？"王昌林凑过去大声问。

"几个年轻的都进城了，"老道士把书捋平整，又说，"进城找大钱去了。"

半天才有个人进来，蛊师的侄儿，六十出头，把王昌林领到停放死人的门板边，他掀开蒙着蛊师的白布，对王昌林说："你说奇怪不，我叔是笑着死的。"

蛊师那张脸像朵凋零之前奋力一震后开得繁茂的鲜花，嘴角上扬，双眼微闭，仿佛还沉浸在某个幸福的场景里。

"我前天晌午过来，他拉把靠椅坐在院子里晒太阳，我过去一看，他满脸堆笑，喊了两声，不应，以为他睡着了，哪晓得……"蛊师的侄儿对王昌林比画着说。

王昌林摇摇头，指着门板上的，说你呀你呀！

八

今夜月亮特别好，明晃晃悬在古柏树顶。

一群老小聚在树下，东拉西扯说些闲话。左手的王文清眉飞色舞，正说着城里头的新鲜事。王文清早先进过城，给人看工地。一晚王文清刚睡下，听见外面有动静，提着根铁棍从工棚里出来，看见几个黄毛在搬搭架子的扣件。王文清大喊你们干啥？几个小偷回头一看，干瘦的王文清在昏黄的灯光下像根生锈的铁丝，胆儿就上来了，暗偷变成了明抢。一个拿手指着他，语气强硬：老鬼，进屋好生待着，再鬼喊呐叫，我搞死你。第二天，没等老板开口，王文清就把自己开除了。背着行李回到蛊镇，时不时就给大家说说城里的新鲜事。

"我们那个工地的边边上。"对于城市的描述，王文清有固定的开头。

听的人不满意，城市多大啊，为啥都围着你那个卵工地打转转。细崽每次听到开头就瘪嘴，话也难听：

"老癫东，你陀螺啊，就会原地乱转。"

王文清和王昌林一辈，也喊细崽幺公。他不敢顶撞长辈，只好说：幺公，我眼界浅，整天就在工地上转，你老人家宰相肚里能……细崽就不耐烦打断他，说×话多，你快说，不过得说点新鲜的，以前没讲过的。

点点头，王文清说这个保证新鲜。端起黢黑的大茶缸灌了一通苦丁茶，把细碎的茶叶啐在地上，王文清说："我们那个工地的边边上，有一个温泉，温泉这东西狗日古怪呢！一年四季都热气腾腾的。温泉里头不光洗澡，还……"

四五个娃娃拖长声音一起接话：还卖肉。接完个个翻白眼，细崽往王文清面前吐了一泡口水，语带嘲讽："还新鲜，烂菜叶还差不多，老子耳朵都听起老茧了。"王文清怏怏缩回脖子，说我记得我没讲过这个的呀！

娃娃们起哄。王昌林咳嗽一声，两手往下压了压说，今天我来给大家讲，都是真事，老七志书上写的。众人安静了下来，一个娃娃小声嘀咕：柳七爷又没进过城，能说啥子哟？王昌林睽了嘀咕的一眼，还好，比自家小一辈，能开黄腔：

"闭上你那张×嘴，好好听我说。"

总算静了下来，王昌林开始讲：

"当年红毛贼造反，到处抢劫杀人，一年刚秋收完，就杀奔我们这头来了，这些人精得很，晓得秋收后油水大。来了多少人呢？估计得有百十号人，家伙也齐整，火铳长矛都有。"说到这里，王昌林扭头看了看王文清，又指了指王文清脚边的茶缸，王文清慌忙把茶缸递过来。抿了一口茶，拍拍茶缸，王昌林接着说，"红毛贼是天擦黑的时候到的，一队人把镇子围得严严实实，他们想得简单，准备天一黑就进攻，一举拿下。"

捋捋胡须，王昌林呵呵笑："狗日的想错了，寨人早有准备，家家户户都准备了家伙，男男女女正摩拳擦掌等着他们呢！可毕竟家伙不如人家，人家长矛火铳，我们锄头镰刀。那一仗打得惨烈哟！红毛贼死了二十多个，我们死了四十多。不过呢，据说那是红毛贼打劫村寨中损失最惨的一次。"

"后来又来过没？"王文清伸长脖子问。

把茶缸递给王文清，王昌林笑着说："你不要慌嘛，听我慢慢说。寨老为了保卫屁股下面这块地皮，就动员家家户户制作干仗的家伙，火铳、长矛、大刀、弓弩啥子的都备了很多。接下来红毛贼前后来了六七次，一次比一次阵势大，硬是拿蛊镇没法子，每次都扛回去不少死人。断断续续打了几个月，红毛贼才被打服气了，就再没来过了。"

咧着嘴笑了笑，王文清说先人厉害呢！这样硬实，我看哪个还敢来。

摇摇头，王昌林说："你高兴得太早了，人要收你，你可以对抗，天要收你，你就无法了。有一年起了瘟疫，蛊镇三个月就有一半人死掉了。几个寨老一商量，在寨上选了三十个年轻的男女，凑足盘缠，让他们走得远远的，等瘟疫过了再返回来。目的就是要保住这个镇子。半年后，三十个人回来了。眼前的景象是惨绝了，一个活人都没了。"

"三十个人抹掉眼泪，烧火开锅重新开始，"王昌林说，"不要小看这三十个人，五十年的时间，蛊镇就成了四百多人的大寨子了。后来选出来新的寨老，寨老板心眼多，想出了一个主意，让人到处放风，说蛊镇人人都会放蛊，还是最毒的腹蛊，只要进了寨，不死脱层皮。"嘿嘿一笑，王昌林说："从那时候这个镇子就安生了。"

月光幽幽，朗照着一个庄子，雾气从远处的林子里漫过来，被夜风扯得丝丝缕缕，东一块西一块悬吊着。

长时间的静默。

忽然一个娃娃直起身，跳下石凳子，愤愤说："说得一点尿意思没得，还不如刚才温泉卖肉那个好玩。"接着一群娃娃跟着应和，全都蹦了起来，嬉笑着跑走了。

"妈个×，我说的这个不好听吗？"王昌林直着脖子问。

王文清往地上啐了一口痰说："我觉得你这个更有意思些。"

说完他端起茶缸灌了个底朝天，扭头看见王昌林在笑，就说我最近发现你特别喜欢笑，是不是捡元宝了。

他不晓得，王昌林咧着的嘴后全是得意。岁月吹皱了他的手背，可没能带走他的手艺。

九

秋末最后一天，王昌林对来敲门的细崽说：

"幺公，我昨夜梦见脆蛇了，我们抓脆蛇去。"

把半吊鼻涕吸回鼻腔，细崽没有想象中的激动，而是把脑袋伸过来，说你看是不是又淡去了？王昌林点点头。细崽就激动了，搓着手，踌躇满志。心情好了，态度也跟着好。他叉着腰对王昌林说：老子今天高兴得很，就跟你去抓脆蛇。

眼睛往上翻了翻，细崽有些不放心，问：你真梦见脆蛇了？

孙子慌不迭地点着头。

"王昌林，你要敢哄我，死了下油锅。"

撒谎的心虚了，毕竟离死不远了，这样的诅咒让他心惊肉跳。

"幺公，我乱尿说的。"王昌林怯怯说。

"那你到底想干哪样？"

"想去上次去的地头骂骂人，过过嘴巴瘾。"

"你想骂人就骂嘛，跑这样远干啥？"

"想和生人说说话，"王昌林满脸乞求，最后他说，"我眼睛饿了，幺公。"

两个人走得很慢，入眼的枯焦让王昌林有些透不过气来。他感觉山好像更陡了，路更狭窄了，连飞舞的蜻蜓行动都变迟缓了。

过一个坎，他试了几次都没能过去。咬咬牙，把拐杖往坎那边一扔，变直立行走为四肢爬行。勉强爬上坎沿,卡住了,进退不得。细崽转过一个弯,回身不见王昌林,心想都快成千年老龟了。蹲在地上看了一阵蚂蚁,还是不见人来,站起来放声大骂:"王昌林,你是不是死硬邦了。"天地寂然,只有清脆的鸟叫声。细崽气得使劲跺跺脚,喷着火折了回去。

看见悬在坎坎上的王昌林,细崽吓得惊叫了一声,跑过去一把搂住王昌林,又大骂:"你狗日的都成这样了,咋不喊我一声?"费了好大劲才把老古物从坎子上搬下来。王昌林说不了话,脸青嘴青,大口大口喘着气。细崽眼睛开始潮红,捡起王昌林的拐杖使劲一挥,扫倒了路边的一片斑茅草。然后他气咻咻吼:

"你再这样不吭不喊的,哪个再和你出门就是你孙子。"

对面的孙子艰难地摆摆手。

"走,回家了,不去了。"细崽说。

王昌林又慌忙摇手,鼓着眼吞吐了一会儿,才说话:

"都到这里了,回去可惜了。"

把拐杖往地上一掼,细崽说要去你自己去,说完转身就走。

走出老远回过头,细崽看见他的老孙子摇摇晃晃站起来,弯腰捞起地上的拐杖,一顿一顿又开始往山上爬。细崽脸上红云漫卷,呼吸粗壮,他真想给老犟牛两窝心脚。这时一只松鼠从树后探出头,缩头缩脑打量着细崽。细崽扭头看见了,伸长脖子破口大骂:

"我看你妈×!"

伸手拉住路边一根树枝,王昌林往上爬了两步,脚趾抓得紧紧的,他是觉得,一步比一步更加艰难了。忽然后背被硬生生顶住了,王昌林吃了一惊,回头一看,瘦弱的幺公低着头,两只手抵着他的后背。

王昌林笑笑,说幺公,你看你像根芦柴棒,我要支撑不住往后一倒,你就成摊饼子了。

后面的闷着声吼:"×话多,快点走!"

山道孤零零缠绕在山腰,谷底偶尔刮来一阵风,在山路上扬起漫天的尘土。王昌林下巴挂在拐杖上,木木地盯着那条土黄色的带子。眼睛都望穿了,就是不见人迹。细崽没有他孙子的定力，东张西望。两只乌鸦站在不远处的枯枝上拍打着翅膀，黏稠的阳光照着它们的羽毛，闪闪发光。细崽捡起一块石头，奋力投向无忧无虑的一对墨黑。咣一声响，两只乌鸦腾空而起，顺着山势砸进了深谷。

"回了吧！"他对王昌林说。

"再等等，我就不信见不着一个人。"

细崽不干了，站起来拍拍屁股，大声武气说："要看你一个人看，老子回家了。"王昌林伸手从衣兜里掏出两块钱递过去。细崽瘪着嘴接过来，指着对面山顶最高的杉树说："两块钱只能管到太阳挂在那棵杉树上。"

风越来越大，呼啸着从谷底往坡上爬。王昌林眯着眼，一头白发被揉成了斑鸠窝。他忽然费力地撑起身体，对细崽说："回吧！"细崽抬头看着他，指了指天上。太阳高悬，离那棵杉树还有好长一段距离。王昌林摇摇头，说回吧，我吃点亏。细崽摸出一块钱还给王昌林，说："退你一块，老子不占你便宜。"

回家的路好像更长了，摸摸索索到了蛊镇后山，天边的红色已经褪尽，黄昏从远处一点一点漫过来了。这是黑夜来临前的最后一抹光亮，仿佛即将离世的老人，总要在临死前有一次莫名其妙的清晰和生动。乡下人管这叫回光返照。王昌林扶着一棵老枯树，被天边那片开阔的乳白吸引了。渐渐地，那片白亮越来越强，竟生生在天际撕开了一个巨大的口子，白光从口子喷涌而出，仿佛奔腾的江水。黄昏在一瞬间退去了，山山水水被白光照得亮亮堂堂。汹涌的光亮刺得王昌林眼睛生疼，目光慢慢往回缩，等落到那片斑驳的岩壁上时，他被惊呆了。淡黑的崖壁上，爬满了长长短短雪白的蛇，它们扭动着身子缠绕在一起，垒成了一个高高的蛇丘。

山顶的两个人完全僵直了，惊骇从每一个毛孔嗞嗞往外冒。

时间已然断裂，思绪被无情地瓦解。眼中的雪白聚拢，摊开，再聚拢，再摊开，反反复复，无休无止。天边和崖壁的两团白亮像是获得了某种默契，相互帮衬，坚挺且持久。最后，两团白亮同时湮灭，黄昏重新占领了天空，淡黑抹满了岩壁。

像是一个梦，王昌林使劲掐了掐大腿。

"是哪样东西？"细崽的声音和有关脆蛇的传说一样，断成了好几段。

"脆蛇！"王昌林语气悠悠。

说完他慢慢往那片崖壁移动，细崽在他身后，拉着他的衣襟，脚步抖抖索索。

蛇潮虽然退去，但痕迹还在，岩灰画出无数的蛇痕，歪歪扭扭往岩缝里去了。

"王昌林，你看。"细崽惊叫一声。

一条手腕粗细的脆蛇摊在青石上，应该是从高处摔下来给砸晕了。

把蛇抓起来，王昌林捋了捋，说还活着，摔昏过去了。脆蛇通体雪白，有淡淡的红圈把身体分成了好几节。王昌林指着红圈对细崽说："这是条大蛇，脆蛇年纪越大，这红圈就越淡。"

脱下外衣把蛇包好，王昌林对着岩壁磕了三个头。

"你还给蛇磕头呀？"细崽说。

"这头是磕给蛊神的，"抖抖沉重的外衣，王昌林说，"我晓得，这是他赐给我的。"

指指王昌林提着的外衣，细崽问："你拿出来看看，它是不是真的可以断成几截？"

"你跟我学这门手艺，我就让你看。"王昌林说。

眉头皱了皱，细崽嗤了一声，说："老子要进城，鬼大二哥才学你这个。"

十

阴郁的冬日一直飘冻雨，左等右盼，总算迎来了一个艳阳天。赵锦绣起得老早，得赶着这个稀罕天气把该忙的忙完。铺的盖的得翻出来晒晒，穿的戴的要扒下来洗洗；庭院也该打扫了，枯叶被水一泡，满地褐色的汤汤水水。赵锦绣喜欢干净，她瞧不起那些邋里邋遢的人家，气力足的进城了，眼睛鼻子就不好使了，房前屋后，鸡拉狗吐，脏得闹心。偶尔去串个门，连个下脚的地方都没有。主人家还若无其事端碗饭站在臭气熏天里头吃得津津有味。有时候她也忍不住，说你家也是，打整打整又累不死人。人家就答复她：人花花都没得一个，打整出来给哪个看哟？赵锦绣就犟上了，指着对方说你不是人啊？要给哪个看，自家安逸噻。

扫完院子，赵锦绣进屋去搬木盆，老的小的有一堆要洗。木盆靠在墙根，移开木盆，赵锦绣看见了那把条锯。

通往木匠家的路曲曲拐拐，像极了走在路上那个人的心思。理由其实格外强壮，送还人家落下的东西，天经地义，任谁也说不出半句闲话来。赵锦绣心虚的是，明明还有一堆活等着自己，为啥要挑这个时候送过去？女人就跟自己说，木匠离不开条锯呀！人家不好意思过来拿，自己就不能主动点。这个坎勉强算是迈过去了。但最后一道坎她实在过不去，细崽就在屋子里憨坐，为啥不让他去送呢？

女人脸又红了，脚步却没有慢下来。

王木匠正在屋檐下推板子，刨子来回跑，木屑纷纷扬扬。偶一抬头，他就看见远处过来的赵锦绣。手一抖，刨子走偏了，深深嵌进了木板里头。他慌忙低下头，假装成一个心无旁骛的好木匠。等赵锦绣走进院子喊了一声兄弟，他才抬起头，然后装出相当惊讶的表情：

"嫂子来了。"

赵锦绣没敢看他，眼睛投向边上做好的一架立柜，啧啧两声，说手艺真好，你看这立柜好巴实。王木匠连忙点头，接着又迅速摇头，结结巴巴说做得不好，乱做，乱做。赵锦绣把条锯递过去，说你上次落我院子里的。木匠连忙接过来，说谢谢嫂子了，进屋喝碗茶吧！女人说不了不了，家里一堆活等着我呢！王木匠说那好那好，嫂子你慢走。说完一抬头，又看见那对旧物了。他梦里见过几次，充满了淫邪的色彩。毕竟是没结过婚的人，现在见着真东西了，脸一下就红到了耳根，像是面前的人知道他在梦里的一举一动。

出了院门，赵锦绣心里愤愤然，心里说：我又没说走，就喊我慢走，我偏不慢走。想到这里，脚步变快了许多。很快王木匠的屋子就看不见了，女人回过头，怅然若失。

叹口气，她喃喃说："我这是撞到哪样鬼咯？"

整整一天，赵锦绣把活干得哩哩啦啦。衣服上架了，才看见还残留着肥皂泡；猪食煮熟了，就找不到猪食瓢；四下寻了半天的缝衣针，最后发现就攥在自己手里。一直到黄昏，她都没缓过神来。把晾衣绳上的几件衣物收在臂弯里，看着四合的暮色，心思又凝重了。这时儿子忽然在身后喊了一声妈，吓得赵锦绣一个激灵。儿子神秘地对她说，王昌林抓了一条脆蛇。

"真的假的？"赵锦绣问。

蛊镇人都知道，那东西不容易找到。

儿子比画着把那天的情形说了一遍，赵锦绣面色就不好了。

"一下拱出来这样多的脆蛇，怕不是啥子好兆头。"赵锦绣说。

而对于王昌林来说，没有比这段时间更好的日子了。

揭开褐色的瓦罐，王昌林喜形于色，那条雪白的脆蛇在罐底蜷成一团。明年开春，王昌林将会制出蛊师最引以为傲的一道蛊：幻蛊。一个蛊师能在离开人世之前制成一道幻蛊，无论如何都算是奇迹了！

晚饭过后，他还特地为壁柜后的那只老耗子备了点腊肉。人老心细，怕老伙计吞咽困难，特地把腊肉切成了细丁。他还开了一瓶酒，本来想和老耗子一醉方休，又怕老伙计鼠老体衰把老命喝杵脱。自己舒舒服服喝了好几杯，酒精在老迈的血管里恣意流淌，把骨头都泡酥了。喝完他就缩进椅子开始假寐。半晌老耗子爬出来，不过对腊肉不是很感兴趣，凑过去嗅了嗅没动嘴，潦潦草草吞了几口米饭，又摇晃着钻回洞里头去了。

"看你那样子，怕是要走在我前头哟！"王昌林笑着说。

闭上眼，那个场景又出现了。密密麻麻地缠绕在他脑子里扎了根，他相信这绝不是巧合。既然不是巧合，那当然就是提醒。神灵是要提醒什么呢？他把身边的大事小情都过滤了一遍，最后他认定，肯定是最近几年的蛊蹈节太过敷衍了。

想想那些年镇上蛊蹈节的情形。盛况啊！大人细娃，早早就开始盼，新衣新裤早早就准备好了，神龛得写新的，肥猪是要杀的，大歌是要唱的，蛊场是要跳的。印象最深的还是那一张张的脸,希冀、敬畏、欢喜,什么都有,看起来很复杂,其实很简单。这几年的蛊蹈节让他窝火,每次节气来临,个个都叹气,还说什么人都走光了,搞给谁看啊?老得都要入土了,谁还有这个闲心啊?这个时候王昌林就忍不住骂:"人走了就不活了?人走了吃饭就改吃屎了?人走了就可以光着腚满寨子闲逛了?"说丧气话的闭了嘴,王昌林还不罢休,拐杖在地面狠狠杵了两下,又说:"妈个×,只要有口气,你也得给神龛上供的菩萨祖宗上炷香不是?"

十一

第一场冬雪过后,蛊镇的冬天就算到头了,整整半个月,阳光一直朗照。东风来得也早,从一线天呼呼过来,枯焦被吹散,嫩绿很快铺了一地。

赵锦绣扛捆青冈柴从林子里拱出来,看见炳富老婆顶着一头卷发从远处过来了,她的高跟鞋橐橐橐橐敲击着石板路,发出的声响和走路的模样都是新鲜的。赵锦绣很羡慕这个女人,狠得下心,撇下两个老的和三个小的,拍拍屁股就跟男人进城去了。没进城时,两个人关系近,是可以说私密话的人。慢慢地,赵锦绣就发现,她和炳富家的没以前对路了。每次女人回来,都会到她那里坐坐,开始还好些,跟赵锦绣说些城里的稀罕事,随着时间越拉越长,话就少了,到最后干脆就没话了。

回来了?赵锦绣远远喊。

炳富老婆半天才看清柴火后的那颗脑袋。连忙说哎呀呀,你看你,真是一身蛮力没处使呀,这该是男人的活嘛!

赵锦绣笑,笑容有些苦巴。炳富家的有点不过意,说要我帮忙不?赵锦绣低头看了看炳富家的脚上的高跟鞋,说帮啥子哟,我怕崴了你的脚呢!

一前一后往寨子里赶，前面的赵锦绣忽然问：

"如何了？"

后面的怔了怔，问："啥子如何了？"

"那对狗男女咯。"

炳富家的笑了，笑容很开阔，像头顶上的天空，无边辽远。

"我正想跟你说，散伙屎咯！"

"散了？"

"具体我也不晓得，反正那个×婆娘整天垮着脸，"炳富家的笑得更大声了，"不光垮脸，两个人还吵，吵了没多久，女的就搬走了。"

"他呢？"赵锦绣声音细细的。

"哪个？"炳富家的收住笑，想想说，"你家王四维啊，霜打了，老了一长截，以前在工地上还唱山歌，现在不唱了，从早到晚屁都不放一个，就窝在板房里抽闷烟。"

赵锦绣躲在柴火后偷偷笑了一回。有点翻身农奴把歌唱的意思。

接着就没话了，只有高跟鞋敲打地面的声响和柴火在肩上嘎吱嘎吱的呻吟。到了岔路口，赵锦绣才开口：

"去家头坐坐不？"

"算了，先回家看看。"

赵锦绣点点头，等炳富家的走远了，她又朗声说：

"回去好好给几个娃娃洗一下子，脏得像从牛屁股里头拉出来的。"

回身爬坡，赵锦绣觉得身子轻盈了不少，有腾空而起的感觉。路边开始抽芽的花花草草像是都在对她笑。太阳还挂在头顶，她就开始盘算晚饭，炒个腊肉，爹如果想喝酒，就陪他喝两杯。为啥？不为啥，高兴咯！赵锦绣站在坡上都笑出了声。

高兴的事情还很多，特别是细崽，脸上的红色在东风里头消退得好像特别快。模子边缘那圈稍微深一些，中间离得远一些都看不出来了。一家人都高兴，爹每天都要扳着孙子看半天，边看边笑。

最不高兴的就怕是王四维了。赵锦绣不怀好意地想。活该，像是种花生的红沙地，你偏把矮早稻插进去，能长出啥子好模样？不管好胯下的东西，端起到处文进武出。不让你撞下墙，你还不晓得回头了。

晚饭公爹灌了两杯酒，早早就上了床。

赵锦绣精神好得很，里里外外彻底收拾了一遍，还烧了一盆水，得给细崽洗个澡。细崽坐在木盆里打水玩，赵锦绣摸着儿子脸上淡红色的印记，说细崽，你这胎记散去了，是不是就进城跟你爸去了。细崽点头说是呀，老爸答应过我的。

把细崽诓睡下，赵锦绣拉条凳子坐在屋檐下，眼里一地墨黑，远处几点灯火，虚弱得仿佛一阵微风就能给吹灭了。她睡不着，早间那点兴奋退潮了，接踵而来的居然是深深的失落，就像这暗夜一样，无边无际。远方那个男人怕是已经成了一只被痛苦裹得密不透风的蚕茧。她想明天去乡上打个电话，跟他说清楚情蛊的事情。念头转回来，女人又恨自己的软弱。狗东西和野女人在床上翻滚的时候，何曾想到过我呢！

和赵锦绣一样盯着黑夜发呆的还有王昌林。和赵锦绣翻滚的念头不同，王昌林啥子心思都没有，他喜欢盯着黑夜看。窝在屋檐下的躺椅里，拉条毯子把自己完全盖住，只露出一对眼睛，看近前的黑，远处的黑，所有的黑。很小的时候，他和师傅出门抓蛊物，夜晚遇上暴雨，师徒二人躲进一个山洞，师傅躺在一旁呼呼大睡，他则趴在狭窄的洞口，看着外面的倾盆大雨和雷电交加。忽然不知从哪里蹿出来一只山豹子，借着闪电发现了他。王昌林吓得全身发麻。山豹子努力了好几次，都没能挤进洞口，在洞门口低低地嗥叫了一阵，只好悻悻地离去了。从那以后，王昌林就喜欢上了这个动作。

扭了一下身子，毯子滑落了，王昌林慌忙把毯子拉上来盖住脑袋，轻轻掀开一条缝，又开始专注地盯着黑夜看。他觉得，这样是安全的，外面的种种危险，都奈何不了自己。

几处灯火渐次消失，该是上床的时候了。

躺在床上，他从枕头下抽出从老七那里捡来的稿子。习惯了，每晚都翻上几页。老七真是巧手，不光字写得好，还会画图。一张纸上绘了七棵古树，居然是按照北斗七星的布局栽种的。这个事情王昌林曾经问过老七，说为什么古树的位置和现在的北斗七星的位置有些出入。老七跟他说，那是时间让天上星宿的布局改变了。老七还说，世间没有东西是亘古不变的，为啥呢？因为有时间。

翻了几页，一幅图案出现在王昌林眼里，看了看标示，是蛊镇的地图，一百年前的。那时候镇子好像比现在大得多。把地图颠来倒去看了一番，王昌林发现这个形状有些面熟。他相信这个形状他见到过，在哪里见过呢？到底是在哪里见过呢？他闭上眼，面部紧紧缩成一团，似曾相识的心思像是水面上掠过的一块石片，涟漪阵阵，可就是看不真切。

用手使劲揉了揉太阳穴，那幅图画开始慢慢清晰了。

一线赤红跨过鼻梁，斜穿过整个面部，在下巴形成一道粗壮的弧线，最后在颧骨处圈成了一个不规则的椭圆。

王昌林猛地坐起来，心在怦怦乱跳，仿佛要蹦跶着跃出胸腔。

在屋子里来来回回转了好久，他都没能压住心头的慌乱。走到屋角的水缸边捧起冷水洗了个脸，才慢慢平静下来。"说不定是个巧合。"他对自己说。

立刻他又坚决地否定了自己：

"是巧合的话我一头碰死。"

十二

在院子里劈劈砍砍，王木匠失去了一贯的专注和定力。计量好的尺寸，锯条跑完后不是宽就是窄。杂乱的心思还把记性都吃掉了，刚才明明放在手边的斧子，转过眼就找不着了，趴在高高的木屑堆里翻了半天，斧子没找到，却发现了凿子。从容没有了，兴致就打了折扣。板子锯了一半，王木匠撒了手，斜靠在马凳上，摸出一支烟呼呼抽。还责怪嵌在板缝里的锯条：昨日才给上的油，今天就涩得跟犁老板土样，还难伺候得很呢！

老娘看出了儿子的异样，上前年爹死，也没见着他这般的魂不守舍。倒碗茶放在马凳上，老娘说不想干就歇两日吧！王木匠说我倒是歇得，就怕杨村樊老者等不得，十多天不吃不喝了，这几日连话都说不成了，能熬到月底就算狠人了。

看了看马凳边那口棺材，老娘摇摇头，说你要赶也成，不过得细心点，我看你这几天昏头昏脑的，怕你剁着自己。走到屋檐下，老娘回头说："歇了吧？"扔掉烟蒂，王木匠说妈你管事管得宽，管到人家脚杆弯，你管我歇不歇哟！老娘摇摇头，以前儿子和娘说话没有这样的口气。转进里屋，隔着窗户看着儿子，老娘又长吁短叹一回。该是找门亲事的时候了，这些年当娘的没少托人。要求不高，不论长相，年纪不过四十就成。媒婆一听就摇头，说实在老火哟，好手好脚，能跑能动的，全都卷起铺盖进城了。老娘狠狠心，说只要是个女的，没翻过五十的也成。媒婆还是摇头，说这一拨的差不多也走光了。

锯条沙沙响，心思却在别处。那个影子老在眼前晃动。木匠识得人，他晓得不是一头热，从女人看他的眼神他就知道，女人心头有捆干柴，就差个火引子了。男女的事情，一头热不惹人，真要你情我愿，心子把把儿都会变得痒酥酥的。心思跑偏了，手就跟着歪了，手腕忽地一扭，啪一声脆响，锯条崩成了两截。

把锯条往墙根一扔，朝屋里喊：妈，我进山去了。喊完也不等老娘答话，斧子往腰上一别就走了。

运气还好，找到一棵红杉，腰杆笔直，打个梳妆柜最好了。把树放倒，剔掉枝叶，木匠坐在树干上抽烟，这段时间天气不错，屁股下的红杉有十来个晴日就晒干了。林子里安静极了，不远处两只松鼠拖着比身子还粗的尾巴上蹿下跳。

忽然有噼啪声传来，折断树枝的声音。王木匠站起来，踮起脚尖往那头看，一个弓着的背影在折地上的干柴。

熟悉得不能再熟悉的衣服，碎花格子，梦里见过好多次。王木匠心头成了翻锅的开水，幽深的树林顿时弥漫着天知地知的决绝，远处那个弓着的脊背像是一种下作的迎合。木匠就像地上的红杉，屹立百年就等着一朝的轰然倒塌。

正弯腰捆柴火，赵锦绣面前突然多了一对脚。目光倏的一下爬到脸上，赵锦绣看见了眼睛里头两团烈火。眼神不避不让，狠狠地从女人的领口插了进去，放肆地顶撞着两个饱满的乳房，全然没有了那日院子里的羞愧和不安。赵锦绣心头紧了一下，慌张地放眼四下扫了扫，要命的安静，密实的丛林将秘密包裹得密不透风。微微拉了拉身子，女人就不动了，那道敞亮还在，像是给面前的男人黑夜里留出的一道门缝。潜藏的鼓励让男人热血上涌。几乎同时，两团身体都急切地向对方扑去。男人力气很足，积攒几十年的气血都在这一刻喷发了。女人则在一团炽热中开始熔化。男人的嘴在慌乱中急切地搜寻，当两张嘴叠合在一处的时候，女人忽然一把推开了男人。

兜头的一瓢凉水。

横起衣袖抹了抹还泛着紫红的嘴唇，赵锦绣看着木匠说：

"这样不行。"

"为啥？"

"一笔写不了两个'王'字。"

男人呆呆看着女人。

红晕慢慢从赵锦绣脸上退去，平静主宰了她的面孔。她理了理一头凌乱乌黑的头发，低头开始收拾柴火，动作井井有条。木匠知道，这汪火已经烧尽了。但他还是不甘心，心头还跳跃着残留的火星，舔舔嘴唇，他说："他先对不起你呢！"

赵锦绣神情一下严肃了，她说："他咋做是他的事，我咋做是我的事。"

迟疑片刻，木匠有些悻悻，又说："天知地知哩。"

指指林子深处，赵锦绣说："这里埋的都是王家老祖宗，你敢保证他们也看不见？"

顺着手指的方向看去，几座顶着青苔的古墓惊出了木匠一身冷汗。

"他敢乱来，是那个地头见不着祖宗，见不着，就没了怕惧。"赵锦绣又说。

把柴火往肩上一扛，赵锦绣踩着一地的窸窸窣窣走了，走出去不远，她回头对木匠说：

"我大门右边的楔子松动了，哪天你抽空来给我紧紧。"

木匠看见了她的笑容，像在沟坎边碰着时招呼的那种笑，熟悉，又陌生。

十三

那夜洞悉了秘密后,王昌林坚定地认为他的幺公绝非常人。细崽每天来敲完门,王昌林就好吃好喝地招待他。细崽也不客气,边夸孙子孝顺,边啃着喷香的腊排骨。王昌林看着细崽脸上的图案,不错的,一模一样。他相信这是神迹,细崽就是上天派下来传达意图的使者,至于要告诉蛊镇人什么,这个他一时间还没理出头绪来。

吃饱喝足,幺公抹着油水滴答的嘴对王昌林说:"你这几天请吃请喝,低眉顺眼,是不是有事求老子?"王昌林慌忙摆手,说幺公误会了,我就是尽点孝道。细崽哼一声,说我不白吃你的,你要我做啥就开口。想了想,王昌林说既然幺公开了金口,你要愿意,就陪我去给我师傅上炷香吧。细崽指着孙子教训:"烂肚子王昌林,老子早就晓得你心头那点小九九。"

师傅在银盘山的岩缝里,早些年蛊镇还时兴悬棺,超过七十的老人死去,装进棺材,用绳索吊上岩壁,找一处宽阔的岩缝放进去,再钉些木桩子固定好,一场葬式就算成了。后来有力气的进了城,棺材就吊不上岩壁了,死后就都钻进土里头去了。

沿着岩壁边缘爬了一段,细崽看清了那些悬棺。几十口棺材卡在岩缝中,经年风雨剥蚀,棺材色调斑驳。

"为啥不埋进土里头呢?"细崽问。

王昌林仰头看了看,倚靠着岩壁说:"祖先的家最早可不在蛊镇,说是在很远很远的地方,在那里曾经有过一场激烈的战斗,我们的祖先输了,一路迁到了这里。"

"我问东你说西,叫你打狗你去撵鸡,"细崽打断了孙子的话,"我是问你为啥不埋进土里头,你×叨×叨说这个干啥子吗?"

王昌林说好好,怪我×话多,幺公骂得对。扬扬眉毛,他接着说:"老祖先们觉得打输是暂时的,总有一天要打回去,所以死了不进土,找个岩缝先放着,等有朝一日决定打回去了,就让后人把棺材也抬回去,死了也要埋回老家的土地上。"

抬手指了指，王昌林说幺公你看，棺材的头都朝着一个方向，那就是祖先老家的方向。

"我还以为这个地头就是老家呢！"细崽说。

"哪个都说不清楚到底哪里才是老家，说不定还有老家的老家，老家的老家的老家。"王昌林说。

到了一处宽阔地，王昌林从袋子里取出香蜡纸烛点燃，对着半山喊："师傅，我来跟你说一声，我家蛊神给了我一条脆蛇，让我做道幻蛊。"

"哪个是你师傅？"细崽问。

抬头顺着远处的岩缝看过来，王昌林指着一口还残留着黑漆的棺材说："就是那个。"

"那个不是我侄女吗？"细崽说。

"哦，对对对，是我妈。"王昌林说，"人老了，记性都让狗给吃了，我师傅是倒数过来的第四个。"

祭拜完毕，王昌林对细崽说："幺公，愿意跟我进山找蛊药不？"

细崽盯着他，没言语。王昌林赶忙说："你老开个价。"

嘟着嘴想了想，细崽说算了，我妈都骂我了，说我是从钱眼眼里头钻出来的。然后他伸过脑袋，笑着对王昌林神秘地说："我攒的钱够买一架很大很大的老鹰风筝了。"

王昌林睁大眼睛看着细崽，幺公脸上的图案有些依稀难辨了。

五日的工夫，王昌林的双脚就把蛊镇几座大山丈量完毕了。这可是年轻时候的能耐呀。他站在院门边举头四下扫了扫，高大扑面而来，不错的，都是封了路的老林子，光看着就给吓得半死，更不要说攀爬了。

双手叉腰，得意从头到脚，还感慨："我都佩服我自家。"

旁边的细崽对他的沾沾自喜不安逸，斜乜着讽刺："我要不跟在你后头，你怕摔得骨头渣渣都不剩了。"王昌林连忙点头，说幺公的功劳，幺公的功劳。幺公的确有功劳，除了保驾护航，途中还要给孙子揉腿捶腰。小拳头打击着老驼背的当口还叹气说："他妈这世道颠倒了，爷爷居然给孙子捶背哩！"

之前，王昌林从来没有动过闯山的念头。闯山这活，翻过五十你都不敢想了。那些腿脚麻利的、把老命丢在老林里头的多的是。可自从那条脆蛇进了家，蛊镇的蛊师就开始了精心的谋划。凭着记忆，他理出了一条最安全的路线图。很快又给否掉了，那条路线不能找齐需要的物事。幻蛊这一道，除了脆蛇，最紧要的就是迷心草。这东西金贵，对生长的地头特别挑剔，附近几座大山，只有滴水岩岩缝里头才有。可那条路线，王昌林想起来就发毛。他师傅的师傅，采迷心草时一只手没有抓牢，飘荡着落下山崖，跟着激流远走高飞了，坟头就在崖下的河岸上，其实就是一个衣冠冢。

迷心草是细崽采来的，细小的身架子在岩壁上像手脚长了倒刺的长虫，三下五除二就给王昌林抱上来了一大堆。王昌林那个感动啊！连说幺公巴实。幺公不是一般的巴实，简直是巴实到家了。伟大的幺公跟着孙子险象环生闯了五天大山，一次都没提过钱的事情。

正午阳光很好，王昌林在院子里铺开一摊一摊的花花绿绿。连锯藤、山岩草、青筋根、迷心草，杂七杂八占满了整个院子。晒干后，这些物事都会被剁碎，放进一口大锅熬煮一个对时。捞掉药渣，有用的是剩下的半锅汁水。

细崽呢，寸步不离，他就要看看，最厉害的幻蛊到底是如何制成的。

无关紧要的步骤，王昌林都不遮不掩，还会絮絮叨叨给幺公讲些注意事项。可到了晚上话蛇的时候，老脸就绷住了。拦着里屋的门，死活不让细崽进，说你进屋来也可以，但必须先拜师，这是蛊师的秘诀，只有入得蛊门了才能现世。细崽不干，说你是我孙子，拜了师老子还要喊你师傅。王昌林就说我不要名分，但你得给蛊神发个誓言。细崽还是不干，相对而言，他更惦记城头广场上那挂风筝。

话蛇这段，细崽只能在院子里干坐，里屋不时传来王昌林低低的说话声，间或还有吟唱和轻祷。细崽心头痒痒，嘴上不服输，嘟哝着骂："老子才不稀罕呢！"

不过王昌林还是透了一些口风。他给细崽说这幻蛊吧，最要紧的就是话蛇了,啥子叫话蛇呢?就是制蛊前的这段日子,蛊师要天天和脆蛇说话,让它明白接下来发生的一切,这样脆蛇才有灵性,脆蛇有了灵性,才会心甘情愿奉献出自己。

王昌林连续翻了好几天的黄书,他要为制作这道幻蛊选一个好日子。

十四

春天愈发真切了,深绿簇拥着几面山壁,河水叮咚跳跃。喜人的春光里,一直枯败的老枯朽们像是脑门上长出了嫩芽,面容难得一见的抖擞。最欢喜的算是四维他爹了,天不亮他就爬起来,端条凳子坐在屋檐下等天亮。红光刺破天幕的一瞬,他在心头一阵欢呼。然后他盯着那轮鲜嫩喷薄的红日徐徐爬过一线天,从两棵青冈树中间缓缓而上。直到赤红消散,转成刺目的亮白。

儿媳妇披件衣服从里屋出来,看见屋檐下笑吟吟的爹,说爹你干啥呢?这样老早。爹就说人老了,瞌睡少,我起来看太阳。赵锦绣连忙从屋里拿件棉衣递过去说,凉气太重,你不怕害病呀?说完转进儿子睡的那屋,细崽四仰八叉倒在床上,梦口水牵丝挂缕。一巴掌拍在儿子瘦削的屁股上,赵锦绣喊:太阳照到屁股了,快起来,先去敲门,敲完了跟我进山扛柴。儿子咕哝一声,翻过去继续睡。往门外扫了一眼,赵锦绣笑着说:"前三十年睡不醒,后三十年睡不着,我家都赶上了。"

一阵猛扇,细崽才懒懒地直起身来,揉揉眼央告:"妈,让我再眯五分钟嘛。"赵锦绣把衣裤丢过去,说眯五分钟能当肉吃啊?快起来。细崽垮着脸从床上梭下来,阳光扑了他一身。赵锦绣感觉有些异样,猛然之间又想不起到底是哪里不对头。把儿子上下考察了一番,她一个箭步跳到细崽面前,端起儿子的脑袋，目不转睛地看，看着看着眼泪就下来了。

"散了，全散去了。"赵锦绣语无伦次。

说完她牵着儿子跑出门外，把儿子往公爹面前一推，泪涔涔地说：爹，你看细崽这脸。

公爹凑过去，把孙子面部仔细检视一回，扁塌的嘴一瘪，老泪扑簌。

"转世为人了！"公爹激动地说，"菩萨显灵了呀！"

给儿子套好衣裤，赵锦绣说敲完门不要去疯跑了，早点回来，去乡上给你爸打个电话。

细崽应一声，往王昌林家那头跑去了。

王昌林正弓着腰铡药，屁股忽然挨了一脚，踢得很轻，算是招呼的一种。回头一看，幺公双手叉腰，得意地看着自己。

把脸送给孙子看了个透，细崽欢喜地蹦着跑开。王昌林没有幺公的欣喜若狂，隐隐的不安反而占了上风。细崽跑出老远，王昌林的声音才从身后追来："你慢点走嘛，为啥要急痨痨跑呢？就不怕摔了。"

电话打过去，没有想象中的欢呼雀跃，嗯啊嗯啊，连声好都没有。儿子在电话里头给老子说：爸，我脸上红斑散完了，你啥时候来领我？电话一直沉默，忽地咣当一声，嘟嘟嘟叫个不停。细崽疑惑着举起电话，赵锦绣把耳朵凑过去听了听说：挂了。

母子二人站在邮电所门口，一脸失落。赵锦绣心头隐隐作痛，她本来想给王四维说清楚，你下半身的奄拉只是暂时的，翻过年就好了，可她担心万一王四维知道了真相，除了记恨她，只怕又屁颠屁颠找那个煮饭的野货去了。儿子没有她心头那样多的弯弯绕，一脚踢飞地上的易拉罐，扯开嗓子骂："王四维，说话不算数，你去死咯！"

半个月后，炳富家的就带回了王四维的死讯。

关于四维的死，炳富媳妇的说法是王四维当天负责给新建的大楼贴墙砖，兴许是没吃早饭的缘故，脑壳短路，发了昏病，低头捡砖时没站住，从二十层高楼一个倒栽葱跌了下来。王文清大儿子德生却是另外一路说法，他说当时他也在贴砖,离王四维就一丈的距离,王四维根本没有去捡砖,甚至连手头的砖刀都丢了,在脚手架上呆眉呆眼朝远方看,看了半晌,张开双手,像挂风筝样地就飘走了。

"我当时扭头看了他一眼,他眼睛里头空落落的,我就感觉有点不对头,"德生最后说,"我肯定他是鬼缠身了。"

不管哪种说法,有一点是肯定的,王四维死了,死得还极其难看,几个负责收拾尸体的同乡都不敢描述当时的情景,有个胆大的也只说了一句话:

"炸成了好几块。"

两处耳房,一间躺着一个,赵锦绣在东房,公爹在西房,模样都差不多,目光呆滞,半死不活。

几个老婆子坐在赵锦绣的床沿边叹气,床上的四天水米不进,精气神被快速剥离,蜡黄的脸像块干脆的抹布,看不到任何的表情。公爹的情况稍好些,还能说话还能哭。他对立在床边的王昌林说:"去年蛊蹈节,我连张纸花花都没给菩萨烧,做梦就看见一个素衣人用棍子敲我脑壳;前几日,我在梦里头又见到那个素衣人了,他拿锯子锯我的右腿,醒来后右腿就一直痛,当时就晓得要出事情,哪晓得出的竟然是这样大的事情。"说完他嘴就大大张着,喉咙里发出咕咕的声响,眼泪哗哗淌。王昌林也不晓得咋个安慰,就给床上的披了披被子说:"老天祖,都是命。"

王四维的死,王昌林愿意相信炳富媳妇说的,要真是意外,那就和他配制的三道情蛊没有关系。可他更相信德生的说法,离得那样近,难道还会看花眼不成?他后悔了,不该制那道蛊,始终是偏门,本来是好意,哪晓得整出这样骇人的尾巴。

从四维爹的屋子里退出来,王昌林长叹了一口气。棺材边上的过桥灯闪着幽幽的光,灯芯塌在油碗里,亮光缩头缩脑。王昌林过去挑起灯芯,光芒才直起腰来。

转到棺材另一边,王昌林看见了细崽。幺公跪在棺材边,手里拿根木棍,咚地敲一下棺材骂一句:"王四维,说话不算数,你下油锅的。"咚又一声,"王四维,说话不算数,你挨千刀的。"咚,"王四维,说话不算数,你砍脑壳的。"

王昌林喉咙一紧，呼吸就不平整了。他过去想把细崽捞起来，细崽扭头看了他一眼，很认真地对他说："王昌林，你不要闹了，我在和王四维讲道理。"抹掉泪，王昌林说么公，你爸已经老去了。横起袖子拉掉半吊鼻涕，细崽冷笑着说："不要以为我不晓得，狗日的是答应的事情办不成，装死的。"

十五

跌跌撞撞回到家，已是深夜。

王昌林算了算，今晚该是最后一次话蛇了。

灯光幽暗，在装蛇的罐子前燃了一炷香，烧了三张纸钱，王昌林坐下来，他说：

前头和你摆了好多天龙门阵，我们这行你也晓得了个大概。今晚呢，我是有些要紧的话要跟你说清楚。明天午时，你的大限就到了，不过你不要慌，也不要怕！跟你说句实话，到了我这岁数的，都怕死，夜晚都不敢睡沉，就怕一觉睡着就醒不过来了。不过慢慢我也明白了，行路可以绕山绕水绕刺蓬，死亡不行，你绕不过。前些天有个白衣人给我托梦，梦里头他把一个鸡蛋放进我手心头，我摊开手掌托着鸡蛋，不晓得他是哪样意思，他看着我笑笑，一指弹破了蛋壳，我正可惜哩，就看见一只毛毛的鸡仔从蛋壳里头歪歪扭扭出来了。悟了几天我都没搞清楚这个梦是哪样意思，今天我明白了，那是菩萨要跟我说，鸡仔在蛋壳里头的时候，已经习惯了里头黑乎乎的活法，它就怕蛋壳破掉，为啥呢？因为它不晓得外头到底是个啥样的，等蛋壳破掉，它从蛋壳里头走出来的那一刻，才发觉，外头真是好光景啊！你是不是嫌我话多哟！年轻时我看我师傅话蛇，他老人家话少，比如今天，他就一句话：明天上路。你如果不嫌我话多，我就再说两句。我做蛊师这些年，没干过一件昧心事，零零散散做些蛊药，也医了一些人，虽然他们都不晓得自己的病是我治好的，但我不记挂这些，做自家该做的就是了。

啰唆完，王昌林把蛇罐、舂好的草药、新画的符章一并搬到神龛上，恭恭敬敬磕了三个响头。

窝进躺椅，他想睡一会儿，养足精神，去给四维守守夜，唱几段孝歌。

脚边忽然有窸窸窣窣的声响，低头一看，老伙计出来溜达，步履蹒跚，不时还抬起爪子抹抹脸。王昌林坐起来，才想起今天只顾忙活四维的后事，把老家伙给忘记了。四下翻寻了一阵，啥子都没有。王昌林一脸愧疚，他说实在对不起，今天事多，把你给忘了。他蹲下来伸手摸了摸鼠脑壳，始终是老熟人，那东西不惊不乍，屁股落实在地上，仰着头看着王昌林。搓着手，王昌林说你要等得了，我给你下点面条吧。

端着煮好的面条出来，老伙计还在。把碗放在老鼠面前，王昌林说："晓得你老了，牙口不好，我煮得烂，你多吃点，晚饭消夜并成一回了。"

嗅嗅，老鼠开始动嘴。王昌林躺回椅子，摸出旱烟裹上，说："你慢慢吃，我闲着没事，正好和你摆下龙门阵。我呢，干了一件蠢事，脑壳一热，给我祖奶做了一道情蛊。老人家为了套住男人，手狠了，把三道蛊当作一道一次给下了。你不晓得，这情蛊厉害，一道下去，男人三个月之内就成李莲英了，三道合成一道下，就只能当一辈子李莲英了。我晓得，四维是自家从脚手架跳下来的。我觉得这都是我一个人的罪过，你给我把把脉，看我老去了是上刀山还是下油锅？"

地上的没声响，王昌林别过脑袋一看，面条收得精光，老伙计拖着鼓鼓囊囊的肚子正往洞口那头爬。

"你这几天厉害呢，饭量变得斗大，我敬重你。"王昌林笑。

灯光昏暗，老鼠越爬越慢，到了洞口，身子开始左右扭动，接着侧身一歪，四脚朝天，不动弹了。王昌林慌忙爬起来，走过去细看，老伙计已经归天了。这个死法王昌林见过，六〇年饿饭，寨子头一个王姓同族从一户远方亲戚那里抱回十五个盘碟大小的糍粑，一口气全吞掉了，当夜就老在床上，硕大的肚子上连青筋都条条饱绽着。

"你有点节制嘛,活活把自家胀死,这下安逸咯!"王昌林说。

打着手电,王昌林在屋子旁的菜地里挖个坑把老伙计埋葬了。然后一头钻进黑夜,往那个还没有埋葬的人家去了。

十六

直到王四维下葬那天,他的儿子王细崽才确信,他爸真的老去了。

盖土之前有个仪式,死者的儿子,也就是孝男要从棺材尾爬到棺材头,拍着棺材盖子喊三声爹。细崽一直哭,道士先生左劝右劝,他就是不下去。还是王昌林站出来说幺公,你要不下去,你爸在那头就要摸黑了。细崽将信将疑梭下去,拍着棺材喊完三声爹,双手抓着棺材盖子号啕大哭,边哭边骂狗日的王四维说话不算数。上头的喊了好久他都不上来,还是两个人跳下去,才揪蚂蟥样地把细崽从棺材上抠了下来。

坟土覆得越来越高,细崽哭声越来越矮。他忽然扯了一把王昌林的裤腿问:"有没有吃了一下长大的蛊药?"王昌林问:"你想干啥?"细崽说:"我想打个瞌睡就长大,自家进城。"王昌林摇摇头。细崽脸上立时浮现出汹涌的不屑,骂:"你不是说你啥蛊都能制咯嘛!连个长大的蛊都没得,有哪样×出息。"

日子脚赶着脚往前跑,春风吹绿了四维的坟头。

七窍都喷着悲伤的赵锦绣,还得拖着松松垮垮的身子忙里忙外。四维一走,一个家就成了断线的风筝,口粮没了着落。赵锦绣压着伤心和时间打仗,先把寨西的几块水田耙上,落一季晚稻,解决三张嘴的吃饭问题;后山的两块旱地也要抓紧,苞谷和黄豆都种上。等忙完田土,找个赶集日去乡上,买回两头双月猪,到了年末,一头留下过年,一头牵到集上卖掉。细崽明年就到上学的年龄了,吃穿都会更费钱。

锄头起起落落,身后是翻起的大片褐色。赵锦绣不敢歇,她怕追不上春种。抹掉额头上细密的汗珠,她又开始翻土。不知道是悲伤积压得太多,还是丢掉农事的时间过久,半块地还没翻完,赵锦绣就感觉到难抑的胸闷。找方土坎靠着,仰望着远处的一线天,赵锦绣眼泪就下来了。以往累了倦了,她也会朝那个方向瞭望,从一线天出去,在很远很远的地方,她的男人也在挥汗如雨。那时呆呆看上一阵,希望就会逼退困倦,现在不行了,男人没了,远方就变得空空荡荡,看得久了,反而是更多的疲累。

继续低头翻了一阵,赵锦绣看见了木匠,扛把锄头颠簸着从远处过来。没话,直接跳进地里就开始翻土。赵锦绣怔了一下,咳嗽一声,木匠不理会,锄头上下翻飞。这头又重重咳嗽了一声,那头抬起头来。这头巴掌凭空使劲扇了扇,像是要把那头扇出自家的黄土地。那头皱皱眉,不理睬,埋下头认真翻土。这头生气了,往地上狠狠啐了一口痰。那头假装没看见。

斗争隐秘而剧烈。赵锦绣最终败下阵来,她索性懒得理会,低头接着翻土。空气凝重涩滞,野地里只有间或的鸟鸣和锄头钻进泥土的嚓嚓声。

先前木匠离得远,彼此有着称心的距离,随着地越翻越少,凑得也越来越近。到了午后,都能听到对方粗壮的喘息声了。双方都阴着脸,仿佛土地和自己有隙,锄头抡得苦大仇深。就在两把锄头就要晤面的时候,木匠忽然收住了。直起腰杆,抹掉脑门上的汗珠,折身走到土坎上,放倒锄头,屁股挂在锄把上,脱下鞋子,抖掉里头的泥土,站起来扛着锄头离去了。

赵锦绣没抬头,把剩下那点翻完,木匠已经不见了。回头扫了扫,新翻的土地热气蒸腾。

此后几天,木匠都保持着这个方式。他更像是下到自己的地里,来去都显得理所当然。最后一天,翻的是西山前的老板土,丢荒时间太久,土地硬得像块铁板。终究是女人,赵锦绣每下一锄都格外吃力,缓慢的进度让她愈发气急败坏。农活讲细致,急不得,你一急它就跟你耍性子。失去耐心的赵锦绣铆足了劲抡锄头,咔嚓下去,抱起锄把左摇右晃好半天,锄头就是不出来。一个上午,女人都在和锄头进行着艰苦卓绝的战斗。终于，在赵锦绣无数次野蛮的不讲情理后，锄头决定自绝。离得远远的，木匠听见咔嚓一声，抬头一看，女人的锄头还嵌在泥土中，锄把从根部齐齐断掉了。

眼窝一热，莫名的委屈从女人胸口喷涌而出。她想哭，余光扫了扫一旁的木匠，止住了。在他面前，她必须守住自己的坚不可摧，她觉得哪怕丁点的示弱，都像是在给对方隐秘的暗示。

踩着翻开的厚土，冷眉冷眼走过去，赵锦绣伸手一把抓住木匠手里的锄头。木匠侧眼看着她，没松手。赵锦绣加了把劲，用力摇了摇，男人还是没松手。赵锦绣猛地抬头，眼里迸出一道寒光，男人心虚了，手一松，锄头到了赵锦绣手里。

提着锄头折回去，赵锦绣刨出嵌在地里的锄头，把木匠锄头往地上一扔，抓起锄头和断掉的锄把，眼不斜视地走了。木匠愣在原地半天，等赵锦绣走远了，才过去捡起锄头。木匠心开始乱了，本来，做这个决定的那一刻他觉得自己是已经完全沉淀好了的清水，甚至他都做好了最坏的打算，哪怕女人对着他开黄腔，他也无所谓。"心头干干净净的，我怕哪个？"他对自己说。哪晓得赵锦绣只消扭个胳膊动一下腿，就把他沉淀完毕的清水搅得乱七八糟。

不远处的树上有唧唧的鸟叫声，像是嘲笑。

当的一声，锄头失魂落魄插进泥土。

咔嚓，锄把断成了两截。

十七

从脸上圈儿散去那天开始，细崽就步入了莫名其妙的力不从心。

那天和孙子王昌林进山挖苦蒜，刚出村就不迈步了，蹲在路边摘开得繁盛的鹅黄花。王昌林以为幺公贪玩，拐棍捅了捅路边枯死的老槐树，说幺公你快点，我中午饭还要做个苦蒜辣椒水呢！细崽仰着头，额头上爬满了汗虫，他说王昌林，我心慌得很。王昌林不信，伸手探了探细崽的额头，火烧火燎的，他想多半是热伤风，就说幺公苦蒜不挖了，我们回家吧！

　　细崽回家就倒床了。赵锦绣不敢大意，从乡上请来医生，吃了药打了针，就是不见好转。怕风钻进来加重细崽的病，赵锦绣给窗户上了厚厚的帘子。

　　大早，王昌林提着一个砂罐从屋里头出来，脸上的笑按都按不住。他生命中最重要的一道蛊昨天晚上大功告成。蛊镇的蛊师实在太兴奋了，一夜没有合眼，他在院中来回走，两腿都酸麻了他还想走。

　　出门来，王昌林看见了祖奶。

　　风很大，吹得绳子上的衣服噼啪响。赵锦绣坐在屋檐下，低着头，皱着眉。一根枯草从远方飞来，粘贴在她的眉毛上，她定定坐着，连拂掉枯草的念头都没有。又来一阵风，那根草摇了摇，流连了半天才飞走。

　　祖奶早啊！王昌林笑着说。

　　祖奶依旧定定的，迎着风流着泪说：

　　"细崽成个老人了。"

　　王昌林嘴巴就闭不上了。

　　发现这个秘密时，太阳刚刚升起。赵锦绣当时在院子里剁猪草，听见细崽在里屋喊妈。赵锦绣连忙进屋，黑黢黢的屋里，细崽哑着声说："妈，你把窗帘布拉开，我怕黑。"拉开帘子，光芒溢满一屋。赵锦绣回过身，看见细崽一只手挡着眼睛，露出尖瘦的下巴。慢慢适应了刺眼的光亮，细崽才把手拿开。坐在床边的赵锦绣看了看细崽的脸，眼前一片漆黑。

　　王昌林俯着身坐在床前。

　　他的幺公看上去比他还老，窄窄的额头上爬满了密密麻麻的皱纹，一张脸被枯败完全占领，深陷的双眼仿佛两个看不到底的黑洞，积满了死亡的气息。

　　这是满脸稚气、前不久还陪着自己翻山越岭的幺公吗？不是，肯定不是，这哪里是降临人世才区区五年的生命，这副干枯瘦小的身躯分明就是一道惊人的谶语，一张发白的符章，一个恶意的玩笑。一瞬间，王昌林泪流满面，他感到了彻头彻尾的哀伤，活了这样多年，经历了无数的生离死别，从来没有此刻的痛彻心扉。他嘴唇不住地抖动，颤抖着喊了一声：幺公。

细崽缓缓睁开眼，前日眼中的清澈透明消失得干干净净，疲乏地看了半天，才认出王昌林来。咧咧嘴，他说话了，声音细微得如同从布帛上抽走一根丝线：

"王昌林，我做了一个梦，梦见我的脸上长出了一大片高粱，高粱地里有好多人，都拿着锄头挖我的脸。"

陆续来了十来个医生，乡上县上的都有。

"准备后事吧！"离开的时候都这样说。

十多个老人顶着一头花白头发稀稀拉拉散落在院子里，像刚起了一层秋霜。都沉默着，眼睛不时往细崽那个屋子看看。

"好久没听见敲门声了，有点不习惯。"一个说。

说完，是更长久的沉默。只有窗户下四维爹喉咙里发出嚯嚯的声响，快速而剧烈的打击让他连说话的念头都没有了。前天进屋看了孙子，他没有眼泪，没有哭声，只有决绝的一言不发。饭点上，接过儿媳递来的饭碗，鼓着眼一口气扒光，儿媳以为爹饿，又添了一碗，照样扒得飞快，添到第四碗，儿媳不敢接碗了。她晓得，自从四维走后，公爹每顿就大半碗。

"总要做点啥吧？"王文清说。

大家看了他一眼，没人应声。

"把蛊神祠翻修一下吧！"一直嚯嚯的四维爹忽然发话了，言语抑扬顿挫，连尾音都精神抖擞。

怪得很，没有人吃惊，大家好像都知道四维爹这个时候就会说话。

"咋翻？除了剩下个地基，上无片瓦，下无块砖。"王文清说。

"只要地基还在，就能翻。"四维爹欠欠身子说。

王文清撇撇嘴，四下扫扫，冷言冷语说："你看看这堆废物，吞口水都能噎死，还翻新神祠？"

四维爹一弯腰，伸手抓起地上一块瓦片，咣地砸了过来，王文清眼尖，腾身一跳,避开了。

"看你那卵样,比虼蚤还跳得快,让你翻个神祠你还推三推四的。"四维爹恶声恶气骂。

辈分太低,王文清不敢顶嘴,快快表态:只要大家都说翻,就翻咯。

这时候王昌林站了起来说:"老七的志书上画有蛊神祠的模样,过两天就动起来,有钱出钱,有力出力,蛊蹈节之前一定把它立起来。"

王昌林话音一落,那头四维爹脑袋一歪,目光立时涣散,只有喉咙里头的嚯嚯声。

十八

赵锦绣突然有了难得的镇静。

如果只看她一日的行迹,你很难想象这个女人有一个正大步流星奔向死亡的儿子。一早,院子照例要清扫的,杂叶枯草啥的还不乱倒,在院墙角拢成一堆,点火烧掉后倒入猪圈,那可是很好的肥料呢!接着给公爹准备早饭,一小碗本地面条,煎个鸡蛋,八成熟,老人牙口不好,焦了咬着费劲。伺候完老的,就打盆热水给床上的细崽擦脸,擦完脸喂药,喂药途中还和儿子开两句玩笑。

"细崽,昨晚我家两头猪掐架了,大的那头被小的那头咬得满猪圈跑,你说笑人不?"

"细崽,王文清到乡上赶集去了,听说去买猪尿泡炖田七,老东西又开始尿炕了。"

说完赵锦绣就呵呵笑。细崽不能言语,偶尔拉开一下眼皮,算是回应。

汤勺把黑色的液体倒进细崽的口中,喉咙汩汩响好半天,一次艰难的吞咽才算完成。赵锦绣清楚，这汤药与其说是喂给细崽的，还不如说是喂给自己的。只有给细崽喂药的时候她才不会心慌意乱，药是好东西，是治病的，吃了哪能一点用处没有？其实细崽吞下去的还不能算药，只有医生开出来的才是药，可惜来看过的医生都拒绝开药，说实在开不出对症的方子。医生不开，赵锦绣就自己来，房前屋后，田间地头，石壁垭口，只要看起来像药的，她都采回来，支上砂罐熬。她相信乡间流传的一句话：草药草药，是草就成药。

喂完最后一勺，悲伤如期而至。忧伤像是骑着的一匹马，看起来你是坐实了，那是表象，它一发蛮，就颠你个四仰八叉。赵锦绣伸出手，摩挲着儿子满头的白发。一个月不到，细崽头发就全白了。床上蜷缩着的枯朽实在揪心，仿佛一截柴火，丢进炉子，等拉出来的时候，就变成了焦煳的黑炭。

"喊王昌林来。"细崽满脸皱纹拼命挤压，瞪着眼向赵锦绣艰难地喊。

没等赵锦绣过去，王昌林就过来了。

递给赵锦绣一碗蜂蜜，王昌林说你给幺公化碗蜂糖水喝吧。进屋来，王昌林挨在床边，半天细崽睁开眼，嘴角扯了扯，像是想说话。王昌林慌忙伏低脑袋，他听见他的幺公一字一顿说：

"王昌林，我难过得很，给我打针。"

眼角一潮，王昌林说幺公，医生都回家吃饭了，等医生回来，我就让他给你打针。

"王昌林，我要打针，我要打针，你狗日的快给我打针。"

抹着泪直起身，王昌林看见赵锦绣端着一碗糖水进屋来。伸出手，王昌林说祖奶给我吧！

赵锦绣抹着泪递过碗，王昌林一只手接过碗，另一只手在身后隐秘地蜷起，大拇指绷住中指，迅捷划过水碗，轻轻一弹，一线淡黄跃入碗中。

喂完蜂糖水，王昌林对赵锦绣说："祖奶，你去忙吧，今晚我守着幺公。"

夜轻薄如纱，夜空中有猫头鹰的声音，长长短短在林子里跳跃。陆续有光亮往细崽家这头爬。开始月亮一直躲在云层里，慢慢就朗开了，等到月盈窗棂，细崽卧病的屋子里聚满了密麻的老小。几个有辈分的老人抽着旱烟，旁若无人地高声说话，他们谈论着电视上南方百年难遇的干旱，谈论着旱稻与水稻的区别，谈论着女人屁股大小与生孩子之间的关系。说到好笑处，就咧嘴露出一口烟熏的黑牙，风摇枯枝样地笑得摆来摆去。

众人的目光在说话的老人和床上的细崽之间来回摇曳。目光去到床上，脸上就浮起一层悲戚；眼神缩回椅子，忍不住发出几声哈哈。

蛊镇人觉得日子就是这样，悲欢一线之间，生死隔墙相望。

赵锦绣躲在墙角，针线在青布上穿梭。一个老女人掌着灯站在她身后，眼睛跟着缝衣针起起落落。衣服是缝给细崽的，这个样式的衣服在蛊镇有统一的喊法，叫老衣。是人在这个世界最后一套行头，入殓的时候才用。赵锦绣针脚走得很细，看不出丝毫的慌乱。接完一只袖口，她还抖开衣服问掌灯的女人："你看如何？"女人慌不迭喊好，喊完眼角就起来了一层雾。

王木匠坐在门边，屋里的熙攘他一句没听清。他来得最早，进屋来和王昌林打了个招呼，就坐下来看细崽。慢慢目不转睛就变成了目瞪口呆。他清楚地发现，缠绕着细崽的苦痛逐渐松了绑，紧绷的脸面一点点舒展开来，仿佛绽开的花蕾，最后下撇的嘴角徐徐抬高，勾出一个上扬的半圆。

那分明是在笑。

忽然一个细娃喊："你们快看。"

所有的目光移到了床上。只见床上垂死的双拳紧握，先伸出一只手，慢慢举高，伸直，接着伸出第二只手，举到一半，胳膊肘渐渐打弯，画出一个怪异的形状。

扔掉手里的东西，赵锦绣跑过去抱着儿子的脑袋，轻轻问："细崽，你想跟妈说啥？"

王文清歪着脑袋看了好一阵子，喃喃说："我觉得他是拽住了啥子东西。"

细崽拽住的是一架风筝，他此刻正奔跑在那方宽阔的广场上，身边全是欢快的笑声，无数的风筝在半空中猎猎作响。细崽觉得天上最神气的还算是那架老鹰风筝，扑扇着宽大的翅膀，迎着风威武地滑翔。这挂风筝的线，就牢牢拽在自己的手里。忽然听见一声喊，细崽扭头望去，王四维坐在不远处的花坛上，笑吟吟看着儿子，橘黄的阳光拢着他，眉宇间全是幸福。细崽对着老爸招手，王四维过

471

来牵着儿子的手。两个人拉着风筝笑着往前跑，跑着跑着，细崽觉得手一紧，抬头一看，风筝变成了一只真的苍鹰，昂着头往更高的地方飞去。一脚踏空，细崽低头，惊奇地发现自己和老爸都飞了起来。他们越飞越高，越飞越高，最后融进了那片无边的蔚蓝。

十九

入殓成了大问题，细崽两只手就那样高举着，棺材盖子就是盖不上，没辙，换了四维爹的大棺材，还是盖不上。王文清出了个主意，说干脆直接上磨子，细崽这样嫩胳膊嫩腿，一扇磨子就能压得服服帖帖。王昌林不同意，只有他清楚这个姿势代表了什么。两个人正争论，赵锦绣过来了。看了看儿子，说："细崽，你是个听话的娃娃，人死如泥，为了入殓，只能给你上磨了。"

几个人抬来磨子，就是放不下去。

"压上呀！"王文清喊。

一个抬磨的睐了王文清一眼说："你看幺公这笑，老子实在不忍心。"

赵锦绣靠着大门，眼泪簌簌落。

忽然院门边一个声音说："磨就不上了，我这就回去赶做一个棺材盖子。"

后天就下葬，你赶得出来吗？王昌林问王木匠。

扭头走出院子，王木匠说："两天两夜不睡觉，我就不信赶不出来。"

门边的赵锦绣泪线立时变得更粗了。哭够了，她把王昌林叫过去说："你受累，给你幺公找个下葬的地头吧！"想了想，王昌林说："笔架山吧，那也是我的地头，幺公和我亲，挨着我吧！"

细崽落了葬，日子一头栽进了五月。

王昌林每天都要上一次笔架山，趁逝去还新鲜，他要和幺公多说几句话，等魂灵投胎转世了，说得再多幺公也听不见了。天气还算配合，多半日子都朗照。迎着第一抹霞光，王昌林歪歪扭扭梭出寨口，顺着一溜模糊的山道，吭哧半天才爬到幺公的新家。坐下来，裹一管烟，慢悠悠点燃，惬意吸了两口，喊一声幺公，就开始了无边无际的自言自语。坟堆文文静静，没了活着时候的调皮捣蛋。王昌林说了好些烦心事，特别是神祠翻修的进度，"一帮老爬虫，支根柱子一天就过去了"。这还不是王昌林最担心的，他闹心的事情在城里。前前后后往十几个城市打了上百个电话，都低声下气到求爷爷告奶奶了，就是没一个愿意回来。

虽说进度慢点，可翻新神祠的活路没有停。镇子被埋进了黄昏，十多个老者还在忙活。众人像是获得了某种默契，都闷着头做事，连龙门阵也不摆了。

完工那天，四维爹早早就吩咐儿媳妇，去乡上割几斤肉，打两壶酒，好好请一帮子人吃一顿。他恨自己两条废腿，要不就算递块木板也是好的。请大家吃顿饭，就是想弥补一下自己的亏欠。夜晚的饭桌上，众人都有了难得一见的轻松，遗失的酒量饭量又捡回来了。不多会儿，一壶酒就全倒进了肚子。赵锦绣从里屋又提出来一壶，说敞开喝，我爹说了，今天管饱。抹抹嘴，王昌林大声喊："今天日子特别，大家放开整。"

除了木匠，他一直躲在靠墙角的位置，低着头刨了两碗饭就歇了。王昌林倒了一碗酒，往他面前一推，说这段日子就算你最辛苦，喝一碗。木匠慌忙摆手，说我真是不能喝。王昌林挤挤眼说你少哄我，我又不是没见你喝过。木匠推开碗，说昌林，我的确能喝点，但我酒后德行不太好，话多，还是算了吧！王昌林不干，拼命把酒碗往前推，木匠两手筑成一道屏障，死死抵住面前的酒碗。

"喝一点吧！"赵锦绣说。她把一盘刚炒好的洋芋丝端上桌，也不看这边，说完又折进厨房去了。

赵锦绣一发话，木匠阻挡酒碗的双手立时变得绵实了许多，张开的十指逐渐软成一个圆，圈住了那个酒碗。等赵锦绣端着新炒的菜从厨房出来的时候，木匠的两颊都有了敦实的酡红。

赵锦绣伸长腰，隔空把菜放在了木匠的面前。

木匠低头看见了那盘菜，回锅肉，又肥又厚，还嗞嗞冒着油。

吃饱喝完，一群老迈钻进黑夜，各自散去了。

王昌林刚进屋，就开始落雨了。起初像是老人的泪，不久就成了如注的尿线。王昌林困顿在椅子上，脑袋歪着，耳际全是雨滴敲打树叶的声音，猛地刮来一阵疾风，雨点就猖狂了，热爆爆敲击着窗棂，急不可待地想要破窗而入。不知是酒精的作用，还是暴雨的原因，王昌林忽然变得格外亢奋。这种感觉在胸口左冲右突，顶得热血上涌。他爬起来，从抽屉里头取出那沓纸，翻检出老七留下的墨和笔，规规矩矩在一张白纸上写下：

壬辰年仲夏丁丑日，蛊神祠翻新。

二十

蛊蹈节来了。

天气无比晴朗。阳光抱着寨子，风从一线天轻轻过来，俏皮地拨弄着花花草草，溪流奔波欢腾，在山沟里头绕出一条清亮的白光。一切都显得那样的美妙，像是给一个隆重节日的到来做着扎实的准备。

在神龛的香炉里头燃了一炷香，天光还未全白，王昌林就清扫屋子，找来一根竹竿，把扫帚绑在竹竿上，拂掉房梁和角落处那些老旧的蜘蛛网。屋子有了新颜，天已大亮。捞起门边的拐棍，王昌林得去看看师傅。

师傅安睡在半山，听着崖下的弟子一个人絮叨。

"今天日子特殊，我来看看你。"把一张旱烟皮展开，放进嘴里焐了焐，烟皮软了，抽出来，抖开，王昌林接着说，"神祠翻好了，原来的式样，还在寨头拉撒的都出了力的。"

燃了烟，继续说："细崽刚去那头，你要拿只眼睛盯着他点，他在寨头辈分高，黄腔开惯了，过去了也怕改不了。你要不看着，他肯定吃亏。"青烟袅袅，顺着王昌林花白的脑袋攀爬，升得高了，一阵细风，倏地不见了。

"幺公不是凡人，我这样说你肯定不信，又要骂我花口花嘴，"王昌林仰头对师傅笑笑，"他是老死的，临走前我给了他一道幻蛊。"

顿顿，他接着说："今年的节气又黄了，你也看见了，怪不得我，该做的我都做了。"

撑着腰杆站起来，王昌林深吸一口气，说："蛊师不给自己下蛊，这是规矩，我要是越了规矩，等过来你再收拾我吧！"

王昌林没有原路返回，取细窄的山道去了趟一线天。

爬上一块大石头，他呆望着远去的石板路，陈旧的石板在阳光下散着青幽幽的光芒。王昌林清楚记得小时候第一次越过一线天时的情景：雨后，石板湿滑，他和几个细娃一起站在豁口的这头，心头是耐不住的痒痒。老人们常黑着脸告诫，不要轻易越过豁口，一线天的那头有吃人的妖怪，红头绿面，口若血盆。踌躇半天，相互望望，一班细娃还是跳过了一线天。神奇的一跃，从那刻起，天地洞开，目光和见识跟着步伐一起广阔。先是乡上，后是县上，最后是省上。虽然没有走得更远，但是王昌林知道还有比省上更奇异更广阔的地方。

黄昏。

金色的光线从薄云间倾泻而下，在村庄和野地形成了无数橘黄光圈，一个光柱正好击中院子躺椅上的王昌林，手边木桌上的酽茶缸波光跃动。

他眯着眼，带着笑，扭头对边上的细崽说："幺公，跟你说个秘密，你脸上那个圈——"细崽一脚踢在椅子上，急不可耐地吼："散都散去了，还说它搓屎，快起来，神祠那头热闹得很。"

起身来，两人折出院门，远远就听见人声，在蛊镇的半空鼎沸。神祠前花花绿绿一大片，一色的新衣，一色的欢笑。老七一身对襟素衣，远远对着王昌林招手。老七是蛊蹈节的主事，纷纷乱乱的事情都要他一手一脚安排，他分量重，一句话一个坑，都听他的。王昌林近了，老七递过来一沓纸，说还是老规矩，你负责写纸包。王昌林说我眼力不好，找个年轻的写吧。老七摇头，严肃地说年轻的心粗，我不放心，这纸包你也晓得，错了一个字，神灵就收不到了。

跳场的坝子早平了出来，一群细娃在上头追逐，笑声纷纷扬扬，雪片样地融化在耳际。坝子边，盛装的女人们立成两排，对着歌，歌声高矮不一，各自顺着自己的声部跑，像极了翻滚的麦浪。赵锦绣站在第一排，王昌林注意到，祖奶今天格外漂亮，格子衬衫，发髻高高挽起，新娘一样。

忽然细崽指着远处一声喊。

顺着细崽手指的方向看去，王昌林心头一哆嗦。

一线天那头，密麻的年轻男女，顺着古旧的石板路，迤逦而来。

新记

畀愚

一

甫仁第一次见到洋子是在法国驻沪总领事馆的花园里。

那天是甘哥林的就职典礼,但看上去更像是场小型的午餐派对。这位年逾不惑的外交官在代理了两个月驻沪总领事后奉命真除。当司仪用优雅的语调诵读完外交部的任命书,他才如梦方醒般地抬起眼睛,望着一尘不染的天空,喃喃自语般地说,上帝保佑法兰西。说完,他收回目光,环顾着站在台阶下的宾客们,露出一个迷人的微笑,耸了耸肩膀,摊开双掌,又说,我们还等什么?

掌声陆续响成一片,其间夹杂着侍者打开香槟的砰然之声。

甫仁始终像个局外人一样站在人群中,直到甘哥林与众人寒暄过后,拿着两杯香槟走到他跟前。甫仁笑了笑,接过酒杯,用法语说,今天是个好日子。

也许不是。甘哥林那双灰色的眼睛里凝聚着一种深不可测的光芒。他把一口酒含进嘴里,慢慢地吞下去后,接着又说,租界必须得到新的治理。

甫仁的脸上仍然挂着微笑,就像在欣赏香槟泛起的气泡。他看着手里的酒杯说,我是个商人,我想商人的利益也代表了租界的利益。

租界需要利益,更需要秩序。说完,甘哥林想了想,改用生硬的中文又说,请把这话的意思转告四太太。

总领事阁下去过巴黎的下水道吗?甫仁收敛起笑容,直视着甘哥林那双灰色的眼睛,笃定地说,我去过,所以我知道文明的城市离不开一个地下的世界。

我不担心黄浦江的水会把这座城市淹没。甘哥林爽朗地笑完后,话题一转,说，你知道我的前任为什么被召回吗？

甫仁没有回答，却一下想起了范尔迪。那个慈祥的法国老头是他的朋友，也是他已故父亲的朋友。

这时，甘哥林又说，他在这里待得太久了，他把自己当成了一个中国人。

甫仁垂下眼帘，但马上又抬起，直视着甘哥林。

甘哥林慷慨地伸出他那只硕大的手掌，一直抬到甫仁的胸前，说，蒙德，希望你是我在上海交到的第一个朋友。

那你就不该称呼我在巴黎行医时的名字。甫仁又笑了，握住甘哥林的手，用中文认真地说，我姓唐，在这里我叫唐甫仁。

说完，他轻轻地抽回手掌，礼节性地欠了欠身，目视着甘哥林转身离去，脸上的笑容也随即消失殆尽。

甫仁就是在穿过花廊准备离开时见到洋子的。她穿着一条白色的雪纺长裙，头上戴了顶缀有蕾丝花边的遮阳帽，与那些外交官的家眷们一起坐在葡萄架下。阳光透过疏漏的枝叶洒落下来，光影迷离，仿佛置身于莫奈的油画中。甫仁一下变得有点儿恍惚，竟然想起了与艾丽丝在戛纳海边度过的蜜月时光。

法国南部的阳光温暖而摇曳，透过海水折射在每个人的眼睛里，让整个世界变得如梦如幻。可是，自从移居上海，艾丽丝那双湛蓝色的眼睛日渐暗淡，直到怀孕才开始重新恢复海水的颜色。只是好景不长，十个月后，她在唐家的医院里产下一名死婴，就像是上帝在一夜间带走了她的灵魂。艾丽丝开始变得阴郁，变得孤僻，甚至还有那么一点儿歇斯底里，常常一个人爬上唐公馆的天台，遥望着她祖国家乡的天边，一站就是大半天。但更多时候，她会把自己关在房间，如同一个绝望的弃妇，蓬头垢面，不事梳洗。

艾丽丝就是在那个时候迷上鸦片的，好像这世上除了吞烟吐雾再无她感兴趣的东西。

然而一天黄昏，她忽然振作起来，让用人在浴缸里放满热水，一直泡到天色黑尽才起身，仔细地清除体毛，在每寸肌肤上涂上乳液。然后，点上檀香，重新回到床上，睁着眼睛，静静地等到甫仁回来。

法国女人的柔情与浪漫总是那么出其不意。艾丽丝在事后，仍然用身体缠绕着丈夫，在他耳边如同呻吟般地说，带我回家吧，你答应过我，你会在巴黎陪我过完一生。

甫仁没有说话。他用一种平静的眼神看着妻子，一直看到她眼睛里的光一点儿一点儿变得暗淡，才说，这里就是你的家，我们哪儿都不去。

我的家在法国。艾丽丝无力地说完，轻轻抓过睡袍去了隔壁的洗漱间。等她出来，甫仁已经离开。

大半年来，甫仁几乎没有在妻子的床上完整地睡过一夜。他已经习惯了书房里那张紫檀的罗汉床。可是，有一天早上醒来，他拉开书房的门就见胡石言远远地站在楼梯口。

一直等他走到跟前，胡石言才低下头说，太太走了。

甫仁愣了愣，说，为什么不拦住她？说完，他伸手一指，忽然一嗓子：你去给我追回来。

身为唐家的大总管，胡石言向来都是甫仁命令的不折不扣的执行者，但这一次他没有动，只是用力抿了抿嘴，说，老太太亲自送她上的车。说着，他抬起头，仍然不敢直视甫仁那双逼人的眼睛，又说，今天是玛丽安娜号回马赛的日子。

甫仁拔腿冲下楼去，连身上的睡袍都没顾得及换，亲自驾车急驰而去。可是，就在汽车驶入邮轮码头，他却一脚踩住了刹车。用手支着方向盘，隔着车窗玻璃，远远地看着玛丽安娜号邮轮上那个巨大的白色烟囱，一直看到它拖着一条长长的浓烟，在拉响的汽笛声中驶离港口。

四年前，甫仁带着艾丽丝就是乘坐这条邮轮由法国回到上海。那时，他的父亲还没有遇刺身亡。他只想在上海开一家诊所，成为一名出色的医生。

甘哥林新官上任的第一把火是取缔法租界里的赌场与烟馆。一夜间，春天的上海滩平添了一股萧瑟之气。瑞香却像什么事都没发生，仍旧把自己关在画室里，对着铺在画桌上的整张宣纸泼墨、勾勒、点彩、晕色。很快，一幅《春山日暖图》跃然纸上。这时，韩初九敲门进来，说，档口的当家们都到齐了。

瑞香凝神屏气，一直到落下款，盖上章，才直起身，看着自己的画作，说，你先出去吧。

韩初九又看了一眼瑞香，悄无声息地退出书房。如今，他已是大风堂的管事，更多时候还兼着瑞香的保镖与司机，以至于坊间早有流言，把他说成是四太太的面首。不过现在，已经不会再有人在四公馆里多说半句不该说的话。

瑞香换了条黑丝绒的旗袍走进偏厅时，偏厅里瞬间变得肃静。各个档口的当家们纷纷起身，纷纷掐灭手中的雪茄或是香烟，直到瑞香在沙发里坐下，才重新坐回自己的位置。

瑞香并没有开口，只是用眼睛扫视着在座的每一张脸。这些人都是她丈夫生前的兄弟与门生，都曾跟随唐汉庭出生入死，其中的好几个还是他们的长辈。但是，瑞香仍然没有开口。她的目光最后落在面前的茶几上，端起咖啡，轻轻地抿了一口，就像在品味唇齿间的那缕芳香与苦涩那样，竟然闭上了眼睛。

要是汉庭还在，恐怕就不会是今天这个局面。说话的显然是大风堂里的长辈，声音却轻得就像一丝叹息。

瑞香一下睁开眼睛，循声直视着那里。直到那颗白发苍苍的头颅垂下，才深吸一口气，缓缓地说，今天的局面是你们一手造成的，甘哥林刚到上海那会儿，你们谁把这个代理的总领事放在眼里了？你们满脑子想的就是怎样省掉那笔孝敬银子。说完，她坐直身体，重新扫视着偏厅里的每一张脸，又说，可是，你们都忘记了一句老话——万里为官只为财。

那些钱我们老早补过去了，可人家根本就是不收。有人委屈地说，法国佬是要给我们看颜色。

那你们就应该知道另一句话——洋人不光是自负，他们更贪婪。瑞香说完，扭头看了一眼站在一侧的韩初九。

韩初九心领神会，马上从提着的公文包里取出一沓纸，一边一张一张分发到每个当家人的手里，一边说，四太太委托唐先生去谈过两次了，这是甘哥林开出来的新价钱。

偏厅里开始骚动起来。有人甚至提议除掉这个法国总领事，而且话说得相当的粗鲁：他不让我们吃饭，我们就不让他拉屎。

瑞香始终像个没事人一样，端着杯子继续喝她的咖啡，喝完了续，续完了接着喝，一直等到偏厅里变得鸦雀无声，变得每双眼睛都停在她脸上，才放下杯子，淡淡地说，你们别忘了，上海滩上不光只有一个法租界。

瑞香决定把大风堂所属的赌场与烟馆全部迁出法租界，在哪里落地，就一定能在哪里生根与开花。瑞香说，我们不能让法国人牵着鼻子走，但赌徒与烟鬼是身不由己的，你们去了哪里，他们就会跟着到哪里，相信用不了几个月，就算这位总领事能挺得住，他那些大手大脚花惯了钱的手下也熬不下去。

一席话，大家脸上的阴云尽扫。可就在众人纷纷对四太太的决策大加折服时，瑞香却站了起来，慢慢地走到偏厅的中间，说，民国政府禁毒多年了，你们都想过没有，要是别的租界也开始效仿甘哥林，禁烟、禁赌，你们怎么办？

一九三五年四月，国民政府军事委员会发布《禁毒实施办法》的第二天，一场倾盆大雨过后，红房子西餐厅二楼的雅座里，瑞香纹丝不动地靠在桌前，耐心地看着甫仁把一盘奶油蘑菇汤喝得所剩无几。

我决定了。瑞香伸出左手，就像是对着无名指上那枚硕大钻戒说，你父亲生前一直下不了的决心，现在我来下。

那你一定想好了怎么安置这些人。甫仁抬起头，微笑着，看着这位比他还年轻两岁的四娘，可那目光，就像要把瑞香洞穿那样。

你有那么多生意，你需要人手。说完，瑞香想了想又说，我一个人做不成这么大一件事。

问题是这些人。甫仁说，他们真能离得了这个江湖吗？

没有人天生就是走黑道的，也没有人天生会做正行。瑞香说，现在是形势逼人。

可你还忘了一件事。甫仁仍然微笑着说，我不掺和你的江湖，你也别插手我的生意，这是我们的约定。

瑞香扭头望着窗外湿漉漉的大街，好一会儿，才面无表情地说，你也别忘了，生意是你们唐家的生意，江湖也是你们唐家的江湖。

二

联合船运公司募股期间,甫仁带着汇通银行的杨静庵来见瑞香。自从父亲死后,这是他第一次踏足四公馆。环顾客厅里的陈设,好久,甫仁才有点儿感慨地说,这里变了,变得越发雅致了。

瑞香却一反常态,端坐在沙发里,聊得更多的是京戏。杨静庵好戏,沪上皆知。瑞香就像是遇到了知音,说到兴起处,甚至招手叫来韩初九,让他破例清唱了一段《长坂坡》后,由衷地说,杨先生,你可不要小看我这位管事,当年他可是在大舞台挂头牌的武生。

杨静庵笑得很谦卑,瞥了眼甫仁后起身,拱手告辞。

瑞香用一种母亲对儿子的语调吩咐甫仁,说,你代我送送杨先生吧。

甫仁返回四公馆的大客厅时,用人们都已退去。瑞香静静地靠在沙发里,若无其事地看着他,一直看到他入座,才冷冷地说,以后你要带什么人来,最好事先通知我。

这是生意,你要让兄弟们上岸,必须得有资金上的支持。甫仁说,杨静庵的背后是汇通银行。

汇通银行的背后是日本人。瑞香说,你不会不知道他是什么人吧?

他曾经是亚东株式会社的买办,现在是汇通银行的总裁。甫仁说,你应该知道,联合船运一旦揭牌将会面临什么。

瑞香当然知道,内陆的航运离不开长江,而现在控制着长江中下游最大的势力,除了英美,就是日本,还有沿途各地的军政派系、江湖帮会,但这些并不是最棘手的。联合船运公司一旦开业,最大的竞争对手,将是号称航运大王的卢作孚与他的民生公司。然而,瑞香并没有说这些。她只是用一种缓慢的语气说起了甫仁的父亲——唐汉庭十七岁去东京求学,跟日本人打了大半辈子交道,直到被原田健一派人暗杀。瑞香说,如果你父亲还活着,他是绝不会跟一家有着日本背景的银行合作的。

甫仁靠在沙发里,沉默了片刻后,说起了汇通银行背后的金主,是日本的井上家族。百十年来，他们靠海运起家，他们是真正的商人。最后，他看着瑞香，说，这里是租界，这只是生意。

可租界里又不光只有汇通一家银行。

有海运背景的只有汇通一家。甫仁还是看着瑞香，目光却变得更加意味深长。他说，你难道没有想过，联合船运有朝一日会成为联合海运吗？

看来我们是走不到一块儿了。说完，瑞香慢慢地靠近沙发，垂下眼帘，又说，你是在逼着我去走我的独木桥。

甫仁随手拿过搁在沙发边的公文包，漫不经心地打开，取出一大沓文件，俯身递到瑞香手里：这是大风堂二十二家档口、三个码头、七所栈仓签署的协议。他们都愿意成为联合船运的股东。甫仁说，这是人心所向。

瑞香脸上的表情一下凝固了，手也随即伸到了沙发的扶手下面。那里有一个按钮，只要按下去，保镖就会在转眼间冲进客厅。但是，瑞香的脸色很快恢复如常。她把那沓厚重的文件慢慢放回甫仁手边，冷峻地说，原来，今天你是逼宫来了。

我要逼宫的话，当初就不会推你上位。甫仁脸上的笑容已经荡然无存，反而，两眼中聚满着忧伤。他在一声叹息后，说起了自己少年时，父亲带着全家去汉口。这是他第一次在长江里看到大大小小那么多轮船，桅杆上悬挂的却没有一面是中国的旗帜。

当时我就问父亲，我们的国旗在哪里？他说在我们的心里。甫仁迎着瑞香的目光，说，只要我们走出今天这一步，总有一天，我们也会把船开进他们的内陆，让我们的国旗飘扬在他们的天空下。

秋天来临之际，瑞香开始了她有生以来最隆重的一次远行。为此，联合船运公司筹备了将近一个月，甚至不惜花重金租用一架小型的莱特客机，上面装满了古巴的雪茄、瑞士的手表、法国的红酒与白兰地，但最贵重的还是由大风堂出面定制的金牌，每块净重一百两。

临行前夜，瑞香闭门谢客，独自在书房里点上一盘檀香。然后，躺进一把摇椅里，就像睡着了一样，直到韩初九敲门进来。

连着整整一个多星期里，韩初九每天都早出晚归，不停地出入各大酒店与公馆，拜会川、鄂、湘、赣、皖、苏各省驻沪办事处的军政代表，联络长江沿岸各大帮会的门人。这些地方都是瑞香此行的必经之地。她将由上海直飞重庆，再顺长江而下，为联合船运公司的首航搭桥铺路，同时也是扫除障碍。而韩初九做的更重要的一件事，是擅自把他最得力的兄弟们秘密派往沿途的每个城镇。

这些都是以前跟我的人。说着，他把一份名单交到瑞香手里，他们会在暗中保护你。

瑞香并没有去看那份名单，而是起身，走到书桌后面，站在那里，远远地看着他。

我想，这一路上会有很多眼睛在暗处盯着你。韩初九犹豫了一下，继续说，有些事，我们不能不防。

瑞香坐进那张大班椅里，冷不丁地说，你有多久没去上林雅院了？

韩初九一愣，说，我从不去妓院。

往后，你要经常去坐坐。瑞香说，筱玉兰色艺双绝，你去捧她的场，没有人会觉得是件奇怪的事。

韩初九张开嘴，没有发出声来。他低头走到书桌前，又张了张嘴，却仍然没有发出声来。

我在那里安了一部电台，还有一名报务员。瑞香不动声色地说，我要随时知道上海发生的每一件事。

说完，她不等韩初九回答，语气一转，开始下达命令，一件接着一件。

瑞香几乎把她离开上海后每件该发生的与不该发生的事都想到了。一直到全部说完，她长长地吐出一口气，隔着台灯投射在书桌上的那道光芒，看着这个站在面前的男人。瑞香说，你想说什么就说吧。

韩初九想了想，说，其实，你根本没必要走这一趟。

走得远，是为了看得更清楚。瑞香说，你就是我留在上海的眼睛。

韩初九低下头，站了会儿后，躬身告退。可是，他在走到门口时，站住了，回头说，你为什么不退一步呢？说完，他用力抿了一下嘴，又说，这个位子已经被架空了。

放肆！瑞香一声断喝后，再也没有出声。整个人就像已被那张硕大的皮椅吞湮，一动不动地隐没在台灯的阴影里。

第二天一早，甫仁赶来四公馆为瑞香送行。他在亲手为瑞香拉开车门时，扭头又看了眼她所带的随从，不无担忧地说，还是多带点儿人手吧，这一路上山高水深的……

我又不是去剿匪。瑞香愉快地微笑着，竟然有点儿俏皮地说，我只是去当一回散财童子嘛。

三

瑞香在重庆的朝天门码头登船，顺江而下的一路上，都由当地驻军派兵护送。他们一会儿是穿着灰布制服的川军，一会儿是裹着黑色绑腿的湘军，而更多是身穿黄布制服的中央军。瑞香每到一处，除了拜会当地的军政首脑与社团大佬外，还会抽出一晚上，设宴款待当地的士绅名流，在席间把酒言欢、谈笑风生。

很快，端香此行就成了轰动全国的新闻。长江沿岸的许多地方，人们为了一睹上海滩四太太的风采，挤满了码头与街市。

大半个月后，当她乘坐的汽轮驶进安庆城内的大码头时正值中秋。当晚，安徽省主席在官邸设宴，既为远道而来的贵客洗尘，又兼赏月。瑞香显得格外高兴，同时还有那么一点儿受宠若惊，说了很多话，敬了很多酒，直到把自己灌醉，才由几名女眷把她扶上车，陪着送回旅馆。

瑞香跟跟跄跄地走进房间，等到再次出来时，她身上穿着女仆的大褂，眉宇间早已看不到丝毫酒意。从旅馆的后门离开后，她一连换乘了三部黄包车，才被带到江边，一言不发地登上一条小舢板。第二天，太阳从天边升起时，瑞香已经出现在安庆城外的娄埠镇上,许多往事却一下扑面而来。

二十三年前,一对年迈的人贩子一人牵着她的一只手,就像逛街那样,他们穿过一条窄长的巷子,从边门把她带进一座花园。宝姨就站在廊檐下,静静地看着他们。那一年,瑞香十二岁,连名字都还没有。她从未见过像宝姨那样风姿绰约的女人,一直到后来才知道,这座叫平川书院的宅子原来是个训练雏妓的地方,只是如今,它早已更名成了玉楼春,成了一座真正的妓院。

宝姨仍然站在廊檐下,静静地看着瑞香走到跟前,面无表情地说,三年前,你来这里是让他去替你杀人。

瑞香的眼神里有了许多复杂的变化。她伸出手,一直伸到宝姨斑白的鬓边,说,你该染发了。

宝姨一下扭过头,同时也转过身去,推开一扇镂花长门。

金先生还是剃着个光头,穿一身月白色的府绸短衫,与三年前相比越加显得清瘦与苍白。他从烟榻上支起身,看着瑞香一步一步走到跟前,在他的一侧坐下后,才又吞下一口烟,放下烟枪,噗的一声吹灭烟灯。金先生说,收到你的来信,我就一直在等今天。

瑞香只是看着他的脸。这个男人曾是她的第一任丈夫,也是第一个教会她唱戏、传授她床笫之事的男人。他们的新婚之夜,瑞香就曾这样长久地注视着他。当时,她以为这就是她全部的人生——在这座院子里,跟别的女人一起分享这个男人,让自己慢慢成为像宝姨一样的女人。

瑞香收回目光,看着窗台的方向,好久才说,这一步,我迈得太大了,我跨不过去了。

跨不过去,你可以回头。金先生起身,盘坐在烟榻上,看着瑞香的后脑勺。

瑞香说,你说我回得了头吗?

金先生一笑,说,你是舍不得大风堂里的那把椅子。

瑞香愣了愣,慢慢地扭转身体,淡淡地说,要是尝到过权力的滋味,你就不会说这样的话了。

金先生沉默了,不仅闭上了嘴巴,就连眼睛也闭了起来,盘坐在烟榻上像个入定的僧人。

大别山脉绵延数百里，是长江与淮河的分水岭。瑞香跟随金先生先由水路坐船，再雇马车，然后徒步盘山而上。他们用了两天时间才进到大别山的南麓，就像一对远道而来的父女。

金先生挑了块光滑的岩石半躺下来，从褡裢里掏出烟具。瑞香只是无声地叹了口气，顺从地接过那些烟具，替他打出一个大大的烟泡后，静静地伺候到他抽完，才抬眼看着远处的山林，说，你想过没有？如果我们回不去，宝姨会怎么样？

当然想过。金先生笑了，说，她会用她的余生来诅咒你。

瑞香再也没有说话，更没有半点儿催促金先生动身的意思。她默默地坐在一侧，从包袱里掏出一块干粮，低下头，一口一口咀嚼着，直到夕阳染红西天，才看见一名脚夫打扮的男人，一路唱着山歌，由远而近，一直走到他们跟前。

男人的脸上没有半点儿表情。他在上下打量了金先生几眼后，朝着来的方向一指，继续唱着山歌朝前走去。金先生带着瑞香转过一片树林，就看见四个站在两副滑竿旁的男人。他们就像是四个哑巴，一声不吭地掏出两个头罩，分别套在金先生与瑞香的头上后，抬着他们跋山涉水，直到深夜才钻进一片密林，在一堆熊熊燃烧的篝火前放下滑竿。

瑞香摘掉头罩第一眼看到的是个很精壮的年轻男子。他穿着马裤，系着一条很宽的牛皮腰带，笑呵呵地看着瑞香，对金先生说，这就是要见我的大人物？你们不会是想把玉楼春开到这山里来吧。

四下里响起一阵粗野的哄笑声。金先生脸色阴沉地说，乔三，这位是大风堂的四太太。

乔三并没有理会，而是继续端详着瑞香，摇了摇头，说，可惜，你细皮嫩肉的，伺候不了我的弟兄们。

瑞香一笑，扭头对金先生说，他不姓乔，他的本名叫许春来，他是十九路军的一名逃兵。

乔三的脸上笑容还在，目光却在转眼间凝结，变得像冰一样寒冷而坚硬。

淞沪抗战时，你是蔡长官的警卫排长，十九路军入闽不久，你升任连副，直到福建事变失败，蔡长官远走香港，你们三千多人被迫编进陈济棠的粤军。瑞香不疾不缓地说着，仰起脸，看着这个精壮的男子，继续说道，你是在陈济棠派兵缴你们械时，带着十几个弟兄逃出广东的，一路北上，到了这里才聚起了这百十号人。

乔三冷冷地说，四太太赶这么远的路，就为了来揭我的老底？

瑞香又笑了，看了眼那些聚集在篝火边的土匪们，有点儿慵懒地说，好多年没走山路了，我们现在又累又饿。

乔三喝退手下。三个人围着篝火吃烤肉、喝热汤时，他始终静静地听着，从瑞香决定大风堂弃烟转行开始，一直到她此行真正的目的：我需要一个可靠的人，需要一支可靠的队伍。瑞香说着，把目光转向金先生，又说，让大风堂上岸是汉庭生前的夙愿，可现在，只怕它已经掉进了一个更深的泥潭。

金先生充耳不闻，只顾低着头，一口一口地啃着手中那块半生不熟的烤肉。

乔三说，原来四太太是想做我的长官。

我可以装备你们，提供你们钱粮，让你们成为一支真正的军队。瑞香说，你们再也不用过打家劫舍的日子了。

乔三说，可我们也不想跟着你掉进泥潭。

你剿过匪。瑞香说，你应该比我更清楚当土匪的下场。

乔三像是被她的话刺痛，一下站起身，说，到此为止吧，天亮我会派人送你们下山。

可是天刚一放亮，乔三与他的兄弟们就在晨雾中遭到了围攻。枪声响起时，乔三一把抽出插在后腰的毛瑟手枪，指着瑞香还没来得及开口，瑞香就微笑着说，他们是省保安处的两个中队，一路跟着我们进山的。

乔三看了眼同样惊得目瞪口呆的金先生，跟着也笑了起来。他冷笑着说，有四太太陪葬，一路上我们是不会寂寞的。

可你至死都会背着一个土匪的名声。瑞香收敛起笑容，平静地面对着他的枪口，说，我们还是接着往下谈吧。

就在乔三转念间，金先生半个滑步贴紧他，一招夺下枪，就像搓了几下手，一支毛瑟手枪扔到地上时已成了几块机械零件。

我的包袱里有一张安徽省政府主席签署的委任状，只要你点头，你就可以带着你的兄弟们出山，组建你的民防队。瑞香说着，示意金先生取过她的包袱。为了这张委任状，她在中秋之夜的夜宴席上喝下了整整三大杯的临水贡酒。

这是城下之盟。乔三的眼里平添了一股冷傲之色。他冷冷地说，你以为我们怕死吗？

我只是要让你看到我的诚意，还要让你看到我的实力。瑞香说，我要的就是不怕死的人，但男人要死得轰轰烈烈。

太阳无遮无拦地照耀在群山时，枪声已经静止，硝烟与迷雾一起散尽，就像这天早上什么事都不曾发生过，到处是一片鸟鸣之声。

在步行走出密林的一路上，瑞香嘱咐乔三尽快派人去安庆城内的来凤客栈，她在那里留有一笔经费，还有一部电台。瑞香说，住在天字一号房的年轻人就是你们的报务员。说完，她又事无巨细地说起了军火，她会用汽轮从上海运来，她要乔三把船也留下，并且注意日常的养护。瑞香说，如果哪天我要你开着这条火轮来上海，就是我们轰轰烈烈的时候。

乔三一直低着头，跟随着瑞香的步伐。忽然，他站住了，抬起头，说，四太太，你就这么信得过一个连自己名字都不敢用的人吗？

瑞香想了想说，我相信蔡长官的卫士都是千挑万选的忠义之士。

乔三固执地看着瑞香，还是要问：你就为这……才选中了我？

不是。瑞香摇了摇头说，青帮的源头就在安庆，说到底，大风堂跟这里的每个山头都有着千丝万缕的关系，只有你是外来的和尚。说着，她望着阳光下一览无余的远山：大风堂既然跳出了这个泥潭，我就不能让它再回到老路上。

乔三再也不说一个字，默默地把瑞香送出山口。

望着乔三反身走进山里的身影，瑞香一下变得有点儿恍惚。她扶住一棵树，很久才说，我就像个赌徒，我把什么都押上去了。

你还是你。金先生不以为然地说，在我眼里，你还是那个连名字都没有的小姑娘。

临别之际，在渡口的一个茅草亭里默坐了很久后，瑞香抬头看着金先生，说，我还有一件事要求你……去当他们的教官，把你在日本所学的杀人技术都教给他们。

你是不放心他们。金先生说，你要我监视他们。

如果有别的办法，我不会拖你去蹚这摊浑水。瑞香垂下眼帘，说，到现在我才发现，有时候信任才是最靠不住的。

金先生没有答应，也没有不答应。他望着宽阔的水面，就像在追忆自己的往昔，说，我自懂事起就跟着父亲学艺，后来登台唱戏，我没念过多少书，所以在东京时一有空就去帝国大学的图书馆，那里有很多日本名门望族的家史……我记得井上家族最早是横滨海边的一户渔民，明治时期靠海运发的家。

瑞香一下睁大眼睛，说，你想对我说什么？

金先生仍然望着江面，说，井上家族其中的一项生意，就是把大冶的铁矿石运回日本。

四

每到元旦这天，瑞香都会在一大早前往唐公馆，不光因为这天是唐汉庭的忌日，她更迫切的是想早一点儿见到儿子。车窗外，上海的街头到处洋溢着新年伊始的节日气氛，而瑞香一路上的脸色却像阴沉的天空一样灰暗。

韩初九还是忍不住要多嘴。他双手把着方向盘，从后视镜里看着瑞香，说，甫成十一岁了，是时候把他接回来了。

瑞香只是更紧地裹紧了身上的裘皮大衣。当年，她主动把儿子送进唐公馆，既是为了确保他的安全，同时也向甫仁传达一个信息，她以儿子作为人质，只想去完成唐汉庭的遗愿。

可是现在，每次见到儿子的那一刻，她心头总有一种被刀子割开的感觉。

唐公馆的小祠堂里香烟缭绕，在一片和尚的诵经声里，甫成跟随唐汉庭的三位遗孀并排跪在蒲团上。当他抬眼看着瑞香时，不由把手伸进了大太太的掌中，好像他们才是一对真正的母子。

瑞香视而不见，在独自上完三支香后，扭头看了眼侍立一旁的胡石言。

胡石言迟疑了一下，恭恭敬敬地上前，说，大少爷去教堂了。

你怎么不长记性呢？大太太跪在蒲团上，语调阴沉地说，甫仁当家都三个年头了。

胡石言一下涨红了脸，慌忙改口，更加恭敬地说，先生关照过，请四太太务必留下一起吃饭。

甫仁回来时已近中午。他不仅给每个家人都带回了新年的礼物，走进小客厅时，手里还挽着一位身材颀长的混血女郎。在殷勤地替她宽掉大衣后，甫仁牵起她的一只手，一直走到母亲跟前，说，妈，这位是洋子小姐，今天她跟我们一起用餐。

洋子的脸上挂着温婉的笑容，在躬身施礼的同时，用纯正的中文对大太太说，我是桥本家的洋子，请多关照。

大太太始终一言不发，直到甫仁把在座的每个人依次都介绍完毕，才抬起眼看着儿子，说，这就是你一早出去拜的上帝？

甫仁温顺地笑着，扭头盼咐胡石言：准备开饭吧。

你还忘了一件事。大太太慢悠悠站起身，走到小客厅的一扇边门口，回头重新看着儿子，说，你忘了今天是什么日子。

甫仁当然不会忘记，他去小祠堂里上完香、行罢礼，抬头看着那幅高挂的遗像，对母亲说，我选今天带洋子来家里，就是要告诉你们，我会娶她做我的妻子。

大太太同样仰视着丈夫的遗像，好久，才眯起眼睛，就像在对自己说，我们家的老三是个唱小曲的，老四是上林雅院里的佝人……你爸要娶她们的时候，我一句话都没说过……

那您这回也别说。甫仁转过身，伸手扶住母亲，朝外走了两步后，在她耳边说，我不是什么女人都会娶回家里来的。

你还是留在这里，把你肚子里那些话都说给他听吧。大太太说着，轻轻拨开儿子搀扶的手，头也不回地离开祠堂，径直穿过花园，一走进小客厅，就对胡石言说，你去备车，送这位东洋小姐回她府上。

洋子脸上的表情并未因此发生变化，仍然用她略带棕色的大眼睛看着大太太，从沙发上站起身，半退着走到客厅中央，在俯下身去的同时，轻轻地说，那么，洋子告辞了。

大太太一直到饭后，才忽然叫了声四太太。瑞香没有动，也没有应声。等到所有的人都离开了餐厅，大太太叹了口气，伸出手掌，犹豫不决地抓起瑞香的一只手，说，四太太，你的话比我管用。

你要我说什么？瑞香看着她，想了想，说，他是你的儿子。

说完，她慢慢地抽回手掌，起身一出餐厅就见胡石言早已恭候在门外。

胡石言躬身说，四太太，请这边走。

唐公馆的花房就在花园的尽头，屋顶与四壁都嵌满了五彩的玻璃，让置身其中的每个人都有种如梦如幻般的感觉。

瑞香一进去，甫仁就把捧着的一个小手炉放进她手里，看着她入座后，开门见山地说，求你一件事，让你的人别再盯着我们了。

我盯的不是你，也不是桥本小姐。瑞香语气平缓地说，我盯着的是联合的生意。

甫仁笑了，往瑞香面前的瓷杯里注满茶水，说，那你该盯着董事会。

董事会知道你在帮日本人把大冶的矿石运出长江吗？

我们不运，也有的是人在运。甫仁说，董事会关心的是分红。

你运出去的是石头，等到落回来时就成了炮弹。

这一回，甫仁没有马上说话。他拿起一盅滚烫的铁观音，放在嘴边，吹一口，喝一口，直到把它们全部喝完，说，谁不知道落回来的是炮弹？张之洞不知道吗？盛宣怀不知道吗？还是当年的孙大总统不知道？甫仁说，这是历史，是谁也改变不了的事实。

可你是在改换你们唐家的门庭。

所以你想另起炉灶？甫仁的眼神在瞬间恢复了平静，看着瑞香，说，你别忘了，你购买的火轮，还有那些枪支弹药，用的可都是联合船运替汉冶萍公司装运矿石赚来的钱。

你也在盯着我。瑞香露出一个毫无表情的微笑，说，你是怕有朝一日我用它们来对付你？

甫仁跟着也笑了，慢慢地靠近椅背，但仍然看着瑞香，说，等到你真要用它们来对付我那天，你还会这么平静地跟我说话吗？

瑞香像是一下子看到了那一天的来临，捂着手炉半天都没有说话，直到双手烫得整个人都一惊，才强忍着痛站起身。

甫仁等她走近花房的玻璃门边，忽然又说，我看甫成还是去美国比较好。

瑞香站住了，却没有回身。她盯着面前的一块彩色的玻璃，一字一句地说，你想用我儿子来威胁我？

他是我同父异母的弟弟，我们在这个园子里一起生活……有时候，我觉得他更像是我的儿子。甫仁说着，慢慢地起身，慢慢地走到瑞香身后。他的鼻尖几乎要触碰到瑞香后脑的头发。甫仁说，如果我有这样一个儿子，我一定送他去美国。

瑞香一下转过身去，在甫仁那双温和的眼睛里看到的却是她自己。瑞香伸出一只手，虚无地停在她与这个继子之间的空气中，然后，用另一只手摸索到门把手，用力拧开。

风一下灌进花房，吹得满屋的花草都在唰唰作响。

甫仁的婚期还没有真正确定，消息就已经走漏。一连好几次，成群的学生围堵在唐公馆的铁门外，不仅高喊反日口号，甚至还有人往里面投掷砖头与石块。甫仁却阻止了前来驱赶的巡捕，一声不响地搬进沙逊大厦的一套法式客房里。

当晚，远在南京的陈先生忽然来电，在简短的问候后，他沉默片刻，情真意切地说，非常时期，望世兄体念舆情、民意，凡事三思而后行。

几天后，开完上海工商与金融界的例会，中国银行的董事会秘书在走廊里握着甫仁的手，郑重地说，董事长再三嘱咐，请唐先生务必参加今晚在他公馆举行的晚宴。

可事实上，宋公馆晚宴上真正的宾客只有两位。宋夫人把漂亮而摩登的章小姐介绍给甫仁后，在上甜点时又随口说起了她的家世与背景。宋夫人微笑着说，章小姐是美国威斯理安女子大学文学院的毕业生，回国还不到两个月。

夜深以后，甫仁仰面躺在黑暗的床上，对洋子说，这些事只有她能做到，也只有她能做得出来。

她做得没有错。洋子伸出一只手，抚摸着甫仁的脸颊，说，章小姐是你们国母的小师妹，你应该娶这样的女人。

甫仁没有再出声，就像很快入睡那样。过了很久，洋子悄无声息地钻出被子，踩着地毯走到窗边，把窗帘撩开一条缝隙，出神地向外凝望着。

甫仁不知何时已走到她身后，用一条毛毯包裹住她赤裸的身体后，一把拉开窗帘。整个十里洋场上不夜的灯火如同飞蝶扑面而来，霓虹在他们的眼睛深处不停地闪烁。两个人并肩站在这些灯火前，静静地，就像他们无数次一起站在虹口的耶稣圣心堂那个点满蜡烛的圣坛前。

可以说，甫仁与洋子的约会就是从圣心堂的每个礼拜天开始的。直到有一天，在离开教堂的路上，洋子无意中说起她已故的母亲。那个自由而浪漫的科西嘉女人，一生中唯一摆脱不了的是对天主的信奉。

所以你父亲宁可放弃爵位，也要为她去接受洗礼。

我知道，像你们这样的男人要接近一个女人，一定会把她调查得清清楚楚。洋子低下头，看着自己的脚尖说，可你忽略了最重要的一件事，我是个日本人，我是桥本信雄的女儿。

没有人可以阻止我接近你。甫仁说着，拉起她的一只手，但很快又放下，说，你等我一下。

说完，他像个孩子似的扭头就跑，沿着路边的那排青枫，一路跑进教堂。

等他出来时，步履已经恢复了惯有的稳重，不急不缓地走到洋子面前，微笑着说，我已约好了神父，下次礼拜时请你来参加我的洗礼。

洋子半天都没有说话，直到甫仁把车停在她家门口，她始终低垂着脑袋。

甫仁绕过车头，在为她打开车门后，伸手抬起她的下巴，看着那双略带棕色的眼睛，说，洗礼后，我会正式拜访你父亲。

晚饭的餐前祈祷后，洋子低垂着长长的睫毛，对父亲说，爸爸的计划快要实现了。

这不是我的计划，这是东京本部的计划。桥本信雄是日本驻沪副总领事，而他的家族也是日本最古老与显赫的家族之一。如果不是那段短暂而备受质疑的婚姻，他现在恐怕早已进入内阁。

只是……这一步走得太顺利了。洋子抬起眼睛，看着父亲那张刀砍斧削般粗糙的脸，又说，他不该是那么容易就上钩的人。

你以为男人上钩都是因为美色吗？桥本信雄冷冷地说，只有东京那帮浑蛋才会这么想。

爸爸，你的话让洋子太难堪了。

你投身到土肥原门下那一刻，就该想到有今天。

每个帝国的子民都有为天皇效忠的义务。洋子说，我是桥本家的女儿。

我这辈子唯一做错的事就是带你回国。桥本信雄说，我应该把你留在法国，留在你母亲身边。

当年，这个痴情而倔强的男人为了爱情不惜抛弃他的家族与前程，却不想妻子在女儿六岁那年投入一名意大利画家的怀抱。但是，他从来没有后悔过。

一个星期后，甫仁如约坐在他面前时，拉过洋子的一只手，说，我们的婚礼可以办在上海，也可以在京都。他看着桥本信雄那双深邃的眼睛，又说，我不在乎婚礼的形式，但我一定要娶您的女儿。

桥本信雄眯起眼睛笑了，掏出一把钥匙，对洋子说书房的柜子里有一瓶他珍藏了二十年的白兰地，你去替我取来。说完，他仍然微眯着双眼，目视女儿离去后，用生涩的中文一字一句地说，我不能把洋子嫁给任何一个中国人，出于目前两国关系的考虑，您也不应该娶一个有日本血统的女人。说着，他站起身，朝甫仁用力低下了头，说，甫仁君，请您原谅我，也请您理解，我是一个父亲。

甫仁好像早知道会有这个结果，在沙发里仰起脸，说，婚姻不光是一对男女的结合，它更是两个家庭的组合，如果我估计得没错的话，这应该也是你们外务省的愿望，特别是在目前这种形势下。

我就这么一个女儿。桥本信雄坐回沙发里，说，我不会让她成为国家的牺牲品。

那洋子会失去一个好丈夫，您也会再次失去你们天皇对您的信任。

等到洋子用一个托盘端着那瓶白兰地与两个水晶酒杯回到客厅，甫仁已经离去。她却像什么事都没有发生那样，仍旧打开酒瓶，倒上半杯后，递进父亲手里，在沙发的扶手上坐下，说，他是个聪明人，他的话说得一点儿都没错。

所以我们更要知道他娶你的真正目的。桥本信雄一口喝干杯中的酒，说，这是一出戏，既然上了场，那我们就把它演逼真了吧。

这不是一出戏。洋子俯下身，把头靠在父亲的肩上，轻轻地说，这是我们在中国的任务。

五

甫仁与洋子的婚礼最终选择在科西嘉岛上的一座小教堂举行。那里也是桥本信雄迎娶洋子母亲的地方。当甘哥林派人把一叠照片交到瑞香手里时，她扭头看了眼侍立一旁的韩初九。

一直等到来人离去，韩初九才由衷地感慨道：有时候，我真觉得他才是个真正的男人。

他为什么这么傻呢？瑞香的眼睛再次停留在那些照片上，一张接着一张，在把它们重新又看完一遍后，说，他为什么要给我们留下这么一个机会？

两个星期后，四公馆里举办了一场盛大的堂会。花园的草坪上，整个戏台都用绛紫色的金丝绒装饰。从早到晚，除了在沪的四大京班轮流登台，其间不时穿插着爵士乐队与摩登影星们的即兴助演，就连流水席也分成了中西两式，从客厅的门廊一直摆到花园中央。四公馆就像在一天里重回了当年宾客如云、日夜笙歌的盛况,而应邀前来的,除了唐家的门生故友,更多的是上海滩的各界名流。

夜深之后,瑞香不仅亲自登台,而且还扮上相,在喧天的锣鼓声中,一段《穆桂英挂帅》把整场堂会推向了高潮。

可是,就在她躬身谢幕之际,宾客们开始纷纷离席。他们大多是西装革履、要么就是穿着长衫马褂的男人,在四公馆保镖们的引导下,由客厅的侧门进入偏厅。

韩初九面容严峻,恭敬地请每个人入座后,垂手站在门边,直到瑞香推门进入,他如释重任般地舒出一口气,知趣地退出门外,用双手轻轻拉上门,笔直地站在一边。

瑞香已经换掉戏服,但脸上似乎还留有油彩的光泽。她眼含微笑地从在座的每张脸上掠过后,脸上的笑意更浓了,说,诸位还愿意坐进这间屋子里,我很欣慰。说着,她像男人一样,朝着每个人拱手致礼,接着又说,我们做帮会的,每年开香堂、收弟子,这是数百年来从未更改的规矩,不过时代发展到了今天,老规矩已经阻碍了我们发展,帮会的壮大需要门生子弟,但帮会的发展更需要有社会各界的精英,尤其是在上海滩这块中西交会的地方……杜先生看到了这一点,所以他在三年前结了恒社,其结果,相信大家有目共睹,现在轮到我们了……我只要求不管什么时候,走进这扇门的人能做到"一心一德、为国为民"这八个字,他就是我们的一分子,就是我们的生死弟兄。

天快亮的时候,用人们用托盘盛着热好的点心进来,小心翼翼地一一放下后,又小心翼翼地退出。一位须发花白的老头端起一碗银耳莲子羹,看着瑞香说,既然大风堂已经过时,我们换汤也得换药……四太太,新社团总该有个新名号吧!

名字只是一个符号。瑞香说着,起身走到桌边,亲手铺开宣纸,提起笔,用力蘸饱墨汁后,兼工带行地在宣纸写下两个遒劲的大字:新记。

新记。有人一边在嘴里念道,一边笑着说,这名字听着就像个馄饨铺。

又有人忍不住要笑出声来,但马上咽了回去。

瑞香搁下笔，慢慢地转过身时，脸上已挂满笑容。她说，我们不求流芳百世，一百年太久了，我只愿它是一个新的开始。

两天后，四公馆的堂会接近尾声时，余十眉带着南京陈先生的亲笔信突然到访。陈先生在信中除了祝贺新记创立，更多的是赞赏与期许，希望四太太在这个非常时期能有一番非常作为。为此，他不惜以私人名义请中国银行出面，腾出爱多亚路上的一幢别墅，作为新记的活动与办公场所。

瑞香随手把信放在一边，说，看来我身边有你们的人。

早已贵为上海市党部书记长的余十眉诚恳地点了点头，说在上海的各个阶层里安插与吸纳中统人员就是他的工作。说完，他看着瑞香，又说，唐先生身边也有我们的人。

瑞香不以为然，仍然淡淡地说，书记长不光是来当信使的吧！

我就是一名信使。余十眉说，陈先生的意思是防患于未然，请四太太要早做准备。

准备什么？瑞香的目光一下变得锐利，直视着余十眉。

余十眉说，多事之秋就得未雨绸缪，四太太在这个时候自立门户，陈先生甚感欣慰。

瑞香却发出一声冷笑，抬起左手，看着无名指上那枚硕大的钻戒，说，多少年了，上海滩的人们都叫惯了我四太太……有时候，他们叫得连我自己都快忘了，我这个四太太也是唐家的四太太。

蜜月归来后，甫仁做的第一件事就是带着妻子前来拜访瑞香，并且奉上了一幅毕加索的油画，但真正的礼物却是甫成从纽约托人捎来的一封信。

瑞香看着信封上唐甫仁启那四个工整的钢笔字，久久没有说话。

甫仁笑了笑，说，甫成还小，等他长大就会明白你的苦心。

瑞香叹了口气，对站在一侧的韩初九说，新娘子是第一次来，你带她四处转转吧。

甫仁看着妻子出了画室后，说，你想跟我说什么？

瑞香靠进藤椅里，说，是你想跟我说什么吧！

甫仁想了想，说，新记还姓唐吗？

你记得自己还姓唐，就不该娶这么一个女人。说着，瑞香起身，从柜子里取出一本线装画册，放到甫仁面前，说，里面的东西是我托人从东京收集过来的。

甫仁翻开画册，只见里面夹着一份洋子的履历，就马上把它合拢，说，这种东西，我也有。

她在日本的外务省当过差。

她在那里当了两年的法语翻译，介绍人是她父亲。

其中有一年多是空白的。

我知道。甫仁把画册交还到瑞香手里，说，我娶了她，她就是唐家的太太。

是你更想成为桥本家的女婿吧？

我是个商人。甫仁说，中日一旦开战，我首先要确保唐家的产业免于战火，这是我的责任。

瑞香一时没有说话，只是凝神看着他，一直看到他从沙发里站起来，走到窗边，伸手推开窗户。天空中乌云密布，就像要把大地压垮那样，令人有种说不出来的窒息感。

甫仁背对着瑞香，说，这场雨要下来，谁也躲不过去……我们能做的，就是尽量别让自己被冲垮了。

雨过总会天晴的，你不该是那种短视的人。说着，瑞香起身，慢慢走到甫仁身边，跟他并肩望着乌云密布的天空，又说，有些帽子戴上去了，是一辈子都摘不下来的。

不是还有你吗？甫仁忽然笑了，扭头看着她，好一会儿，才意味深长地说，你说……如果我不去法国结这趟婚，今天的上海滩上会有新记吗？

瑞香一愣，猛然扭头，直视着甫仁那双因温和而显得格外深邃的眼睛。

甫仁慢慢地伸出手，却在触碰到瑞香脸颊的瞬间徒然垂落。

甫仁重新回到藤椅前坐下，说，有多少事情是一眼可以望得到头的？有时候，我们还要知道让眼光在什么地方拐弯。

瑞香紧闭着嘴唇，倚靠在窗台上，眼睛一眨不眨地看着他。

我们只是棋盘里的两只卒子，你要吞下一头象，就必须得先过了那条河。甫仁的脸上又露出了笑。他说，至少有一点，我们是一样的，我们就是那两只想吞下一头大象的卒子。

离开四公馆的一路上，甫仁靠在汽车的后座上，眼睛始终望着车窗外大雨如注的街景。洋子挽起他的一条胳膊，把脸靠在他肩头，说，你们吵架了吗？是为了我吗？

甫仁想了想，答非所问地说，这是我们最后一次去她的公馆，我们再也不会去那个地方了。

值得吗？洋子看着丈夫，说，你们是一家人。

一家人，怕的就两条心。说着，甫仁把嘴凑到妻子的耳边，改用法语说，我们才是一家人……你要记住，任何时候都不要忘了，你是我的夫人。

洋子没有作声，只是把他的胳膊挽得更紧了。

汽车驶到汇通银行时，甫仁让司机靠边停下，说，你先送太太回公馆，再来这里接我。

说着，他像法国人那样吻了吻妻子的脸颊，接过公文包，推门下车，冒着雨跑进银行。

但是，甫仁并没有搭乘电梯上到杨静庵的办公室，而是匆匆穿过大厅，沿着过道从后门离开，上了一辆早已等候在那里的轿车。

开车的是个苍白而英俊的年轻人。他一言不发地载着甫仁穿街走巷，绕了很大一个圈子，才来到黄浦江边的一所船坞。下车后，年轻人恭敬地朝着一艘快要竣工的驳船做了个请的手势，仍然一语不发。

甫仁在驾驶舱里见到井上武时，他正穿着工装、戴着手套在校正舵盘下面的那些铰链。甫仁站着看了会儿，说，井上先生，我们的时间都很紧。

井上武这才把扳手交给身边的技师，一边摘下手套，用流利的中文说，对于一条航行中的船来说，发动机与方向舵到底哪个更重要一些？这个问题我想了大半辈子，到现在还是没有想明白。说着，他亲热地一拍甫仁的胳膊，领着他下到船舱里，看着他坐下后，说，你为什么要这么做？

我做了什么？甫仁不动声色地看着这个须发皆白的小老头。

井上武说，你不该逼迫汇通，让它出面为你收购香港的九宫海运。

是你们的政府在逼我……战争一旦爆发，中国内陆的航运必然会受到军方限制，而国际间的对华贸易却会因此成倍地增长……我记得我曾跟你说过，我创建联合船运，就是为了有朝一日能让我的船队开到海上去。甫仁说，现在时候到了，我需要借用九宫海运这个外壳。

但你要知道，九宫海运的背后是我们井上家族。井上武说，你是在通过井上家的银行，收购井上家的公司。

甫仁笑了，说，那你为什么在这个时候来上海？而且还买下了这家船厂。

井上武说，我买下这家船厂，用的是我自己银行的钱。

甫仁摇了摇头，说，现在，这已经不是钱的问题了，你这次来上海，是来撒网与布子的，你们已经在为入侵后做准备了。说着，甫仁收敛起脸上的笑容，像鹰一样盯着他，又说，我想，你一定是得到了你们军方的授意。

井上武说，甫仁君，我一直都很欣赏你，也愿意跟你这样的人合作，因为你不仅是个商人，你还有政治家的眼光。

商人的眼睛里只有利益。甫仁说，只不过，我的利益里面也包含了国家的利益。

日中之间这一战只是时间问题，但不管对于商人还是军人来说，战争就是证明自己最好的机会。井上武想了想，接着又说，我想，在今后的几年里，我会把更多的精力放在这里。

甫仁发出一声刺耳的冷笑，没有开口说话。

井上武说，甫仁君，这次来上海，你是我唯一想见的中国人。

你当然要见我，因为，我们唐家势力不光局限在上海这座城市，在中国这块土地上，只要我的船航行到哪里，唐家的势力就会延伸到哪里……我想，你也是要借用联合船运这个外壳，来装下你们井上家族在中国的扩张野心。甫仁认真地说，可你想过没有，你是不是太高估了你们国家的能力？

所以，我需要朋友，需要真正的合作者。井上武同样认真地说，甫仁君，你我都阻止不了战争的发生，也改变不了历史的进程……我们能做到的，就是改变自己，把握住每一次机会。

甫仁沉默了一会儿，说，我的条件是你必须出让九宫海运。

井上武看着他，很久才垂下眼皮，说，那好，那我们就剩下一个问题了。

六

瑞香遇刺那晚，是和声社在上海的最后一场演出。戏票早在三天前预售一空。瑞香在后台一直待到戏快要开场，才由程老板亲自陪着进入她的包厢。

就在舞台上的锣鼓响起时，戏院的管事被保镖带进来，弓着身子，说，四太太，休息室里有您的电话。

瑞香还没有开口，站在一侧的韩初九就警觉地说，谁打来的？

戏院管事摇了摇头，正想再说什么时，瑞香已经站了起来。

韩初九陪着她离开包厢时有点儿放心不下，又叫上两名守在门外的白俄保镖。可是，就在一行人走向休息室的路上，一声巨响从他们的包厢传来，爆炸掀起的气浪把大厅里的水晶吊灯震落在地，整个兰心大戏院顿时乱作一团。

韩初九一把抓过戏院管事，瑞香却镇定地说，我们走吧。

瑞香并没有回四公馆，而是驱车直奔上林雅院。老鸨阿九在看清众人的脸色后越发不敢多言，一直到奉上茶水时，才小心翼翼地说，要不，我把场子清了吧？

不用。瑞香说，你忙你的去吧。

韩初九在安排好后院的警卫后，敲门进入，说，电话公司那边，我已经派人过去了……估计不会查到什么有用的。见瑞香没有作声，他又说，看来，这次是要图穷匕见了。

瑞香抬眼看着他,说,你为什么要这么说?

明天是召开临时董事会的日子。韩初九说,他是要阻止你去参加这次会议。

瑞香伸手端起茶盏,见他并没有告退的意思,竟然展颜一笑,说,刚才进来时,我见到筱玉兰了,她是越长越漂亮了……你就没想过要收了人家?

韩初九愣了愣,垂下头去。

瑞香又说,你要有这个心,我去跟阿九说。

韩初九看着瑞香,恳切地说,养兵千日,用在一时,我们该让乔三过来了。

瑞香没有再作声,一直到韩初九离去,门被轻轻拉上,她才放下端着的茶盏,扭头回顾屋子。这里就是她做倌人时的香闺,一桌一椅都保持着当年的原样。这里,一度也是唐汉庭办公与留宿的地方。他在这间屋子里发号施令,掌控着整个大风堂,也主宰着大半个上海滩。瑞香无声地吐出一口气,起身走进里屋,看到昏黄的灯光下那张雕花大床,忽然有种恍若置身于梦中的错觉。

第二天,联合船运的董事会议在黄浦江的一艘游轮上召开。因为瑞香迟迟没有到场,许多董事都不敢擅自表决。甫仁合上文件,略显无奈地说,好吧,既然举个手有那么难,我是董事长,这个难下的决定就由我来下吧。说到这里,他顿了顿,目光变得锐利起来,在每张脸上审视一圈后,接着说,不过……我请诸位要明确一点,我今天所做的决定是为了把我们这个盘子做得更大。

现在国共都开始联合抗日了,我们在这个当口上,还要加深跟井上家族的合作,这合时宜吗?说话的是个蓄着一抹小胡子的中年人。他一边说,一边把填满烟草的烟斗叼进嘴里,点燃后,在吐出的烟雾中,不紧不慢地又说,我顾某人不在乎世人会不会骂我是汉奸,我担心的是日本入侵后……这种时候与其做大盘子,不如把它变现,入袋为安。

道宏兄要变现,我现在就可以收购你的股份。甫仁说,但你要想清楚,这仗一旦打起来,你入袋的钱又能安稳到哪里去?

顾道宏一笑,说,至少到那时候,我还能有钱捐给政府去买军火。

那你买来的军火呢?它需要由船来运输吧?甫仁也笑了,目光从他脸上移开，诚恳地说，我想，道宏兄的顾虑也是大家的顾虑，说心里话，这种顾虑我也有过，我也不想让人说唐家发的是国难财，而且家父在世时一直就在抵制日本方面的渗透，但我们是生意人，我们经营的是公司，我们要确保联合这块招牌在这个乱世中屹立不倒。

顾道宏说，可你会把这块招牌弄脏的。

游轮上空气一下子凝固。甫仁慢慢低下头去，伸手抚摸着桌上的那份文件，好久都没说一句话。

午后时分，游轮停回启航的码头。甫仁把每一位董事都送离后，才坐进自己的车里。胡石言手把着车门，说，都去找过了。

说完，他微微摇了摇脑袋。

甫仁说，上林雅院呢？

胡石言说，我也去过了。

甫仁没有再说话，一把拉上车门后，轿车沿着江堤急驶而去。

事实上，瑞香整个上午都坐在甫仁新居的客厅里。这幢带花园的法式洋房是丈夫送给妻子的新婚礼物，位于霞飞路最中心的地段。瑞香跟洋子如同一对久别重逢的好姐妹，天南地北的，从先施公司里的香水与丝袜，一直聊到百乐门舞厅里新装的弹簧地板。快到中午的时候，像是忽然记起来，瑞香说她已经在豫园里订好了一桌斋菜。说着，拉住洋子的手，亲热地又说，你是见过世面的人，吃惯了生鱼片，也尝惯了西式的大餐，你一定要尝尝城隍庙里的斋菜。

洋子却用一种玩笑的口吻说，四太太，我可不是吃素的。

我就是要你尝尝吃素的味道。瑞香笑吟吟地说着，松开拉着洋子的手，起身不由分说地吩咐韩初九说，你去把车开来，我们上城隍庙。

可是，瑞香在途中忽然改变了主意，让韩初九直接把车开到了城外的真如寺。她对洋子说，城隍庙什么都好，就是人太多了。

洋子没有搭腔，也没有看她，始终面色如常地望着车窗外。

瑞香是在席间无意中说起原田健一的。说到这个老牌特务在戒备森严的办公室里被人扭断脖子时，她像顿觉失言那样，忙掩口说道，真是罪过，我们怎么可以在这个地方说这些恶心的事。

洋子的脸上这才起了细微的变化，瑞香却话题一转，仍然天南地北的，说的都是女人在餐桌上的话题。

夜深之后，瑞香由韩初九陪着重新回到霞飞路上的那幢花园洋房时，甫仁已经派人找遍了整个上海滩。他一见瑞香，就厉声说，我太太呢？你把她带哪里去了？

瑞香笑而不答，穿过客厅，径直走进他的书房。

甫仁关上书房的门，还是瞪着她，说，你唱的到底是哪一出？

瑞香在一张椅子里坐下，微笑着说，你放心，我还没狠到要对你的女人下手。

长长地吐出一口气后，甫仁说，炸弹是我让人去安的，电话也是我让人打的。

瑞香说，那你唱的又算是哪一出呢？

我要确保今天的决议顺利通过，联合要活下去，必须得有海上的船队。甫仁在瑞香旁边的椅子里坐下，看着她，又说，我不是父亲，我决不会让唐家葬送在任何一场战争里。

瑞香避开他的目光，说，我也可以召集董事会，我还可以罢免了你这个董事长。

我知道，董事会里很多人向新记投了拜帖。甫仁说，但我们两个真要斗起来，垮掉的就是整个唐家的产业。

哪怕它垮了，我也绝不会让日本人上联合这条船。

他们已经上船了。

那就由我来赶他们下去。

你以为只有日本才是我们的敌人吗？甫仁看着瑞香，忽然语气一变，耐着性子从庚子年八国联军攻占北京城开始，一直说到刚刚发生在英美烟草公司的大罢工。甫仁说战后的这十多年，是国家的经济与建设突飞猛进的黄金十年，这是西方列国都不想看到的，也是难以忍受的，他们要阻止中国的发展，同时还要削弱日本的力量。说完，他抬起头，看着墙上挂着的一幅油画，冷笑一声，又说，别以为英美会带来和平，会在中日之间斡旋、调停，那些都是假象，他们真正的目的是要两国交战，才符合他们在远东的利益与野心。

所以，你就铁了心地依靠日本人？瑞香说完，目光锐利地盯在甫仁脸上。

甫仁一下子沉默了，起身从书桌的抽屉里取出一把钥匙，放进瑞香手里，说他已经用瑞香的名字在花旗银行开了个保险箱，里面放着一份已经签好的文件……联合海运一旦在香港站住脚跟，他就会退出联合船运，还会离开上海。甫仁说，到时候，是把日本人赶下船，还是把他们摁死在船舱里，都不关我的事了。

这一次，瑞香没有说话，低头把玩着手中的这把钥匙。

过了好一会儿，甫仁又说，现在，你该告诉我洋子在哪里了。

瑞香慢慢抬起眼睛，说，这个女人对你真有这么重要？

甫仁毫不犹豫地说，是。

联合海运在香港成立不到一周，日本的军队就在飞机与舰炮的掩护下由金山卫登陆，向上海展开了疯狂进攻。甫仁每天只在报纸上了解战况，好像那座战火中的城市已经不是自己的家乡，到了晚上就带着妻子出入各种晚宴与舞会。洋子却一直显得有点儿忧心忡忡。这天晚上，在前往港督府的敞篷车里，她由衷地感慨道：没想到战争就这么开始了。

甫仁好像没有听见。一路上，他的眼睛始终望着山脚下稀落的灯火，直到车在港督府的大门前停稳，才牵起洋子的手，说，上海已经过去了，我们要在香港站稳脚跟，必须得到英国人的支持。

甫仁是在洋子与几名英国贵妇聊得正欢时悄然离开的，独自驾车下山，到了维多利亚港口后，快步登上了一条停在岸边的小渔船。

盘坐在船舱里的年轻人是甫良。他刚刚搭乘东印度公司的货轮由欧洲归来，脸上布满着长途航行之后的疲惫与焦虑。

隔着矮桌上的一盏渔灯，这对同父异母的兄弟就像两个陌生人那样，彼此注视了良久。

甫良终于开口，毫不客气地说，你到底在搞什么？鬼鬼祟祟的。

现在的香港到处是日本特务，我担心他们会阻止你回上海，甚至还会暗杀你。甫仁说，我不能让你有一点儿闪失。

你来电是说我妈病了。甫良说，我是来看我妈的。

二娘的身体并无大恙。甫仁说，老三，你得留下来，家里需要你。

甫良想了想，说，父亲下葬时我都没有回来，你们就没想过这是为什么吗？

你从来都没有把自己当成是唐家的人。甫仁说，可我们不能忘了，我们的身上都流着父亲的血。

甫良沉默良久后，忽然说起了艾丽丝：去年在法国度假时，二姐带我去看过她，她现在住在一家修道院里。说完，他马上又说，你应该带我去见见我的日本嫂子。

你从小就刻薄，到现在还是没变。甫仁笑了，掏出一张火车票，说，等会儿水警署的快艇会直接送你去广州，你明天就回上海……长兄为父，这次，你一定要听我的。

你到底要我干什么？

接管家里在上海的所有产业。

甫良一惊，看着大哥半天才说，我是军人，我对生意一窍不通，也没有兴趣。

现在不是凭兴趣做事的时候，这是我们的命运。甫仁郑重地说，唐家这副担子只能由我们兄弟两个挑起来。

甫良想了想，说，家里不是还有瑞香吗？

她会把我们唐家毁了的。甫仁说，这才是我最担心的。

七

广州北上的列车穿过枪林弹雨驶入上海时，一架日本战机正呼啸着坠毁在火车站附近。爆炸震得大地都在颤抖，烈焰在瞬间坍塌的楼宇间与尘土一起冲向半空。但是，人们只在片刻的恐慌后就恢复如常，好像这场发生在咫尺外的战争跟谁都没有关系。

胡石言在车站的出口处没有接到甫良，回到唐公馆才发现，离家多年的三少爷已经跪在母亲面前。

二太太的泪水滴落到儿子的脸上，好一会儿才说，傻儿子，人家都在往外跑，你还回来干什么？

儿子没有回答，始终用一种温顺的目光凝望着母亲，任凭她的泪水滴落在自己脸上。

当晚，短暂的歇息后，租界外的激战又开始打响。胡石言就是在一片枪炮声中叩开甫良的房门，轻轻地说，三少爷，四太太要跟您见一面。

甫良愣了愣，看着他，说，你到底是谁的总管？

胡石言低下头，仍然轻轻地说，三少爷，四公馆也是唐家的四公馆。

甫良没有再说话。自慕尼黑军事学院毕业，他一直在靠近波兰边境的第八山地师服役，早已把自己训练成一名真正的德国军官，举止优雅、风度翩翩，但目光中却有一种让人望而却步的威严。

瑞香就是在这双眼睛深处又见到了唐汉庭的影子。许多念头一闪而过后，她不禁感慨地说，我见过你的照片，没想到你比照片上还瘦。

甫良笑了笑，在凉亭里的一张石凳上笔直地坐下后，扭头望着花园的围墙外的天空。枪声四作的方向不时有照明弹远远地升起，把暗红色的夜空照得雪亮。

这时，用人们进入凉亭，撤掉石桌上的古筝，摆上什锦果盘与茶水。瑞香亲手换上一支檀香后，又说，这些都是采芝斋的蜜饯，你妈说过，你从小就喜欢吃这些。

甫良又笑了笑，说，四太太，你邀我来是赏月的吗？

瑞香一直等到用人们穿过草坪都退回屋里，才从侍立一旁的韩初九手中接过两本花名册，说，你也走吧。说完，她把花名册放进甫良手里，看着韩初九离去的背影，缓慢地说，我把大风堂变成了新记，现在，一起交还给你们。

甫良直挺挺地坐着，好半天，笑容才重新浮上嘴角，说，拿着这两本东西，我还能出得了这个花园吗？说着，他把两本花名册一起放到石桌上，看着瑞香，说，你应该知道，我在德国入伍，就是为了有理由不回这个家。

可你回来了，你哥要做绅士，就得有人去当流氓。瑞香说，这就是唐家，这是你们的命运。

甫良终于低下了那颗傲慢的头颅，但马上又抬起来，说，你放心吧，我很快会离开上海。

我知道。瑞香说着，打开装着檀香的锡盒，从里面取出一张纸片。

这是甫良在广州临上车前发出的一份德文电报。收报人是德国援华的一名军事顾问，他也是甫良在慕尼黑军事学院里的教官。甫良希望教官能推荐他去孙元良的第八十八师，他要用血肉之躯来保卫他的家乡。

甫良拿着电文，发出一声冷笑，说，原来一入关你就在盯着我了。

我盯着的人是甫仁。瑞香说，他跟日本人走得太近了。

甫良摇了摇头，说，其实，你们是一路人，你们都是吃着碗里看着锅里的人……你们最害怕的就是有人会来跟你们分一杯羹。说着，他站起来，看了眼石桌上那两本花名册，又说，你还是把它们放回你的保险箱里吧。说完，甫良转身出了凉亭，一直走到草坪边缘，才记起手里还捏着那份电文，就重新折回来，把它放回石桌上，说，如果你没见到这份电报，你会怎么对付我？

你说呢？

甫良想了想，说，我出生在这个家里，在这个家里长大，我比谁都清楚帮会的手段。

瑞香仍然端坐着，不紧不慢地说，如果你真的心意已决，我可以推荐你去南京的国防部，保家卫国不一定非得去战场上拼命。

甫良又笑了，说，四太太，你操的心太多了。

瑞香跟着也微微一笑，没有再说话，目送甫良穿过草坪离开后，就见韩初九与两名保镖从桂花树丛的暗处转了出来。

韩初九步入凉亭，说，如果这份电文是他虚晃一枪呢？

那就说明我看走眼了。

你太心慈手软了。

瑞香一下仰起脸，直视着韩初九，迫使他不得不低下头去，无声地退出凉亭。

这天晚上，瑞香整夜都没有回屋就寝，而是坐在凉亭的石桌前，让用人重新摆上古筝，在彻夜不绝的枪炮声中，一曲接着一曲地弹奏，直到东方发白。

韩初九同样没有回屋。他始终垂立在凉亭外。露水打湿了他的衣服，露珠凝结在他的头发梢，在初升的阳光下闪闪发亮。

琴声戛然而止。瑞香终于垂下双手，扭头看着韩初九，说，你要是不困，就去趟上林雅院，去给乔三发报吧。

韩初九愣了好一会儿，说，江阴段的航道都已经被封锁，他们的船下不来了。

船过不去，可以用脚走。瑞香说，你去找甘哥林的秘书，安排他们以难民的身份进上海。

乔三带领他的兄弟由陆路进入租界时，持续了三个多月的淞沪会战已经接近尾声。南京最高统帅部下达全线撤退命令的第二天，余十眉匆匆赶到四公馆，再三劝说瑞香，还是走吧，说不定明天这里就成了一座孤岛。

我哪儿都不会去。瑞香平静地说，你们没守住上海，我得看着我的家。

四太太，这是陈先生的意思。余十眉说，我们已经安排好了，他希望您能去重庆。

我没领过你们政府一天的饷，我不需要听从任何人的安排。瑞香说着，把脸转向枪声还在响彻的方向，又说，你们可以把那四百来名官兵扔在四行仓库里，拍拍屁股说走就走，可我不能丢下新记的弟兄们。

这是战争。余十眉说，我们都得从大局着想。

我只是个女人，女人的大局就是寸步不让。瑞香说完，毫不客气地端茶送客。

一下子，余十眉的脸上平添了几许怅然之色。他掏出一个本子，撕下其中的一页交给瑞香，起身告辞。瑞香送到客厅门口，听着汽车驶出花园的大门，才低头看了眼手中那张纸片，只见上面是一个地址，就划着火柴把它点燃，等它在烟灰缸里烧成灰烬后，扭头对韩初九说，我们快走吧。

瑞香赶到苏州河边时，一河之隔的四行仓库方向，战斗还在继续。流弹不时从对岸飞来，带着尖锐的啸声钻入墙壁或是击碎沿街店铺的玻璃，但瑞香毫无惧色，一下车就直奔河埠。可是，她的两条船，连同上面的干粮、药品与人员都已经被英国军队扣押。

瑞香瞪着英国领事馆的那名武官，对他的翻译说，你告诉他，马上放人。

放人可以，把船放行也可以，但他们过了河就不能再回来。翻译转述武官的话，说这是英国总领事跟日本军方订下的协议。

这是中国红十字会的人道救援。瑞香说，伤员必须进入租界治疗。

武官不等翻译说完，就用英语说，很抱歉，四太太，我们会用子弹阻止您的船靠岸。

瑞香在听明白后，忽然笑了，对翻译说，你告诉他，只要他胆敢向我的船开一枪，我保证英租界会永无宁日。说完，瑞香再也没有看那名武官一眼，径直走到乔三面前，从手袋里掏出一张照片，说，记住，一定要把这个人给我带回来。

乔三接过照片，没有说话，而是像军人一样双脚一并后，冲着手下一挥手，率先登上船，就在英国军队黑洞洞的枪口下，驶向对岸飘来的硝烟中。

在苏州河北岸负责阻击日军的是国军第八十八师五二四团一营的四百一十四名官兵。现在，他们已经成为唯一留守在上海的中国军队，盘踞在四行仓库那幢六层楼的混凝土建筑里。这里，既是他们的战壕，也是他们的指挥所。

乔三穿过横飞的子弹，被带到四行仓库的顶楼时，不禁挺直了身体，朝着指挥官行了一个标准的军礼，说，谢长官。

谢晋元不解地看着他，说，我们认识吗？

511

乔三说，长官在十九路军任职时，我是蔡总指挥的警卫排长。

谢晋元点了点头，说，你回去替我谢谢四太太，谢谢上海的父老乡亲们，只要有你们在，五二四团的兄弟们就不会退守半步。

乔三说，是。说完，他又说，谢长官，四太太的意思是……请长官允许，让我把受伤的兄弟们带回去治疗，她已经腾出了唐家的医院。

重伤员都在楼下，他们愿意跟你走，我不会拦阻。谢晋元说完，见乔三仍然站着没动，就说，你还有什么事？

乔三掏出那张照片，说，这个人我也要带走。

谢晋元瞥了眼照片后，怒目而视着乔三，从牙齿的缝隙里蹦出一个字：滚。

乔三回到苏州河南岸时天色已经黑尽。他找遍了整个四行仓库，最后在二楼的一个机枪位旁找到甫良。这名年轻的军官已经顾不上军人的风度，正解开裤子往烧得通红的枪管上撒尿降温。子弹几乎是贴着他身体擦过。

乔三纵身将他扑倒在地，说，四太太让我带你回去。

甫良显然已经杀红了眼，拔出佩剑就往乔三脖颈里抹去。

乔三一把抓住他的手，大声说，是四太太让我来的。

好一会儿，甫良才明白过来，推开乔三，却没有说话，抓过地上的布伦式轻机枪，换上弹匣后，就像什么事都没有发生过，蹲回到他的射击位上，朝着马路上来的日军一阵扫射。

这些，乔三都没有对瑞香说。他只是低着头，满身血污地站在她的面前。

韩初九一直到汽车驶进四公馆的大门，才从副驾驶座上扭身问瑞香，二太太那边……我们该怎么回复？

有什么好回复的？瑞香面无表情地说，她应该感到高兴，唐家总算又有了个像样的男人。

但甫良最终还是离开了五二四团。就在谢晋元接到最高统帅部撤退命令的当晚，他们在英军的火力掩护下，通过新垃圾桥进入公共租界，很快被送到意大利防区的胶州路进行隔离。第二天，两名意大利卫兵把甫良带进一间接待室。他看着脸色阴沉的瑞香，极不耐烦地说，你到底要干什么？

瑞香坐在长条桌的最里端，远远地看着甫良，说，宋先生下午回南京，他的税警团需要像你这样的军官。

甫良站着，说，我决不离开五二四团。

现在不走，以后只怕就走不了了。瑞香说，你们很有可能会在租界待到战争结束。

甫良愣了愣，走到桌边慢慢地坐下，沉默了好一会儿，忽然说，我妈还好吧？

你还有时间。瑞香说，你可以自己回家去问她。

八

瑞香正式接任联合船运董事长当天，就在位于外滩的办公室里宣布她的第一个决定——联合船运在长江里的所有船只将与民生公司合作，协助国民政府迁都重庆。

作为井上家族在上海的代表，杨静庵一直等到所有的董事们都离去，才像是忽然记起来那样，说，井上武先生希望能在合适的时候来拜会四太太。

瑞香扭头看着窗外纷飞的雪花，说，我看不必了。

但井上武还是专程由日本赶来，请甘哥林代为安排，在法国总领事馆的一间会客室里，他亲手奉上一柄古朴的日式短刀后，用流利的汉语说，在日本，赠送武士刀是男人与男人之间最古老、最崇高的礼仪，四太太巾帼不让须眉，请接受我的敬意。

瑞香接过刀，随手交给韩初九后，笑着说，据我所知，你们日本还有一种说法，交出佩刀，就意味着投降。

井上武充耳不闻，请瑞香入座后谈的都是生意。他希望联合船运能延续他与甫仁之间的协议，共同拓展在中国内陆的航道。井上武认真地说，我已经看到了联合船运成为中国船运之王的那一天。

瑞香又笑了，说，井上先生，今天我应邀前来就是要当面告诉你，我们之间只有战争，没有合作。说完，瑞香站了起来，俯视着井上武，不急不缓地又说，我还要告诉你，只要联合船运存在一天，我就会尽我所能地阻止你们公司在中国的扩展。

四太太，您太感情用事了。井上武说，我们谈的是生意。

瑞香没有理会，走到门边，才回过身来，说，这已经无关生意了。

四太太，如果我下令汇通银行撤资，那就意味着你会多了一名对手，少了一位朋友。井上武说着，起身走到瑞香面前，仰脸看着她，说，我知道，联合船运的船现在都集结在南京的下关码头，在为你们的政府转运工业设备，可您知道吗？它们为什么至今还没有遭到轰炸？

我当然知道，我还知道你是搭乘你们陆军部的飞机来上海的。瑞香说完，转身离开会客室，一直到汽车驶离法国总领事馆的大门，才伸手拍了下韩初九肩头。

韩初九心领神会，但还是有点儿犹豫，从副驾驶座上回过头来，说，法国人一定会插手的。

我们没有时间了，日本已经下达了进攻南京的命令。瑞香说，我要确保金陵兵工厂里的设备顺利运往汉口。

韩初九没有再出声，待汽车拐过十字路口时下车，就见乔三已经远远地等在街边。

几分钟后，井上武乘坐的轿车就在这个十字路口被忽然蹿出的几辆汽车截停。刺耳的刹车声响起的同时，路人中的几名男子迅速扑向汽车。

井上武被一把揪出车厢，塞进了一辆还没停稳的轿车里。同时还有他的司机。那名苍白而英俊的年轻人刚掏出手枪，乔三的枪口已经顶住了他的脑袋。

很快，十字路口又恢复了通行，如同什么事情都没有发生过，依旧人来车往，熙熙攘攘。

井上武再次见到瑞香，是在一幢带天井的石库门房子里。

您太愚蠢了。井上武说，四太太，如果傍晚前我还没走进虹口的领事馆，我们的军方就会出动飞机，他们会把你的船全部炸沉在长江里。

瑞香从韩初九手中接过那把古朴的短刀，若无其事地说她已经问过行家了，这把刀又叫肋差，是日本武士剖腹自杀时用的。说着，她把刀放在井上武的面前，面带着笑容说，要是你是个武士的话，我想，你很快就会用得着它了。

井上武低头看着桌上的短刀，长长地呼出一口气，说，我是个商人，在商人的眼睛里没有什么是不可以交易的。

这样最好，你知道我需要什么。瑞香说着，微微一抬手。

韩初九转身拉开门，乔三推着那名苍白而英俊的年轻人进来，一直走到井上武面前。

井上武叹了口气，说，好吧，你替我去见桥本副总领事，就说我跟四太太的洽谈一时还结束不了。

瑞香看着年轻人，说，记住，只要我的船有一条被炸沉，你的主人就会跟着去陪葬。

年轻人没有说话，更没有看瑞香一眼。蒙上头后，很快被带出房间。

井上武忽然笑了，看着瑞香，说，四太太，您考虑过这样做的后果吗？

瑞香当然考虑过。当天晚上，四公馆的门外就多了许多陌生的面孔。他们都是来自虹口的日本特工，衣服后面鼓鼓的，揣着手枪。

四天后，远在南京的保卫战打得最胶着的时候，韩初九有点儿沉不住气了，闯进瑞香的画室，说，还是让乔三带人过来吧，万一那些日本人要有动作，我们这里的人手不够。

瑞香一手提笔，一手端着调色碟，她的注意力似乎全部都在那张未完的画作上。过了很久，她才说，我们的船到哪儿了？

韩初九愣了愣，说，今晚就能停靠汉口码头。

瑞香没有再说话，把调色碟中的红色颜料尽数泼在画作上后，勾勾点点，她画的是一幅《血染江山图》。一直到要落款时，才仰起脸对韩初九说，你要是不嫌我画得太差，我就把这幅画送给你。

韩初九一下像是明白了，说，那我们冲出去，我们内外夹击，很快就能干掉外面那些人。

枪声一响，就等于给了巡捕房插手的机会，他们就能向日本人交差了。瑞香说完，笔走龙蛇，在画作上题字、落款、盖上印章后，对着韩初九一笑，又说，你放心，只要井上武还在我们手里，就没有人敢轻举妄动。

说着，她示意韩初九在一把椅子里坐下，并亲手为他倒了一杯茶，然后就开始围着画桌踱步。瑞香一边踱步，一边不疾不缓地说着，一桩桩、一件件，直到把每一项事务都交代清楚了才站住，看着她的总管事，长长地吐出一口气，说，在上海，你是我最信任的人。

韩初九半张着嘴，却没有说话，双手捧着的那杯茶也没有喝过一口。他只是仰着脸，睁大眼睛看着瑞香。那眼神，就像个无辜的孩子凝望着他的母亲。

瑞香笑了，温和地说，好了，你去替我准备吧。

第二天的傍晚，甫仁搭乘中国航空的邮政专机忽然飞抵上海。他先去了虹口的日本总领事馆后，驱车直奔四公馆，一见瑞香就要求放了井上武，并且说，这件事到此结束，就当什么都没发生过。

瑞香发出一声冷笑，说，这是日本人给你的许诺？

你在这里迟迟不动手，不就是为了等这句话吗？

我是在等你。瑞香告诉甫仁，她已经抵押了这座公馆，还变卖了所有的首饰与这些年里的收藏，就连唐汉庭当年留给她的积蓄也全部拿了出来。瑞香用一种忧伤的眼神看着甫仁，说，这些年里，我一心想的是让大风堂上岸，现在，却不得不把新记拖下水。

你这是要毁了唐家，你的这些钱能维持联合船运多久？甫仁不停地摇着他的脑袋，用一种近乎绝望的语气说，凭一个人、一家公司是抵抗不了一个国家的，那是一台战争机器，它会把你碾得尸骨无存。

皮之不存，毛将焉附？你是读书人，这些道理你比我更明白。瑞香说，现在，我就等你一句话。

甫仁沉默了很久，说，放了井上武，先让自己脱身。

不管我是杀了他，还是放了他，门外的那些杀手都会冲进来。瑞香淡淡地一笑，继续说，你比我更清楚，今晚我就会死在乱枪之下。

所以你要相信我。甫仁说，我大老远从香港赶来，就是为了救你一条命。

瑞香说，可你值得我信任吗？

只要你是我们唐家的女人，我就对你负有一份责任。甫仁看着瑞香说。

瑞香又笑了，说，我死了不是更好吗？你就能重新接管联合船运，日本的军队打到哪里，你的航道就能延伸到哪里。

这一次，甫仁没有说话，而是从皮包里取出一本薄薄的书本，放进她手里后，起身走到小客厅门边。甫仁扭头又看了她一眼，还是没有说话，默默地转身离开。

瑞香低头看了眼，见甫仁留给她的是本已经翻得半旧的蒋方震（蒋百里）著的军事著作《国防论》。这本书，在她的书架上也有一本，作者蒋方震是唐汉庭在日本留学时的朋友。他在书的扉页上题着一行字：万语千言，只是告诉大家一句话，中国是有办法的！

瑞香猛然站了起来，径直朝外走去。

始终侍立一旁的韩初九不禁叫了声，四太太。

记住我说的话。瑞香说完，头也不回地出了小客厅的大门，一直到坐进甫仁的车里，才又说，好，我信你这一回。

甫仁只是看了她一眼，伸出手，盖在她的手背上，用力捏了一下。瑞香能感觉到，甫仁的掌心净是冰凉的汗水。

车到大世界门口时，瑞香让司机靠边停下。她一指早已等在前面的一部白色轿车，说，它会带你去找井上武的。

说完，瑞香飞快地推门下车，但并没有马上离去，而是站在霓虹之下，目视着车窗内的甫仁，一直看到他的车消失在十里洋场不夜的霓虹中。

乔三不知何时已经静静地站在一侧。这时，他轻轻地说，四太太，我们该走了。

瑞香去的地方是霞飞路226弄12号。这是余十眉留在那张纸条上的地址。瑞香第一次敲开这扇门是在六年前，唐汉庭遇刺身亡的第二天。瑞香心中只有一个念头，就是完成丈夫最后的嘱托。

余十眉并没有离开上海。他又恢复了教书先生那身打扮，由衷地对瑞香说，党国一定会铭记四太太的功勋。

只有打赢了日本，才会有你的党国。瑞香神情淡然地说，请帮忙电告重庆的卢先生，我希望由民生公司来代管联合船运在长江里的所有船只。

余十眉惊得半天才说，四太太，您可要三思呀。

我已经决定了。

现在是战时，许多局面不是一家公司可以掌控得了的。余十眉想了想，说，四太太如果愿意，我可以提请政府的交通部门代为管理联合船运在长江沿线的业务。

政府还是去忙政府的事吧。瑞香说，我今晚来，是接受陈先生的提议，我决定离开上海。

九

瑞香的行程与路线由余十眉一手制定。她将从陆路绕道镇江后坐船，经长江航道溯流而上直到重庆。沿途的每一站，陈先生都亲自安排了中统的外勤秘密护送。可是，当船停靠在安庆大码头时，瑞香与她的随从们都先后失踪了。

陈先生在汉口的临时办公室里接到报告后，摇头叹息，她不光是信不过我们的交通部，她连我都信不过。

事实上，瑞香根本就没有去重庆的打算，她去的地方是大别山的密林深处。在围着篝火吃烤肉的时候，瑞香对乔三说，这里是你的地盘，我的命就攥在了你的手心里。

乔三笑了，说，四太太，我们已经不是大别山里的土匪了，我们是省保的民防队。

瑞香却说，安庆一旦沦陷，我们就是这大山里面的一支土匪。

乔三割下一块烤熟的肉递到她手里，仍然笑着，说，那四太太就是我们大当家的。

这荒山野岭的，还哪来的什么四太太？瑞香慢慢撕下一丝烤肉，嚼了很久后，又说，我姓金，你叫乔三，我就叫金四。

第二天一早，瑞香出现在众人面前时已剪掉了一头秀发。她戴了顶开司米的贝雷帽，背着双手在一个点满火把的溶洞里下达命令。她要在安庆城里设立联络站，收买与网罗政府各部门的留守人员，并且在每个乡镇都安插上她的眼线，还要尽可能搭线过往的军队，向他们购买武器与炸药。最后，她对乔三说，替我下拜帖，我要以金四的名义拜会这里的每个山头。

随着徐州会战的结束，日军开始实施对汉口的作战计划。华中派遣军第六师团的坂本支队会同海军第三舰队，分别从芜湖与庐州进发，由水陆两路，在五十多架飞机的掩护下展开攻势。早在战斗打响前，瑞香就接到从上海发来的电报，带着两名随从先行离开大别山。可等她赶到娄埠镇时，安庆城几近失守。负责江防的国军第一三四师在滂沱大雨中激战了两个多小时，开始纷纷撤退。娄埠镇狭窄的街道上到处是狼狈不堪的国军官兵。

瑞香打着一把雨伞站在玉楼春的后院里，一见金先生就说，现在走还来得及，我是专程来接你们离开的。

我们哪儿都不去。不等金先生开口，宝姨淡定地说，这里是我们的家。

瑞香说，跟我进山，那里一样是你们的家。

你让我带着一群婊子去强盗的窝里？宝姨发出一声短促的冷笑后，再也没有往下说。

瑞香这时看到金先生拉过宝姨的一只手,轻轻地攥在手心里,就在心底发出一声叹息,说,你不是每天都看报纸吗?你应该知道日本人在攻占南京后都干了些什么。

可是,金先生的眼睛并没有看着瑞香。他把脸凑到宝姨的耳边说,你说不走,我就陪着你。

瑞香离开时,忽然有种诀别般的哀伤。她在雨中凝望着这对并肩站在屋檐下的男女,最后说,这样去死是不值得的。

金先生的脸上露出了少有的笑容,一直到目送瑞香背影消失,才在宝姨的耳边又说,你应该跟她走的。

是你跟她走。宝姨扭头看着他的眼睛,说,你把心留在这里就足够了。

金先生没有再说话,回屋吸足了两泡大烟后,从床底拉出一个木箱,里面都是他当年唱戏时的行头。

整个下午,金先生在镜子前勾脸、勒头、吊眉,然后穿箭衣、系大带、绑靠旗,最后戴上盔头,提着一杆素缨枪推开门,发现宝姨一直静静地站在廊下。

金先生看着她,说,姑娘们都遣散了?

宝姨点了点头。

金先生伸出手,在她脸上摩挲了好一会儿,说,那我就真的放心了。

说完,他扭头闯进雨里。

宝姨忽然说,你就这么丢下我了吗?

我把心留给了你。金先生说完,想了想,又说,这一天,我已经等了三十年。

金先生从后院的角门离开,径直来到小镇西头的牌楼前,一出《挑滑车》在雨中旁若无人地一直唱到日军的先头部队开进小镇。

金先生在一个亮相后,提气、舞枪,朝着一辆满载士兵的军用卡车就冲了过去。可是,军车并没有停留,而是加足了马力把他撞飞后,从他的身上碾压过去。

几天后,瑞香从眼线口中听到金先生的死讯时,她正坐在路边的一个茶铺前。眼线说宝姨吞服下大量鸦片后，在玉楼春的大梁上上吊自尽，但日军士兵连尸体都没有放过，为了摘下她腕上佩戴的一只玉镯，他们剁下了整只手。

瑞香直到把碗中的茶水喝得一滴不剩，才起身，嗓音沙哑地说，我们进城。

乔三犹豫了一下，说，我们要对付的可是日本人的野战部队。见瑞香没有反应，他上前一步，又说，国军的两个师都没能挡住他们。

瑞香目视着远方道路的尽头，说，我们不是去打仗，我们是去做我们该做的事。

乔三还是有点儿犹豫不决，说，那我派人去联络别的山头，我们必须要有后援。

只有我们活着回来，才会有人听你的。瑞香说着，已经大步流星地朝前走去。她的步子从来没有跨得这么大过。

当晚，安庆城里最先传来爆炸声的是省政府的后院，现在这里是日军第十一旅团的指挥部。接着，是内正大街的宪兵队与郭家桥的军火仓库。火光在片刻间照亮了整个安庆城的夜空。日军都明白这是遭到了突袭，还不知道朝哪个方向组织反击，却已被黑暗中射来的子弹纷纷击毙。就在驻守城墙的大队日军赶来增援时，瑞香下令撤退。他们绕过安庆城区黝黑曲折的街道，从玉虹门北侧断裂的城墙翻出，走在通往山区的小径上时，太阳早已升到半空。

乔三由衷地叹服，说，原来，大当家的早替这帮畜生准备好了。

这就是瑞香当初下令收买那些政府留守人员的结果。早在安徽省政府撤往六安的山区不久，那些从军队与黑市上收购来的炸药，就已经通过这些人埋进每个政府部门的地下。瑞香只是在等一个最好的时机。

十

第二年秋天，重庆政府的特派员历尽千辛万苦钻入深山。他不仅带来国防部的嘉奖令，还有最高统帅签发的委任状。可是，瑞香却避而不见，还对意气风发的乔三当头泼下一盆凉水，说这只是一张纸，它可以印成委任状，翻个身也可以印成通缉令。

这是条出路。乔三说，兄弟们等的就是这一天。

瑞香摊开桌上的地图，手指在大别山的范围画了个虚无的圆圈后，说，你应该仔细看看这张图，在这里对抗日本人的不光只有国军。

我知道。乔三说，可他们穷得只怕连军饷都给不了。

有时候，只有在弱的那一边才更能证明你的价值。瑞香说着，慢慢走到窗前，眺望着远山，无端地说起了上海。已经整整半个月了，她都没有收到过来自上海的任何消息。瑞香看着乔三，说，那边一定是出事了。

乔三说，我明天就派人去上海。

瑞香摇了摇头，说，明天你还是继续应酬那位特派员吧。

第二天，瑞香跟谁都没有道别，天不亮就带着她的随从们悄然离去。等到乔三发现，带人一直追到傍晚，才在一条河边赶上了瑞香留在那里的一名随从。

乔三一把揪住他的衣领，说，大当家这是怎么了？

四太太回上海了，随从镇定自若地说，四太太请乔大当家的多多保重。

乔三愣了半天，才发出一声苦笑，说，她不是要我保重，她是怕我对她下手。

然而，乔三还是找到了瑞香，就在几天后，在安庆城内的来风客栈里。

瑞香一拉开房门，脸色就有点儿变了。

这城里有你的眼线，也有我的。乔三不以为然地说着，进屋后，关上门，看着瑞香的眼睛，又说，我总算在你脸上看到了害怕。

我怕的不是死，我怕的是死无葬身之地。说着，瑞香转身打开她随身的行李，从里面翻找出两本书，一本就是甫仁当初给她的《国防论》，另一本是延安刊印的《解放》周刊。瑞香若无其事地说，这两本书我看了很久，特别是这篇《抗日游击战争的战略问题》。

说完，她把《解放》周刊翻到那一页上，一起交到乔三手里。

乔三点了点头，说，原来，你一直跟他们有接触。说完，他又说，你有许多事情都瞒着我。

瑞香说，我瞒着你，是因为我比你更清楚你想要什么。

我要你留在我身边。乔三脱口而出后，自己都有点儿吃惊，看着瑞香，半天都没有合拢嘴巴。

瑞香平静地一笑，转头避开了他的目光。

夜深后，乔三从床上坐起来，在黑暗中长久地凝望着站在窗前的瑞香说，我早就应该发现，在你眼里，我始终是个土匪……你从没有一天信任过我。

隔着窗玻璃，瑞香看着一小队夜巡的日军从大街上经过后，喃喃自语般地说，我信任的人都已经不在这个世上了。

乔三走到她身后，伸手抚摸着她冰凉的脖颈，说，我现在就可以送你去见他们。

瑞香没有动，任由乔三的双手一点点地用力，直到快要窒息，它们才陡然垂下。瑞香转身，在他浓重的呼吸中，说，我们都会走到那一步的，但不该是现在。

乔三离开时，说他是带了一部分兄弟进城的。那些人都经过金先生的训练，是真正的战士，而且愿意跟随瑞香去任何地方。乔三说，既然是分家，你也带走你的吧。

看着乔三消失在门外，瑞香打开电灯，在灯光下静静地坐到天亮。她在来凤客栈里又整整等了六天，总算等到了要等的人。

韩初九穿得就像个难民，站在瑞香的面前，好一会儿，才摘下毡帽，叫了声四太太。

原来，早在离沪前瑞香就已约定，一旦上海方面出事，他们就在安庆城内的来凤客栈见面。瑞香记得，她当时说的那句话是：只要你还活着，我就会一直等下去。

瑞香拿过茶壶，往桌上的一个瓷杯里注满茶水后，示意他坐下。

韩初九却站着没有动，说，他回上海了。

我知道。瑞香说，我看到报纸了。

韩初九顿了顿，又说，这一回，他是死心塌地了。

甫仁重回上海滩当天，爱多亚路上的新记办事处就遭到了炸弹袭击。晚上，极司菲尔路76号的特工总部出动两个小队，查抄了上林雅院。经过短暂的交火，他们攻入后院，搜出了枪支与电台，并从筱玉兰的床上抓走韩初九。

第二天一早，老鸨阿九的尸体被人从黄浦江里打捞上来。她衣不遮体地被塞在一个麻袋里，蒙着眼，堵着嘴，浑身捆得像一只粽子。

甫仁闻讯后，显得有点儿忧虑。他对胡石言说，看来，这盆脏水他们是早为我准备好了。

胡石言说，四太太是个明智的人，她会看出其中的门道。

再明智，她也是个女人。甫仁说，更何况韩初九是她在上海的眼珠子。

要不……我去趟极司菲尔路，把他捞出来？

你以为李士群会卖你这个面子吗？

我当然是狐假虎威，可先生的面子，他不敢不给。

我不相信一个小小的76号就敢对新记下这么重的手。甫仁说完，起身离开书房，上楼直接去了卧室。

洋子还在睡觉，不是因为她迷恋这张床，是她怀孕了，而且妊娠反应特别大，动不动就要吐。似乎每次不把吃进胃里的食物吐干净，她子宫里的小生命就难以消停。甫仁因此请了三名法国陪护，二十四小时轮流看护着她。

等到陪护离开后，甫仁和衣靠在妻子身边，拉住她搁在被子外面的一只手，望着天花板上的石膏浮雕，说起了他的家史。从他祖辈把吴江的丝绸运进上海开始，一直说到他的父亲，三媒六聘把瑞香娶进家门。

甫仁说，你们就是要看我跟她火并，看我们唐家的人自相残杀。

不是我们。洋子说，进了唐家的门，我就是唐家的人。

甫仁一笑，说，那你帮我做件事，让他们放了新记那些人。

在上海除了你，我只剩下爸爸了。洋子仰起脸，看着丈夫，说，你要我去找他有用吗？

76号的幕后是影佐祯昭，他也算是你的半个老板。甫仁见妻子的脸上没有一点儿反应，就语调更加温柔地说，不知道你是什么人，我怎么能把你娶进门呢？

洋子垂下睫毛，说，我从没有做过一件对不起你的事。

这还不够。甫仁说，你是我的太太，你得帮助我，尤其现在这个时候。

洋子想了想，说，如果有一天，我需要你的帮助呢？

我是唐家的男人。甫仁说，我会用生命来维护家里的每一个人。

两天后，极司菲尔路的特工总部释放了关押的新记成员。当晚，桥本信雄忽然到访，说是探望孕中的女儿，其实在书房里跟甫仁密谈了很久。

桥本信雄带来的是日军中将驻汪精卫政府最高代表影佐祯昭的建议，希望甫仁可以接受汪精卫政府筹委会的邀请，接替傅筱庵出任上海市长。桥本信雄说，他认为你是最合适的人选，而东京的意图是将来由你来担任东亚联盟的财政总长。

甫仁微笑着说，那您的意思呢？

我是名外交官。桥本信雄说，东京的意思，就是我的意思。

可我是个商人，在商人的眼睛里只有利益。甫仁说，我更关心的是我能得到什么。

桥本信雄说，你想要什么？

汪精卫最多只是第二个溥仪。甫仁说，你们要我戴上这顶汉奸的帽子，就得用你们占领地区的交通与运输权来交换，这里面还要包括东三省的。

你要得太多了。桥本信雄说，军方是不会同意的。

生意做大了，它就是政治。甫仁微笑着说，我想，东京是可以说服你们军方的，如果您能首先说服东京的话。

你不是商人。桥本信雄盯着甫仁看了好一会儿，摇了摇头说，你向洋子求婚那天，我就知道，你是个危险的人。

甫仁却不以为然地说，想要得到更多，就得先把自己押进去。

事实上，甫仁重回上海的真正目的是重组濒临瘫痪的联合船运公司。几天后，他召集董事会议，以唐家继承人的身份宣布终止瑞香的董事长职务，并且废止她的一切印签。席间，当场有人起身，说这就等于把联合的船队拱手让给了民生公司。

甫仁冷笑一声，说，这仗已经打了两年，每天都在狂轰滥炸，你以为长江里还剩下多少我们的船？说着，他指了指会议桌上那沓厚厚的计划书，让秘书分发到每个人手里后，开始缓缓地说这份计划书，他整整做了四年，也调整了四年，从联合船运挂牌那天起，他就在等待这么一个机会，现在这个机会成熟了。说着，他站起身，眼睛盯着桌子上的一只烟灰缸，一字一句说，诸位都是唐家的老人了，你们可以撤资，也可以扩股，甫仁不会横加干涉，但请诸位也不要动摇我的决心。

说完，甫仁脸上多了一种怅然若失的表情。他抬眼看了看众人后，转身拉开旁边的一扇边门，头也不回地回了办公室。

早已久候在沙发里的杨静庵闻声赶紧起身，几步迎上前去，握住甫仁的手，难掩兴奋地说，今天是个值得纪念的日子，我已经看到了新联合成为航运帝国的那一天。

可我把自己给卖了。甫仁笑了笑，抽出手掌，一屁股坐进沙发。

十一

新联合航运公司成立的消息占据了各大报纸的头版，日本的宣传机构更是大肆渲染，把它说成是大东亚共荣的合作成果。甫仁却显得格外的低调与谨慎，剪完彩就从后门匆匆离去，钻进汽车让司机载着在路上兜了很久，发现偌大的上海滩竟然一时找不到他想要去的地方。

将近中午时，甫仁决定去唐公馆看望母亲。

等唐汉庭的另外两名遗孀知趣地离开后，大太太看着儿子，竟然回忆起了她难产的时候，整整一天一夜都没有生下来，但她还是坚持要生，哪怕用刀剖开肚子，也要把孩子生下来。大太太仰起脸，老眼昏花地看着儿子，说，早知道你走到今天这一步，我就该让你闷死在我肚子里。

甫仁叫了声妈后，低下头，说，有些事情，你是不会明白的。

我不用明白，只要你还有脸去见你父亲。说着，大太太抬起手，手指长久地指着小祠堂的方向。

甫仁推开小祠堂的门，就哑然失笑了，说，我应该想到你会在这里等着我。说完，他一边往里走，一边又说，还是你最了解我。

瑞香纹丝不动地坐在一张椅子里，说，我应该派两名杀手在这里等你。

那会让很多人失望的。说着，甫仁走到供桌前，目光从林立的唐氏祖先们的牌位慢慢移到唐汉庭的遗像上，就像是在对照片里的父亲说他不光要跟井上家族合作，共同开拓新联合的业务，用不了多久，他还会出任汪政府的上海市长，只有戴上了日伪的这顶帽子，新联合的航线才能延伸到日军的所有占领区，甚至，他还在筹备东北三省的陆路运输公司。这是他跟日本方面的交易。甫仁扭头看着瑞香，说，你应该明白，这在战争中意味着什么。

瑞香说，这意味着你把唐家几代人的声誉都毁了。

甫仁摇了摇头，走到她旁边的椅子前，坐下，说，这意味着新联合的船队可以穿行到日军封锁最严密的地方，对于这场战争来说，这很重要。

这当然重要，从你把我推上大风堂那个位置开始，你就在布这个局，一步一步，这些年里，你步步为营，费尽了心机。瑞香看着他，摇了摇头，说，你太复杂，你已经复杂到了让人无法看清你。

你不须要看清楚，但你必须要相信你。甫仁说，现在，我只剩下最后一步了。

瑞香冷笑一声，说，这最后一步就该是井上武登堂入室了。

这么大一个计划，我需要大量的资金，更需要日本人的船只、设备，特别是造船技术。甫仁说，你要相信，只要它们一进入中国，它们就姓唐了。

瑞香说，我相信到那时，上海滩已经没有唐家了。

甫仁笑了，伸手把瑞香的手捏在手心里，说，你要相信战争会结束，我们也会胜利，到那时，一切都会留在我们这片土地上。

瑞香没有再说话，看着甫仁那双温和的眼睛，轻轻地抽出手掌。当晚，她约见余十眉。在中法大药房的库房里，瑞香断然地说，你必须要告诉我，唐甫仁背后还有什么人？

余十眉想了想，说，现在看来，只有日本人。

瑞香说，那他就是在自寻绝路。

余十眉一愣，半天没有说话。

瑞香又说，你们跟军统每天都在租界里除奸，我想知道你对他的计划是什么？

余十眉摇了摇头，说，没有计划。说完，他马上又补充说，计划赶不上变化，没有重庆的命令，我们一般不对任何人制定行动计划，军统也一样。

那借我几个你们的人。瑞香说，这个计划由我来做。

余十眉又摇了摇头，说，四太太，这是你们的家事，你们新记有的是人才。

这不是家事。瑞香说，新记里有你们的人，同样也有他的。

余十眉还是摇头，说，他不是一般的人物，我负不起这个责任。

没有人要你负责。瑞香说，但我必须要知道，他到底是什么人。

几天后，甫仁的轿车刚刚驶出霞飞路，就遭到了伏击。枪手由两个方向朝车内射击，子弹穿过车门击中司机，但司机没有片刻迟疑，猛踩油门，轿车冲上人行道，撞在树上。就在枪手追赶上前，准备朝车内进行补射时，紧随在后的保镖们已冲下车。他们用手枪一边还击，一边拉开车门，用身体掩护着已被撞晕的洋子，塞入他们的汽车急驶而去。

就在几个小时后，余十眉与军统的上海行动站同时收到了来自重庆的电报。

内容是表彰与勉励在敌后坚持抗战的同志们，一直到最后才顺带问起这起枪击事件。

余十眉在电话里意味深长地对瑞香说，重庆这么快就有反应了，而且这封电报来自委员长的侍从室。

搁下电话后，瑞香推开阳台的落地长窗，仰脸望着公寓外寒风骤起的天空。

康德公寓位于静安寺的后巷，站在大门口就可以看到百乐门舞厅穹顶上的那根避雷针。瑞香重返上海后就一直住在这座公寓的顶层。这里是新记最隐秘的聚集地，从巷口一直到整幢公寓楼里面，住的都是新记最可靠的成员。以至于甫仁驾车刚冲进来就被截停，但他面无惧色，对口袋里都揣着手枪的保镖们说，带我去见你们的老板。

瑞香正在独自享用晚餐。等到韩初九退出后，她从餐桌上抬起头来，说，看来，在上海任何事都瞒不过你。

甫仁在餐桌的一侧坐下，说，我在医院待到现在，洋子差点儿流产了。

她应该庆幸，她还活着。说完，瑞香低头继续吃她的饭。

她是我太太，她肚子里怀的是我的骨肉。甫仁说，你不该用这种方法来对付我，哪怕这是试探。

瑞香终于把碗里的饭吃得一粒不剩，放下筷子，说，不要以为重庆的一封电报，我就会信以为真……有些事，我必须亲眼所见。

看到的，就一定是真的吗？有些人只怕到死，我们都未必能看得清楚。甫仁直视着瑞香，忽然语气一转，说，如果我不幸有这么一天，你一定要帮我把孩子抚养长大。

瑞香一愣，说，他有母亲，还有祖母。

可我不想让我的孩子成为一个日本人。甫仁说完，起身为自己盛了碗饭，就着剩菜，如同在自己家的餐桌前那样，默默地一直到吃完，才斟词酌句地告诉瑞香，他知道日本人一定会过河拆桥，等他把新联合的航线全部纳入唐家业务网络，可能就是对他下手的时候，但到了那时，新联合航运也将会成为国民政府在敌后最大的情报与物资的传送渠道。这项工程巨大而繁复，稍有差错都会前功尽弃。甫仁从接手家族的产业就开始酝酿并逐步实施。说到这里，他目光闪亮地看着瑞香，接着往下说，整整七年，我连一个商量的人都没有，不是我找不到可以信赖的人，是这件事太重要了，我在睡梦中都害怕会说漏嘴。

瑞香沉默了半天，说，那你就不该告诉我。

我是怕会壮志未酬。甫仁说着，把手伸到瑞香的脸颊上，停在那里，又说，我更怕哪一天会死在你手里。

瑞香一动不动地坐着，一直等到他收回手掌，说，如果是这样，我一定不会让你死。说着，她起身拉开门叫进韩初九，吩咐他说，从现在起你跟着唐先生，你要像保护我一样，保证他的安全。

韩初九惊得睁大眼睛，但还是很快应声说，是。

甫仁却笑着说，你以为我手下没人了吗？

你手下的人当过刺客吗？瑞香说，只有刺客才是最好的保镖。

我知道，当年你行刺过我父亲。甫仁看了眼韩初九，起身走到瑞香面前，说，你这是要在我头顶悬上一把剑……你说我会答应吗？

这是为你好，我对你也负有一份责任。瑞香说着，坐回到自己的座位上，对韩初九说，你把我那辆防弹汽车也开走，我不想有朝一日，唐先生也像他父亲那样，死在乱枪之下。

但是，韩初九站着没有动。他在甫仁离开屋子后，看着瑞香，说，你为什么要这么做？

他需要有人看着，更需要有人保护。瑞香说，别忘了，你是我的眼睛。

韩初九摇了摇头，说，我不是你的眼睛，我只是你任意摆布的一颗棋子。

眼睛也好，棋子也罢，有些事是我们必须要做的。瑞香说完，再也没有看韩初九，起身开始收拾餐桌，直到他离开，都没有抬起头来。

瑞香就像个笨拙的厨娘，把碗碟搬进厨房后，拧开龙头，在冰凉刺骨的自来水里缓慢而仔细地刷洗着。

汪精卫的伪政府定于一九四〇年的三月三十日在南京成立。届时，甫仁将在就职典礼上宣誓，出任上海市长。为此，他特意定做了一袭蓝色的长袍与黑色的马褂，在对镜试穿时，洋子看着镜子里的丈夫，说这身衣服让他看上去老了十多岁。说完，她犹豫了一下，又说，那个职位对你真的这么重要吗？

甫仁说，这不是你们每个人都希望的吗？

洋子低头看着自己隆起的肚子，说，爸爸昨天拒绝了常驻南京大使的职务，他说在中国当了这么多年外交官，他唯一明白的就是"知进退"这三个字。

甫仁一愣，说，他还说了什么？

洋子在一张椅子里坐下，说，爸爸说影佐将军已经得到情报，南京的政权一旦成立，重庆就会发布对你们的猎杀令。

甫仁笑了笑，说，这是意料中的。

可你想过我……们的孩子没有？

我想过。

那你为什么不拒绝呢？

这不该是你说的话。甫仁走到妻子面前，说，你是名日本军人。

我一直以为我是的，可我终究还是个女人。洋子说着，拉起甫仁的手，一直把它拉到自己的肚子上，按在那里，说，有时候，对于一个女人来说，孩子与丈夫就是她的全部。

那你就好好保胎，让我们的孩子平安地出世。甫仁说着，蹲下身，把脸贴着洋子的肚子听了好一会儿，抬起头认真地说，我听到了心跳声。

洋子用双手捧住丈夫的脸，一时间竟然找不到一句可说的话，只能静静地凝望着。

为了安全起见，甫仁决定提前三天赶往南京。他在支走韩初九后，悄然离开新联合的办公室，只身开车直奔火车站。

胡石言早就包下火车最前端那节贵宾车厢，带人在月台上等候多时了。在把甫仁送上车后，他说，还是我陪先生去吧。

不用。甫仁说，我要你多看着点儿那个姓韩的。

胡石言一愣，说，先生是不放心四太太？

这几天，我一直在想……你把他从76号捞出来，那筱玉兰呢？甫仁说，她在上海滩上活不见人,死不见尸。

胡石言点了点头,脸色变得有点凝重。

事实上,韩初九早已登上了列车,此时正混迹于普客车厢的商贩之间。等到列车拉响汽笛缓缓驶离站台后,他从座位上起身,挤出车厢,爬上车顶。

韩初九匍匐着一直爬到甫仁的包厢前,伸出脑袋,用手枪敲了敲车顶棚,对站在车门外警卫的两名保镖说,跳下去。

两名保镖在手枪的威逼下跳车后,韩初九爬下车顶,掸干净身上的尘土,一手举枪,一手轻轻地拉开门。

正在看报的甫仁抬起头,眼睛就直了。他张着嘴巴,看着黑洞洞的枪口,说,你想要什么,我都会答应你。

韩初九的脸色白得像一张纸,一步一步走到甫仁面前。就在甫仁开口还想再说什么时,韩初九用枪柄一下将他砸晕,然后,用他系在脖子里的那条领带,很快将他勒死在座位上。

十二

大太太做了一个惊人的决定。她要在汪精卫成立伪政府当天给儿子出殡。为此,南京特意派人前来商洽,却遭到断然拒绝。大太太说,他汪兆铭自己都没管住,还要管我什么时候为儿子发丧吗?

瑞香没有参加甫仁的葬礼。现在,她已成了刺杀继子的幕后主凶,尽管更多的国人都把它说成是大义灭亲的壮举。洋子同样没能参加丈夫的葬礼。她连唐公馆的大门都没跨进,就被唐家的用人阻挡在外。

胡石言一脸难色,只知道一个劲儿地说,太太,您还是请回吧。

这一回，洋子一改往日的恭顺。她就像个中国女人那样，挺起了胸，更多的是挺起隆起的肚子，一言不发就往里闯。

大太太在一名女佣的搀扶下，不知何时已站在门内。她看着伸出手却不敢触碰洋子身体的胡石言，说，你这个总管是怎么当的？你就不能让人用棍子打出去吗？

胡石言不知怎么回答好，慌忙退到一边，缩紧了脖子。

我也是唐家的太太。洋子看着面无血色的大太太，最终还是低下头，说，让我最后看一眼我的丈夫，我求您了。

大太太的眼睛看着别处，无力地说，你要进这个门槛，除非是从我的尸身上跨过去。

洋子的眼泪一下渗出眼眶，最终她朝着唐家的大门内深深地鞠了个躬，由她的法国陪护搀扶着钻入汽车，驶出唐公馆的大门。

甫仁的葬礼结束后，胡石言通过新记的熟人送来口信，说希望能来晋见四太太。

瑞香只是漠然地说了三个字：知道了。

夜深后，瑞香在两辆轿车的护送下离开康德公寓，但并不是去跟胡石言见面。瑞香去的地方是法租界的监狱。

韩初九跳列车后，在潜回租界的途中被抓捕。当他在典狱长的办公室里见到孤身一人的瑞香时，苦涩地一笑，说，你终于还是来看我了。

瑞香戴着一顶缀有黑色面纱的英式小帽，纹丝不动地站在他面前，很久才说，你为什么要这么做？

为了唐家。韩初九说，唐家不能出汉奸。

瑞香没出声，但隔着面纱依然能感受到她像针一样刺眼的目光。

韩初九垂下头，看着地上的方砖，又说，有些事是我们必须要做的，这话是你说的。

瑞香从齿缝间挤出两个字：放屁。

韩初九一下抬起头，吃惊地看着瑞香。这是他生平第一次从这个漂亮的女人嘴里听到粗俗的词。韩初九又发出一声短促的苦笑，说，那你就当我是自己做了一回主吧。

你杀了他，为什么还要回来？

我回来是想见你最后一面……四太太。说完，韩初九固执地看着瑞香。更多要说的话就凝聚在他那种倔强而苦涩的眼神里。

离开监狱的一路上，典狱长小心翼翼地紧跟其后，嘴里不停地告诉瑞香他打听来的消息。南京已经提出了引渡要求，日本方面也在不断施压。典狱长关切地说，租界这边是坚持不了几天的。

瑞香直到坐进车里，才说，那就麻烦你多照顾他，关几天就照顾几天。

不到一个月，江苏高等法院第二分院迅速以恐怖袭击与谋杀罪判处韩初九死刑，即刻执行。韩初九是被四颗步枪子弹同时击中胸部倒地身亡的。一名法医快步过来，解下蒙在他眼睛上的黑布，草草做完检查后，在执行书上签下名字，就举起相机一连照了两张。

下班后，法医在经过停在路边的一辆轿车时，把一个信封丢进了半开的车窗里，汽车发动起来，沿着马路朝前驶去，一直开到两边的建筑越来越低矮与破旧，才在郊外的一个小镇停下。此时，天色已经黑尽。从车里下来的司机正是井上武手下那个苍白而瘦削的年轻人。他一边朝一条漆黑的弄堂里走去，一边掏出一副手套戴上。

年轻人悄无声息地翻墙进入一个院子，贴在一扇透着灯光的窗外听了会儿，就抽出一把短刀，拨开门栓。可是推开门，他的眼睛一下直了。

坐在桌边椅子里的人是胡石言。他的身后还站着瑞香的那两名白俄保镖。年轻人没有来得及转身，就被门外扑进来的两个男人很快制伏，用绳子捆结实，堵上嘴，扔在一边。

胡石言这才起身，推开里屋的门。原来，里屋的床上还捆着一个怀孕的女人。她的半个肚子都露在外面，头发像块破布一样粘在脸上。胡石言待看守的保镖离开后，轻轻地关上门，走到床边坐下，伸手拔下堵在筱玉兰嘴里的一块毛巾，说，你看，我不杀你，也有人会来灭你的口……说吧，说出来，早死早超生。

筱玉兰浑身颤抖，只知道气绝般地在床上哭泣。

原来，早在76号抓获韩初九后，他们就利用已怀有他孩子的筱玉兰做威逼，胁迫他签下了脱离新记的声明，直到他被派在甫仁身边，井上武的手下拿着那张声明与筱玉兰肚子里的孩子再次逼迫他。

天快亮的时候，胡石言站在康德公寓顶层的客厅里，说完这些，他的额头蒙上了一层油亮的汗珠。

瑞香却久久没有出声。她出神地看着信封里那两张行刑后的遗照，眼前浮现的却是韩初九当年刺杀唐汉庭那晚。那时候，他是那么的年轻，脸上盖着油彩，将手中的素缨枪奋力掷向唐汉庭的瞬间，他是那样的英姿勃发。韩初九从没畏惧过死亡，他只是活得忘记了人应该怎样活着。

胡石言飞快地看了眼瑞香，又说，那两个人我都绑来了，请四太太示下。

瑞香还是没有出声。

第二天早上，一名操着广东口音的中年绅士走进汇通银行。他双手呈上一张花旗银行的本票后，又从手提包里掏出一把转轮手枪，对着脸色骤变的杨静庵说，在下愿意用这张支票向杨先生换一个地址。

杨静庵故作镇静地说，那你找错人了，我不缺钱，也不怕死。

中年男子微笑着，抬手看了眼腕表，说，在下的几个朋友这会儿恰好在府上拜访杨太太，再过五分钟，他们就该出来了。

说着，他姿态优雅地朝桌上的电话指了指。

杨静庵一把抓过电话，拨通家里后，听到的是一个陌生男人的声音。

一个小时后，虹口公园旁边一幢普通的中式宅院前忽然来了两辆警车。下车的人都穿日本警察的黑色制服。他们敲开大门，不由分说就把匕首捅进了保镖的胸膛，然后将警车直接开进院子，再关起大门，掏出手枪控制住每一个房间，用匕首割断了所有人的喉咙。

最后，这群穿着日警制服的男人把井上武按在他那张宽大的办公桌上，其中一个有点儿谢顶的男人掏出一条皱巴巴的领带，从后面勒住他的脖子，直到他窒息而亡。

由于日本军方对消息的绝对封锁，很快这桩灭门案件成为上海滩最离奇的传闻之一。人们在街头巷尾留下了无数种猜测，但只有在影佐祯昭保险柜里封存着唯一的线索，就是勒死井上武的那条领带。在法国巡捕房的证据室里，同样封存着这样一条一模一样的领带。韩初九在用它勒死甫仁时不会想到，这是妻子为丈夫精心挑选的结婚周年礼物。洋子当时说，我要用它拴住你的人，还要拴住你的心。

甫仁五七的那晚，大太太在唐公馆的祠堂为儿子做了一场法事。按照民间流传的说法，那一晚将是逝者在天空中最后一次回望人间，可瑞香还是没有到场。她只是在夜深人静后，由胡石言陪着从唐公馆的后门进入，绕过回廊，穿过花园，一个人走进了那间嵌满五彩玻璃的花房。

瑞香默默地坐在那里，在花草与泥土的气息间，久久地仰望着那些由各色玻璃镶嵌而成的屋顶。瑞香发现所有在阳光下绚烂的色彩到了夜里都是一样的漆黑。

较量

荆永鸣

一

这天上午,钟志林很郁闷,早晨上班他迟到了十分钟。按说这没什么,甚至很正常。普通人的生活琐琐碎碎,一地鸡毛,两眼一睁,谁家还不许有个大事小情?即使家里没事,也保不准路上会遇到什么情况,现在的马路就是整个社会的缩影,多乱啊,任何一种突发事件都可能会改变一个人的生活节奏。作为城市里的上班一族,谁敢保证不迟到呀,迟到就迟到了,只要领导不给你难堪,又不扣发你的奖金,大可不必为此而郁闷。

问题是,钟志林的迟到不是家里有事,也不是路上遇到了什么情况,而是在一些常态化的生活细节上,他把自己搞乱了。早晨,他像往常一样,六点钟准时起床,依次处理了几项自身问题之后,开始做饭。通常家里的早餐都是由妻子做,但妻子值夜班的时候,他就得亲自下厨。其实下厨也简单,这天早晨,他给自己做的是一碗热汤挂面,面里揪了几叶小油菜,同时还卧了个荷包蛋。

挺好,一青二白,吃吧。

刚吃一口,他便皱起了眉头:咸了!

这时他想起煮面的时候曾打过一个愣儿:加盐了还是没加?当时他是觉得没加,现在他可以断定,这盐无疑是加重了。他只好把那碗面进行二次处理:滗出一部分汤,再加入一点老陈醋,这样就可以减轻面的咸度了。不料却恰恰相反,尝了一口,比原来更咸!这时他才发现,加到面里的不是什么陈醋,而是老抽儿!如此的错上加错,把钟志林的情绪彻底搞坏了。结果,这顿早餐他只吃了一个荷包蛋，剩下的面，则一赌气倒进了马桶。心烦了一会儿之后，他看了一眼墙上的挂钟，便赶紧收拾自己，出门，上班。

走到楼下，他突然觉得不对，是不是还烧着水呢？反身爬上五楼，进门一看，水壶正在燃气灶上喷着白色的水蒸气，吱吱啸叫。幸亏想起了这事，否则麻烦就大了。他关掉燃气，把开水灌入暖瓶，以便给值夜班的妻子备用。然后转身出门，下楼。到了底楼，有个邻居正背着身子锁门。他心里又生出个疑问：锁门了没有？想了想，没印象。他再次返回五楼，用手一试，像昨天的情况一样，门锁了。这扯不扯！

第三次走下楼梯，钟志林脑门上已经沁出一层细汗。走出小区，马路上满是车辆和急匆匆的行人。他下意识地一摸兜，竟然没带手机。说起来奇怪，过去没手机也没觉得有什么不便，现在不带手机就像和整个世界都失去了联系。人就是这样，不能逆转，有许多东西你可以一直没有，但不能有了之后再失去。钟志林返回小区，正要上楼，屁股上突地一振，同时响起了熟悉的铃声，这时他才知道手机装在了屁兜里！

电话是赵淑芬打来的，问他中午吃什么菜，下班后她顺路到菜市场买回去。

随便！钟志林只说了两个字便挂断了电话。知道时间紧了，他只好加快步伐。走到小区外边的那条狭长的胡同里，见前后没什么行人，他甚至不顾自己的年龄与身份，很不自重地小跑了几步。尽管这样，到了单位，他还是迟到了十分钟。

一进办公室，他便撞上了苏丽娅略显吃惊的眼睛：

咦，主任你没去开会啊？

钟志林一怔，恍然想起昨天的通知，他竟把科室负责人例会的日子给忘了！

会议已经开始，谈生正在讲话，钟志林来到自己平时的位置坐下。平时，虽然他认为这种每月一次的工作例会很无聊，还是每次必到。坐在会议室里，他总是无奈地想：人的一生，有多少时间是在各式各样的会场里浪费掉的呢？谈生讲话的声音很洪亮，依然是那种令人生厌的老生常谈。无非是增强紧迫意识，提高竞争水平，千方百计地争取各项经济指标和全员效益的最大化。听起来，他好像不是一所公立医院的院长，而是一个雄心勃勃唯利是图的企业家。可环视左右，所有的人都似乎听得聚精会神，有人深受鼓舞的样子看着谈生，脸上呈现出一种献媚般的虚伪激情，有的还装模作样地做着笔记。钟志林却一句都听不进去。他神色安静地坐在那里，思绪却完全进入了另一个世界。

OCD属于焦虑障碍的一种类型，是以强迫思维和强迫行为为主要临床表现的神经性精神疾病。其特点为：有意识地强迫和反强迫并存。在生活中，一些毫无意义甚至违背自己意愿的想法或冲动，反反复复侵入患者的日常生活。患者虽体验到这些想法或冲动是来源于自身，极力抵抗，但始终无法控制，二者强烈的冲突会使患者感到巨大的焦虑和痛苦……

正是为解决这种"焦虑和痛苦"，钟志林找到了生命的意义。他热爱自己的工作，并为此付出了几十年的心血与努力。现在，出于职业经验与敏感，从近期发生在自己身上一连串的事情上看，他意识到自己的神经出了问题。虽不能说就是OCD或是强迫症，但至少也是一种神经质了。一个曾经治愈过无数患者的精神科专家，自己却遭遇了神经质，这简直就是讽刺！

散会后，钟志林回到病房。查房时间已经结束，几个医生正在给各自的患者下着医嘱。作为科主任和主任医师，钟志林还是去查看了昨天新入院的两个患者，一个是脑梗塞，一个是癫痫。还好，各自的病情均有所稳定和缓解。他又翻看了几个医生的医嘱，对个别患者的用药与用量进行了适度的调整。一天中最为紧张忙碌的时间过去之后，钟志林回到自己的办公室。

像往常一样，他首先给自己泡了一杯茶。茶不错，是信阳毛尖，翠绿的芽叶在透明的水杯里舒张开来，根根倒立，又慢慢沉入杯底。这时他却发现杯子没有洗净，他来到盥洗室，把茶水倒掉，冲洗了两遍。回到办公室重新泡了一杯，还是不对。只见杯子里浮起一层淡淡的油脂，仔细一看，似乎仍然漂着一些微小的浮尘。钟志林渐渐皱起了眉头。他没再把茶水倒掉，而是把杯子放在一边，强制自己不去看它。他知道，注意力越是集中在某个地方，感觉就越是敏锐，强迫性的思维也就越是严重，从而形成恶性循环。

追求完美，对自己和他人高标准、严要求……过分谨小慎微，责任感太强，凡事都希望尽善尽美……处理不良生活事件时缺乏弹性，内心矛盾、焦虑……在近三十年的从医生涯中，钟志林总是用以上的推论帮助患者寻找病因。

心情放松，不要紧张，顺其自然，一切都会好起来的。

他总是这么告诉患者。

大学期间，钟志林曾系统地研究过森田正马的理论体系。那位20世纪20年代的日本医科大学教授认为：神经质症状属于主观范畴，而非客观产物。造成这种症状的根本原因是，患者总想以主观愿望控制客观事实，愿望越是迫切，由此引起的精神拮抗就越是加强，最后只能通过强迫性的症状表现出来。因此，这位教授在当时曾创立了一种"森田疗法"：凡事做到顺其自然，不要刻意去矫正，强迫观念就会自然消失。

多年来，钟志林一直把"森田疗法"用于最基本的诊疗实践，确有疗效。现在，同样的症状落到自己头上，他对这一理论第一次产生了怀疑。从严格意义上说，他承认自己的性格中有完美主义倾向；同时作为神经质患者的其他人格因素，他也几乎全都具备……可是，森田正马所说的"纯属主观问题，而非客观产物"——这一结论，似乎值得商榷。至于"凡事做到顺其自然"，在很多时候也并非完全由主观说了算。事实上，钟志林医生比谁都清楚，最近发生在他身上的神经质症状，完全是由外部因素所造成——说白了，就是被谈生给折磨出来的。

二

谈生的绰号"谈大拿"，也叫"谈一刀"。作为他的手下，钟志林曾和他在同一个科室工作过三年。记忆中的谈生，是个热情饱满的人，他性格豪爽，人也有趣。虽是科主任，但没架子。在男女同事之间，爱开性方面的玩笑。口才也好，随便扯出个话题便可以滔滔不绝，偶尔还能迸出一两句充满哲理的警句。业务能力也不错，主要是雷厉风行，胆子大，敢动刀。钟志林刚参加工作时，医院实行医疗下乡，由卫生局组织医护人员定期深入到偏远地区，为村民送医看病。在一个叫葫芦嘴儿的村子里，钟志林第一次见识了谈生的胆儿大。当时有个五十多岁的村民，背上长了个瘤子，小馒头似的，把上衣支起一个很大的包。在场的医生，包括一个妇科主任全看了，也摸了，视觉和手感都一样，肉肉的，很柔软。当时谁都不敢断言那个瘤子是恶性的还是良性的，只有谈生一口咬定是个脂肪瘤，并建议患者，趁这个机会赶紧把它做掉。

能做吗？

废话。

现在就做？

谈生不高兴了：不做你就背着它，比别人多块肉倒也挺好。

那位农民被众人笑得满脸羞涩，表情渐渐严肃起来。或许是想象了一下挨刀的情景，到底有些害怕，他看着谈生，想说什么，只是脸一红，却扑哧乐了。谈生恨铁不成钢地端详着这个农民，像问一个执拗的孩子似的，做还是不做。那个农民扭捏着，觉得事情不好办了。不做，就会错过眼前的机会；做呢，又确实有些害怕。纠结了半天他突然用颤抖的声音说：脑袋掉了碗大个疤，那就做吧！

从专业上讲，这种手术本该由皮肤科医生来做。随行的一个年轻女医生有些踌躇，不是因为年轻，而是谈生的诊断有些粗暴。再说，眼前的手术条件也不靠谱，她没有在村委会里做手术的经验，没法做。结果是谈生一边生气，一边亲自动手，做皮试，打麻药，一阵子忙乎，不到二十分钟，把那个馒头大小的瘤体完整地分离出来，并缝好了切口。谈生淡定地洗了洗自己的手。他告诉患者，七天后到乡卫生所拆线，又扔下两包APC，便收拾家伙，打道回府。也就是在那次回城的面包车上，同事们说说笑笑，谈生有了"谈大拿"和"谈一刀"的绰号。

不管怎么说，谈生的那次手术很成功。大约过了半年，那个农民到医院来找谈大夫，一张褶皱横生的老脸笑得像花朵，一进门就转给谈大夫一个平展展的后背。同时还给他背来了自产的十斤绿豆和十斤小米，以表谢意。这件事曾给钟志林留下过深刻的印象。

三年后，科室分家，由统称的神经科分成了神经内科和神经外科。谈生擅长动刀，自然挂帅外科；钟志林在神经病症和精神疾病研究与治疗方面颇有经验，被提拔为内科主任。此二人可谓一刚一柔，一个主外，一个主内，犹如车之两轮，鸟之双翼，一时间把市医院的神经科搞得风生水起。

那时候，钟志林怎么也没想到，后来——也就是现在，他和谈生会成为水火不容的冤家对头。

如果你当了院长，谈生就是个孙子，而不像现在，处处找你的别扭。

钟志林不同意赵淑芬这种假设的逻辑，这个世界上没有"如果"。况且，他也始终不认为自己不当那个院长有什么不对，否则他就不会在竞聘院长和出国深造之间选择了后者。

当初我就说，咱不出那个国，你就是不听。

赵淑芬和钟志林在同一座医院工作。这个有着"黑牡丹"之称的女人，既是一位出色的妇产科医生，也是个贤妻良母。平时在钟志林面前百依百顺，但在钟志林决定出国的时候，她却是极力反对的。这倒不是出于一个妻子的眷恋或其他方面的考虑。对于赵淑芬而言，钟志林其实是个没什么情调的人。他只爱工作，不爱生活，为了医学上的权威与声誉，几乎放弃了所有的乐趣。他每天在单位里忙忙碌碌，晚上还要一头扎进书房，不是查阅资料就是撰写论文。夜里，常常是她已经睡醒一觉了，身边的床铺还是空的。那种全神贯注、孜孜不倦的劲头，甚至恨不得钻进患者的脑袋里去跟病魔较量个高低。在赵淑芬看来，在一个地市级医院里，作为科主任和主任医师，钟志林已经是首屈一指的专家，很权威了，可以了。医生就是医生，水平再高也有治不了的病。再说，已经五十岁的人了，还深造什么呀深造！

钟志林却不那么看，他甚至都不解释。虽说他是个神经医学的专家，但在许多时候，他自己的脑袋里却总是一根筋，只要他认定想做的事，就会一犟到底。结果，不仅赵淑芬的反对无效，就连老院长也没能把他拦住。

那是个上午。在宽大明亮的院长办公室里，当钟志林把出国深造的想法和盘端出的时候，老院长坐在一张高靠背转椅里，一声不发。他目光深邃地看着窗外，从侧面看过去，如同一尊雕像。

半晌之后，他们才有了下面的对话。

怎么突然有了这样的想法？

儿子刚上大学，家里离得开了。

你不觉得有点晚了吗？

五十岁，还算年富力强吧。

我可是老了，用不了一年就该退休了。

所以，我得趁这个机会找你。

你是个人才。

院长过奖，我觉得有必要再深造一下。

我是说，我退休后，总得有人来接这个职务。你还不明白我的意思吗？

老院长缓缓旋动转椅，同时转过身来，意味深长地看着他。

钟志林心有所悟，他明白了。

谢谢院长！不过，我从来没有这方面的想法。

说说理由。

我觉得，一个医生应该在职业上有所作为。

你是在影射我吗？

不是，绝对不是！

其实不是也是。老院长原是一位出色的显微外科专家，曾成功地做过两例断指再植手术，在医学界名声大振。为此，他还获得过由省长亲自颁发的五一劳动奖章。可自从十年前当上院长之后，整天陷于行政事务之中，已经没有时间临床看病，久而久之，便渐渐地荒废了自己的专业。有一次，有个副市长指名让他给一个亲戚做个普通的接骨手术。没想到，拿起手术刀，刚做切口，他的手就发抖，哆嗦。没办法，只好换了别的医生。不仅如此，最近几年，他还整天被人告来告去，说他贪污，说他受贿，说他在购买药品上吃拿回扣……因此，动不动就被上级纪委叫去谈话。有一次还被检察院收进去好几天，出来的时候，本来很有风度的"博士头"竟然白了一半。可不管怎么折腾，毕竟还是院长，那种有权在握的感觉，让这个白发苍苍的小老头儿依然很是受用。在钟志林看来，这简直就是个谜。

实话实说，你的业务能力已经可以了。

我知道自己的不足，还需要学习。

如果我不同意呢？

我只能自费了。

一定要去？

一定。

那年秋天，在北京一位大学同学的帮助下，钟志林终于接到了美国圣约瑟夫医疗中心的邀请函，赴贝洛神经医学研究所进行为期一年的访问学习。临行前，老院长慷慨地为他举办了一场送行晚宴，在市里最豪华的酒店摆了三桌酒席。院领导和中层干部悉数到场，气氛热烈。作为主宾，钟志林被安排在老院长和当时已是副院长的谈生中间。钟志林不抽烟，不喝酒，是一个讨厌各种娱乐活动的人，虽然是宴会的主角，人却显得有些木讷。其他同事则群情欢乐，不管心里是羡慕，还是嫉妒，都说了许多祝福的话。特别是谈生，酒桌上尤其活跃，他不时地搂着钟志林的肩膀交谈上几句，同时还郑重其事地告诉他，到了美国之后放心学习，家里有什么事，只管让赵淑芬吱声，他绝对帮忙，并特别强调，包括任何事！一句话，让几个会意的男女哈哈大笑。在整个宴席上，还是老院长最真诚，他白发苍苍地凝视着他：今天我以院长的名义给你饯行，至于你回国的时候谁给你接风，我就不知道了。一语感慨，意味深长。

一年后，给钟志林接风的人是谈生。当时谈生已经当了三个多月的院长，在酒桌上，他欢迎钟志林学成归来，并语重心长地提醒钟志林，院里拿出十几万派他出国深造，回来可得多拉几个粪蛋啦！听语气，好像他钟志林以前没有好好工作，好像派他出国学习的不是老院长，而是他谈生。

有意思的是，院里的一些同事也好像早就盼着钟志林回国似的。一见面，就有了倾诉的愿望，又是惋惜又是埋怨，说他本来就不该出什么国，如果他不出国，他谈生算个屁呀！好像谈生当上了院长，钟志林负有不可推卸的责任。说起来也怪，此前一直盼着老院长赶紧下台滚蛋的人，仅仅过了几个月，对谈生这个新院长又开始失望了。他们甚至怀念老院长，回忆他的种种好处，说谈生不能和老院长相提并论的人也有。

对于人们七长八短的议论，钟志林只报以平静的一笑。他不愿参与这样的话题，没兴趣，也没有时间。通过美国一年的访问学习，贝洛神经医学研究所多项最新的研究成果和诊疗技术，令他踌躇满志，他只想把学到的新知识投入到自己的诊疗实践，同时继续做他已经确立好的研究课题。至于谁当那个院长，对他来说都无所谓。谁当那个院长，他不都得用人？

钟志林想得没错。他回国之后，谈生对他还是不错的。毕竟曾在同一科室里工作过，而且曾做过他的下属。过去他一直管钟志林叫"伙计"，随着年龄的增长，又称他"老伙计"。他不仅把科主任的职位一直保留到了钟志林回国，没多久，便想提他当副院长，让"老伙计"做他的左膀右臂。当时钟志林婉言谢绝了他，就像他当初谢绝老院长的理由一样。这件事让谈生很不高兴，但也仅仅是不高兴，并未因为钟志林的不给面子，不领情，或不识抬举而上升为矛盾。

两个人的真正矛盾起源于改革。谈生喜欢改革。上任后，他先是按部就班，不动声色，也不作为。在保持了一段时间的稳定之后，才抓住人们的"求变"心理，开始了一系列的改革。当然，改革没有错。不改革，你就会被认为和前任一样平庸无能；不改革，你就会被人说成"去了个朽木，换了个柳木"，没有新鲜感，让人看不到希望。但关键看你怎么改，改什么。在钟志林看来，谈生的所谓改革其实就是胡改。比如，他在全院实行绩效工资的同时，还要和"返诊率"挂钩。所谓的"返诊率"就是让病人重复就诊，次数越多越好，说到底就是让病人多花钱。这怎么行呢，公立医院历来就是救死扶伤的地方，谈生不但把它的公益性质改了，他还改药价。区区的市级医院，有的药品价格，竟然比美国都贵。再说，现在看病已经够难的了，每天到医院看病的人比去商场的人都多，他还一个劲地强调经济效益，提高"返诊率"，"返诊率"越高，拿的奖金就越多。钱多当然好。钟志林不是不爱钱，君子爱财取之有道。他总觉得这种在病人身上刮金揩油的行为，不仅违背医德，欺骗生命，也有愧于做人的基本道德与良知。可你不按着他的改革思路来，他就会立刻给你眼罩戴。那年中秋节，医院发过节费，别的科室每人发五百，而钟志林所在的神经内（含精神）科，每人只发二百，结果科里的人对钟志林这个科主任很有意见。于是借科室负责人例会，特别是在一次全院的职代会上，钟志林对院里的一些改革措施与方案，提出过许多不同意见，为此惹得谈生大为不满。有一次，他甚至用一种非常疑惑的眼神看着他：钟主任，我发现你去了一趟美国之后，怎么变得这么多事儿呢！

就这样，"老伙计"变成了"钟主任"。两个人的关系由最初的随随便便，到后来的相敬如宾，再到后来的越整越拧，摩擦不断，乃至于到了不可调和的地步。

这样一种上下级关系，既消耗着钟志林的心力与精力，同时也极大地挫伤了他的工作积极性。一晃三年过去了，钟志林不但在专业上没搞出什么名堂，反而把自己弄得焦虑重重，神经兮兮。

三

你找三根橡皮筋儿，套在右手腕上，一旦出现不可克制的强迫现象时，就立即拉弹它。记住，要反复拉！拉弹力度以手腕皮肤稍有疼痛感为宜，同时数着拉弹次数。一般情况下，拉弹二十到三十次，你的强迫现象就可以减弱，甚至会消失。

俗话说，医生治不了自己的病。但为了对付自己的强迫意念，钟志林还是在苏丽娅那里找到了三根橡皮筋儿。他用平时教给患者的方法，把皮筋套到自己的手腕上，一旦有了强迫意念，便不断拉弹。经过一周时间的反复实践，卓有成效。

上午十点，查完病房后，钟志林回到办公室，像往常一样，他给自己泡了一杯茶。很正常，那种没有洗净杯子的感觉消失了。只是他还没有来得及品上一口，电话响了。他拿起话筒，是院里的纪委书记刘然，告诉他，说局纪委找他，让他下午抽个时间到卫生局去一趟。

放下电话，钟志林突然想起了那封举报信。

两个多月前，他和谈生之间曾发生过一次不快。事情的起因很简单：一个患者因为小脑损伤，走路没有平衡感，老是栽棱，跑偏。据患者自己描述，最初是往左偏，在北京一家医院做了神经阻断术。出院不久，又开始往右歪，平时上街，走着走着，就上了马路牙子，特别是拐弯，经常往墙角上撞，而且越来越严重。走路的时候，只好在手腕上系一根小绳，让妻子牵着走，不时地往正道上拉一下，很麻烦，也很痛苦，为此已经出现了轻微的抑郁症状。了解到这种情况之后，钟志林建议患者到第一次手术的医院进行二次治疗，并开了转院手续，但谈生不予签字。

去就去呗，我签什么字？

现在这里不是医保定点医院了吗，没有转院手续，回来不给报销。

既然是定点，为什么要转院呢？

是我钟叔让我转院的。

谁是你钟叔？

就是钟主任，钟志林。

谈生接过转院单，飞快地扫了一眼，然后一个电话把钟志林叫到了院长室。

钟主任，这个患者有必要转院吗？

必须转。

本院不能治？

谈院长，这不是能不能治的问题。

多年前，科里住进一个年轻的患者，得的是精神分裂症。从症状上看，倒也不怎么严重，就是思维奔逸，说大话，吹牛皮，说得口干舌燥、嘴角起沫也毫无倦意。那时候神经科还没分什么内科外科呢，包括精神方面的疾病全都是一勺烩。经过会诊，钟志林和谈生一致认为患者属于躁狂型的精神分裂症。但在治疗方案上，两个人的意见却产生了分歧。在钟志林看来，导致这个小伙子精神分裂的直接诱因是失恋，应该保守治疗，以心理疏导为主。谈生却不那么看，他认为诱因并不重要，重要的是病灶已经形成，如果不把病灶做掉，就有可能导致病情越来越严重，其后果不堪设想。为此他给患者的家属讲了个例子，说几年前他治疗过一个同样的病人，当时他的方案是必须手术。可家属死活不同意，住了几天院就回家了。结果怎么着，养虎为患！回家之后，患者的病情越来越重，不仅出现了冲动和攻击行为，见人就打，还乱性，有一次竟差点把自己的亲妹妹都强奸了。说完他让家属好好想想，自己看着办。这是多大的教训！结果几番权衡之下，患者和家属经过商量，最后还是同意了谈生的治疗方案，并由谈生亲自操刀，对患者实施了前额叶脑白质切除手术。手术很成功。那个躁狂的小伙子立马就老实了，既不狂言乱语，也不声嘶力竭，老实了，安安静静地在病房里住了几天，便办了出院手续。没想到，一个月后，他的父母连同好几个亲属一起又把小伙子带到医院，说你们怎么把人给治傻了呢？

这也正是钟志林所担心的。实际上，这种手术就是用一种破坏的方式，切断患者的一部分脑组织，中断它们之间的某些联系通道，起到调整脑功能的作用，达到清除精神症状的目的。钟志林知道这种手术有一定的风险，做不好，就会矫枉过正，使病人变得过于温顺，感情淡漠，对外界的刺激没有反应，甚至造成精神障碍，出现记忆力和智力下降等等。为此，在很长一段时间，医学界已经基本上停止了这种手术。后来，随着医学技术的进步与发展，虽说这种手术又悄悄回到了临床实践中，但不到万不得已，却很少使用。当时谈生却不管那一套。他认为所谓"万不得已"，无非是因为之前就错失了良机，医生最可贵的就是三字：快、准、狠！

其实，谈生的学历很一般，是"七·二一"毕业的。那种大学，作为中国教育史上的奇葩，其目的是"学以致用"，为本单位培养急需人才，学员从工人中选拔，入学和毕业实行开卷考试，没有正规学历，基础课水平也不高。但谈生是个上进之人，毕业后，他深感自己的不足，在钢铁厂职工医院工作期间，又读了一个本科函授，边工作边学习。其间人际关系搞得也不错，函授没毕业，人便调到了市医院。当钟志林大学毕业被分配到神经科工作的时候，谈生已经当了一年的科主任了。

作为科主任，当时谈生如此坚持自己的方案，钟志林只好保留意见，他只希望手术能够成功。可结果，他所担心的事情还是发生了。面对患者家属七嘴八舌的质问，谈生开始还半信半疑，甚至还烦了，他严肃地提醒那几个家属，别嚷嚷！在医院要保持肃静，这是常识知道不？然后他友好地拍拍小伙子的肩膀，试探性地问这问那，不管咋问，小伙子只是温顺地看着他，咧着嘴，光是乐。可不是傻了咋的！

这下麻烦大了。几个家属拉着那个傻小子，像示众一样，在医院里一连闹腾了好几天。讨不到说法，后来，就去了卫生局。根据当时医学界对这种手术的保守规定，局里认定医院确有过度治疗之嫌，应该对患者负有一定责任。好在那是20世纪90年代，患者又是来自偏远的山区，胃口不大，更主要的是那时候的医患关系还不像现在那么尖锐。最后，医院对患者支付了五万元赔偿金，总算把事情摆平了。

在钟志林看来，谈生过去的行医和现在的执政风格差不多，就是独断专行，刚愎自用，听不进半点不同意见。特别是实行医改之后，作为院长，他总是强调"肥水不流外人田"，抓住个患者就不放手。

我觉得应该转院。

钟主任，我知道你和患者可能有亲属关系，但对于转院这件事，不管谁，院里都是有严格的规定。

钟志林哭笑不得。他和患者哪有什么亲属关系，他们只是一栋楼上的邻居，因为年龄上的差别，又出于礼貌，小伙子才一直叫他钟叔。

钟志林解释说，他和患者没有任何关系，而是考虑到他的具体情况才同意他转院的。俗话说，解铃还须系铃人，前期手术是在北京做的，他认为必须回到那家医院去治疗……他还想说下去，谈生用一个果断的手势制止了他。行了行了，没有那么多的"必须"！现在我只要你做一件事，把患者转到神经外科去，至于怎么治疗，你可以不参与，由外科决定，你看好不好？

从职称上说，谈生比钟志林的主任医师低一级，但院长的权力却把他架到了另一种高度，让他仍然处于上位。

你是院长，你说了算吧。

可院长说的，患者不同意。那个三十多岁的小伙子，在财政局工作，是一位副局长的司机。由于在一次车祸中小脑受了伤，司机当不成了，走路还老是跑偏，本来就够糟心的了，没想到转个医院治病都不行。其实这也是谈生有失策略的地方。经验告诉我们，不能把所有的病人都视为弱者。恰恰相反，有许多人因为忍受着某种病症的困扰与折磨，他们反而会比正常人更偏激，也更暴躁。结果那个小伙子一怒之下，情绪突然失控。他不仅掀翻了谈生的茶几，混乱中，又一个耳光打在了谈生的左脸上，特别响亮。

就是那个耳光，把谈生打恼了。后来，在对方几乎要拼命的情况下，为避免真的"白刀子进去，红刀子出来"，他虽然不得不在转院单上签了字——事后，却把那一记耳光之辱，记在了钟志林的账上。

大家知道，现在的医患关系很不好。作为医护人员，每个人都应该努力化解这种紧张的关系而不能像有的人那样，故意挑唆和激化医患矛盾，除非是别有用心！

此后，谈生不止一次地在一些公开场合旁敲侧击。更气人的是，谁都知道他指的是钟志林，可他就是不把名字说出来，而是说"有的人"。有几次，在众人斜瞟过来的目光中，钟志林都是差一点拍案而起，但他忍住了。既然谈生不指名道姓，就说明他给自己留了一条后路，就像泼妇骂大街，明明骂的是你，你一搭茬儿，人家却说我没骂你，这岂不是自取其辱，自讨没趣？可面对谈生的指桑骂槐，钟志林又咽不下那口气：你不明说，我也暗来。不信你谈大拿还真是一手遮天了不成！结果他一封举报信把谈生告到了市纪委。

钟志林之所以这么做，与其说是一种无奈，倒不如说是一时冲动。事实上，当他把那封举报信投进邮筒之后，就开始后悔了，他意识到这种事情根本就是扯淡，没用，弄不好，还会打不着狐狸反惹一身臊。老院长就是个例子。他在位时，有人说他以权谋私，拿药品回扣，好几个人曾联名告他，可直到退休他都是安然无恙。倒是那几个告他的人，有的被免去了科主任，有的被调到了行政部门，再也没有得到好果子吃。钟志林开始后悔不该写那封信。而等待结果的过程，更是难挨，乃至构成了一种折磨。前思后想，各种推测。在一种难以摆脱的焦虑中，他甚至希望那封信没落到纪委人员手里，而是被那种不负责任的临时工投递员弄丢了，扔了，或者烧掉了更好（这样的投递员不是没有，前不久报纸上还真是报道过）。果真如此，就等于什么事也没有发生过。

事实却不是这样。一个月过去了，两个月过去了。就在钟志林几乎把那封信忘掉的时候，卫生局纪委却通知他去一趟。

四

下午，钟志林来到了卫生局。找他的是一位姓王的纪委的同志，长得粗糙，一脸皱纹，看不出准确年龄。人倒是挺逗的，喜欢眨眼，常被人误认为是一种含意不明的暗示。确定了钟志林的身份之后，他从一个文件夹里拿出了那封举报信，眨着眼睛告诉钟志林，说市纪委转来的举报信他们看了。首先，他的动机是好的，是值得肯定的。但信里反映的问题，都是一些原则性问题，而没有实质性的内容。

比如说，王纪检看着手里的举报材料："独断专行，一手遮天，听不得半点不同意见……"这应该是组织部门的事。再看这条："医院本是治病救人的地方，作为院长，谈生却总是强调利益最大化，在奖金分配上，实行什么绩效考核，用收入减去成本再乘以提成的百分比的办法，确定各科室的奖金，由此引导医护人员有意提高返诊率。本属一次看好的病，却让患者两次三次往医院跑，也就是说，一百块钱能治好的病，非得让患者花上一千块……"王纪检快速地眨了眨眼睛说，这么做，确实有点不太合适……然后，他抬起头，微笑地看着钟志林，可话得说回来，自从医改之后，所有医院不都是这个样子吗？

一个在专业上卓有成就的人，在别的方面则往往不太机灵。钟志林坐在那里，听着王纪检一条一条地点评他的举报信，他窘迫得就像个做错了作业的小学生。可他又不知道自己错在了哪里。

按你的意思，这些事，纪委都不管么？

也可以这么说。

那经济上的问题管不管？

当然管。但是你反映问题必须有证据，光嘴上说不行，否则对方一旦说你诬告，你得承担责任。

钟志林顿时蔫了。平时他常听院里的同事背后议论，说谈生当上院长之后，看起来很正直，很廉洁，其实比老院长还要贪，只不过是他更狡猾，更高明。就拿采购药品这件事来说吧，过去老院长总是亲自出马，用哪个厂家的药品他说了算；谈生上台之后没么做，他改革了，所有的药品采购，都一律招标。明知道他和中标的药品商之间有猫腻，可你上哪去找王纪检所说的证据？至此钟志林才知道告状并不是一件简单的事。从某种角度上说，甚至比治疗一种疑难病症还要难。

从卫生局出来，距离下班时间还有两个小时。钟志林没再去单位，而是直接回到家里。这让赵淑芬有些吃惊，问他咋这么早就回来了。

到街上办了点事，就直接回来了。

办什么事啊？

……修修表，最近老是不走点儿。

他撒了谎。他不想把举报信的事告诉任何人，包括自己的妻子。他守住了这个秘密。

他想扭转话题，问赵淑芬晚上做什么饭。

你想吃什么？

那就吃饺子吧。

赵淑芬快乐起来。其实在吃的问题上，钟志林向来都是很随便。她做什么他就吃什么，很少有过自己的建议。那种无所谓的态度，有时候，让赵淑芬觉得做什么都特没劲。

包饺子的过程中，钟志林也上了手。他擀皮儿，她包馅。在一种默契的配合中，两个人同时感到了一种少有的温馨。

还记得第一次在我们家吃饺子吗？

当然记得。

他下乡后的第三个春节。作为点长，他一个人留在了青年点。除夕夜，他和老支书一家五口守着火炉说闲话，嗑瓜子。老支书一生没儿子，但三个女儿都很俊。老大赵淑芬已经高中毕业，在村里小学当老师。包饺子的时候，钟志林也动了手，擀皮儿，包馅，他居然样样都行。支书的老伴啧啧称赞，对着他包好的饺子左看右看，说一个人包的饺子上有几个褶儿，将来就会有几个儿子。说得钟志林很是不好意思。吃饭时，他给老两口敬了酒，又象征性地和三个女儿碰了杯。其乐融融，如同一家人似的温馨。离开老支书家的时候，他竟忘了那顶心爱的棉军帽。走出大门外，赵淑芬叫着"林哥"追出来，她没把帽子递给他，而是用双手戴到了他头上。就在那一瞬间——突然，他拥抱了她，吻了一下。非常突兀，毫无道理——在人家的家门口，在这个寒冷寂静的除夕夜。她没有说话，只是用拳头在他胸上无力地捶了一下，扭身便走。几个月后，他实在想见到她，便借故到她的学校去。见办公室里没别人，他又一次吻了她。这次她回应了他，并紧紧搂住了他的腰。那种贴心贴肺的感觉，就像是要融化进他的身体里去。也就是在那一刻，他觉得找到了可以终生相伴的妻子。

许多年以后，赵淑芬曾问过钟志林，他上了大学之后，如果不是她尾随其后也考入了卫校，他会不会甩了她？钟志林想象了一下，觉得这个问题有些奇怪，他说如果那样的话，他们就不会是今天这个样子，他们会有另外的家庭，生活可能幸福，也可能相反。

吃完了饺子，钟志林主动收拾碗筷，让赵淑芬赶紧上班，她是夜班。赵淑芬却摆出一副无所谓的态度：你放心，我一夜不去，那个小王八都会替我顶着。新官上任，劲头足着呢！

赵淑芬说的"新官"叫孙驰，是妇产科里唯一的男医生。他四十多岁，长得胖，喘气的声音都很粗，平时说话总是嘟嘟囔囔，甚至不敢直视别人的眼睛，很胆怯，很羞涩。就是这么个二货，前不久竟然当上了科主任。

在方老太太退休之前，科里所有的人都说过，无论讲资历、论水平，接替方老太太最合适的人选就是赵淑芬。当时就连赵淑芬自己也觉得非她莫属，她甚至还问过钟志林，如果让她当科主任，她干呢还是不干。

让干就干呗。

钟志林的态度很明朗。在他看来，赵淑芬的情况和自己略有不同，她是妇产科医生。在他看来，那个专业其实就是个熟练工种，二十多年的临床经验，她对助产接生那一套早已了如指掌，用不着再去搞什么高深的研究，当个科主任，协调一下科里的行政事务而又不离开临床，这没什么不好。

没想到，后来接替方老太太的却不是赵淑芬，而是孙驰。经过反思，钟志林知道赵淑芬是吃了自己的挂落儿——他和院长整得那么僵，作为他妻子，赵淑芬怎么可能当上科主任呢。他只能安慰赵淑芬：爱谁当谁当吧。就孙驰那个样的，他当了科主任，也没人觉得他高一截，你不当科主任，照样没人小瞧你。

对此赵淑芬也是心知肚明，她没有埋怨钟志林。只是一旦说到工作上的事，她就会借机贬低上几句孙驰，孙驰这样，孙驰那样……这次，她连孙驰都不叫了，干脆叫他小王八。

钟志林不喜欢这种耿耿于怀，不仅没用，还特别庸俗。

他告诉赵淑芬，这种外号不能随便叫。

我没随便叫。你知道他是怎么当上科主任的吗？

领导决定的事，我哪知道。

我听人说了，人家是用老婆换来的！

五

大约十年前，钟志林和谈生分别在神经内科和神经外科当主任，老院长曾给他们调换过两个护士。调过去的是个老护士，业务平庸，不爱言语，是个丢了几天也不会有人想起来找的人。换过来的人叫苏丽娅，三十岁出头，眉眼清秀，长脖颈，眼睛很漂亮。初次交谈，钟志林便发现了她的直率。

为什么要调到内科来？

想换个环境。

护士的工作性质不是一样么？

人可不一样呢……直说吧，我讨厌那边的领导。

谈主任挺好的啊。

我受不了他的好，烦人。

谈话至此，钟志林已基本上明白了什么。

苏丽娅是个整齐干净的女人，也是个优秀的女护士。她声音柔软，体形窈窕，极具白衣天使的审美特征。专业技术也可以，打针啊，输液啊，都很娴熟。交接班日志、护理表格写得好，详细工整，字体清秀有力，不像出自一位女性之手。总之苏丽娅是一个很聪明、有教养并带有一点艺术气质的年轻女护士。他后来了解到，上卫校的时候，苏丽娅曾一度迷恋过文学，喜欢托尔斯泰，喜欢琼瑶，劳伦斯《查泰莱夫人的情人》一连读过三遍。她还写过诗，并因此陷入过痛苦，走路的时候经常会咯噔一下站住，立在那里，一动不动地想一个句子。结婚后，她渐渐打消了想当女诗人的念头，只是在没意思的时候，读读诗歌，或看一点闲书。不须说，能用诗歌和闲书作为消遣的人，自然有着不一般的气质。钟志林还记得，那年护士节，在全院举办的联欢晚会上，苏丽娅曾亮丽登场，声情并茂地朗诵了泰戈尔的一首诗：《爱之灯》。

灯火，灯火在哪儿？

用熊熊燃烧的欲望之火点燃它吧！

这儿有灯,

但没有一丝火焰——这就是你的命运,我的心啊!

还不如死了的好!

悲痛在叩你的门,她带来口信,说你的主醒着呢,

他召唤你穿越漫漫黑夜,奔赴爱的约会。

乌云漫天,雨下个不停。

我不知道心里激荡着什么——我不懂它意味着什么。

电光一闪,我进入黑暗的深渊。

我的心摸索着前行,前往那夜之音召唤我的地方。

灯火,灯火在哪里呢?

用熊熊的欲望之火点燃它吧!

雷声在响,狂风在啸。

夜像黑岩一般黑。

不要让时光在黑暗中逝去。

用你的生命点燃爱之灯。

苏丽娅敬佩钟志林的修养与学识,他身材挺拔,风度翩翩,成熟,稳健,是个儒雅而有学问的人。他说话从不带脏字,还不吸烟,不喝酒,身上永远带着一种新鲜健康的药味。这一切都被苏丽娅当成一种"迷人的魅力"。工作上有什么事,她都喜欢和钟志林沟通、交流,哪怕属于个人隐私,也毫不避讳。

有天晚上,钟志林值夜班。半夜时分,他正在阅读一本医学杂志。她敲开了他办公室的门,说想跟主任聊点私事。他们聊起来,就在那天晚上,苏丽娅向钟志林坦率地表达了她内心的痛苦。

说起来都难以启齿。当然了,除了主任我和谁也没说过。孙驰知道吧?对了,是我老公。不怕主任笑话,我和他一点都不和谐,他对那事儿特冷淡。他身体倒是没问题,怎么说呢,你知道,他一直在妇产科工作,对女人的身体和生理,肯定是了如指掌,可能都麻木了。他自己也说对夫妻生活有影响。我曾建议他换

个科室，但他不换。他说他喜欢妇产科的工作，说是观察胎儿的生长，有一种说不出的喜悦……可我们俩，到现在还没有自己的孩子。让主任说说，什么人呀这是！不瞒主任说，有时候我都想跟他离婚，就是觉得太丢人了，说不出口。主任，你想想，说到底，人生不就是那么点事儿吗？我是个女人，才三十多岁啊。

说着，苏丽娅流泪了。钟志林不知道怎么安慰她。他只是从职业的角度告诉她，造成男人性冷淡的原因很复杂。比如严重的全身性疾病、慢性疾病、过度疲劳，都可能会导致性欲低下。他建议苏丽娅，最好让孙大夫查一查身体，如果没什么病因，就注意从心理上调节。说了半天，苏丽娅只说了一句"他胖得像个猪似的，有什么病"，然后坐在沙发上继续流泪。

作为医生，他曾无数次遇见过患者流泪。可她不是患者，是他的下属，是同事，是一个年轻漂亮的女护士在哭诉自己的男人性冷淡——这种情况，让钟志林感到为难。用一句庸俗的话说，就是"爱莫能助"。

他站起身来，递给她一条毛巾的同时，轻轻地拍了拍她的背。这样的肢体语言，似乎含有同情的意思，也有一种类似于"好了好了"的劝慰。她接过毛巾，站起身来，泪眼婆娑地看了他一眼，突然用双臂搂住了他的脖子，同时像撒娇似的用头抵住了他的前胸。一种洗发香波的味道。他觉得自己有了男人的反应，却慌乱不知所措。但他马上就稳住身体里的情绪，一面用两只手去拆解她的双臂，一面用很低的声音叫着她的名字，告诉她"别这样"，"这样不好"……她惊讶地看着他，喃喃地说，我不明白，我不明白。那个晚上，让钟志林不明白的是，当苏丽娅掩门而去之后，他为什么会怔怔地立在那里，怅然若失。

此事之后，两个人之间便有了一个你知我知的秘密。在很长一段时间，他们为彼此守住了那个秘密而感到比过去多出了几分亲近，但在平时的接触中，却更加小心翼翼。

六

周三是主任查房日。钟志林提前十分钟来到单位。头天夜里遭遇了失眠，在查房过程中他两眼发红，浑身疲惫，精力老是集中不起来。主管医生向他报告病人的病历摘要、生命体征和实验室的检查结果，他听得心不在焉，却几次不由自主地把目光瞟向苏丽娅。从美国圣约瑟夫医学研究中心回来之后，为提高临床护理质量，激发护士学习专业理论知识的积极性，钟志林要求责任护士在班时必须参与医生查房。苏丽娅站在病历车旁边，肃然听着主管医生的报告，无意中发现主任正用一种异样的目光看着她，不知何故。查房结束，钟志林对医疗和护理做简要评介和指导时，苏丽娅再次察觉到了他扫过来的目光不似以往。

上午十点，钟志林接待完最后一位询问患者病情的家属。苏丽娅敲门进来，问了一点业务上的事之后，微笑地看着他。

主任最近好像有什么心事。

何以见得？

我感觉。

医务工作缜密周到，探幽入微，从事这种职业的人大都天性敏感，但能说出"主任最近好像有什么心事"的，却只有苏丽娅一个人。不知道是她格外注意他，还是另有原因，但无论如何，钟志林都不可能实话实说。于是他豁然一笑，告诉苏丽娅他什么事都没有，并诚心诚意地表示，谢谢她的关心。

那我走了啊。

他颔首示意。

苏丽娅转身离去的时候，钟志林仔细端详着她的背影，端详着她束紧的腰肢和浑圆隆起的翘臀，却不由自主地想到了谈生，并由此调动起了各种想象，他们拥抱，他们接吻，眼前甚至出现了谈生和苏丽娅赤裸纠缠的动感画面……但很快，他就对这种恶趣味的臆想感到羞愧、恶心，同时又觉得有点对不住苏丽娅。

他和苏丽娅一起工作差不多已经十年。春来秋往，四季运行。做了母亲的苏丽娅还是那么年轻、漂亮，除了体态上稍加丰腴，几乎看不出她有别的变化。虽说她写过诗，却并不轻狂，不傲慢，作风上也不豪放。可贵的是，明知道他和院长之间有矛盾，她却一如既往地尊敬他，说起医院某些不合理的地方，她还往往会说上几句贬低谈生的话。我半个眼珠都看不上他。她贬低谈生，其实也是对钟志林示好。对此他心知肚明。有一次，苏丽娅甚至用一种怨艾的口吻和他开玩笑，说主任哪样都好，就是不会生活，不善于爱。他明白苏丽娅话里的含意，并始终保持一种警惕。从内心深处讲，他一点不讨厌苏丽娅，但也只需保持一种暧昧不明的关系就够了，绝不能为一个护士而毁掉自己的名誉。至于谈生和苏丽娅的传言，他也不相信他们会真的扯在了一起，而宁愿相信"那个小王八"的科主任"是用老婆换来的"——纯属捕风捉影，无稽之谈！

钟志林拉开抽屉。人在不知道想做什么的时候，往往习惯于拉开抽屉。在抽屉里，他发现了那几根用来分散自己的强迫意识的橡皮筋儿。试了试，它们的弹性仍然很好。接着他又拿起一个笔记本，翻了翻，最后一页，已经是两年前留下的笔迹。只有一行字：非常规突发事件下产生的情绪对神经生理的干扰与影响。

想了半天，他才记起这是他回国后拟写的一篇论文题目。多年来，他致力于神经医学的临床实践与研究，特别是晋升为主任医师之后，他规定自己要每半年撰写一篇学术论文。如今快两年了，这篇拟好题目的论文却被搁在了时间的那边，一字没动。他已经记不起当初要写这篇论文的学理动机和依据是什么。

这两年我都干了些什么呢？

触及这个问题，还是无法绕开谈生。谈生是院长，也是钟志林的一个噩梦。许多个星光璀璨的夜晚，他沿着一条陡峭的小路向着开满鲜花的山顶攀登，总会出现一条恶犬拦住他的去路，他怎么躲也躲不开。这种反复出现的梦境，让他在惊醒之后还愤愤不平，同时也总是让他联想到谈生。在和谈生的不断摩擦中，他曾暗自检讨自己有哪些方面做得不对，但是没有。想当初，他总认为一个医生就要凭借自己的能力有所作为，为此他甚至蔑视权力。正因为蔑视权力，他和谈生之间的矛盾才越来越深。假如谈生只是个普通医生，说不定他早就妥协退步，和他化干戈为玉帛也不是不可能。可谈生是院长，总是用院长的权力卡他，压他，他不可能跟他妥协，向权力俯首。

有段时间，他真想一走了之。无奈的是，他出国前曾和院里签过协议，学习期满后，五年之内不得调出本院。不能调走，又无法消除和院长之间的矛盾，正是在这样的两难之中，让他萎靡不振，烦躁不安。虽然每天照常上班，却体会不到工作的乐趣，感受力越发迟钝。几天前，在一个家庭式的饭局上，有人问起他的年龄，他明明已经五十五岁了，却被他顺口说成了四十五！要不是赵淑芬当场予以纠正，他自己还浑然不觉……现在想起来，他心里仍然是五味杂陈。身体一天天老去，意识却停留在时间那边。这不是什么心理上的年轻，而是迟钝，是迷失，是一种浑浑噩噩的沉沦与陷落……钟志林惊讶地意识到，这恰恰是他所不愿意成为的那种人。

七

情绪是一种社会现象。作为个体生命的人，是以和他人或客观事物相互作用的形式而存在。人在与他人交往或参与接触客观事物时，在认知上的肯定或否定的心理体验中产生情绪。从生理上说，大脑皮层对于调节情绪有着重要的作用。生物学研究发现：在间脑水平以上切除大脑皮层的猫和狗，往往会对一些微弱的刺激表现出强烈的愤怒。相反，不同的情绪，也可通过大脑皮层对中枢神经及丘脑下部——脑垂体而产生不同的影响……

一天下午，钟志林在电脑上聚精会神地敲打着他的论文。这些不断跳跃的文字，在他心里激发出了一种久违的力量，让他重新回到了自己的世界。

突然，桌上的电话铃响了，吓得他像痉挛似的一抖。

电话是刘然打来的，说有件事儿想跟他谈谈。

刘然是院里的党委副书记兼纪委书记。钟志林突然想到了那封举报信。在卫生局那天下午，姓王的纪委同志跟他谈完话之后，他本想收回那封信，把事情就此做个了断。可王纪检不同意，说即使做了回复处理，材料也必须保存、备案。离开纪委的时候，他就觉得事情似乎没有结束——果然，不到一个月，刘然又找上门来。市纪委转给卫生局，卫生局转给医院，没想到一封举报信会惹出这么多麻烦！既然刘然要找他谈谈，那就谈呗。我敢实名举报，还怕你"谈谈"？

没想到，一谈就崩了。

愤怒的钟志林第一次拍了桌子。

其实刘然很客气。作为一个不懂医学的行政干部，在医院这种知识分子扎堆的地方，特别是在钟志林这样的医学专家面前，他也不可能表现得牛皮烘烘。让钟志林愤怒的不是刘然的态度，而是刘然的谈话完全出于钟志林意料之外。

有封举报信，是卫生局纪委转回来的。

我知道。

谈书记让我找您谈一谈，了解一下情况。

谈书记就是谈生。一年前，一个从部队转业过来的团政委，因为和谈生尿不到一壶，不到半年就调走了。空下来的党委书记便由谈生兼任，两个职务一肩挑。

你说吧，他什么意思。

谈书记的意思，就是让核实一下举报信里的情况。

核实什么，你说得具体点。

具体说，其实也就是两个事儿。一个是说您收受患者的红包，再一个就是反映您到社会某医院走穴看病的问题。今天请您来，就是了解一下这些情况存在不存在。

钟志林蒙了。至此，他才知道刘然要谈的不是谈生的问题，而是自己遭到了举报！人有两个最容易被戳中的地方：最喜欢的和最厌恶的。这猝然而来的当头一棒，把钟志林打得目瞪口呆，接着情绪突然失控，他啪地一拍桌子站起来，质问刘然举报信是谁写的，他要当面对质。

刘然很淡定，他和蔼地解释说，那是一封匿名信，即使实名举报，也不可能把当事人叫出来对质，纪委有自己的原则和纪律，不像法院。刘然开始安慰钟志林让他冷静点，用不着生气，现在的人就是这样，捕风捉影，想说啥就说啥。特别是在咱们单位，你知道，历来就有喜欢告状的传统，别当回事。谈书记说了，跟你了解一下情况，有则改之，没有就算了。

情况是这样的：过去在这个不大的地级市区里，只有两所公立医院。后来民营医院、私人医院应运而生，先后冒出了十几家，规模大小不一，等级良莠不齐，有的几乎就是东拉西扯拼凑起来的草台班子。其中有一家民营医院算是不错的，虽说服务好，费用低，医疗水平却跟不上去。有一次他们院里遇到一个怪异的患者，好好的一个人，全身上下，不痛不痒，也没有别的症状，就是烦躁不安，说不定啥时候，就突然烦得不行，严重的时候会用脑袋去撞墙。家里人不可思议，觉得不是真病，先后请过两个大仙儿，用过非常复杂可笑的各种办法进行扼制，没用，还是往墙上撞。只好到民生医院去就医。可医院也诊断不出这是什么病。有个叫刘之焕的医生几次打来电话，恳请钟志林去看看，到底是怎么回事。刘之焕原是钟志林手下的一个年轻医生，两年前跳槽到民生医院之后便当上神经科主任，过去他非常敬重钟志林，两个人的关系一直不错。钟志林能不去吗？说是疑难，其实也就是和患者简单地聊了几句，就找到了病因。

做什么工作的？

开卡车的。

开了多长时间了？

快三十年了。

平时开车的时候，有没有用嘴去吸油管这种情况？

太有啦！油管堵了的时候经常吸。

钟志林点点头。他退出病房之后只说了三个字：铅中毒。

后来经过多项化验，果然如此。结果是对症下药，那个患者几天后就出院了。

还有一次，也是刘之焕找他。那次是他父亲脑出血，需要做手术，他自己下不了手，便向钟志林求助。钟志林没有推辞，为刘之焕的父亲亲自做了一台手术。

就这么两次。第一次钟志林是下班后去的，第二次正好是星期天，而且他没接受民生医院和患者一分钱，能说是走穴吗？

关于收取患者红包的说法，就更是扯淡！我在什么时间、什么地点，收了谁的红包，只管去查，如果有，我可以承担任何责任！

刘然点点头，表示没必要再去做什么调查，这件事就算到此为止。他安慰钟志林，该怎么工作还怎么工作，别往心里去就是。

钟志林不可能不往心里去。一个洁身自好的人突然被人泼了一身的脏水——你却不知道泼脏水的人是谁。那段时间，钟志林把全科二十三个医护人员都想遍了，觉得谁都有可能，又觉得谁都不是。他的思绪完全混乱了。赵淑芬却言之凿凿，一口咬定：肯定是那个小狐狸精干的！她说一个敢跟院长上床的人，啥事儿干不出来？

而且，她还明知道你跟谈生不和。

钟志林不以为然，却不好解释。这期间，他和苏丽娅曾有过两次肢体性的接触。一次是他和苏丽娅要一个患者的病历。当苏丽娅递给他的时候，两个人的手无意地碰到了一起，就在那短暂的一瞬，他意会到了苏丽娅的手有一种磁力，有点黏糊。还有一次是两天前，他去护士站查阅一个患者的化验单，苏丽娅站在他旁边，他没注意自己的腿触碰到了什么东西，后来有了意识，是因为苏丽娅的腿不但没有移开，甚至略微有些贴近……这样的心理体验，钟志林当然难以启齿。

他对赵淑芬说，爱谁谁吧，身正不怕影子歪。

又是讨厌的工作例会。像往常一样，分管经营的副院长通报了上月全院经济指标完成情况，之后由谈生做了总结。按惯例，当谈生做完了总结，再提三点要求，会议就该结束了。可这一次他却伸出两只手，向下压了压，示意大家不要动，说有个事儿跟大家通报一下。

最近，有人向上级举报志林主任，说他收受患者的红包，到社会某医院去看病，走穴。在这里，我可以明确地告诉大家，经过纪委调查，纯属扯淡，是子虚乌有！他停了停，声音低沉下来，当然，还不仅如此。前段时间也有人告我。我知道，医院是个知识分子扎堆的地方，表面一团和气，其实背后的关系非常复杂。不过，在这里我还是要提醒大家，无论是谁，有意见请拿到桌面上来，我有错，你骂祖宗我都可以接受，最好是不要背后捅刀子。那是小人做的事，是见不得人的勾当，心术不正，没什么意思，不客气地说，那就是一种极其下流的卑鄙和无耻！

谈生的嘴里至少有三颗假牙，但假牙却毫不影响他的口才。他言语尖刻，竭尽讽刺与挖苦，声音铿锵有力，把麦克风震得嗡嗡直响，只是越讲越庸俗，甚至掺杂着一些非常情绪化的婆婆妈妈。

个别人总以为自己很高明，了不起。我还是那句话，不管你什么专家不专家，浅水养不住大鱼，你可以走，实话实说，我还真是不缺你那盘菜。否则，别管你有多大本事，你也是个医生，我是院长我说了算，有能耐你就把我整下去，你来当！

会议室里鸦雀无声。钟志林一动不动地坐在那里。开始他还以为谈生是在为自己伸张正义呢，没想到他会突然回马一枪，而且这简直就是夺刀杀人！钟志林的脸红一阵白一阵。作为一位医学专家，他熟知人的大脑约由一百四十亿个细胞组成，其储存信息的容量之大，可相当于一万个藏有一千万册的图书馆。可此时的钟志林却突然觉得一百四十亿个脑细胞不够用了。他意识到体内有什么东西要爆发，但理智告诉他，面对这样的羞辱，即使咬碎牙齿，也只能咽进肚子里。

事情并没有到此结束。那次会议之后，有关举报信的事仿佛成了一个事件，一时间在全院里传得无人不晓。奇怪的是，钟志林被人举报的事几乎无人提起，大多数人都在背后议论：有人把谈院长告了。同时反复猜测举报谈生的人到底是谁。这一切，钟志林毫无察觉。要不是在同一单位有自己的妻子，他可能会永远蒙在鼓里。有一天，赵淑芬一进家门就告诉他，她在医院听说个事儿，没把她气死！

他问什么事儿。

有人说你写举报信，告院长。

谁说的？

我们科一个小护士。她说院里的人都这么议论，还说你告谈生就是想把人家整下去，你当那个院长，冤不冤呀你！

不仅是冤，分明是一种侮辱。钟志林没料到有人这么看他。他想不想当那个院长，除了妻子赵淑芬，只有老院长最知情，可老院长退休不久就得了心梗，死了。这个世界就这么奇怪，一件事可以生出另一件毫不相干的事——而这种事，即使你浑身是嘴都说不清。

钟志林医生的情绪又坏了。作为科主任，过去他总是强调医护人员要保持一种稳定、愉快的情绪投入工作，因为医护人员的情绪会直接传染给患者。为此他还从精神学的角度写过一篇论文，认为"乐趣和欢笑，有时候比药品更能让病人觉得活着之振奋"。可现在钟志林自己却做不到了。上班的时候，连领带都不打了，他脸色阴沉，甚至挂着几分庄严的忧伤。无论是医生和护士，他几乎不和任何人说一句多余的话。在患者面前，也全然失去了往日的耐心与笑脸。闲下来的时候，他整天坐在办公室里想事儿。有一天，他突然想到了王德军。

一个月前，有位患者需要做脑CT，前后做了两次，片子还是看不清。钟志林有些恼火。他从美国回来不久就打过报告，建议院里上一台彩色TCD，也就是经颅多普勒超声检测仪。作为研究颅内血管流动力学不可或缺的现代技术设备，在美国早就普遍应用了，他觉得应该尽快地投入到临床实践中，可以更加科学有效地提高诊断的准确率。为此，他曾多次找过谈生，而谈生却一回一个态度，一会儿说那就上吧，一会儿又表示等等再说。老是变卦。最后一次他还有点烦了，他告诉钟志林，别老是拿那个美国说事儿！咱区区一个市级的小医院，能跟美国比吗？别说国情不同，医院也有个院情对不对？实话告诉你，我倒是早就想买，没钱是真的。话未说完谈生就笑了，但还是把钟志林闹了个实实在在的大红脸。后来他就再也不提这事了。直到现在，检测脑血管所依靠的还是脑电图和CT片。

那天，钟志林只好亲自去找CT室的王德军，问他这片子是怎么照的。王德军却无奈地一笑，说是"家伙儿不行"。

不是新上的设备吗？

戴花的寡妇，怎么打扮也是用过的。

王德军讥讽地一笑。他告诉钟志林，那台新买的CT其实是一台翻新的旧货，当时他还找过谈院长，可谈院长说绝对不可能，也只能这么用了。最后王德军叮嘱他：钟主任，这事儿咱们可哪儿说哪儿了，不要外传。

钟志林重新想起这事，竟然有些激动。他决定去找王德军，把事情弄个水落石出。他想只要有人做证，不信你纪委再说我"捕风捉影"！

钟志林是个正直的人，却不是个聪明的人。谈生毕竟是谈生，是"谈大拿"，虽说在医院他一手遮天，独断专行，却有一套控制手下人的技巧，在医务人员面前和蔼可亲，甚至能称兄道弟，同时又用小小的"改革红利"让许多人尝到了甜头。因此在许多人眼里，他并不是一个很坏的领导。钟志林没意识到自己举报谈生的事在医院传开之后，为了不想扯进他和院长之间的矛盾，一些人已经开始有意躲避他。结果，王德军不但矢口否认他说过的话，还双手抱拳给钟志林作了一个揖说，求求钟主任了，您千万别陷害老弟！

钟志林潜心研究了几十年的人脑组织，现在他发现最琢磨不透的，是人的灵魂，人的心。

八

没事的时候，钟志林喜欢站在窗前长时间盯着一棵树，以此缓解和矫正越来越差的视力。正是夏天，三楼外的一棵老槐树显得生机蓬勃。树上有一只什么鸟，叫声婉转，十分悦耳。像是听到了召唤，不一会儿又飞过来一只，快速地扇动着翅膀，像个微型的直升机，在空中停了一会儿，然后才降落到树上。他饶有兴趣地观赏这两只小鸟。两只小鸟也歪着头，审视着对方，彼此欣赏。突然，一只鸟在树枝上不安地跳动起来,并伴以急促的鸣叫。另一只伏下身体,则不停地摆尾。紧接着两只鸟便摞在一起,快速地进行了一次完美的交配。

在苏丽娅的推荐下,钟志林看过一本书。书里介绍,生物学家原以为百分之九十四的鸟类是一夫一妻制,当他们利用基因技术确定其后代的父系时,却发现百分之三十以上的小鸟,不是同一巢里那只雄鸟的后裔。这一生物界的趣闻给钟志林留下了很特别的记忆。眼前这两只鸟是不是夫妻,他无法判断。但至少它们活得充实、自在,是健康的,快乐的。他甚至突然生出一个从未想过的问题:在鸟的世界里,该不会有什么神经病或强迫症吧?

钟志林想起了什么。他给护士站打电话,要一个抑郁症患者的病历。那是个四十多岁的男人,有一份很好的工作,在县委办当秘书,最近他却突然发现自己是个多余的人,就在昨天夜里竟差点跳了楼。

苏丽娅敲门进来,把病历递给钟志林。她站在那里,像是等候什么吩咐。

没事了,你去吧。钟志林研究着病历说。

苏丽娅走出去之后,他突然嗅到一种味道。他赶紧打开窗子,让外边的新鲜空气吹进来。前段时间,谈生曾陪同分管卫生工作的副市长去欧洲考察,记得谈生回来之后的第二天,苏丽娅身上就有了一种外国女人的味道。当时钟志林就告诉苏丽娅,上班的时候不可以用香水。没想到没过几天,她的身上又有了那种外国女人的味道。钟志林把病历送回护士站,再次提醒了苏丽娅。苏丽娅不好意思地解释说,我知道主任,昨天我休班,在家里用过。旁边一个护士笑着说,丽娅姐用的是法国香水,劲儿大。

当天晚上,钟志林值班。他是科主任和主任医师,按院里的规定,钟志林没有值班义务。但如果值班的医生临时有事,又调换不开的情况下,他偶尔会替上一次。十点半钟,整个病房渐渐安静下来。钟志林去了一次洗手间,然后又到护士站,去询问值班护士病房有没有什么情况。在护士站,他又一次闻到一股香水味,鼻子一酸,禁不住打了个喷嚏。钟志林患有过敏性鼻炎,对国外香水尤为敏感。在美国学习期间,他每次上街都要戴上防护口罩。他问两个护士谁用了香水。回说她们谁也没用,是苏丽娅用过。并且解释说她刚喝酒回来,说她身上全是酒味和烟味。

和谁喝酒？

不知道，可能有谈院长吧。

医院里的都知道，谈院长是个喜欢喝酒的人。他当科主任的时候就喜欢，几天遇不到做手术的患者家属请客，他就会让科里的人凑份子，自己喝自己。当上院长之后，自然用不着AA制了。每天请客的人多的是，得排队。一般的人请，他还得掂量掂量，给不给面子，去还是不去。不过，只要是去了，他就会放下架子，与人同乐。往往是几杯酒下肚，他便神采飞扬，妙语如珠。他还喜欢"塑像"——用筷子在桌上一敲，啪的一声，把酒桌上所有人瞬间的举止言谈都"定"住，全场立刻哑然无声：有人张着嘴，有人闭着眼，有人伸着手，有人手指插在鼻孔里……你可以想象，一大桌男女，无论如何，都得保持着那种古怪的姿态一动不动，实在是困难。但是如果谁动了，笑了，说话了，哪怕眼球间或一轮，谁就得被罚酒。作为这种游戏的发起人，谈生首先坐庄。由他发号施令并做场外监督。规则是：如果两分钟之内没人违规，就由庄家自己喝。事实上，所有的人几乎都坚持不了两分钟。在这一过程中，坐庄的谈生有权使用各种方式，引诱或挑逗任何一个人违规。比如，他会对所有的人发出警示：请注意，有的人马上就要憋不住了，他要动，他要说话了，他脖子上落了个苍蝇，他痒痒了，他要挠……结果总会有人扑哧一声笑出来。其实即使不想笑，也总会有人假装憋不住地笑起来。反过来，如果是别人坐庄，谈生也基本是不会挨罚。无论你怎么说，怎么逗，他都像没听见似的，保持着自己的神态，无动于衷。由此看来，喜欢喝酒的谈生，喜欢"塑像"的谈生，喜欢与人同乐的谈生，他毕竟还是个院长！

钟志林问那个护士，苏丽娅在不在？

回答说，她回家了，刚走，也就是一分钟。

回到值班室，钟志林在套间里的床上躺下。他想睡觉，却怎么也睡不着。苏丽娅的影子在他眼前晃来晃去。他记起几天前的一个星期日，赵淑芬拉着他去商场买衣服。他们在街上碰到了苏丽娅。彼此搭话的时候，她的身上不仅有一种浓郁的外国女人的味道，他还不好意思地发现，平时总是一身护士服的苏丽娅，竟然换了一件挑逗性的黑色衬衫,没袖子,低开领,露出了太多的乳沟,刺眼的白……为此,赵淑芬仿佛有了进一步的证据:我早说她是个小狐狸精,你还不信呢。钟志林没像以往那样予以否定。当时他觉得,也许自己并不了解真实的苏丽娅。现在,想到刚才两个护士的话,更是让钟志林浮想联翩。苏丽娅为什么要和谈生去喝酒?喝酒之后,为什么不回家却回到单位来喷香水?钟志林迷迷糊糊地想着,头脑里突然闪出一种灵感:刚刚离去的苏丽娅,她并没有回家,而是去了谈生的办公室。这种灵感来得那么突然,那么强烈,于是一种大胆的想法被激发出来。尽管那想法是可耻的,是邪恶的,但在一种特定的情形下,也是符合人性的。他要捉奸!

院长室位于行政楼的最顶层。那座独立的三层小楼,属于20世纪50年代的洋式建筑,其设计,不知道是因为笨拙而刁钻,还是因为刁钻而笨拙,每层的结构都不一样,走廊不在同一个平面,而且老是拐弯。小楼的右侧,是80年代建的一座门诊楼;门诊楼北侧,是两年前才投入使用的住院部。这三个独立的单元楼,分别通过第二层和第三层两条空中通道拼接起来,连成一体,前前后后,上下错落,整个医院就像一座庞大的迷宫,常常把许多患者整得晕头转向。

钟志林鬼使神差地来到了门诊楼通往行政楼的通道。他侧着头,往三层的院长室看了看,窗帘的缝隙处果然透着激动人心的光亮!他迟疑了一下,顺着栈道走进了行政楼。走廊里悄无声息,只有一点昏暗的灯光。他心里突然感到一种陌生的恐惧,如同历险。他害怕自己会放弃进一步探索的行动,但他挺住了。他继续向走廊的深处走去。走廊的两边全是门。在通向上层的楼梯拐角处,墙壁上的灯坏了一只,楼道里的光线更加昏暗。他摸索着走,像个幽灵似的来到三楼。他知道,向左手转,第二个门就是院长办公室。一种神秘的紧张令他浑身颤抖,就像小时候捅马蜂窝时的感觉一样,虽然害怕,可一种破坏的乐趣却使他血液沸腾,他非要捅出个乱子不可。他站在门外,屏住呼吸,热切地听着。里面什么声音也没有,没有呻吟,连喘气的声音也没有。他壮着胆子敲了敲门。奇怪的是,他的手就像敲在棉花上,发不出任何声音。他再敲,这一次用力大了些。门突然响了。他被吓了一跳,仿佛仰面摔了一跤,他一个激灵坐起来。

当当当。敲门的声音在继续。

主任，有情况。

他听出是一个值班护士的声音。

这不是做梦吧？他转身下床，迷迷糊糊地把门打开。一个女护士站在门外，急切地告诉他：主任，有个患者倒在了卫生间，昏迷不醒。

至此，钟志林已彻底清醒过来。他跟着护士来到了卫生间。只见一个女性患者躺在地上，旁边围着几个手足无措的护士和患者的一个亲属。他问陪护的亲属，患者有没有出现痉挛或抽搐，回答说没有。他确定这是一种排尿性昏厥，由于膀胱突然排空，导致血压突然下降所致，并无大碍，通常一两分钟便可以自行苏醒。说话间，地上的患者果然睁开了眼睛，怔怔地看着周围，像是奇怪自己为什么会躺在地上。钟志林让护士把患者扶回病房，测了血压，量了体温，体征已经基本正常，又开了相应的药品，让护士去取。事情就此平息。

重新躺回床上，钟志林关上灯。他凝视着眼前的黑暗，感受着墙壁和天花板的寂静，神思恍惚，竟分不清这个晚上的经历哪些是梦境，哪些是现实。时间已是零点。病房里一派安静。但他知道，此时仍然有人没睡，他们在黑暗中睁着眼睛，默默地忍受着各种病痛的折磨，甚至终夜不能入眠的人也有。窗外偶尔有几声发情的猫叫，那种怪异的叫声特别夸张，像是突然受到了某种伤痛，又像是模仿着婴儿在哭。狭长的走廊里响起一串清脆的高跟鞋声，由远及近，通过值班室门外，谨慎而有节奏地渐行渐远，把深夜带向更远的深处。整个病房在短时间里变成了一种虚空。

突然，窗外传来一个女人的哭声。他意识到，可能有什么人病逝了，正被送往太平间。太平间位于住院楼的北侧，是一排平房。闲置的时候，小院里特别安静，甚至显得荒凉。灿烂的阳光下，总有几只喜鹊和一些麻雀在两棵蓊郁的老榆树上跳来跳去，叽叽喳喳地鸣叫。太平间的西北方，隔着一条狭窄的小街，有一座幼儿园，经常传来孩子们的歌声。不过，遇到有死者停尸的时候，孩子们的歌声就听不见了，树上所有的鸟也都被惊吓得无影无踪，只有一阵阵哭声钻过老榆树的枝隙，一直飘升到七层住院大楼的顶端。住在北侧病房的患者，听到太平间传来的哀哭，往往会兔死狐悲地发几句感叹，心里涌出各种消极悲观的想法。考虑到环境对患者的精神影响，两年前，钟志林曾建议院里把太平间换个地方，或者干脆取消，直接把死亡的患者放到殡仪馆去。只是，对于钟志林的建议，无论是谈生，还是其他副院长，个个心不在焉，甚至有些反感，好像这是一个很无聊的话题。直到现在，太平间还是原来的样子，没人理会。

窗外，被深夜放大的哭声还在继续，忽高忽低。先是一个女人在哭，后来又有什么人加入进来，互相感染，高潮迭起的哭声，像是对死亡充满了恐惧，听起来撕心裂肺。钟志林不知道死去的是什么人，是因为什么而死去的。在这个深夜里，他躺在床上，听着别人的哭声，突然想起了自己的母亲。

高考那一年，母亲得了脑出血，在医院里昏迷了三天三夜。他从母亲面部每一个微小的变化中，揪心地感受着母亲的痛苦。那种生命弥留之际的挣扎状态，完全超出了他的想象。当医生无奈地告诉他和大哥为母亲准备后事的时候，为恳求医生尽最大努力挽留住母亲的生命，他跪在水泥地上，一连给医生磕了三个响头。但医生已经无能为力，唯一能做到的，就是不停地测量母亲的血压；或撑开她紧闭的眼皮，仔细观察她的眼球的变化；或用一根棉球上的竹签去刺激她的脚心，而母亲总是毫无反应。那天深夜，他最后一次听到母亲从喉咙里发出的喉鸣，如同一声叹息，紧接着所有的一切都突然静止。他的血液一下子停住，怔在那里，屏声静气，试图听到母亲的再一次呼吸。而大哥大嫂已经意识到了什么，他们一边呼喊着母亲，同时像炸了锅似的哭起来。

一个人，应该凭借自己的能力有所作为。

这是母亲一生中留给他印象最深的一句话。母亲是中学教员，她经常用这句话教育自己的学生，也教育自己的孩子。同时要求他们要讲真话，勤劳，正直，虔诚，不自私，富有牺牲精神。钟志林接受并顺从着母亲的教育，从小学到中学，他一直是个非常优秀的学生。二十岁那年，他从煤矿中学飞向了"广阔天地"，在那里差一点"大有作为"。二十四岁的时候，他已经成了当地很有名气的知青代表，经常应邀参加市县级的各种先进人物大会。他原本是想在农村"扎根奋斗六十年"来着，可到了拨乱反正全国恢复高考的时候，母亲却一封电报把他催了回去，让他抓紧复习，备战高考。钟志林理解母亲，她当了一辈子中学老师，家里能不能出个大学生，他是母亲唯一的希望。父亲是煤矿的一名工程师，他四十八岁那年死于井下的一次落顶事故。大哥高中没毕业就顶替父亲当了矿工，并且娶妻生子，已不可能再参加什么高考。为了不辜负母亲的期望，钟志林便一头扎进了数理化，而毕业于南开大学的母亲，自然就成了他的辅导老师。那天晚上，他遇上一道该死的数学题，怎么也解不开，当时母亲已经睡了，可他不想把问题留到明天，想了想，还是去敲了母亲的屋门。母亲从炕上坐起来，没等看明白那道方程式，突然身体一歪，倒在了炕上。

母亲身体很好，一生没有住过一次医院。她的猝然而逝，深深地刺痛了钟志林。他总认为母亲的死与自己有直接的联系，并为此总有难以解脱的负罪感。在后来两个多月的时间里，他化悲痛为力量，把所有精力都投入到夜以继日的复习。他没有辜负母亲的期望，第一年差几分没有考中，第二年，他成功地等来了一所大学的录取通知书，从此成了一名虔诚的医学朝圣者——他是因为母亲而朝圣。

大学五年，他以优异的成绩学完所有的课程。毕业后，他被分配到老家这所顶级的医院里。出于对生命的热爱，以及由医生这个职业带来的神圣感，他每天都工作得全神贯注，废寝忘食。随着时间的不断推进，他个人声誉不断攀升：从主治医生，到副主任医师，再到科主任和主任医师，一步步成了著名的医学专家。患者赠送的"妙手仁心""良医有情解病，神术无声除疾"等大大小小的锦旗，更是耀眼夺目地挂满了办公室的墙壁。但是，他没有满足于自己已经掌握的经验与知识。作为一名医生，他觉得，自己不知道的东西比自己知道的东西更重要。到了五十岁，他放弃竞聘院长的机会，毅然去了美国圣约瑟夫医疗中心，进行了为期一年的学习和深造。回国后，他只想有个安安静静的环境，搞临床，搞他的医学研究，没想到，后来的一切都事与愿违。

这一夜，钟志林的脑海里万水千山，直到天亮，他再也没能入睡。

九

第二天是周六。上午钟志林正在家里补觉，迷迷糊糊中他接到电话，一个高中同学告诉他，说常刚出事了。这一意外的消息，让他顿时目瞪口呆。

常刚是他中学时期的同学。上学的时候学习一般，长得五大三粗，一直是班长。毕业后他和钟志林下乡在一个青年点，回城后在煤矿当了一名外线工，每天抱着电线杆子爬上爬下。四十五岁那年，他遭遇了下岗，先后做过一些小买卖，倒过服装，卖过水果。后来得了糖尿病，就啥也不做了，每天赋闲在家，成了一个自由人。毕业后，钟志林和中学同学多年疏于往来，两年前有人牵头搞了一次同学聚会，此后才有了往来热络的联系。

半年前，常刚到医院来找钟志林，自称得了一种怪病，平时没事的时候，总喜欢去市场看卖肉的，一看就是一个上午。后来竟然有了一种奇怪的念头，总想用刀子解剖点什么。严重的时候，他甚至想到过两个下手的目标，一个是他当年的队长，另一个就是整天对着他磨磨叽叽的妻子。尤其是后一个念头，把他吓坏了。他让老婆把家里的菜刀藏起来，晚上让妻子单独住在另一个卧室，把门锁死。有天半夜，他想跟妻子亲热了，却怎么也敲不开妻子的门，当时他由焦急到恼怒，真想把她杀了……他问钟志林：这到底是怎么一回事呢？当时钟志林还开了一句玩笑，说他是吃饱撑的。接着他才认真地告诉常刚，这是一种轻微的精神疾病。不可忽视，但也不必紧张，并讲了一些心理干预的办法，告诉他尽量不用药物，在精神上自我调节、放松。此后一段时间没有常刚的消息，大约过了一个月，常刚又来了。他告诉钟志林，说他整天胡思乱想，被各种念头所困扰，怎么也摆脱不了，而且越来越厉害。特别是最近，他总想把原来的队长给解剖了。

为什么要解剖他呢？

当年是他让我下的岗。

他不让你下岗，你现在不是也退休了吗？

那不一样，他让我后半生都变成了一个废人！

常刚笔直地坐在椅子上，因消瘦而变大的眼睛炯炯有神。他后来的行为更是令人吃惊：他让钟志林给他开个诊断，证明他精神上出了毛病，一旦他杀了人，有了诊断，就可以证明他不是故意杀人，而是脑子出了毛病。钟志林并没给他开什么诊断证明，而是开了一张住院单，让他立刻入院治疗。但常刚却执意不肯。他说志林，你快饶了我吧！结果弄得钟志林哭笑不得。没办法，他只好开了两样药品，让常刚到街上的药店去买，说外边的药品要比医院便宜。常刚谢过了老同学，拿着药方走了。没想到，就是这一次，却成了两个人最后一次见面。

钟志林万万没想到，常刚会真的走上了极端。只是，他没像自己所说的那样去解剖他当年的领导，也没有解剖自己的老婆，而是在昨天夜里，他把自己反锁在卧室里，用一根麻绳结束了自己的生命。

常刚家在煤矿，离市区只有十几公里，钟志林打车赶到了常刚家里。掀开被单的一角，看了看被安放在地上的常刚，钟志林流泪了，他想起和常刚最后一次见面的情景，有一种揪心的疼痛。那次之后，如果他能给常刚打个电话，不时地了解一下他的精神状况，对他在精神调节上做一些指导，哪怕仅仅是一种心理安慰，常刚也许就不会这么快就出事了。但是没有，他不曾给抑郁中的常刚打过一个电话。事实上，他每天深陷于自己的琐事中，很快就把常刚的事情遗忘了。这是钟志林不仅作为医生，更是作为老同学最为愧疚的地方。

许多同学都到了，有男有女，他们开始张罗常刚的后事。在这些中学同学当中，钟志林算得上最有身份最有成就的人。以往每次聚会，他都会被众星捧月般拉到上位，这是职业给他带来的尊重。但此刻，在一个死人面前，显得最没用、最尴尬的人就是医生。钟志林成了一个多余的人，因为对许多事情不太明白，他只能站在一旁，感受着作为一个医生的无能为力。

有人买回了寿衣，在场的同学面面相觑，谁也不敢靠前。有的说不忍去看常刚的表情，有的则从来没给死人穿过衣服，想想就头皮发麻，确实不敢。记得一年前，另一个同学去世的时候，是常刚给他穿的寿衣。常刚是个胆大的人，他什么也不怕。

当然钟志林也不怕。大学期间，他就开始接触尸体。第一次上解剖课，惨白的日光灯照着实验台上一具男性尸体，当时的情景他永远都不会忘记，为更好显示不同的部位而不翻动尸体，老师竟把尸体的一条腿用绳子拴起来，吊在了房梁上！当时他那种惊恐感觉，是真正的毛骨悚然。时间久了，这一切都习以为常。到了期末考试的前夕，他像其他同学一样，有时会把头颅的标本偷偷地拿回寝室，对照骨骼标本，背诵神经和血管进出的孔穴。直到睡意渐浓，懒得把它送回标本室，就放在枕头边上，与之共眠。夜里照样可以梦见家乡的山花、儿时的伙伴。

钟志林掀开盖在尸体上的被单。他一只手亲切地托着常刚的头，另一只手握住他的手腕，让死了的常刚坐起来。同时念念有词地和他说着话：别害怕，老同学，我给你穿上新衣服……那声音听起来既亲切，又悲凉。躲在一边的同学无不落泪。

后来，在几次抬放尸体的环节中，钟志林都是主动靠前，亲自动手。好像只有为死去的老同学多做点什么，他才会减轻内心里的愧疚。

在这个世界上，任何物体都不能永久保持它原有的形状。在火葬场，作为一个把延续他人生命作为职业的人，钟志林又一次目睹了一个生命变成磷酸钙的全部过程。人是会死掉的，是会化成灰烬的，什么崇高、伟大、权力乃至于钩心斗角，尽是虚妄，最后都会消失在一片尘埃之中。令人疑惑的是，就在这死亡的现场，在一种绝对真理的时刻，参加葬礼的人们远远站在一边，望着从高高烟囱里冲天而上的青烟，他们一边感叹着生命的短暂，一边谈论着彼此生活中的琐琐碎碎。有几个女同学则围着钟志林，问他老是失眠是怎么回事，女人是不是必须得补钙，那个安利产品对人体到底有没有作用，以及用什么办法才能预防小脑萎缩……人们对死亡的悲观和对生命的渴望，如此鲜明地并存着——难道，这就是人类的本真？

十

第二天傍晚，钟志林刚要下班，病房里送来一个脑干出血的患者。由于出血量过大，突发昏迷，呼吸停止，情况万分危急。一个二十多岁的女孩突然跪在钟志林的脚下，一边叩头一边哭喊着：叔叔，请救救我妈妈……看着眼前的女孩，钟志林仿佛看到了当年的自己。人生中的不幸竟然如此相似，让钟志林又一次感到了揪心的疼痛。他立即组织医护人员启用呼吸机和所有的措施，紧急抢救。一小时之后，他从抢救室退出来，告诉守在门外的女孩，她妈妈已暂时脱离危险，马上转到 ICU。等情况稳定之后，再考虑是否需要手术。没等他说完，女孩便紧紧地拥抱了他，一迭声地说了好几个"谢谢"。

那一天，钟志林一夜没有回家。

后来经过两个多月的治疗，那位患者已基本康复。出院那天，母女俩对钟志林千恩万谢。女孩还悄悄地放到他办公桌上一个红包，被钟志林执意拒绝之后，女孩再次拥抱了他，就像女儿拥抱父亲。这个细节，让钟志林对生命充满了感动——同时也是因为患者的感动而感动——他的眼眶湿润了。

钟志林又回到了过去的时光。面对患者的病痛与呻吟，他似乎听到了一种呼唤般的暗示，整个心灵都沉浸在对于人类疾病的研究和探索之中。工作着，的确是一件美丽而又快乐的事。那段时间，钟志林的情绪特别高涨。

十月十日，是世界精神卫生日。作为本地区的著名专家，市卫生局要求钟志林为社会作一次公益演讲。他愉快地接受了这个任务。没想到，可容纳近千人的礼堂竟然座无虚席，人们对精神疾病的关注度超出了钟志林的意料，同时也激发了他的演讲情绪。围绕"精神健康，从了解开始"这一世界性的主题，他有条不紊地展开报告，纵览古今，横贯中外，一些烂熟于心的数据，更是信手拈来，浑厚的嗓音极富感染力。

——事实上，我们人类自从摆脱了动物王国的黑暗时代，就一直忍受着精神疾病的困扰与煎熬。我国传统医学经典著作《黄帝内经》上早有记载："病甚则弃衣而走，登高而歌，或至不食数日，逾垣上屋，所上之处，皆非其素所能也。"

再比如："妄言骂詈，不避亲疏而歌……洒洒振寒，善呻数欠，颜黑，病至则恶人与火，闻木声则惕然而惊，心欲动，独闭户塞牖而处。"这些症候，也就是我们现在所说的"迫害妄想"与"幻觉症状"。到了现代社会，这种情况尤为严重。据联合国卫生组织统计，目前全世界共约有四点五亿人患有各类精神和脑部疾病，也就是说，每四个人中，就有一人在某个时段产生过某种精神障碍。大家不要惊讶，这绝不是耸人听闻，具体到我国，据卫生部门数据显示，目前，我国的精神疾病在所有疾病中已经排名居首，约占总数的百分之二十。

钟志林浑厚的声音，通过麦克风在大厅里继续回荡：女士们，先生们，不管我们是否愿意承认，我们已经无情地进入到了一个精神疾病的时代。生活节奏不断加快，升学，就业，失恋，职场竞争，生存压力，人际关系紧张复杂等等，各种冲突，各种刺激，可以说是处处存在。这对每个不同文化、不同经济地位的人，都构成了不同程度的挑战和折磨。从医学角度上说，这种挑战一旦超过人的心理承受极限，大脑神经系统功能就会紊乱，大脑疾病的发病率就会越来越高。面对这种严峻的挑战，如何减少和预防各类不良心理及行为问题的发生，这已经不仅仅是医院和医生的责任，而是全社会要承担的责任！

钟志林的演讲，不仅感动着听众，同时也感动着自己。他是因为听众的感动而感动。于是他越讲越来劲儿，时而如微风细雨，时而慷慨激昂。两个小时的演讲，几乎无人退场，并不时地对他报以热烈的掌声。散场后，许多人围上来，咨询各种问题。也许是为了将来看病方便，还有一些人索要他的电话或名片。他像个影视明星似的，被围得迟迟走不出会场。

人一旦获得某种成功，这种成功就会给他带来喜悦。有天早晨，赵淑芬难得地发现，钟志林在拖地的时候，竟然哼起了歌曲。

我听你唱歌，怎么还有点不太适应了呢？

钟志林一下子顿住。真是奇怪，他竟然没意识到自己在哼歌！

其实，把光阴的磁带往前倒——在做知青的时候，钟志林曾喜欢过唱歌，而且与众不同。别的知青总是爱唱"离别了家乡，告别父母，使我多心酸"之类，他一曲"穿林海，跨雪原，气冲霄汉……"能把所有的声音都镇住。当时，就连赵淑芬都自豪。遗憾的是，那一切都伴随逝去的岁月，留给了遥远的记忆。

到了单位，钟志林的情绪也相当不错。他在门诊楼见到了谈生时，还冲着他友好地打了一个招呼，以至于让谈生有点错愕，人都走过去了，又回过头来用警觉的眼神看了他一眼，仿佛他的微笑中隐含着某种不可告人的意味。事实上，这时候的钟志林，已经从一种世俗的仇恨中净化出来，抛掉了和谈生因摩擦、争斗而产生的恩怨与烦恼，他重新获得了生活的平衡与力量。

然而，钟志林的"平衡"并没有维持多久，就再一次陷入了与谈生的纠葛中。在春节后的第一次全院中层干部会议上，谈生以党委书记的名义通报，没有经过院党委批准，任何人不得以私人名义到社会上去从事学术交流，更不能打着学术交流的幌子，去泄露医院的商业秘密，甚至挑拨医患关系，煽动社会情绪！否则，一经发现，无论是谁，都必将严肃处理。像往常一样，谈生在讲话中仍然只说现象不说人，但矛头所指，却众人皆知。

那次演讲之后，钟志林曾应邀到区县医院作过好几场不同主题的学术报告。在涉及医院职责和医患关系时，他确实谈到过当前医疗部门所存在的一些令人担忧的现象。我们人类，本来是因为爱，才有了医疗和医院。医生的职业本来是救死扶伤，现在有许多的白衣天使已经变成黑心魔鬼……有的医院为追求经济效益，要求医生千方百计地提高返诊率。这说明我们的医疗改革完全背离了原有的人文精神，而且越走越远……无论什么样的时代，病人都是人群中弱者中的弱者，是最不幸的人。人们评价一个社会，就是要看这个社会如何对待人群中最不幸的人……医疗部门的存在，是为了延续人的生命，为了让人活得更健康，更美好，而不是让人为治好身体的疾病，而背负上沉重的经济与精神负担……在美国，医生让病人感到的是爱；在中国，医生让病人感觉到的是"宰"……这些话，钟志林的确是说过。可是，难道他说得不对吗？

泄露商业秘密，挑拨医患关系，煽动社会情绪……再说下去可能就是否定改革，抹黑中国也未可知了吧？总之，谈生就是用这样的大棒来封杀他。

坦率地说，过去他没把谈生手中的权力当回事。你当你的院长，我做我的医生。两不干涉，咱井水不犯河水。其实他错了。

钟志林没有抗拒，封杀就封杀。我又不是什么影视明星，我是个医生，没想靠嘴皮子去出名，去捞取外快，更没想用一把手术刀去解剖社会，我没有那个野心，也没有那个能力。我只是出于一个医生的人格与良心说了我应该说的话。此后，钟志林再也没去作过什么学术交流或专题报告。奇怪的是，他也没再接到过任何部门的邀请。

钟志林平静了自己的心态。只是没过多久，他的平静就被一个患者给搅乱了。他叫王二甲，是个农民，住进医院的时候人事不懂，经过治疗，刚刚有所好转，他却不辞而别，趁着夜深人静，来了个凉锅贴饼子——溜了。一查账，他住院七天，全部费用一万八千六百多，扣除已交押金三千，余额一分未结。这无疑是个事故。院长谈生听说之后大发雷霆，下令必须找到患者，追回所欠全部医疗费用。

作为科主任，钟志林只好带领一个年轻医生和苏丽娅（他们是患者的责任医生和责任护士）去寻找患者。找一个得了脑血栓的患者，总比找一个杀人越货的逃犯要容易得多。终于在距离市区五十公里的一个偏远山村找到了王二甲的家。只是，一进门，几个人就全愣了，他们没想到这户人家会这么穷。两间土房，屋角上破了个洞，家里唯一的家具就是两个木板箱和两口用来放粮食的大缸。王二甲得的是脑血栓，尚未痊愈，嘴歪眼斜地躺在炕上，人已失语，见到钟志林几个人，干张嘴，说不出话，丑陋地哭着，同时还伸出一只还能动弹的手来一个劲地抓挠。他四十多岁的妻子站在地上，身边靠着两个脏兮兮的小女孩，闪着黑亮的眼睛，怯生生地看着几个不速之客。女人羞愧地告诉钟志林，不是他们想赖账，而是他们没想到看个病会用这么多的钱……面对这眼前的情景，苏丽娅眼泪汪汪地看着钟志林，问他怎么办。结果是，他们不但没向患者讨回一分钱，倒是每个人把身上所有的现金都拿出来，凑了两千块钱，全部留给了患者。

第二天，钟志林向院长交差。谈生并不像他预想的那样大发慈悲，却立刻把眉头皱起个疙瘩。

钟志林当时就烦了。

这么大个医院，就不能同情一下一个交不起医疗费的患者？

今天同情了王二甲，明天就会出个李二甲。

这钱必须得要？

必须。

他没钱，你说咋办？

别问我咋办，你是责任人。

我无能为力，你爱咋办咋办吧。

钟志林突然变色，甩门而去。

谈生的办法很简单，就是按章办事。几天后，院里便以红头文件的形式，对王二甲拖欠医疗费事件进行了处理，决定分别扣发钟志林和责任医生、护士三个月奖金，并在全院通报。

钟志林没感到意外，却受到了打击。他觉得不公，觉得冤枉，而这一切都是用一个人最基本的善良和同情心换来的。同时他也觉得有愧于受牵连的医生和护士，毕竟自己是科主任，是他许可王二甲欠费治疗，手下的人不可能不执行。尽管责任医生和苏丽娅表示责任共担，接受处罚，可钟志林还是咽不下这口气。为此他和谈生发生过几次面对面的争执，没能达到预期目的。他觉得被谈生和他手中的权力压垮了，他不知道应该怎么做才是，甚至不知道应该如何安置自己。不知道是想反向操作，还是破罐子破摔，他决定辞去科主任的职务。意外的是，谈生没有一点挽留或做任何挽留却立刻批准了他的辞呈，从此钟志林便离开病房，专坐门诊。

在这个世界上，有伟大事业的殉道者，也有为一些小坏、小恶拔剑而起、挺身而斗的牺牲品。就是从那个时候起，钟志林决定和谈生一斗到底！

十一

门诊工作较之于病房并不轻松。院里有规定，门诊医生每天要看三十个病人，是正常的工作指标。此外多看一个病人，将按比例给医生提成。有的医生为了多拿提成，便拼命加大自己的工作量。院里有个刚毕业不久的小伙子，是儿科医生，曾连续一周，每天看一百多个患儿，结果猝死在了厕所里。这件事在院里反响很大，并给许多医生敲响了警钟。其实没有这件事发生，钟志林也不会因为多拿提成而去拼命。每天他只完成业务上规定的指标，再不多看一例病人。他要给自己空出时间，做一点别的事情。在结束了美国贝洛神经医学研究所为期一年的访问学习之后，他给自己确立的主攻方向，是深度研究神经元特殊的细胞和分子生物特征，寻找神经系统的病发原因，从而探索新的治疗手段。如今几年过去了，由于众所周知的原因，这一具有国际前沿性的研究课题早已被他抛到九霄云外。现在，他的课题已经改了，就是研究谈生这个人，他是如何从一个当年还算不错的人变成了今天这种样子的。结论很简单：是权力加利益，把他变成了一个随心所欲、可以用各种办法整人的人，变成了一个"能让人得病"的医院院长。

这样的院长他不服！

他先是给卫生局写信，详细叙述了那个拖欠医药费的患者家庭是如何困难，医院对他本人和另两位医护人员的处罚是如何不公，必须予以纠正云云。在得不到任何答复的情况下，他只好亲自出马，直接去找分管医院工作的副局长。在听完了他对谈生的"控诉"之后，年轻的副局长安静地笑了。

老钟，我想问你一个问题，好不好？

您请问。

如果你是院长，遇到这种情况怎么办？

这算什么问题！钟志林讨厌这种倒过来说事儿的方式。他给不出这个结论。其实也不是给不出这个结论，他只想为此事讨个说法，这本身就是结论。最关键的问题是，他毕竟不是院长。你这个"如果"有什么意义呢？岂不是等于放屁吗？

钟志林还是不服！这是一种被逼出来的不服。他开始搜集谈生的各种信息，当然是"坏的"信息。在与那个副局长的谈话中,他悟出一个道理,要想对谈生的攻击变得有力量,就不能单拿自己的私利去说事,于是他利用一切机会和同事闲聊,一旦聊到谈生的方方面面,哪怕对方流露出一个不屑的眼神,都会调动起他的兴趣,希望顺藤摸瓜,挖掘出一点对谈生不利的东西。奇怪的是,平时有许多人对院长谈生议论纷纷,一旦察觉到钟志林要刨根问底,却又集体性地选择了沉默,以至于像躲避一种危险似的躲着他。

多年来,钟志林专心致志地沉湎于自己的世界,以至于远离了现实生活。如今真正回到与常人的交往中,他却发现自己变成了一个天外来客,已经与这个世界格格不入。

晚上,钟志林又做梦了。作为一个医学专家,钟志林并不讨厌做梦。他知道做梦是健康的一种标志。医学研究发现,人在做梦时,脑血流量和葡萄糖代谢水平都比不做梦时要高,同时还会产生一种来自骨髓和淋巴结的物质和催眠肽,它有让人延年益寿的功效。相反,一个人如果总不做梦,这倒不是一件好事。有许多时候,可能是右脑出了问题,甚至有轻度的脑出血或长有脑瘤。比如植物人和痴呆症患者,都是从不做梦的。问题是,钟志林的梦总是没边没沿,特别蹊跷。他梦见自己站在一座楼顶上,下面是个很大的院子,院里一些穿着白大褂的人走来走去,但是看不到那些人的面孔。从头顶上俯视下去,每个人的步子都迈得很大,两条长腿夸张地拉动着矮小的身体,像幽灵似的走来走去,无声无息。他抬起头来,突然发现眼前是一座山峰,不知什么时候,自己站在了一个孤零零的悬崖上,俯身向下,深不见底,在一种极度的恐惧中,他脚下一滑,突然从悬崖掉了下去!在一种自由落体的过程中,脚心酥地一软……他醒了。

钟志林的性格变了。过去他一向不喜欢参加各种饭局,讨厌所有娱乐,认为那是低级趣味,甚至是一种堕落。现在他开始喜欢热闹,喜欢往人多的地方凑。有天晚上,他手下的一些人聚会,出于对老主任的尊重,新主任委托苏丽娅象征性地打个电话,问他去不去。他不但欣然前往,还让在场的人第一次惊讶地见识了他的酒量:半两的小酒杯,一口一个,连喝了十一杯!吓得苏丽娅一个劲地去抢他的酒杯。主任,你可从来不喝酒啊。钟志林微微一笑,不喝不等于不能喝,那不是一个概念。那天晚上，他不仅喝得痛快淋漓，后来还自告奋勇地要唱一段京剧，为大家助兴。他唱的是《智取威虎山》中的一段："穿林海，跨雪原，气冲霄汉……"几句唱腔拖出来，让所有的人惊愕不已，谁也没想到，以前从来不苟言笑的钟志林，竟然能吼出这么洪亮而准确的唱腔！特别是苏丽娅，被感动得差一点流出泪来，她在心里赞叹地想：这个老家伙，他的底气可真足啊！遗憾的是，没唱出几句，钟志林却突然卡住，词儿忘了。众人却有一种被吊在空中的感觉，不依不饶，便一边拍掌一边叫好：

钟主任，来一个！

钟主任，来一个！

钟志林没有再唱。他抱歉地拍打着自己的额头，说这记性，算了算了，不唱了。

看着钟志林有些尴尬的样子，苏丽娅想打个圆场。她说有个段子，不知道大家想听不想听。当时酒桌正流行讲段子，在场的人都表示愿意听，有人还要求苏丽娅讲得黄一点儿。

苏丽娅的段子并不黄，而且很简单：说是有两个人，晚饭后到附近的树林去散步，突然碰上了一只熊，两个人吓得撒腿就跑，熊就在后边追，眼看着要追上了，跑在前边的那个人灵机一动，三两下蹿到一棵大树上。后边的那个人来不及上树，突然发现眼前有个树洞，便一头钻了进去。这时候熊已经扑到跟前，看看树上，又看看树洞，不停地吼。突然，躲进树洞的那个人冲了出来，和那只熊拳打脚踢地搏斗，眼看招架不住了，便赶紧钻进树洞里。不一会儿，他又从树洞里钻出来，和熊继续搏斗，实在招架不住了，又钻进了树洞……就这样，出来进去，再出来再进去，不停地折腾……有人小声说，有点黄了。没想到，苏丽娅却抖了个意外的包袱：这时候树上的人急了，冲着下面直喊，你躲在树洞里别动不行吗？跑出来干啥？下边的人也急了，你知道屁，洞里还有一只呢！

一阵哄堂大笑。当时，不知道为什么，唯有钟志林没笑，而且一声不语。那种忧郁悲伤的样子，好像在洞里洞外来回搏斗的那个人就是他自己。

有一天，苏丽娅到门诊来找钟志林。最近，她老是丢三落四，这还不算，就在昨天早晨，她竟然把家里的垃圾袋一直拎到了单位，真让人恶心！

主任，我是不是得了强迫症啦？

钟志林笑了笑，认真地告诉她，单凭这一点也不能说就是得了强迫症。有时候也属于思想溜号，比如说出门的时候正想着别的事，也就忘记了手上的活儿。

放心吧，你不可能被强迫的。

说完这话，钟志林意识到有点不妥。

没想到苏丽娅却将错就错地说，就是！

两个人对视一下，会意地笑了。在钟志林的眼睛里，苏丽娅还是那么漂亮，凸凹有致的体形充满着迷人的魅力。过去他完全有机会把她变成情人，可他没那么做……这样的想法只是一闪，钟志林便不好意思地笑了。

有个事儿，一直不好意思问你。

有啥不好意思的，尽管问。

我听人说，你和谈院长怎么怎么着……有这事吗？

苏丽娅一点没显出意外，好像早就等着他这句话似的，她歪着头，妩媚地看着他，你说呢？

我觉得……不太可能吧。

苏丽娅笑了，我还以为你会说"一切皆有可能"呢。

苏丽娅走后，钟志林怔了好久，想不明白她话里的意思，他觉得这个女人越来越神秘了。

十二

还有个问题让钟志林想不明白：一个拥有近千名医护人员的市级医院，每年几亿元的药品招标、设备采购、基建工程，以及人员调动、职称评定、干部提拔等等，可是作为院长的谈生，不但经济上没问题，作风上也没有。这怎么可能呢？

这个老狐狸！

再狡猾的狐狸也藏不住自己的尾巴。经过多方面的搜集、挖掘，钟志林还是掌握了谈生的一些问题。比如，为了经济效益，他要求医生给患者用新药，用贵药，多开药，谁开出的药品越多，谁的奖金就越高；比如，新盖的住院楼验收不合格，作为甲方的法人代表，他竟然跑到监理部门去通融，说是就因为施工方是他小舅子的小舅子……钟志林一面向上反映他已经掌握到的问题，同时又不断补充他挖掘出的新材料。他的举报信越写越长，从而扳倒谈生的期望值也越来越高。一个以治病救人为天职的医学专家，完全变成了斗士。写信不见回音，他便开始登门上访。卫生局不理睬，就去市政府；政府不管，他便一次次地去找信访局。在这场与谈生公开化的较量中，有人善意地劝他放下，也有人认为他过于较真。有一次苏丽娅则莫名其妙地问了他一句：

主任，你看过《堂吉诃德》吗？

也不知这个娘儿们是什么意思！

在单位，钟志林与周围的人越来越格格不入。在许多人眼里，他不再是一位权威的主任医师，而是一个喜欢告状的人。在信访局，他仍然是一个异类。在这里，没有一个上访者像他那样，穿着一身讲究的西装，并优雅地系着领带；没有一个上访者像他那样温文尔雅，甚至像个领导。因此，他一旦出现在上访的人群里，就会立即成为众人瞩目的中心，以致让一个初次上访的老太太闹了个天大的误会，一见到钟志林，竟然抱住他的大腿哇哇大哭。

最初，信访人员对钟志林也是肃然起敬的，他毕竟是个谁都有可能用得上的医生。可"敬"过几次之后，他还来，总是唠唠叨叨地讲他那点事。他这个医生就不是那么回事了，他贬值了，没多久，信访工作人员谁见到他都烦。

钟大夫，你怎么又来了？

不是跟你说了吗，有结果我们会向你反馈。

以往听到工作人员这些话时，钟志林没什么可说的，他会顺从地点点头说，那我回去等。可等了一次又一次，不但没等到任何"反馈"，他们还用一种厌烦的口气开导他：

不就那么点事儿么，有工夫多看几个病人多好！

钟志林生气了，他是因为对方的厌烦而生气。

说起来像个笑话：不知从什么时候起，人们发现一个医生模样的人，偶尔会在信访大厅或门外给人看病。这个人就是钟志林。不知道他背景的人，还以为他是由信访部门安排的一个保健医生呢。在这里，他愿意接受上访者的各种病症咨询，并采用简单的物理方式为他们诊断。有些上访者常常围着他，问这问那：大脑短路是怎么回事呀，心疼是不是病呀……无论问到哪一类疾病，他都会一一解答。他不再限于精神方面的疾病，而是变成了一个"全科"大夫。有时候，他会让人掀开上衣，露出皱皱巴巴的肚皮，把一个冰凉的小听诊器按在对方的胸膛上，神情专注地倾听着对方胸腔里奇怪的喧嚣，然后做出诊断。有时候，他还扒开对方的眼皮，或让对方伸出舌头，告诉对方什么地方出了毛病，最后他会从上衣兜里掏出个小处方本，用医生特有的字体流畅地开出一两剂药品，告诉对方药品的价格大致是多少，并不厌其烦指导你如何吃药。这时候的钟志林，已经完全进入到了一种奇怪的工作状态，在没人靠前的时候，他会用一双敏锐的目光去观察视线之内的人，从他们的面部表情上，去观察哪个人可能潜伏着哪一类疾病，哪个"有病"的人其实没病，而是在装病，都判断得八九不离十。当然也有不灵的时候，有一次，他注意到有个胖警察站在门口自言自语，老是嘟哝着什么"二饼、六万"……他竟然凑过去，一针见血地告诉人家，弄得对方突然一愣，然后急扯白脸地瞪着他，你才有病呢！

没几天，钟志林的行为便受到了阻止。先是信访的工作人员劝他离开，后来是医院一次次用救护车来接人。最后一次接他的是赵淑芬。那时候赵淑芬早已退休，她接受了一家民营医院的聘请，继续从事妇产工作，并当上了科主任，每天忙忙碌碌，比原来还忙。要不是接到市医院领导的电话，恳求她好好做做丈夫的工作，她还不知道，同样"很忙"的钟志林，原来每天都是在信访局里"忙乎"。

那天上午，赵淑芬在信访等候大厅里发现钟志林的时候，他正双手捧着一个中年男人的脑袋，给人做三叉神经穴位按摩。他哈着腰，叉开两腿，平稳而有力地站在那里，做双目半合状。那种专注沉迷的神态，仿佛不是他在按摩着别人，而是在享受着别人的按摩。赵淑芬站在那里，静静地看着钟志林，像是看了他一辈子那么久，最后她差一点哭出来。在离开信访局的时候，她像个初恋的情人似的挽着丈夫的手臂。

此后，在信访局，再没有人看见过那个医生模样的人。

十三

钟志林病了。在许多人的感觉中，医生似乎是从来不生病的，但钟志林确实病了。作为医生，他仿佛注定要在病床上接受一次别人的治疗。许多同事听说后，以为他是精神方面出了毛病。但不是，是小脑梗塞。主要症状是头晕，身上无力，并出现过两次比较厉害的头痛，像有刀子在脑子里绞动。他只好住院。

说起来奇怪，病了的钟志林反而变回到了正常人。住院后，他亲自看了自己的 MR 片，梗塞面积很小，从经验上说，如果治疗及时，很快便会康复。他心里有这个把握。而且，医护人员都是他的同事，是他过去的下属。老主任病了，自然会得到他们精心的呵护。特别是苏丽娅，作为责任护士，对他更是关爱有加，用不了多长时间，她就会来一次病房，量体温，测血压，察看一下埋进他血管的输液针头，是否出现了回血……没什么事儿便闲聊几句。时间催人老，年轻漂亮的苏丽娅，已然失去了旧日的神采与风韵，她胖了，而且不是一般的胖。有一次，为了让钟志林开心，她讲了个很庸俗的笑话，钟志林只是象征性地笑了笑，她自己却笑得身上好几个部位都在打战。

从医三十多年来，钟志林医治过的病人无数，并常常揣摩患者的痛苦，这时他却意外地发现，如果没什么大碍，被人看病的感觉其实挺好的。住院期间，有许多同事前来探望，其中也包括谈生。尽管两个人一直矛盾重重，甚至闹得不可开交，但这并不影响谈生来探望一个负病在身的下属。矛盾归矛盾。横眉冷对，剑拔弩张，面对面指着鼻子骂祖宗，早就是小儿科了。真正的高手总是那么沉稳、老练，即使彼此不共戴天，见了面却仍然能微笑，握手，甚至干杯。总之谈生不但亲自来看望钟志林，他还背着手，淡定的神态中浮现出亲切的笑容，仿佛他们彼此之间根本就不存在什么矛盾，或者有过矛盾也已经达成了谅解。至此钟志林才发现，他和谈生的摩擦与较量，如同一场旷日持久的马拉松比赛，只是赛场上却只有他一个人在跑——他跑得气喘吁吁，疲惫不堪——而对手却只是站在原点，以微笑的姿态等着他。这是一件多么滑稽可悲的事情！

钟志林正打着吊针，谈生就用右手很别扭地握住了他的左手背。他询问了钟志林的病情，嘱咐他啥也别想，好好养病，并恢复了原有的称呼："老伙计"。一时间，两个人的内心里竟有了一点真实的温情。他们谨慎而愚蠢地微笑着，又极力装出并不愚蠢的样子。因为好久没有打过照面，更没有过如此近距离的接触，两个人都在对方的脸上发现了陌生与衰老，虽说尚未老态龙钟，但眼角上都有细密的皱纹，彼此的头发都脱掉了许多，也花白了许多。不同的是，钟志林就那么花白着，而谈生却把它们染黑了。

两个星期后，钟志林康复出院。紧接着，他和谈生差不多同时办理了退休手续。这是没办法的事。他们是同年同月生，都属龙。至此，两个人在职场上长达数年的较量，最终以不分胜负的方式宣告结束。

他们各回各家。那是一个非同寻常的夜晚。钟志林心里空空落落，总觉得还有什么东西落在单位没收拾回来，同时又满脑子想着突然而来的退休。多年来他沉迷地研究人的大脑和人体机能，它们是那么的复杂！现在他却感悟到复杂的人体不过就是个简单的计时器，就像沙漏，一点儿一点儿地漏尽属于你生命的时间，你却不能像在桑拿房里那样，把它颠倒过来，重新计时。那天夜里，在一种忧郁安宁的情绪中，钟志林回忆了自己的全部生活。

各种惋惜。

各种遗憾。

也许是想得太多，也许是出现了幻觉，也许是他睡着了在做梦——他看见自己又回到了青年时代：他跪在父母的坟前，那是一面荒芜的陡坡，就像他每次给父母上坟时的情形一样，他几乎是趴伏在地上，才不致因身体失衡而滚下山去。不同的是，这次他竟然看到了母亲！母亲站在坟的左上方，就像观音菩萨站在虚空里。只是她的怀里抱着一大束像扫帚一样的枯草。他问那是什么草。母亲告诉他不是草，是花。说着，她怀里的草，果然变成了一束紫红色的花，一穗一穗的，无比鲜艳！他认出了那是家乡的柳兰。小时候，每当夏天母亲总让哥哥和他到山里采回一束柳兰花，插在水瓶里，紫红色的花穗非常好看。母亲说，这种花没毒，可以入药，主治乳汁不足，气虚浮肿……梦中的母亲还是当年的模样：美丽，慈祥。儿子，祝贺你，带着它上路吧！说着母亲把怀里的柳兰向他轻轻一抛，他伸手去接，发现落在手里的却是一张纸。他惊愕地抬起头来，却看不到了母亲。

儿子，你要凭借自己的能力去有所作为。

母亲的声音在山野里回荡，响彻云霄。

他焦急地呼喊着母亲，却听不到自己的声音。他环顾四周，只见漫山遍野，到处都是像紫云一样盛开的柳兰……这时他低头一看，发现手里那张纸是一张大学录取通知书！他意识到了这是母亲在冥冥之中的馈赠。他两只手举着那张录取通知书在花海里穿行，脚步越走越快，向着山下飞奔。有一会儿，他竟然飞了起来，并在空中兴奋地喊着，我考上大学了，我成功了！蒙眬中，他听到了妻子的声音：你喊什么呀，吓我一跳！

他睁开眼睛，一个富有色彩的梦境突然消失了，无可挽回地远去了。他想把这个奇异的梦复述给妻子。

我梦见了柳兰开花……

开什么花，快睡吧，梦是反的。

妻子迷迷糊糊地说道。紧接着，他便听到了一串舒畅的鼾声。这时他才发现妻子也老了——作为女人，她竟然打起了呼噜。

阅读与欣赏

刘建东

那一年，我师傅冯茎衣三十岁。

我依然记得当时她风姿绰约的样子。她站在太阳地里，背后是车间的操作间，斑驳的墙上还写着"备战大检修"的大字标语。太阳就镶在她身后的房顶上。她微笑着，露在外面的黑色长发被微风吹拂着，头顶红色的安全帽干净明亮得能照出人的影子。我踏进院子的那一刻就想呕吐，显然不是因为七月耀眼的阳光，而是处处存在的混合着汽油、机油、铁锈的味道，角落里那些废弃的铆钉、螺丝、法兰、阀门、换热器更助长了味道的扩散。那是个孤独的欢迎仪式，我只是在她伸出的绵软的手心里，找到了一丝安慰。我不知道，跟着一个女师傅，是福还是祸。

刚刚从大学中文系毕业的我，迎来了最失意的一个夏天。本来分配我来厂里是到子弟中学做语文教师的，但不幸降临，就在我来之前的半个月，学校停办了。我只好被临时改派到了检修车间。那个夏天，我的命运就像是风雨中的小船。

劳动人事处的杨干事在把我分配到检修车间时特别安慰我说："按说应该把你留在政工部门，可是宣传部、党委，都人满为患，你还是到车间锻炼锻炼，对你的成长也有好处。你师傅是个顶呱呱的技术能手。她是全厂最好的班长。她在上厂技校时就参加过市里的技能大赛，拿过第一名。她一定会对你好的。"

我刚刚和车间主任王铁汉分手，他把我从劳动人事处领回来，一路上都阴沉着脸，我明显感觉到他对我的排斥，从办公大楼到车间的路上，坐在电瓶车里的主任只说了一句话，而那句话让我在工作生涯的起始点郁闷而无奈，对自己辛苦学来的知识彻底失去了信心。他说："不是我想要你，而是你师傅。我磨不过她。"

"老王怎么没跟你一起回来？"师傅问我，她看我不明白，又补了一句，"就是王主任。"

"他去材料处了。"我愁眉苦脸地说。我回头看了看，主任和他乘坐的电瓶车早就没影了，可我还是觉得主任那张黑脸就跟在我的身后。

其他人都去干活了，院子里就我们俩。她把我领到车间里，把安全帽放在桌子上，坐到一张藤条椅子上，指了指那张长条凳。坐下来后我还是没有正眼看她，她和我印象里的女工不一样。

"是我把你要来的。劳动人事处的杨姐天天和我坐一个班车，她说起你来很是犯愁，不知道该把你分到哪里。你成了他们的难题，你不知道吧？我说，我这里缺人手呀，让你来这里。你是不是觉得来车间里委屈了你？"她丝毫不掩饰我地位的尴尬。

我急忙站起来："没有。没有。"

"那你知道我为什么非缠着主任把你要来吗？"师傅眼睛在火红色的安全帽的映衬下，黑得那么彻底和纯粹。

"不知道。"我有些局促不安。

师傅笑了笑，她笑的时候，嘴角有两个小小的酒窝。"我也是有自己的私心。我听说你是中文系毕业的就动了心。上大学，学中文，那可是我从小的梦想。你别看我现在天天和那些装置、设备打交道，我小时候可是语文课代表，我喜欢看书，喜欢写作文，我的作文是我们班的范文呢。"

"上小学中学时我最不喜欢的一门课就是作文课。可是我却上了中文系，真是造化弄人。"我愁眉苦脸地说，"就如同现在一样，我没想来检修车间，却来了。"

"直到现在，我都羡慕那些能写写画画的人，连厂里在厂报上发表文章的通讯员，我都羡慕。你来正好，你一边学习铆工技术，一边可以当我们的通讯员。"

此时，她已经摘下了安全帽，头发卷卷曲曲地垂落到肩上。

我小声嘀咕道："我可不是来当通讯员的。"

"那你想干什么？"

"写小说。"我的话一出口就有点后悔，我担心会不会给未来的师傅留下一个不务正业的印象。

师傅笑了："那正好啊。这里有那么多的人物、素材，每个人都有不同的故事。每天发生那么多的事情，等着你去挖掘呢。这可是个生活的宝藏啊。毛主席不都号召要深入生活吗？你就当是深入生活吧。"

我权当这是师傅的安慰，心情仍然无法兴奋起来，倒是师傅随后的一句话让我郁闷的心舒展了许多，她说："我特别喜欢看小说，现在每月都买《小说月报》，你哪天把你的小说让我欣赏一下呗。"这句普普通通的话，在以后的二十多年时间里，都是我写作的动力和座右铭。

我像是得到了大赦一样长舒了一口气，从她的表情中看到的是真诚的期待，我急忙说："一定，一定，请师傅多批评指正。"

"以后别这样酸溜溜的，跟工人阶级以后少说这种酸文人的话，要不你在车间待不住的。"

小说，是我意想不到的一个开始，更令我意想不到的是，它竟然成了我和师傅之间一条紧密相连的纽带，直到如今。

我成了冯莖衣的第八个正式徒弟。工种是铆工，我特意在字典里查了这两个字，却没有查到，只是一个"铆接"的条目里这样写道：连接金属板或其他器件的一种方法，把要连接的器件打眼，用铆钉穿在一起，在没有帽的一端打出一个帽，使器件固定在一起。事实证明，不管我怎么从理论的高度去接受这个工种，在以后的实践中这些字眼都是苍白的。

第一天，师傅把我领到了一联合车间，登上催化塔，塔有三十多米高，站在上面，整个厂区一览无余，大大小小的装置塔、设备、密密麻麻的管线尽收眼底，环视这些的师傅的眼神里充满了自豪和骄傲，她说："你看到没有，这就是一个巨大的丛林，成功的机会多，也隐藏着重重的危险。这些装置、设备、管线,以及它们上面的每一个螺丝、法兰、垫片、衬里,甚至是管线中的每一滴油,都是这个丛林中的一分子,它们就像是狮子、老虎、大象、猴子、蛇,等等。如果它们其中的任何一位不高兴了,闹别扭了,使小性了,炸窝了,这块丛林就不太平了。而我们就像是猎人,我们不杀戮,我们只是给它们一个小小的警告。"

我第一次才惊奇地感觉到,我眼前的女师傅是不同凡响的。"师傅,你的想象力太奇特了。"

师傅摇摇头:"这和想象力无关。我天天和它们打交道,我知道每台设备的脾气秉性。"

正式上班的第三天,师傅把五十块钱塞到我手里,对我说:"你得摆谢师宴。你刚来,还没有工资,算我借你的。"

酒桌上的师傅豪气冲天,这让我一个不胜酒力的小伙子羞愧无比,师傅批评我说:"你怎么能不会喝酒呢?不会喝酒怎么行呢?"令人称奇的是,师傅划拳的本事奇高,她教了我半天,我也没有领会其中的奥妙。她干脆抛开我,和张维山、小曹几个徒弟划拳喝酒,她的划拳声在屋子里回荡着,在我已经恍惚的意识里格外响亮。

在他们不管不顾地拼酒期间,我看到有一个中年男人推开我们包间的门,在门口站了一会儿,犹豫片刻又退了出去。之后师傅包里的 BP 机就一直响个不停,师傅说:"烦死了烦死了。还让不让人喝个痛快。"到底她还是从包里拿出了寻呼机,看了看,然后推开椅子说:"烦死了。我出去一下。回来再跟你们几个小子算账。"她站起来,摇摇晃晃地走出了包间。

过了大约十几分钟还不见师傅回来,张维山对我说:"你去叫师傅回来喝酒。她就在隔壁房间里。我去洗手间时看到了。"

我没有质疑张维山为什么不去而非要我去。我不假思索地站起来,跨出房门时,我听到了身后张维山不怀好意的笑声。

果然不出所料,他们在隔壁的房间里,只有两个人,那个中年男人抓着师傅的胳膊,他们正在激烈地争吵着什么,这就是我推开房门看到的一切。我发誓我是被张维山误导着闯入的，因为那个中年男人对于我的莽撞非常愤怒，他大喝了一声："出去。"

我还没有反应过来，就听到师傅说："是我让他来的，这是我新收的徒弟，大学生，学中文的，会写小说。你看书吗？你不看的。跟你说也是白说。"

中年男人穿着西服，脸上的表情焦躁不安，他对小说和对我，根本没有什么兴趣，只是草草看了我一眼喊道："你想找死呀！还不出去。"

"别走。你坐下。"师傅看着我，坚定地说。

在初出茅庐的我眼里，师傅是最大的官，所以我听从她的话，坐在圆桌的另一边，盯着那个男人，眼里没有丝毫的恐惧。如果当时我没有喝酒，如果当时我知道他就是厂里管销售的副总工程师王同信，我无畏的目光早就跑到九霄云外了。有长达五分钟的时间，我们就那样僵持着，我借着酒胆，也没有感到有什么尴尬，而他们两人，彼此盯视着对方，因为我的打扰，他们的谈话无法继续下去了。最后，男人坚持不住了，他丧气地说："不管怎样，我答应你的，我决不食言，我希望你也是。"

师傅抢白说："我没有答应谁任何事，我从不承诺。"

男人松开她的胳膊，气呼呼地向外走，走到我身边时，狠狠地看了我一眼。我站起来关心地问师傅："师傅你没事吧？"

"有什么事？"师傅毫不在乎地说，"走，喝酒去，不醉不归。"

那天晚上，师傅真的醉了，我把师傅搀回了生活区的家，这个家她不常住，平常她都会回二十公里之外市区的家。家里简洁而明净，从阳台上能看到远处燃烧着的火炬。这让我想到她的安全帽。师傅头上的火红色的安全帽永远是全厂最新的，仿佛刚刚从仓库里拿出来一样。这是她的招牌。我把师傅放到床上，刚要转身离去，手突然被师傅拽住了，她惺忪的眼里布满了忧伤，她问我："你说，我是个坏女人吗？"

师傅的话问得莫名其妙，也只是在以后的时间中我才慢慢地体会她这句话的深意，此时此刻，我被她问得张口结舌，不知如何回答，好在，喝醉了的师傅并不需要一个答案来满足自己的忧伤，她很快就松开我的手，落入了软软的床上。

而那个夜晚的忧伤，师傅眼中的忧伤，却深深地铭刻在我的心里，因为，在那之后几年的时间里，我很少从她的眼睛里找到那直抵内心的忧伤了。而她所有的生活，几乎被一个词所笼罩：放荡。

我父亲就是个工人，所以在得知我得从学徒干起时，他没有过多的埋怨，而是传授了我许多做徒弟必须要有的基本素质，比如早晨上班前给师傅泡好茶水。我从生活区的小卖部里买了一小袋茉莉花茶，第二天起了个大早第一个来到车间，到茶炉室打了开水。有一张四方桌是师傅独有的，黑褐色，核桃木的。它坐落在车间的一角，桌明几净，符合师傅的风格。桌子上摆着一个鱼缸，里面养着几条凤尾。凤尾鱼比我更早地送走了夜晚，它们在小小的鱼缸里追逐得正欢。桌子上还有一个瓷杯子，上面画着仕女的图案，很雅致。我猜想这就是师傅的喝水杯吧。我计算着师傅到的时间，她乘坐的班车从市区到厂区大概四十五分钟，从厂门口走到车间需要十分钟，这样算下来，她到达车间的时间基本是固定的，八点半。我提前五分钟泡好了茶，不住地向车间外张望。终于看到了师傅，她穿着淡蓝色的连衣裙，那种明亮的蓝色在色调单一的院子里很轻盈很显眼，像是缓缓飞过的燕子。换好了工作服，她坐到了桌子前的藤椅上，先看了看鱼缸里的鱼，我急忙把泡好的茶递到她手里。她接过来，看了看，扑哧一声笑了，她说："我不喝茶，只喝茉莉花。而且，这也不是我的喝水杯，它不过是给鱼缸添水用的。"她停顿了一下，"这样吧，你单身，也没什么事。你以后就替我打理一下我家里的茉莉花，收集新鲜的茉莉花朵吧。我天天回市区，没有时间照料，那些茉莉花都蔫头耷脑的。"师傅给了我她生活区家里的钥匙，我时常会给她的茉莉花们浇水施肥，她的阳台就是一个花房，只种植一种花，在我的精心照料下，那些茉莉心情大好，分外卖力地开花。

师傅对我的手艺大加赞赏："茉莉花很难伺候，看来你用了心了。如果你在铆工上多下些功夫那就更好了，唉，算了，我看你当我的徒弟也不会久，你的心不在这里。对了，你不是让我看你的小说吗？"

我仍然有些拿不定主意："我还以为师傅说笑呢。师傅要真的喜欢，我明天就给你拿来。"

师傅认真地说："怎么是说笑呢。我是真喜欢看小说，《牛虻》《青春之歌》《钢铁是怎样炼成的》，我中学就看了。我同情冬妮娅，她有对自己未来命运的选择的权力。为什么非得要走保尔那样的路呢。我上初中时，我的中学语文老师，喜欢名著，他家里的柜子里全是这些。有一天，他把我领到他家里，让我参观他家的藏书，我一下子就喜欢上文学了。"

师傅说起了她看过不久的《绿化树》，她说她也不喜欢这个小说中的女主人公马缨花，她觉得这个女人是作家凭空想象出来的，她说，你们作家把女人写得像是挂在树上的桃子，而不是脚踏在地上的人。"想象，真是个害人的东西呀！"她的观点真让我吃惊。

师傅主动要看我的小说，这比教我铆工的手艺还让我兴奋，第二天便把已经完稿的中篇小说《情感的刀锋》交给她了。当她接过那摞用三百字的稿纸抄写的小说稿子时，我觉得比把它投给《人民文学》还神圣。

一天一夜，我都忐忑不安。第二天一上班，师傅顾不上喝一口我泡好的茉莉花水，便把我叫到面前，对我说："你这篇小说不好。"

我对于这个中篇信心十足，正准备把它寄给《人民文学》，没想到遭到了师傅的无情打击，我反驳她说："为什么不好呢？"

"这么说吧，你里面写的女人不真实。你看看你师傅我。"她盯着我。

我茫然不解地看看她，眼睛、头发、安全帽，没有看出任何的不同。

师傅淡然一笑："像我，才是女人，知道吗？女人就应该享受到做女人的一切，爱，被爱。"

虽说我已经上班一个多月了，可是对于师傅，对于一个女人的真实生活，我是一无所知。就是那天，我告诉师傅，我把我的宏大的计划透露给她，我说正在着手写一个现代家庭的长篇小说，女人是主角，她们在爱与被爱的旋涡中徘徊和挣扎。

师傅未等我说完，便打断了我的兴头，突然问我："你谈过恋爱吗？"

我张口结舌，很奇怪她怎么会问这样的问题。"我，我，没有。"

"那你了解女人吗？"

"我,我可以凭我的想象。"

师傅大笑着说:"你们听听,他说女人可以凭想象得出来。女人是什么,连我自己都摸不清,凭你多上了几年大学? 鬼才相信。"

一个一心想要写作的我,是检修车间的另类。我受到了工友们的嗤笑,整整一天,我都因此而落落寡合,师傅的怀疑动摇了我对自己能力的自信。但奚落显然不是师傅的目的,那天下班时她的一句话才让我释然:"我晚上要去跳舞。你跟我去吧,你应该到女人们活动的第一现场去感受一下,见识一下女人的生活。那样你才能写好女人。"

师傅,她突然向我打开的生活,那些陌生而新奇的生活,那些色彩绚丽、爱恨交织的生活,令我有些猝不及防。

舞厅。那是我师傅充分施展她女人魅力的地方。一周一次的舞会安排在周末,厂工会的多功能厅。周六的夜晚是师傅雷打不动的固定节日,那晚,她会成为一个舞厅皇后。早就听小曹说过师傅在舞场上的风采,而一旦见到,我才真正领略到什么词叫作曼妙。其实,我是舞厅中的多余者,我尾随师傅进入舞厅,像是一个毫无自信的密探。师傅一进入舞厅仿佛就踏入了自由的天地,像是鱼儿入了大海。而我完全失去了主张,张皇失措,不知道自己应该干什么,感觉到所有人都在用探询的目光看我。我突然想起师傅的嘱咐,急忙找到一个靠边的椅子坐下。整整一晚上,我都如坐针毡。而这样的情形,持续了将近有半年,他们都说,舞会上的我是个落入湖中的兔子。

我并没有在乎他们强加于我的角色,保镖,跟班,或者什么湖中的兔子。我只是清楚地记得第一次,第一次踏入舞会的慌乱感觉,我坐在角落里,在昏暗的光线中,目光追踪着师傅的身影,她的舞伴时常在变换,这让我无法辨认那些舞伴的样子。一个男人,中年男人,大概五十岁的年龄,现在,我已经知道了他的身份,他是王总,大权在握的副总工程师。让我欣慰的是,他和我一样落寞。与我的紧张不同,他有些心神不宁,他俨然没有了平时坐在主席台上的淡定自如,他看到了我,然后坐到了我的旁边,我叫了他一声"王总",他没有回答,眼神落在舞池之中。舞曲交换期间,他试图想约师傅。但是师傅没有答应,她硬生生地把我拉起来，步入了跳舞的人流中。我觉得我的身体像是被捆绑起来一样，我说："师傅，我不会。"师傅在我耳边轻声说："别说话。不会跳，还不会装呀。"那尴尬的时刻我真希望早点结束。我几乎是被师傅拖着在跳。可想而知，舞曲还没有结束，师傅便大汗淋漓了，她又拖着我来到了工会舞厅外，冲着满是星光的夜空长出了一口气。师傅没有怪罪我，这让我心安许多。更多的时候，不识相的男人不会出现，他一定顾及他的身份。而没有他在的舞会，我可以完全待在椅子上，做一个合格的看客。

我师傅向我叙述了王总是如何从主角沦为彻底的看客的。她讲述的过程平静而镇定，仿佛那不是她自己的生活一样。

"我并不喜欢他，但是我跟了他两年。男人是脆弱的。幸福的或者不幸的。他也一样。你是个书呆子，你不懂这些，以后你会有喜欢的女人。你就会发现，女人就是找到男人脆弱的钥匙。我是万能钥匙。"她笑了笑，接着说，"我接近他是为了从他手里拿到汽、柴油的油票，再把它转手。你不知道有多抢手。他是个刻板而严谨的男人，总是拒人于千里之外，但是他只有一个爱好，就是爱跳交谊舞。我以前根本不会跳，为了接近他，我在市工会请了一个专业的舞蹈老师，一个月就出徒了。我第一次进入厂工会的舞厅时可没你那么紧张，开始我并没有刻意地去直奔主题，主动和他套近乎。而是脚踏实地，用我的舞技来引起他的注意。一个漂亮女人，而且我自认为舞蹈水平比那些平庸的女人们要强许多。自然会在那狭小的空间引起别人的关注的。我相信，他也注意到了这一点。但是我观察他，好像这并没有起到任何的作用，他仍然和他固定的舞伴在一起。他的舞伴是雷打不动的，检查科的副科长，那女人姓徐，都叫她小徐。她是抚顺石油学院毕业。身条很好，一米七的个子，但是长相平庸。多年来，王总从来没有换过舞伴。两人总是成双入对地出现，小徐因为生病而缺席了，舞厅里便也看不到王总的身影了。要拆散他们真是费了我不少心思。我先是找借口与小徐成了好朋友，因为我们俩同在市里的军区大院里住，每天坐一辆班车上下班，很容易成为朋友。然后在小徐要去金陵石化进修一个月时，我适时地向她提出了我的要求，同时加上一条真丝的围巾，我特意强调，等你回来的那一天，我原封不动地把他还给你。真丝围巾戴在小徐脖子上真的很漂亮，她整个人的气质都变了。她说，他又不是我家的，更不是我专用的，我和他说。事实上，当一个月之后，你想想看，你师傅我的魅力，王总再也没有回到过小徐的身边。从那以后，我和小徐也成了冤家路窄的对头。她把那条丝巾剪烂扔到了我的脸上。而且发誓再也不回到舞场了。我和王总，我们两人谁也没再提那个过客小徐，就像她从来没有出现过，犹如那个和他在舞厅里成双入对的人一开始就是我。即使是这样，要想向他说出我的想法也不能一蹴而就，他铁面无私，是党的好干部。我陪他跳了整整半年的舞，才找到机会。在一个风雪交加的夜晚给了他致命一击。"

我不合时宜地插嘴道："什么致命一击？"

师傅打了我一下："你这个笨蛋。女人给男人致命一击，当然是在床上。你脸红什么，又不是你。在市里，我们在市区吃完饭，走出饭店时突然发现已经大雪封路，他无法赶回厂区了。那晚之后，我们的关系便突飞猛进，我再说什么都水到渠成了。他好像白活了四十多年似的，如饥似渴地扎入了爱情的海洋。他会找到各种理由和机会与我单独相处，在他家里，在市区的宾馆中，在已经废弃的操作间里，在出差的路途上。他的想法层出不穷，像是一个发明家。"

"那他妻子呢？"我又冒失地问。

师傅看着我，像是看一个怪物。"你的想法太奇怪了。我从来没想过类似的问题。实际上他也是，他好像突然对其他的一切失去了兴趣，家庭、事业，甚至名声，有一次他竟然带着我去开一个关于销售的会议。我们一路从黄山到漓江、三峡，总共十几天。他根本不去想，在我们出去的这十几天里，关于我们的风言风语是如何在厂里的各个角落疯狂地生长着，如同夏天的野草。在长达两年的时间里，虽然没有人和我说过，但是我知道，他们把我描绘成一个什么样的人。就和你们书中写的那些女人一样。我看你的眼神，是不是也要把我写成那种道德败坏的女人？"

师傅如此直接的问话让我无法正面回答，我支支吾吾地表白了我的态度："反正我是不赞成的。"

"你喜欢也罢，不赞成也罢，那都是你们的观点。反正我是快乐的。我遵从我内心的需要而活着。"这就是我师傅的生活格言。她没有想过要说服我。她从来没有被流言所左右，即使多年之后，她决然选择了截然不同的生活方式。

我虽然不认同师傅的生活方式，但是她率真和诚恳的态度，又让我对她的生活欲罢不能。我像是一个小心翼翼的探险者，明明知道前路崎岖多险阻，却乐于前往。又像是一个吸毒者，她美丽而带刺的生活像是毒品一样吸引着我。

在我师傅给我讲述她和王总的故事之后，我的长篇开始了，我这样写道：

妈妈那时穿着我们家唯一的一双皮鞋，那是一双猪皮皮鞋，颜色并不鲜亮。但是它平凡的外表并不能掩盖一个事实，那就是它的的确确是一双皮鞋。为了保护好它，我妈妈坚持要每天擦一遍，擦皮鞋的任务落在爸爸的肩上。爸爸为了能把妈妈的皮鞋擦得亮一些，想了许多办法。没有鞋油，他就找来了猪油，每次擦鞋他都往上擦点猪油，那样，皮鞋就四季保持一种颜色，而且在灯光下还能闪闪发亮。

在我写下这个开头的第二天，我和焊工毛小宁打了一架。地点是厂区食堂。毛小宁是个技校生，比我还小一岁，但已经是个老工人了。我打了饭来到他那一桌时，他正和其他几个工友眉飞色舞地讲着什么。看到我过来都窃笑不止。毛小宁故作严肃地对我说："小刘，你过来，离我近一点，我说的这些事你肯定没听过。"

我不明就里，便挨着他坐下来。他开始绘声绘色地讲我师傅的风流韵事，他讲的那些事远远比我师傅告诉我的王总的故事要丰富许多。我没有听完便怒不可遏地站起来，抓住了毛小宁的后脖领子。他的声音瞬间变了调，像是公鸭似的厉声说："你要干什么？"

我愤怒地说："给造谣者一个教训。"

因为我和毛小宁在饭堂打架的事，我们俩都背了一个处分，而我的实习期也因此延长了整整一年。但是当我鼻青脸肿地站在师傅面前时，我仍然没有一丝的悔意。师傅什么也没有说，她没有责怪我，只是把我拉到厂区外面的小饭馆，把一瓶酒放到我面前，命令道："把它喝掉。"

受到了委屈的我像是得到了一瓶温暖的安慰剂，我听话地抓起酒瓶，狠狠地灌了几大口。在那个寒冷的小酒馆中，我师傅，异常冷静的表现让我终生难忘，二十多年过去了，透过迷茫的眼神看到的美丽而充满爱怜的师傅仍然浮现在我的眼前。半个小时的时间，我不知哪里来的勇气，竟然把一瓶酒喝了个精光。师傅把我架到了她生活区的家里，我在她的床上昏睡了足足两天，当我醒来时，我看到未施粉黛的师傅坐在床边，轻声对我说："他说的都是事实。"

我摇摇头，头炸裂似的疼："我不信。所有人都这么说，你自己也这么说，我也不信。"

师傅伸手摸了摸我的额头，叹了口气："也许我不该把你要来，也许你不该做我的徒弟。"

在我昏睡期间，师傅没有回市区，她一直守在我的身边，我真的想象不到，她就坐在像是一个死人的我旁边，读着我刚刚开始的小说。此刻，她突然转换了话题，欢欣地说："我喜欢你这篇小说。"

我立即感觉不到头疼了。我问她喜欢书中的哪个人。她说："徐琳。我觉得你应该把她写成一个敢作敢为、不受任何束缚的姑娘。"

我老实地说："师傅，我得向你坦白，当我构思这个角色时，我想到的是你。"

"你会写我吗？"

"我不知道她是不是你，"我有些迷茫地说，"母亲的角色，你不喜欢吗？"

师傅想了想，然后回答道："就像你不能确定你写的那个人是不是我一样，我也无法确定，我喜欢不喜欢这个角色，母亲，唉，真是一言难尽啊。"

师傅的感叹之后没多久我就知道了原因，当我看到那个衣着讲究、烫着大波浪卷发的中年女人在家庭和情人之间奔波时，我似乎明白了师傅的基因出自哪里。

师傅对我的过分信任，使得我和她之间，有了某种互相配合的默契，我甚至觉得自己是她的帮凶。对于男人的热爱使得她年轻而精力旺盛，她时常会在和男人约会之后，把我拉到酒馆里，让我喝各式各样的酒，白酒、啤酒、葡萄酒、雷司令……在很短的时间里，我就告别了不胜酒力的历史，她培养了我喝酒的能力。我听着她和她频繁更换的男人的故事,像是在上一堂堂有关女人、有关社会、有关欲望的社会课。在那些绚丽闪烁的故事情节中,我师傅,那个叫冯莖衣的女人,已经不再是一个看得见摸得着的人,她渐渐地成为一个我艺术想象中的人物,美丽、奔放、放浪形骸。她像是浓艳的花,开得热烈而凶猛。

有时候,师傅会让我做一些更加私密的事情,比如为她和她的那个男人望风,我虽然一百个不愿意,痛恨自己的所作所为,却又无法拒绝。最让我难以忘怀的是在厂区以外的玉米地里,从厂东门向东约一千米。在秋风里,我骑着自行车,载着师傅和她的情人去约会,风已经有些微微的凉意,师傅坐在自行车的后座上,反复地叮嘱我,你要是无聊就看看我给你买的书。师傅时常会从市里的书店给我买一些书,在邮局里买一些文学杂志。那几年里,我看到的《收获》《人民文学》都是她买的。她刚给我买的书是塞万提斯的《堂吉诃德》。在每一本书的扉页上,她都会工工整整地写上一句话,都是鼓励我发奋努力的话,这本书上写的是:

赠我的徒弟刘建东 一个疯子的故事,真他妈的疯狂!

冯莖衣

她的字隽秀、干练,一点也不拖泥带水。她说她临过庞中华的字帖。

迎面而来的男人并不是我们厂的,他是在炼油厂施工来的省安装公司的一个项目经理。男人看上去挺年轻的,戴着眼镜,师傅附在我耳边说,和你一样,大学生,西安交大毕业的。那个交大毕业的项目经理在长达一年的时间里都和我师傅保持着亲密的关系,直到他负责的工程结束。我师傅的男人,就像是飞来飞去的候鸟。

男人看到我,略微地有些意外和尴尬。仅此而已,他并没有因为难堪而放弃与师傅的幽会。他们抛下我,钻入了华北平原浓密的玉米地中,而我,则支起永久牌自行车,坐在玉米地的田垄上,读起了《堂吉诃德》:不久以前,有位绅士住在拉曼却的一个村上。他那类绅士,一般都有一支长枪插在枪架上,有一面古老的盾牌、一匹瘦马和一只猎狗。在堂吉诃德与风车做着殊死的搏斗时，浓郁而汹涌的玉米已经淹没了我师傅和她的男人，除了听到堂吉诃德誓言般的高谈阔论之外，我相信，那强劲的风声也来自遥远的十七世纪，来自堂吉诃德和桑丘共同征讨过的土地。

我并不是刻意去渲染我师傅冯茎衣的艳情故事。这不过是她生命中的一部分，而且是重要的一部分，甚至我可以断定那是流淌在她血液里的，是与生俱来的。虽然，在若干年后，这个过程会以悲壮的方式结束。我至今记得师傅的忠告，要写真实的女人，真实的人，不要只靠想象，现在，我就是这样做的，我在记录一个完全顺着自己内心的意愿生活的女人。

师傅的母亲进入我的视野中是在冬天。

奉师傅之命，我提着一个塑料袋子站在棉六生活区一栋宿舍门外，袋子里装满了各种各样的药，治感冒的、治鼻炎的、治糖尿病的、治口舌生疮的、治失眠的；消炎药、止泻药；中成药、西药。五花八门，应有尽有。我纳闷为什么一个人需要这么多的药，师傅说："从小我们家就像是一个药铺子，桌子上，茶几上，书柜里，电视上，床头边，到处摆满了药。我妈妈爱好这个，有时候我觉得不管什么药，只要吃下去她就觉得心安。"

我站在门外有十分钟也没有等到有人来给我开门。我只好放弃了。我的手里还攥着一个纸条，上面提供了另外一个地址，看来，师傅早就预料到了。我坐5路公交车去了桥西的一处省直住宅，那个生活区看上去要整洁干净许多，中央还有一个大大的喷水池，只是池子中的水已经结成了冰，上面散落着一些枯萎的树叶。给我开门的就是师傅的母亲，她身后站着一个花白头发的男人，男人文质彬彬。她警惕地看着我，目光犀利，看上去比实际年龄要年轻，也就是四十多岁的样子，穿着一件朱红色毛衣，头发黑黑的，发型是时髦的大波浪。

我急忙说："我师傅，冯茎衣，她让我来送药的。"

"她怎么不来？"师傅的母亲仍然没有放松警惕。

"我不知道，"我摇摇头，"也许她有更重要的事。"

她没有礼貌地请我进去，只是随手接过了药，冷冷地说："我收下了。"

我尴尬地站了一会儿，便知趣地告辞而去。走到二楼时，文质彬彬的男人追了下来，抱着歉意说："我来送送你。她就是这样，对谁都这么冷淡。"

我说："谢谢叔叔。没事，我的任务完成了。"

不管我如何拒绝，花白头发的男人坚持一直把我送到生活区门口，路上他不停地说着一句话，那就是："她是个好人。"他说的是师傅的母亲。

在那个冬天里，我总共见过师傅的母亲三次，另外两次给她送去的是一条香烟和我们厂发的一箱苹果。基本上都是在省直住宅，有一次我还看到师傅的母亲和花白头发的男人手挽手从生活区大门外归来。她的脸上洋溢着幸福的笑容。我想起了自己的父母，他们几乎天天在吵架，我对师傅说："你父母真美满。"

师傅对我的评价未置可否，几天之后，一个寒风凛冽的傍晚，我跟随师傅坐班车到了市内，她把我带到一个饺子馆，我注意到，那个饺子馆距离棉六生活区不远，一条窄窄的小路上，并排着几家小饭馆，饺子馆是其中之一。师傅随身带着一瓶大曲酒。一边喝酒师傅一边向我炫耀她最新的战利品，安装公司的项目经理早就成为了历史，最近这个男人和她一个小区，马上要结婚了。师傅说起那个准新郎爱上她的情景，在小区的小卖部前，他买了一包烟却发现忘了带钱，师傅解了他的围。师傅的一个媚眼就让他爱上师傅。我揶揄她："你的爱情就像是空气一样，说来就来。"

"其实没有爱。"师傅笑着喝了口酒，"我早就不相信爱了，我只是喜欢在其中的感觉。我喜欢这种状态。我想爱的时候就毫无顾忌地去爱。我问问你，你们男人最想成为什么样的男人？"

"我就想当一个小说家。"我诚实地回答。

因为喝了酒的缘故，师傅的脸色微红，在酒馆昏暗的光线之中，分外迷人。"那只是你现实的理想。你通过自己的努力，可能达到。但是你们每个男人心里都藏着另外一个遥不可及的梦想，那就是让天下所有的女人都爱你们。女人也一样呀。我看到我喜欢的男人对我垂涎三尺，我也会心花怒放。"

"我不同意，"我声音提高了八度，"要都是你这样的想法，社会不都乱了套？也许每个人心里或多或少有这样的想法，但每个人都不是独立于社会之外的，所做的每一件事，不仅要对自己负责，还要对社会负责。责任会纠正你内心的冲动、盲目和错误。"

师傅举起酒杯："喝酒吧。你说服不了我。这足以证明你们文人是多么虚伪。"

在冬天的小酒馆，我们的争论继续着。借酒胆，那天晚上我问了师傅一个十分刻薄的问题，问完我就后悔，但是师傅淡然的回答让我释然了。对于我，她真的太过包容。我的身份已经超越了徒弟的角色。

我问她："师傅，你到底有多少男人？"

师傅默默地想了想："七八个是有的吧。我算不清楚了。这还不算对我有企图的人。唐文生副厂长，主管人事的，胖胖的，你认识他吧？他是实权派。他一直在追求我。但我就是不喜欢他，主要是他说话的声音，别看长得粗粗壮壮，说起话来却像个妇人。"

这就是那个年代的师傅冯荃衣，她的世界是自我的、封闭的，她沉浸在情欲的暖流之中。她放荡不羁，随心所欲。把我善意的揶揄和劝诫当成耳旁风。唐副厂长，在那之后我曾经观察过他，他是个一本正经的领导，没有任何的不良嗜好，对一切事情精益求精，关于他最让我印象深刻的是一次厂报上的名字风波。厂报一版的消息后来我找来过看了看，那张报纸在我的工友们之间传来传去，已经变得油渍遍布，像是刚刚擦过工具。我艰难地在油渍中间寻找到了那条位于头版的报道，就像传言中的一样，报道的副标题是这样写的——"康文生副厂长做检修动员"，一字之差，报社的主编欧阳险些丢了官位。此事闹得沸沸扬扬，唐副厂长开始不依不饶，非要把欧阳调整出宣传部门，不知何故，后来突然偃旗息鼓。而那个书生气十足的欧阳主编，也张口闭口地夸赞唐副厂长。这个世界，许多事情都是在暗里进行的。

冬天的夜显得悠长而温润，饺子馆不大，人来人往，已经换了好几茬人。一瓶酒也快要喝完，我看了看表，因为我还要赶末班车回厂里。师傅突然打了一下我的手背，轻声说，你注意一下我身后第三张桌子上那个人。我的目光越过师傅的肩膀，看到一个年老的男人，弓着背，刚刚坐到桌前，他沙哑的声音在不大的饺子馆里回荡："三两饺子，三两酒，一盘花生米。"

我问师傅："你认识他？"

师傅示意我不要说话："看着他。"

男人有六十多岁，头发乱糟糟的，像是几天没有洗脸，眼神恍惚。酒壶端上来之后，男子颤抖着手从口袋里掏出一个白瓷酒杯，用袖口擦了擦，举在灯光中照了照，又擦了一遍，这才放到桌子上，倒了一杯，仰起脖，响亮地喝了一口。低下头又看了看杯子里，再次仰脖，喝了一下，这次因为杯子里没有了酒，声音尖锐刺耳。因为观察男子，我们喝酒的速度明显降低了，师傅则把身子斜向墙壁，她似乎是怕被那个男子看到。男子把三两酒喝完，饺子才端上来。三两酒下肚，男子的手很明显颤抖得不那么厉害了，他夹起筷子，在盘子里拨拉着，突然，动作停了下来，坐在那里的落魄男子愤怒了，腰挺直了，脖梗向后仰着，头发愈发凌乱，他尖叫道："服务员。服务员。"

女服务员跑过来，问他什么事。

男子的手又开始颤抖，声音有些结巴："饺子，一两几个？"

"六个。"

"我买了几两？"

"三两。怎么了？"

"三两总共多少个？"

服务员说："十八个。"

"那你数数。到底多少个？到底多少个？"

服务员怯怯地数了数，小声说："十七个。您，不会是吃了一个吧？"

就是这句话惹恼了男子，男子拔身站起，手麻利地抓住了女服务员的胳膊。女服务员吓得尖叫着哭出了声。幸亏老板及时出来，阻止了男子做进一步的动作。老板赔罪道："不管怎么着，我们店奉送您老一两饺子成不？"

男子摇着头："什么叫不管怎么着，她就是少给了我一个饺子，我是讲理的人。我只要一个饺子，一个也不多要。我是个讲理的人。因为我付了钱，那个饺子就属于我，而不属于你那个煮饺子的锅。"

男子把十八个饺子快速地吃完，这才站起身，慢腾腾地向外走。师傅说："我们也走。"

出了饺子馆，我们跟在男子身后，他走得很慢，走几步就停下来，像是想心事。师傅说："你知道他要干什么去吗？"

我几乎是惊呼道："你认识他？"

师傅拧了我胳膊一下："你不能小点声吗？一惊一乍的。我当然认识，他是我爸。"

这次，惊愕让我无言以对，我曾经看到的那些场景在我脑海里交织错落，把我的思想搅得杂乱无章。"这，这怎么可能？"

师傅小声说："这是事实。他的的确确是我爸。你前几次见到的那个和我妈在一起的人不是我爸爸，他是我母亲的相好。已经有二十年了。"

"这怎么可能？"语言仿佛从我的思想里溜走了，世事太难预料，也太令人意外了。

"这个时候，他只有一件事可干。"

"这怎么可能？"我仍旧沉浸在巨大的疑惑之中。

师傅打了我一下："他是我爸，我都不吃惊，你看你那点出息，什么都没见过，你怎么能写出好故事来，怎么写出生活的深刻来。"

我连连点头："他要干什么？"

"打人。"师傅轻描淡写地说。

我心急火燎地说："那我们还不去制止他，你看他那样子，摇摇晃晃的，只有被别人打的份。"

师傅叹口气："他哪敢打别人呀。他打我妈妈。"

那天晚上，关于师傅的父亲和母亲，有太多的疑问郁结在我心头，因为末班车的时间缘故，更因为师傅已经没有了讲述的兴致。我匆匆忙忙地瞥了一眼那个蹒跚的男子，师傅的父亲，他已经坐在路边的便道上，把头埋在两腿之间，像是要睡着了。而师傅，则显出了疲惫之态，今天，我们在催化车间干了整整一天的活儿。

607

"我爸爸是个懦弱的人。他胆小怕事。我从小就看不起他。"说这话时,已经是数天之后,我和师傅坐在常减压塔的上部,塔离地面有三十多米高,天空很近,而地面的人看上去很小。她坐着我的安全帽,她的安全帽在我的手上,大红色的安全帽能映出天上的云朵。我坐在坚硬的铁板上,闻着四处弥漫的铁的味道、油的味道,听她讲述父亲母亲的故事。

"我父母的婚姻从一开始就是错误的。母亲是那种特别强势的人,她说一不二,而父亲则唯唯诺诺。母亲从来没有对父亲正眼相看。从我记事起,我就知道母亲在外面有一个男人,那个男人长得很标致,浓眉大眼,国字脸,一看上去就是电影里的正面形象。我也很喜欢和他在一起,我们都叫他杨叔叔。他关系很广,经常能给我妈妈弄到一些票,买到紧俏的东西,比如排骨、白面、白糖,我们家的那辆红旗牌自行车也是他给找来的票,包括后来十二英寸的黑白电视。他还经常有出差的机会,我最喜欢的是他去上海给我们带回来的大白兔奶糖。杨叔叔的存在,对于我们小孩子来说并没有什么,因为我们也无法去弄懂,杨叔叔、母亲和父亲之间的关系。我们只是觉得他很亲近,见到我们就笑容可掬的。初中三年级时,我才意识到杨叔叔对我们家是一种威胁,才意识到这个笑容可掬的男人背后隐藏着一颗定时炸弹。从那年春天开始,父亲开始酒后殴打母亲。酒后的父亲陌生而令人惊奇,完全变了一个人,他像是一头凶猛的豹子,特别有攻击力。遭到父亲殴打时,母亲并不还手,也从来没有喊叫过,她都拼命咬着牙,把疼痛咽到肚子里。当第二天,我们看到母亲脸上和身上的伤痕时,真的不知道母亲是如何强忍着疼痛的。而父亲的疯狂也只是昙花一现。第二天酒醒之后的父亲又如出一辙,又变回了那个邋遢、猥琐、目光飘移的男人。唉,该如何评价我自己的父亲呢?这真的是一个难题。"在她的身后,平时看上去高耸入云的火炬此时并不高大,熊熊燃烧的火焰在蓝色的天空背景下更加浓艳。

师傅父母的故事,给了我极大的写作的空间。"在以后的许多天里,爸爸妈妈都处于一种冷战的阶段中,他们尽量都在躲避着对方,以免稍不注意就点火烧着了。实际上爸爸是最痛苦的,因为他经常用自行车驮着我到处乱逛,所以对于一九八〇年的爸爸我最为了解。我时常在后座上听到他一边骑着自行车一边发出一声长叹。我爸爸一叹息我脚下就有些慌张，我的脚没有着地，它一慌就往车辐条里面钻，所以在我爸爸病倒之前的那些日子，我的脚经常被车辐条无情地卡出斑斑的血迹。所以在我六岁时，我的脚上经常涂满了紫药水。而我的哭喊成了爸爸那个最灰暗的日子的一段悲怆的伴奏。现在每当想到这里，我都会流下眼泪。"这些小说中的段落，在那些岁月里，就像是一扇通向社会的窗口，那个时候，我也不再感觉到炼油厂的偏僻，也不再感觉到我身处一隅的孤独，我仿佛来到了嘈杂的集市，芸芸众生之中，看到了他们的喜怒哀乐。

而我的师傅，冯荃衣，她的喜怒哀乐，对于我则是一个永远无法解开的谜。身处嫌疑之中的王总突然来了一个华丽的转身，不仅没有受到任何的处罚，相反，在秋天到来之际，他从副总而升为了厂里的总经济师。那是一个令人疑惑的年代。他又开始频繁地出入舞厅。他身边的舞伴换了一个又一个，却终究无法忘怀师傅冯荃衣，于是在他升为总经济师两个月后，我的师傅，让我失望地又成了他固定的舞伴，那些场景，舞厅中的场景，从其他人的描述中，已经变成了一个曲折而淫荡的情爱故事。我的失望开始燃烧成怒火。

"师傅，我对你有意见。"那是第一次，我与师傅面面相觑，面色凝重。我语无伦次地向她诉说我内心的不安，我告诉她当我听到舞厅里发生的一切时，我的焦虑，我对她的失望。我喋喋不休的话语丝毫没有影响师傅美好的心情，她吃着香蕉，伸出左手摸了一下我的脑门，故作吃惊地说："你发烧了吧？你做了我两年的徒弟，铆工的活儿没见你长进多少，奇谈怪论可是学了不少。这不是我教你的吧？"

"这可不是奇谈怪论，师傅。"我诚恳地说。

师傅把香蕉扔到地上，香蕉的味道围绕在我们四周，暂时压制了车间里的机油的味道。师傅也是那么少见地严肃起来，她告诉我："我不是一个水性杨花的女人，我和你在小说里看到和写到的女人不一样。我只是一个现实而利己的人而已。这没有什么大惊小怪的。你以为你写作，你的思想境界就比别人高一等，你就能脱离了低级趣味，不食人间烟火？"

她说得我哑口无言，脸红红的，憋了半天才挤出几句话："我不想让别人对你指指点点的。"

"你是不是觉得做我的徒弟脸上无光了？"

我急忙否认："我不是那个意思。我，我，我也觉得你做得太过分了。"

她想了想："有那么一句话，这是谁说的，但丁吧，走自己的路让别人去说吧。当好你的徒弟，干好你的活儿，写好小说，让别人去说吧。"

师傅调侃似的话语并没有完全打消我内心的顾虑。师傅的形象变得越来越模糊，越来越难以琢磨。当夏天来临，整整两个月的大检修期间，师傅的身影在常减压塔上，在蒸馏塔上，在密密麻麻的管道之间上下穿梭，看到她干净的红色安全帽，看到她坚毅的目光，我才觉得这漫长的检修期总有结束的那一天。即使这样，她可以两周不回家，吃住在车间里，可是这阻挡不住她和王总的约会。她会突然消失几个小时，彻底脱离我们的视线。等夜幕降临，她迎着我满是疑问的目光走过来时，她打了我一下："没见过男人女人约会呀？"

但是在一次检修的间隙，消失了一上午的师傅并没有去约会。她回到检修现场时，递给我一本书，她说这是她特意跑到市里给我买的。她说："你好好看看这本书，我看不懂。好多人都在买。你看后给我讲讲。"她给我买的那本书是弗洛伊德的《梦的解析》。那几天，在塔顶，在管道之间，在工作的缝隙之中，我狂热地爱上了弗洛伊德，看完那本神奇的书时抬头看了看天，晴空万里，可我却意识到，黑夜温柔地降临了，我感觉周围的人，那些头戴安全帽，身穿工作服，忙忙碌碌的人，那些塔，那些设备，都宛如梦中。而所有的人，原来都是拥有着无数个奇奇怪怪、五花八门的异想的人，是一个个难以解读的梦中人。

有人推了我一把："做梦呢？干活儿去。"是师傅。

我拎上风把，工具箱，跟在师傅后面，来到换热器旁。风把开动前，我问师傅："师傅，你做梦吗？"

师傅瞪了我一眼："不做梦那还叫人吗？当然了，我每天都做。"

"那你都做些什么梦？"我紧追不舍。

"做什么梦。干完活再做。"师傅恼怒地说。

那是疲惫的检修期。我们像是机器和装置一样上紧了发条，平日里轰鸣作响的装置此时像是在温柔的梦境中一样,难得地有休息下来的机会,安静地被我们修理着。也许,当检修期结束,它重新踏上另一个漫长的工作周期时,它会怀念这段日子,怀念我们。也许,它也有潜意识,在它的梦境里,师傅,我,还有我的工友们,都是它梦境中的一分子。

"我经常做同一个梦。我的身体轻飘飘的,我在跑步。和别人一起站在跑道上,我以为自己跑得飞快,可最后我总是落在最后,我发现跑道上只剩下我一个人。特别恐惧,周围雾蒙蒙的,天空是灰色的。不知道他们是早就跑完了,还是我自己把他们甩下了许多。我总是在这个时候被惊醒。"在一联合车间的操作间里,我们坐在长条椅子上,师傅才回答我那个问题。小曹他们几个跑到墙头外面去偷偷抽烟了,操作间里只有我和师傅。

我一本正经地坐端正了,感觉自己就像那个拿着雪茄的白胡子老头弗洛伊德。"其实你是孤独的,你潜识里是不想做某件事的。你只想和别人一样,跑在他们当中,既不想跑到他们的前面,也不想落在他们之后。你潜意识里是痛恨某件事的。"

"什么某件事?"

"就是,和男人们之间的事。"我鼓足勇气说道。

师傅重重地打了我一拳:"你瞎扯什么。那本书里就是这样讲的呀,那就太浮浅了。"

我辩解道:"我分析的有道理吧。梦境反映了你真实的内心世界。潜意识里的那个你才是真实的你。现实生活中,你最为突出的表现往往和内心里的那个你是相反的。"

"你是想劝我是吧?你觉得你能成功吗?"师傅盯着我的眼睛。这让我心虚得直冒汗。

"不能。"我老老实实地说。

没有人能够阻挡师傅的脚步,即使我借用那个叫弗洛伊德的老人也没有用。远来的和尚在我师傅这里行不通。就在我以为,我的师傅冯茎衣,要在她认定的道路上一路狂奔时,却出现了意想不到的转机。她随心所欲的生活停在了痛苦的十字路口。

　　检修的记忆停在了秋风之中。周一，师傅一反常态地没有来上班，王主任还问我和小曹，师傅怎么没有来。我和小曹都摇摇头。到下午的时候，我接到了师傅的电话，电话里师傅的语气很沉重。她让我给主任请个假，说她要休息几天。她没有说请假的原因。我追问了一句，请什么假呢？师傅沉默片刻说："你随便说吧。"

　　下班后我去了市区。她沉重的语气一整天都在我脑子里回荡。师傅一个人独自在家，她打开门，屋子里的灯光很昏暗，灯光似乎在她背后很远的地方，她的脸掩在黑暗之中，无法看清她的表情，她怔在那里，反应了几分钟，似乎才看清是我，她把我抱在怀里，失声痛哭起来。一向乐观的师傅，从来没有在我面前表现出她软弱的一面，所以，在她的拥抱下，在她号啕的痛哭之中，体味着她的泪水，我一时手足无措，我的双手支在她的肩膀之上，不知道应该做什么。我轻声道："师傅，师傅。"哭泣持续了十分钟，师傅泪眼婆娑地宣布："我要死了。"

　　死了的人不是师傅，而是师傅的丈夫。她的丈夫姓杨，叫杨卫民，在部队大院长大，父亲是军分区的首长。以前从来没有听师傅说起过。在我的感觉里，师傅一直回避谈到他，她可以向我敞开她父母的生活，可是却从来不去触碰那个她最亲密的人，我不知道她在躲闪什么。师傅悔恨地说，他是因为我死的。据师傅说，杨卫民和师傅大吵了一架，然后摔门而出，她怎么叫也叫不回来。他开着一辆军用吉普。师傅说她听到了楼下吉普车发动的声音，仿佛是他愤怒的吼叫声。"他离开的时间是晚上七点钟左右，"师傅说，"我接到电话是夜里十一点，他妹妹杨卫宁给我打来的。我再见到他时，他躺在医院里，身体已经完全变了形，他的车在谈固大街和裕华路口出了事故。杨卫宁埋怨我，都是因为你，他失去了理智，和一辆重型货车撞在了一起。她说那句话时，我看到了我婆婆愤怒的目光，她坐在楼道一角的椅子上，身体完全躺在椅背上，脸上全是泪水，虽然在我和她之间，不断地有人走来走去，可是她脸上的怨恨却那么有力，像冬天的狂风那么强劲，我一辈子都不会忘记。"

　　"我是一个罪人。"师傅悲伤的表情使那个夜晚凝重而凄凉，秋日的夜晚，师傅最早感受到了凉意袭人，她蜷缩着，身体瑟瑟发抖，我拿过一条毯子，盖在她身上。"一个不可饶恕的罪人。不管我说什么，解释什么，都徒劳无益。人毕竟是死了，人死不能复生。"

背上沉重的心理包袱的师傅，是无法被安抚的一个受伤的女人，她呆滞的目光，绝望的神情，都在酝酿着生活中转机的开始。在那个充满了忧伤的夜晚，我和师傅相对而坐，我都忘记了对师傅滥情的不满，忘记了师傅留在我印象中的形象。

"我们之间没有什么爱情可言，从一开始就是这样，我看中的是他家的家世和地位，他看中的是我的美貌和容颜，"凌晨时分的师傅，在自责与悔恨之间徘徊不前，"我与丈夫，我们俩结婚八年了，没有孩子，所以更没有了维系我们之间情感的东西。他是个浪荡公子。从结婚那天起我们就形同陌路。我不过问他的事，他也从来不过问我的事。在远离市区的炼油厂，你肯定会意识到，我是自由的。我自由地按自己的意志生活着。我想，是我自由过分的生活给他造成了影响，这八年中，他一事无成，每天游手好闲，和一帮朋友搞外贸、开公司，没有一个办成功的。我想，都是因为我，因为我自己的放荡无拘，自己的随心所欲，所以他才会放任自己，放纵自己，最后铸成了大错。"

师傅把丈夫的死定性为自己的过错，这个阴影在她之后的生活中始终挥之不去，我的师傅，一夜之间性情大变，她告别了以前喜爱而热衷的生活，告别了男欢女爱，告别了情人与浪漫，断绝了与王总的关系。我曾经见过疑惑不解的王总在施工现场委屈地站在师傅的身边，请求她重新回到舞场上，回到他的身边。异常冷静的师傅，没有停下手中的工作。在嘈杂的风把声中，她不做任何的解释，只是告诉王总，她的心以后只会放在这里了，她只会和风把、和装置、和需要修理的设备、换热器在一起了。我看着落寞而去的王总的背影，不知道怎么却有些兴奋不起来。以前我不欣赏她颓废而糜烂的生活方式，而如今当她告别过去，迎来新生，我却有些莫名的惆怅，我一直不知道这种惆怅来自何处。直到在随后的日子里，我师傅冯荃衣，不断地走上主席台接受奖励，各种荣誉纷至沓来，她的身上渐渐笼罩上光环时，我才意识到，我是无法接受一个人能够脱胎换骨，能够变得不像自己。而哪个师傅更加真实，我疑惑了，茫然了。

据说，失意落寞的王总再没有出现在舞场之中，他尝试着找到一个能够替代师傅的舞伴，比如那个曾经的最佳搭档小徐。小曹看到过小徐，他说小徐像是焕发了第二春，她身材愈发苗条。但这只是昙花一现，小徐的第二春还没有完全绽放便步入了冬天。失去了师傅的王总对舞蹈也失去了所有的兴趣，即使身在舞场之中，他也像个幽灵一样。没过多久，王总也从工会舞厅中消失了。对师傅的突然转变，王总有些不明所以，一天，他把我叫到他的办公室，简单寒暄之后，他便毫不隐讳地和我谈起了师傅，他说："我知道你师傅对你最信任，她什么话都和你说。"

我紧张地站在王总对面，他的办公桌上摆着一个金属的永动仪，它就在我眼前不停地晃啊晃。王总显然也没有意识到我一直站在那里，我的局促不安，他想着的是他的心事，他继续说："她不是一个追求上进的人。她对那些名呀利呀，从骨子里不喜欢。她是一个享受生活的人。你觉得这正常吗？"

我突然之间不知从哪里来的一股勇气，紧张陡然间从我脑门的汗珠里、从我手心里的汗里溜掉了，我盯着他沮丧的脸，有些愤慨地说："王总，恕我直言。你到底喜欢哪一个师傅，是以前那个水性杨花的，还是现在这个一心扑在工作上的？"

王总其实一直就没有正视我，听到我的话，他万分诧异地看着我："你这是什么意思？"

我说："我就这个意思。我就想知道我师傅在你眼里是什么样的人。"

"我可是为她好，"王总在我的逼视下目光明显地胆怯下来，"你回去告诉她一句话。"他顿了顿，摆摆手说："算了，说这些还有什么意义。"

我走出王总宽大的办公室时，狠狠地吐了一口痰，我从心里有些瞧不起他。说到底，他心中的师傅只是颜色艳丽的一朵花而已。

我曾经陪同师傅，在无数个周末，在节假日，去杨卫民的父母那里。她压根就没有想得到他们的原谅，尤其是杨卫宁和她的婆婆，她们的冷漠甚至仇恨并没有随着岁月的流逝而减退，她们把师傅送的礼物扔到她的身上，扔到屋外，她们冷冰冰的目光就像是刀子。有一次杨卫宁破天荒地走到楼下，她铁青着脸，质问师傅："你想得到什么？"

师傅略微犹豫了一下，她没想到杨卫宁这么直截了当，她说："我想得到妈妈的原谅。"

"妈妈心里没有原谅这两个字，你也别想见到她。在她心里，你和杨卫民都已经死了。"

杨卫民车祸后的第二年，师傅的婆婆收回了属于她儿子的那套房。当杨卫宁来告知师傅这一决定时，师傅二话未说，当天就让我找来一辆皮卡车，搬走了属于她的日用品。坐在回厂区的路上，师傅的整个家就在车的后备箱里，显得是那么轻，那么简单。我以为我能从她的表情中读到悲伤，但是没有，师傅异乎寻常地平静。她看了一眼我，笑着说："哪里不都是一样。"

如此绝情的态度，我的师傅都没有退却。我想，师傅这么做只是想得到自己内心的安慰。她不在乎她们拒之千里的冷漠。她赎罪的过程残忍而又漫长，一个雪天，我们俩站在冰天雪地里，她抬头看着楼上那紧闭的冰冷的窗户，她多么希望，那扇窗户能为她打开。我劝她："师傅，算了吧。你不可能改变她们。"

师傅的脸被雪映得白灿灿的，自言自语道："为什么呢？"

她不需要答案。她的疑问与忧伤都融化在了那漫漫的大雪之中。我知道，任何多余的解释和回答都是徒劳的。

但是她没有告别自己的外表，她仍然注重自己的容貌，她的红色安全帽仍然是全厂最干净的，我经常把她的安全帽当成镜子。戴着明亮安全帽的师傅，当她的心思完全地用在工作中后，竟然成了炼油厂一颗冉冉升起的明星，她带领她的班组，在几次重要的抢修工程中大显身手。尤其是催化装置加热器泄漏事故中，她在装置上待了整整一晚上，当第二天凌晨，黎明伴随着装置重新启动时，师傅也昏倒在临时搭起的架子下。她的红色安全帽跌落在她的身边，我注意到，安全帽上满是油污。

就是那次抢修，改变了我的人生轨迹。

下半夜，浓浓夜色包裹住的光亮显得逼仄而拥挤，像是一团徘徊的云朵。而我，是云朵洒下的一滴雨。在光亮之外，是焦急等待的厂领导们，他们的目光都聚集在我师傅身上。师傅的技术，加上她的勇气和胆量，是厂长们能够从容围观的理由。他们相信事故会很快结束。但是抢修工地上突然响起了师傅的怒吼，她吼的是我，我错拿了风把。她骂我是个猪，跟她学了三年还一事无成。在那么多关注的目光中，我无地自容。我灰溜溜地从架子上爬下来，跳上电瓶车，落荒而去。重新拿到大号风动扳手的我仍然是那晚的落寞者。我知道，没有人会注意我，人们的注意力只是在与时间赛跑的抢修。我偷偷地看着师傅，她的身体随着风把的抖动而晃动着，她冷峻的面庞与那个娇艳的女子判若两人了。

"师傅，我要从车间调走。"我向师傅摊牌时，深夜抢修时的景象还在我脑海里闪现，师傅的吼声犹在。师傅刚刚在车间的休息室睡了一觉，她揉着眼睛，满是疑问地看着我，她不明白我要说什么。

我解释道："我感觉自己在车间里是一个多余人，在这里没有任何前途可言。正好有一个机会，厂纪委监察室缺一个人，原先的那个张娜大姐，调到齐鲁石化了。他们需要一个写材料的。"我手里拿着一个崭新的红色安全帽，那是我刚刚从材料员那里替师傅领来的。

师傅接过安全帽："不是因为我骂了你吧？"

我摇摇头："绝不是，师傅。"

师傅又问："那就是你再也不屑做我的徒弟了？你一直不喜欢我的生活方式和态度。"

"师傅，这更不是了，"我辩解道，"再者说，你都已经……"

"已经什么？改过自新了？"师傅笑着说，"算了，你不用解释了，我早就预言你不会在这里干长久的，你的志向不在这里。去吧，到那里，你好歹还能和文字打打交道，不像在车间里，除了那些风把、换热器，就只能天天看到一个道德败坏的女师傅，烦不烦呀。"

我知道这是师傅的玩笑话，并没当真。师傅同意我离开，这才是最让我感动的。"但是，"我补充道，"事情可能并没有我想象的那么乐观。"

"怎么了？"

"唐副厂长不同意。"

我调动的难题出在主管人事的唐副厂长。他与纪委书记长期不和,所以,凡是纪委想进个人,他总有理由推三阻四。

师傅稍微犹豫一下说:"唐厂长的事我来解决。你准备好去纪委吧。"

我是多么迫切地想要调到机关工作呀。那时的我爱慕那一点点虚荣,羡慕那些和我同时进厂的大学生们,他们可以在那座十层的大楼进进出出,那是身份的象征呀。而不像我,进厂这么久了,还混为一个工人。因此,那点急切的虚荣心,骄傲的自私淹没了我的判断力,当时我没有去想师傅如何去帮我解决。我只是兴奋而情不自禁地说:"谢谢师傅。"

秋夜难眠。想起白日师傅的允诺,我突然意识到了问题的严重性,她有什么资本与唐副厂长做交换?我想起了那个秋夜师傅曾经说过的话,便冲出宿舍。刚跑到师傅住的宿舍楼下,我便看到师傅从楼门洞里出来,纵使光线昏暗,我也看得出来,师傅是精心打扮的,那件红色的裙子已经很长时间不见她穿了。"师傅。"想躲已经来不及了,师傅已经看到了莽撞而来的我,我只好硬着头皮冲上前去。

"你来干什么?"师傅并没有等我回答,便说,"你来得正好,我正要去见唐厂长。你送我过去吧。"

他们见面的地点约在厂里,今天晚上唐厂长在厂里值班。我骑着自行车,师傅坐在我身后。还不到换班的时间,通往厂区的公路上空荡、寂寥。两旁的白杨被风吹动着,在暗夜与路灯光的交错中,黑色而互相碰撞的树叶像是在诉说着黑色的故事。一路无话,我内心挣扎着,在心灵深处,有一个我在呼喊着停下来,让师傅停下来,可是我的身体并没听它的指挥,我骑车的步伐虽然慢一些,却并没有停止。我能听到师傅平静的呼吸声,能够闻得到她身上散发出来的茉莉的花香。她也一路无话。来到厂区办公大楼下面,我抬头向上望去,幽深的夜里,大楼显出几分神秘,对于我来说,它是一个通向梦想的楼梯。我和师傅挥手告别,我们俩像是有某种默契似的,谁也没有开口说一句话。师傅转身而去的时候,轻松自如,就像以前任何一次,我去送她约会的场景再现。唐副厂长的办公室在大楼的三楼，向阳的一面。我听着师傅的高跟鞋声渐渐消失在大楼里，心里突然像是被谁揪了一下似的。我在大楼下面徘徊了整整一夜，没有勇气冲上楼去，闯进唐副厂长的办公室，夜色残忍如勒紧心脏的尼龙绳，而那座大楼，却如此友好地在黑暗中召唤着我。

我一直想忘记那一幕，师傅第二天清晨从大楼里出来的那个场景。她微笑着，头发整洁，红色的裙子随风摆动。

那就是我，二十多岁时的心智，为了早日离开车间，能够在办公室里工作，早日脱离工人岗位，师傅的境遇早被我抛到了九霄云外，如今，二十多年过去了，想起那个秋夜的我，便羞愧难当。

在我离开检修车间的前一天，师傅再次把我带到了催化塔的顶端，我们一起俯视整个厂区，师傅形容的丛林面积更大了，装置在不断地向南扩展，尽头那些绿油油的麦地显得弱小而可怜。师傅问我怎么看待这片广阔的丛林。我老实地回答："师傅，这么多年了，我没有觉得这是片丛林。"

"在你眼里，它是什么呢？"

我想了想："它是一道障碍，就像赛马比赛里的障碍。"

"你是想越过它。我知道，这里不是你的丛林，它是我的。"师傅感伤的话语像是一片叶子，慢慢地飘落到装置上，设备上，管线上。

第二天我就离开了检修车间，如愿去了纪委监察室，在那栋大楼的六楼拥有了一间办公室。那一年我师傅三十五岁。我去报到那天，和我一屋的马大姐一见面就问我："你是冯莶衣的徒弟？"

我笑盈盈地说："是啊。你认识我师傅？"

"她呀，天下谁人不识君。"马大姐引用了一句古诗词，脸上神秘的笑容很短暂，很快就消失了。

如果说三十五岁之前师傅的盛名还是被负面的传言所堆积起来的话，那么，这之后的师傅，她的名声越来越大，也越来越令人尊敬，她成了名副其实的"铆焊大王"。她的名声是与无数次的抢修、无数次的彻夜奋战、无数次的上台领奖联系在一起的，虽然，我的办公室在象征着权力与欲望的办公大楼的六楼，我也由衷地感觉到，我必须要仰视她，用另外一种眼光去迎接她已经变化的坚毅的眼神。在短短的几年时间里，师傅威名大震，她的事迹不再局限于厂报、《中国石化报》《河北日报》，而且已经上了《工人日报》《人民日报》，在通往成功的道路上她一路狂奔，令人目不暇接。她从厂劳模，到区劳模，市劳模，一跃成了石化系统和省里的劳模，在五一前夕还受到了表彰。据马大姐说，下一步就要提拔她做检修车间的副主任。马大姐感叹道："你说，你师傅怎么可能成了这样一个人！"按照马大姐固有的想法，我师傅就应该是三十五岁以前的冯荃衣，她就应该风流成性，招蜂引蝶，这是她的宿命。马大姐的消息很可靠，因为她丈夫是劳动人事处的处长。马大姐补充了一句让我很是不满，她不屑地说："转变得跟神似的，不见得是什么好事。"就是那天，我和马大姐为了师傅争吵了几句，我提醒她别忘了电影《流浪者》中那句经典的台词，"法官的儿子永远是法官，贼的儿子永远是贼"，那天我说了很多过激的话，就差没说出她以前不过是个办公室的打字员的话。马大姐显然比我有城府，她生气归生气，却并不像我那样慷慨激昂，她说："我不跟你抬杠，不信咱们走着瞧。"

我师傅，在变化着，我能够深切地感受到。我和师傅的关系，并没有因为我离开车间而疏远，反而更加接近。我们几乎每天都会见面，我把我写的长篇的新章节交给她，听听她看过的前面章节的意见，虽然那些意见并不大被我采纳，但是我仍然喜欢她那种越来越较真的样子，她投入的表情，沉浸其中的情绪，仿佛她就是小说中的人物。当自己的一部作品被一个人如此看重时，我内心的欢喜还是不言而喻的。还有的时候，是她在倾听，她在倾听我的想法和意见。她的发言稿，她每次在台上令人振奋的故事都出自我的手。她的每一件先进事迹、每一个抢修场景都是我头脑中的一条神经，那些密密麻麻的神经都能在深夜里像水一样汩汩流出，在我伏案时化作一串串或是高昂或是煽情的词语。所以说，我师傅在走向成功的道路上也有我的一份功劳。而师傅，也越来越依赖我，离不开我，我就像是她前进路上的大脑，成了她的一部分，所以当石化系统的劳模巡回讲演开始时，她向党委于书记提的唯一的要求就是带上我，替她酝酿和撰写稿件。没想到的是于书记欣然应允，于是我和她踏上了漫漫的巡回讲演之路，在历时一个月的时间里，我们先后去了东北的抚顺炼油厂、北京的燕山石化、河南的洛阳炼油厂、山东的齐鲁石化、湖南的岳阳石化、湖北的荆州石化、南京的金陵石化。光是旅途劳顿，不出半个月我就感到疲惫不堪了，我师傅却始终保持着旺盛的精力，每换一个地方，她都像是首次演讲那样激情四溢。她很在意每一个细节，每次讲演结束，她都会虚心地听取我的意见，以便下次改进。团里有一个来自燕山石化的丁劳模，一表人才，声音浑厚有力，每次都邀请师傅去当地的舞厅去跳舞，他眼光很毒地说："一看你就是你们厂的舞星。"师傅每次都婉言谢绝了，她说她真的不会，而且对跳舞没有丝毫的天分和兴趣。一个月中，丁劳模都在锲而不舍地向师傅发出邀请，最后当告别时，他还请师傅到金陵石化招待所的花园里去赏月，师傅没去，代替她去的是我，我代替师傅向丁劳模传话说："希望我们在各自的岗位上努力拼搏，实现自己的人生理想和价值。"我说完话，没等观察丁劳模的反应就匆匆离去。在房间里，师傅还在等待着和我一起讨论这次巡回讲演的汇报总结如何写呢。后来丁劳模并没有死心，回去之后他给师傅写过十封信，师傅根本没有拆开，她把那些信统统交给我，让我来处理。那些信我也没拆，我把它们放在了我的箱子里。

师傅的变化不仅仅是在身份上，更多的是在心理上。她的自信在泛滥。她觉得在任何事情上她都掌握了主动，而且她想当然地以为，那个深刻在她头脑中的阴影也会从此烟消云散。四月三十日上午，省总工会的表彰大会，作为省劳模代表，师傅要上台领奖，提前她把两张票送给了婆婆家，她希望她们能出席。我师傅，天真地以为，她的成功会化解她们之间的仇恨。会场上师傅穿着一套乳白色的裙子套装，很有职业女性的范儿。坐在前排的师傅，我能感觉到她的心神不宁。她不停地转头向我这边张望，我知道，她看的不是我，而是我身边的两个空荡荡的座位。直到表彰大会结束，那两个位置都没有人来。我知道师傅的失望有多深。所以散场之后，我安慰她说："她们也许有别的事，赶不过来。"

师傅淡然一笑："她们只有一件事。那就是恨我。我都习惯了。没关系，还有下一次。"

她的责任心也在不自觉地膨胀。她觉得自己有义务让她的父母重归于好，成为一个完整的家，她断绝了父亲的零花钱，希望切断他喝酒的资金来源。但是父亲仍然能从母亲手里拿到钱。母亲无辜地说："我早就对他没有任何指望了。"母亲的意思是说，听之任之吧。而对母亲，她满指望能做通母亲的工作，停止与杨叔叔的来往。母亲的反应异常激烈："你还不如杀了我。"母亲的话就是一个宣言。师傅所能做到的唯一的一件事是把他们全家拉到一起照了一张全家福，拍照时我在场。丽人照相馆。照相师傅很有耐心，不停地引导他们要表情自然，要发自内心地露出幸福的微笑，可是没有用，我至今记得照相那天的情形。师傅的父亲穿着一件深蓝色的中山装，胸前的油渍虽然洗过，却依然顽固。他的头发还是被师傅强迫着去理发馆理的，所以看上去比平常要精神许多，眼神却怎么也是浑浊的。母亲的左脸颊有一块瘀青，那是她父亲三天前的杰作。她擦了一些脂粉，却还是没有能完全遮盖住。她的弟弟，一个卡车司机，根本没有在乎什么拍照，他进来时还穿着蓝色的牛仔工作服，油迹斑斑的。师傅训斥了他一顿，临时穿着照相馆的一件灰色西服。而妹妹，则因为穿着太过艳丽同样被师傅批评一番，好在人是到齐了。不管照相师傅多么努力，那张拍于一九九四年的全家福并不成功。照片出来后，每个人的表情各异，除了师傅是发自内心的微笑之外，其他人都像是藏有心事似的，要么板着脸，要么哭丧着脸。师傅叹口气说，好歹也是张全家福。那天晚上，当我在宿舍里写作时，看着摆在我面前的师傅那张全家福，我突然灵光闪现，立即冲到楼下给师傅打电话，我像是能触摸到那个词一样，它就在我的心尖上跳动，我兴奋地告诉师傅："我想好了我这个长篇的名字，就叫作《全家福》。"师傅沉吟了一下："好啊。这个名字挺好的。"一连好几天，我都被那个小说的名字感染着，亢奋、干事毛手毛脚。连马大姐都看了出来，她问我这几天是不是受什么刺激和打击了。我脱口而出："马大姐，你们家照过全家福吗？"

"有啊，有啊。"马大姐第二天就拿来了他们家的全家福，一共是八张，照全家福是他们家的传统，一直延续到现在，从她十岁那年开始，每四年照一张，马大姐给我介绍着每张照片拍摄的时间、背景、人物，她感叹道："不能看照片，一看照片就感觉到自己老了。"那八张照片，风格基本上是统一的，每个人脸上的笑容也都是一成不变的，唯一变化的就是悄悄爬到脸上的皱纹。马大姐的那些照片我早就忘记了，但师傅那张唯一的全家福，多年之后我还记忆犹新，那上面的每一个人，每一个表情，他们似乎都散落在我小说的章节中。

实际上，师傅即将被提拔的消息不是空穴来风，组织部门已经找她谈过话。师傅没有丝毫走上新岗位的紧张，那个位置好像早就在那里等她似的。坐在我对面的师傅，目光中透露的是信心和对未来的憧憬。她在滔滔不绝地给我说着她当上副主任之后的设想和规划，我不忍心打断她，直到她停下来喝口水，我才提醒她："师傅，你说的这些宏伟理想，好像都应该是主任去想，去做的。"

师傅说："早晚有一天，我也能当检修车间的主任。"

我相信，按照正常的轨道，师傅的豪言壮语并不是夜郎自大，我也相信，师傅完全能够胜任车间副主任乃至主任的重任，但是事与愿违，我师傅的仕途还没有开始就夭折了。

那天上午十一点半，我正在办公室写材料，消失了一上午的马大姐推门进来了，她突然冒出来一句话："不是不报，时机未到。"

我问马大姐："你说谁呢？"

马大姐故做神秘状："谜底很快就要揭晓。"

我没想到马大姐所说的谜底与师傅有关。是旧案，王总多年前抹平的倒卖成品油事件重新发酵，被纪委立案调查了。马大姐所说的很快其实就是第二天，我们成立了一个调查组，我和马大姐都是调查组的成员。因为证据确凿，重要的证人也在河南濮阳被抓，所以王总没有坚持多久就全部说出了实情，除了倒卖成品油之外，更令人震惊的是他们在买原油过程中的以次充好、以水代油。王总的头发仿佛一夜之间就白了许多，年龄也老了十岁。马大姐让他说说走上邪路的心理历程。王总抬起绝望的脸，突然间就泪流满面，他忏悔道："我以前不是这样，我奉公守法，克己自律。都是因为她。"

王总所说的她就是我的师傅冯荃衣。一听到他提到师傅，我立即有些紧张，马大姐显然注意到了我的这个变化，她盯了我一眼。我镇定了一下情绪，继续听他深挖思想根源："大家都知道，我只有一个爱好，就是超级爱跳舞，尽管如此，我的思想也并没有任何改变，我兢兢业业，可以说为这个厂做出了巨大贡献的。都是因为冯苙衣，她是我的克星。"我是在越来越愤怒的情绪中听完他的陈述的，在他的描述中，师傅是一个邪恶的魔鬼、女妖精，用尽各种妖术迷惑他、引诱他，以至于他迷失了前进的方向，走上了犯罪的道路。"她的欲望是个难以填满的沟壑，我所做的一切都是为了她。"我终于忍不住插话道："她要那么多钱干什么？"

王总斜眼看了看我："那谁知道呢，买衣服，打麻将，买房子，买车，总之她太多的欲望需要我去满足。"

我还要问，马大姐善意地提醒我说："与本案无关的不要问。"

在他的供述中，我师傅是那个具体的操作者，他只是通过打电话疏通关系，搞到油品，而具体实施的是我师傅。师傅从运销部门拿到油票，然后再找到下家，以高价卖出去。王总悔恨地说："我是鬼迷心窍了，对她百依百顺，失去了对事情的判断力，放松了对自己的要求。"

他把自己包装成一个无辜的受害者，这让我无法接受，在谈话结束之后，我对马大姐说出了我的忧虑。马大姐说："我们不会冤枉一个好人，也不会放过一个坏蛋。"她补充道，"你师傅有没有事，不是我们说了算，也不是他说了算，而是事实说了算。"

我不知道是不是马大姐和白帆处长说了什么，约谈我师傅时，我意外地成了主角。马大姐坐在我身边做记录。她充满激励的眼神并没有给我足够的勇气。看着师傅走进来时，我的脸上感觉到热辣辣的，羞愧得低下了头，就像是我做了天大的错事。我从来没有想过，我们师徒会在如此的场合下见面。师傅今天没有穿工作服，她穿着一件淡紫色的紧身西装。师傅却很坦然，她坐在我对面，像是什么事情都没有发生一样，她说："你问吧。你该怎么问就怎么问。别把我当你师傅。有什么我就说什么。你们问完我，我还要去参加区里的人大会。"我这才抬起头，理了一下思路，才开始提问。

"王同信，"师傅不假思索地说，"我们早就认识了。他是厂里的副总，没有人不认识他。我知道你要问什么，我来说吧，我不是因为他舞跳得好才与他好上的，而是他手里的权力。我以前根本不会跳舞，就是为了能和他接触才学的。九〇年的春天，通过跳舞我们慢慢地走到了一起。"

"你是不是通过他从厂里领出油票，然后再高价卖出？"

"是的。"

"什么时间？"

师傅想了想："一九九〇年到一九九三年间。"

"一共领过多少次，有多少张？"

"我不记得了。"

"得到多少钱？"

"一万多块钱吧。"

"是你主动做的，还是在别人的指使下做的？"马大姐皱了下眉。

"我自愿的。"

"你为什么要那么做？"

师傅笑了笑："那时我就是那样，爱慕虚荣，贪图享乐。现在回想起来，那真是一场虚假的梦境。我现在经常在想，为什么当时我会是那样的一个人，我会那么随波逐流，为什么我的思想境界会那么低下，那么形而下。究其原因，是因为我的世界观是漫无止境的，是天马行空的，是不加约束的。这是极其危险的。"

"你痛恨以前的那个冯荃衣？"

"是啊。"师傅目光坚定，我觉得坐在那里的师傅，就像是一个庄严的教师，有着强烈的责任心和正义感。"现在想来，我自己都在问自己，那是我吗？真是一场梦啊。好在，这场梦现在醒了。我看清了一切。"

我听到了马大姐敲击桌面的声音。我知道我的思路被师傅引导了，我接着问："你知道你为什么能得到汽油和柴油的油票？"

"当然知道。因为王同信。我一个破工人怎么会有那么大的本事。"

"这么说，你是受王同信指使的？"

师傅还没有回答，马大姐就果断地中止了我们之间的谈话。她把记录本合上，说："今天就到这里吧。"

那次约谈，很明显没有向处长所要求的正确的方向前行，按照白帆处长的说法，它步入了一潭泥泞。白帆处长凝重的表情是对我工作的否定，他告诫我，一个纪委干部，感情用事是大忌，是大敌。我没有做任何的解释，事实是不容辩驳的，我心情郁闷，明明知道私下去见师傅是违背职业道德，仍然无法抵制住内心的情感。我约师傅在生活区北边的麦田旁见面。毕竟这有违我的良心，所以，我特别挑选了那么偏僻的地方。是一个阴沉的夜晚，夜色浓重得像是无法推开的山，没有一丝的星光，黑暗中我看到了一束微弱的手电筒的光亮，那光亮艰难地推开了山一样的夜，畏畏缩缩地向前挪着。走近来，师傅埋怨我不该来这个鬼地方，她说："前两周机工车间的小余就是在这一带被坏人强奸的。"她手里的手电筒光在路边的麦田里晃来晃去，更增添了恐怖的气氛。我幽怨地说："师傅，再害怕也抵挡不住我的担心。"

"你担心什么？"她抓住了我的手，很显然，她也被周围森然的气氛吓住了。

茫茫的夜色仿佛是一块坚硬的地板，我们的脚步声被放大了，它比平日里更加响亮。那越来越大的声音不仅敲击着我的耳膜，还敲击着我的心。我的手也用上了力，我能感觉到师傅的手心里凉凉的。我说："你知道我担心什么。"

师傅叹了口气："你不用为我担心。我做的事绝不反悔，也不会后悔。我知道这一天会到来的，只是晚了一点。"

那个夜晚，我的劝说基本上是无效的，我希望她不要被王总牵着鼻子走，不要把责任往自己身上揽。师傅却轻描淡写，她用手电筒的光指着暗黑无界的夜空："你看看这夜，你再怎么去描绘它，去形容它，它都是黑的，它不可能是白天，这一点是不会改变的。"

我的师傅，再次遵从了她内心的安排，她没有像王总那样，把责任全部推开，她说出了她所有参与的倒卖油票的事情，她对我和马大姐说："我为以前的我感到羞耻。"她说的是肺腑之言，如今的师傅冯茎衣脱胎换骨，一身正气，装置哪里出了问题她都会出现在哪里。她在全厂的表彰大会上慷慨激昂；她在区人大，市人大的会议上激情澎湃。

王总进了监狱，而师傅背上了一个党内严重警告的处分，她的梦想就此断送了，我不知道她还做不做当车间主任的梦，我只知道，这件事给她的打击是巨大的，她付出了沉重的代价，相继丢失了厂、区、市、省、中石化劳模，被区人大和市人大罢免了资格，副主任也成了天上自由的云朵。在那段难熬的岁月里，师傅有她自己独特的方式打发她的绝望与落寞。有时候她会拉上我，两个人漫无目的地骑着自行车，大部分时间都是在炼油厂厂区附近的乡间公路上，我们一言不发地就那么骑着，仿佛我们的世界就是那些四通八达的乡间公路。但偶尔我会随着她不知怎么就骑到了市区，她熟练地穿过裕华路，拐上建华大街，我们汇入了中山路滚滚的车流之中。我留意到，在我们骑行的路线中，我们先后经过了长安区人大、市人大的办公地点。到了门口时，师傅都本能地停下来，向里张望片刻。她的脸上露出怅然若失的表情。返回的途中，一直一言不发的师傅突然张口道："你知道我今年的议案是什么吗？"

"不知道。"我回答，其实那个议案是我帮她写的。

师傅沉默了一会儿说："我想呼吁一下，让全社会都重视一下技术工人，大力开展技术工人的培养。你想想看，社会不就靠技术在推动着吗？你再看看像我们这样的技术工人，厂里重视吗？国家重视吗？没有。你觉得这个议案可行吗？"

我说："可行。我支持你。"

失意的师傅开始和我探讨她的议案，怎么合理，怎么搞调查，怎么写。尽管这已经是重复在做的一件事，我仍然随声附和着她，我觉得她完全沉浸在她辉煌的日子里，我又何必打搅她呢。

最后，在我们看到炼油厂的火炬时，师傅发出绵软无力的叹息，那声音在乡间公路上如尘土样细弱："可惜了。只差半个月，我就能把议案提出来了。"

她还会突然把我叫到她的家里，像以前那样铺上稿纸，准备好钢笔，这是要写发言稿的架势。我看了一眼桌子上的一切，心里发酸，我叫了声师傅，便不知道再说什么。师傅却淡然一笑："我都习惯了，你让我一下子改变不可能。你知道我当初从那样一种放任自流的姿态变成这样有多难，付出的代价有多大，我的丈夫走了，我和我丈夫的家人成了仇人。这一次，我的代价更大，因为我的心死了。"

我把师傅揽在怀里，在我的怀抱中，她的身体竟然那么娇弱。我能感觉到她的眼泪流到我的肩膀上，钻透衣服，渗到了皮肤上，凉凉的。我安慰她："师傅，生活总是要继续下去的。"

师傅突然推开我的怀抱，她抹去脸上的泪水，粲然一笑说："你放心吧，我想了一夜，已经想通了我的人生，它就是海上的一个小船，想漂到哪儿就漂到哪儿吧。不过，你看看我，为了写发言稿，买了那么多的稿纸，不能就这样浪费掉。我想好了，我给你誊写小说吧。你就在我家里写作，你写完一章我给你誊写一章。"

于是，在无数个夜晚，我的长篇原稿就放在师傅家里的梳妆台上，她仔细地辨认着我歪七扭八的字体，认真地抄写着。对于十几年都很少拿笔的师傅，其实这不是一个省心省力的活，相比她遇到的那些检修、抢修，这更难。我坐在她的书房里，侧身看着卧室中的师傅，几次不忍心，想让她放弃，但是我还是重新理清了思路，回到我的故事中，我觉得，那个与我同处一室，逐字逐句阅读并抄写的师傅，何尝不是活在我虚构的故事中的人物呢？

跌落到人生最低谷的师傅，已经彻底无法改变她工人的身份，她像是没事人一样，甘心做着她的工作，做好一个铆工工人，一个班长，一个好师傅。按马大姐的说法，你师傅是一个胸大无脑的人。我虽然不喜欢她用的那个词，但是师傅这样的心态也让我放心许多，因为我非常担心她会想不开，会钻牛角尖。在那一年，有两个从技校毕业的学生成了她的新徒弟，一男一女，男的姓童，女的姓黄。按照惯例，师傅又自掏腰包让他们请客，并特地叫上我。两个小徒弟有着与我当时一样的青涩与拘束。那天晚上师傅喝醉了，她趴在桌子上不省人事，把两个小徒弟吓得脸色发白，张皇失措。第二天一上班，小黄就在办公大楼门口堵住我，向我请教如何当好一个徒弟，我想了想说："你会种茉莉花吗？"

她摇摇头："什么花我都不会种。"

我说："那你好好学学吧。"

在师傅的阳台花房里，茉莉花已经被冷落，它在日渐凋零和枯萎，开花的季节早就过了，但它们仍旧固执而孤独地想念着花团锦簇的日子。

师傅纷繁生活的谢幕远比那些茉莉花要悲凄。

一个冬天的夜晚，这让我想起师傅丈夫出车祸的那个夜晚。不过，这次师傅的语气显然比上一次更加令人不安，她说："你快点过来。出大事了。"已经是夜里九点，我知道她回了市区，快下班时她让我在办公大楼下等着她，她把她家里的钥匙交给我，嘱我好好写作，她回市区给母亲做寿。她笑着说："我妈今年六十了。不知道我活到她这个年龄会是什么样。"她轻松的样子不像是要发生什么大事的前奏。

我赶到她家里时她并没在家，家里只有她的小外甥，正抱着小猫，瑟瑟发抖，我问了半天，他才断断续续地说出他们已经去了医院，他姥爷摔了一跤。去往医院的路上，我也没有意识到问题的严重性，开车的小张以前也是师傅的徒弟，他还埋怨师傅小题大做。

医院里哭成一团，师傅的酒鬼父亲，已经告别了人世。我没有看到他躺在那里的情景，我只看到了蹲在走廊墙角的师傅，她蜷缩着身体，比一只受伤的小猫还可怜。她看到我，眼泪才流下来，只说了一句话："我害怕。"

她父亲死了。送到医院的那一刻停止了呼吸，喝得烂醉如泥的他顺着楼梯滚了下去，脸都变了形。他不是自己摔下去的。"我也是疯了，我就那么轻轻一推，谁知道他的身体像是一个空壳，像是空气似的，那么轻，那么没有重量，就像是一个板凳。"具体的细节是在她母亲多次的言谈之中拼凑出来的，她自己始终不肯去回忆当时的情景，她说她宁愿那个摔下去的人是她自己。在记忆中还原的事实是这样的，最先疯狂的是她的父亲，为母亲祝寿的酒宴还未结束，父亲就开始殴打母亲，他不知道哪里来的那么大的劲，他把师傅母亲的头上打出了血，可是仍旧没有停止下来的意思。父亲向外拉扯母亲，拽出了门，仍然挥舞着拳头击打着母亲的头部和脸部。愤怒的师傅追出来，轻轻一推，就像她形容的那样，父亲就像一只板凳一样滚落而下。最让师傅感到痛心的是母亲的反应，满脸是血的母亲第一反应是狠狠地推了她一把，大声吼道："谁让你多管闲事。"

师傅，她三十七岁的生命到此画了一个大大的句号。因为过失杀人，她获刑五年六月。怨恨像是夏天的野草，师傅的母亲一直不愿意去见她，当我去劝说她时，我看到她和那个被师傅叫作杨叔叔的老头在一起，他们俨然是一对和睦的老夫妻，她的头发明显地白了许多。"她的心理负担很重，不吃不喝。她需要你哪怕去见她一面，什么都不说。"我这样劝解她。杨叔叔也在一旁帮腔，她心动了，答应了我。我兴高采烈地给师傅拍了一个电报，告诉她，下个月的十三号我和她母亲一起去看她。不知道师傅看到电报的心情如何，我是感到宽慰的，我甚至在设想着她们相见时感人的场景。和我在小说里写的一模一样。

那个月的十三号，坐在去省女子监狱的长途公车上的只有我一个人。车窗外的风景灰秃秃的。师傅的母亲临阵变了卦，不管我说什么，她都紧绷着脸一言不发。后来还是杨叔叔无奈地对我说："算了，也许时间能改变一切。"

师傅看到我时，脸上惊讶的表情一闪即逝。她没有问母亲的事，我也没再提，仿佛我没有给她拍过那样一封报喜的电报一样。

我把刚刚写完的长篇小说《全家福》递给她，师傅问我带稿纸了吗。我一时没明白过来，问师傅要稿纸做什么。师傅说，我在这里面也是闲得无事，我一边看，一边替你抄写，你不是说我的字好看吗？我鼻子酸了，我有心劝她别再替我做这些事了，可是看着她期待的目光，我说出口的是"好吧，我回去给你寄过来"。

在随后的两个月时间里，她几乎每两天就会给我写一封信，信里什么都写，写监狱里的女犯人，写院子里那棵杨树，写抬头看到的不完整的天空。她就是不写自己，在她的信里，我想找到她的影子，我发现，她不过是两只眼睛，而她的思想，她的灵魂，都在那不完整的天空中飘荡。两个月后，她抄写好的稿子清清爽爽地摆到我面前时，我脑海里一下子就想到了我初次见她时的情形，那个长发披肩、手拿火红而明亮的安全帽的师傅，那个风姿绰约的师傅。

后来我调离了炼油厂，多半是因为我不想再看到那些装置、那些检修的场面，一看到它们我就会心痛地想到监狱中的师傅。十几年过去了，我仍然不知道，我是不是懂得师傅，是不是懂得师傅这样一个女人。她的风花雪月，她的劳模风采，她的监狱人生，在我的梦里，始终搅和在一起，无法分清。

在师傅刑满即将释放的那年，我意外地碰到了杨卫宁，师傅曾经的小姑子，她来申请加入省作家协会，她是个诗歌爱好者。她看到是我，先是愣了一下，继而笑容可掬："你在这里工作呀。"她急迫想成为作协会员的心情使她对我畅所欲言，她甚至提到了我的师傅，她以前的嫂子，"我听说了她的事，唉，真是可惜。其实她心眼不错的，就是太水性杨花，你说一个女人如果太随意了，那还能有什么好下场。"看来这么多年过去了，她对于师傅固执的看法仍然没有改变。

我苦笑了一下。

她继而神秘地向我透露了另外一个令我震惊的信息。"这件事，我本来想烂在肚子里，一辈子都不说的。但是谁让我遇到你了，谁让我有文人的悲悯情怀呢。你知道吗，其实这么多年她都背着一个沉重的黑锅。她自己看不到，我看着呢。当年我弟弟出车祸的事情你还记得吧？我们全家都把责任推到了她的身上。因为她的名声不好我们早就知道，那天晚上，我弟弟是和她吵了一架负气离家的，然后他出了车祸。所以顺水推舟，让她穿上道德的审判衣，没有什么可指责的。她四处拈花惹草是个公开的秘密，但是有另外一个秘密，除了你师傅，我们全家都在小心谨慎地保护着。那个秘密是有关我弟弟的，他们两人的婚姻早就名存实亡了。我弟弟在外面有一个女人，姓袁，女人还给他生了一个儿子。那个胖儿子当时已经七岁了，我和妈妈去看过，他和我弟弟小时候一模一样。我妈特别喜欢他，私下里给了那孩子不少钱。再说那天夜里，杨卫民和你师傅大吵一架，然后出了门，他和小袁母子去国际大厦吃了饭，杨卫民还喝了点酒，然后开车回我弟弟给小袁买的房子，就是在路上出了车祸。最先赶到医院的是我，杨卫民还有一口气，他吃力地拉着我的手，嘱我一定要把他的儿子带大，他没有提你师傅。小袁也在车祸中去世了，只剩下那个孩子。他此后一直跟着我生活，现在已经上了初中。"

我疑虑重重："为什么不告诉我师傅真相？"

杨卫宁叹了口气："告诉她又有什么意义呢。活下来的孩子才是最重要的。"

"那你知道从那以后，我师傅一直就被赎罪感压得喘不过气来，它比一座大山还重，这件事改变了她的性情，连生活轨迹都因此而改变了。你们不觉得这对她不公平吗？"

杨卫宁说:"我觉得生活对谁都是一视同仁的。你觉得那之前的冯荃衣的生活是正常的吗?虽然炼油厂离市区那么远,可是她的那些风流韵事我都知道。如果说那件事给她带来了什么影响,那也是正面的,我就不用说了,她成了劳模,上了报纸、电视,到处去演讲。有一次,她还给我寄了两张门票,让我带着我妈去大会堂听她演讲。你说这样的改变对她不是更好吗?"

我无言以对。我没有权力指责任何人。

我一直承受着巨大的压力,拿不定主意,是不是要把杨卫宁所说的真相告诉她。一直等到她要出狱的那天,我借了辆车,很早就出发去女子监狱,平时只需两个小时的路程,我走了六个多小时,到达时已近黄昏了,夕阳挂在山尖处,就要被刺破。黑暗就躲藏在它的身体之中,它一整天的美丽、光彩夺目,似乎都在酝酿着一个阴谋,让无尽的黑暗如魔鬼般汹涌而出。

师傅肯定已经在那里等了许久,因为我说过要来接她。在夕阳中,她的眼睛是红的,多出来的皱纹是红的,连她的笑容都是红色的,她笑着说:"我已经等了五年,你还要让我等多久。"

她的笑容一下子让我释然了,那一刻我决定把往事放下,我突然感觉到黄昏中天地是那么宽,我手里拿着师傅最后戴过的那顶红色、鲜亮的安全帽,把安全帽端端正正戴到她头上,我说:"师傅,不用等了,就现在,检修开始了。"

最后的电波

季宇

谨以此文献给我的父亲母亲，献给所有的新四军通信兵老战士。

一

吃晚饭时，传达室送来了电报。父亲打开来，盯着电报纸看了好一会儿，才轻轻说了一句："老李不行了。"老李叫李安本，"他是我师傅"，父亲总是这样说。一九四一年皖南事变后，他和父亲曾在新四军皖中独立师第三团共过事。那是一段算是战友、又不是战友的奇特的经历。

接到电报第二天，我便随父亲去了青城。那是一九八五年，我还在上大学，正赶上寒假，便随父亲一起去了。我们赶到时，李安本已陷入昏迷，第二天上午便去世了。几天后举行了追悼会。前来参加追悼会的多是父亲的老上级、老战友，他们都是从外地专程赶来的。其中包括从南京前来的顾少宾将军。他是原新四军皖中独立师第三团团长，新中国成立后曾在南京军区任职，是追悼会上职务最高的。一个普通的农民去世竟然闹出了这么大的动静，自然惊动了青城市的领导。追悼会开得很隆重，但父亲却感叹道，老李刚落实政策，没享几天清福就走了。言语中充满了惋惜之情。

李安本（我叫他李伯）生前我曾见过几次，有两次是随我父亲去的。后来，为了帮助父亲编写《新四军通信兵史料》，我又去找过李伯一次，向他请教有关电台方面的知识。那时，李伯尚未落实政策，还住在乡下。一九八三年前后，在我父亲等老战友的努力下，组织上恢复了他的抗战老兵待遇，这时他已患上严重的阿尔茨海默病,俗称老年痴呆。他对所有的人都不认识了,包括他的子女,何况我的父亲?不过,尽管如此,我父亲每次去青城,还是要去看他,陪他坐一会儿,说一会儿话。当然,这种谈话毫无意义,完全是一种感情上的寄托。

关于李伯的故事,我并不陌生,因为父亲不止一次和我讲过。当年,他参加革命的经历听起来也让人啼笑皆非,难以置信。"他们骗了我!"李安本曾经抱怨说,我父亲对此也不否认,如果说这也算"骗"的话。

一九四一年一月,震惊中外的皖南事变发生后,为了粉碎国民党的反共高潮,中央军委发布命令重建新四军,皖中独立师也接到命令,立即冲破封锁线,向江北集结。三月初,部队开始行动,但在繁昌一带遭到日、伪军和国民党的重兵围追阻截。师长决定第三团掩护主力突围。团长顾少宾下令不惜流完最后一滴血,也要保证完成任务。战斗打得异常艰苦,五天后终于接到师部的电报,大部队已突破重围,令第三团迅速摆脱敌军,向芜湖方向突进,与大部队会合。但是,此时敌伪军一万多人已形成合围,敌众我寡,向东突进已无可能。于是,团长顾少宾下令向南迂回,带领残部三百余人进入白马山区,以保存实力,等待时机。"这个决定完全正确,"父亲对我说,"敌军十几倍于我们,硬拼肯定不是办法。"

团长顾少宾那时才三十出头,但已是身经百战。他是红小鬼出身,十四岁时就随父兄参加了著名的六霍起义,之后又经历了五次反"围剿",具有丰富的战争经验。他把部队带进白马山区,这里山高林密,地势险峻,易于隐藏,使部队暂时脱离了危险。但糟糕的是,在撤退中,我们的电台被打坏了,电报员也牺牲了。"这事麻烦大了!"父亲对我说,没有电台就等于是聋子、瞎子,失去了与外界的联系。事实上,在很长时间里,上级也没有我们的消息,以为我们团全部牺牲了。据后来师部电台的同志说,我们团失联后,新四军总部和师首长都非常焦急,下令各部电台没日没夜地连续呼叫了好几个月,都没有丝毫回音,这才做出了最坏的判断。

白马山区由许多山岭构成,地形复杂。往北、向西几百里,都是莽莽苍苍的大森林，人迹罕至；南边老爷岭、仙女峰一带是国民党的防区，而东边的丘陵地带，包括青城市在内，则由日军和伪军驻防。第三团进入白马山区后，顾团长多次派人下山寻找当地组织，都毫无头绪。"当时青城地下党全被破坏了，"父亲说，"就在我们退往白马山前不久，由于叛徒出卖，青城地下党遭到毁灭性打击，彻底瘫痪。当然这些都是我们后来了解到的。"

据我父亲说，他们在白马山困了五个多月，对外界的情况一无所知。不过，虽然条件艰苦，但部队凭借山林的掩护，与敌巧妙周旋，生存下来。当地百姓听说新四军回来了，都很兴奋，暗中给我们送衣送粮，传递情报。敌伪军恼羞成怒，他们一边加紧清剿，一边对私下"通共"的百姓实施残酷的镇压。泥埠桥附近的上渡口村，由于村民卖粮给我们，竟然遭到了屠村的血腥报复。全村老少妇孺百余口无一幸免。他们还把死去的村民开膛破肚，吊在桥头两边的大道上示众，一连数日。当时正值夏季，腐烂的尸体臭味弥漫至几里开外。"那情景真是惨不忍睹，"我父亲几十年后对我讲起这事还悲愤难抑，"这帮王八蛋，简直丧尽天良！"

当时，青城敌伪军中最嚣张的是赵九的部队。赵九外号九混子，原是青帮"万"字辈的头目，手下门徒众多，后因犯了案子上山当土匪，拉起队伍，成了当地一霸。清共时，他投靠国民党新编四十九师，积极剿共，后与师长闹翻，又带队投靠了日本人，被任命为青城保安旅旅长。上渡口村血案就是他一手炮制的。

"这个王八犊子！"顾团长听了报告，气得一拳砸在树上，手背上顿时鲜血淋漓。卫生员见了上前要替他包扎，却被他猛地推开了。"去，去把老杨找来！"他大声吼道。

老杨是团参谋长。部队突围时，政委和其他团干部都牺牲了，只剩下他和顾团长两人。"老杨啊，"团长一见他便说，"这个赵九太可恶了！你说怎么办？老百姓可是在看着咱们哩！"

老杨明白他的意思，也早憋了一肚子火，二话没说便脱口而出："打！"他说，"打这小狗日的！"

二

  一个多月后，我们得到情报，赵九丈母娘过寿。这个丈母娘是赵九最宠爱的五姨太的母亲，家住赤沙镇，赵九要带五姨太前来贺寿。赤沙镇有一个伪军据点，平时驻扎着一个排的伪军。寿诞这一天，为了确保安全，保安旅又增派了一个连前来护卫。尽管如此，赤沙镇远离青城市，一旦打起来，青城的敌人短时间很难增援。顾团长当即决定采取行动。按他的部署，一营从东边攻入镇子，二营在镇外负责实施包抄，三营作为预备队，负责接应。据我父亲说，第三团突围后虽然牺牲很大，但对外仍号称三个营的建制，实际上每营不过一百多号人，只能相当于过去的一个连。不过，这个兵力足以解决赤沙镇的伪军。"要么不打，要打就打个漂亮！"顾团长在出发前说，"决不能让赵九这个王八犊子跑了！"战士们躲在山林中，憋屈了小半年，早就窝了一肚子火，于是都嗷嗷叫地说，等着瞧吧，这回非扒了赵九的皮。

  当天晚上的战斗极为顺利。不到一个小时，一个连的伪军就被消灭了，炮楼也被端掉，但在清点战场时，却没有发现赵九的踪影，原来那天赵九临时改变了主意没有前来。大家虽有些遗憾，但这一仗却打出了我军的威风，老百姓欢欣鼓舞，见面时都暗中伸出四个手指示意，意思是新四军回来了，看怎么收拾这帮家伙。一些敌伪军闻讯也深感恐惧，不得不有所收敛，平时都龟缩在炮楼和军营里不敢露头。更让人高兴的是，这一仗还从炮楼里缴获了一部电台。

  缴获电台的是一营的老彭。他原是三连二班的班长，安徽阜南人，从小习武，做过刀客，平时身后总是背着一把大刀。"那刀长三尺、宽两寸，"我父亲用手比画了一下说，"足有十来斤重，别人拿着都费劲，可在老彭手里却是小菜一碟，使起来快如闪电，力大无比。"那天，他第一个冲进炮楼，挥起大刀，所到之处，血光闪烁，尸体躺倒一片。他第一个发现电台，知道这是个宝贝，便兴冲冲地抱了回来，老远就冲着团长喊，看我找到了什么。团长正在窝棚前听取汇报，抬头一看也叫了起来："我的天啦，这是什么？"参谋长老杨也跳了起来，一迭声地喊："电台！嚯，电台啊，哪来的电台？"

老彭得意地说是他缴获来的,老杨说没坏吧,老彭说坏不坏不知道,不过,我可一样也没落下,全搬来了。说着,一挥手,跟在他后边的几个战士,有的扛着干电池,有的抬着手摇发电机,呼啦啦摆下一大片。老彭过去曾在团部当过警卫员,团部的报务员和他是老乡,平时聊蛋时和他聊过一些关于电台的知识,因此对于这些嘀嗒嘀嗒的略知一二。"好啊!"老杨当胸杵了他一拳,"你小子这回立了大功!"他兴奋地说。

团长也很高兴,看着地上的无线器材,说这下好了,马上可以和上级联系了。"人呢?"他看了老彭一眼,"把人带过来!"

"啥人啊?"

"电报员啊!"

这一问,老彭忽然叫了起来。"哎哟,糟了!"他一拍脑袋。当时光顾着搬机器了,把这茬儿给忘了。至于电报员哪儿去了,要么跑了,要么早成了刀下之鬼。众人听他这样一说,刚才的高兴劲儿顿时凉了半截。没有电报员,这东西就是一堆废铁,一钱不值。

不过,活人总不能让尿憋死。第二天,团长和参谋长把侦察排长黄二虎找来商量,能否弄个舌头回来。"可这谈何容易?"我父亲说,"敌人报务员大多窝在家中,很少露头,而且电报室是机要重地,警卫森严。"就在大家一筹莫展时,一个人开始出现在我们的视野里。

他就是李安本。

三

发现李安本是我父亲的功劳。"这事得感谢你爹啊!"顾将军(即第三团原团长顾少宾）对我说,有一次我随父亲去南京看他,说起这事他便用手指着我父亲哈哈大笑,语气中满是赞扬。我父亲也甚是得意。事实上也确实如此。那天,团长和参谋长找黄二虎商量时,我父亲就在一边。我父亲参军前,曾在安徽省立大学（即今天的安徽大学前身）就读,抗战爆发后他参加了新四军,当时才二十一岁,在团里任文化教员。部队突围后,他的主要工作是协助杜参谋筹集粮食。一天,他去油坊嘴筹粮,无意中得知邻村桃花坞有一个人在青城电报局供职,每两个月回来看家一次。我父亲一听便留了心,回来时路过桃花坞便顺便打听了一下,果然不错。"这人名叫李安本,而且就是干这个的！"我父亲说着做了一个拍电报的动作,嘴里还嘀嘀嗒嗒来了两下。他当即把自己的想法与老彭一说,老彭立马一拍大腿,叫了一声好。"你小子,到底是喝过墨水的,脑子就是快啊！"

说来也巧了,就在我父亲他们离村时,李安本回来了。据我父亲说,原本他们是想报告团长后再作决定,可现在来不及了。如果错过机会,说不定又得等上两个月,甚至更长的时间。"干吧！"老彭说,"没啥大不了的,将在外军令有所不受。""你别看这家伙,大字不识几个,"我父亲说,"但满脑子戏文,还一套一套的。"之后的事便变得简单了,用我父亲的话说是略施小计,但按李伯的讲法,则是我父亲骗了他。

李安本家住在村子东头。我父亲找到他时,他刚到家不久,正在树荫下休息。他长得很瘦,皮肤黑黑的,谢顶,脑门光溜溜的,脑壳周围留了一圈稀拉拉的头发。乍看上去显得年纪不小,实际上才三十来岁。一双金鱼眼朝外鼓着,显得很突出。由于天气热,他脱了长衫,敞着怀,躺在凉椅上,跷着二郎腿,一边喝茶抽烟,一边摇着蒲扇。嘴里还轻轻地哼着戏文。我父亲走过去叫了他一声,他撩起眼皮,鼓起金鱼眼瞟了我父亲一下,显得有些不耐烦:"什么事？"我父亲按照事先想好的理由,正要向他说明来意,他却打断了我父亲的话。

"你小子哪来的？"

他一听就知道我父亲不是本地人。我父亲告诉他,他是油坊嘴孙六公家的侄子,从外地来投亲的。"这些都是事先想好的。"我父亲对我说。孙六公是村里的保长,他在当地是开油坊的,李安本一听态度略有好转。我父亲接着便说明来意，说是家父的收音机坏了，孙六公让我来请您帮着修一修。"六公说了，"我父亲忽悠道，"要说这收音机，方圆几十里也就是先生懂的。"李安本听了这话便面露得意之色，端起茶壶咕咕地吸了两口，又哼哼叽叽地磨蹭了一会儿，这才开口道："哦，东西呢？拿我看看。"

"在家里哩，"我父亲说，"还要劳烦李大哥辛苦跑一趟。"

"什么？"李安本一听脸就挂了下来，"什么狗屁玩意，我可没那闲工夫！"

我父亲连忙赔着笑脸说，这收音机是家父的宝贝疙瘩，一刻也不肯离手，实在没办法。我父亲这样说倒也合乎情理，因为收音机在当时极为金贵，除了有钱人家一般人买不起。为了说服他，我父亲掏出一块银圆在石头上敲了敲，然后摆在他身边的小板凳上。可李安本连眼皮都没撩一下，便摆起手说："去去去，你们爱修不修！大热天的我可不想找这个罪受。"说着，扔掉手中的烟头，随手又卷了一根烟点着了。我父亲注意到他的手指头焦黄焦黄的，知道这家伙烟瘾不小，便从口袋里摸出一包拆开的三金牌香烟。"这烟是南洋兄弟烟厂生产的，"父亲对我说，"是我们打赤沙镇炮楼时缴获的，属高档烟卷，带嘴的那种。"我父亲带了几包在身边，是买粮时用的。

"来来，抽根烟。"我父亲刚掏出烟卷，就发现李安本的眼睛一亮，随即口气便发生变化。

"什么牌子的？"

"三金牌。"

李安本喷了一下嘴："我说的是收音机。"

我父亲答曰地球牌。

"哦哦，美国货，"他一边点着烟，一边很内行地说，"超外差式长短波的，这收音机不错啊。"说着，又朝烟卷盒努努嘴，"还有吗？"

我父亲又掏出一包。他脸上开始有了笑容。"你行啊。"说着站起来，说了声走吧，伸手便把两包烟揣进裤兜里。

出了村不久，李安本便发现上当了，但想退回去已经来不及了。"你们是什么人？你们想干什么？"他惊慌地叫起来。到了这时候，我父亲也明人不说暗话了，向他亮了底牌。"哎哟，是四老爷（指新四军）啊，"李安本哭叽叽地说，又是作揖，又是告饶，"天地良心，我可没干过坏事，在电报局也就是混口饭吃。"我父亲知道他误解了，便解释说，你别怕，我们不是抓你，就是请你帮个忙。"什么忙？"李安本说着，脸上堆起讨好的笑容，"只要我能帮的，我一定帮，这没的说的，你们放了我吧。"我父亲说，你跟我们走一趟，到时就知道了。可李安本一听说要上山，又担心起来，说什么也不肯走了，一屁股坐在地上，一把鼻涕一把泪地说，求求你们，放了我吧，我可是上有老下有小。老彭有些不耐烦了，掏出枪来顶住他的脑门子说，你啰唆个啥？走不走？再不走可别怪我不客气了！说着一伸手把他拎了起来。

"这小子吓坏了，"许多年后，顾将军对我讲起那天的情景仍然忍俊不禁，"他被带到我面前，"顾将军说，"浑身上下一个劲儿地筛糠，就像打摆子似的。直到我向他说明了意图，他才稍稍放松下来。"

"我能抽根烟吗？"这之后他开口道，刚才一路上光顾着害怕了，他这个嗜烟如命的人居然连抽烟都忘了。"抽吧。"顾团长说，还掏出自己的烟递给他。李安本一连抽了两根，立即来了精神。"好了，"他说，"你们的电台在哪里？让我看看。"

杜参谋说："军用的，你会吗？"

李安本的金鱼眼睛向上一鼓："你说呢？"

那神情颇为不屑。顾团长挥挥手，把他带进了团部——那是一个简易的茅草棚。电台就放在那里。李安本走过去掸了一眼，便说："这是美国货，哈特莱线路，"他拨弄了几下发报机，嘴里咕哝了一句，"货色不错。"接着又看收报机，"这是三回路再生机，赫芝式天线——这东西哪来的？"

"缴来的。"

"保安旅的？"

"你怎么知道？"我父亲说。

"日本人不用这个，这是原先国民党的装备。"他显得很内行。我父亲一听有门，连忙问他会用吗？他的金鱼眼又是一鼓，"你说呢？"

瞧他那模样，我父亲又好气又好笑。就在十几分钟前，他还像个受气的小媳妇似的，差点吓尿了，一转眼便又牛皮烘烘起来。"这小子就这德性！"我父亲笑着对我说。

四

不过，李安本的能力确实没话说，大大超出了我们的预想。不仅收发报样样娴熟，而且机务上也有一套。电台出个小毛病，他捣鼓几下就能捣鼓好。据我父亲说，后来他们团与江北联系上了，军部几个老报务员都说，你们哪来的这个高手，年轻点的报务员根本接不了他的招。据说，一般好的报务员每分钟发报一百二十码，收报一百四十码，但李安本每分钟发报达到一百八十码，收报达到二百码以上，而且手法娴熟，干巴利脆，点划清楚。像比较容易混淆四和六，还有英文的L和C，都拍发得极为准确。总部报务员给他起了个外号，叫飞锤。年轻的报务员一听飞锤上机，都很紧张，因为稍微慢一点，他就要求换手。"他的手法太快了！"有个报务员后来对我父亲说，"每次收他的报都要收出一身汗。有些年轻的顶不住了，只好找老的来替换。"

李安本哪来这么好的技术，而且对军用电台也如此熟悉？起先大家并没在意，包括团长在内。当时，大家最关心的是尽快和上级取得联系。第三团从繁昌突围后，电台虽然被打坏了，但密码本却由杜参谋带了出来。当晚，顾团长便起草了一份致师部的电稿，由杜参谋转译加密后交由李安本发送。

"OK，"李安本当时便打包票说，"我保证发出去，不过，我有个条件。"

"什么条件？"

"发出去后你们得放我回去。"

"这个当然。"我父亲不假思索地回答。当天夜里，第一次发报开始了。团长、参谋长、杜参谋和我父亲全都围在电台旁，看着李安本发报，大家的心情既兴奋又急迫。李安本戴上耳机，熟练地调试了一下发报机，接过杜参谋递上来的加密电码，说行了，把呼号给我吧。

"呼号？"杜参谋一愣，"啥呼号？"

李安本金鱼眼向上一鼓："呼号就是呼号，你说啥呼号？"

杜参谋说，这个他还不清楚，报务员牺牲时也没说。"那就发不了了。"李安本把耳机一摘，转身出了窝棚。我父亲连忙追了出来，问他怎么了，他说你们不相信我，还找我来干什么？我父亲说没有啊，"那为何不把呼号给我？"他说。

原来，他是误解了。经过解释，他才明白呼号只有报务员掌握，而其他人确实不知道。李安本听了神情有所好转，但他告诉我父亲，发报必须有呼号。"就像每个人都有一个名字，"他解释说，"每部电台也有一个名字。它是用来识别身份的，这个名字就是呼号，而且这个呼号是不重复的，所以你才能在茫茫天际数以万计的电磁波中找到它。"

"没有不行吗？"

"你说呢？"他的眼睛又是一鼓。

我父亲把李安本带到团长面前，听了他的详述，顾团长问他还有没有其他办法，李安本摇了摇头。

参谋长老杨有些泄气，说忙活了半天白忙了。顾团长显然也有些沮丧，但他并没有表露出来。他对李安本说，老乡让你辛苦了，现在时间不早了，你抓紧休息一下，明天就派人送你下山。说着，把自己休息的窝棚让给了李安本。老彭这时走过来，手里端着一个碗，碗里有两个煮鸡蛋。"你小子面子大了！"他说，"这是团长犒劳你的。"

李安本伸手抓过鸡蛋——那鸡蛋还热乎着——在地上一叩，便剥了蛋壳塞进嘴里。晚上的野菜粥难以下咽，他没吃几口，肚子早饿了，见到鸡蛋便狼吞虎咽起来。"好吃。"他连声说着，由于吃得太猛，一下噎住了，我父亲把水壶递过去让他慢慢吃，没人和他抢。他喝了两口水，脸憋得通红，等到一口气刚喘上来，又忙不迭地剥起第二个鸡蛋往嘴里塞。"你们怎不吃？"他一边吃，一边抬头来看着我父亲和老彭。"我们可没这个福分，"老彭说，"这可是山上剩下来的最后两个鸡蛋了，连伤员都没捞到吃，倒便宜你了。"

李安本听了这话，愣了一下。他看着我父亲，那眼神似乎在求证。我父亲说，快吃吧，吃了好睡觉。

第二天一早，李安本起来后，对我父亲说，我想见团长。"什么事？"我父亲问。"还有一个办法，可以试一试。"他说。

"什么办法？"

"盲发。"

"盲发？"

"是的。"

我父亲把他带到团长面前，李安本把盲发的原理向团长做了简要的说明。他说，这是一种特殊或紧急情况使用的通信手段。"如果有呼号，"他进一步解释说，"电台与电台之间是点对点发送，而盲发则是把自己电码公开播送出去，所有的电台都可以收到，包括敌人。"

"你是说，这可能使我们暴露？"团长说。

"对。"李安本说。

"那我们的上级一定能收到吗？"

李安本说，这要看你们上级的电台是不是一直在监听。"如果是的话，"他说，"肯定会收到。"

团长听后沉吟了一下，李安本似乎看出了他的担忧。"虽然敌台也能收到，"他进一步解释说，"不过他们并不一定能破译电报的内容，除非他们掌握了你们密码。"

"我明白了。"团长听后一挥手，令人马上找来参谋长。两人稍做商量便做出了决定。"发吧，"他说，"这个险可以冒一冒。"随后便重新拟了一个简单的电稿，内容大意是："第三团呼叫师部，请回复。详情等恢复联系后再详报。"电稿用密码转译后，立即交由李安本发送。此后，整整一天，窝棚里嘀嘀嗒嗒的电报声此起彼伏，响个不停。大家都知道，这声音就是希望，就是盼头，大家都在焦急地等待着。李安本显得很卖力，每隔一段时间就发送一次，并随时监听。连吃饭时都戴着耳机，生怕误了接收。团长看他辛苦，下令炊事班搞好伙食。当时山上条件艰苦，官兵们主要以野菜为主，每顿饭只放很少的粮食，而且一天只吃两顿饭，包括团领导在内。但炊事班按照团长的指示，保证李安本一日三餐顿顿净米饭，还有野兔或野鸡供其佐餐。这些野味都是团长让人打来的。团长还动员警卫员把他保存的一条烟也拿出来送给李安本。这烟是警卫员专为团长和参谋长留的。

从白天到深夜，十几个小时过去了，李安本一直不停地发报、监听，但却没有上级的半点回音。到了半夜，实在顶不住了，这才睡了过去。第二天醒来，他又继续拍发、监听。电池用完了，便用手摇发电机充电。在他的指导下，团里专门派了两个战士负责此事。应该说，李安本表现得相当卖力。当然，他这样做也有私心。"我想早点交差，早点回家。"李伯后来对我说。然而，一天又过去了，仍然没有上级的任何回音。李安本也有些泄气了，不知哪里出了问题。不过，他敢肯定，问题不是出在他这边。"这个我有把握。"他说。他还告诉我父亲他们，他在报头上加了三个A，表示万万火急，如果你们上级收到的话，会第一时间回复，绝不可能耽搁。至于问题出在何处，他也闹不明白。

虽然与上级的联系没有成功，令我父亲他们感到很失望，但失望之余却有意外收获。那就是两天来李安本在监听中居然获得了不少敌伪军电台之间相互联络的信息。"这太重要了！"我父亲告诉我，当时敌人并未发现我们已有电台（赤沙镇之战后，炮楼被炸毁，敌人并未意识到电台已落入我军之手），通报相当大意，密码也简单，尤其是伪军，有时为了图省事干脆用明码联络。从敌伪军的通信中，我们得到了一个重要情报。那就是赤沙镇之战后，敌伪军调集了大批部队，从芜湖、繁昌增派了一个中队的日军和两个团的伪军，加上青城原有的兵力，总数达到九千余人，打算近期对白马山区进行清剿，彻底消灭第三团。更让人震惊的是，驻扎老爷岭、仙女峰的国民党驻军居然也与敌伪军有电报来往。这意味着我军将两边受敌。

获知这一情报后，团长立即采取应对措施。为了粉碎敌伪军的清剿计划，他决定把全团化整为零，以营为单位，分散活动。与此同时，让杜参谋和我父亲督促李安本继续与上级联络，并随时监听敌台的动向。

然而，就在这当口，李安本却说什么也不干了。

五

"我得回去了，"第四天早上，他一起床就对我父亲说，"这连头带尾都五天了，我再不回去，家里该急死了！"

他说的倒是实情，但如果他一走，所有的一切都将前功尽弃了。团长让杜参谋和我父亲做做他工作。可谈话并不投机，不论我父亲他们说什么他都听不进去。他说，我该干的都干了，你们也看到了，可联络不上，这也不能怪我。"没希望了，"他一边摇头一边说，"如果你们上级在监听，早就收到了。"

"这不可能！"杜参谋有些火了，"你少说丧气话！"

"我说的是事实，这都第五天了。"

"只要坚持，就一定能成功。"

李安本眼睛一鼓，叫了起来："你们不能说话不算话！"

"我们说什么了？"杜参谋更恼火了，"找你来就是干这事的，任务没完成，你就休想走！"

杜参谋一发火，李安本也有些害怕了。他哭丧着脸说："那要永远联络不上呢？"

"这不可能！"

眼看事情闹僵了，这时团长走了过来。他对杜参谋说："老杜别发火，有话平心静气说。"接着，在李安本对面坐下来，和他拉起家常，问他今年多大了。李安本说他是民国二年生人，属牛。"那我大你三岁，"团长说，"我是属狗的，叫你一声老弟吧。老弟啊，小日本侵略咱中国，坏事干尽，上渡口杀了多少人，你都看到了。我们是抗日的队伍，咱们都是中国人，现在我们遇到了难处，被困在了白马山区，你不帮我们谁还帮我们？"李安本听着，苦着脸不吱声。团长接着说，我们不会让你白干，我们会付你报酬。说着，拿出事先准备好的一卷法币摆在李安本面前。

"这不是钱的事。"李安本瞥了一眼那卷钱，嘴里咕哝着说。

"不是钱，那是什么？"杜参谋有些不耐烦了。这时，参谋长老杨走了进来，他双手捧着帽子，往团长面前一放，说："就剩这么多了，我全搜罗来了。"我父亲伸头一看，帽子里装有五六盒香烟，有整包的，也有拆过包的，此外还有一些零散的烟卷。"呶，拿去抽吧。"团长把帽子往李安本面前一推。这是他下令从全团官兵那里收上来的。李安本有些感动，他说团长你留着抽吧。"不用，我有这个哩。"团长说着，从口袋里掏出一把干烟叶，撕下一块，捏巴了几下，又撕了一块旧烟盒的包装纸，三下两下便卷好一支烟。

"还有，这事我们欠考虑，"他一边点着火，一边对李安本说，"忘了通知你家里，我马上就派人下山去办这件事。"

李安本闷着头抽烟，抽完了一支烟，才抬起头来说："那好，咱们说个天数吧，总不能没完没了。"

杜参谋在一边听不下去了："你小子不识抬举，和我们团长，还讨价还价……"他的话没说完，团长便一抬手把他打断了。

"三天吧，"他想了一下说，"你再帮我们三天。"

"好，说话算话！"李安本脸上有了笑意，他站起身，瞅了一眼那卷法币，"那这钱……"

"这是给你的，拿去吧。"团长笑着说。

"那好，多谢长官！"他哈了哈腰，把钱揣进怀里，"我会好好干。"说完转身走向电台。杜参谋鄙夷地看着他的背影，嘴里小声骂道："什么玩意！"

团长离开时，我父亲跟出来，说三天是不是太短了？要是还联络不上怎办?团长说还能怎么办?我们不能强迫人家。这时,杜参谋也跟了过来,他说非常时期,顾不了那么多了。我父亲也表示赞同,但团长手一摆:"我们不是土匪,我们是人民的军队!"

当天下午,按照团长的指示,派老彭带着一名战士下山去给李安本家送信,事先编好理由,说是电报局有急务,李安本回青城了,让家里不要着急。老彭他们上午九点多钟就下山了,可直到晚饭时还没有回来。按照路程推算,他们早该回来了。团长有些担心,又派了几个人下山去查看。到了半夜,他们终于回来了,只见老彭浑身是血,和他一起下山的战士早已昏迷不醒,被他背了回来。原来,油坊嘴、桃花坞一带前几天已经驻满了敌伪军。老彭他们还没进村就被敌人发现了。他们边打边退。途中那名战士背部中枪,老彭把他背回来后,由于失血过多,抢救无效,于次日凌晨牺牲。

这位牺牲的战士也姓彭,由于年纪小,才十七岁,大家都叫他小彭。小彭是安徽蒙城人,与老彭是皖北大老乡。他参军时才十五岁,整天跟在老彭后边,老彭一直把他当作亲弟弟。小彭牺牲后,老彭很难过,看到李安本就一肚子气。"你给我记住,你小子欠我一条命!"吃早饭时他看见李安本便指着他鼻子骂。李安本那天早上起来也听说了这件事,心里本有些歉意,但他这人偏偏嘴不厌,眼睛一翻说:"这也不能怪我啊,又不是我要他去的!"他原意是想开脱自己,但这话听上去却太扎心了,老彭肚里的火陡地蹿了上来,上前一把抓住李安本,右手呼啦一下从背上抽出大刀片子。我父亲恰好在旁边,一看不好,连忙上去抱住老彭。老彭一抖胳膊把我父亲撂在了一边,说我宰了这小兔崽子,就在这时平地响起一声雷:"住手!"

我父亲扭头一看,原来是顾团长。"他瞪着眼睛,脸都气青了!"我父亲对我说。就在老彭愣神的当口,他几步迈了上去,把李安本拉到一边。"你想干什么?"他指着老彭说,"是我派你们去的,要砍你就冲我来!"老彭一听这话,手中的刀便当啷一声落了地,眼泪簌簌地往下滚。

顾团长神情和缓了一些,走过去,从地上捡起刀来插在老彭的身后。"好了,别像个娘儿们似的!"他拍了一下他肩膀,"昨天的事我也很难过,但我们是革命军人，牺牲是天经地义的。"他说。"可他不一样，"他用手指了指李安本，"他是老百姓，是我们请来帮助我们的。他做错什么了吗？没有！你给我记住这一点，人家没有对不住我们，是我们对不住人家。我现在就警告你，你要再敢乱来，我非毙了你！听见了没有？"

"是。"

"大点声！"

"是！"老彭双腿一并，高声答道。

六

三天转眼过去了，上级依然没有任何回音。李安本不知是拿了钱，还是因为有了盼头，抑或是团长的诚意打动了他，因此表现得特别卖力。每天除了吃饭睡觉，上厕所，整天都守在电台旁。就在这三天中，敌伪军电台之间的联络突然频繁起来，次数明显增加，有时一天高达十几次，甚至几十次之多，而且保密程度也加强了，很少出现使用明码的情况。这说明敌伪军可能要有什么大的行动。李安本把这个想法与我父亲说了，我父亲立即向团长报告。团长和参谋长都很重视，他们立即来到李安本面前，详细了解情况。李安本说，敌台频繁联络，一般只有在大规模的行动开始前才会出现，而且从联络的电台数量看，至少有四五十部电台都在呼叫联络，说明行动规模不小。这个分析言之有理，联想到前几天监听到的敌军将对白马山区进行清剿的情报，这次行动很可能就是针对第三团的。

"看来，敌人是要动手了！"团长立即做出布置，一边派出侦察哨，一边通知分散的各营做好应对准备。

傍晚时分，守在电台旁的李安本忽然叫起来："快叫长官来！""什么事？"

我父亲问。"我有情况要报告！"他说。

不一会儿，团长赶来了。

"太阳山！"李安本一见团长便叫了起来，"是太阳山！"他没头没脑地上来就是这两句，倒把团长弄愣了。"你想说什么？"

"敌人明天要到太阳山！"李安本显得有点激动。

"你怎么知道？"

原来，李安本刚才在监听时，有两部电台在通话结束后，突然用明码打起招呼，一个说，明天太阳山见。另一个说，OK。"这都是平常养成的坏毛病，"李安本说，按规定报务员上机严禁私聊，更不能随便使用明码，"一看这两个家伙就素质不高。"李安本评价说。在说这话时，他的表情显得十分得意。

根据李安本提供的这一情报，敌人明天清剿的地点很可能就是太阳山，而这一带正是第三团经常活动的区域。半夜，派出去的侦察兵陆续返回。他们报告，大队敌伪军正向太阳山附近集结，这与李安本截获的情报完全相符。团长立即派人通知各营连夜撤离。

第二天，敌伪军果然在太阳山进行了大规模的清剿，但由于我军提前撤离，他们一无所获，精心炮制的清剿计划也随之泡汤。

这件事李安本立了大功，就连杜参谋对他的看法也发生了改变。敌人的清剿行动先后持续了半个多月，第三团由太阳山转移后，撤向了狮子岭一带。这里山更高，林更密，敌军几次进山清剿不仅摸不到第三团的踪影，还常常受到袭击，损失不小。几次下来，他们改变了策略，将狮子岭团团围住，严密封锁，试图困死第三团。

那段时间，李安本唉声叹气。"他想走也走不了了。"我父亲对我说，由于敌人封死了下山的道路，李安本想回去几乎没有可能。狮子岭一带虽然山势险峻，易于隐藏，但下山的道路只有两条，四周全是悬崖峭壁，或原始森林。可李安本并不死心，他找过团长几次，缠着要回去。团长解释说，眼下的情况你也看到了，不是我们不让你走，而是你没法走。"那我也得走，"李安本说，"你们可是答应过我的。"团长说，我是答应过你，但现在下山很危险，我们是为你好。但李安本还是死活要试一试。

团长无奈，只得答应，派人试了几次，都没成功。敌人封锁很严，有一次护送李安本下山的同志还被敌人包围了，好不容易才突了出来。有两个战士负了伤。李安本的腿也摔断了。"这下好了，"我父亲说，"他不得不死心了。"杜参谋心中窃喜，他对我父亲说，伤筋动骨一百天，这叫人不留人天留人。这回咱们有时间了，还怕和上级联络不上啊？"那是啊。"我父亲说，心里也是这样想的。然而，这一来，李安本的情绪却坏透了，整天唉声叹气，愁眉苦脸，工作也明显懈怠起来，上机时间大为减少，即便上机也打不起精神。"完了，我让你们彻底毁了，"他抱怨说，"家里人不知我死活，着急不说，饭碗也砸了，今后还咋活啊？"

有一天，他正在发牢骚时，参谋长老杨走了过来。老杨蹲在一棵倒下的大树边，卷了一支烟递给李安本，自己也卷了一支。两人点着烟后，老杨便开口说，李老弟啊，我知道这事让你委屈了。想想对不住你，但你的损失我们会尽量弥补。你在山上这期间，算是为我们工作，我们会加倍付你工钱。在这之前，我父亲已经了解过了，李安本每月在电报局的工钱是十五块。"我们给你二十块，"老杨说，"如果你嫌不够，还可以再加。"

这番话都是老杨事先和团长商量好的。那段时间，参谋长和顾团长多次向我父亲和杜参谋了解李安本的思想，从心里说，他们一方面寄希望于李安本，一方面也对他有歉意，但战争期间，有些事无法周全，也只能尽量对他做些弥补。

李安本听了老杨的话，心情似乎好了一点。他说，算了，你们也不容易。再说了，饭碗丢了，一点钱也弥补不来。老杨安慰他说，事已至此，补一点算一点。再说了，凭你的技术，还怕他们不要你啊？过了这段时间，等你回青城，编个理由，我想他们还是会用你。李安本摇摇头，意思是说那倒不一定，但说到技术，他又有了底气。"不是吹的，"他对老杨说，"要论技术，他们可差远了，全部加起来也不是个儿。"说到这里，他脸上露出了自得的神情。我父亲这时也顺毛捋了一把："这我们早看出来了，你的技术可不是一般的厉害！"听我父亲这样说，李安本就更高兴了，嘴里连声说那是，那是。

这次谈话后，李安本情绪有了一定好转，也逐步安下心来。当时，部队从太阳山转移时，为了保护电台的安全，团里指定老彭带一个班担任护卫。全班共十一人，其中四人专职运输设备和器材，其余七人加上老彭担任警卫。具体由我父亲负责。"要绝对保证电台的安全，更要保证老李的安全，"团长命令说，"哪怕你们全部牺牲，也不能有丝毫闪失！"到了狮子岭后，敌人几次进山清剿，为了确保电台安全，团里决定成立无线通信班，直属团部，由我父亲兼任班长，老彭任副班长，下设电台组、警卫组和运输组，人员也增至十五人，并配备了一挺轻机枪。其重视程度，不言而喻。不过，李安本对老彭当副班长起先还有些顾虑。自打挨了团长的训，老彭倒是没有再找老李的碴儿，可他见到李安本仍然绷着脸，一副苦大仇深的模样。李安本就有些担心，悄悄和我父亲嘀咕说，能不能换个人？我父亲说，你一百个放心，老彭是什么人，别人不了解，我最了解。他还告诉李安本，老彭是他专门要来的，有他在我才放心。"可是，"李安本依然嘀咕说，"就怕这人靠不住，他可是对我有气。"我父亲说，有气归有气，但老彭是党员，他知道什么该做什么不该做。李安本听了将信将疑。

七

无线通信班成立后，杜参谋按照以前的规定，凭记忆拟定了几条纪律，并召集全班开了一次会进行宣布。这些纪律包括电台使用、运输和警卫的职责等等。会议结束后，杜参谋把我父亲拉到一边说，秀才啊（我父亲的外号），你想过没有？老李在这里是暂时的，总有一天要走。"这倒是的。"我父亲说。"他走了怎么办？"杜参谋说，"团长说了，咱们得培养自己人啊。""这个主意好。"我父亲当即表示赞同。

"现在师傅倒是现成的。"

"你说老李啊？"我父亲看了一眼坐在远处的李安本。杜参谋点点头："你看谁合适？"

"谁？"我父亲愣了一下，因为他从未想过这件事。杜参谋笑眯眯地看着我父亲，"你也别费脑子了，"他说，"我看这事非你莫属。"

"我……"

"是啊，"杜参谋说，"全团就数你文化高，上过大学，还懂洋文码子，最合适了。"我父亲一听连忙推辞，说不行，不行，这玩意儿，我可是一窍不通。

"不通才要学嘛。"

"别，别……"我父亲连连摆手说，"你可别打我的主意。"

"那你找团长说去吧。"

"说也没用，"不知何时，团长走了过来，"这是命令。"他看着我父亲说。我父亲央求道，团长啊，我这人脑子还行，就是手笨，怕是学不来，还是换别人吧。"换谁啊？"团长眼一瞪，"就你了！不干也得干，不去就绑着去！"说完，转身就走。

"明天就拜师！"走了几步，他又转过头来说。

我父亲这下没辙了。杜参谋冲我父亲做了个鬼脸，说："我的话你可以不听，团长的话你不能不听吧？好好干吧，老弟。"我父亲说："你这不是害我吗？"杜参谋哈哈笑着说："就算是吧。"

"没办法，我只好认了！"许多年后，我父亲对我说，"团长做了这个决定，我只好服从。"第二天，举行了拜师仪式。所谓仪式就是全班在一起吃了一餐饭。炊事班专门搞来了一点野味，烧了一大锅。团长也来参加了。我父亲当着大家的面给李安本敬了一个军礼，然后叫了一声师傅，又敬了一碗酒，这拜师仪式就算完成了。

"你小子赚大了，"李安本事后对我父亲说，"要搁平时，你不孝敬二十块大洋，想拜我的师，门都没有。"我父亲明白他的意思，便说："谁叫咱俩有缘呢。"

"有缘个屁！"他说，"都是你害了我！"

我父亲问他学电报这事难不难？他金鱼眼一鼓，说难也难，不难也不难。一说到本行，他又神气起来。我父亲说多长时间能学会啊，他扬起脑袋，一副自命

651

不凡的样子说，这就要看你的资质了。如果速成的话，最少得半年。"我说的是入门。"他特别强调了一句，真要熟练了，没个两三年可不成。"不过嘛，"他又接着说，"碰上聪明的，一两个月也能拿下。"

我父亲说那好，你尽快教我，争取两个月，教会了你也好走人。他一听，金鱼眼又翻了上来。"两个月，就你？"语气中满是不屑。

"怎么了，不成啊？"

"你能和我比？"

我父亲一听便明白了："这么说，你是两个月就拿下了？""可不是！"他金鱼眼再一鼓，又得意起来，"我可告诉你，全班就我一个，就连史密斯都惊呆了。"

"史密斯？"

"他是我们的洋教员，美国人。"接着，他又对我父亲说，两个月他发报速度就达到一百三十码，收报一百五十码朝上。"Genius（奇才）！Genius（奇才）！"史密斯当着大家的面直竖大拇指。我父亲问他是在哪学的，李安本愣了一下，支吾道上海，随后便岔开了话题。

从十月份开始，我父亲就开始了紧张的学习。要学的东西可不少，主要是拍发和抄收，这其中需要掌握中、英文电码，常用英语及会话，通报英文缩语。此外，还有电学、机务常识、收发报机原理及维修等等。我父亲在大学学过英文，因而常用英语及会话，包括英文缩写等，都难不倒他。对于电学、收发机原理也一点就通。但收、发报对他来说就不那么容易了。那嘀嗒嘀嗒的，看似简单，实则难度很大。这需要手脑很好地配合，用李安本的话叫心到手到。刚开始练习时，我父亲根本摸不着头脑。"这差事太苦了！"他叫苦连天地说。团长说再苦再难也得给我拿下。那段时间，我父亲一有空就练。好在电台有一个备用键，我父亲就带在身边不停地练。有时在睡梦中也会下意识地嘀嘀嗒嗒几下。老彭开玩笑地说，班长，你别不是走火入魔了吧？

然而，尽管我父亲十分努力，李安本仍然很不满意。"你咋这么笨？"他经常训斥我父亲。只要我父亲一拍错，他手中的树枝便刷过来，在一边啪啪地敲着。

"错！错！"

啪啪！

"重来，重来！"

啪啪！

"笨蛋！又错了……我就没见过你这么笨的！"

班里的同志都看不下去了。有人提醒他说，老李啊，你别搞错了，他可是我们班长啊！"班长又怎样？"李安本眼一翻，班长归班长，徒弟归徒弟，平时他管我，练习我管他。"是不是这个理？"他朝我父亲说。

我父亲心里有气，但也不好发作，只好说："老李说得对，严师出高徒嘛。"李安本倒也当仁不让，他说我是为你好，以后你会感谢我。事实正是如此，许多年后，我父亲参加豫东战役。那是一九四七年，华中野战军司令员粟裕指挥围歼国民党整编二十六师和第一快速纵队，有一次，要求电台半个小时将作战计划通知下属各部。我父亲时任通信参谋，不到半个小时发报八次，平均不到四分钟发完一份报，在指定时间将电报全部发出。事后，粟裕司令员亲自嘉奖，还给我父亲记功一次。"这都得感谢老李，"我父亲说，"我的那点功夫都是在白马山打下的底子。"

应该说，在李安本的指导下，我父亲进步很快。虽然老李脾气臭，说话苛刻，但训练方法上确有一套。他对基础动作要求甚严，尤其是指法练习，不容半点含糊。一个动作不准确，就要求反复练习，直到精确为止。"习惯！"他总是强调说，从一开始就要养成好习惯，这比什么都重要。"一旦坏了手，就会害你一辈子！"他反复告诫我父亲。这使我父亲受益匪浅。

那段时间，我父亲没日没夜地苦练。没事时，一天要练十个小时以上，食指、中指的端部都磨出了厚厚的老茧。一天下来，眼睛发涩，头昏脑涨，腰酸背痛，浑身僵麻，甚至于手脚抽筋。慢慢地，技术开始有所提高，挨骂的次数也大为减少。

一九四二年一月，第三团退入白马山区已经近十个月了，部队的处境愈加困难。这一年的冬天，天气特别冷，还未进入腊月，就开始下雪了。由于敌军的封锁，我军的给养几乎中断，粮食告罄，御寒衣物更成了大问题。天寒地冻，饥寒交迫，官兵们冻得瑟瑟发抖。为了抵御严寒，战士们从山上找来干茅草，做成蓑衣状，披在身上，外边再扎上草绳；晚上睡觉时，则在窝棚内堆上干草，钻进去取暖。有时敌情不紧张时，还可生火取暖，可遇到敌人清剿，为了防止暴露，便严禁生火。碰上下雪，山上气温降到零下十几度，战士们一个个冷得够呛。夜晚冻得睡不着，只好爬起来，不停地跑步、跺脚，直到身体发热了，才钻进窝棚的茅草堆中小睡片刻。"那段日子，真是苦极了！"我父亲说，"现在想想，都不知怎么熬过来的。"许多战士冻病了，饿坏了，一些伤病员因为缺医少药，不治身亡。

为了解决给养问题，团里想了不少办法，包括找到当地的猎户，从山后的悬崖峭壁处攀缘下山，陆续筹来一些物品，但由于山势陡峭，运输困难，数量极为有限。进入冬季后，大雪封山，这条路也几乎断绝了。

李安本自从上山后，一直受到最好的礼遇。炊事班专门给他开小灶，有好的先尽他吃，有好烟也先尽他抽。尽管当时困难已极，团长还没忘了从山下购买牙粉、肥皂（这在当时都被视为奢侈品）供他使用。冬季来了，团里最好的棉被也给了他，包括团长的大衣。尽管如此，从未受过这般苦的李安本，还是叫苦连天。加上腿伤未愈，行动不便，更是牢骚不断。

就在这当口，一件不该发生的事发生了。

八

部队退向狮子岭后，电台仍然每天向上级呼叫。团长认为，上级没有回电，肯定是有什么原因,但只要我们坚持,总有一天,上级会接到我们的信号。但是,为了减少暴露,发报的次数大幅减少,定为每天上、下午各两次。上午发报时间为八时和十一时,下午为二时和五时。除此之外,无线通信班的任务主要是监听,没有上级的指示,严禁发报。

自从敌人改变策略,以困代剿,试图困死我军后,很长时间没有再进山清剿,但进入十一月后,敌军的清剿又开始频繁起来,而且每次清剿都来得十分突然。与其说是清剿,不如说是偷袭。狮子岭山峦众多,以往敌军清剿由于漫天撒网,收效甚微,但最近几次明显不同,往往是锁定目标,有备而来,使第三团措手不及。有一次,敌军偷袭公主峰,到了近前我军才发现,仓促之中,损失不小,就连电台也差点丢失。当时,李安本腿伤未愈,无法行走,战斗打响后,老彭指派两名战士轮流背他撤退。激战中,部队打散。我父亲带着运输组护送电台设备,由于器材笨重,落在后边,老彭发现后,一边令警卫组护送李安本,一边带着几个人回来接应。为了迅速摆脱敌人,他劝说我父亲把一些较重的设备,如充电机等就地隐藏,随身只携带电台和收发报机,这样轻装上阵,易于脱险。我父亲采纳了这一建议,让人把设备藏于密林中,做上记号,然后,边战边走,很快赶上前头部队。就在众人刚要松口气时,警卫组的张虎娃满头大汗地奔了过来,一见我父亲便大叫,说是不好了,老李他们不见了!"什么?"我父亲说,"上哪了?"张虎娃说不清楚。"找!"我父亲说,"马上找!一定要找到!"大家分散开来,四处寻找,没一会儿,有人发现了老李的拐棍,地点就在前边的一片山坡上。我父亲和老彭等人急忙赶去查看,发现山坡下边的一片树枝有的已被压断了,看样子有人从这里滑了下去。"我去看看。"老彭说,他让我父亲带着电台快走。"不行!"我父亲说,"找不到老李,我不能走!"

"有我在你还不放心吗?"老彭大喊道。这时,四周的枪声更加密集,子弹打得树叶簌簌往下落。"快走!"老彭又喊了一声,转身带着张虎娃滑下坡去。我父亲正踌躇间,杜参谋带着人从后边突了过来,他问明了情况,说电台要紧,赶紧撤。"走!"我父亲一挥手,带着运输组的战士跟了上去……

这次偷袭,第三团伤亡不小。事后统计,牺牲二十余人,受伤三十余人。打散的部队几天后才逐步收拢。当天晚上，团长便得知李安本走失的消息，他铁青着脸把我父亲狠训了一顿。"你的任务是什么？"他说，"我看你这个班长不称职！"我父亲想解释几句，可刚开口便被打断了。"闭嘴！"他吼道，"你少给我扯犊子，人不在了说什么都白搭！"我父亲被骂得狗血喷头，恨不得有个地缝钻进去。"这是团长骂我最狠的一次，"他后来对我说，"其实，团长平时骂人并不多，但那次他是真火了。"

一连三天，我父亲吃不下、睡不着，心里又是焦急，又是后悔。不久，打散的官兵陆续找了回来，但老彭他们一直没有消息。我父亲便带着人沿着那天撤退的路线原路搜寻，找到了李安本丢失拐棍的山坡，并顺着老彭他们滑下去的地方寻踪而去。一路上，处处可见激战的痕迹，树干上弹痕累累，被弹片炸倒的树枝倒伏于地。遗弃的枪支和军用物品随处可见。一些尸体早被野兽撕扯得七零八落，其残迹和衣服的碎片到处都是。其中也有我军战士的。到了第四天，有个战士发现了老彭的大刀，我父亲的心顿时收紧了。"完了！"他在心里叫了一声，立时感到凶多吉少，"我差不多绝望了。"父亲后来对我说，因为这把刀老彭从不离身。

然而，当他们沮丧地返回营地时，奇迹发生了。杜参谋兴冲冲地迎上来说，老彭他们回来了。我父亲一听，不顾疲劳，三步两步跑了过去，只见卫生员正在给老彭换药。我父亲高兴地冲过去，一把搂住他。"你还活着哩！"我父亲说。老彭痛得咧了咧嘴，我父亲意识到动作太猛，弄痛了他的伤口，便问他伤到哪里了，他摇摇头，意思是无大碍。"老李呢？"我父亲说，他朝窝棚努努嘴，我父亲走过去一看，只见李安本正在呼呼大睡哩。

事后，我父亲得知，那天转移时，背着李安本的战士在途中由于慌乱一脚踏空，滚下坡去。另一个战士见状，也跟着滑下去打算帮他们，可匆忙中迷失了方向，结果被敌人发现。两名战士先后牺牲，眼看李安本就要落入敌手时，老彭带着人及时赶到了，这才救了李安本。不过，张虎娃在战斗中牺牲了。老彭边打边走，把李安本背到一个山洞藏起来，然后引开敌人。"我以为他不会回来了，"李安本后来在我采访他时对我说，"他肯定自己跑了。"没想到，等敌人退去后，他又摸了回来。"我一见他，眼泪便落了下来。"老李说，"我太感动了，连声道谢。"可老彭说，你不用谢我，这是团长的命令。

"什么命令？"

"保护你的命令。团长说了，你是我们的盼头。我们可以死，你不能死。"

李安本听了这话，半天没吭声。我父亲注意到了，他的眼圈红红的。"我这辈子谁也不佩服，"李安本后来对我父亲说，"但老彭这家伙，我不能不服。"

敌人的连续偷袭引起了我们的注意。种种迹象表明，他们掌握了我们的动向，那么，他们的情报来自何处？经过分析，一种可能便是电台暴露了我们的位置。团长就这些征询李安本，问他有无这种可能。"那是一定的。"李安本说，因为连续数月的呼叫不可能不引起敌人注意，如果他们加强侦听的话，不难找到我们的位置。"这就对了。"团长说。为了避免这样的情况再次发生，团里决定：一是减少发报的次数（这才有了每天限定发报四次的规定）；二是发报时采取流动作业，即由无线小队远离营地，择地发报，发完即走，而且是发一次换一个地方，使敌人根本摸不着头脑。自此之后，敌人的清剿逐渐停止下来。

不过，那段时间，通信班任务相当繁重。由于流动发报，每天须走几十里山路。为了迷惑敌人，常常走得很远，有时七八天才能返回营地一次。李安本的腿伤虽已好转，但仍然不能走长路，为了行动方便，班里专门做了一个滑竿，由班里的同志轮流抬着他走。即便如此，仍然相当辛苦，尤其是遇到雨雪天，又冷又饿。李安本的情绪又波动起来，常常是唉声叹气，抱怨不断。

进入腊月后，新年就快到了。那段时间，李安本的情绪显得格外低落。稍不如意，就会发火骂人。有一次，有个战士抬滑竿时，脚下绊了一下，把他摔了下来，他便指着鼻子骂他蠢驴。

"蠢驴，"他说，"你他妈的没长眼啊？"

那战士解释说我又不是故意的。确实，入冬以来，由于缺衣少粮，饥寒交迫，战士们吃不饱，睡不好，身体极度虚弱。即便如此，每天还要抬滑竿，走几十里的山路，常常精疲力竭，脚下不稳，也是难免。可李安本不仅不理解，反倒不依不饶。那战士感到委屈，气得差点哭起来。有人看不下去，说你他妈的，别不知好歹，有本事你自己下来走。"这一下炸了锅！"我父亲对我说，战士们对老李的做派早就看不惯，憋了一肚气，这时便纷纷上前指责他。有人还把他从滑竿上扯了下来。多亏我父亲及时制止，才平息了风波。

事后，我父亲批评了那些战士，又对老李进行了安抚。李安本也挺委屈，他说又不是我要来的，也不是我想让他们抬，现在倒好都冲着我来了。"我他妈的倒霉透了，里外不是人，"他说，"这都是你害的。"他说着说着，又对我父亲抱怨起来。

这之后不久，又一件不该发生的事便发生了。

九

腊月二十三，这是民间送灶的日子。要在平时，这天最热闹了，可在山上冻饿交加，大家早把这天给忘了。要不是老李后来提起，大家也不会想到。那天，通信队正在远离营地的一处地方执行流动发报任务。上午的两次例行发报结束后，电台开始静默。除了警卫人员，部分战士都上山找吃的去了。我父亲在周围巡查了一圈后，向一处隐蔽的山崖走去，咱们的电台就架设在那里，还没走近，便听见一阵嘀嗒嘀嗒的发报声。一听手法便知是老李。我父亲一愣，这个时间怎么发起报了？因为现在还不是发报时间。难道上级联系上了？我父亲加快了脚步，三步两步赶了过去。李安本大约是听见了脚步声，马上手忙脚乱地关了机，慌乱中把电键也碰到了地上。

"你在干什么？"我父亲问道。

"没，没啊……"

"你在发报？发什么报？"

"没有，没有啊……"李安本扭过脸去，支吾道，神情显得有些慌张。

我父亲说，我明明听见了发报声，你怎么不承认？说着，伸手摸了一下发报机，"这发报机还是热的。"我父亲说。李安本一看遮掩不过去，便含糊其词道，我随便练练手。这显然是谎话！因为练手必须是在关机的状态，这以前他曾教过我父亲。"李安本，"我父亲严肃起来，"擅自发报，这是一个什么问题，你也知道。我是班长，你必须如实报告情况。"在说这话时，我父亲已经完全换了一副口气，语调变得严厉起来，可李安本仍然闪烁其词，不肯说实话。

"集合！"我父亲当机立断，决定中止任务，返回营地。大家都有些奇怪，因为发报任务还没结束，怎么突然就回去了？老彭悄悄向我父亲打探，我父亲什么也不说。"你给我看好了老李，不准出任何事。"他小声交代。老彭更感诧异了。"出了啥事？"他说。我父亲摇了一下手："回去再说。"

到了营地，我父亲马上向团长和参谋长做了报告。团长很重视，立即让参谋长老杨和杜参谋找李安本谈话，务必把此事弄清楚。可李安本一个劲儿地搪塞，什么也不肯说。"他心里肯定有鬼！"杜参谋认为。参谋长也感到这事很可疑。特别是这人的来历，我们一无所知。比如，他的经历是什么？发报技术在哪学的？作为一个民用电报人员，怎么会对军用电台如此熟悉？其实，这些疑惑我们过去也曾有过，但都没有深究。现在出现了这个情况，便不能不搞清楚了。尤其是他私自发报会不会与敌人的清剿有关？考虑到这一点，团长做了最坏的打算，下令部队连夜转移。

到了新的驻地，李安本便被隔离了，不让他再接触电台。参谋长和杜参谋再次找他谈话，告诉他这件事的严重性，若不如实交代，后果会很严重。"那会怎么样？"李安本开始还满不在乎。我父亲对他说，如按通敌论处，就会枪毙。"枪毙？"李安本像被火烫了一下，叫起来。"啥？啥？"他说，"你们怀疑我通敌？"我父亲说，不排除这种可能。"这可是天大的冤枉，"许多年后，我向他了解这件事时，他对我说，"我怎么会通敌？我可是中国人啊。"可是，他当时仍然有顾虑，不肯说实情。当天晚上，杜参谋又找了他一次。这次谈话——与其说是谈话，不如说是审讯——杜参谋铁青着脸，说话也毫不客气。谈到最后，竟掏出枪来往他面前一放，毫不客气地警告说，我们再给你一天时间，如果仍然抗拒，那就别怪我们不客气了。"你好好考虑一下吧。"说完，拂袖而去。

李安本这时也害怕了。第二天一早起来，便对我父亲说，他愿意交代，并承认自己犯了错误。"我真是昏了头，"许多年后，他对我说，"怎么想起来的，千不该，万不该，我不该给鸭蛋发报。"

鸭蛋是李安本在电报局的徒弟。据李伯说，他在电报局有两个徒弟，一个是鸭蛋，一个叫小魏。小魏是电报局魏局长的侄儿，他是魏局长安排给李安本当学徒的。"这人爱仗势，"李伯说，"动不动就拿魏局长压人。"因此，李安本不大喜欢他，"要不是看在局长的面上，"他对我说，"我才不带他哩。"但鸭蛋这人很本分，他是平民出身，没有后台，也没有背景，但他是考进来的，县中毕业，考分第一。"人家凭的是真本事。"李伯说，加上这孩子手脚勤利，嘴巴也甜，李安本就比较喜欢他，暗地里给他吃小灶，教他一些真本事，这让小魏知道，心里就有些不快。心里不快就常常欺侮鸭蛋。李安本知道了，就要训斥他。小魏不服，去向局长告状。局长也很不高兴，但李安本技术好，局长不能不依靠他，只能睁一只眼闭一只眼。

李安本上山后，转眼大半年过去了，由于敌人封锁严密，一直无法与家中取得联系，这让他心里极为惦记。入冬以来，敌人数次清剿，他死里逃生，身心俱疲。尽管新四军把他待若上宾，为了他牺牲了好几个战士，这个好他也看在眼里，感受在心里。人非草木，孰能无情？不过，感动归感动，这种苦日子，日复一日，何时是个头啊？一想到这里，他心里就极为苦闷，也更加想家。那次从滑竿上摔下后，他大动肝火，与战士们吵了一架，几乎没有一个人向着他，心里更不是滋味。"他们都拿我当外人，我这是图个啥呀？"他心里想，越想越委屈，越想越孤单。有时，晚上睡不着，听着外边风吹树林的呼啸声和不知什么野兽的嗥叫声，便心里酸酸的，直想掉泪。"这要是在家里，坐在火炉旁，"他对我说，"端一杯小酒，弄两个小菜，吱溜几下，那该多好啊！"

腊月二十三，这天是送灶的日子。再过几天就要过年了。他思家的心情越发迫切。"这都大半年了，总得给家里报个信吧。"他心里这样想，便忍不住偷偷给鸭蛋发了一封电报。"我知道这样是犯纪律的,"他对杜参谋和我父亲说,"可我实在忍不住了。"从李安本交代的情况看,他的说法倒也符合情理。事后证明他没有说假话。杜参谋当时又问了他发报的内容,是否肯定是他徒弟鸭蛋收的电报。"这个没问题。"李安本说,我一呼叫他就知道是我,还问了一句,师傅你在哪?"你回他了吗?"杜参谋问。"没有。"李安本说。

"电报的内容是什么?"

"就是报个平安,什么都没说。"

杜参谋让他把电报内容复述了一遍,又问,你肯定没说别的?"没有。"李安本说,"我就是告诉家里自己一切都好,让家里不要担心。"

"你徒弟没问你的情况?"

"没有,"李安本说,"根本来不及。电报刚发完,还没等到收据,就听见有人来了,我便关了机。"

杜参谋看着李安本,又详细问了一些情况,然后沉吟片刻,接着说,我希望你说的是实情。但是,你要让我们相信你,就得把所有的事情都告诉我们,不能有丝毫隐瞒。比如,你的经历是什么,过去干过什么,在哪学的电报,有些什么社会关系,这些都得如实说明。

"好吧。"到了这时候,李安本也不想隐瞒什么了。他告诉杜参谋,他父亲是茶商,他自幼跟父亲在上海读书。九一八事变后,他和同学们怀抱爱国热情,报考了苏州无线电训练班。这训练班是商会举办的,聘请了一些美国教员。训练班结束后,同学们纷纷投身军旅。他因有个舅舅在川军一四五师当副官,他便投奔他而去。一九三七年十一月,日军进攻广德,守卫广德的一四五师奋力抵抗,激战两日,部队伤亡惨重。广德失守后,师长自杀。"我舅舅也战死了。"李安本说,从广德退却后,部队被打散。他心灰意懒,便隐姓埋名,回到了老家。"我原姓贺,叫贺永明,"他说,"李安本是后来改的名。"这之后,他在电报局谋到差事,直到我们把他弄上山来。

杜参谋问他一四五师师长叫什么,他说饶国华。又问他广德战役时,该师隶属于何部,他说第二十三集团军。

"总司令是谁?"

"总司令是刘湘,代总司令潘文华。"

杜参谋又问了一些情况,李安本都回答得没有任何破绽。"看来,他说的是真话。"事后,杜参谋向团长、参谋长做了报告。他们也认为,李安本的话有很大的可信度,联系他上山后的表现,奸细的可能性基本可以排除。但团长强调说,这件事提醒了我们,今后发报必须有两人在场。对于李安本,要加强教育,绝不允许这类事情再发生。当天下午,看守李安本的岗哨便撤除了。我父亲也松了一口气,"毕竟相处了一段时间,"他对我说,"谁希望他出事啊,何况他还是我的师傅哩。"

这天晚饭后,团长专门来看望了李安本,说了一些安抚的话,还把自己省下来的仅有的一点烟叶全掏出来给了李安本。团长走后,我父亲也专门找老李谈心。"这是团长特别交代的。"他告诉我,主要是向他做一些解释工作,希望他不要产生别的想法。"这是非常时期,我们必须加强警惕。"我父亲对他说,他也表示理解。这之后,两人便聊起家常,聊了很久。聊着聊着,便聊到了他的两个徒弟。他说鸭蛋这孩子老实,可小魏有些邪性,肚里坏水不少。我就怕这事给他知道了,说不定就要闹出大事情。

"什么大事情?"

"日本人啊,"他说,"这事要给日本人知道了,那还得了?"

李安本这样一说,倒提醒了我父亲。日本人占领青城后,实行战时管制,电报局早已被接管,一切都在他们的监控之下。老李发报的事极有可能被他们获知。这么一想,问题便有些严重了。我父亲问老李如果敌人得知了这次发报,是否能够判断出你在哪里?"这个应该不难,"他说,"从呼号就可以查出。"

"这么说,敌人能推断出你是从山上发报的?"我父亲又问了一句,似乎在进一步确认。

"糟了!"老李来不及回答,忽然一拍大腿,叫了起来,"完了,完了,全完了!"

其实,无须老李明说,我父亲已经想到了,如果敌人得知老李在山上,而且是在帮新四军工作，决不会轻易放过他。他的家人也会随之遭殃。

"你们得救救我啊，救救我全家啊……不然，他们可全完了……"老李拉着我父亲的手，连声央求。我父亲安慰他说，别着急，你徒弟不是很可靠吗？这事不一定就能传出去。可李安本哪里听得进去，他说不行，我得下山，我得救他们。他一边说，一边往地上一站。由于用力过猛，伤腿痛得他一屁股歪到地上。"小心，你小心点，"我父亲上前扶住他，说，"别急，你别急……"

"我能不急吗？"李安本声音里带着哭腔说，"日本人可是什么事都能干得出……"可我父亲对他说，你急有什么用？"下山？就你这样能下山吗？"

"那可怎么办？"他说，"你快想想办法，你们得帮帮我啊！"说着，便呜呜地哭起来。一边哭还一边直骂自己："我真昏了头啊！怎么干出这种事……我真不该发这个电报……"

然而，后悔又有什么用呢？

十

当天晚上，团长便做出决定，派人下山通知李安本家人转移。"我们要做最坏的考虑，"他对我父亲等人说，"不怕一万，就怕万一，我们要对得起老李，对得起他的家人。"当然，这个任务非常困难，一来敌人封锁，二来前几天刚下过雪，大雪封山，山路本来难行，况且还要从山后的峭壁处攀援而下，危险性相当大。参谋长感到担心，希望团长慎重考虑。杜参谋也说，不是我们见死不救，是代价太大。他还埋怨道，这家伙净惹事！这回可是他自找的，怪不得别人。"好了，好了。"团长这时决心已定。他向来行事果断，干巴利脆。"都不要再说了，"他摆了一下手，"这事就这么定了。"

第二天一早，执行任务的人便派出了。一共是两个人。一个是老彭，他作战经验丰富，又随我父亲去过李安本的家，认得路；另一个是从侦察排抽的，他是岳西人。"外号小壁虎，姓童，"我父亲说，"名字叫什么，已经忘了。"不过，这人打小在山里长大，爬山是把好手，而且身手特别敏捷，再陡的山也难不住他，因此有了小壁虎的绰号。

临走前，我父亲反复叮嘱老彭注意安全。李安本更是千恩万谢，一再拜托。他还把身上的钱（参谋长付他的酬劳）全部掏出来，一把塞到老彭手中。"拿着，全拿着，"他说，"这些全归你了。"老彭气得眼一瞪，说你把我看成啥人了？你要这样，那我可甩手不管了。老李一听，连忙解释他没别的意思，就是想表达一下谢意。"得了吧，"老彭把他的手一推，"你少来这套！"他瞪起眼睛，显得有些生气。李安本面色愀然，我父亲明白他误解了老彭的意思，便说我们是革命队伍，不兴来这套。

"那好，那好，"老李连声说，"大恩不言谢，兄弟你的大恩大德，我永生牢记。今生今世如有机缘，定当报答。"

这时，团长走了过来。他说老彭，你把钱带上。老彭一愣，团长接着说，不是给你，是带给老李的家人。他们出门在外，肯定用得着。大家一听，都说团长想得周到。李安本看着团长，眼泪哗哗地说不出话来，随后扑通一声，跪了下去。

老彭他们出发后，第一步还算顺利，在猎户的帮助下，安全地下了山。按照事先的计划，他们下山后，先到桃花坞找到李安本的家人，把他们送至上渡口，他们从那里乘船前往繁昌。据李安本说，他有个过命的兄弟，一起从广德逃出来的，就住在繁昌荻港。他的家人可以在那里暂时落脚，等他以后去会合。至于从上渡口乘船也没有问题。"我爸有个义子就是船户，"老李说，"他会把我的家人送出青城。"按照这个计划，老彭他们只要把李安本的家人送至上渡口就算完成了任务。如果一切顺利，只需两三天时间。

可谁也没想到，老彭他们走后，一连二十多天都没有消息。大家天天数着手指头盼着，心里非常焦急，不知发生了什么事情。我父亲每天都要到路口眺望，但每次都失望而归。随着时间一天天过去，大家的心情越来越沉重，嘴上都往好里说，心里却感到凶多吉少。

一个多月后，终于传来了消息。说是我们的人在桃花坞遇上了敌人，发生了激战。"据说是九混子的人，他们是进村抓人的。"前来报信的猎户说，至于抓的是谁，抓着了没有，并不清楚。不过，新四军有同志牺牲了，牺牲了几个，说法不一。有说一个，也有说两个，还有说四五个的。消息虽有些混乱，但显然不是好消息。

大家心里更加焦虑不安了。李安本那段时间也愁眉不展，常常揩着头，一天不说一句话。有天晚上，我父亲查哨回来，听到有人哭，近前一看是老李，便安慰他说，眼下还没有最后的消息，你也别太难过了。李安本说，我不是难过，是恨我自己。"害了家人，也害了你们。"他说，"老彭现在也不知是死是活，我对不起你们，对不起老彭啊。"说着说着，便放声大哭起来。

又过了一段时间，大约在清明前几天，我父亲带人外出发报。这天刚回到营地，就有人对他说小壁虎回来了。我父亲一听，顾不上劳累，连忙向团部跑去。老远见到杜参谋，便兴奋地问："他们回来了？"杜参谋点点头，表情却显得有些凝重。

"怎么了？"

"老彭出事了！"

"什么？"我父亲一下叫起来。原来，老彭他们下山后，昼伏夜行，躲开敌人的关卡，第二天便到了桃花坞。摸到老李家后，把情况一说。老彭他们走时，老李给家里写了一个字条，可李嫂（老李的老婆）不识字，她想找村里识字的人来帮着读一读，却被老彭制止了。"别介，"他说，"这事可不能让外人知道。"说着，掏出老李的怀表以及他给家里带的钱，这下李嫂相信了，激动地大哭起来。老李一走大半年，生死不知，原以为早死了，没想到还活着，不禁悲喜交集。老彭他们好一阵劝说，她才慢慢平静下来。按老彭的想法，打算连夜动身，可李嫂是小脚，不能走长路，便提议等到天亮，雇辆车再走。"这倒也是，"小壁虎后来对我父亲说，"我和老彭一合计，这也是个办法，否则就她那小脚，走到猴年马月才能到上渡口啊。"于是，第二天一早，李嫂便出去找人雇车。七拖八拖，到了天光大亮才上路。为了不引起外人注意，老彭和小壁虎提前出村，躲在村外接应。李嫂借口去上渡口赶集，也未引起怀疑。"本来一切顺利，"我父亲对我说，"可车子刚出村，老李的大小子又来事了。"老李有三个孩子，两男一女。老大是个男孩，已经十来岁了。"小名叫黑蛋。"我父亲说。我去青城看望李伯时也见过他，当时他已五十多岁，一直负责照顾李伯的生活。"这孩子蛮孝的。"我父亲常常夸奖他。谈起往事，黑蛋还有点记忆。说是出村不久，他便闹起肚子。老彭让小壁虎护着大车先走，他留下来照顾黑蛋，随后赶上。就在这时候敌人进村了。他们在李家扑了空，随后便追了出来。

"快跑！"老彭对黑蛋说，"追上你妈！"

"叔叔你呢？"黑蛋说。

"别管我，叔叔没事的。记住，告诉你妈让他们快走，越快越好！"

黑蛋倒是挺懂事，拔腿就跑。据小壁虎说，他们在前边走了没一段路，便听见后边传来枪声。他知道不好了，连忙跳下车往回跑，老远看到了黑蛋，他已经跑不动了。这时，枪声响得更猛烈了。小壁虎知道情况紧急，背起黑蛋追上大车。事前老彭已有交代，不论遇到任何事情，都要保证把人送到。"我本想回去帮帮老彭。"小壁虎说，可送人的事更要紧，他只好护着大车，先奔上渡口去了。一路上，枪声在他身后响个不停，直到走出好几里地后，才渐渐听不见了。

当天傍晚，小壁虎把李嫂和孩子送到目的地，通过李安本的义兄把人送出了青城，可老彭却不幸牺牲了。"他是与敌人同归于尽的，"我父亲说，"他打完了最后一颗子弹，等敌人冲上来后，便拉响了手雷。"

新中国成立后，青城文史工作者曾对当年第三团坚守白马山的战斗生活进行过调查和研究。其中有些史料就谈到了桃花坞的战斗。当时，敌人一个排前来村里抓人，他们已获知李安本通共的情报。新四军班长彭金才（即老彭）利用村口狭长的山道，阻击了敌人整整一个上午，为李安本家人的转移赢得了时间。据桃花坞的村民说，老彭死得很悲壮，身上多处中弹，连个囫囵尸体也没留下。

至于小壁虎的名字，青城文史资料上也有记载，说他叫童二宝。他在完成任务后，遇上敌人在上渡口一带严密的搜捕，无法脱身。后在老李义兄的帮助下，在地洞里窝了一个多月，等风声平息后才返回山上。

老彭牺牲的消息使我父亲非常难过。"老李更是紧张。"我父亲回忆说，在他与杜参谋谈话的时候，李安本一直在远处紧紧地盯着他们。他急切地想知道消息，又害怕知道消息，心里极为忐忑。后来，我父亲走到他面前。他看着我父亲，紧张得浑身发抖。我父亲理解他的心情，没等他开口问，便说别担心了，他们都安全了。老李听了这话，身子一软，倒在了地上。我父亲上前扶起他，简单把过程说了一下。"老彭呢？"老李这时问，"他怎么没回来？"我父亲扭过头去，眼眶里盈满了泪水。不用说，一切都明白了。"我有罪！"李安本揹下头去，半天说了一句，然后拄起拐棍，一瘸一拐地来到通信班的住处，冲着老彭的大刀砰砰砰地磕了三个响头。当他抬起头来，脸上已流满了鲜血。

打这以后，通信班的人都说李安本变了。他不再发牢骚讲怪话，也拒绝搞"特殊化"，坚持要与大家吃同样的伙食。早在年底，团里突围前带出来的经费已经告罄，而且日本占领军也开始禁止法币流通。团里再也拿不出钱支付李安本每月的酬劳。参谋长老杨来找李安本谈话，他说我们说过的话，全都认账。不过，现在确实没钱了。"这么着吧，"老杨说，"我们先给你打欠条，有了钱马上补上。"说着，掏出写好的欠条递给李安本。李安本的金鱼眼向上一翻，抓过欠条三把两把给撕了。"你这是骂我啊！"他说，"老彭的命值多少钱？张虎娃的命值多少钱？你给我算算。我这辈子也还不上。从今往后别再提钱的事。将心比心。以前我他妈的就是个王八蛋！"

十一

清明节过后，天气逐渐转暖，山上的环境开始好转，食物也丰富起来。那段时间，我父亲的收发报技术已有不小的长进。在李安本的指导下，已经能够上机作业。我父亲心里十分高兴，可老李却泼冷水说你还早着哩，对我父亲的训练要求更加严了。他告诉我父亲，会发报和发好报这是两回事。后者不仅要用手，更要用脑。他还说，要提高发报速度必须增加乐感。"节奏！"他每每强调说，"你明白吗？"为了弄明白这个问题，他常常带我父亲去山间的溪水旁，闭上眼睛静听潺潺的流水声。"听出来了吗？"他说，"这就是节奏。"他还在电键上演示给我父亲看。他的发报如同行云流水，让人叹为观止。"这都是因为有了节奏。"他说，"你必须找到你的节奏。"他还对我父亲说，这个太重要了，节奏对了，速度就上去了，节奏一乱就会出错。"这都是经验之谈。"我父亲对我说，不过，当时他并不完全理解，只是到了后来随着经验增多，才有切肤之感。

五月间，青城地下党组织与山上取得了联系。一天，常与第三团来往的猎户带来了一个陌生人。此人三十来岁，穿着十分破旧，看打扮像个采药的。他自称是青城地下党的交通员，叫小林，个头不高，操着当地口音。杜参谋担心他是奸细，对他严加盘问，可他什么也不肯说，非要见顾团长不可。杜参谋问他，你怎么知道我们团长姓顾？那人说，我不仅知道他姓顾，还知道他叫顾少宾。杜参谋一听更感到意外了，知道这人有些来历。这时，顾团长和参谋长正在窝棚外边听着，于是便掀开草帘子走了过去。

"你是什么人？"顾团长说，"我就是顾少宾。"

那人抬眼打量了一下顾团长，然后点点头说："看来没错，你就是顾团长。"据他后来说，上山前组织向他描述过顾团长的长相，因此他一下就认出来了。之后，他从身上掏出一个木制的烟斗，材质是核桃木的。"我一看，就激动起来。"许多年后，顾伯对我说，"这东西我太熟悉了！"那是他亲手刻的，有一次去师部开会，让师长瞧见了，说小顾子，你手艺不错嘛，给我了。团长当时还有些舍不得，说这个没刻好，烟斗咬口崩了一块，以后再给你刻个好的。"不用了，"师长说，"就它了！"

如今一见这烟斗，顾团长便叫起来："师长！是他派你来的！"那人说，他是受青城地下党负责人老汤委派前来与他们联络的。原来，青城地下党遭到破坏了，于一九四一年底恢复。负责这项工作的就是中共青城地区特工委书记，名叫汤维卓。我曾查过有关史料，汤维卓，在一九四一年和一九四三年间，一直领导青城地下党工作，代号鱼鹰，公开身份是文昌纸墨店老板。

据小林说，第三团发给江北的电报全都收到了，由于上级在突围后一直没有联系上第三团，以为他们已遭不测，按规定毁掉了全部密码。可第三团用的还是老密码，因此江北收到了电报却无法译出。但从电报的方位和密码看，这应该是第三团发出的。至于第三团怎么到了白马山区，现状如何，上级并不清楚。直到青城地下党恢复后，他们通过地下组织前来与第三团联系。

"太好了！"团长激动地握住小林的手说，"我们终于盼到这一天！"当天晚上，他和参谋长、杜参谋一起来到通信班，召集大家开会。会上，他表扬了大家，宣布要向师部报告，给通信班集体请功。他还特别表扬了李安本，认为他做出了重要贡献。"我要奖励你十条烟！"他说。李安本一听，金鱼眼一下子鼓起来。他已好久没烟抽了，只能用山上的干树叶揉碎了解馋。"不过，"团长接着又说，"现在没有，等我有了，再给你。"李安本一听顿时泄了气，鼓起的金鱼眼又趴了下去。众人哈哈大笑。李安本吧唧着嘴说，团长你现在给我一支，那十条我都不要了。团长说，你想得美，别说十条了，就是一百条也换不来啊！大家又是一阵笑。

"我们真是高兴极了！"我父亲对我说，"你无法想象我们当时的感觉，就像一个无家可归的孩子，突然大人找来了！"

又过了几天，小林送来了新的密码和呼号。我们很快与上级取得了联系。第一次给师部发报时，团长、参谋长都站在边上看着。李安本亲自上机，他的发报速度飞快，师部的报务员应接不暇，几次中断。李安本火了，不停地要求换手。直到师部那边换了一个老手才勉强跟上。"我是压了键的，"李安本事后得意地说，"就他们那水平，根本不行啊。"半个小时后，师部电台终于给了收据。在这份电报中，第三团详细报告了他们突围之后，坚守白马山的情况。很快，师部回电了，对第三团的战斗精神高度赞扬，并传达了总部首长的指示，要求该团休整待命，待时机成熟，即行归建。当天晚上，团长向全团官兵传达了这一精神。立时，群情振奋，最后团长亲自指挥大家高唱军歌：

光荣北伐武昌城下

血染着我们的姓名

孤军奋斗罗霄山上

继承了先烈的殊勋

……

东进，东进！我们是铁的新四军！

东进，东进！我们是铁的新四军！

……

歌声在山谷中回荡，每个人都热泪盈眶。李安本也站在队列中，跟着大家一起唱，虽然他不知道歌词，旋律也不熟悉，但同样情绪激动，高声唱着，仿佛他也是我们中的一员。

自从与上级电台取得联系后，通信班的任务繁忙起来。除了与师部联系外，还与青城地下党电台定期联络。为了随时了解国际国内形势，团长还把我父亲找去，要求我们抄收新闻台的电讯。我父亲有畏难情绪，因为电台报务员少（就我父亲和李安本两人），新闻报一般较长，拍发速度快，抄收起来有难度。那时，我父亲已经能够上机，但毕竟还是新手，收发报都还不熟练。而对新闻抄收，李安本认为没啥意思，不大爱抄，大多推给我父亲。这下，我父亲可苦了。一上机，有时连上厕所都来不及。"其实，苦一点不算啥。"我父亲对我说，"问题是常常出错，漏抄、错抄，层出不穷，经常是收不完整。特别是山区雷雨多，每当信号不好，还有整段都收不下来。"团长看了我父亲抄的新闻，便直皱眉头，说这样可不行，新闻台和联络台一样重要，马虎不得。"这是思想问题，"他不听我父亲解释，指着脑袋说，"你们首先要提高认识。"我父亲挨了批评，便找李安本谈话，敦促他上机，与此同时苦练收报技术。那段时间，我父亲的收发报技术都提高很快。"老李还教了我一手，"我父亲说，"那就是压码抄收。"所谓压码抄收，就是对方发第一个数码时，并不急于抄收，而是用心记忆，等对方发出第二个数码时才抄第一个码子，如此类推。优秀的报务员可压一组（四个数码），甚至更多。压码越多，水平越高。李安本收报时，有时可压三四组数码。"真是太厉害了！"我父亲说，"这样的水平，除了他，我再也没见过。"

压码最大的好处是提高抄报速度，提升抗干扰能力。在李安本的悉心指导下，我父亲的收报速度提高很快。离开白马山前，他的抄报速度已能达到了每分钟一百四十码，这已是相当高的水平。

由于与组织取得了联系，第三团的生存状态有了很大改善。尤其是青城地下党组织给了我军很大的支持。在后勤供应上，他们不仅帮着秘密筹粮，还雪中送炭，送来山上紧缺的食盐、药品，包括无线电配件以及铅笔、纸张（这些都是收发报急需的）。更重要的是，我们的耳目变得灵通了。山下敌伪军的动向可以随时掌握。地下党的同志还通过电台和交通员给我们送来大量的情报。利用这些情报，第三团趁敌人不备，发动突袭，敲掉了敌人的几个据点，缴获了大量的战利品。当地百姓深受鼓舞，一些青壮年纷纷上山投奔第三团，使部队进一步壮大，人数达到五百余人。

八月份，进入了炎热的夏季，这时第三团在白马山已坚持一年多了。终于，有一天，师部来了电报，通知第三团时机成熟，总部已决定他们择机北上，与大部队会合，并附有详细的计划和行动路线。李安本收完电报后，立即OK，给了收条。杜参谋译完后，感到情况重大。"要不要再确认一下？"他对我父亲说。老李在一边，马上不高兴了，他说你不相信我，我老李收的报还要确认？他感到受到侮辱。杜参谋说，不是不相信，是确保万无一失，尤其是行动计划和路线，不能有丝毫差错。"错不了，我敢保证，"李安本坚持说，"错一个字，你们杀我的头。"

这时，团长接到报告，走了过来。他看完电文，然后说杜参谋说得对，马上确认。李安本有些抹不下面子了，他说："谁爱确认谁确认，我可没这个闲工夫。"说着，双手往胸前一抱，靠在了边上的石头上。

"李安本！"团长这时突然叫了一声。李安本吓了一跳，因为团长从没把他当作自己的兵，对他说话向来客客气气，也从没用过这个口气。他一下子从地上跳了起来，下意识地应了一声："是！"

"马上确认，我命令！"

"是。"李安本又应了一声，连忙上机呼叫。确认结果，准确无误。事后，参谋长说，这个老李像个兵了。团长一听便笑了，嗬，你瞧我，一急倒把这茬给忘了，还真把他当成自己的兵了。老李也挺高兴，他说本来嘛，我早已是你们的人了。

十二

原定的北上计划是八月底。团长与青城地下党联系，打算在离开白马山之前，将李安本送走，让他与家人团聚。李安本得知这一消息，既高兴又有些恋恋不舍。临走前，我父亲组织全队举行了一个欢送会，团长也来参加了。炊事班烧了几个好菜，司务长还拿了两瓶当地产的青城老窖。大家边吃边喝，情绪都十分激动。团长说，老李是第三团的大功臣，我们永远都别忘了他。等革命胜利了，我们要好好报答他。众人都说是啊，纷纷念起李安本的好来。就连那些过去对他有意见的战士也动了真感情，紧紧和老李抱在一起。老李眼泪汪汪，一个劲儿地检讨，说自己脾气臭，得罪了大家，你们能多担待，我就放心了。他还举起酒杯，敬了老彭、张虎娃等牺牲的同志，说他今生报答不了他们，等来生结草衔环也要报答。说完，把酒洒在地上，大哭不止。

按照事先的安排，第二天早上，交通员小林来接李安本下山。当天夜里，为了让老李休息好，我父亲便自己值班。半夜里突然传来师部电台呼叫，此时天降大雨，雷电交加。我父亲按照正常操作办法，调试频道，按下电键，又试了馈线却没有出现火花，这说明信号没有传输出去。这是咋回事？我父亲急了，又连着试了几下，还是没有反应。这时，警卫员已通知杜参谋，因为密码由他保存，听说师部来电，而且是夜间，肯定很紧急，于是杜参谋立即赶了过来。我父亲急得满头大汗，开始手忙脚乱，杜参谋也急得团团转。"老李呢？快把老李找来！"

他大声喊道。不一会儿，老李赶到了。他检查了发报机，没有发现异常。又检查手摇发电机，证明有电力输出。于是，怀疑发射管有问题。可换上备用管后，仍然没有信号输出。他马上抽出平时教我父亲时画的线路图和零件配置图，一边指给我父亲看，一边用万用表检查，最终发现输出一端的一根接线松开了，因此信号无法传至馈线上去。找到原因，故障很快排除。"好了，"他又试了一下发报机，示意我父亲，"收吧。"

然而，这时雨更大了。雷声隆隆直响，闪电不时照亮夜空。由于干扰太大，耳机里传来嗞啦嗞啦乱响声，信号根本听不清，难以抄收。我父亲急得满头大汗，不断要求对方重复。对方也火了，要求换手。"飞锤，"师部报务员回电说，"让飞锤上！"他们说的"飞锤"就是李安本。我父亲连忙示意老李，让他上。李安本上机后，一边调试好收报机，一边从容不迫，全神贯注，嘲嘲嘲，没一会儿就抄收完毕，然后给了收据。对方显得很高兴，连着给了两个"TKS"（thanks，谢谢），而后又来了个"GB"（good-bye，再见）。

这是一份重要的紧急电报。总部首长指示，第三团北上计划有所改变，具体指示由青城地下党传达。

第二天一早，小林就上山了，准备接李安本动身。但李安本突然决定不走了。"我还是等几天吧，"他对我父亲说，"一年多都过去了，也不差这一天两天。"原来他是担心昨晚的事再发生。"在这节骨眼上，我还是留下来的好。"我父亲大喜过望，确实，紧急情况下再发生昨晚的事，岂不要误了大事？我父亲连忙把这事报告了团长。团长说好啊，这个老李觉悟提高了。杜参谋也说，有他在我们就放心了。我父亲把这话转告给了李安本。"什么呀，"李安本说，"啥觉悟不觉悟？将心比心，我就是想再帮帮你们。"

又过了几天，眼看就要到白露了。山下地下党来人了。这一次是青城地区特工委书记老汤亲自出马，可见事情重大。汤维卓中等身材，微胖，戴着黑框眼镜，说话不紧不慢，举止沉稳，显得老成持重。那是我父亲第一次见到他。"从模样上看也没有什么特别，"我父亲对我说，"你一点也看不出来，他就是代号鱼鹰的传奇人物。"

汤维卓上山后，与团领导谈了整整一上午，中间几乎没有停顿。谈完之后，他就下山了。团长立即把我父亲找了去，布置任务。"你准备一下，马上跟老杨下山。"他吩咐道。原来，汤维卓带来了新的指示，青城伪军第一二二团已做好起义准备。上级要求第三团配合一二二团起义。起义后的一二二团与第三团建立东进独立旅，由顾少宾任旅长，原一二二团团长许江东任副旅长，向江北开进。总部指示，必须保证这次任务顺利完成。尤其是一二二团起义对敌伪势力是极大的震慑，更要确保他们安全地进入江北根据地，不容半点闪失。为了保证这次任务完成，总部更换了新的密码，由汤维卓带来。考虑到山上装备落后，易于被敌无线电侦察，总部还要求采取更严密的反无线电侦察手段，即每隔一个时段便通过密语变更波长和呼号。

团长交代完任务后，我父亲立即返回通信班进行传达。根据团长的指示，电台和李安本留守山上，我父亲随杨参谋长下山，与山上联络时可用一二二团电台。

当天晚上，杨参谋长便带着我父亲下山了，随着参谋长一起下山的还有一个班的警卫，事先都换上了一二二团的服装。

一二二团驻地在长沟镇。团长许江东原是西北军的团长，毕业于陆军大学，河南信阳人。他与赵九一向不和。赵九出任保安旅长后，处处刁难他。上渡口惨案后，许江东对赵九的做法极度不满。赵九为此怀恨在心，诬告许江东通共。还以煽动学生闹事为由，把许的弟弟许江南（青城师范校长，进步人士）抓了起来，后许江南死于狱中。两人关系进一步恶化。

青城地下党利用许、赵矛盾，一直在做许江东的工作，希望他弃暗投明。许江南死后，赵九进一步罗织罪名，意欲置许江东于死地。在此情况下，许江东决意率部起义。

一二二团共三个营，其中第一、二营是许江东原在西北军的老班底，营长也是许的老部下，但第三营是后来招募的，营长蒋庭顺，外号蒋扁头，是赵九在青帮的门徒，极不可靠。此外，为了加强对许江东的监视，赵九还委派自己的一个把兄弟范鸣三到一二二团任副团长。范是师爷出身，爱抽大烟。他的护兵随时都携带烟具，以方便他吸用。

参谋长带着我父亲等人进入长沟后，为了不引人注意，在许江东的安排下住进了他的私宅。"那是一个很大的宅院，"我父亲说，"前后有好几进。"我父亲他们住在后院，许宅原有一部电台，也交由我父亲使用。

起义时间就定在白露那一天。当日，赵九在长沟召集一二二团营、连长会议，布置新的清剿任务。各乡长、镇长、区署主任、部分参议员等也参加了。可不巧的是，第三营营长蒋扁头偏偏身体不适，请假没来。许江东与杨参谋长商量，认为赵九来长沟只带了一个连的卫队，机会难得，决定执行原定计划。我父亲立即开机与山上联系，报告情况。很快，山上便来了回电。那熟悉的手法一听就是李安本的。而且他有意放慢了节奏，以便我父亲抄收。"这家伙好起来，倒是很能体贴人的。"我父亲对我说这话，语调里充满了感激。我父亲译完电文后，交给参谋长。参谋长一边看着，一边说："好，好，团长同意了我们的意见。"

当天下午，青城特委书记汤维卓也悄悄潜入了长沟镇。他在房间里与参谋长，还有许江东的副官（许由于参加赵九的会议，无法脱身）进行了一番密谈。谈话结束后，老杨让我父亲马上给山上发报，具体报告了实施方案。开机后，我父亲先发了一句密语，得到对方回复后，随即改变了波长和呼号。这是一种有效的反侦听手段，即使敌人能够破译我们的密码，由于波长和呼号的突然改变使他们无法及时跟踪侦听。等到他们重新捕捉到我们的电波，电报已经发完了。这个手法简单易行，是我军通信兵在实战中总结出来的。

按照实施方案，第三团于夜间八时下山，派出一营在游击队的配合下于小杨岭一带设伏，防止第三营蒋扁头部增援长沟，其余主力则前往长沟，消灭赵九，确保一二二团起义成功。

凌晨一时，起义开始了。事前，许江东已做好工作，第一、二营营长都支持起义。他令驻扎长沟的第一营包围镇子，令驻三里店的第二营于夜里一时全部开抵长沟，配合第一营行动。行动开始后，许江东坐镇团部，带人首先抓捕了范鸣三，带到院中就地正法。这家伙还没反应过来便稀里糊涂送了命。与此同时，许江东的副官带人直奔镇上的董家祠堂。当天晚上散会后，当地士绅设宴款待赵九。他喝完酒后，天已太晚，便没有回城，住在了这里。许江东的副官带人来到祠堂，谎称有事禀报，乘岗哨不备，便缴了他们的械，然后直扑卧房，将赵九从床上提溜了起来。赵九大喊大叫："高达民，你想干什么？你敢背叛长官，我饶不了你！"高达民是许江东副官的名字，他被赵九这一通大喊大叫，猛地吓住了。这时，杨参谋长带着人从后边赶来了。他大喝一声："赵九，你的死期到了，还敢耍横？"赵九看着来人眼生，便说："你是何人？"

"我是新四军！"

赵九一愣，转身扑向床边想取枪，老杨抬手便是一枪，打在他的后背上。他往前一扑，倒在地上。老杨又跟上去，补了一枪。他肥胖的身体在地上挣扎了一下，便不动了。

十三

起义顺利地取得了成功。东进独立旅也宣告成立。但一二二团驻三里店的第二营在向长沟开拨时，有一个连发生哗变，使消息走漏，青城敌伪军调集了大批军队前来围剿，这就打破了我军原先的计划。"我们原想抢占上渡口，从那里向繁昌进发，"我父亲告诉我，"但由于敌人事先觉察，迅速向上渡口增兵。部队开至半途，得知情报，只能退回。"江北指示，执行第二套预案。即退回白马山，由那里绕道南陵前往江北。当时往南陵的路有两条，一条向北，一条向南。"都是山路，"我父亲说，"向北走距离较近，向南走相对较远，而且道路险峻。"一般看来，我军会选择向北之路，这样可尽快抵达南陵。但实则不然。我军决定走南路，这样出其不意。为了掩护南路大部队行动，独立旅和青城地下党制定了一个声东击西的方案。具体办法是，派一支小分队向北走以引诱敌军。"这个任务就交给你们了！"顾团长，这时已是顾旅长，把杜参谋和我父亲找去。"你们带上电台，沿途不停地发报，造成大部队行动的假象。明白吗？"

"明白。"

"所有的目的，只有一个，就是吸引敌人。"旅长交代说，"要大量地发报，以假乱真，让敌人相信我们正在向北进发。"

"是。"

"你们只有吸引了敌军，大部队才有可能脱身。"他接着又强调说，"这次你们孤军作战，没有任何人接应。大部队到达南陵前也不会与你们联系。这个任务相当艰巨，也很危险。你们要做好牺牲的准备。"

"是。"杜参谋和我父亲都说，"请旅长放心，我们保证完成任务。"

汤维卓这时插话说，我们会派熟悉地形的游击队同志配合你们行动。杜参谋说好，谢谢地方同志。

旅长走过来，握了握杜参谋和我父亲的手："时间紧迫，快去准备吧。"

"等等。"这时，一直没说话的许江东开口了，他说高副官有话说，接着向高副官示意了一下。高副官从一边走到顾少宾和汤维卓面前，轻声嘀咕了一会儿。顾少宾面有为难之色。"这个，怕不合适。"

"怎么了？"

"他不是我们的同志。"

高副官看了一下许江东，他们似乎有些不相信。"这怎么会？"许江东说。旅长一时也无法解释，他扭过头来，看了我父亲一眼，问："老李走了吗？"

顾少宾突然这样一问，我父亲也不知道他的意思，便说已把他交给交通员了，他们会送他走。

许江东说，先不要让他走。

"这个，"我父亲一愣，因为早就说好了，在我们转移前送他走的，"我不明白。"

许江东这时解释说，敌军长期监听第三团的电台，对李安本的手法非常熟悉。"他是贵团电台的骨干，"许江东说，"刚才高副官提醒得好，如果敌人发现发报的不是他，很可能会引起怀疑，使我们的计划功亏一篑。"

应该说，这个考虑不无道理。敌人也不是傻子，极有可能会发现这个问题。一般骨干电报员肯定是跟着大部队，跟着首长的，这也是常识。"可是，这不现实，"我父亲说，"他已经做得够多的了，不能再让他冒这个险。"

许江东坚持说，明修栈道，暗度陈仓，关键在这个"明"字上。要想声东击西，不露破绽，必须事前思虑周全，否则，行动就失去了意义。他建议我们再考虑一下。汤维卓也认为许江东的意见有道理。"计划必须完美，"他说，"如果连我们都能轻易发现的问题，敌人肯定也会发现。"但我父亲仍然坚持己见，认为这事无论如何开不了口，而且他也不会答应。双方为此几乎争执起来。就在这时，门外传来了一声："报告！"

"进来。"顾少宾说。

门开处，李安本走了进来。众人一愣，顾旅长说你怎么还没走？"我是来告别的。"李安本说。"你们刚才的话，我都听到了。"停了一下，他又说。顾少宾走到他面前，说，老李，你既然都听到了，我们也不瞒你了。这次转移关系到全旅生死存亡，但我们决不会勉强你。"绍明说得对，"他看了看我父亲，"你为我们做得够多的了。我们不能再要求你。"在旅长说这番话时，李安本一声不吭，静静地听着。等到旅长说完了，他忽然来了一句："我没问题。"

顾少宾一愣，仿佛没明白他的意思。"我是说，"李安本这时补充道，"我可以去。"

我父亲大感意外。"老李……"他叫了一声，李安本鼓起金鱼眼，朝我父亲翻了一下，说："送佛送到西，帮人帮到底嘛。"

旅长说这很危险，李安本说我知道。他的表情显得很郑重，似乎早已深思熟虑。"什么都不用说了，"许多年后，顾伯回忆说，"他站在我面前，像个真正的战士。"他走过去紧紧握着他的手，说了一句："好样的！"

十四

行动开始了。

我父亲原定走北路,担任掩护,由于李安本出马,结果被调至南路,随大部队行动。"我要不是老李,"我父亲后来常说,"我说不定早就见马克思了。"开始,我父亲坚决要求和老李他们一起走,但旅长这边需要一个报务员,不得不留下。

大部队一路向南猛突,但电台始终保持静默。相反,北路小队频繁发报,他们把平时抄收的新闻稿都拿出来,反复发送。这是事先计划好的。果然,敌人上当了,开始调集兵力向北围追堵截。"我们向南走了一天后,就发现计划成功了。"我父亲回忆说,因为除了地方守卫部队,并没发现大股敌人。旅长下令全速前进,争取时间。他说北路一定承受了极大的压力,我们越快到达,他们的压力便会越早解除。部队昼夜兼程,每天只有四五个小时的休息时间。一二二团是原来西北军的班底,也相当能吃苦。路上打了几个小仗,但并没引起敌人的重视。据事后得知的消息,驻青城日军指挥官藤田五郎大佐曾多次接到南路发现我军大部队的报告,但他并不相信,以为这是新四军的调虎离山之计。因为日军的情报部门一直在跟踪监听,并随时向他报告,证明新四军的电台就在北路。这一错误的判断使他错失良机,打好的算盘完全落空。

白露过后第七天,我军终于突破重围,来到了江边,与江北前来接应部队胜利会师。部队到达时,已是深夜。旅长顾不上休息,下令立即架设电台,与北路联系。"那是一个十分炎热的夜晚。"我父亲清楚地记得,他们来不及找地方,就在江边一个渔棚边架起了电线。虽然由于急行军,部队已经一天一夜没合眼了,许多战士在等待渡船时倒头便睡。"我也困得要命,"我父亲说,"但心情更加急迫,架好电台后马上就开始呼叫。在等待回复时,我的心一直在发抖。"旅长和参谋长都站在我父亲边上,等候消息。我父亲连续呼叫,一连半个小时都没有回音。大家浑身是汗,心都焦烂了。"他们也许在行动中,没有架设天线。"我父亲这样说,与其说是安慰首长,不如说是在安慰自己。这时,渡船已经陆续到了,有人来向旅长报告。旅长指示我父亲继续不停地呼叫,一刻也不要停。"一有消息，马上向我报告。"吩咐完了，他便和参谋长一起到江边指挥部队渡江。

不知过了多长时间，天渐渐亮了，东方泛起一抹淡淡的晨光。我父亲又累又饿，差点睡着了，这时突然耳机里传来声音。我父亲兴奋地大叫："来了！来了！"

有人立即前去报告旅长。不一会儿，旅长和参谋长都小跑着过来了。"怎么样，怎么样了？"旅长连声问道。

可耳机里忽然出现了长时间的静默。我父亲一边调整波长，一边连续呼叫。"怎么回事？是他们吗？"旅长问道。我父亲说是的，肯定是的。"他们情况如何？"团长又问，我父亲摇头道："不知怎么突然断了……"

"呼叫，给我呼叫！"

我父亲连续不断地敲击着电键，也不知敲了多久，时间漫长得令人窒息。终于，嘀嘀嗒嗒，嘀嘀嗒嗒，耳机里传来熟悉的电波声。"老李！是老李！"我父亲叫了起来。众人一片欢呼。"嘘——"我父亲做了噤声的手势。大家随即安静下来。我父亲急忙开始抄报。抄一句，参谋长就迫不及待地拿过去照着密码本翻译，可一句也翻不出来。"这不对啊。"他对我父亲说。我父亲抄完报后，接过来一看，头脑顿时嗡了一下。

"这是脑记密码！"

"什么意思？"参谋长问。

我父亲解释说，这说明他们已经销毁了密码，因为脑记密码只有在这种情况下，才会使用。"看来他们已非常危险，否则不会销毁密码。"我父亲说。

旅长问能翻出来吗？我父亲点点头。好在李安本教过他脑记密码的方法，凭着这种方法，他把电文翻译了出来。大意是，他们已身陷重围，弹尽粮绝，密码已毁，电台也即将销毁。

旅长说："告诉他们，想尽一切办法，一定要回来，我们等着他们！"我父亲把电报发出后，对方一下子没了声音。按照李安本的操作惯例，他每收完电报，都要给收据。可这次却是例外。

"收到没有？"旅长问。

我父亲摇摇头。

"呼叫，给我呼叫！"旅长大声命令，声音都有些变调了。

我父亲不停地呼叫，身上大汗淋漓。也不知过了多久，也许几分钟，也许十几分钟，忽然收报机又有了声音。我父亲扶了一下耳机，连忙抄收，没想到抄下来的却是一组明码：

再见，战友……

"坏了！"我父亲心里一沉。知道这是最后的告别。没容他多想，耳机里又跳出一串明码：

东进，东进，我们是铁的新四军……

随后，耳机里的声音戛然而止。"我一下子呆在了那里，"我父亲说，"就像瞬间失去了意识。"旅长接过抄报，半天没有说话。他默默地摘下帽子。我父亲看到他的眼睛里闪着泪光。在场的人也都慢慢地摘下了帽子。周围是死一般的沉寂，只有江风划过长空，发出尖厉的呼啸……

十五

部队顺利地撤到了江北。此后，我父亲调到军部电台工作，由于技术好，一直跟随军部首长，参加一系列的重大战役。直到新中国成立后，转业到地方。调回省里工作后，他曾去白马山旧地重游。特别了解了一下当年北路诱敌之事。可知道这件事的人并不多。当地百姓只记得一九四二年秋，日伪军调集重兵沿着白马山北侧一路追杀新四军，在大龙山一带发生激战。被围的新四军和游击队全部阵亡，无一幸免。

20世纪90年代，我曾查阅过由青城市政协编撰的一套文史资料选辑。上边有不少关于新四军坚守白马山并突围的记载。其中部分文章也提到过北路诱敌，掩护大部队转移之事，但都非常简略，更别说提到李安本了。"其实，我以为他早死了。"我父亲曾经对我说。直到"四人帮"粉碎后，青城市有人来找我父亲。我父亲那时已官复原职。"李安本？"我父亲又惊又喜，"他还活着？"来找我父亲的就是李安本的大儿子黑蛋。他那时已经四十多岁，我父亲对他并无印象。"不过，错不了，"我父亲说，"瞧他那长相，尤其是那双金鱼眼，活脱和老李一个模子刻出来的。"

原来，李安本是从报上得知我父亲的消息，便让他儿子来找我父亲。"文革"中，老李由于历史问题（曾参加过国民党部队），被打成"四类分子"。他要求平反，因为他曾帮助过新四军，但空口无凭。黑蛋来找我父亲，就是想请我父亲帮他证明这件事。"这没问题，"我父亲说，"你爸不仅帮过我们，而且立过大功。"

过了几个月，我父亲去青城出差，便顺道去看了李安本。这是他们分别三十多年后第一次见面，两人都激动不已。"没想到，你老兄还活着！"我父亲一下子和他抱在了一起，久久不愿松开。那时，李安本的家已安在小杨岭。一九五〇年，修建白马山水库，桃花坞、油坊嘴一带的村庄都沉入水底，村民也都整体迁出。"难怪我没找到你哩！"我父亲说。谈到那次北路诱敌，李安本说，他们三十多人，包括部分游击队，利用山路掩护，边走边发报，后来敌人越集越多，最后他们被围在大龙山，全部战死，只有他一人活了下来。"这多亏了杜参谋！"李安本说，当时接到我父亲呼叫时，只剩下他和杜参谋了。在这之前，杜参谋已经做好最坏的打算，不仅销毁了密码，还下令砸掉电台，恰在这时你的呼叫到了。"由于密码已毁，我只能使用脑记密码，"李安本回忆说，"天亮时分，敌人又开始进攻了。杜参谋口授了最后一份电文，然后令我砸掉电台。"据李安本说，在敌人冲上来之前，杜参谋用绳子将他放下悬崖，然后砍断了绳索。"这样做是为了保护我，"李安本说到这里，闭上眼睛，好像在缓和一下情绪，"他对我说，下去后别管我，赶紧走。我说你呢？他说，我答应过团长，要保证你的安全，就一定要做到。"李安本说到这里，声音哽咽了，他埋下头狠狠地抽着烟。尽管过去三十多年了，他依然激动不已。"你们全是好样的，"他说，"老彭是的，杜参谋也是的。"

"我算服了，"停了停，他又说，"我也不瞒你，我原来挺讨厌他的。"他指的是杜参谋，"平时总是绷着脸，一副正经八百的样子，可到了节骨眼上，却顶天立地，是个了不起的汉子！"

我父亲说，你也很了不起，没有你，也许就没有我们成功的突围。后来，我父亲为了帮助李安本落实政策，多次和有关方面说过这个话。

一九八五年，接到李安本病危的电报后，第二天我便随父亲赶去看他。当时，李伯老年痴呆已好几年了，什么人都不认识，很多事也不记得。我和父亲赶到后，已是黄昏时分。李安本已陷入弥留期。我父亲拉着他的手，连声叫着老李，老李，我来看你了。李安本微微地睁开眼睛看着我父亲。"我是绍明，是你的徒弟，你还记得吗？"我父亲大声说，"白马山……电报……"说着，用手指在桌子上嘀嘀嗒嗒敲了几下。

李安本的眼睛慢慢地亮了起来。他费力地挣扎着，让黑蛋把他扶了起来，接着，伸着枯瘦的手指在桌上轻声敲击起来：嘀嘀嗒嗒，嘀嘀嗒嗒……"我仿佛在梦中，那熟悉的手法又回来了。"我父亲说，但他听着听着，眼泪再也止不住，簌簌地滚落下来。因为他听出来了，老李敲的是：

东进，东进，我们是铁的新四军……

海里岸上

林森

岸　上

午后三点半，老苏搬着条凳到家门口不远处的木麻黄林中，开始他一天中最惬意的时刻。木麻黄林里吹过来的海风，裹着浓重的腥臭味。这种味道好像能腐蚀一切，海边人家的门窗，若非擦拭上厚厚油漆，就会在其摧枯拉朽之下，锈迹斑斑。有的人锁上房门离开半年，回家时，阳台、窗口的防盗网就会在手掌的揉捏下，碎成满地锈渣。唯一能抵御海风侵蚀的，只剩下海边生长的植物，尤其是木麻黄。木麻黄在海风的梳理之下，针叶根根分明，好像是浮动在空中的有形光线。老苏的工具不复杂，不过是木工用的小斧头、凿子等，加工对象是一块木麻黄树的老根。两年前的那场超大台风，让靠海的地方满眼狼藉，风过后他走在残枝断干的木麻黄林里，内心滴血。一棵被风连根拔起的木麻黄树绊倒了他，爬起后，他望着那团盘根与错节，心有所动。几天后，他借来锯子、斧头，把老树根截断，找来两个后生，抬到院子里放着。老树根在院子里放了快两年，他还没动手，在此期间，他买了木工工具，在很多小玩意儿上练手。真正对老树根动刀，是在大半个月前——他觉得，可以开始了。

他把交错的根须全都除去，剩下光滑的木块。他学会了用铅笔、量角器、尺子等，还开始画图——那是一艘船的造型。他想把那艘记忆中的船，以缩小的方式，用一整块树根雕刻出来。他并不急于完成，每天在这片树林里的时光，是独属于自己的。阳光仍然猛烈，海面吹过来的风是有重量的，但从此时到傍晚，风会越来越凉快。他刻几刀，就停下来，抽一根烟。收拾回家之时，地上丢了半包烟的烟头。他其实很少坐到暮色起，而是在接近五点左右收拾整齐，到镇上的茶馆里喝杯下午茶。镇子和渔村挨着，是海南岛上最著名的一个渔港，多少年来，一代代"做海"的人，从这里扬帆航向广袤的南中国海。穿过村头往北就是港口，但他步子很急，不敢多看那个他离开、回来无数遍的海港。他已经很久没有机会到海上去了。

茶馆里人声鼎沸。说话的人为了压住杂音，只能把声音喊得更高——人人都在嘶喊，却连对面的话都听不清。老苏还是听到了一些，大概是关于这座小镇的。小镇近些年已经完全变样了，早先那个落魄、凋敝甚至可以说被某种悲伤笼罩的港口，显示出某种迸发、昂扬的新面貌，高楼快速建起，还修建了海洋工艺品一条街，引来不少游客。街角那家店，据说生意最好，老板早已是千万身家了。但有人觉得发展的速度还不够快，还得提提速——提速最好的办法，是得到上级部门的重视。

其实，镇里在出方案时，问过老苏意见的。他在会场听着，只是听，一言不发，被问急了，就说："我不出海多年了，脑子又坏，这些东西，哪懂？"后来证明，他的沉默让他保留了一些脸面——和他年纪差不多的老渔民阿黄，中气十足地提了几十条建议，条条言出有据，没一条被采纳。最终的方案，是北京一个文化公司的三个九〇后设计师拍着脑袋做出来的，眼尖的人，可以看出《海贼王》和《加勒比海盗》的气息。但不管怎样，这镇子算是焕然一新了。各级领导在镇上的行程，通过电视、报纸、网络等媒体的报道，把镇子推到了全国人民面前，给小镇带来了很多陌生的面孔。

领导考察之后，镇里尊重阿黄，给他写了一封信，感谢他为小镇的发展建言献策。阿黄把那封信甩在老苏面前，脸变成了彩光灯，各种颜色交替闪耀。老苏说："阿黄，消消气，你也活这么久了，气还这么大？该提的建议你也提了，人家感谢信也给你写了，你还气什么？吃茶，吃茶……"

"我们这些人，就该死在咸水里，不该留下来见这个！"阿黄再拍桌子。

"吃茶，吃茶！"

阿黄不作声了。

老苏年轻时出海，和阿黄从未同船过，但他听过阿黄的勇猛之事。阿黄的水性好到在海里就正常、上岸就发晕，他曾说过，把他四肢捆绑丢到海里，他仅靠耳朵根、舌尖划水，也能安然无恙回到渔村。但阿黄却是同一辈人里最先走下渔船的，五十五岁一过，就浑身不适，海风一吹便骨头痛——据说是他泡在水中的时间过长，寒气侵入了骨头深处。这事也让阿黄在同辈人面前抬不起头，凭什么那些家伙比我在船上多待十几年？他还变得神经敏感，一看到别人低头说话，就觉得是在暗中嘲笑他，脾性愈加暴躁。一暴躁，身上一些关节就发痛，又得压抑着，压出一肚子闷气。他是一名自恨没有死在海中的好水手。

阿黄去木麻黄林里看过老苏的雕刻。他前前后后细细看了十多分钟，越看眼睛越发红："你在刻那艘船啊？你在刻那艘船啊……"老苏取出一根烟点着："你能看出是哪条船？渔船不都长一样嘛！"阿黄摆摆手："哪里一样，不一样，我知道的，你刻的，就是那条船。当年要不是我运气好，生了一场病，没赶上出海，我也随着这船，死在南海了……我该死在海里的……我觉得我是偷生的人，这些年都是偷偷活下来的。晚上睡着，骨头缝里，海风直接穿过去，把人都打散了……"

老苏拍拍阿黄的肩膀："这真不是给你刻的，我哪知道你心里想着啥，我给自己刻的。闲得慌，手不动一动，人就傻了。"

阿黄也拍拍老苏的肩膀："你还会刻这好东西，我也有一件宝贝，藏着没给任何人看，来来来，你跟着我，带你去看看！"

"不去，不去。你能有什么好东西。"

海　里

"出海的人，永远不能喝酒，否则你总会在醉后淹死在水里。"——数十年前，老苏的父亲在老苏上船之前，已经无数次这么警告过他。老苏当然是懂得水性的，他三岁的时候，已经能独自在海面划游，在大人们的笑声中玩潜入水中又浮起的游戏。这不算啥，哪个渔家孩子不这样呢？但近海划游与登上渔船出征远海，是两回事。出海，是男人的事，岸上是属于女人的。风浪和噩运，被男人的身躯挡住，女人们则要面对难熬的等待和寂寞的无眠。

出远海之前，老苏所有关于海的记忆，都跟黄昏和月夜有关。

黄昏是酸楚的。通信不发达的很多年里，等待是唯一的联系方式。女人们每到黄昏，就会在岸边的木麻黄树和椰子树下遥望大海，希望铺满黄金的水面上，出现一个黑点。黑点逐渐变大，变成她们的男人以及船舱里的鱼虾。这样的等待，有等到的欢喜，也有颗粒无收的失望——有时是绝望，出海的男人和那艘船，永远留在某一次风浪里了。月夜则是欢腾的。当月夜下有人，说明渔船已安然回来，女人们悬着的一颗心，暂时回归原位。渔获从船上被卸下，在月光下，鱼虾蟹闪耀着奇特的光泽。有些竟然是透明的，月光穿过鱼虾的身体，散发着晶莹的光。这是小孩子的节日。

老苏十三岁第一次上船。父亲是在出海的那天早上，才告诉他这个消息的——若提前告诉，怕他过于兴奋，睡不好，影响在船上的状态。船离开岸边的时候，老苏陷在兴奋里，不去看岸上老人和女人的挥手。船驶向碧蓝深处，兴奋很快化为乌有。四望全是一样的，只有水天，只有单调到花眼的碧蓝色，航向掌握在父亲手里、心中。船行半天之后，老苏已经把该吐的都吐出来了。船员上前帮他捏肩捏背，被父亲喝止了："才刚开始，后面两个月都要在水上，怎么受得了？让他吐！"

父亲不理在船上打滚的他，只顾观看太阳，对照着手中的罗盘，有时会从怀里掏出一个被布裹得严严实实的小包，打开那本纸张灰黄的小册子。那么多年了，识字不多的父亲，已经能把册子上的文字背下来了，可海上航行，马虎不得，还是得拿出来印证一下记忆。小册子上，写着这片海域所有的秘密。翻滚到肚子疼，翻滚到口腔泛酸、泛苦，翻滚到无力呻吟。父亲还是不理他，也不让船员过去。

傍晚时，海面平静，有人给父亲换手，父亲把罗盘交到那人手中。父亲下到船舱里，用毛巾沾染了一点淡水，递给他。他接过毛巾时，手是发抖的，可他眼中的恨意并不消减。父亲淡淡地说："要出海，这一关得熬过去，谁也帮不了你。海风吹了一天了，你用毛巾擦擦脸、擦擦裤裆。风咸，不擦要烂掉。"握着父亲递过来的湿毛巾，他发抖的手抬都抬不起来了。父亲伸手扶住他的后背，用力在他肩膀一捏，又抢过毛巾，盖在他脸上。毛巾掀开，好像揭开了一层厚厚的海盐面具，脸上一阵凉意。父亲把毛巾塞进他裤裆，他挣扎而起，呕吐到一动就肚皮刺痛，也不管了，推开父亲的手，自己擦着裆部——淡水少，不能洗澡，这是唯一要优待的部位。

这一趟出海，父亲没给他安排捕捞的活计，只任他在船上不停地呕吐，只任他学会在海上的第一件事——习惯晕船。

岸　上

老苏生了两男一女，女儿是老二，嫁到别的县去了。老三读完大学，没有回海南岛，留在上学的那个城市，成了市民，虽然时不时会在电话里说想念家里的海鲜什么的，但他每年回来的次数是越来越少，他的小孩已在那个城市读幼儿园了，老苏也只见过一回，语言也不通——终究和自己、和这片海没什么关系了。距离最近的是大儿子，就在镇上经营着一间铺面，卖的是砗磲贝加工成的工艺品，还和海水相关，但他已经不出海了，只是从人家手中进货、卖出而已。海上的生活太辛苦，老苏自然不愿儿孙们再继续走自己的路，可……想到祖先多少代人以海为田，儿子这辈却远离了，老苏还是涌起一阵阵怅然。父亲从祖父那里接过《更路经》和罗盘，后来传给自己，自己要递出时，眼前空荡，没人接手。

大儿子在镇上建了四层楼，叫他来一起住，热闹些，他说："住不惯。"倒也不是住不惯，只是老家若是没人看着，几个月后回来，家里的一切估计全都锈为粉末了——只有人的目光，能保护家中一切物品抵御海风的侵蚀。

这一天，大儿子到木麻黄林里找他，在旁边静静地看着，等着他把一天的雕刻任务完成。望着那一地烟头和被挖下来的碎屑，大儿子默默地帮着父亲搬椅子、锯子、斧子。

老苏问："有事？"

"不就是想回来跟你喝两杯嘛！爸，你不愿到镇上跟我们住，我不放心你。"大儿子笑了。

"别绕弯弯。"

大儿子不再嬉笑："爸，你也知道的。还是那事，正式通知已经下达了，砗磲不让卖了，我的钱全压在里面，若是这些货出不了手，我下半辈子全丢进去，也还不了人家的钱……"

"当初我就跟你说过，这东西不能卖，你偏不听，怪谁……"

"谁料到会这样？当时镇上的店铺都卖，也不是我一家。何况当时镇上也是鼓励卖的，一艘艘船远赴南沙、西沙，把砗磲捞回来，有厂子加工，我们不卖，别人也要卖啊，发财的人多了去了。前两年上头领导来，镇上不也还卖着？若不是你当年挡着，我早点进去，早赚到大钱了。我进去太晚，你看，才搞了一年多，又说不让捞、不让卖了，这不搞死人嘛。"

"砗磲是海底的灵物，你们捞上来卖，这是什么？出海的人，不干这种事的，你们……我早讲了，这事不能持久的。"

"爸，这时再说这个，没用了嘛，我就是想把损失减到最小。"

砗磲加工产业在镇上发展了四五年，大批人以此为生，镇里也曾出了相关规定鼓励砗磲加工产业的发展，可最近，省内出台了《珊瑚礁和砗磲保护规定》，要求两个月后，禁止对南海砗磲的开采、加工，这使得兴盛了四五年的小镇，陷入一片哀号。禁卖时间快要到了，那些囤货多的，忙着要把货出手，买家手头捏着钱，就是不愿说个爽快话，砗磲价格一路下跌。老苏的大儿子看着堆在库房里的货，倒数着禁卖的时间，急出了通红的双眼和满口腔的溃疡。

"你想怎么办？我又不认识什么老板，哪有本事帮你把东西卖出去。"

"爸，其他的事，你别管。有个记者朋友，姓宋，他听说你是老船长，通过朋友找到我，想来采访采访你。我知道，妈过世后，你现在越来越不愿见人——连我们这些子孙都不想见了——你也不愿谈那些船上的事，但我不是没办法嘛。宋记者说了，他认识一些想收砗磲的老板，你就配合他做一下采访，他认识的人多，后面他给我介绍点生意……"

"就是说说话？"

"就是说说话！"

宋记者在三天后来到渔村。大儿子安排他跟老苏相见后，就急匆匆返回镇上去了，有人打电话给他，说要去看货。宋记者三十多岁，矮墩墩的，几个相机挂在脖子上，简直要把他压趴下。腰间的包里装满各种镜头，显得更矮了。他说："您忙自己的，我先拍拍照。"老苏只好在木麻黄林里，雕刻着自己的那艘船。在老苏的雕刻下，船的造型已经显现，他正在专注的，是那些细节，他要刻出船身上的纹理和气息，他还想刻出海水在渔船上留下的斑驳感。宋记者把相机镜头靠近木船，拍下了木屑飘落的画面，也拍下老苏对着木船的凝视。宋记者对构图有着极端的敏感，他甚至觉得，是老苏的目光而不是刻刀把这艘小船雕刻成型。宋记者拍摄新闻图片，也拍摄一些永远上不了报纸的图片，他觉得，老苏是一个让他不断摁下快门的拍摄对象。

老苏一根烟接着一根烟，脸藏在烟雾后面，宋记者拍了不少他嘴角叼着烟头的照片。忙了有半个小时，宋记者说："老苏，可以拍拍你的罗盘和那本书吗？"老苏把烟头丢到脚下，鞋底一划："你是我儿子带来的，我就直说了，罗盘你随便拍，那本书不行。你们采访有纪律，我们渔民也有纪律。不是我们小气，确实是上面来过一些领导，告诉我们，没有采访介绍信的，不能给看。我们的渔民在南海活动千百年了，这些书是我们在海上活动的证据，不能乱传。"宋记者说："我理解的，这是我的记者证，你看看，这次下来得急了一些，也没想到会需要介绍信……"老苏说："那，不好意思了！"宋记者着急了："你看……老苏，我答应了，给苏伯介绍些生意的，我这次来，并非我个人的事，是省里的日报，要做一期关于南海主权的专题报道。你也知道，有的国家近来跟我们在南海闹得厉害，我们拍你这本书，是要在报纸上登出，是宣誓主权的正能量行为，不会拿来乱搞的。"

老苏就沉默了好一阵说："我信你。但得答应我，不能全拍。封面封底你可以拍，其他的，就不行了。"宋记者慌忙点头说："好。"老苏站起身，朝院子里面走，宋记者跟在后面。院子很大，侧边小点的房子是祖屋，里面供奉着牌位。老苏时间多，又是闲不住的人，这间祖屋被他打扫得一尘不染。祖屋高处是神龛和牌位，下面是八仙桌。老苏并没有直接去取他的罗盘和经书，而是取了几根线香，燃点起来，插在八仙桌上的香炉里。老苏拜了几拜，念念有词，这才走到八仙桌前，从腰间取下钥匙，插进八仙桌侧面的一个柜锁里。拉开柜子，抱出一个木盒子，老苏说："出去看。"

木盒子摆放在院子里的条凳上，呈黑褐色，已经看不出原先是什么木头了，外面刷了一层光亮亮的天那水，用来防潮。木盒并没有锁，把盖子揭开，里头还垫着一层布。布掀开，就看到了一本纸张脆黄的册子、一个古旧的罗盘。老苏正要把册子和罗盘取出，宋记者说："等等，我这样拍一张。"罗盘有一个盖子，打开后，一个圆盘被"甲寅艮丑癸子壬亥乾戌辛酉庚申坤未丁午丙巳巽辰乙卯"瓜分为二十四块，黑褐色的罗盘上，字刷着白色的油漆，指针随着罗盘在老苏手心的抖动，不断变化着方向。册子则是以毛笔字抄就、手工订成的一本书，这本书装订得不平整，书脊以一根早看不出原来颜色的线穿透、捆紧。纸张脆黄，甚至有点黑褐色——任何老旧的东西，好像都不得不被黑褐色掩盖。书的页边也有些翘起，封面上三个字歪歪扭扭——更路经。

宋记者拿着相机的手有些抖："这东西，怎么用？"老苏指着罗盘："罗盘上这二十四个字，代表各个方位，每个字之间的经纬度是十五度，转一圈是三百六十度，是整个地球，行船都要靠这个指引航向……哎，不说这个，现在没人用了，现在都用卫星导航了。这本《更路经》，得结合罗盘来用，上面记载着南海上的各个礁盘、暗沙和岛屿，记载着它们之间的距离和方向。我们以前出海，都要依照上面的记载，算好船的速度和方向，海上茫茫，得绕开礁盘和暗流；风浪来了，得依照这本经书上的记载，找到最近的小岛来躲避……总之，若没有这两样东西，出了远海，即使全程风平浪静，也会迷失方向，没法返航……唉……不说了，不说了，你拍，你拍。"老苏随手一翻，展开《更路经》的一页内文。他话一多，就忘了刚刚跟宋记者强调过的只能拍封面封底的话，宋记者赶紧摁下快门。

老苏展开的这一页，用毛笔写着：

自大潭过东海，用乾巽驶到十二更时，驶半转回乾巽巳亥，约有十五更

……

自三峙下石塘，用艮坤寅申，三更半收

自三峙下二圈，用癸丁丑未，平二更半

自三峙下三圈，用壬丙巳亥，平四更收

自猫注去干豆……

这一行行犹如天书般难解的文字，让宋记者头昏脑涨，他收起相机，掏出纸笔，说："老苏，你讲些在海上的遭遇吧。听说你经历过各种惊险，跟我随便讲点什么，我写下来，一定很吸引人。"

"讲什么？"

"什么都行。"

"渔民嘛……就那样，有什么好说呢？"

老苏把《更路经》和罗盘重新放归盒子，抱进祖屋锁住。八仙桌的抽屉关住的瞬间，老苏脑子里电光石火，闪过一些片段。一九五〇年之后，老苏刚刚上船不久，那时基本不去南沙，而随着船在西沙和中沙捕捞作业。二十多年以后，响应国家战略的需要，他踏上了前往南沙的征途。南沙的气候比西沙、中沙更加变幻莫测，需要船长有真正过硬的技术。老苏带着船员，以一本《更路经》和老罗盘，躲过一次次生命中的劫难。当时的老苏和船员，每发现一个小岛礁，就做一件事：捡起岛礁上的石块，垒成一座小小的"兄弟庙"，烧香祈盼顺风顺水，行船平安。祭拜兄弟庙之风，始于明代，其时有渔村一百零八人出海遇难，渔村之

人便在海边建庙祭奠，既为招魂，也是祈愿。这一百零八位"兄弟"的亡魂，在渔民们的纪念之中，逐渐变成了渔民们的保护神。岛礁小而荒凉，不像在渔村里，可以把庙修得高大气派，甚至在庙门上写下"孤魂作颂烟波静，兄弟联吟镜海清"的对联。几块礁石垒成的小洞，便足以安放渔民们的恐惧与不安。若是登上的是被别国侵占了的岛礁，老苏还会取出早就准备好的木牌插下，上有大红油漆文字："中国领土不可侵犯。"来年再登岛，木牌往往不见了，只好把字刻在礁石上。下回再来，刻了字的石头，同样不见了，不知道是被海风、海水磨光还是被别国的人丢了。那些年里，捕捞不仅仅是捕捞，也是凭着一股中国人的热血，在自己的海域巡游。数十年的海上生涯，他被抓去越南蹲过监狱；也曾登陆某个小岛后，被岛上的外国驻军拿枪顶着肚子；他甚至在海上遭遇过某国士兵的持枪扫射，当时他冷静地指挥船员以装着大米的袋子堆在船舵边挡子弹，让船员躲进船舱，他依靠对罗盘、《更路经》和风向水流的谙熟于心，掌舵闪躲，没有让船员成了新的"兄弟亡魂"。他和穷凶极恶的海盗有过生死搏斗，当然也曾遭遇淡水箱破漏，喝自己的尿解渴救命……这些记忆重叠、堆积、纠缠，在祖屋里的这一瞬，搅成一团糨糊。

老苏走到院子里，宋记者递过去一支烟："讲讲出海的事嘛！"

"出海？"

"是咯，现在跟以前条件不一样，以前出海，很辛苦啊。"

"世上哪有不辛苦的事？对了，你知道不？以前我们出海，遭遇了不测，要怎么办？"

"遭遇不测？指什么？"

"唉，到底是年轻。渔家每一次出海，都走在生死边缘。风浪大了，连人带船，都找不到痕迹了，硬生生，全部吞没了，丝毫不剩啊。"

宋记者脸色严峻，取出录音笔，调到录音状态。老苏继续讲："死在风浪里，倒还省事。有人死了，其他人找到他的尸体，水路那么远，把尸体运回来，那才叫辛苦。船在海上航行多天，尸体就摆在船上，又热又潮，腐烂得很快，你说，要怎么运回来？"

宋记者嘴角泛酸，胃里在翻滚。

"得用盐腌。像咸鱼一样，把海盐覆盖在尸体上面，吸收水汽。从不晕船的船员，也会被臭味熏得胆汁都吐出来……"

宋记者手一抖，录音笔掉落地上，他没去捡，用双手捂住嘴巴，也没能捂住胃里翻涌上来的腥臭，录音笔被秽物覆盖了。宋记者不知道录音笔坏了没有，但他知道，不用录音笔，他也会清楚地记得老苏讲出来的每个字。

海　里

从初登船到真正自己掌舵，老苏用了接近二十年。如果不是一场意外让父亲瘸了右腿，这个时间还得往后延迟。经过最初的不适期，适应船上生活之后，老苏去了别的船当船员。这是渔村的规矩，父子兄弟不能同一艘船出海，以免遭遇不测的时候，全家灭绝。在别人船上的那些年里，每次在岸上，父亲紧紧叮嘱，让他背熟那本《更路经》、学会看罗盘。对他来讲，学这两样东西比在海上晕船呕吐还难受。但又不得不学，这也不是谁想学就能学的，《更路经》版本不一，却都是各个船长的珍贵私藏。父亲手头这本，传了几代了，已难以说清。在渔村的很多传说里，最初的《更路经》还与明朝的郑和船队有关，他们相信，下西洋的郑和，曾因为一场风暴，停靠在渔村，尝到了渔村最鲜美的鱼虾，并留下了一部最初的《更路经》。之后，一代代的渔村先民，用一次次惨痛的代价，完善、增补着这部小册子——这是一部附着无数海上亡灵的册子。

一位船长，不仅需要掌舵，也是一个记录者，随时记下海上发生的一切。航行路线附近的水况、最新发现的鱼群位置、岛礁的位置……甚至云层也是观测的对象。云天的变化，很少记录在《更路经》上，那是出海人一种口口相传的骨血经验。白天，可以通过瞭望水面的颜色来判断海水的深浅，判断附近是否有礁盘——有礁盘的水要浅一些，日光下，是一种翡翠蓝；没有月亮的夜里，那些经历了生死的老船长，通过云层的反光来分辨岛屿、珊瑚礁以及水下的鱼群。对于老船长来讲，每一次出航，也是验证和矫正《更路经》的过程。

父亲出海多年，在一次大风暴中，他完整地把所有船员带回来了，甚至连捕捞到的海产，也没有多少减少，但是，他付出了一条腿的代价。他严阵以待，顶住了无数次海浪的迎头碰撞，但一次的不留意，他的腿瘸了。伤好之后，父亲萌生退意，老苏很不理解，因为父亲虽然有些微瘸，但在风平浪静的时候，影响并不大。父亲很坚决，他说："你不是我，你不知道情况，但我知道。这一次放过了我，我再下海，就回不来了。"父亲立即下船，不再掌舵，家里的船交给了老苏。

老苏用了三年的时间，才摆平了自己、船员和那片海域。他指挥着航线，不仅关系到能不能满载而归，还关系到一船人的性命。在之后的好多年里，他的船大多数是满载而归的，但总免不了有失落的时候，白忙一个月，船舱空荡荡。最大的损失，当然是有人把命丢在了海里。比如说，那一次疏忽，老苏船上最好的水手曾椰子，就把命丢在海里了。看到曾椰子的身体浮出水面，船长老苏才想起父亲无数次的告诫："出海的人，永远不能喝酒，否则你总会在醉后淹死在水里。"一直到多年以后，老苏还为此惭愧和自责。

当了船长的老苏，一直严禁船员带酒上船，但还是会有些船员悄悄塞着一点，当夜色笼盖，舌尖舔两舔，躺在船板上，遥想茫茫大海尽头处渔村里的家人。若没一点酒，很多人会在咸腥的海风中，洒下饱含盐分的泪滴。

那日，天已亮，曾椰子跟老苏招呼过后，就带着氧气瓶潜到水中去了。在下水之前，老苏闻到了一丝米酒的味道，还没来得及说话，一阵水花溅起，曾椰子已在水中了。这一带是海参出没之地，而海参是此趟出海最重要的目的。老苏不停盯着手表，希望曾椰子在氧气用尽之前浮上来。老苏等到的，是曾椰子抽搐、扭动的身体，在海面上翻滚。老苏和其他船员把他捞上船来没多久，曾椰子就断气了，眼耳鼻甚至肌肤，都渗出鲜红的血。这般死法，突兀而让人惊骇。老苏没来得及细究他遇到了什么事情，就得在船员六神无主的哭声中，想好怎么把曾椰子的尸体运回渔村。

船员的作业都停歇了，他们只要看一眼曾椰子的惨状，就忍不住剧烈地呕吐。老苏让人把捆在曾椰子身上的氧气瓶脱下，解开他的衣服。又让船员到舱里取来淡水，他一点一点擦拭着曾椰子渐渐变得僵硬的尸体，一边洗，一边扇自己的巴掌——他想起了曾椰子下水前闻到的那丝酒气，想到父亲持续多年的告诫。父亲那么多年的苦口婆心，也没能阻止惨剧的发生。洗净身体的曾椰子，比下水前瘦了一圈——老苏已经知道他是怎么死的了。

干净衣服换上，曾椰子总算有了点人样。天气炎热，在往渔村赶的过程中，要怎么保存这具尸身，成了最大的问题。船上有装淡水的桶，可太矮，没法把那么高的曾椰子装进去。最后，老苏让船员把一艘挂在渔船上的小船抬上甲板，把曾椰子放了进去。再把海盐取出，覆盖在曾椰子身上。海上作业，时间久，有些鱼没法活着运回到岸上，每艘船都备了大量的海盐，用以腌鱼。曾椰子就像咸鱼一样，被盐覆盖在小船上。老苏让船员用铺在船上睡觉的木板，把小船盖住，曾椰子就像一具木乃伊，被封住了。再取来绳子，把木板盖住的小船死死捆住，防止一丝丝的泄漏。本来应该烧在某个海礁上祭拜一百零八兄弟公的线香，插在小船上，被海风吹拂，烧得很快。

船全速返航。

封不住的尸臭开始渗出，起先还很微弱，后来则是汹涌而来。所有人都吐了，连喝水也变成巨大的折磨。五天四夜的漫长航行，船才回到渔村，当眼前的碧蓝中冒出椰子树和木麻黄的一线绿色的时候，老苏松开船舵，轰然倒在船头——他这几天几乎没有闭眼过。

上岸后，尸臭味几乎在他鼻孔里萦绕了一个多月。而后来很多年里，每逢压力大，老苏就做着变成曾椰子的梦……在那个梦里，氧气瓶压在老苏的身上，潜入到十几米深的地方，所有的肌肤、血肉都挤压着骨头，或许，是早上的那点酒，让他失去了往日的警惕，只专注着眼前的海参。他忘了，氧气瓶已经快要用完。当呼吸开始急促，他慌乱了，忘了要缓慢升起以卸掉沉重的水压，而是一转身，匆匆往水面上射去。这一浮太快了，浑身每寸肌肤上的水压顿时消失，造成体内压力比体外大得多，血管爆裂，鲜血渗出……

曾椰子只死了一回，而老苏则在梦中，一次次这么死去，又活过来。

岸　上

一个十字路口就把这个小镇的格局划定了，所有的铺面都沿着十字生长。在统一的风格之下，每家店铺都花尽心思摆放各种器物以吸引游客的目光，有的摆放着一只巨大的船锚，有的则摆放着一堆珊瑚礁，有的甚至把一艘木板深黑的小船斜放在门口……在砗磲生意无比热闹的时候，总有游客摆着各种姿势，在店铺门口立起剪刀手拍下照片，传到朋友圈。而此时，店铺依旧，却由于少了游客的光顾，平添了萧条慌乱之感。老苏大儿子的店铺在东街的中间，他找来一块石头，在上面刻出一个罗盘的模样——照着老苏的罗盘来刻的——取了一个颇为霸气的名字"望海楼"，立即有了一股在海上指挥若定的气势。

儿子的店铺半掩着门，老苏没有在儿子的店面前停留，而是直接到了阿黄家。阿黄因为下船早，也是渔村里较早搬到镇上的人，由于先发优势，他家占据了一个很好的位置，处于镇上唯一的十字路口处。阿黄当年买下的地还不小，他的房子除了铺面之外，还留有很大的一个院子。阿黄的房间在后院，即使闷热，窗子也紧闭着——阿黄已吹不得海边过来的风。他瘫坐在房里的沙发上，还裹着一条薄薄的被单，面前摆放着工夫茶的茶具，已经泡好了颜色金黄的茶水。

"会享受啊你！"老苏说。

"我倒是想到茶店里喝，跟人聊聊天，但哪出得了门？风一吹，鼻涕跟水龙头似的。我这病，那么久了，吊针打了好几回，也不见好……"阿黄的鼻音很重，声音沙哑。

"你这样了，还能喝茶不？"

"我不喝，泡给你喝的。我喝水。"

"我自己来，不然你传染我。"

"也不是你想传染就能传的。"

老苏拿起一小杯，一饮而尽，茶水已经没有那么烫了。阿黄等了多久呢？茶水是不是一遍遍凉透，又一遍遍再添？阿黄又裹紧了身上的被单，身子缩到软沙发里面去："过来的时候，看到镇上那些铺面了？"

"看到了，好多都清空了。"

"谁说不是呢？那些砗磲生意，我总觉得做不长久。千年万年的砗磲贝才能玉化，就这么拿来加工卖了，也是罪过啊……"

"生意人只认钱，哪懂得什么是海？我那儿子，我为这事，才不想搬去跟他住。看着那些砗磲被加工成那样卖掉，心疼啊。"

"……唉，老苏，我找你，是想跟你商量个事。这事我也犹豫了好久，我自己做不来，得你一起才行。我知道你这些年不愿意跟人打交道，不喜欢抛头露面，但这不仅仅是我们自己的事，有时也是不好推掉……"

"镇里找到你的？"

"不仅仅是镇里，还有市里，据说省里领导也很重视。刚才也说到的，镇上这些店铺不让卖砗磲，这不也是好事吗？你也不想看着南海被这么挖吧？可是，不让卖了，镇上这些人，包括你儿子，他们干吗去呢？大家总要吃饭啊，那么多人，总不能说把店铺关了就完事。有些人得分流回渔船上，也有些人得引导去做别的事，上面想在镇上发展旅游，今年渔季开始之时，想举办一个开渔节。上头问来问去，也找不到人来主持开渔节的祭祀仪式，我倒是很有心参与，但很多东西，我也不懂，我没当过船长，手头也没有一本经书和罗盘，这活儿，我是做不了的了，得你来啊……"

"阿黄，你有热心我知道，但那种场面，我哪里把握得了？还得是庆海爹才行，我哪懂这些……"

"庆海爹不都走了三年了嘛，去挖他尸骨来主持吗？"

老苏也哑口了。庆海爹还在时，每到开渔之前，渔村的人都会提前商量好祭拜的程序。海风灌涌的港口上，聚满渔村老少。锣鼓敲响，祷词念出，人人都点香烧烛，祭拜大海，也祭拜那些丧生在大海中的人。很多年里，庆海爹都是那个事无巨细、把握着一切流程的人，他比老苏大十几岁，是南海上最好的船长。他被当作最好的船长，并非他的船渔获最丰，而是数十年中，他的船员从未有一人把命丢在大海之中。甚至有人传说，那都是因为庆海爹熟悉祭海之俗，能够和那些海上亡灵交流，每当风暴与危险将至，他都能提前获得信息。依靠手中的《更路经》、罗盘和船舵，他把船驶出一条曲折隐秘的线路，避开了风浪，毫发无伤地回返岸上。庆海爹宣布不再继续担任船长的时候，还曾在渔村引起一阵动荡，少了这么一位定海神针式的人物，村人就慌乱了。还好，每年的祭海仪式，庆海爹还出席。庆海爹过世前五年已经行动不便，换他的儿子来主持，村民的向心力便弱了很多。庆海爹一死，仪式等于取消了，各家只在出海之前，各自烧香点烛、轰炸一下鞭炮，算是走了一下过场。

"庆海爹儿子不还在嘛，那套流程，他懂……"老苏说。

阿黄哼哼冷笑："提那败家子？他倒是懂得照着念，但他眼中只有钱，每件事得多少钱，那是丝毫少不得的，哪请得动他？……何况，那年他为了钱，硬要把罗盘和经书卖掉的事，你又不是不知道。这样的人，哪还能找？"

"这事，应不下来，我这人，话都不会说。我还是刻刻我的木头吧……"

阿黄把裹在身上的被子一抖，滑落地上，他站起来："老苏，我这身体若还可以，我还想撑着试试，硬着头皮上。实在是没办法了，开渔的时候，我还能不能站直都不好说了。我们这些老的，走的都差不多了，你不应承，还有谁啊？"

"真不行……我再想想……"

老苏告别阿黄后，还没回到渔村，就在街角处被大儿子接到了他家里。当时他脑子一片混乱，差点被一辆摩托车撞倒，儿子从店铺里冲出来，把他往自己店铺里面拽。店铺的货架已经接近清空，地板上一片混乱。不同的袋子里，有的装着砗磲手链，有些则是打磨光滑的整块砗磲贝，还有一些是完全没有加工过的大贝壳——有些人爱在家里摆这原生态的贝壳，说那是自然的味道。几个小工忙得一团乱，绑好的袋子，分别移到店铺里的不同角落。灰尘沾满了整个店铺，老苏简直无处下脚。往店铺后面走，也是一片慌乱。这些海里的宝贝，曾让这个小镇无比热闹，此时却让整个小镇陷入慌乱。

大儿子很高兴："爸，宋记者跟我说了，说你那天很配合。他的文章写得很好，你看，报纸也登出来了。你还没看到吧？"他从柜台抽出一张报纸，递给老苏。柜台上堆着五六寸厚的一沓报纸，都是同一期的。这是省报的一期特刊，介绍渔民与南海的故事，展开的第三版上，老苏看到了自己的照片，他捧着经书、罗盘的画面，被毫不吝啬地排了三分之一的版面那么大。还有一篇文字，是关于老苏的采访，介绍着他的一些经历。老苏脑子一蒙，平日里，在报纸上出现的都是大领导、大老板，自己一个渔民，被排了这么一张大照片，到茶馆里遇到熟人，还不得被天天挂在嘴边议论？老苏立即把报纸合上了，实在不敢看报纸上的那张老脸，更不敢看记者的文字。

到了楼上坐下，儿子笑呵呵说："爸，那宋记者是很有本事啊。他回去之后，打了个电话来，说他问到省里砗磲研究会的一位副会长，是一位书法家，也是个大老板，他胃口大，说我这里那些品相好的货，他都能拿下。你也看到，店里乱成那样，就是要把货分好，他中午要来看货。"

老苏松了一口气："挺好嘛，麻烦解决了。"

"是很好，是很好。其实，钱也是压在那些品相好的货里，那些差的，不值几个钱，只要这批货一出，就算是缓过来了。爸，你也在店里待着，别着急回去了，晚上咱们父子好好喝几杯……"

"我哪喝酒的？"

"那就待着，吃点马鲛鱼。爸，你就在这吃完饭，我开车送你回去。"

马鲛鱼……老苏吞咽了一下。海里的东西他吃了多少年，马鲛鱼是永远吃不腻的，那种鲜味，能掩盖所有的烦恼，从舌尖溢散全身，瞬间把人包裹在风平浪静的海水里。老苏有时候也会想，出海那么危险，一代代人把命丢在水里，却还要去，其实和这水中之物的味道关系极大，当舌尖触到一块煎得略微焦黄的马鲛鱼，所有海上的历险，都那么值得。

马鲛鱼……平静的海水……人泡在水中，轻轻摇晃……

老苏只能答应下来。

二楼的阳台，可以看到街面，东边不远，就是港口，渔船正在那里停靠。目前是休渔期，但离开渔已经不远，很多人已经在做着各种准备。儿子把二楼阳台改成了一个喝茶的地方，吹过来的风，让老苏有些打哈欠。他翻开报纸，从大标题里可以看出，这期特刊全是和南海有关的。近些日子那个与中国相邻的国家，在南海上折腾不已，在国际上发起了什么南海仲裁案，省内报纸搞了这么一期特刊，也是在宣誓南海的主权。特刊从专家、官员、收藏者到渔民，都进行了采访，讲述了南海的不同侧面。由于自己被刊登在第三版，老苏没太有心情去细看报纸，他叠了叠，塞进口袋，心想，他娘的，还用得着证明吗？不说别的，我们一个小渔村，这些年就有多少人葬身在这片海里？我们从这片海里找吃食，也把那么多人还给了这片海，那么多祖宗的魂儿，都游荡在水里，这片海不是我们的，是谁的？

书法家穿着一身中式衣服，脸很圆，手腕肥嘟嘟，左手戴一条粗大的砗磲手串，颜色通透而乳白；右手则是黄花梨手串，深褐色的斑纹鬼脸，好像还会眨眼。这些珠子都很大，可在他肥硕的手腕映衬下，显得很细小。书法家低着头，每个袋子前都蹲下来，细细看着里面的货。作为收藏者，他知道物以稀为贵的道理，现在这些店家慌乱出手，正是低价进货的好时候——禁止交易的规定很快生效，但那是对公开买卖的店铺的要求，真正好藏品的交易，都是私下里进行的。他藏品量惊人，但他从不嫌多，当然，他只收真正的好货。他不时从每个袋子里挑拣出一些次品。书法家挑好后，立即叫来他的司机，跟老苏的儿子一起清点货物，列出清单。书法家拍拍手上的尘土："宋记者的采访，我看了，写得好，故事感人。我想见见你爸，不知道方便不方便？"

老苏的儿子笑了起来："刚好我爸就在楼上，平时他在渔村里，今天刚好在。我叫他下来。"书法家微微点头，不一会儿，书法家就看到满脸铜锈色的老苏。老苏的褐色上衣，塞进黑色的裤子里，腰带有一些脱色。老苏的头发很稀疏，额头光亮，从额头左侧到下巴处，则布满星星点点的黑色斑痕，他的手背犹如长满毛刺的老树根。书法家伸出右手，老苏犹豫了一下，把他斑驳的手,握上了书法家肥滑软嫩的手掌,感觉到书法家的手抖了抖,老苏赶紧把手松开、缩回。

书法家笑着说:"我看到你的采访了,很佩服,想认识认识你。"

"呵……"

"那报纸,我买了很多份送人了,这期报纸做得好啊。"

"呵……"

"我今天来跟你儿子要货……"他指着那些被他挑选过的袋子,"那些,我都要,这货,值不少钱啊。我跟你们镇上不少店家都是老朋友了,他们都急着出手,都在找我。宋记者极力推荐了你儿子,我确实是佩服老苏你,在我们的海上出生入死,维护了我们的主权……我是专门到你儿子这里来要货啊……"

"呵……"

"感谢……感谢!"老苏的儿子在一旁说。

书法家收起笑脸:"老苏,我是直白人,不绕弯子,这次,除了跟你儿子进货,我就是专门来找你的。"

"找我?"

"是。我这人,爱收老东西,连当年古代沉船的海捞瓷都不少,我这次来,就是想找老苏你,能不能把你手头的东西转让给我?"

"我这人,哪有什么东西能让你瞧得上的?"老苏挠挠头,左脸那些斑痕一跳一跳。

"我想要你手上的《更路经》跟罗盘!"

老苏愣住了,回头看看他儿子。儿子表情紧张,眼睛充满祈求,手捏成拳。老苏尴尬地说:"这东西,不算有多贵重,眼下出海,是用不上了,可这是从我爸、我爷爷、我爷爷的爸……一路传下来的,这东西现在到我手上,哪能卖了?"

"老苏,我知道!你看,我这不是跟你儿子做了很大一笔生意嘛。他目前遇到困难,需要出手这些货,我帮他收了那么多,你看……"书法家指着那一个个袋子。

"爸……爸……"儿子喊了两声,把老苏拉到一边,指手画脚,低声说着什么。老苏只是摇头，他儿子头上的汗不断涌出。

"这样吧！我干脆点，老苏，你只要愿意出手，价钱好说，你自己开。另外，我也不挑了，你儿子剩下的这些货，我也给他全拿了。这样，你儿子立即资金回笼，想做点什么，也就宽裕了……"书法家的这句话，把老苏的儿子也惊得愣住了，他唯有看着父亲，不停使眼色，就差跪下去了。

老苏长叹一口气，说："你跟我儿子做生意，我感谢你。要是别的什么，卖了也就卖了，但这两样东西，也不是自我手上才有的……"

"你看，你看，老苏，你也是不好讲话，你留下这东西，以后也不是要传给你儿子吗？"书法家指了指老苏的儿子，"你以后也是要传给他，他也是能做主的，现在出手，能把他的资金全都救回，他也能赶紧做别的事情去，这不是挺好的事嘛。你这……"

"爸……"儿子抹脸，汗水淋漓。

老苏的语气愈加生冷："以后我死了，他要卖，是他的事。实在不行，我死前烧了。"老苏脸色黑沉，知道今晚的煎马鲛鱼是没得吃了，迈步跨出店铺。

"老苏……老苏……"书法家喊着，老苏并不应承，他只能转头对着老苏的儿子，"你爸这么不好说话。我想，你还是去做做他的工作，这些货，等你谈定了，一起算吧。我先去老曾那店里看看，他也给我留了些货……"

海　里

天色还没暗透，海面上出现了海螺大小的漩涡，白天波澜不惊的海面，此时变得怪异。老苏的心中紧张起来。这是大风雨即将来临的征兆——可这是十二月底啊，春节已经不远，这一趟之后，很快就要返航过年了，这个月份，按常理讲，是不应该有台风的。渔船的位置，在永兴岛、西岛、浪花礁之间，老苏心里很快做出决断，准备前往面积最大的永兴岛避风。船员中有反对的，说老苏太过胆小，这个月份哪会有台风？这一片海域，并非只有老苏的一艘船，从海南岛来的不少船只，最近都聚集在这片海域。这片海域，前些时候有一艘外国的大轮船经过，触礁沉没了，满满一船的货物，全洒在海里，附近知情的渔民们很快围聚过来打捞，反而没再去留意鱼虾。白天，各艘船散开打捞货物，夜里，亮着灯，各艘船一起停靠在附近一个小小的岛礁。

一看到水面起了漩涡，老苏喊起来："大家也看看，是不是要起风？"

各家船长都走出船舱，细细观看水面，脸色凝重。

老苏说："我看风是要起，这里太小，风要来了，怕是没处躲，还是得提早去永兴岛。"

老苏让船员起锚，掉转船头，朝永兴岛的方向而去。二十世纪七十年代以前，大多是木帆船，而此时是一九七三年了，大多是机船，发动机带动船桨，哗啦啦打着水花。七八艘渔船，也跟随着老苏的船，一起前往永兴岛。渐渐黑起来的海面上，一串亮灯的船队，像一条在海面上流动的龙。

"老苏！老苏！"声音来自一艘逐渐靠近岛礁的船。

老苏缓慢把船停下，那艘船也慢慢地移靠过来。那是一艘新造的大吨位渔船，船长是位中年人，前些时候，那艘船才从渔港下水。那船长老苏也是认识的，两艘船基本上同时出发，沿着相同的航线，但大船速度快，比老苏要早抵达这片海域。

"老苏，去哪儿啊？"对面船高，中年船长的声音压下来。

老苏指着海面："水面奇怪，怕是要来风浪，去永兴岛躲躲！"

"哈哈哈，老苏，出海多年了，哪听说过十二月有台风的？也太胆小了。"

"满船的人呢，哪能开玩笑？海上找吃的，不靠赌气，不靠胆子肥，得小心啊。"

"老苏，这气我就赌一把！"那艘大吨位船立即加速，把老苏的呼喊抛弃在海面上。

对渔民来讲，永兴岛是茫茫南海中最安全的地方。它的面积足够大，有渔民在岛上盖了临时的房子，也有部队官兵驻扎在这里。从永兴岛上岸之后，船员都分散住到那些临时搭建的房子里，老苏听到了船员们的埋怨。船员在牢骚中睡着之后，老苏还在翻来覆去。他踱步到小岛的岸边，观察着水面的变化，他更把目光放长，希望能从海面上看到有一点渔火出现。那渔火一直没有出现。

风终于起来了，在接近凌晨四点的时候，原本轻拂的风，显示出了猛烈的气势，海浪开始翻滚，不断击打着岸边，抛锚定好的渔船也被浪拍打得噼啪作响。雨的到来要缓慢得多。先是洒下一些小点，大半个小时后，倾盆大雨才追赶过来。老苏不能再在岸边待着了，他回到屋子里，浑身已经全是水了。因岛上缺少水泥和砖石，这些房子都用木头搭建，覆盖着铁皮、油毛毡，在风雨中有随时被刮走的感觉。撑了没多久，这些房子全被掀垮了，渔民们匆忙到岛上的水产公司的加工房躲避。因为返航回海南岛比较遥远，这家国营的水产公司把加工部门设到永兴岛上，方便捕捞之后，就近加工，再运输回海南岛。这些加工房把钢管打进土里，要牢靠得多，可仍然在狂风暴雨中摇摇晃晃。

渔民们聚到一块，也没说话，安静地听着外头的风雨交加。

"唉，还好我们躲上岛来了，还好……"终于有人从哪个角落说了一句。

"那艘大船，回来了吗？"

又都沉默了。

暗黑之中，有人压抑不住，抽泣起来。

几乎所有人都没怎么睡好，天色发白之后，呼噜声才相继四起。

这场罕见的冬季台风，竟然刮了整整三天。其间最大的风浪有十多米，巨浪吞没着一切，连这永兴岛好像也不安全了。在这三天里，每逢风小一些，老苏就要冒雨去岸边查看渔船，他担心锚和绳子也没法拉住他的船。

台风过后，天空如洗，一切恢复平静，岛上一片狼藉。老苏决定休整两天再出海。有些渔民已经跃跃欲试，准备出海收拾还在风浪里惊慌失措的鱼虾。水产公司的渔民出去后，第一天就有了收获，竟然捕获了好几条大鲨鱼。老苏出海，从未动过捕捞鲨鱼的念头，听说那些海中霸王被拉回永兴岛的时候，老苏也跟着躲风的渔民去围观,还吸引来了一些岛上驻扎的士兵。捕获的鲨鱼有六头,有大有小,很显然,这些鲨鱼在被射伤之后,再被粗大的网捆住,拉到永兴岛,已经全都死去了。它们巨大的身躯,还是把老苏给震撼了,浑圆的肚子像打满了气。

老苏穿着拖鞋,走到沙滩边上,伸腿踢踢那些鲨鱼的肚子,鲨鱼弹性很足,把老苏的脚打滑到一边去。人都围拢过来。加工人员脸上笑开了花:"先挑一头最大的看看,吃了什么东西,肚子这么圆!"锋利的大刀划过,把鲨鱼肚子剖开。猛烈的腥味有着巨大的推力,把围聚的人给推开了。刀继续划开,划开鲨鱼的胃,有圆滚滚的东西掉出来,也有条形的东西掉出来,浓烈的腥臭味更加强烈了,围观的人又退缩了几步,有人受不了这强烈腥臭味的刺激,就蹲下来呕吐。加工人员皱起脸来,他用长刀推了推那圆滚滚的东西,滚动了几下。

尖叫声响起来:"人头!"

是人头,正面朝上,脸上粘着鲨鱼胃里的黏液,可没被胃酸化完的样子,还能看出那是一张人脸。那人眼睛暴凸,瞪着所有围观的人。

尖叫声此起彼伏,老苏也再次往后退。那加工人员也吓得手中的刀掉落了下来。大家这才注意到,刚才掉落的那些条形的东西,是人的手脚。

——这些鲨鱼,是被人喂饱的。

在大家的惊慌失措中,围观的士兵们主动上前,接过刀,把剩下的几条鲨鱼也都剖腹了。无一例外,鲨鱼肚子里,全都是人头与残肢。

士兵清洗那些残骸后,老苏和船员从还没被腐蚀殆尽的四个残破的人头中,隐约辨认和猜测,应该是那艘大吨位渔船上的渔民。那艘船上可是有着三十多人啊,马上又要过春节了……所有的渔民都号哭出来。

哭声是永兴岛的另一场台风。

岸　上

　　那一天风小，阿黄想下楼走走，刚上街，就摇摇晃晃，昏倒在地。家人叫来了救护车，先送到了市里，还没办下住院手续，市医院就联系了省医院，直接送到了省城。省医院正好有京城专家前来坐诊，把阿黄浑身检查之后，给他家人做出了"不建议手术"的诊断。阿黄把家中儿女叫来，儿女都唯唯诺诺，阿黄绷着脸："是不是癌？"沉默，等于说出了答案。阿黄说："待在医院有用吗？"又是沉默。阿黄说："回去吧，医院里味道重，我待不惯。"是肺部的问题。得知阿黄是老渔民之后，医生貌似很确定地说，可能是当年海上捕捞，长期在水中憋气，对肺部造成了很大的损伤，应该是老毛病了，不过是到了现在，才集中爆发了。

　　阿黄有个女儿嫁到广东，夫家很有钱，她从广东飞回之后，强烈要求把阿黄送去广东就诊，说岛内医疗技术不行，得到广东的大医院。她在医院里把所有的兄弟姐妹都数落了一番，说他们纯粹是舍不得钱，又说既然这样，医疗费由她出。她的话惹得一家人在病房里争吵不休。阿黄冷冷地喊了一声："不去广东了，我要回家。不是钱的事，我不想被割成碎肉。硬要叫我去，我就从这病房窗子跳下去。"阿黄轻描淡写中，藏着斩钉截铁。医院开了止痛药之后，阿黄回到镇上来了。阿黄家离镇卫生院不远，阿黄就待在家里，由卫生院的护士上门给他换药水。

　　老苏来看阿黄的时候，他正斜靠在一个厚厚的枕头上，手臂上扎着吊瓶——自医院回来之后，这药水每天都要输送到他的体内。他曾抗议说不打了不打了，可汹涌而来的剧痛，要把他撕成碎片，他不得不让针头扎进体内。剧痛的袭来，会让阿黄有一种在海水中挣扎的窒息感。很多年里，他在海水中作业，穿梭如游鱼，那种摆动身姿的自由，让他觉得自己应该属于大海而不是陆地。他当然也遇到过在水中快要溺亡的时候，还不止一次，浑身扭动、挣扎，却毫无用处，逐渐陷入更深黑的海底。阿黄曾想，千万种死法里面，溺亡在海中，一定是最惨烈、痛苦的那种。因病而带来的剧痛，若不靠止痛药压制，阿黄就得一次次经历溺入海水的绝望——他得依靠止痛针，一次次从水底返回岸上。

老苏捏了捏阿黄的右手，没有任何反馈的力道，只有穿透掌心的凉意。

"我就该死在水里。"阿黄嘴唇动了动，老苏得静静地听，才能听到那浑浊、带着粗气的话。

阿黄惧怕着海水，又渴望着死在水中。

老苏摇头苦笑。

阿黄忽然想起什么："老苏，那事，你答应下来了吗？"

"什么事？"

"开渔节的祭海啊……这些年……呵呵呵……"

"这事，我答应不下来啊！"

阿黄猛地坐直，就要从床上翻身下来。老苏按住阿黄："你坐下，你坐下，起来干吗呢？"阿黄不理他，伸手去抓挂在床头一个铁架子上的药水瓶。阿黄的手一伸出，浑身就抖动如电击。老苏只好一只手扶住阿黄，一只手取下药水瓶。阿黄摆摆手，往阳台边去。阳台外，日光猛烈，海风也很大。阿黄拉开门，有风灌进，他的抖动更加剧烈，老苏害怕他会摔倒。阿黄靠着阳台的栏杆，老苏只能扶着他。

小镇的街巷上烟尘滚滚，人人貌似很慵懒，但很多人都因为禁卖砗磲的最后期限即将到来而手忙脚乱。不仅仅是店家，镇上的有关部门也很茫然，禁令来得很突然，与这个产业有关的数千人要分流到其他地方去，并非一件容易的事。大儿子到渔村里找过老苏几回，没怎么说话，就静悄悄地站在他身边，看着他刻那树根。老苏不说话，他也就不说，站到暮色将起的时候，他转身离开。老苏知道大儿子的心意，知道大儿子内心的焦躁和无奈，知道大儿子没能开口提出的那个要求……可他能怎么做呢？真的要把《更路经》和罗盘卖给那个书法家？若不卖，那堆货砸在儿子手中，儿子一朝欠人家一屁股债，今后怕是父子也没得做了。

阿黄的脸色愈加蜡黄，他的气息是不规律的："大家靠海吃海，但现在没人祭海了，大家都信仪器，不信仪式。一门心思只想着钱，渔村没有了……没有了……"老苏不知道该怎么回话，只好不说，他拍拍阿黄的肩膀。刮过来的海风越来越大，怕阿黄身子承受不住，老苏把他强拉回房间里。

老伴的坟墓离渔村不远，却是一块背着海风的地方，老苏心烦意乱时，会到那里坐坐，想一些事情。慢慢算下来，出船那些年，老苏一年中没多少时间见到老伴的。女人不能上船，是渔村多年的习俗了，因为女人上了渔船，导致渔船如何出事的传说，从未绝过。年轻时，出船一两个月，颠簸劳顿倒不是最苦的，最苦的是对女人身体的渴望。白天还好，在水中、烈日下搏斗；夜里，躺在船板上，星光满天，船随风轻晃，体内的欲望都被摇出来了。每次船回渔村，老苏和其他男人一样，在船头看到岸上的女人之后，内心的焦灼和渴盼达到了顶点。但，还得先把所有的渔获卸下船，再洗一顿痛快的淡水澡以后，才开始在女人身上驰骋。女人也憋久了，好奇地问起老苏海上的遭遇，老苏顾不上回答，只是横冲直撞，女人淹没在老苏的狂风暴雨之中。年纪渐大以后，需求少了，老苏会花很多时间，说起海上的遭遇，激起自己女人的阵阵惊叹与尖叫。每次到了最后，女人总会在一阵哭泣中睡去。睡去之前，女人会讲到她在岸上的担惊受怕，讲到她如何照看家里到处野的孩子。老苏知道，在岸上的女人，并不比出船更轻松。

有一回，掌舵期间，老苏的手抖了抖，一股莫名的感觉从水中渗入他的体内。他没跟任何一个船员讲这话，他还需要把他们安全地带回岸上。返回之后，他内心和当年瘸了腿的父亲一样坚决，第一句话就是告诉老伴："以后，不出海了。"老伴说："手抖了？"老苏点点头。多年前父亲就说过"大海养人也埋人"的话，手发抖，就是海上的亡灵给他提了醒。回到岸上，他和老伴之间的话多了起来，他一次次说起数十年在海上的各种细节。在这样的讲述中，他不断重返大海之上。这样的重返，随着老伴的过世而结束了。床头空出，老苏每夜睡觉都少了说话的人。

从船上退下来之后，老苏的渔船在渔港边搁置了许久。儿孙都不再出海，不再经营船上的捕捞，老苏想把船售出去。渔村里，并不好出手，最后，是另外一个县的一位海鲜店老板买去了。并不是买来捕捞，而是变成了移动餐厅。海鲜店开在海边，有一些包厢在岸上，也有一些包厢在一些渔船改成的船上，客人点餐之后，渔船离岸，在水上摇摆着，客人一边大快朵颐一边吹着海风，有种天上人间的错觉。

船卖出去后，老苏有一次思念那艘船，悄悄跑了几个县，找到那家海鲜店，寻找自己的船。海鲜店有三艘可以开出去包厢，外面都涂上统一的靓丽油彩，挂着一盏盏灯笼，老苏辨认了好久，才找到那艘曾很熟悉的船。看到渔船变成了这模样，老苏内心悲凉，想转身离开，却被那老板拉住了，非要让他上自己那艘船看看。老板给这间包厢取了一个名字——老船长号。老板让人把船开动，带着老苏转了一圈，老苏越来越难受，竟然有些晕船，让赶紧靠岸，低着头就走了。

他没再去看过那艘船。

他后来一直后悔把船卖给了海鲜店老板，他宁愿把它放在岸边，让它在海风中坏掉。

海 里

从船上退下来之后，老苏也上过几次船的，都不是远海，只是那些在近海的小船，早上出去，傍晚便会回来，他就是到船上过过瘾。船家撒下渔网之时，他便在一旁看，要前去帮忙，船家也不愿意，怕他手慢，耽误了。船家倒是会问他意见，哪片海域鱼虾多一些，他观察了一下方位和波纹，指着一个地方，船家便在那里下网，果然拉网的手觉得沉甸甸的。

船员忙着网鱼之时，老苏有时也会取下一个救生圈，绳子绑在胸口，跳进水中游泳。船员也不理他。渔村的人都水性好，谁有时兴趣来了，都会到水里游一阵。老苏双腿划动，仰着头，看着日头强烈地射在水面上，光线刺眼。他总是用仰泳，双手双脚缓慢地踩水，便会浮在水面上。这是最放松的时候，手脚酸了，还可以抓住救生圈，连踩水都省了。游累之后，朝船上招呼一下，便有人丢下一个软梯，他顺着梯子爬到船上。上船之后，他打两瓢淡水冲冲身子，把身上的盐分勉强冲掉。

但那一回之后，再也没有船家愿意让老苏上船了。那次，他踩着水，浑身越来越舒坦，就抱住了救生圈。还是觉得很舒坦，他竟然有了昏昏欲睡之感，他想着睁开眼睛，可更大的困倦压合他的眼皮，他双手竟然松开了救生圈，人就朝水里潜去。耳鼻一淹入水中，他就有些惊醒过来了，可他却并没有立即浮出水面。日光照射进海里，离水面四五米处都可以看到，可更深处的碧蓝，一无所知。幽深的水底在一瞬间，强烈地吸引了他。他主动往深处潜去。胸口绑救生圈的绳子阻碍了他，他竟然拉松了绳结，继续往深处去。身上的水压越来越沉，呼吸也越发急促了，老苏很清楚，继续往下，就会永远留在海里了。他明明知道后果会怎样，可海水更深处，还是对他有着强烈的吸引力。他眼前不再是碧蓝的水，而是闪亮的光，是金碧辉煌的海底宫殿。

无数已经消失在海上的面孔，就在那宫殿里欢迎他。站在前面的那个年轻人，没看错，是曾椰子。那个当年浑身毛孔冒血，被用海盐腌回渔村的水手。老苏想，曾椰子当时是不是也看到了眼前的景象，才越潜越深呢？曾椰子身边那一群人，应该是那次冬天风暴里葬身鲨鱼肚子的那些，站在前面的，就是那个中年船长。他还是一脸傲气，那年的台风和鲨鱼，并没有把他的傲气吞下去。老苏的父亲，也在。父亲本来是死在岸上的，怎么会也在呢？但那不是他，又是谁呢？父亲紧盯着他，不知道是欢喜还是悲戚。他想起父亲过世之前，曾留下遗言，让把他的尸体烧成灰后撒进海里，老苏并没有遵照父亲的话来做。把父亲埋进墓地之后，老苏倒是把父亲的衣裤等烧了，撒进海里。此时父亲为什么是那样的神情呢？他是在怪罪自己吗？

更多的面孔，是他见所未见的，甚至有很多位穿着古代衣服的，那是传说中的一百零八兄弟公吗？海底的宫殿有光，光是黄色的，还会变化，变成橙色，接着变红变紫。那些光不能看，一旦直视，便目眩神迷。晕眩让他更想睡了，可他奋力看着眼前这些人。这么多人拥堵在宫殿的门口，是在欢迎他吗？身上的水压、鼻腔里水的堵塞、体内的缺氧，并没有让他觉得难以忍受，他感到了前所未有的安详。他继续朝宫殿潜去，快速扑向那变化中的光。

可他没法潜了，他的两只手臂被抓住了，他本能地扭动起来。一扭动，辉煌的宫殿消失了，宫殿里的人也消失了。安详也消失了，只有缺氧的痛苦，他浑身扭动，直至昏厥过去。

醒来后，已在船上。

是船上的两个年轻人救了他。船上有人看到老苏脱开胸口的绳子，立即报告了船长，船上水性最好的两个人，立即绑着绳子跳到水中救人。船上的人看着两个年轻人钻进水中，每一秒都那么漫长。当三人浮出水面，船上人赶紧拉收绳子。老苏被压出满口满口的海水，才醒过来。船长一直在船板上跳："老苏，你这是要害死我，你这是要害死我……老苏，你说，你跟着我的船出来，却把绳子解开，是想干吗？你不想活了，还要把我一船人也都拉下水吗？老苏，你……"老苏又能说什么呢？他一言不发，他也不明白刚才怎么就鬼使神差就要往深处去。刚才眼前所见，又是怎么一回事呢？老苏坐起来，海风吹着，他觉得冷了，日头猛烈，但寒冷刺入骨髓一般。船长用力跺脚，高喊："回去。"

那一回之后，老苏再未有机会出海——所有的渔船，都拒绝他的靠近。一个惯于水上生活的人，只能远远看着渔船，再也难以登上。

他只好用一块树根，刻一艘独属于自己的小船。

岸　上

大儿子躺在床上，右腿绑着绷带，呻吟不断。儿媳妇跟大孙子，都在旁边看着。绷带里是跌打损伤的药，散发着刺鼻的气味。绷带上，有一团一团的污迹，那是血凝结后颜色可疑的污块。老苏来到儿子家，看到这景象，问道："怎么回事？"大儿子闷着头，不作声。儿媳妇推了推大儿子的手，他还是摇摇头，不说话。儿媳妇憋不住了："还不是欠人家的钱欠的，再过几天，估计这腿都要给卸下来了。"大儿子的头更低了。接到孙子电话的时候，老苏已经大概问出了什么事。那些积压在手中的砗磲，让儿子最近资金周转出了问题，追债的人多了，就有人在夜里堵着他，来了一顿拳打脚踢的警告。最近镇上这类事情越来越多，尤其是之前陷入困境而去借了民间高利贷的。

大儿子猛抬头，喊："你跟爸乱讲什么讲？出去！"

儿媳声音更大了："我说什么了？我说什么了？这不是事实吗？"

孙子也说："妈，你少说两句。爷爷都清楚。我跟爷爷讲过了。"

她仍旧没有放低声音："反倒是我的不是了？当时人家那老板要把这些货全部收走，要不是爸不肯把那个……出手，事情早解决了。我们何至于把这堆废物压在手上？"

大儿子抬头猛瞪着他老婆，想说什么，却又把头低下了。

老苏坐到儿子床边，摸了摸儿子腿上的绷带，儿子发出些微呻吟，老苏问："医生怎么说？"

"也没什么，皮外伤，擦擦药膏，休息几天就好了。"

老苏点点头："那些货还是没人收？"

"有收的，价格很低。"

"我倒打听到，有些人开始按住，不出手了。他们说，现在砗磲不让捞，以后肯定价钱还会更贵，面上说不让卖，只要是好货，私下里卖给藏家，估计没法查，价格也保证。"

"爸，话是这样说，但我耗不起啊。还有，万一有人举报呢？主要是，我现在手头空了，外面债务追得紧，要是手松，我也就任那些东西丢那就是……"

老苏沉思良久，伸手拍拍儿子受伤的腿，站起来，盯着上了高中的孙子："你跟我回家一趟，我把东西给你，你带来给你爸。"

"爸，那是……"大儿子有些哽咽。

"人最重要。要是人都没了，留着那东西也没用。卖给懂行的人，可能保存得比留在我们手中还好。《更路经》比人活得长,我早想清楚这事了。"

老苏昂着头走出去了,他孙子盯着父母的脸,犹豫着要不要跟上去。儿媳妇一直眨眼,床上的伤号点点头,孙子才跑出去。儿媳跑到二楼的阳台外,探头看着她儿子和老苏走远,兴奋地跑回丈夫身边:"这下成了。"

他把脸藏回床角。

她埋怨道:"要早听我的,也不至于那么麻烦,不至于拖到现在。你一会儿就给那个书法家打电话,东西早点给人家送去。早点把钱抓自己手里才是正事……"

他的脸仍旧藏在阴影里,看不出是什么表情。

她伸手摇晃着他的肩膀:"这事……总算……"

"少废话!"

"什么?"

"滚!"声音撕心裂肺,带着哭腔。

一直劝老苏去主持祭海仪式的阿黄,并没有见到祭海仪式。老苏把《更路经》和罗盘交给孙子一周后,阿黄就忽然从家里消失了。家人在早上去看阿黄,发现了他床上空空的,还剩一半的盐水瓶放在枕头上,针头滑落到地上,人已经不知去向。全家人四处找寻,并没发现任何踪迹。去派出所报了警,镇上不少人也都出动,还是没找到。派出所人员问阿黄家里人,他行动不便,又是半夜出门,你们竟没人能发现?家里人哑口无言。

老苏听到消息时,并没有多大的震惊。他悄悄到了海边,对着起伏的潮汐,燃点香烛,对着大海拜了拜。永远有波浪不断涌上,又立即退去,所有的痕迹,在水的面前都是暂时的。阳光泛着金黄色,把海水映照出不同的蓝,靠近沙滩处的水是泛绿的,越往深处,越变得深蓝。沙滩边,长着一排排野菠萝,接着是一排排椰子树,再远一些,是木麻黄林。很多年里,这里都是很热闹的。翻晒、缝补渔网的人,在夕阳下留下剪影,再被夜色覆盖。

天色亮得花眼,老苏眼前却仿佛一片漆黑。就像当年瞬间就感知到曾椰子是怎么死的那样,老苏也理解了阿黄独自离去的心情。自己不是也要扎身潜水,去往那个海上亡灵的宫殿吗？老苏好像清晰地看到，昨晚后半夜，阿黄在思前想后的内心搏斗之后，终于义无反顾拔掉针头。下定决心的他，有着回光返照的镇定，有着最佳水手的充沛精力，他躲开家人的一切眼目，悄悄走出房门，穿过小镇的街巷。他悄悄解下一艘无人注意的小木船，用尽所有的力气，往大海更远处划去。月虽不圆，但月光铺满海面，小船沿着水面上的月光之路划远。最后，阿黄这位当年最优秀的水手，翻了一个身，投入了海水之中。一直念叨着应该死在水中的阿黄，不愿在一场绝症中变得人模鬼样，就钻进大海，寻找那些把身体和魂魄都留在海水中的伙伴去了。

老苏又想起当初阿黄说有好东西给他看，他没去，那是什么呢？是那艘他给自己准备好，要划出去的小船吗？老苏让阿黄的家人在附近的海域搜寻一下。阿黄的家人半信半疑，却也没了法子，到处打听有没有哪家人丢失了小木船，却只得到一阵阵的摇头。不少年轻人驾着船在渔港附近的海域搜寻了两天，也没有任何结果。倒是有人发现了半艘破旧的船板，离海边也不远，集中人力搜寻了半天，水性好的人还带着氧气瓶扎入水底，毫无痕迹。所有的搜寻都徒劳无功。虽然还没放弃希望，但阿黄家的人，已经准备好依照渔村的习俗，像安葬那些葬身大海的人一样安葬阿黄。

祭海仪式在小镇的渔港边举行。

砗磲的禁售令已经生效，镇上的店面清空了。有的改成了卖烟酒的杂货铺，有的改成了小饭馆，也有的准备改装成民宿，更多的店铺则还空着，店家尚没想好要经营什么。开渔季来临，市里准备把开渔节打造成一个旅游节，邀请了不少游客、媒体和上级的领导。小镇上人山人海，老苏从未见过镇上这么热闹过。一想到还要表演，穿着长袍的他，浑身的汗就淋漓而下。附近的渔船全部聚集在渔港这里，排好了队，只等着开渔节之后，千帆竞发，往南海而去。老苏也没见过这么大的出海阵仗。当年开渔也是多艘船一起出航，可哪有眼前这种政府部门组织的这么声势浩大啊？

渔港边搭了一个主席台，彩旗飘荡，围聚的人带动了无数小生意的到来。主席台前拥挤不堪。十点半，仪式开始了。先是领导讲话，大概讲了今后将如何以旅游带动小镇的渔业发展，如何让渔业成为小镇旅游的新特色，还计划推出近海捕捞的旅游项目，由旅游公司出面打造，游客可以随渔船出海，体验真实的海上生活。当然也讲到了，要如何引导小镇转型……后面很多话，老苏没听进去，也听不懂。按照安排，领导讲话之后，就轮到他了，他在后台，坐着也不是，站着也不是，脚都是发抖的，在海上突然遭遇台风，他也没这么紧张过。他朝旁边的工作人员一招手："给我拿点白酒。"工作人员有些纳闷，以为仪式需要用到，赶紧跑步去买。老苏接过白酒之后，拔开瓶盖，狠狠地灌了一口，酒气上涌。从不饮酒的老苏，为了制服心中的惊涛骇浪，咬着牙把怪味吞了下去。

领导讲话完了，主持人喊了一声："开始！"

老苏拍了自己两巴掌，拍出两口酒气，终于安定心神。他缓缓走到主席台前的红布旁。此时，所有的目光都注视着他。所有的紧张已经没有了，老苏手中捧着两张纸。在此时，老苏觉得自己已经不是老苏，而是过世的庆海爹——他走路的样子，都有点像庆海爹了。老苏点点头，有人给他递上一个话筒。老苏高声喊道："祭海仪式开始。"声音在人群中回荡，那么多人，都屏住了呼吸，只有海风摇晃着渔港上的船帆和主席台周围的彩旗。老苏道："各家船长，上前领香。"各家船长走到老苏边上的祭坛边，各自领取了一支线香，按照此前排好的位置，前后站定。

老苏喊道："念《祭海文》。"

船长们低头作揖。老苏念道：

海南省某某市某某镇，叩请恩光香河主众宗亲、五姓孤魂、一百零八兄弟。
山川银露，男女神畅，保佑祖国领土、海洋完整。
渔民远到三沙生产，求财财到，求利利来，好人相逢，恶人走背。
东方财源到，西方财源也不停，南方财源广进，北方财源接接来。
利禄宏开，生产安全，蚌盒变珠宝，渔乡笑呵呵。
兄弟公保佑渔民精神饱满，满载而归。

子孙给尔祭海仪式。

出海生产！叩首，再叩首，三叩首！

老苏带领所有船长，向着大海的方向跪拜。场边有些渔家的人，也跪了下来。这篇祭文，并非传自庆海爹，而是老苏按照庆海爹当年祭海的零星记忆，加上自己想的几句话，找来村子里稍懂文字的人，写了下来，也不管是否通顺，先念了再说。

《祭海文》念毕，老苏喊道："念《除妖文》。"

所有船长仍旧列队恭听。

天最神，地最神，人离难，难离身。
南无法、南无佛、南无观世音菩萨
阿弥陀佛、蓬莱仙、象天地、仙真人
三官五雷神、兵统领神、兵竟西方万名古佛明圣经
亨前汉末清，归于无大道；乾元亨利贞，乾元亨利贞
吾捧太上老君火，急急如律令。
伏发伏发！

念完之后，仍是向着大海的方向跪拜。

第三个项目，是敬拜《更路经》、罗盘。祖传的《更路经》和罗盘已卖给了书法家——这本是他自己多年来断断续续手抄的备份，罗盘则是一个新的，已经用玻璃罩扣住，摆放在祭坛之上。因为这两件都不是老旧的东西，老苏有些心神不定，害怕有人指出，害怕露馅，也害怕若是哪天出海的渔船出了啥事，会有人怪罪是因为这两件新东西镇不住。他还想到阿黄最介怀的，就是庆海爹的儿子，把庆海爹的经书和罗盘卖了，可自己不也是卖了吗？老苏强压住混乱的心绪，凝神静气，把还萦绕在喉舌之间的白酒的味道，当作自己的镇静剂。老苏也刹那闪过一个念头：要是用来祭海的，是自家的那两件老东西，该多好啊——即使要

卖，祭拜了再卖，也行啊……但……唉……这事，没得假设了。老苏涌上对父亲、祖父以及更久远的先祖的愧疚，手不禁有些发抖，他越是用力镇定，手越是抖动得厉害。旁边的船长，并没有觉得有啥不妥，他们甚至因此觉得是老苏全身心投入。随着老苏的指挥，所有船长在祭坛面前，向《更路经》和罗盘敬拜，祈祷保佑海上顺风顺水、平平安安。之后，燃放鞭炮、燃烧纸钱，各种气味向老苏口鼻涌来，呛得他几乎要流泪。后面所有的喧闹，就跟老苏无关了。他脑子一片空白，所有人潮的涌动，他都闭眼不看。一阵阵喧闹以后，好几位领导在主席台上，用剪刀剪断一条彩带，之前讲话的领导高喊一声："开渔！出发！"

渔船开始鸣笛，离岸出港。

老苏坚持要抱着自己刻好的那艘船出海去，让它随自己去吹一趟海风。

那艘船上漆之后，油光闪亮，渔船上该有的部分，一概不少，抱在手上，沉甸甸的。祭海仪式之后，老苏随着市内、镇上的相关领导一起上了一艘大船。组织者是旅行社的负责人，也邀请了周边的一些老渔民。他们是要给新规划的旅游线路踩线，说是开拓什么海上新线路、拓展未来海洋旅游新方向、给热爱出行的人带来更极致的新鲜体验……都是一些老苏听不大懂的话。停靠岸边的时候，船有点随波轻荡，抱着自己雕刻的木船踩上甲板，老苏竟然有了一点晕船。老苏赶紧把小木船摆放在甲板之上，自己伸手扶住船身。

船离开岸，往大海深处而去，船上、岸上尽是欢呼的声音。那些老渔民也是欢呼的，尽管出海几十年，但这一次他们是前所未有地放松，可以谈笑风生，可以指指点点，可以不理船怎么开、会不会遭遇风浪，这是他们第一次卸下担子出海。带着咸味的海风迎面而来，老苏晕船的感觉更重了，他忍不住嘲笑自己，还算是一个出海几十年的老渔民吗？他的脸色迅速苍白起来，喘气都有些急促，甚至喉咙泛酸，有呕吐将至的感觉。看到他神情不对，两个年轻人赶紧过来，把他扶进舱内，安排了个位置让他坐好。坐着，也并不能减轻一丁点儿晕船之感，若不是船已经开出老远，或许他会要求上岸。当然，上岸的念头只是在心底一闪而过，他为自己冒出这个念头脸红。他只能强忍着，尽量让自己去看船舱外的波光闪闪的海面和飞溅而起的浪花。恍惚之间，老苏回到了当年第一次随父亲出海的时候，回到了曾椰子的尸体被腌在船上臭味难忍的时候，回到想潜入深海留在那个海底宫殿的时候。亲手雕刻好的木船，就放在脚下，好像那并不是一座雕塑，而是自己当年驰骋海面的那艘渔船。这艘小木船，跟真正的船一样，也有一个船舱，揭开一块板，里头空空的，这是老苏留给自己的位置。他想着，哪天要过世了，会叮嘱儿孙们，把他烧成灰，装进这艘船里，放到海上，让它随着海浪漂荡，沉在哪片海域都好……这个念头他不敢深想，他知道，即使交代了儿孙们，他们也未必会按照自己的想法去做——他当初不也没听父亲的交代，没把他撒进大海里吗？这个家族，总是出一些不听父亲话的逆子。但即使完不成这心愿，老苏也愿意随时摸着这艘小船，像当年从海上归来的夜，抚摸着自己女人的胸脯。

晕船感在开出大半个小时之后才减轻。旅行社的一位导游，前来扶着老苏到船长的驾驶室内。老苏交代道："把我的船看好！"那导游笑了："老苏，没人动你东西。"老苏回头看了几次，才跟着进到驾驶室内。船长立即站起来，是一位四十几岁的中年人，他伸手跟老苏握了握："苏爹，您好！这一次，还得麻烦您帮我们费心看看。到时要是有游客来，当然得让那些客人玩开心了，水下得能钓到鱼才是；还得麻烦您一起帮着我们找一找，哪片海域比较适合海钓，哪一片适合深海潜水。"

老苏说："多年没出海了，陌生了，陌生了。"

"别这么说，海上的路线图，都刻在您脑子里呢。现在仪器很先进，我们就缺少经验，以后还少不得请你们老渔民帮帮忙呢！"他的手一划，"看看，这就是我们现在的驾驶室，跟你们以前的掌舵行船，差别可大了。"老苏看着眼前的一片仪器，各种仪表闪着光，还有面积不小的显示屏，显示着卫星定位导航，显示着离岸边多远，显示着船航行过的路线。老苏赞叹道："这些东西，得学多久才会使啊？"船长笑了："比您学那经书容易多了，您到前面来看看，观察一下这片海，看看怎么样？"

老苏走近玻璃窗，外头的海面清清楚楚，但不会再有海风直扑而来，不会有海风给他浑身涂抹上一层厚厚的海盐。当船头的海水像要迎面扑来的时候，他的晕船也就消失了。他挺直了腰板，直愣愣地看着外头的水纹变化。他知道，当年所有沉睡的记忆已经在此刻复活，天空、水面出现任何一丁点颜色、形状的变化，他都能立即知道，那貌似如常的海面之下，隐藏着什么样的鱼虾、奇景或危险。腰板是怎么挺都挺不直了，但老苏知道，只要站在船身的最前面，毫无疑问，他就还是那个指挥若定的船长——这艘船上，唯一的船长。《更路经》里记载的千百条线路图，在他的眼前交错，缓缓铺展开。海面上纵横交错交通繁忙，海面上绝非一无所有。老苏忽然指着一片海面，中年人赶紧过来，想听听他说什么。老苏没有说，他本来想说的话，硬生生吞了回去，葬于肚腹中的汪洋，那句话他不会给任何人说。那句话，他早已用自己歪歪扭扭的毛笔字，记在手抄的那本《更路经》最后一页："自大潭往正东，直行一更半，我的坟墓。"